中公文庫

斑鳩《いかるが》王《おう》の慟哭《どうこく》

新装版

黒岩重吾

中央公論新社

目次

斑鳩王《いかるがおう》の慟哭《どうこく》

新装版

第一章　渦

推古《すいこ》女帝が菟田野《うだのの》で、大々的な薬猟《くすりがり》を行なうといい出したのは、推古十九年（西暦六一一）の夏の初めだった。

時に女帝は数え年齢《どし》五十八歳である。すでに老境だが、往年の美貌《びぼう》は、やや顎《あご》の方が垂れ気味になったが相変らず艶《つや》やかな頬《ほお》、長い眉《まゆ》、切れ長の眼などに残っている。それに天性の気位の高さが、老いて行くことを遅らせているのかもしれない。白いものが混じっているが髪は年齢にしては黒い。

女帝が最も可愛がった長男、竹田《たけだ》王子は数年前に亡くなり、厩戸《うまやど》皇太子の正妃となった菟道貝鮹《うじのかいだこ》王女も、子供を産まないまま世を去った。田村《たむら》王子の妃となった田眼《ため》王女にも子供がない。

大勢の子供を大王敏達《びだつ》との間にもうけたにも拘《かかわ》らず、女帝は孤独だった。

そういう孤独感が女帝を奮い立たせたのかもしれない。女帝も自分の死を考える年齢である。ただ勝気な女帝は若返り長生きすることを望んだ。

菟田野での薬猟はそのためのものだった。

薬猟とは若鹿《わかじか》の角の根本にある袋状の未硬化部分を獲る猟であった。乾かして粉末にし、湯に混ぜて飲むと若返るといわれている。

中国から伝わったのだが、古代から王族および有力豪族にしか手に入れることが出来ない貴重な薬だった。

菟田野は大和《やまと》の宇陀《うだ》地方の野で、阿騎野《あきの》ケ原とも呼ばれる。この辺りは、大王家の狩り場や薬草園があり、一般庶民の密猟は厳しく罰せられた。

女帝は隼人《はやと》が担ぐ、簾《みす》のついた輿《こし》に乗り菟田野まで行幸した。

諸王子や大臣《おおおみ》・蘇我馬子《そがのうまこ》を始め殆《ほとん》どの豪族が参加し、盛大な狩りとなった。

女帝は狩人達の雄叫びや鹿を追い立てる勢子《せこ》の声に昂奮《こうふん》し、斃《たお》れた鹿を運ばせ、簾の間から顔を出し、眺めたりした。

予想以上の狩猟で、かなりの鹿を得たが、薬の大半は女帝が自分用に取った。

こういう時の女帝は貪欲である。

厩戸皇太子も薬猟に参加するように誘われたが、厩戸は余り気が乗らず、風邪《かぜ》気味であることを理由に参加しなかった。その代わり調子麻呂《つきのねまろ》を始め数人の舎人《とねり》を行かせた。

時に厩戸皇太子は三十八歳、斑鳩宮《いかるがのみや》に住み、かつてのように飛鳥《あすか》に通わなくなっている。

厩戸の絶頂期は、これからの倭《わ》国の外交は朝鮮半島だけでは駄目だと馬子を説き伏せ、隋《ずい》に使者を送った頃《ころ》だった。

推古女帝は神祇《じんぎ》の最高司祭者としての権威は持っていたが、外交政策は厩戸と馬子にまかせていた。

女帝の和風諡号《しごう》は豊御食炊屋姫《とよみけかしきやひめ》である。これは女帝が神に供える米を炊くところから贈られたものであろう。

最初の遣隋使は、推古八年（六〇〇）、第二回目は推古十五年（六〇七）だった。その時厩戸は三十四歳、当時としては最も男盛りである。

最初の遣隋使は成果をあげることが出来なかったが、第二回目の遣隋使・小野妹子《おののいもこ》は、隋の遣倭国使・裴世清《はいせいせい》を伴い翌年戻って来た。

中国の使者が倭国に来るのは三世紀の卑弥呼《ひみこ》以来のことだった。

小野妹子は隋の煬帝《ようだい》の国書の内容が、倭王の無礼をとがめるものであるのを知り、国書は紛失したと称して、密《ひそ》かに厩戸皇太子に伝えた。厩戸が慧慈《えじ》などと相談して作成した国書には、「日出ずる処《ところ》の天子、書を日没する処の天子に致す、恙《つつが》なきや」などと記されていた。

厩戸は別に威張った積りはなかった。確かに慧慈の助言はあったが、倭国は日の出る処にあり、中国は西方の日が落ちる方に存在するという自然な地理にもとづいて書いたまでである。慧慈は、隋に使者を送るといっても、従属のための使者ではないから、堂々とした文章が必要だ、といった。

慧慈を師として敬って来た厩戸は、それもそうだというぐらいの気持で書いたのだ。

高句麗《こうくり》は、対隋政策の一環として倭国を味方につけておくべく、一流の頭脳ともいうべき慧慈を倭国に派遣し、厩戸の師にした。

慧慈は、倭国が隋と親密になるのを阻止せねばならなかった。内心は厩戸の対隋外交に反対だったが、厩戸の意志が強固なのを知り、日出ずる、という文章を入れさせたのである。

『日本書紀』や『上宮聖徳法王帝説』などが記述しているような太子と慧慈の一体視は、慧慈来倭の目的を理解すれば、かなり疑わしいことが容易に理解される。

ひょっとすると慧慈は祖国高句麗と厩戸の間で板挟みになり彼なりに悩んだ末の苦肉の策だったかもしれない。

慧慈も、まさか隋使が倭国に来るなど想像してもいなかった。蕃夷《ばんい》の書、無礼なりと憤った煬帝は、小野妹子を追い返す、と期待していた。

裴世清の来倭で最も困惑したのは慧慈だったのかもしれない。

厩戸は斑鳩宮で倭王として裴世清に会ったが、小野妹子に前もって渡された国書を読み、隋の煬帝の憤りを理解すると率直に謝った。

厩戸が裴世清に述べた言葉は『隋書倭国伝《ずいしょわこくでん》』に載っている。

「吾《われ》は海の西に大隋礼儀の国があると聞いている。故に使者を遣わし朝貢させた。吾は蕃人である。海の隅にかたよって住んでおり礼儀を知らない。（中略）願わくは聞かん大国維新の化を」

謝らねばならないと思うと心から謝り、その上で先進大国に、国の有り方を訊《き》いている。厩戸はそういう性格の男子《おのこ》だった。

厩戸の絶頂期はその頃である。裴世清は厩戸に倭王の器を認めたが、倭国内は騒然となり厩戸の評価は二つに分れた。

認めた者は、皇太子は正直で、しかも堂々としている、だからこそ隋使も厩戸を認めたのだ、とその応対ぶりを褒《ほ》めた。蘇我本宗家から分れた境部臣摩理勢《さかいべのおみまりせ》などである。

だが女帝や馬子は違った。女帝は権威を傷つけられたと不快感を示した。馬子の方はもともと、実益のない遣隋使には消極的だった。厩戸の情熱に押されて許したのである。厩戸の応対を見て、隋の使節に何度も頭を下げ、阿諛追従《あゆついしょう》するとは何事か、倭国の面子《メンツ》が潰《つぶ》れた、と厩戸《うまやど》を非難した。

馬子が非難したのには裏があった。隋と険悪な関係にある高句麗から隋と友好関係を結ぶことについて批判を受けていたからである。高句麗が、馬子が建てた巨大な飛鳥寺に様々な形で援助をしたのは、自国と友好関係を保って貰《もら》いたいからだった。倭国がこれ以上隋に追従するようなら援助を打ち切る、といって来た。百済《くだら》も高句麗に押され、対隋外交を批判した。

馬子にとって大事なのは、隋よりも高句麗と百済である。

現実的な政治家である馬子は、厩戸を非難することによって、高句麗・百済との友好関係を保ち、厩戸に意を寄せる豪族を牽制《けんせい》した。

馬子の非難に対し、推古女帝は権威を穢《けが》されたと同調した。女帝には、自分は女人だが神祇の最高司祭者で大王である、という誇りがあった。

女帝は大王だが、男王と同じように即位式を行なったかどうかについては疑問である。それは兎《と》も角《かく》、馬子と女帝は強く結ばれていた。

馬子は群臣を掌握するため、何かにつけて女帝を利用して来たのである。

女帝と馬子が厩戸を批判し、厩戸派の豪族を牽制し始めてから、一人、二人と厩戸派は減った。政治家が時の流れを見、流れが向う方につくのは、古代も今も変らない。

だが厩戸に意を寄せている境部臣摩理勢や秦造《はたのみやつこ》河勝《かわかつ》などの気持は、馬子の批判によって変ることはなかった。

こうして時がたち、菟田野《うだのの》の薬猟となったのである。

厩戸の舎人・調子麻呂は武術に熟達していた。鹿を獲る際の子麻呂の技は素晴しかった。子麻呂は殆ど弓を使わず馬で鹿を追い、投げ縄で捕獲した。子麻呂一人で五頭もの鹿を捕獲した。

馬子も子麻呂を褒めないわけにはゆかない。

紅潮した顔で鹿狩りを観ていた女帝は、馬子を呼び、

「大臣、太子は病に罹《かか》り、面目をほどこした、太子は不思議な男子《おのこ》じゃ」

と意味深長な褒め方をした。

女帝の厩戸に対する感情は複雑だった。厩戸は亡くなった長男・竹田王子の競争相手といって良い。女帝としては竹田王子を大王にする積りだったが王子は病弱で、亡くなった。しかも厩戸の正妃にした長女・菟道貝鮹王女《うじのかいだこ》は、子を産まないまま死亡している。

女帝は厩戸とは縁がない、という気持を拭《ぬぐ》い切れなかった。

その底には、厩戸に、小姉君《おあねのきみ》の血が流れている、という嫌悪感があった。小姉君に対す

る女帝の憎悪は宿命的なものかもしれない。

女帝は母・堅塩媛《きたしひめ》から、小姉君は腹の底が黒く、欽明《きんめい》大王の寵愛《ちょうあい》を得るために、何かにつけ、自分のことを悪《あ》し様にいっている、と聞かされた。

小姉君は堅塩媛より数歳若く、美貌だった。

欽明大王の愛情が、堅塩媛から小姉君に移ったのは、若く魅力的な女人に惹《ひ》かれた、という単純なものである。だが勝気で嫉妬《しっと》深い堅塩媛はそうは取らなかった。

蘇我稲目《そがのいなめ》は、二人の娘を欽明大王の妃とした。堅塩媛と小姉君である。『日本書紀』は同母姉妹とするが、堅塩媛の娘の女帝や媛の弟の馬子が、小姉君の子である穴穂部《あなほべ》王子、宅部《やかべ》王子、泊瀬部《はつせべ》王子（崇峻《すしゅん》大王）を次々と殺し、最終的に小姉君の血の入った諸王子を大王家から排除したところを見ると、堅塩媛と小姉君は同母姉妹ではない。

物部守屋《もののべのもりや》が小姉君の子、穴穂部王子を、何とか大王位に即《つ》けようとしたところから、小姉君の母は物部系の女人であったことが窺《うかが》われる。

厩戸の父は堅塩媛の子、用明《ようめい》大王で、母は小姉君の子、穴穂部間人《あなほべのはしひと》王女である。

厩戸には堅塩媛と小姉君の血が流れているのだが、女帝は主に小姉君の血を厩戸に感じていた。

薬猟が終ると、女帝は毎日のように鹿の角袋の薬を服用した。女帝の化粧が濃くなり、やたらに宮内を歩き廻《まわ》り甲高い声を発するようになった。

四十代の後半、女帝は月のものに変調を来たし、三、四年も頭痛を訴えた。何でもないことに憤り、女官を竹で叩いたりした。

新羅《しらぎ》が攻めて来る夢を見たといい、厩戸と馬子に新羅征伐を命じたのもこの頃である。

『日本書紀』は、推古八年春に「新羅と任那《みまな》と相攻む。天皇《すめらみこと》、任那を救はむと欲《おもほ》す」と述べ、新羅に軍を出したことを述べているが、当時、かつての任那はとっくに新羅に併合され、任那の王族は新羅の貴族になっている。倭国が軍を出すような内乱は新羅にはない。

女帝が余りにもしつこくいうので、厩戸と馬子は困り、形式的な軍を筑紫《つくし》に出すことにした。その時の将軍が、厩戸に好意を抱いている境部臣摩理勢である。

月のものが完全になくなると、女帝から奇矯《ききょう》な言動はなくなった。ただ何となく物思いにふけるようになり、母や夫だった敏達大王、それに女帝が恋情の炎を燃やした三輪君逆《みわのきみさこう》のことを女官達にくどくど話した。

過去への思いが女帝の埋《うも》れ火となっていた情念に火をつけたのが薬猟だったようだ。

女帝は女官達に、母・堅塩媛を欽明大王の墳墓である檜隈大陵《ひのくまのおおみささぎ》に合葬したい、といい出した。

「朕《わ》も、もう六十近くになった、何時《いつ》、黄泉《よみ》の国に逝《ゆ》くかも分らぬ、朕は母上の遺言を今のうちに果しておきたい、今迄《まで》話さなかったが、母上は、父上の傍《そば》で永眠したい、と望んでおられた、朕は竹田王子と一緒に眠りたい」

女帝の意向は、女官達の口から王族、諸豪族に伝わる。

飛鳥のみならず斑鳩宮《いかるがのみや》の厩戸《うまやど》の耳にも入った。

檜隈大陵は、現在の丸山古墳のことで、橿原《かしはら》市にある。全長三一〇米《メートル》の巨大古墳で、日本で六番目の大きさだ。六世紀の古墳としては最大である。

何を考えているのだろう、と厩戸は不愉快だった。

欽明大王の皇后は、宣化《せんか》大王の娘・石姫《いしひめ》であり、女帝の夫だった敏達大王は、石姫が産んだ王子である。もし合葬するとすればその順位から当然石姫ということになる。

それに厩戸としては自分の祖母・小姉君のことを思わざるを得ない。小姉君は、厩戸の母・間人大后の実母なのだ。母が田目《ため》王子と再婚して以来、何となく疎遠になったが、母と田目の間は旨《うま》く行かなかった。今は別れたといって良い。母は斑鳩宮の西の龍田《たつた》に屋形を建てて住んでいた。この頃は年に何度か会うくらいである。

推古女帝より数歳若いにも拘らず、最近の母は肌がたるみ、六十をとっくに過ぎたように見える。兄弟を次々と女帝と馬子に殺された母は、何時も女帝の眼に怯《おび》えて竦《すく》んでいるように思えた。厩戸に会うべく斑鳩宮に来ても、私《わ》は非運のもとに生まれた、などという。

厩戸は先日会った時、女帝の話はしなかった。堅塩媛の石棺を檜隈大陵に合葬する、などといえば、母は激怒するに違いない。

厩戸としては、合葬の葬礼儀式が公式に伝えられたなら、余り大規模な工事はしないように、と女帝に忠告する積りでいた。女帝の性格から大勢の労役の民が動員され、山から巨石を運ぶ大工事が予測された。

本心は合葬に反対でも、正面から反対出来ない。現在、女帝は大王だった。また厩戸が反対しても、女帝はいい出したことは強行する。

厩戸としては、女帝との間の溝を深くしたくなかった。これは、厩戸派の境部臣摩理勢や秦造河勝などから何時《いつ》もいわれていた。女帝が厩戸を憎むと、山背大兄《やましろのおおえ》王が次期大王になり難くなるからだ。山背大兄王は、厩戸が馬子の娘・刀自《とじ》古郎女《このいらつめ》に産ませた王だった。大兄とは、大王もしくは皇太子の長男で大王位継承の資格がある王子につけられた尊称である。

そのことは馬子も厩戸にいっているが、馬子が何処《どこ》まで山背大兄王に期待を抱いているかは疑わしかった。馬子は権力が上宮王家といわれている斑鳩宮に集まることに危惧《きぐ》の念を抱いているからだった。

厩戸は何時か、この問題について、馬子と徹底的に話し合わなければならない、と考えていた。

厩戸も人の子である。山背大兄王を大王にしたかった。


馬子と組んでいた女帝は、馬子の策略を身につけていた。合葬のことでもそうである。女官達に話せば、総《すべ》ての群臣に伝わることを知っていた。女帝の口から何も告げられていない馬子は、女帝の真意を確かめるべく宮に来るに違いない、と読んだ。

案の定、旧暦六月下旬、馬子は小墾田宮《おはりだのみや》に参り、合葬のことを訊いた。女帝は簾を開き、馬子を傍に呼んだ。

女帝は自分の生命がもう短いと述べ、生きている間に母の望みを遂げさせてやりたい、と訴えるようにいった。馬子は堅塩媛《きたしひめ》の遺言など知らないが、女帝の口から出ると、ただ頷《うなず》くより仕方がなかった。

馬子も作り話のような気がしたが、これだけは、間違いありませんか、などとはいえない。馬子は堅塩媛の弟である。姉の勝気で嫉妬深い性格はよく知っている。

女帝も嫉妬深いが、母から一番受け継いだのは勝気さだった。

そういえば姉・堅塩媛は皇后の石姫《いしひめ》を憎んでいた。また新しく妃となった異母妹・小姉《おあねの》君《きみ》の若さと美貌を嫉妬した。余り口にはしなかったが、姉の眼を見れば分った。

案の定、石姫が亡くなると大王に、皇后になりたい、と訴えた。

大王は迷ったが、強硬に反対したのが、石姫が産んだ箭田珠勝大兄《やたのたまかつのおおえ》王子である。王子は大兄であり次の大王位に即《つ》く身分だ。それに大兄王子の弟も兄に同調した。

大兄王子の弟とは、兄が早逝した後大兄となり、大王位に即いた女帝の夫・敏達《びだつ》である。

「大臣《おおおみ》、そなたは朕《わ》にとっては叔父にあたる、母上のお気持はよく存じていた筈《はず》じゃ、父、大王も箭田珠勝大兄王子の反対がなければ、母上を皇后になさりたかった、母上はそのことを朕に洩《も》らされ、涙を拭《ふ》かれた、朕にも母上の御無念が痛いほど感じられる、今でもじゃ」

女帝は唇《くちびる》を嚙《か》み締めるような面持ちで宙を見詰める。そんな時の女帝の眼には青い光が閃《ひらめ》く。

「はあ、吾《われ》も姉上の涙を存じています」

「母上のお望みを遂げさせてあげたい、今の朕にはそれが出来る、母上も、大王と共に眠られ、それにより皇后になられる、母上にとっては長い歳月でありました」

「そうです、母上を思われる大王の孝心に、吾の胸も熱くなります」

馬子は叩頭《こうとう》しながら、そんな女帝に権威への執着を強く感じた。

「大臣の言葉、嬉《うれ》しく聴いた」

「蘇我の血縁者です、ところで矢張り斑鳩宮に知らせておく必要はあるでしょう」

馬子は声を落した。

女帝の眼がまた宙を見た。

「大臣、無視するわけにはゆくまい、だがこれは政治ではない、合葬する、という朕《わ》の意を伝えるだけで良いのだ、朕が母上のためになすことじゃ、厩戸皇太子の返事は要らぬ」

女帝は一方的な通達だけで良い、といっているのだ。

「分っております」

自分に戻って来た女帝の眼に、馬子は、安心しておまかせ下さい、と頷いた。

馬子の心境は複雑である。

斑鳩宮は上宮王家と呼ばれており、厩戸皇太子の子・山背大兄王《やましろのおおえ》は、大王位を継承する資格を持っていた。しかも太子が馬子の娘、刀自古郎女《とじこのいらつめ》に産ませた王である。馬子にとっては孫であり、可愛くない、といえば嘘《うそ》になる。

だが厩戸が隋使・裴世清《はいせいせい》と会って以来、厩戸は飛鳥の朝廷を無視し勝ちだった。

古代から大王家に仕える大豪族よりも、小豪族でも能力のある者を引き立てようとした。

国家の繁栄は民に幸せな生活を与えるところから得られる、などといい出し、民や百姓を牛馬のように扱っていた有力豪族の反感を買った。厩戸に反感を抱く豪族の殆どは、隋使に謝った厩戸を批判した者達である。

その筆頭格は女帝だった。

馬子は先進文化を大陸から摂《と》り入れるが、従来からの現実路線を歩んでいた。馬子にとって厩戸の理想主義的な政治が危険なものに映ったのも当然である。

ことに三十歳になった次男の蝦夷《えみし》は、厩戸に批判的だった。

蝦夷は馬子に劣らない権力主義者で、上宮王家に権威・権力が集まるのを酷《ひど》く警戒していた。蝦夷は本能的に太子の子・山背大兄王を嫌っていたのだ。

上宮王家と飛鳥の朝廷との間には亀裂《きれつ》が生じかけていた。ただ馬子としては、亀裂を余り深めてしまうと孫の山背大兄王の地位が危うくなる。

馬子の心境の複雑さは、その辺りから来ていた。

馬子は厩戸派の境部臣摩理勢《さかいべのおみまりせ》を呼ぶと、堅塩媛を檜隈大陵《ひのくまのおおみささぎ》に合葬する女帝の意を厩戸に伝えるようにいった。

「摩理勢、これは政治ではない、大王が私的な思いでなされることじゃ、厩戸皇太子がどうお考えになろうと女帝の決意は変らない、だからおぬしは、その辺りを理解し、旨く伝えて貰いたい」

摩理勢は老獪《ろうかい》な馬子と異なり、正義感が強く情熱家である。厩戸に傾倒しているのも、厩戸と肌が合うからだ。

摩理勢は合葬の噂《うわさ》をすでに厩戸に伝えていた。

「仕方があるまい」

と厩戸は微苦笑した。

厩戸が気にしているのは、大工事にならないか、ということだけであった。

巨大古墳の大工事ともなれば、大勢の労役の民が動員される。

「どうしたのだ？」

鬚《ひげ》を撫《な》でた摩理勢は大工事を見て、馬子は眉を寄せた。

「大臣、太子は大工事になることを案じられると思いますぞ」

馬子は舌打ちしたい思いだった。

「そのぐらいのこと、分っている、もし太子がそのことに触れたなら、この大臣が、極力大王を抑える、と申していたといえば良い、おぬしも蘇我の支族の長《おさ》じゃ、太子のことを思うなら飛鳥の朝廷と、上宮王家の亀裂が深くならないようにせねばならぬ、正直だけでは、馬鹿《ばか》の方が上じゃ、大事なのは政治的な手腕じゃ」

馬子より十数歳下の摩理勢は、むっとして何かいいかけたが、馬子の言葉に一理あるのを感じたらしく、大きく頷いた。

摩理勢の報告を聴いた厩戸は、案の定、

「大臣に、大規模な工事にならぬように、大王の手綱《たづな》を絞られたいと伝えよ」

といっただけだった。

こうして合葬のための工事が始まった。

工事中に女帝は、馬子を伴い、二度も檜隈大陵を視察した。

女帝が宮を出、工事現場を視察するということなど滅多にない。工事を監督していた土師連《はじのむらじ》の面々は、地に平伏し、絹の垂れ幕越しに陵を眺める女帝を拝んだ。

車駕《しゃが》の中の女帝は何もいわない。四半刻《しはんとき》（三十分）ほど眺め、そのまま戻って行く。

そんな女帝が小墾田宮《おはりだのみや》の前殿に馬子を呼び、胸に秘めていた恐るべき本心を告げたのは旧暦十月中旬、初雪の降りしきる日だった。

女帝は、檜隈大陵の石室に安置されている父・欽明《きんめい》大王の石棺が置かれている場所に堅塩媛の石棺を置く、といい出したのだ。

馬子は自分の耳を疑い、もう一度問い直した。簾を通してやや甲高い女帝の声が今度ははっきり聞えた。

「大臣、耳が遠くなったのか、朕《わ》は母上の石棺を石室の一番奥に安置する、と申しているのです、朕にとって母上はこの世で一番尊く、身近な方じゃ」

女帝は空気を裂くような語調で意を告げ、口を閉じた。簾の中の女帝の眼は馬子を見ていなかった。簾越しに人間とは思えぬ青白い光を放っているように見えた。

馬子は自分の身体が石のようになった気がした。治世四十年、継体《けいたい》大王の後を継ぎ、新王朝の権威を高めた大王の石棺は何処に移されるのか。石室はとてつもなく巨大だが、二つを並べるとなると、その幅を更に拡《ひろ》げねばならない。そのためには巨大な後円部の墳丘を新しく造り直すほどの工事が必要となる。

だが馬子は自分の身体が石のように硬直したのは、それだけではないのを感じていた。幾ら大工事であろうと、女帝と馬子が力を合わせたなら、民の怨嗟《えんさ》の声はあがるにせよ、墳丘、石室を改築するのは不可能なことではなかった。

得体の知れない鬼神に呪縛《じゆばく》されたような身体を自由にしようと、馬子は腹の底に力を入れ咳《せき》払いをした。

声は掠《かす》れて力がなかった。

「姫の父上と母上の石棺を並べられるわけですな、確かにお二人は仲が良ろしゅうございました、大王も母上も御満足でしょう」

馬子は幼名を額田部《ぬかたべ》王女といった頃から、女帝を姫と呼んでいた。馬子と堅塩媛は同母の姉弟だった。馬子にとって女帝は姪《めい》ということになる。

「大臣、朕《わ》は母上と父上の石棺を並べるとは申しておらぬ、父上は確かに偉大な大王でした、だが朕が最も身近に感じ、尊敬しているのは母上の方じゃ、それは大臣も知っている筈、それに母上に対する朕の気持は、さっきも申した」

馬子の身体から汗が滲《にじ》み出て来た。雪の降っている凍《い》てつく寒気を馬子は忘れていた。

「しかし、姫の父上は大王でございます、一体何処に置かれるお積りでしょうか……」

馬子の問に女帝の声は一段と鋭くなった。

「大臣、朕はそこまではまだ考えておらぬ、大臣は男子《おのこ》だから余り気にしていないようだが、父上は何人の女人を妃になさったと思う、皇后・石姫を始め六人じゃ、勿論《もちろん》子供を産ませた女人の数です、閨《ねや》を共にした後宮の女人となると数え切れない、母上がどんなお気持で堪えておられたか、想像しただけで朕の胸は痛む、せめて母上が皇后であったなら、朕も堪えましょう、だが母上は大王の妃の一人に過ぎなかったのです、今、漸《よう》く朕の力で母上を檜隈大陵の奥の正殿に安置出来るのじゃ、これで母上も安らかにお眠りになることが出来ます」

　女帝は歌を詠んでいるような声でいった。

馬子は返答出来なかった。大王が皇后以外に大勢の妃を持つのは、倭国が国として纏《まと》まった頃からの慣習だった。

王権を強固にするための政略結婚が始まりである。大王家に仕える有力豪族達も、大王に倣えとばかり、何人もの妻を持っている。

倭国の慣習だから大王が数多くの妃を持とうと、口にして反撥《はんぱつ》する女人はいなかった。大抵は嫉妬心を抑え、諦《あきら》めの心境だった。諦めも長く続くと自然に近いものになる。馬子は女帝の口から思いがけぬ慣習に対する女人の本心を知らされた思いだった。

「合葬は年が明けてからじゃ、大臣、朕は少し横になりたくなった」

「少しお待ち下さい、これは大変な問題になりますぞ、大王と堅塩《きたし》媛《ひめ》様の石棺を並べる合葬なら王族、群臣も納得しますが……」

「大臣、朕は決めたのじゃ、誰《だれ》が真正面から反対すると申すのです？　斑鳩宮の太子か、それなら朕が太子を呼びつけて申す、群臣達には詔《みことのり》を出しても構わぬ、穴穂《あなほ》部《べ》・宅部《やかべ》両王子を殺す時、大臣に頼まれて詔を出したようにのう」

「いや、詔など必要ございませぬ、ただ石棺を置く場所については、暫《しば》く胸にお秘め下さい」

「年内は秘めよう、だが大臣、朕はもう決めたのじゃ、合葬に対して、母上の石棺は黄泉《よみ》の国の正殿に安置する、大臣は頭も良く口も上手じゃ、朕の意を今から群臣に拡めよ、合葬礼の儀式までに群臣を納得させるのじゃ、それも大臣の任務の一つです」

女帝は鈴を鳴らした。

女帝に仕える釆女《うねめ》が女帝の背後に坐《すわ》り腕を差し出す。女帝は釆女の腕に縋《すが》ると高座《たかざ》から下りた。その間馬子は叩頭していた。

女帝のいない簾を見た馬子は、滲み出た汗が凍りついたような気がした。

厩戸《うまやど》が合葬に際し、堅塩媛の石棺を大王・欽明の石棺が置かれていた石室の奥に置き、欽明の石棺を前に移す、という女帝の意向を知ったのは旧暦十二月上旬だった。

厩戸の前には境部臣摩理勢《さかいべのおみまりせ》、巨勢臣大麻呂《こせのおみおおまろ》、紀臣塩手《きのおみしおて》、佐伯連東人《さえきのむらじあずまひと》、それに秦造《はたのみやつこ》河勝《かわかつ》等が叩頭していた。

皆、厩戸に傾倒している面々である。

「それは本当か？」

厩戸は激情を抑えるべく眼を閉じた。深く息を吸うと腹の底で呼吸をした。

多分、厩戸の声は呻《うめ》き声に似ていたに違いない。返事をする者は誰もいない。だがその無言の返答こそ、女帝の意であった。

境部臣摩理勢達に帰るように命じた厩戸皇太子は、斑鳩宮内に建立《こんりゅう》した仏殿の前に坐った。鞍作止利《くらつくりのとり》とその弟子達が造った釈迦《しゃか》像である。

地の底も凍りついたような寒い日で、薄暗い仏間に坐っているにも拘らず吐く息が白く感じられる。時々、怒り泣くような声をあげて風が吹く。

厩戸は絹綿の座蒲団に胡座《あぐら》をかき、両手を合わせ精神を統一した。半刻（一時間）ばかりで、受けた衝撃が薄れた。

だが厩戸の脳裡《のうり》にはこれまでの出来事が走馬灯のように次々と現われては消えて行く。厩戸にとっては蘇我・物部《もののべ》合戦の凄惨《せいさん》な光景よりも、叔父《おじ》・泊瀬部《はつせべ》大王の暗殺の方が衝撃は大きかった。

蘇我・物部合戦の際は、厩戸はまだ十四歳だし、実際の戦闘から離れた場所で諸王子や馬子と共に戦《いくさ》を眺めていた。勿論、血塗《まみ》れの死体も見たし、深い衝撃を受けたが、歳月もあり、今は薄れている。

だが、厩戸が住んでいた上宮の南の倉梯宮《くらはしのみや》で泊瀬部大王が殺された時、厩戸は十九歳だった。最も多感な年齢といって良い。

それに同母の弟を馬子に殺された母の嘆きは、厩戸が慰められるようなものではない。母はそれまでも、矢張り同母弟の穴穂部・宅部両王子を馬子に殺されている。

勿論、馬子の後ろには女帝がいた。それを知っているが故に、母は憤りと悲しみの歯軋《はぎし》りで、歯が磨《す》り減るほど嘆き悲しんだのだ。

厩戸は、穴穂部王子や泊瀬部大王とは何処か気が合わなかった。軍事氏族である物部氏の血が入っているせいか、猛々《たけだけ》しいのだ。何時も刀を握り傲然《ごうぜん》としている印象だけが残る。宗教とは無縁の男子《おのこ》だった。

厩戸が苦しんだのは、自分が母を慰め、その苦痛の悶《もだ》えを鎮められないところにあった。田目王子と別れた後、母は何度か斑鳩宮に来て、自分が女帝と馬子から受けた悲しみを訴え、憤りを口にした。

母と女帝の間に亀裂が生じたのは、かなり古い頃からである。それには、母の兄の茨城《うまらき》王子と、女帝の実母姉・磐隈《いわくま》王女との恋愛事件が発端だった。

茨城王子と磐隈王女は異母兄妹だから、恋愛に制約はない。当時は同母兄妹だけが禁じられていた。

茨城王子と磐隈王女との恋愛は、相当深い間だった。だが何故か磐隈王女は伊勢神宮の斎《いつき》王に任ぜられた。

伊勢の大神に仕える斎王は処女でなければならない。それにも拘らず磐隈王女が斎王に任ぜられたのは、王女の母の堅塩媛《きたしひめ》が二人の関係を苦々しく眺めていたせいだ、という。

母が厩戸の祖母の小姉君《おあねのきみ》から聞いたことなので、真偽のほどは厩戸にも分らない。

磐隈王女は、泊瀬川の渓谷に造られた斎宮で身を浄《きよ》めねばならなかった。斎王として伊勢神宮に行くのは、その後である。

二人の間は裂かれたのだが、茨城王子は未練を断ち切れなかった。磐隈王女とて同じ思いである。

茨城王子は、男子《おのこ》の立ち入りを禁じられている斎宮に忍び込み、磐隈王女と一夜を共にした。磐隈王女に仕える女人の口からそのことが堅塩媛に報じられ、大変な騒ぎになった。

磐隈王女は大王によって斎王の任を解かれ、茨城王子は、大和から摂津三嶋《せっつみしま》郡の茨木《うまらき》に追放になった。

茨城王子は小姉君の子供の中でも、格別、武術学識に優れていたといわれている。

茨城王子の罪は、聖なる斎王を犯した、ということになるが、茨城王子を可愛がっていた小姉君は、総ては茨城王子を都から追放するため、堅塩媛が仕組んだ陰謀だ、と子供達に洩らした。

茨城王子は追放先の茨木で一生を終え、磐隈王女は、茨城王子を追い王子と一緒になったが、心労のせいか早逝した。

その頃から堅塩媛の子供達と、小姉君の子供達には亀裂が生じたのである。

とくに母親に似て、勝気で美貌の額田部王女《ぬかたべ》（推古女帝）は、小姉君の子供達に競争心を燃やした。

そういう状態を見て心配したのは、欽明大王《きんめい》だった。

堅塩媛と小姉君という二人の妃の関係だけが険悪なら、女人特有の嫉妬という観点から見過すことも出来る。だがそれぞれの子供達が憎み合うとなると、大王家の基盤に罅《ひび》が入る。

何とかして両者を仲直りさせようとし、大王自らが堅塩媛の長男・橘豊日王子《たちばなのとよひ》（用明《ようめい》大王）と小姉君の長女だった厩戸の母とを婚姻させたのである。

仲直りのための婚姻だから、命令者が大王であろうと自然なものではない。一時は表面的におさまったかに見えたが、大王が亡くなり、額田部王女が敏達《びだつ》大王の皇后となるに及び、再び大王位継承権争いとなって埋《うも》れ火に火がついたのだ。

そういう意味で、厩戸は憎み合っている血縁者同士から生まれた男子だった。生まれた時から厩戸は人間の業《ごう》を背負っていたといえよう。

瞑目《めいもく》していた厩戸は青白い炎が二つ、渦を巻きながら近寄って来るのを見た。雑念は去ったが厩戸の意識の眼は炎に引き寄せられた。

渦は魔除《まよ》けの筈だが、厩戸には渦の炎自体が魔に思えた。一つの炎は猛々しく巨大で空気を焼くような音を立てている。その渦の中心部に人の顔が現われた。眉、眼、唇が吊《つ》り上がり嘲笑《ちょうしょう》を浮かべながら厩戸を睨《にら》むように見ている。

今一つの渦は弱々しい青白さで渦自体に勢いがなかった。だがその形は整っていた。厩戸を睨んでいた顔の髪が突然逆立ち、渦と共に廻り始めた。女人の恐ろしい顔である。逆立った髪は生き物のように伸び、炎を突き破って廻り猛然と今一つの炎に向かって突進した。

弱々しい炎は舞い上がり衝突を避けようとするが、髪が唸《うな》りながら摑《つか》まえようと襲いかかる。

「逃げるのです、逃げるのです」

と厩戸は呟《つぶや》いていた。

そんな厩戸の声が耳に入ったのか、突然、髪を逆立てていた女人が口を開けた。巨大な狼《おおかみ》のような牙《きば》を剝《む》いて吠《ほ》えた。

「厩戸よ、そちにも小姉君の血が流れている、そち及び、そちの子や孫は私《わ》が総《すべ》て喰い、一人も残さない」

嗄《しわが》れた女人の声だった。

「おう、堅塩媛様か……」

「その通り、やっと気づいたか、だがそちに気安く、堅塩媛様などといわれる覚えはない、私《わ》にとって、そちは敵の身内じゃ」

女人の顔は長い舌を出し、蛇のように動かしながら気味悪く嗤《わら》う。まるで獲物を前にして舌舐《な》めずりしているようだ。

「堅塩媛様、吾《われ》を何故そんなに憎まれる？　吾の父は堅塩媛様がお産みになった、吾には堅塩媛様の血も流れています」

「それなら何故、私と大王の合葬に反対なのじゃ」

「いや、合葬には反対しておりませぬ、ただ大王・豊御食炊屋姫《とよみけかしきやひめ》様は、大王の石棺を前に出し、そこに堅塩媛様の石棺を置かれると聞きました、吾の聞き違いかもしれませぬが……」

女人の顔は青白い炎の渦の中に消えて行く。奇怪な夜鳥のような声で笑った。

「おう、可愛い姫じゃ、姫は母の私を尊ぶことによって、自分の権威を大王にも優る最高のものにしようとしている、如何《いか》にも姫らしい、だから私には可愛い、誰にも邪魔はさせぬぞ」

顔が消えると同時に、毬栗《いがぐり》の針のような髪が生えた渦巻きは、今一つの渦巻きに衝突した。

厩戸は悲鳴を耳にし、夢から醒《さ》めたように眼を開けた。

仏の顔は穏やかである。厩戸がこの眼で見た堅塩媛の鬼神など、関知していない表情だった。

全身汗塗れの厩戸は上衣の袖《そで》で顔の汗を拭った。

住居にしている前殿の北の屋形に戻ると、菩岐岐美郎女《ほききみのいらつめ》が不安そうに迎えた。厩戸の顔が蒼白《そうはく》なので、寝具に横になられた方が良い、と膝《ひざ》をついた。

女帝の娘・菟道貝鮹王女《うじのかいだこ》と、馬子の娘・刀自古郎女《とじこのいらつめ》が死亡した後は、菩岐岐美郎女が正妃のような存在だった。王族でも大豪族の出でもないので正妃と決めてしまうわけにはゆかないが、厩戸は内心正妃と思っていた。厩戸が斑鳩宮に移り住む少し前に婚姻したので、菩岐岐美郎女は三十代に入っていた。屋形は現在の法輪寺とされている。

丸顔の色白で柔和な容貌である。声に潤いがあり喋《しゃべ》り終っても、声が糸を引いたように残る。感性が鋭く、勝気で頭の回転の早い刀自古郎女よりもずっと女人らしかった。ただ芯《しん》は強い。刀自古郎女が生きていた時は、よく嫉妬混じりの皮肉をいわれたが、何時も穏やかに堪えた。

「菩岐岐美郎女は何を考えているのか私《わ》には分りませぬ、本当に腹の中が見えぬ女人じゃのう」

刀自古郎女の甲高い声を、厩戸はよく耳にしたものだ。刀自古郎女には、大臣の娘、という誇りがあった。それに美貌という点では、刀自古郎女の方が上かもしれない。自然、感情が昂《たか》ぶると、菩岐岐美郎女に当った。そんな菩岐岐美郎女を支えたのは、厩戸の母・間人《はしひと》大后だった。

間人大后は宮に来る度に、菩岐岐美郎女を呼び話し合ったり、共に散策したりした。間人大后は、弟達を殺した女帝と馬子を憎んでいた。自然、刀自古郎女に対しても好い感情を持たない。

刀自古郎女も好感を抱かないらしく、厩戸の母が来ると自分の部屋に籠《こも》り、特別な用事がない限り、顔を合わさないようにした。

道教思想と混合した仏教を信仰し、慈悲の心を大切にしている厩戸にも、女人達の葛藤《かっとう》だけはどうすることも出来なかった。

厩戸が口出しすると、後に尾を引く。刀自古郎女は賢明な女人だったので、陰湿なところが少ない。ことに彼女には山背大兄王《やましろのおおえ》を産んでいるという自負心がある。上宮王家の後を継ぐべき王だった。その自負心が、刀自古郎女を陰湿な女人にしなかった。

菩岐岐美郎女は厩戸との間に、これまで舂米《つきしね》女王を始め泊瀬《はっせ》王、久波太《くわた》女王、波止利《はとり》女王、馬屋古《うまやこ》女王を産んでいる。婚姻して以来、二年に一人の割で産んでいた。長女の舂米女王はすでに十六歳になっていた。養育先の摂津三嶋《せっつみしま》の舂米から斑鳩宮に来たが、母に似ず思ったことを口にする性格である。

厩戸は舂米女王が十五歳になるのを待って、山背大兄王と婚姻させた。

二十歳近くなった山背大兄王はこれまで、後宮の采女と関係を持ち、子供も産ませたが、母子とも死亡した。

当時は、悪質の風邪に罹ったり、風邪をこじらせると殆どが死んだ。

厩戸が二人の婚姻を菩岐岐美郎女に話したとき以来、彼女は前よりも一層おおらかになったようだ。と同時に、外には見せない芯《しん》が強くなったのも間違いない。

厩戸は菩岐岐美郎女に、

「気にすることはない、寝具の必要もない」

といって縁に出た。

斑鳩宮は敷地が広く小川が流れ、自然の樹々を残しているので屋形が多い割には、のんびりとした感があった。

宮の北は矢田丘陵の南端に接していた。

庭のあちこちには数え切れないほどの落ち葉が泥に塗れていた。

奴婢《ぬひ》に掃かせてもなかなか綺麗《きれい》にならない。

境部臣摩理勢《さかいべのおみまりせ》達は戻ったらしく、宮は静かだった。

ぼんやり縁に立っていると馬の蹄《ひづめ》の音がした。宮の方に近づいて来る。山背大兄王の馬だった。蹄の音を聞いただけで、厩戸は乗り手の名を当てることが出来た。

厩戸の警護隊長に任じられている調子麻呂《つきのねまろ》が前殿の方から現われた。

厩戸に叩頭し、厩戸が頷くと近づいて来た。

「子麻呂、山背大兄王は摩理勢達を送って出たのか？」

「はあ、半刻ほど前でございます」

厩戸は合葬に際して、堅塩媛の石棺を奥に置く件の口封じをしなかった。口封じをしても、こういうことはすぐ伝わる。

厩戸は縁の端に行き、子麻呂を呼んだ。

「子麻呂、これはそちの耳にも間もなく入るので、話しておく、大王の母上・堅塩媛様の合葬の件だが、少し困ったことになった」

厩戸は子麻呂に女帝の意を伝えた。

「異変かとは思いましたが、異変に近うございます」

「何故異変かと思った？」

「大兄王様の顔色で推測しました」

「そうか」

厩戸《うまやど》は近づいて来る蹄の音に耳を傾けた。山背大兄王は厩戸の若い時に似て、感情の起伏が激しい。ただ厩戸と異なるのは、自己抑制力が足らないことだった。山背大兄王の性格の中で厩戸が一番気にしている点である。今日の蹄の音にもそれがよく表われていた。

厩戸は子麻呂に馬の用意をさせ、戻って来た山背大兄王に、馬小屋の前で待つように、と伝えさせた。

厩戸は山背大兄王と共に馬に乗り宮を出た。供は、子麻呂以下数人の舎人《とねり》達である。晴れてはいるが冬の風は顔を突き刺す。山背大兄王の顔は紅潮している。

紅葉も殆ど落ち、矢田丘陵の山林は黄ばんで見えた。常緑樹も冬になると艶がなくなり、緑が褪《あ》せて見える。

厩戸は東の富雄川《とみお》に出ると北上した。

富雄川の上流には鳥見長髄彦《とみのながすねびこ》がいたという。トミの川名もそこから生まれたらしい。富雄川西方の矢田丘陵は北方に伸び、生駒《いこま》山地の北端に達する。

百舌鳥《もず》が鋭い声で鳴き、川蟬《かわせみ》が川岸の葦《あし》の上を飛んで行く。富雄川には荷を積んだ小舟が川下の大和川に向って進んでいる。舟子が櫂《かい》を漕《こ》ぎながら哀調のある声で歌っていた。

それまで厩戸は黙々と馬を進めた。山背大兄王は何度か厩戸に声をかけようとしたが、厩戸の背には王の口を封じる厳しいものがあった。

厩戸が馬を止め川を眺めた。

川上から荷を積んだ舟がやって来る。当時の交通は陸路よりも水路の利用度が大きい。歩くよりも舟に積んだ方が、多くの荷を遠くまで運べるからである。

「父上」

山背大兄王が思い切ったようにいった。

「山背大兄王、あれを見よ」

厩戸が対岸の葦の群れを指差した。山背大兄王は眺めたが葦の群れと茫々《ぼうぼう》たる薄《すすき》ガ原以外、何も見えない。

「何をでございますか？」

「そちには何も見えぬか」

「川、舟、葦、それに薄ガ原だけでございます」

山背大兄王の怪訝《けげん》そうな返答に、厩戸は大きく頷いた。

「眼に見えるものはのう、だが川の底では魚が泳ぎ廻り、薄ガ原には飢えた獣が潜んでいるかもしれぬ、その点、眼に見えるものの方が分り易《やす》い、相手の気持がはっきり見えるからじゃ」

「父上は、堅塩媛様の合葬のことをおっしゃっているのでしょうか？」

「分ったようだな、どうやら豊御食炊屋姫《とよみけかしきやひめ》様は、父・大王よりも堅塩媛様を高貴な方、と考えておられるようじゃ」

「父上、そんなことは許されませぬ」

「許すも許されぬもない、豊御食炊屋姫様は間違いなく実行される、大臣《おおおみ》にも阻止する力はないようだ」

「父上の祖父・欽明《きんめい》大王が穢《けが》されることになります、まさに非道というもの……」

「誰にでも非道は分っておる、ただ大臣も手をつけられないとなると、群臣がどう考えようと無駄じゃ」

「父上はそれをおっしゃりたいために、吾《われ》を連れ出したのでございますか」

「そうじゃ、ただ吾としても、非道な行為と分っていて、黙っているわけにはゆかぬ、だがそちには関係ない、摩理勢達と一緒になって騒いではならぬぞ」

「父上が……吾もそれを聴き、ほっと致しました、もし父上が黙って眺めておられるのなら、吾が大臣を口説《くど》き、大臣と共に大王に申し上げる積りでした、許されぬことだからです」

「そちは黙っているのだ、斑鳩宮の王は吾じゃ、吾を差し置いて勝手な行動は許さぬ、それこそ非道だぞ」

厩戸は何時になく強い口調で叱咤《しった》した。山背大兄王は厩戸を見返し、唇を嚙んで叩頭した。

「父上、分りました」

「本当に分ったのかな、そちが騒ぎ立てると、大王はそちに牙を剝く、そちは将来、大王位に即《つ》く身だ、今、このことで豊御食炊屋姫様の憎悪を買ってはならぬ、これは単に損得の問題ではない、吾は飛鳥の大王家との亀裂を取り返しがつかないほど深くはしたくないのだ、いいか、口に布を当て我慢せよ」

「父上、吾の祖母・大后が知られたらと思うと……」

「母のことも吾にまかせるのだ、宮に戻るぞ」

厩戸は子麻呂に手を振った。それを待っていたように矢田丘陵の上空を舞っていた鷹《たか》が、石が落下するように川に舞い降りた。水飛沫《しぶき》と共に獲物の魚を鋭い嘴《くちばし》で捕え、舞い上がった。

その瞬間まで大勢の仲間と戯れ合っていた魚は、鷹に狙《ねら》われていたとは知らなかった。

鷹は、捕えた鮒《ふな》と他の魚とをどうして区別していたのだろうか。

それは人間には分らない。運命といって良いかもしれなかった。

厩戸は使者を出し、馬子を宮に呼んだ。使者は、大臣《おおおみ》は風邪で屋形からは出られない、と厩戸に伝えた。

境部臣摩理勢を斑鳩宮に呼び訊《き》いてみると、厩戸が予想した通り、馬子は健康で風邪の気配などないという。

明らかに馬子は厩戸と会うのを避けていた。

合葬に際し、堅塩媛の石棺を石室の奥に置き、大王の石棺を前に移すことは噂になっていた。女帝の意を受けた土師連《はじのむらじ》猪手《いて》は衝撃を受け、寒い季節にも拘らず、毎朝小川に入り、禊《みそぎ》をしている、という。

欽明大王の祟《たた》りを恐れているらしい。飛鳥の群臣も顔を合わすと、声を潜め、そのことを話し合った。

結局、女人の大王は何をなさるか予測がつかない、と嘆息を洩らす。女人だから忠告をしても無駄だ、という保身の嘆息である。

摩理勢の話では、諸王子の中にも、大王の石棺を動かすことに反対している者がいるようだった。

女帝の夫だった敏達大王が春日臣《かすがのおみ》の女人に産ませた春日《かすが》王子、大派《おおまた》王子などで、とくに正義感の強い大派王子は小墾田宮《おはりだのみや》を訪れ、女帝に忠告しようとしたが、女帝は身体の不調を理由に会わなかった。

女帝の子の尾張《おわり》王子なども、困ったものだと嘆息しているらしい。

厩戸は隋使・裴世清《はいせいせい》が来る直前、尾張王子の娘・橘大郎女《たちばなのおおいらつめ》を妃にしていた。まだ十九歳だった。

そういう関係から厩戸は尾張王子とは比較的親しかった。

厩戸は旧暦十二月中旬、橘宮に一泊し、病気見舞に来たという理由で、馬子の嶋屋形《しまのやかた》を訪れた。屋形は飛鳥の東南端にある。庭に池を掘り、人工の島を造った。

慧慈《えじ》が高句麗の都に島のある池があり雅趣に富んでいると話したことから、そのような池を造ったのだ。

故に時の人々は、馬子のことを嶋大臣《しまのおおおみ》と呼んだ。

前もって使者を遣わしていたので、馬子も逃げるわけにはゆかない。厚い絹綿の入った上衣を二枚重ねて着た馬子は、毛皮の敷物の上に置いた絹綿の座蒲団に胡座《あぐら》をかき、上段の厩戸と向い合った。時々咳をするが自然で、仮病ではなく風邪に罹ったのかもしれない。

厩戸はそ知らぬ顔で病状を訊いた。

馬子は何といっても妃であった刀自古郎女《とじこのいらつめ》の父だから厩戸には岳父ということになる。

「この年齢《とし》になると、一寸《ちょっと》した風邪でも疲れが酷い、身体の芯まで腐って行くような気がしますぞ、年齢は取りたくない、かつて中国の皇帝が不老長寿の薬を求めて、倭国に使者を遣わしたというが、吾《われ》もそんな気持じゃ、健康な時と違って、何もかもがめんどう臭うござる、権力も富も、そして女人も総ては若い頃のもの、その点、太子はまだまだ若い、羨《うらや》ましゅうござる」

馬子は鬚《ひげ》を引っ張るように握る。髪にも鬚にも、半分以上白いものが混じっていた。

厩戸には馬子が酷く老いたように思えた。厩戸に向って、こんな弱音を吐いたことはなかった。ただ、老獪な政治家である馬子は、よく演技をする。馬子の人柄を知っている厩戸は、すぐには信じられない。

馬子に仕える女人が現われ、蜂蜜《はちみつ》の入った熱い薬湯を置いた。

「太子、吾の風邪が染《うつ》らぬよう、薬湯をお飲み下さい、風邪を引くと、熱い酒を飲み、泥酔して眠り、風邪を治そうとする者が多うございますが、病には身体に効く薬湯が一番よろしい、酒で治すのは若い者のすること、いや、太子はお若うござるが、吾の風邪を染されたとなると吾の立場がありませぬ、さあ、熱いうちに」

薬湯により須恵器《すえき》の器は熱くなっていた。

「大臣、吾も来年は三十九歳、若くはない、ではいただこう」

多分、百済《くだら》から取り寄せた新しい薬が入っているに違いない。少し舌を刺すが薬湯は香ばしく甘かった。

馬子は両手で器を持ち、背を丸めて旨そうに飲んでいる。そんな飲み方は確かに老人臭かった。

厩戸には馬子が一廻り小さくなったように見えた。蘇我・物部合戦で全軍を指揮した時の颯爽《さつそう》とした勇姿はすでにない。泊瀬部大王を東 漢 直 駒《やまとのあやのあたいこま》に殺させた時も、精気が滲み出ていた。眼光は炯々《けいけい》とし、厩戸を見る眼にも鋭い光が宿っていた。そういえば当時の馬子は四十代の前半だった。

どんな薬が入っているのか、薬湯を飲むと身体の芯が暖まり寒気が薄らいだような気がする。庭では鶯《うぐいす》が鳴いていた。

「太子、山背大兄王は元気でおられるか？」

といって馬子は薬湯の器を置いた。

「元気じゃ、この季節なのに、よく馬を走らせる、吾の若い頃によく似ておる」

「そういえば太子も馬がお好きだった、騎馬太子といわれたのも、何時も馬に乗っておられたからじゃ」

馬子は昔を思い出すような眼を厩戸に向けた。

意気込んで来たが、何となく肩透かしを喰ったような思いである。女帝の行為を詰問する雰囲気にはなれない。

そんな厩戸の胸中を読んだように馬子はいった。

「太子、吾《われ》は次の大王位には、山背大兄王に即《つ》いていただきたい、何といっても孫じゃ」

「勿論、吾もそう思っている」

厩戸は頷いたが、馬子が病を理由に自分を避けたのはそのせいではないか、と感じた。

「分っていただければ吾も安心じゃ、大兄王のことを思うと、余り大王を怒らせたくない、何といっても女人、感情が先に立つ」

馬子は吐息をつき肩を落した。

矢張り馬子は厩戸の意図も胸中も読んでいた。

ここで負けてはならぬ、と厩戸は姿勢を正した。馬子は膝の前の薬湯の器を手にすると、懐《ふところ》から布を出し磨くように拭き始めた。馬子が手にした器は鈍い光沢を放っていた。

「器でも、こうして磨いていると可愛い」

と馬子は呟いた。

「大臣、分っているとは思うが、堅塩《きたし》媛《ひめ》様の合葬の件だが、大王の石棺と入れ換えるのは、人の道に反する、大臣が忠告されたことは吾も存じている、だが大王が女人でも、道の理を曲げることは許されぬ、吾は大臣と共に豊御食炊屋姫様にお会いし、人の道を説き、石棺を入れ換えることだけは思い直していただく積りだ」

「太子、吾は懸命に説いた、だが駄目じゃ、堅塩媛様の鬼神が姫に取り憑《つ》いたような状態ですぞ、今の姫大王に、理は通用せぬ、太子は斑鳩宮にいて、姫大王にお会いになってお られぬから、お分りにならない、吾もほとほと疲れた」

馬子は磨いていた器を、様々な角度から眺めている。馬子は器という武器を手にして守りに入ったようである。意気込めば意気込むほど厩戸は、自分が浮いて行くような気がした。

馬子は鼻をすすり、咳をする。

「大臣、異常かどうかを吾の眼で確かめたい、噂では、尾張《おわり》王子、大派《おおまた》王子なども批判されている、という、そういう諸王子と共にお会いしても良い」

女人が顔を出し、厩戸に挨拶《あいさつ》したい、という蝦夷《えみし》の意を伝えた。

蝦夷は馬子の次男で、厩戸より八歳若い。

一昨年大夫《まえつきみ》になり、新羅の使者が朝貢に来た時は、小墾田宮で使者と応対した。

明日の蘇我本宗家を背負って立つ有望な男子《おのこ》だった。長男の善徳《ぜんとこ》は飛鳥寺の管主になったぐらいだから、学識者で大人しい。それに較べると蝦夷は勝気で、自己顕示欲が強い。我意に固執し、決断したことは強引に押し進めようとする。

厩戸は蝦夷には何処か、山背大兄王と共通した性格がある、と視《み》ていた。

父の代理の積りで行動するようだが、馬子ほどの器はない。

境部臣摩理勢とは余り気が合わないようで、摩理勢は蝦夷が父・馬子の真似《まね》をしたがっている、と批判していた。

「太子、小さな器なのに大きな器の真似をしても、注いだ水は溢《あふ》れるばかりでございます、それに気づくと小さな器は、何とか自分の器を大きくしようとするでしょう、当然、器は壊れます」

摩理勢の厳しい批判を厩戸は覚えていた。

蝦夷は父の右側に坐り、厩戸に挨拶した。

「御無沙汰していますが、太子には御元気そうで何よりでございます、今日は、折角、屋形まで足を運んでいただいたにも拘らず、父が風邪を引き、申し訳ありません、もし吾《われ》に出来ることがあれば、何なりとお申しつけ下さい」

蝦夷は厩戸の眼を凝視《みつめ》、はっきりした語調でいった。働き盛りの男子《おのこ》の精気が溢れている。

厩戸は摩理勢の批判を思い出し、苦笑を抑え兼ねた。

厩戸は、女帝に対する忠告の件を蝦夷に告げても良いのか、と馬子に眼で訊いた。

馬子は厩戸の意を察したらしく、

「蝦夷、吾は太子と内密の話がある、そちは退いておれ」

馬子の声は病人らしくなかった。

蝦夷は肩を張り、馬子を見て口を開きかけたが、父の眼光に射竦《いすく》められたらしく、分りました、と叩頭する。

蝦夷が部屋を出ると馬子は鬚を撫でた。

「太子、吾は二、三日のうちに外に出られます、姫様とお会い出来るよう、取り計らいましょう、突然、訪問しても姫はお会いにならない、神祇の女王は、神を優先なさるからのう」

「大臣、全力を尽していただきたい」

厩戸はきっぱりした口調でいった。

第二章　疑

厩戸《うまやど》は、今日のところはお引き取り下さい、という馬子《うまこ》の意を酌んで斑鳩宮《いかるがのみや》に戻った。

待ち構えていた山背大兄王《やましろのおおえ》は、緊張した面持ちで、馬子と会った結果がどう運んだかを訊《き》いた。

厩戸が女帝と会わなかったことを山背大兄王はすでに知っていた。

「大臣《おおおみ》は軽い風邪に罹《かか》っている、大王にお会いする際は、大臣から伝えて貰《もら》った方が良い、大臣も吾《われ》の胸中は理解しておる、数日中には大王とお会いする、そちは余り気にしない方が良いぞ、吾にまかせておくのだ」

厩戸は意気込んでやって来た蝦夷《えみし》の顔を思い浮かべた。馬子は何といっても山背大兄王の祖父であり、孫に対して人並の情は抱いている。だが子の蝦夷には山背大兄王に対する血縁意識は余りない。あるとすれば、大王位に即《つ》き兼ねない山背大兄王に対する嫉妬心《しっとしん》と、競争心であろう。蝦夷は馬子の子だ。蝦夷が、父の孫にあたる山背大兄王が、王族であるが故に大王になることに対して、平静な気持でおれないのは、厩戸にもよくわかる。蝦夷が器の大きい人物で、山背大兄王に対して親愛感を抱いていたなら、心配することは何もない。山背大兄王の後ろ楯になってくれる。

だが蝦夷は、厩戸の知る限り上宮王家に対して冷たい眼を向けていた。年齢《とし》下の山背大兄王に対してはことにそうだ。

「父上、大臣は大王との間に亀裂《きれつ》が生じるのを恐れています、ことに蝦夷は大王にべったりでしょう、噂《うわさ》では尾張《おわり》王子を次の大王にすべく、色々と策を巡らしているとのことです」

「大王位については、余り考えない方が良い、すべては御仏の胸中にある、といって何もしない、というのではない、例えば、そちは合葬の件で憤っているが、吾が大王に忠告すれば、大王は吾のみならずそちにも白い眼を向けるぞ、そのことを充分認識し、覚悟して憤っているのか、どうじゃ」

厩戸の詰問に山背大兄王は一瞬狼狽《ろうばい》した。すぐ胸を反らし、膝《ひざ》を叩いた。

「父上、小墾田《おはりだ》の大王に嫌われようと、人の道に外れた行為に対し、黙っているのは、卑劣というものです、父上が嚙《か》み砕いて理を説かれたなら、女人といえども耳を傾けられる筈《はず》、大王も父上には畏敬《いけい》の念を抱いておられます」

「そうかな」

厩戸は呟《つぶや》くようにいった。

厩戸は豊御食炊屋姫《とよみけかしきやひめ》が自分に対し、畏敬の念を抱いているとは思っていなかった。ただ女帝は仏教に対する厩戸の学識の深さや、自己の信念を貫こうとする意志の強靭《きょうじん》さは認めていた。もし厩戸に小姉君《おあねのきみ》の血が流れていなければ、山背大兄王がいったように女帝は厩戸に畏敬の念を抱いたかもしれない。

血の問題は理屈では解明出来ないが、厩戸には何となく分るのだ。それは厩戸が母・間人《はしひと》大后と会った時に、血への怨念《おんねん》を強く感じるからである。

その点、厩戸と一世代離れ、年齢も若い山背大兄王には、血に対する女帝や間人大后の怨念は余り理解出来ない。山背大兄王がそれを痛切に意識するのは、二、三十年後であろう。

蓋《きぬがさ》のついた輿《こし》に乗った間人大后が斑鳩宮を訪れたのは、三日後だった。

母に仕える女人が宮門を守る兵に告げ、母の突然の来訪を知った厩戸は、微《かす》かに眉《まゆ》を寄せた。

厩戸は母に、宮に来る際は必ず前もって連絡し、こちらの都合を聴いて欲しい、と念を押しているが、母がそれを守るのは厩戸にいわれた次の回ぐらいである。もうそれで約束を果したとばかりに何の前触れもなくやって来る。

厩戸には斑鳩宮の王者としての公務がある。蘇我《そが》・物部《もののべ》合戦に加わった厩戸は皇太子になってから、物部の領地をかなり与えられた。かつて河内湖《かわちこ》や難波津《なにわづ》を抑えていた物部には海人《あま》的な性格があり、瀬戸内海航路沿いの要所を領地にしていた。厩戸はそれ等のかなりを継承したのだ。

厩戸が皇太子になった頃は、女帝も馬子も、次期大王は厩戸にするという点で一致していた。

上宮王家滅亡の後、半世紀たち、法隆寺の再建と共に同寺の管理下に置かれた地は、もともと厩戸の領地であったものが多い。

厩戸は斑鳩だけではなく、それ等の地の状況にも眼を通さなければならない。

また厩戸は、『日本書紀』に記載されている十七条の憲法の原詔を発布している。

この十七条の憲法には強い偽作説がある。まず、冠位制が当時の倭国《わこく》にあったことを記している『隋書倭国伝《ずいしょわこくでん》』が十七条の憲法には触れていない。

大事なのは国司など律令《りつりょう》時代の字句が使われていることと、内容に官人秩序のための法家思想が組み込まれていることである。国司は間違いなく律令時代のものなので、後世に新しく加えた可能性は強い。

ただ一九九二年十一月、法隆寺の釈迦《しゃか》三尊像の台座から「書屋」「尻官」などの墨書が発見された。しかも台座は斑鳩宮の扉を転用した可能性が強い、という。尻官は意味がはっきりしないが、書屋は明らかに経典などを含めた書物を管理する部署のことであろう。となると、斑鳩宮に初期的な官司制が成立していたことが窺《うかが》われ、十七条の憲法が法を説いていたとしてもおかしくはない。

作者はこれまで、太子は斑鳩宮の役人に対し十七条の憲法の元となる詔《みことのり》を発し、後世になって太子の原詔に手が加えられ、『日本書紀』が記述するものになった、とエッセーなどで述べてきた。今回の発見により、それが確かめられた思いがするが、ただ以前よりも原詔は『日本書紀』記載のものに近かったのではないか、という感を得た。何《いず》れにしろ大変な発見である。

勿論慧慈《もちろんえじ》など渡来系の僧が、中国の類詔を厩戸に伝え、協力して作成したことを否定するものではない。

それは兎《と》も角《かく》、斑鳩宮にはすでに官司的な制度が出来ていた。となると厩戸は、官人達の働きに対する評価や、犯した罪に対する罰も裁決していたであろう。厩戸の一日は、我々が想像する以上に多忙だった、ということも考えられなくはない。

母は橘大郎女《たちばなのおおいらつめ》よりも菩岐岐美郎女《ほききみのいらつめ》に親しみを抱いていた。

橘大郎女は何といっても女帝の孫である。その点、菩岐岐美郎女は臣下の娘で、会っても気が楽だからであろう。また若い橘大郎女は、母に冷たい眼を向けられると固くなってしまい、母への応対がぎこちなくなる。

菩岐岐美郎女は、初めから太子の妃というより、臣下の娘として大后を迎える。

今の母は孤独で、或《あ》る意味で劣等感の塊だった。愛想良く腰の低い菩岐岐美郎女に迎えられると、安心し劣等感の裏返しである誇りをくすぐられた思いがするのだろう。

前殿で官人達から任務の報告を受けていた厩戸は、公の場所で眉を寄せたことを悔いた。こういう時、厩戸はまだまだ修業が足らない、と反省する。

前殿の傍《そば》を通る時、母は嗄《しわが》れた声で寒い、といい咳《せき》をした。厩戸に聞かせるためにしたような激しい咳だ。

下座に坐《すわ》っていた官人達が緊張した面持ちで厩戸を見た。

厩戸は母の来訪を伝えた采女《うねめ》に、

「菩岐岐美郎女の部屋で待っていただくように、吾《われ》が申さなくても郎女が応対する」といった。

厩戸の眼の前には各地の領地から寄せられた木簡が並んでいた。

伊予《いよ》の国からのものもあった。厩戸はふと慧慈と一緒に伊予の湯(道後温泉)に行った時のことを思い出した。

「日月は上より照らして私《し》せず、神井《しんせい》は下より出でて給《たま》えざるなし、この所以《ゆえ》に万機《ばんき》は妙応し、百姓《たみ》はこの所以に潜扇《せんせん》す……」

厩戸は慧慈の教えを受けて詩を作り石碑に刻んだ。厩戸が二十三歳の時だった。

政治に対する厩戸の理想である。潜扇すというのは、扇がもたらすような風に吹かれて民、百姓が勢いづくという意味である。

政治に対する当時の理想は今も変っていないが、その理想を実現することが如何《いか》に困難であるかを、厩戸は痛感するようになっていた。

厩戸の碑文には人間平等主義の萌芽が窺えるが、当時の支配者達には、人間は平等なり、という意識は殆《ほとん》どない。

厩戸の思想に対し、飛鳥の朝廷は、危惧《きぐ》の念を抱いていた。

厩戸は木簡には明日、眼を通す、といい、席を立った。

厩戸は母に会う前に橘大郎女の屋形に行った。橘大郎女は刺繍《ししゅう》が好きで、仕える女人達と共に、花を刺繍していた。

厩戸が突然現われたので大郎女は驚いたように顔を上げたが、喜びが溢《あふ》れている。女人達は叩頭《こうとう》し、隣りの部屋に退《さ》がった。

「確か大后様が……何時《いつ》御挨拶《あいさつ》に行こうか、と考えていたところです」

といって橘大郎女は視線を伏せた。大郎女は間人大后に好感を抱かれていないことをよく知っていた。十代後半の大郎女は、まだ童女のようなあどけなさを漂わせている。

菩岐岐美郎女には安心感を覚えるが、大郎女にはいとおしさを感じる。

「吾と一緒に参ろう、気にすることはない、突然の来訪じゃ、吾と一緒にいたことにすれば良いのだ」

「でも……」

「菩岐岐美郎女なら心配することはない、心の広い女人だ、心の狭い女人なら、吾は会わない、母上に対しても、気にすることは毛頭ない、そなたは尾張《おわり》王子の娘、尾張王子は飛鳥の王族の中では最も吾を理解してくれている王子じゃ……」

厩戸は半分出来上がった刺繍を手にした。

薄紫の布地に椿《つばき》の花が描かれていた。

はないか……」
「なかなか、よく出来ている、絵も学べば良い、斑鳩には、高句麗《こうくり》から来た画師がいるで
「はい、もう少し刺繡が上手《うま》くなりましたら」
厩戸に褒《ほ》められ、橘大郎女の白い頬《ほお》に血が映えた。
「さあ、参ろう、母上に挨拶したなら、すぐ戻れば良い、母上が突然来た用件は分ってい
る、それには、そなたの父上の力添えも必要なのだ、そのことを、母上にもはっきり申し
上げる、外は寒いぞ、上衣を重ねよ」
厩戸は上衣の上に淡紅色の防寒用の上衣を纏《まと》った大郎女と共に、菩岐岐美郎女の屋形に
向った。
屋形は殆ど茅葺《かやぶ》きだが仏殿だけは瓦葺《かわらぶ》きである。
厩戸に仕える女人が菩岐岐美郎女の屋形に行き、訪れることを伝えた。
宮内で厩戸を警護するのは調子麻呂《つきのねまろ》一人である。
「のう子麻呂、若い頃はこのような寒い日は、馬を飛ばしたくなったものじゃ、肌を凍《い》て
つく風で叩《たた》かれれば叩かれるほど体内の血が燃え、身体が引き締まった、年齢《とし》に負けぬ積
りで来たが、矢張り行動力が鈍くなる」
厩戸は微笑した。

「はあ」

と子麻呂は答えたものの厩戸が何をいおうとしているのか、分らないらしく首を捻《ひね》る。厩戸が独り言のように話しかける言葉には深い意味が含まれていることがある。何でもない会話の場合が多い。

厩戸は空を仰ぎ、眼を細めた。

「子麻呂よ、そんなに深く考えるな、ただ若い頃は、相手の心情など余り考えぬ、だから勝手なことをいい、勝手な行動を取れる、それだけは間違いない」

「それは、やつかれ（臣）にも何となく分ります」

子麻呂は相槌《あいづち》を打つように頷《うなず》いた。どうやら厩戸が間人大后に会いにいく心境と関係がある、と分ったようだ。

若い時と異なり、太子の足が重いのもそのせいかも知れない、と子麻呂は感じた。

屋形の傍まで来た時、厩戸は子麻呂を傍に呼んだ。

「半刻《とき》後、吾《われ》を呼びに参れ、理由は政務のことにせよ」

厩戸は真面目な顔でいい、そんな自分に照れたのか、肩を竦《すく》めた。厩戸の側近の部下は多いが、何でもいえるのは子麻呂だけである。それでも、このようなことを告げたのは初めてだった。

「太子様、半刻後にお迎えに参ります」

「そうじゃ、馬を用意しておけ、飛ばしたくなったわい」

と厩戸は白い歯を見せた。

厩戸と橘大郎女《たちばなのおおいらつめ》が一緒に入って来たので、間人大后は顔を歪《ゆが》めた。

「母上、また突然の御来訪ですか、吾《われ》は宮の王として、色々と政務で多忙です、来られる時は、前もってお知らせ下さるようお願いし、母上も、そうすると約束なさったではありませんか」

「私《わ》は太子に会いに来たのではない、冬の日、一人でいると、妙に人恋しくなる、故に菩《ほ》岐岐《きき》美郎女《みのいらつめ》に会いに来た、何でもないことでも話をしていると気が紛れる、菩岐岐美郎女は、何時も暖かく私を迎えてくれるからのう、この頃の太子は、私が邪魔のようじゃ、帰れ、というのなら帰ります」

厩戸にはそんな母が矢張り憐《あわ》れだった。女帝より若いのに干した梅の実のようにしぼみ、老いて見えるのも苦労を背負って来たからである。

「母上、何もお帰り下さい、と申していません、吾も、母上が来られたのを知ると、どんなに多忙でも、お顔を見たくなります、吾の気持は母上にもお分りの筈」

厩戸の言葉に母は少し機嫌を直したようである。

橘大郎女が母に挨拶した。

「私は元気じゃ、太子に皮肉をいわれるのを知っていて、来るぐらいだからのう、それはそうと、政務で多忙と申していながら、何故《なぜ》一緒に参った、陽《ひ》はまだ真上じゃ、太子と戯れていたわけでもあるまい」

菩岐岐美郎女は困惑して顔を伏せ、橘大郎女は石のようになった。

厩戸は姿勢を正すと、母を見据えた。

「母上、少しお言葉が過ぎますぞ、大郎女の父の尾張王子は、飛鳥の王子の中では最も信頼出来る人物です、母上のそんなお言葉を耳にすれば、尾張王子は、どう思われますか、母上は吾を困らすために来られたのですか」

厩戸の厳しい叱責《しっせき》にも似た言葉に、母は近くに雷《いかずち》が落ちたような顔になった。息を呑《の》み、身体を竦め眼を見開いた。閉じようとしても閉じられない、といった感じで、石に化したように思えた。

厩戸は滅多に叱責しない。それだけに母は衝撃を受け、何も喋《しゃべ》れなくなるのだった。

厩戸は振り返り、橘大郎女に戻るように合図した。大郎女は母と菩岐岐美郎女に挨拶する。母はまだ呆然《ぼうぜん》としているが、菩岐岐美郎女は、丁寧に挨拶を返し、席を立ち大郎女を屋形の戸口まで送った。

何といっても大郎女は王族である。身分的には菩岐岐美郎女よりも上だ。厩戸の妃としては先輩格で、泊瀬《はつせ》王を始め数人の子を産んでいるが、菩岐岐美郎女は、大郎女には丁重に接する。

「大后様のことは気になさらないで下さい」

と菩岐岐美郎女は大郎女に囁《ささや》いた。

大郎女には、何でもない菩岐岐美郎女の言葉が嬉《うれ》しい。

「お騒がせして申し訳ありません、どうぞ大后様のお傍に」

二人は微笑することによって、妃同士は仲良くしよう、と確認し合った。

「和をもって貴《とうと》しとなす」憲法十七条の第一に記述されているこの一見単純な理念は、厩戸が主に自分の妃や子供達を念頭に置いて述べたものである。妃達が和の心で接し合うことが如何に難事であるかを厩戸はよく知っていた。

厩戸は今度は穏やかな口調でいった。

「母上、お分りいただければ良いのです、どうか、ゆっくりしていて下さい」

「太子、私は合葬のことを知った、豊御食炊屋姫《とよみけかしきやひめ》は、私の父・大王の霊が休んでおられる石棺を前に移し、堅塩媛《きたしひめ》の石棺を奥に置く意向という、狂気の沙汰《さた》じゃ、太子が飛鳥に行ったのは、あの女人の狂気を鎮めるためであろう、どうであった」

雷に打たれて呆然としていた眼に、雷の鬼神が乗り移ったようである。石のようになっていた間人大后の全身がわなないて見えた。

矢張り母は合葬の件で来たのだ。

「母上、吾《われ》は反対だ、と申し入れています、近々、尾張王子や大臣《おおおみ》と共に大王に会い、吾の意を強く伝えることになっている、どうか余り気になさらないように」

「炊屋姫は普通の女人ではない、太子の忠告を素直に聞き入れるとは思えぬ」

母の眼も何かに取り憑《つ》かれたようだ。厩戸の脳裡《のうり》に、仏像の前で見た悪夢のような青白い炎の闘いが浮かんだ。

「母上、吾にどうせよ、と申されるのですか？」

「阻止するのじゃ、許せぬ」

「兵を出して工事を阻止せよ、とおっしゃるのですか、戦《いくさ》になりますぞ、今度は、蘇我・物部合戦以上の惨禍を招きます、斑鳩宮に住む、我等の一族が被害を受ける、それでも構わない、と母上はお考えか」

「群臣は、皆、あの狂気の女人に味方すると申すのか？」

「皆ではありません、吾に味方する者もいるでしょう、ただ豊御食炊屋姫様は神祇《じんぎ》の最高司祭者で大王です、戦の結果がどうなるにせよ、吾が先に兵を出した、となると批判は吾に集まりますぞ、母上、どうか気をお鎮めになって下さい、吾は全力を尽す、後は御仏と神にまかせるべきです」

「無念じゃ、私《わ》には、母・小姉君《おあねのきみ》の無念が痛いほど分ります、太子には分らないが、母上は堅塩媛《きたしひめ》に苛《いじ》められ続けたのじゃ」

「はあ、そのことは母上からお聞きしています」

といったが、厩戸は両者の確執がどの程度であったかを知らない。

多分、堅塩媛は皇后であった石姫《いしひめ》が亡くなった後、皇后気取りで、若い小姉君に何かと意地悪をしたに違いない。大王の後宮内ではよくあることだ。ただ、母の口から語られると単なる苛めではなくなる。例えば母の話では、堅塩媛は小姉君の美貌《びぼう》を憎み、その容貌を崩そうと水に毒を入れたり、大王には、小姉君は、若い妃なのに皇后になりたがっている、と中傷した。

小姉君に対する中傷はそれだけではなく、日常生活の様々な細事にまで及んだ、という。

厩戸が妃達を念頭に置き、和をもって貴しとなす、とまず述べたのは、後宮の女人達の嫉妬の凄《すさ》まじさを、母の口から教えられたせいもある。

勿論厩戸は、母の話を総《すべ》て信じたわけではない。だが堅塩媛が、かなり気の強い女人であったことは間違いなかった。女帝はその血を受け継いでいた。

「無念じゃ、私は何時、黄泉《よみ》の国に行くかも分らぬ、もしあの姫の思惑が実現したなら、私は、母に合わせる顔がない」

母は童女のように手で顔を覆った。母の手は筋張り青い血管が浮いている。母が涙を流しているのを厩戸は感じていた。昂奮《こうふん》すると母は必ず涙を流す。

厩戸は低い吐息をついた。母は泣くだけ泣くと平静を取り戻す。今日は泣くまでの時は短かったが、怨念に満ちた言葉は何時になく鋭かった。

黄泉の国で母に合わせる顔がない、などまさに怨念の刃物である。

「太子様、御一緒に薬湯を……」

と菩岐岐美郎女がいった。

「おう、寒さを忘れていた、舌が焼けるほど熱いのを頼む」

「はい、すぐ運ばせます」

菩岐岐美郎女は、次の部屋で待機している侍女に薬湯を命じる。

当時の屋形は板壁で遮られていても、話し声は隣室に筒抜けである。

侍女達は女帝に対する母の憎悪を聴いている。もし侍女の中に女帝の間者《かんじゃ》がいたなら、女帝の耳に入る。

厩戸はその点を注意し、信頼出来る氏族の女人しか宮には入れないようにしていた。だが時はどう動くか予想がつかない。信頼していた氏族が、永久に信頼出来るとは限らなかった。

重苦しいものが厩戸の胸に閊《つか》えている。

厩戸は何度も、宮に来た時は余り女帝の悪口はいわないように、と母に忠告していた。

母はその時は頷くが、いったん女帝の話題になると、厩戸の忠告など忘れてしまうようだ。

母と一緒に薬湯を飲んだ厩戸は、母が帰る時は知らせるように、といい席を立った。

その日、母が斑鳩宮《いかるがのみや》を出たのは未《ひつじ》の正刻（午後二時）頃《ころ》だった。

陽はもう南西の二上《ふたかみ》山の上に近づきつつあった。夏は斑鳩からは北西にあたる生駒《いこま》山の方に落ちる。

菩岐岐美郎女や橘大郎女を始め、後宮の采女や侍女達に送られた母は、輿の上から何度も宮を振り返った。

こういう時は、故用明《ようめい》大王の皇后であった時の姿に戻る。母は胸を反らせていた。

厩戸は馬に乗り龍田《たつた》宮まで送った。母は何度か、戻るようにいったが、厩戸は、御心配なく、と微笑を返した。

龍田川沿いにある母の宮は、斑鳩宮から半里（二キロ）足らずである。

宮に着き、輿から降りた母は、厩戸を見て、怯《おび》えたような表情を浮かべた。

多分、厩戸の表情の厳しさに、本能的に斑鳩宮での自分を思い出し、叱責されるのではないか、と恐れたのであろう。

「母上、屋形に入る前にお耳に入れたいことがございます」

厩戸は警護の兵や侍女達に、離れておれ、と眼で制し、母の手を取るようにして庭の方に行った。骨張ってはいるが母の 掌《たなごころ》は熱かった。

厩戸は、憐れみは将来に禍根を残す、と自分にいい聞かせながら歩いた。

「太子、どうしたのじゃ、私《わ》は寒い」

「分っています、吾《われ》も寒い、母上、前にも申しましたが、吾の宮に来られた時は、豊御食炊屋姫様の批判はなさらないようにしていただきたい、壁に耳ありですぞ、母上が吾の宮に来て、大王の悪口をいっている、という噂が拡《ひろ》がれば、山背大兄王の立場が悪くなります、母上にとっても、山背大兄王は可愛い孫でしょう、吾は山背大兄王を大王位に即《つ》かせたい、それには豊御食炊屋姫様の推薦がものをいいます、母上もお分りのように姫は好悪の感情が激しい方です、吾は嫌われても構わない、ただ山背大兄王にまで類をおよぼしたくはないのです、分っていただけますか」

「分っている、私も孫は可愛い、ずっと愛しています、太子も知っている筈じゃ」

「だから豊御食炊屋姫様の悪口は禁物なのです、合葬の際の石棺の件に関しては、吾《われ》が近々忠告します、母上、しつこいようですが、これだけは申し上げます、吾の宮で大王を批判なさるのなら、斑鳩宮には来ていただきたくない、これは本気です」

「太子、そなたは私をそこまで邪魔者扱いにするのか、分りました、もう宮には行きません、私は何時《いつ》もそうだった、でも太子にまで除《の》け者にされるとは、思ってもいなかった」

「母上、除け者になどしていません」

厩戸はこれ以上いっても無駄だ、と感じた。母の感情を刺戟《しげき》するだけである。

母は厩戸を睨《にら》むように見、激しく首を横に振った。

「では証拠をお見せしましょう」

厩戸は一語一語に力を込めた。

「証拠？」

「そうです、吾は大王に忠告した後、母上にその様子を報告します、それにこれからは出来るだけ時をさき、母上に会いに参ります、吾が来れない時は、菩岐岐美郎女を来させましょう」

「それが本当なら」

「吾は嘘《うそ》は嫌いです、その代わり母上も広い心で、山背大兄王のことをお考え下さい」

「私も約束する」

母の感情が鎮まったのを知り、厩戸は防寒衣を母の肩にかけた。

「風邪《かぜ》を引くと大変です、屋形に入りましょう」

厩戸は母の手を取り、屋形の方に歩いた。


馬子の使者として境部臣摩理勢《さかいべのおみまりせ》が斑鳩宮に来たのは二日後だった。

馬子は風邪が治り、尾張王子と共に女帝に会い、この際、厩戸皇太子と会うべきです、と懸命に説いた。その際、群臣の中には大王の霊が憤り、天変地異により、疫病や洪水の災害を不安視する者も多いことを話した。

尾張王子も、面と向って女帝にはいわないが、諸王子の中には大王の石棺を動かすという異常な合葬に、大王家に異変が起こらないかと憂慮している者が多い旨を告げた。石室を拡げる大工事になっても、大王と堅塩媛の石棺は並べるのが常道で、大王のを前に置くことだけは再考いただきたい、と熱心に忠告した。

女帝もその結果、厩戸皇太子に会い、意見を聴く気になったとのことだった。

摩理勢の説明に、厩戸は小首をかしげた。

「妙だな、吾《われ》が人の道に反した合葬に反対であることを大王はとっくに御承知の筈だ、何《な》故《ぜ》、吾と会う気になられたのであろう、おかしいと思わぬか」

「はあ、そうおっしゃられると……」

摩理勢は返答に窮した。

摩理勢としては、女帝が厩戸に会うという意を得たことで、喜び勇み、馬子の使者となって斑鳩宮に来たのである。

摩理勢は厩戸ほど深く物事を考えなかった。

「吾は少し深読みし過ぎているのかもしれぬが、大王が吾に会われるとおおせられた裏には何かがあるような気がしてならぬ」

「何でございましょう？」

「大臣《おおおみ》は、どう申していた？」

「はっ、太子の説得に耳を傾けられ、再考されるかもしれない、と希望を抱いた様子です」

「大臣もそう思ったのか、ただ吾は女人ではないし、大王自身でもない、裏がありそうだ、とは感じたが、はっきりとしたことは分らぬ、色々と考えるより、当って砕けよ、と腹をくくった方が良いだろう、邪推は邪を呼ぶ恐れがある、大臣には色々と心労をかけた、と吾の意を伝えよ」

「大臣も喜ばれると思います」

境部臣摩理勢は山背大兄王に会って戻る、と告げた。

摩理勢は山背大兄王と親しかった。摩理勢は蝦夷《えみし》と異なり、蘇我氏であることを鼻にかけない。その辺りに山背大兄王が摩理勢に好感を抱いた理由があるようだ。

「摩理勢、山背大兄王を甘やかしてはならぬぞ、本人は何でも分っている積りでいるが、政治については表しか知らないのだ」

よろしく頼むぞ、と厩戸は眼で告げた。


旧暦十二月に入ってから女帝は檜隈大陵《ひのくまのおおみささぎ》（丸山古墳）の合葬工事を急がせていたが、中旬には労役の民を更に動員し、石室の拡張工事を大規模なものにした。合葬工事の長《おさ》に、土師連猪手《はじのむらじいて》の叔父《おじ》・菟《うさぎ》を任命したのも、年内に工事を終えるためであろう。菟は猪手よりも十歳上で、土師氏の中では最も信望を得ていた。

石室の拡張工事は、大王と堅塩媛の棺を並べるためだ、という噂が厩戸の耳に入ったのは、旧暦十二月の下旬だった。

女帝も尾張王子や大派《おおまた》王子、また大臣などの忠告を受け入れ、大王の石棺を移動することを諦《あきら》めたのかもしれない、と厩戸も噂が真実であることを念じた。

豊御食炊屋姫が、厩戸と会う気になったのも、そのせいかもしれなかった。だが、何時会う、と通知して来ない。

厩戸としては、翌年まで延ばす気はなかった。女帝が連絡して来ないなら、何日に訪れると使者を小墾田宮《おはりだのみや》に遣わし、女帝の返事如何《いかん》に拘らず、会いに行く積りだった。

境部臣摩理勢が馬子の使者として斑鳩宮に来たのは二十三日である。

女帝は明日の昼過ぎ、厩戸に会う、と伝えて来た。

摩理勢の説明によると尾張王子とはすでに会い、意見を聴いたので、厩戸と一緒に会う必要はない、というのが女帝の意向だった。

厩戸は不安感を覚えた。

もし亡き大王の石棺を動かさないのなら、尾張王子と一緒に会っても良いではないか。

摩理勢は厩戸と違い楽観的だった。

「大王は勝気なお方です、反対意見を無視して初めの御意志通りの合葬を強行なさるのなら、尾張王子と一緒に会われるでしょう、誰が何といおうと朕《わ》の気持は動かない、誰《だれ》を連れて来ても無駄じゃ、とおっしゃりたい方です、そんな大王が太子とお二人で話し合われるのは、気が変られたからだと思います」

摩理勢にそういわれても厩戸の不安感は変らなかった。

「摩理勢、工事の方はどうなのだ、亡き大王の石棺は動かされていないか？」

「はあ、土師連菟が工事の長《おさ》になって以来、箝口令《かんこうれい》が敷かれ、誰も工事の内容については話しません、石室の拡張は、土師氏一族が担当し、労役の民は勿論、どの氏族も立ち入ることは出来ませぬ、菟の説明によると、石室を拡張するには、宿っている鬼神を眠らしておくのが最も大切とのことでございます、そのため、石室に入る者達は毎日身を浄《きよ》め、衣服も毎日取り替え、更に石室に入る前に鬼神を眠らせておく火を焚《た》き、祈っているようです、これは大王の御命令というより、墳墓の築造にたずさわる土師氏に伝わった聖なる行事のようでございます、菟が長になったのも、工事が石室に及んだので、土師氏の方から大王に奏上し任命された、というのが実情です」

「宿っている鬼神を怒らせないため、誰も現場に入れない、というのは分る、ただ、それでは、亡き大王の石棺が動かされても分らないではないか、違うか」

摩理勢は返事に窮したようである。

摩理勢は今更のように厩戸の詰問に畏怖感《いふかん》を抱いた。彼も女帝がそこまでするとは考えていなかった。だが、女帝のこれまでの性格から推測すると、厩戸の不安が適中しないとは誰もいえない。

摩理勢は叩頭したままである。

「何もそちを詰問しているのではない」

厩戸は腕を組んだ。

工事が年内に終るとすると、亡き大王の石棺はすでに横か、それとも前の方に動かされているであろう。横の場合は堅塩《きたし》媛《ひめ》の石棺を並べるためだ。前に動かされていたなら堅塩媛の石棺は女帝が馬子に告げたように、亡き大王の石棺が置かれていた場所ということになる。

ただ堅塩媛の石棺はまだ畝傍《うねび》山の近くに造られた墳墓にあった。おそらく檜隈大陵に移されるのは来年になる。大工事になったので、予定より遅れたのであろう。

「摩理勢、そちはすぐ戻り、吾《われ》が明日、小墾田宮を訪れることを大臣に伝えて貰いたい」

厩戸は声を和らげた。

「太子、どうか穏やかにお会い下さい」

「分っている、余り心配するな」

摩理勢が戻ると厩戸は調子麻《つきのねま》呂《ろ》を呼んだ。

厩戸は、女帝が意を変え、亡き大王の石棺と堅塩媛の石棺を並べる積りになったらしい、と伝えた。調子麻呂は平伏したまま身動き一つしない。

「子麻呂、吾の傍に来るのじゃ、吾の言葉を読め」

厩戸の命令に子麻呂は膝を進めた。

子麻呂は武術が優れているだけではない。すぐ近くなら唇《くちびる》の動きによって言葉を読むことが出来る。そのためには、厩戸自身、自分の耳に入るぐらいの声で喋《しゃべ》らねばならない。

子麻呂は二尺ほど手前に平伏し、厩戸の口を見た。

厩戸はゆっくり話した。

「そちも知っているように、合葬工事はほぼ終了しかかっている、ただ、堅塩媛の石棺が運ばれていない以上、後円部の南側から掘られた部分はそのままだ、土師連の警備兵が守っているらしいが、合葬は年を越す、今は緊張し、厳戒態勢で警備に当たっているが、元旦は気が緩む、夜は凍るほど寒いし、酒でも飲まなければ徹夜は出来ぬ、大胆不敵な侵入者が現われるなど、夢にも思わぬであろう、そこでそちに命じる、信頼出来る部下を二、三名つれ、石室に侵入し、亡き大王の石棺がどのように動かされているか調べよ」

子麻呂は懸命に厩戸の言葉を読み取っているせいか、表情一つ変えない。

「何か訊《き》きたいことがあれば申せ」

子麻呂は刀の柄《つか》に手をかける真似《まね》をした。警備兵に見つかった場合、斬《き》っても良いか、と訊いているのだ。

「出来れば殺したくない、もし見つかった場合は、木刀で動けぬようにせよ、勿論、そちや部下の身が危うくなったなら、斬らねばならぬ、大事なのは、そち達が無事戻ることじゃ、余りにも警備兵が多く、石室に入るのが無理だ、と判断すれば石棺の調査は諦めよ、吾が申している意味が分るか？」

子麻呂は大きく頷いた。

厩戸が最も恐れているのは、子麻呂やその部下が傷を負い、警備兵に捕まることだった。もし正体がばれれば、厩戸の命令ということになる。厩戸がどう弁解しようと女帝が諾《き》く筈はなかった。

それにも拘《かかわ》らず厩戸が暴挙と思われる調査を決行する気になったのは、女帝の本心を知るためだった。

自分の子を始め批判者が続出しているにも拘らず、堅塩媛の石棺を奥に置くという行為は、たんに怨念だとか、勝気さ、また狂気などという表現では済まされないものがあった。厩戸にいわせれば、女帝は人の世の恐れを知らない人物ということになる。扱い難いというよりも、厩戸にとっては、最も恐ろしい人物であった。

聡明な厩戸は、子麻呂の技術に感嘆し、子麻呂に習い、唇の動きで言葉を読もうとしたが、少し会話が長くなると分らなくなる。

ただ短い会話なら読めた。

子麻呂はまず指で自分を差し、左右の者を否定するように手を振った。その後、一人で行きとうございます、と告げた。

「そち一人でか？」

厩戸は念を押した。

子麻呂は頷き、その方が自由に動ける、と答えた。動きやすい、といったのだが、やすいが判断しかねた。

厩戸が首を捻っていると子麻呂は、板床に指で容易と書いた。厩戸の方から見て分るように書く。

「分った、部下は邪魔になる、というわけだな」

子麻呂は眼で頷いた。

「よし、一人で行け、大役だぞ」

多分、厩戸の顔は緊張し切っていたに違いない。子麻呂は頬を撫《な》でて、安心、と唇を動かした。子麻呂の眼が笑っている。

厩戸は大きな吐息をついた。唇で言葉を読もうとすると全身から汗が滲《にじ》み出て来る。

翌日厩戸は紫の蓋《きぬがさ》のついた輿《こし》に乗り飛鳥に向った。小墾田宮《おはりだのみや》で女帝に会うのである。馬で行くわけにはゆかない。大和《やまと》川を渡り太子道を通った。磐余《いわれ》の上宮から斑鳩に移った後、厩戸は馬で飛鳥に通い様々な政治について馬子と話し合った。

現在の安堵《あと》の西から南南東に進み耳成《みみなし》の西に出る。直線に近い道で厩戸が作ったようなものである。時の人々は太子道と呼ぶようになった。

耳成の近くまで来ると秦 造 河勝《はたのみやつこかわかつ》が迎えに来ていた。河勝は飛鳥にいるが太子への忠節は変っていない。馬子もそれを知っており、自分と厩戸との間に深い亀裂《きれつ》が生じるのを防ぐため、河勝を利用する。亡き大王の石棺を前に移すことには反対であるという馬子の意向を逸早《いち》く厩戸に伝えたのも河勝だった。

河勝は、女帝と厩戸との対面には、馬子も同席する、と告げた。

厩戸もその方が良かった。女帝と二人だけになるとどうしても感情的になりそうだ。厩戸は自分を抑える自信があるが、女帝の方が問題だ。女帝と厩戸の母・間人《はしひと》大后との憎悪には宿命的なものがある。

「大臣は豊浦《とゆら》の屋形でお待ちでございます」

と河勝はいった。

豊浦の屋形は蝦夷《えみし》が住んでいる。馬子は飛鳥にいる時は嶋屋形《しまのやかた》にいるが、豊浦の屋形は小墾田宮のすぐ南にある。

「大夫《まえつきみ》の蝦夷は？」

「はあ、小墾田宮で太子様をお待ちになっておられます」

「ほう、なかなか仰々《ぎょうぎょう》しいのう、では蝦夷以外にも大夫達が吾を迎えるわけか」

「はあ、大伴連《おおとものむらじ》咋《くい》様、阿倍内臣鳥子《あべのうちのおみとりこ》様がお迎えになります、何といっても、太子様が久し振りに大王の宮を訪れられるのですから」

河勝は明るい声でいった。余り気になさらないようにと河勝の眼は告げている。

厩戸も河勝の告げようとしていることはよく理解出来た。私的な対面だから迎えなど必要ではない、といっても無理である。

「そうだのう、久し振りだ」

厩戸は茫々《ぼうぼう》とした薄《すすき》の原を眺めた。

昨年新羅《しらぎ》とその属領の任那《みまな》の使者が来た時、女帝は使者達を斑鳩宮に行かせず、小墾田宮で迎えるように命じた。

隋《ずい》使を斑鳩宮で謁見した厩戸の権威、権力がこれ以上増大するのを恐れたのである。

馬子も同感だった。隋を仮想敵国と考えている高句麗《こうくり》を刺戟しないためにも厩戸を抑えねばならない、と判断した。馬子の命令で有力な大夫の殆《ほとん》どが新羅・任那の使者の応対に当たったのである。

倭国の導者に導かれ、宮の南門を使者が入った時の模様を『日本書紀』は詳しく述べている。

「時に大伴咋連《おおとものくいのむらじ》・蘇我豊浦蝦夷臣《そがのとゆらのえみしのおみ》・坂本糠手臣《さかもとのあらてのおみ》・阿倍鳥子臣《あべのとりこのおみ》、共に位より起《た》ちて、進みて庭《おおば》に伏せり。是《ここ》に、両《ふた》つの国の客等《まろうとたち》、各《おのおの》再拝《おが》みて、使《つかい》の旨を奏《もう》す。乃《すなわ》ち四《よたり》の大夫《まえつきみ》、起ち進みて大臣《おおおみ》に啓《もう》す。時に大臣、位より起ちて、廳《まつりごとどの》の前に立ちて聴く。（後略）」

分り易《やす》く述べると、新羅の使者達が宮に入ると、蝦夷らを含む四人の大夫が、坐《すわ》っていた場所より立って宮中の庭に伏した。使者達は大夫達を拝み、国から伝えられた使の旨を述べた。使者が述べ終ると四人の大夫は立ち、大臣の前に進んで使者達の奏上を告げた。すると大臣は坐っていた場所より立って宮中の政事《まつりごと》の屋形（前殿か？）の前に進み、使者達が伝えた内容を大夫達から聴いた、というのである。

大臣は勿論馬子だが、この記述は馬子を大王のように描いている。ただ庁の前に立って、とあるところが大王と異なる。大王なら庁の奥深い場所に坐っている筈だ。

おそらく庁の奥の簾《みす》内に坐っていたのは推古《すいこ》女帝であろう。

厩戸は完全に無視されたわけだ。

「大臣が屋形の前でお待ちです」

河勝の言葉に厩戸は自分を取り戻した。

馬子も紫の蓋のついた輿に乗っている。ただ厩戸の場合は、蓋の四方から垂れた房に金糸が多い。

厩戸が冠位十二階制を採用するに際し、能力のある者は名族の子弟に関係なく抜擢《ばってき》することを決めた時、大臣だけは冠位を超越する存在とした。大臣は蘇我本宗家から出る。馬子が物部守屋《もののべのもりや》を斃《たお》して以来、大臣の世襲は暗黙の了解事項となった。冠位を超越する存在ということは、厩戸と共に冠位を与える側に立ったことになる。

高位を得て胸を張りたい諸豪族は、当然馬子の気に入られようとする。臣下でありながら馬子は、諸豪族に君臨する権力を得たことになる。

厩戸は大臣といえども臣下である馬子が、大王に匹敵する権力を持つことに危惧の念を抱いた。

だが女帝の了承のもとに大王・崇峻《すしゆん》を暗殺した馬子は、すでに強力な権力を得ており、暗に大臣は冠位制の枠外に立つことを要求した。

厩戸が馬子の要求を呑まなければ、冠位十二階制は先送りになるし、山背王《やましろ》の王位継承資格者の地位も簡単には得られそうになかった。

「太子、次期大王を推薦するのは大臣と大夫です、これが我国の慣習でございます、賢明な太子がこのことをお忘れとは思えませんが……姫の王子も大王位に即《つ》く資格をお持ちですぞ」

大臣を冠位制の枠内に入れるかどうかで揉《も》めた時、馬子は厩戸を嶋屋形の庭に誘い出し、次期大王を持ち出し、囁《ささや》くように耳打ちした。

厩戸は、将来、山背王を大王にし、大々的に仏教を拡める積りでいた。自分の意を継ぐのは山背王以外ないと考えている。女帝の王子は、まだまだ昔ながらの神祇を重んじていた。彼等の父、大王・敏達《びだつ》は廃仏派の最右翼に立っていたのである。

「吾《われ》も孫の山背王を大王にし、仏教を拡めとうございます」

馬子はそれだけいうと池の畔《ほとり》に立ち島を眺めた。

厩戸が並んで立つと、馬子は眼を細めていった。

「この島は、池があるからこそ目立つのです、池がなければこんな小さな島、誰も美しいとは思いますまい」

「そうだのう」

厩戸は頷きながら、馬子の要求を呑まなければ、自分の理想は果たせない、と知った。

厩戸はまだ飛鳥の朝廷に対抗するだけの力を備えていなかった。

当分は馬子との二人三脚で政治を執るのが最善のようだった。

冠位十二階制が定められて間もなく、山背王は大兄《おおえ》王となったのである。

馬子と尾張王子が厩戸に力を貸したせいだ。また、その頃の女帝は、神祇のことに専念し、政治には余り口をはさまなかった。

女帝が政治を強く意識するようになったのは、対隋外交の後である。

厩戸が倭《わ》王として隋使を謁見したことが、眠っていた女帝の政治権力への眼を見開かせたのだ。

小墾田宮の脇殿《わきどの》には蝦夷《えみし》らがいて、厩戸と馬子を迎えた。

蝦夷は厩戸に対し、深々と叩頭したが、馬子に対しても同じように出迎えた。

厩戸と大臣は同等だ、といわんばかりである。最近の蝦夷は、斑鳩宮の上宮王家に対し敵意を抱いているように思えることがある。蝦夷は厩戸よりも山背大兄王に競争心を掻《か》き立てているのだが、それが厩戸に対しても表われる。

若い山背大兄王は、蝦夷は大臣になった積りでいる、と批判していた。山背大兄王には、蝦夷の傲慢《ごうまん》な態度が許せないのだ。

ことに山背大兄王と仲の良い境部臣摩理勢が、蝦夷の傲慢さを何かと批判するので、山背大兄王は摩理勢と同じように蝦夷を嫌っていた。

厩戸はこの春、摩理勢に注意し、彼も自戒していたが、最近になり、摩理勢は再び批判を始めた。厩戸は近々、そんな摩理勢を厳重に注意せねばならない、と思っていた。山背大兄王が蝦夷との亀裂を深めることは、何れ蘇我本宗家を敵に廻《まわ》すことになる。今、上宮王家は微妙な立場にあった。女帝が冷たい眼を向けているからだ。それを誰よりも深く認識しているのは、厩戸その人であったかもしれない。

女帝は台座の上に絹綿の座蒲団を重ね、一段と高い座に坐っていた。

厩戸が床に敷かれた座蒲団《ざぶとん》に坐ると、初めて前方の簾を侍女に開かせた。奥と左右は絹の帳《とばり》で周囲と遮断されているので、女帝の座所は暗く顔もよく見えない。

厩戸は女帝の健勝を賀した。

「太子も元気そうじゃ、太子の妃や王達も病床には縁がないとのこと、何よりです」

風邪の気でもあるのか、女帝の声は嗄れて聞えた。

女帝は六十歳に近い。古代の平均寿命は四十歳から五十歳の間である。六十歳といえばかなりの長寿といわねばならない。

厩戸は女帝の声に老いを感じた。権力者の老いは広い眺めを失い、自分だけに通じる感情を爆発させる危険性がある。厩戸は母にそれを感じていた。

厩戸は合葬の工事が、異変もなく無事に終りそうなことを喜んでいる、と告げた。

「本心で申しているのですか?」

と女帝は咳《せ》き込むような口調でいった。

「本心でございます」

「大勢の労役の民を動員することに反対だったのではないか」

「民百姓に苦労をかけないことが、政治の根本でございます、ただ工事が始まった以上、無事に終ることを祈っておりました、どうやら無事に終りそうなので本心から喜んでいるのです」

「最初は不愉快だったが今は喜んでいる、というわけか、不愉快さが喜びに変るという太子の論旨が、朕《わ》にはよく分らぬ、太子は学が深い、学の浅い朕によく分るように説明して欲しい」

厩戸の後ろに坐っている馬子は一言も発しない。

火花が散るような二人の遣《や》り取りに耳を傾けながら、自分の出番を待っているのかもしれなかった。

「吾《われ》が申し上げているのは、民百姓を余り酷使しないのが、政治の根本理念ということです、これは大王にもそんなに異論はございますまい、ただ国のため、大王家のために民に苦役を課すこともございます、大王が治める国がある以上、当然の労役と存じます、吾が斑鳩に宮を造った場合も民を動員致しました、これも政治の一環です、故に大王がなされた合葬工事も政治の一環と考えられましょう、吾は何も不愉快だとは申していません、大事なのは、大王ならびに王族は、民百姓を余り酷使すべきではない、との心構えだけは何時も抱くべきだということです、吾も多忙に紛れつい忘れ勝ちなので、自戒の意を込めて申し上げた次第です、工事が始まった以上、異変や事故もなく無事終了するのは吾の願いであり、本心より喜びに堪えないのは自然の気持でございます」

暗い座にいる女帝に穏やかな眼を向けながら、厩戸は朗々とした声で話した。

こういう場合の厩戸は毅然《きぜん》として揺るぎがない。

女帝は咳をしたがわざとらしい。厩戸に反駁《はんばく》しようと考えているうちに頭が混乱したのかもしれない。

「太子は口が旨《うま》いからのう、昔から何人もの質問に、同時に答えたという噂さえある、まあ、分ったことにしよう」

「とんでもございません、吾は人間、一人で何人もの人間に答える力など持ち合わせてはおりませぬ、噂というのは好い加減なものです」

「おう、その通りじゃ、噂とは好い加減なものじゃ」

女帝は待っていたようにいった。

厩戸は視線を暗がりから外さなかった。次第に女帝の顔が浮き上がって来る。先ず見えるのは白い輪郭と、微かな明りに映える眼だ。昔から女帝の眼は大きく黒い瞳《ひとみ》が勝っている。睨《にら》まれると光の矢が放たれ、侍女達は竦んでしまう。実際に身体が動かなくなる者もいた。

厩戸は視線を緩め、女帝の言葉を誘った。

「太子は、噂にまどわされ、意気込んで忠告に参ったのではないか」

「噂と申しますと……」

「白々しいことを申すではない、合葬の件じゃ」

「吾が耳にしましたのは、噂でございましょうか、亡き大王の石棺をお動かしになると聞きましたが」

「母上の石棺と並べるには動かさねばならぬ」

女帝は勝ち誇ったようにいった。

嗄れた声に精気が漲《みなぎ》り力強くなった。

「それなら、噂は矢張り噂、好い加減なものでございます、吾は亡き大王の石棺を前に動かし、堅塩媛《きたしひめ》様の石棺を奥に置かれると聞きました、もしそれが事実なら、叱責を覚悟の上で吾の意を伝えに参りました」

「賢明な太子も、噂には勝てぬのう、朕《わ》も色々と悩み、どう合葬して良いものか、と口にした、大臣にも申したが亡き大王には、皇后以外、何人もの妃がいた、皇后が亡くなられ、大王は母上を皇后になさろうとされたが、それを果されぬうちに亡くなられたのじゃ、そのことは朕が皇后となった敏達大王も朕に告げられ、早く皇后にすべきだったと悔やまれていた、真実を知るのは朕のみじゃ」

「はあ」

としか厩戸はいえない。女帝が告げられたといっているのは死んだ人物ばかりである。本当ですか、といえない以上、反駁のしようがなかった。

ただ亡き大王の石棺を前に移す意向を、噂といっている以上、周囲の反対が女帝の予想以上に強く、当初の意を変えた可能性が強い。何故それが馬子から伝えられないのか。

「大臣も、亡き大王のお気持は耳にしていたと思うが……」

「確かに皇后になさるお積りでした」

「太子、大臣も聞いている、嘘ではない」

「その通りだと思います」

「太子、そなたの母がどう思っているかは知らないが、朕の母上とは格が違うのじゃ、格が……」

台座がきしみ、簾が揺れた。女帝は昂奮し身体を慄《ふる》わせたのかもしれない。

厩戸は胸の奥に針を刺されたような痛みを覚えた。母の弟達三人をも殺しながら、女帝はまだ厩戸の母を憎んでいる。母の女帝に対する憎悪は、母が被害者だから理解出来ないこともないが、女帝は加害者ではないか。何故ここまで母を憎むのか。

厩戸の痛みには悲しみと共に憤りも含まれていた。

厩戸は沈黙を守った。厩戸は石棺の配置の件で忠告に来たのだ。それ以外の話題には応じる積りはなかった。

もし女帝の前に机でもあれば、女帝は拳《こぶし》で打っていたに違いない。

馬子が咳払いした。

「姫、太子も合葬の件はお分りになられたと思います、寒い季節、少しの風邪でも油断は出来ませぬぞ、薬湯を飲まれ、お休みになられたら如何《いかが》でしょうか」

「大臣はすぐ朕《わ》を病人扱いにする、太子は本当に分ったと申すのか」

馬子は、厩戸のすぐ斜め後ろまで膝を進めた。

「太子……」

馬子が返答を促した。

厩戸は馬子に、女帝は、石棺を動かすと大臣に告げた筈ではないか、と詰問したかった。だがそれをすれば馬子は追い詰められ傷つく。厩戸を恨むことになる。

多分馬子も、この瞬間まで、女帝がこれまでのかたくなな気持を変えたことを知らなかったに違いない。知っておれば豊浦から小墾田に来るまでの間に、それを厩戸に伝えていた筈である。

馬子自身驚いているのだ。そういえば膝の進め方も早かった。

女帝は馬子が太子の傍に寄ったのを見て、

「大臣」

と鋭い声を発した。

「姫」

「先日、大臣に石棺の件について色々と悩みを話した、大臣の意見は、二つの石棺を並べるのが葬礼の慣例であるというものだった、朕はそれでも迷っていたが、その夜母上の夢を見た、母上は朕の気持は嬉しいが、御自分としては亡き大王と並びたいとおっしゃった、母上も大王家の王族や群臣の意見を黄泉の国で知り、心配され夢に現われて朕に忠告されたのであろう、朕は決心したことは貫き通す性格だが、母上のお言葉には勝てない、それに母上は大臣の意見をよく聴くように、ともおっしゃった」

女帝は口を閉じると厩戸と馬子の表情を窺った。二人共満足であろう、と女帝の眼は告げていた。

「そうですか、姉上が姫の夢に……」

馬子は感に堪えぬという声で応じた。馬子にとって堅塩媛は実母姉である。

厩戸は女帝が折れたのを知りほっとした。だが女帝と馬子が俳人《わざひと》のような遣り取りをしている気もする。

「太子、そなたの忠告は無用じゃ、朕はこれまでの慣例に従って合葬する、大臣もその旨、群臣に伝え、来年の春までに葬礼儀式の計画を練るように、思い切り盛大に、そして荘厳に取り行ないたい、太子ならびに大臣、御苦労でした」

「吾《われ》も、これで大王にお会いした甲斐《かい》がございます」

と厩戸は叩頭した後胸を張った。

女帝が奥に入るのを待ち、厩戸と馬子は顔を見合わせた。明らかに馬子は安堵《あんど》の表情である。

馬子が女帝の胸中を今日まで知らなかったのは間違いない。だからほっとしているのだ。

馬子がこれほど自分の胸中をさらけ出すのも珍しい。

「姫は我儘《わがまま》だが道理だけは弁《わきま》えておられる、一時《いっとき》、甘いものをねだる童女に戻られただけのことじゃ、太子、御苦労でした、太子がわざわざ斑鳩から足を運ばれたことも効果があった」

「いや、堅塩媛様が夢枕に立たれたからでしょう」

厩戸は馬子の心労をも労《ねぎら》った。

実際、女帝が我意を通したなら大臣としての馬子の立場に傷がつく。

そう思った時、厩戸は顔の皺《しわ》を伸ばしている馬子にも疑惑を覚えた。

馬子が女帝を説き伏せ、世間体だけを取り繕ったのではないか、と感じたのだ。

勿論厩戸はそんな気配は微塵《みじん》も見せなかった。

女帝がどういおうと、調子麻呂《つきのねまろ》に真相を探らせる厩戸の決意は毛頭変っていない。

宮を出て間もなく小雪が降り始めた。

空は鉛色の厚い雲で覆われている。

「太子、これで新年も穏やかに迎えられますぞ」

馬子は顔を空に向け口を開けた。降りしきる雪を口中に入れようとしていた。

第三章　噂

亡き欽明《きんめい》大王と堅塩媛《きたしひめ》の石棺が並べられることは、すぐ噂《うわさ》となり拡《ひろ》まった。厩戸《うまやど》派の面々は、皇太子の忠告が功を奏したと厩戸を褒め称《たた》え、馬子《うまこ》派は、大臣《おおおみ》の熱意に女帝が動かされたのだ、と話した。

何《いず》れにせよ、群臣が胸を撫《な》で下ろしたのは間違いない。

旧暦十二月の末の夜、厩戸は自室で調子麻呂《つきのねまろ》と会った。相変らず雲の厚い夜で月はない。明りがなければ一寸先も見えない暗闇《くらやみ》だった。

月明りのない古代の夜は、現代では想像が出来ないほどの闇である。

子麻呂は黒い布の衣服を纏《まと》っていた。子麻呂は厩戸の命を受けて以来、何度も檜隈大《ひのくまのおお》陵《みささぎ》に出掛け、地形を頭に叩《たた》き込んでいた。

ただ工事現場には篝火《かがりび》が焚《た》かれ、土師《はじ》氏の兵士達が徹夜で警備していた。子麻呂にいわすと、今宵のように月明りのない夜は、篝火の明りが大助かりだ、という。

篝火がなければ、どんなに地形を頭に叩き込んでも、工事現場の穴の入口を夜明け前に探すのは無理であった。一寸先も見えないのだから手探りになるが、石や土が到《いた》るところに積まれており、まず入口を確認するのは不可能で、東の空が白むのを待たねばならないのだ。子麻呂は喋《しゃべ》る場合、中を空洞にした竹筒の一方を厩戸の耳に当てる。声が洩《も》れないためだ。

「この寒さです、見張りの兵士は酒を飲み、藁《わら》にくるまって寝込んでいます、やつかれ(臣)が調べたところでは、眠らずに立っているのは一人か二人です、それも石室に通じる穴の前にいますので、ここから入るのだ、と教えているようなものです」

「出来れば、殺さずに倒すように」

「腕の立つ者でしょうが、この寒さでは身体が凍えて自由に動き難うございます、それに較《くら》べてやつかれは、身体を動かし続けて行くのですから、身軽に動けます」

「だが万一の場合は斬《き》れ、そちの身許が大臣に知られるのはまずい」

「分っています、その点は御安心下さい、絶対、やつかれの顔は分りません」

子麻呂は淡々とした口調で答えた。ここまでいい切る以上、子麻呂は、万が一捕まりそうになったなら、火を浴びる覚悟をしているのかもしれなかった。

厩戸は胸が詰まる思いがした。女帝が亡き大王の石棺を前に移したりはしない、といった以上、子麻呂に調べさせるのは不必要かもしれない。だが厩戸は事実を知りたかった。これからの女帝対策も、事実を確認した上で練らなければならないからだ。

「子麻呂、何度も申すようだが、この件は山背大兄王《やましろのおおえ》には話していない、たとえ、亡き大王の石棺が前に移されていたとしても、大兄王には話すな、真実を知っているのは、吾《われ》とそちのみだ」

「太子様のお言葉、胸に刻み込んでいます、では参ります」

二人の会話は殆《ほとん》ど声には出なかった。子麻呂は明りに照らされた厩戸の唇の動きで言葉を読み、竹筒を通して話すからだ。

隣りの部屋には菩岐岐美郎女《ほききみのいらつめ》が眠っている。侍女達はその北側の部屋だ。

子麻呂は宮を出た。

この辺りは眼を閉じていても歩ける。後の世でいう忍びの術を子麻呂は身につけていた。用意していた船で富雄《とみお》川を下り大和《やまと》川に出る。大和川を東に向うと曽我《そが》川が合流している。水流が強くなり川岸の人家の群れが消えるのですぐ分る。舟子《ふなこ》が艫《とも》に取りつけた櫂《かい》で進路をなおす。舟子は信頼出来る者だが、子麻呂が暗闇の夜、何故《なぜ》舟に乗るのか、また何処《ど》処《こ》に行くのか知らなかった。大和川に注ぎ込む川は多いが、安堵《あと》のすぐ南に注ぐ広い川は曽我川である。曽我川は葛城《かつらぎ》川と分れ平行して南に進む。東が曽我川、西が葛城川である。

勿論《もちろん》両川に注ぐ支流は多い。

曽我川の東を飛鳥《あすか》川が流れているが、檜隈大陵のある軽《かる》の地に行くには曽我川が便利である。

子麻呂も長い竹竿《たけざお》で舟子の櫂に合わせ、舟を進めた。曽我川に入ってから、軽の地の近くまで約四里（十六キロ）だった。寅《とら》の正刻（午前四時）頃には檜隈大陵に行ける。この季節では夜が白み始めるのは卯《う》の下刻（午前六時―七時）である。時間は充分あった。

舟は現在の金橋《かなはし》あたりで支流の高取《たかとり》川に入った。高取川は畝傍《うねび》山のすぐ西方を流れる。蘇我《そが》本宗家の勢力範囲だった。

子麻呂は舟を進めるのは舟子にまかせ、周囲の気配を窺った。

厳寒の暗闇といえども油断は出来ない。

畝傍山の近くに来ると、川岸には到るところに船着場がある。杭《くい》だけのものもあれば桟橋を造り、二艘《にそう》も三艘も繋《つな》いでいる本格的なものもあった。

畝傍山を越え更に進むと久米《くめ》氏の本貫《ほんかん》地に入る。大軽の地は間近だ。

勿論、暗闇なので畝傍山など見えないが、船着場の数で蘇我氏の本拠地であることが分る。子麻呂の乗っている舟の舳先《へさき》が、船着場に繋いだ舟に触れるのだ。

子麻呂も時々竹竿で岸を突く。

三度に一度は竹竿の先が舟に当たる。その度に子麻呂は大きく息を吸い込んだ。

間もなく子麻呂は微《かす》かな火の明りを見つけた。篝火である。

子麻呂は舟子に、岸に着けるように命じた。

「御苦労だった、吾《われ》が降りたならすぐ戻れ、吾を何処まで運んだなど、絶対喋ってはならぬ」

「はあ、分っております」

舟子の声が掠《かす》れているのは、上流に向って舟を漕《こ》ぎ続けて来たせいである。休む間などなかったから大変な重労働だ。

舟がゆっくり岸に着くと同時に、子麻呂は竹竿を使い闇を跳んだ。十尺（三米《メートル》）は跳んだに違いない。子麻呂が着地した場所は川岸の草叢《くさむら》だった。

子麻呂は竹竿を持ったまま篝火の明りを目標に進み始めた。

暗闇の中を進むのに、目標があるとないとでは大変な違いである。見えていた明りが突然見えなくなれば、丘陵か屋形か、また雑木林のせいだった。

子麻呂は竹竿を捨てなかった。闇に紛れて見えない障害物を探る際役に立つからだ。

僅《わず》かな距離だが半刻《はんとき》（一時間）ほどかかり篝火の近くに忍び寄った。燃えている篝火は二つである。

墳墓の石室まで掘った現場の出入口に一つと、工事を監督する土師氏達が寝泊まりしている小屋のあたりに一つだ。小屋は十数戸もある。

労役の民は何処に寝ているのだろうか。小屋の数から推定しても、百人以上は収容し切れない。おそらく近くに穴を掘り、板を屋根代りにして寝ているに違いなかった。暖を取るため、狭い穴に十人以上、重なり合っているだろう。

小屋の篝火の傍《そば》で話し声がする。姿が見えないところを見ると坐《すわ》り込んで酒でも飲んでいるのかもしれなかった。

上の方の工事現場の篝火の傍には槍《ほこ》（矛）を持った二人の兵士が立っていた。この二人も寒さから身を守るために身体を動かしている。一人は思い出したように篝火の傍に寄り、手をかざしていた。

上の篝火と下の篝火の間は百歩以上あった。

問題は上の兵士を斃《たお》した時、下の兵士に気づかれないかどうかだ。下の兵士が騒ぎ出したなら後がめんどうである。

子麻呂は下の兵士を無視することにした。

積まれた石や土の間を這《は》いながら進んだ。

堅塩媛の石棺を合葬したなら穴を埋める積りらしく、無数の石、土、それに墳墓を飾る埴輪《はにわ》などが置かれている。子麻呂にとっては好都合だ。

子麻呂と警備の兵士の距離がせばまった。十歩まで近づいた時、子麻呂は背負っていた木刀を手にした。

弓矢を使えば簡単に斃せるが、厩戸からなるべく殺さないように、といわれていた。子麻呂は息を潜め、相手の様子を窺《うかが》った。その間、蛇のように進み、すでに篝火から数歩の距離に迫っていた。

警備の兵士の気持に緩みがなかったなら、闇の中に微かに光る子麻呂の眼を発見していただろう。

だが兵士達は安心し切っていた。

女帝の命令で行なわれている合葬工事である。それを襲う者がいるなど、彼等には想像出来なかった。もしいるとすれば、金の王冠、金銅《こんどう》の帯、数え切れないほどの玉や、金の飾り物などの豪華な装飾品を狙《ねら》う賊である。武術の腕を買って選ばれた兵士達は、最初から賊など問題ではない、という自負心があった。

自負心が兵士達から緊張感を奪っていた。

子麻呂は石や土盛りの間を更に這った。

「寒いのう、もう何刻だろうか」

篝火に手をかざしていた一人がいった。

「丑《うし》の下刻は過ぎているじゃろう、早く工事が終り、べべと婧合《まぐわ》いたいのう、この警備についで以来、十五日もべべの肌に触れておらぬ、鼻血が出そうじゃ」

「おぬし、また新しいべべが出来たらしいのう、年齢《とし》は幾つじゃ」

「十六よ、肌ははち切れそうじゃ、乳房など鷲掴《わしづか》みにすると中の肉が蠢《うごめ》いて盛り上がって来るぞ、うむ、たまらぬわい」

兵士の一人は唾《つば》を呑《の》み込み、足踏みした。

べべとは女人のことをいう。

『日本書紀』の神代上に大苫辺尊《おおとまべのみこと》が出て来る。べはメ（女）に通じるが、辺という漢字はホトリ＝ホトを連想させる。

多分弥生時代から日本人は、女性のことをべと呼んでいたものと思われる。いうまでもなくべが意味するものはホト（女陰）であるが、ホトは川の土堤や田畑の畦《あぜ》の形から生まれたものであろう。

ただ七世紀前半の段階では、支配階級は、女性をメと呼んでいた可能性が強いことは、郎女《いらつめ》などの名前から窺える。

そういう点から、べないしべべは庶民の言葉である。

二人の兵士は篝火で身体を暖めながら媾合《まぐわい》の話に熱中した。当時の庶民の愉《たの》しみといえば、食と性である。儒教も深くは入っていないし、性の話など猥談《わいだん》には入らない。二人が男子《おのこ》の愉しみについて口角沫《あわ》を飛ばすのも無理はなかった。

そうでもしなければ、厳寒の徹夜の警備など出来ない。

子麻呂は二人の後ろに入った。媾合の話は佳境に入っているらしく、二人は手足を動かしながら喋っていた。

子麻呂は注意して周囲を見廻《みまわ》した。襲撃には好都合過ぎる。それが子麻呂に不安を呼んだ。そういう意味で子麻呂は真の武術者である。

後頭部を木刀で直撃すれば二人は失神するが、篝火の方に倒れたなら大変である。篝火が崩れ火の粉が散る。下の篝火の警備兵が異変を知り大騒ぎになる。

子麻呂は帯にはさんでいる布を確かめた。三度深呼吸をすると、木刀で左の兵士の後頭部を直撃し、息もつかずに右の兵士の頭上を打った。

幸い左の兵士は半ば身体を相手に向けていた。前のめりに崩れ、今一人が篝火の方に倒れかかった。

子麻呂は上衣の背を掴《つか》み後ろに引っ張った。失神したまま子麻呂の方に倒れて来る兵士を抱き抱え、布で口を塞《ふさ》ぐようにして結んだ。今一人も同様に口を塞ぎ、続いて二人の両手を紐《ひも》で縛った。二人を横たえるまで十呼吸もかからない。

今一度周囲を見廻し、工事の穴に入った。

真暗闇なので這った。子麻呂の武術には這いながら速く進む技も入っている。

穴は比較的整っており、石などは置かれていない。子麻呂は立つと両腕を左右の土に当てて進んだ。穴が崩れないように、ところどころに丸太ん棒を立てて補強していた。

石室に入った子麻呂は火打石で布に火をつけた。工事で石室は拡げられているが、大王の石棺の場所は奥からかなり離れていた。しかも二つ並べるにしては真ん中に寄り過ぎている。

これでは等間隔で並ばない。

布に火をつけただけなので、明りは淡く石室内の模様が克明には分らないが、どうも一番大事な奥が空き過ぎていた。

墓に対する知識はないが、勘で、奥は女帝の母・堅塩媛の石棺が置かれるような気がした。

もう少し調べたいが、倒した警備兵が気になる。気を取り戻している頃《ころ》だ。

口を布で塞いでいるし、両手を結んでいるので、すぐには布を解けないが、もし子麻呂が同じ目に遭ったなら、篝火に体当りし、下に異変を知らせる。

果してあの兵士がそこまでするかどうかは疑問だが、軽視するのは危険だった。

子麻呂は布の火を消すと焼け残りを帯にはさみ、外に出た。

子麻呂の勘は当たっていた。二人の意識はまだ朦朧《もうろう》とした状態だったが、何処から現われたのか、新しい警備兵が二人、倒れた兵士を揺り起こしていた。

篝火の傍を通らなければ逃げられない。子麻呂としては二人を放っておくわけにはゆかなかった。

幸い新しい兵士も子麻呂に気づいていない。

子麻呂は一気に走り寄り新しい一人の頭部を木刀で叩いた。

少し慌てていたのだろう。それに走り寄った勢いもあったのかもしれない。手加減した積りだが子麻呂の一撃は強打となった。

しゃがんでいた兵士は、先に失神していた兵士を抱くようにして倒れた。

今一人の兵士は、介抱していた兵士を突き放して刀を抜いた。その兵士を避《よ》けるために子麻呂は右に身を開いたため、相手に剣を抜く余裕を与えたのだ。

篝火の傍である。相手ははっきりと子麻呂の顔を見た。

剣を抜いたのがやっとで向って来る間はなかった。だが相手が驚愕《きょうがく》したように眼を見開いたのは、たんに曲者《くせもの》が現われたからというより、子麻呂の顔を知っていたせいかもしれない。

子麻呂は右に跳び相手の手首の辺りに木刀を振り下ろした。骨の折れる音と共に剣が飛んだ。同時に悲鳴があがる。悲鳴が終らない間に子麻呂の木刀は相手の頭を割っていた。今度は渾身《こんしん》の力を込めたので、腕に重い衝撃を受けた。

子麻呂は眼を剝《む》いたまま仰向《あおむ》けに倒れている警備兵の首に刀子《とうす》を深々と突き刺した。血が吹き出したが警備兵の眼は全く動かない。

相手の死を確認した子麻呂は刀子を銜《くわ》え、木刀を持ったまま篝火の明りの届かない闇に消えた。

厩戸《うまやど》が子麻呂と会ったのは昼前である。何処で着換えたのか子麻呂は新しい衣服を着、髪を整えていた。

厩戸は舎人《とねり》達と富雄川沿いの道を馬で散策した。

厩戸は子麻呂に弓矢の腕を久し振りに競ってみたい、といった。腕が長く臂力《ひりょく》の強い子麻呂に及ぶ者は舎人の中にもいない。厩戸は騎馬太子といわれただけに馬と共に弓矢の武術にも優れていた。

馬を走らせながら的を射る技では、厩戸にかなう者はいなかった頃もある。もう十数年も前だ。実際あの頃の厩戸は上宮南部の丘陵を馬で走り、矢を放った。当時、子麻呂はまだ厩戸の舎人になっていない。

斑鳩《いかるが》に来てからも武術の訓練は怠らなかったが、馬子と共に政治を執る、という重責が加わった。それに体力の衰えはどうしようもない。

「どれだけ遠くに飛ばすかだ、子麻呂、もし吾《われ》に負けるようなら舎人の任を解くぞ」

厩戸は厳しい眼を子麻呂に向けた。

「はっ、遠慮は致しませぬ」

と子麻呂は力強く答えた。

子麻呂はすでに厩戸の胸中を見抜いていた。衣服を着換えたりしたので、斑鳩宮に戻るのが遅れ、厩戸と二人切りになる機会がなかった。

厩戸は舎人達に怪しまれずにその機会を作ろうとしているのだ。

馬上の厩戸は弓弦《ゆづる》を引き絞ると川沿いの草叢に矢を放った。矢には四十歳に近い年齢を感じさせない力強さがあった。厩戸が狙った道の左側の草叢に落ちた。舎人達が一斉に、感嘆の声を放った。

「子麻呂、そちも馬上で射よ、吾が射た草叢を狙え、道は人が通るので危険じゃ」

「心得ました」

子麻呂は両股《りょうまた》で馬を締めつけながら仁王立《におうだ》ちになった。まるで地上に立ったように不動である。その姿勢を見て厩戸は到底及ばぬ、と舌を巻いた。

子麻呂は弦を引き絞ると同時に、軽やかな感じで矢を放った。厩戸が数十歩の距離なら子麻呂の矢は更に十歩ほど先に落ちた。

舎人達は胸に溜《た》めていた息を吐いた。

「そち達はここで待っておれ、吾は子麻呂と矢を確認に行く、子麻呂、参れ」

厩戸は馬に鞭《むち》を当てた。

川沿いの道を二頭の馬が疾走する。道を歩いていた人々は驚いて道端に蹲《うずくま》った。中には厩戸を拝む者もいた。大王家の人物で、庶民からこれほど慕われた王子はいない。厩戸は、民百姓も自分と同じ人間として視《み》ていた。これが慕われた一番の原因である。

「子麻呂見事じゃ、この辺りだったのう、吾の矢が落ちたのは」

「はっ、あの草叢でございます」

子麻呂は馬から降りると、馬の手綱《たづな》を取ったまま草原に入り、厩戸の矢を拾った。

厩戸も馬から降りた。

「子麻呂、墳墓の様子は?」

「はっ、大王の石棺と石室の奥との間は数歩、他の石棺が置かれるだけの空間がございます、あの場所に二つ並べるとすると、奥の方が広々とし、不自然さはいなめませぬ、やつかれ、墳墓には詳しくございませぬが……」

子麻呂は暗闇の中で、布を燃やした明りでは充分観察が出来なかった旨を告げた。厩戸は考えるように頷《うなず》いた。

「見張りの兵士でございますが……一人はやつかれの顔を見ましたので、殺さざるを得ませんでした」

「その件は後で良い、子麻呂、暗闇であろうとそちの眼は確かだ、吾《われ》も分らぬ矢を簡単に見つけた、吾はそちの眼を信じる、地に描いてみよ」

厩戸は無造作に草を引き抜き、履《くつ》で土をならした。

子麻呂は脳裡《のうり》に刻み込まれていた石室内と石棺の位置を指で土に描いた。

「分った、確かに安置されるべき奥の間が広過ぎる、多分、そこに堅塩媛《きたしひめ》様の石棺を置かれる積りに違いない、だが子麻呂、そのことは誰《だれ》にも喋るな、そういうことはないと思うが、山背大兄王に訊《き》かれても、調べたことはない、と返答せよ」

「み仏にかけて誓いまする」

と子麻呂はきっぱりいった。

警備兵の一人を殺したことについて厩戸は、仕方あるまい、と呟《つぶや》いただけだった。

厩戸は子麻呂に、

「土に描いた図は踏み潰《つぶ》しておけ」

と命じ川沿いの道に出た。

もし厩戸の表情を見た者があるとすると、その表情の沈鬱《ちんうつ》さに、重い病《やまい》に罹《かか》っているのではないか、と疑ったに違いない。

厩戸は大王・豊御食炊屋姫《とよみけかしきやひめ》に、常軌を逸した女心を感じた。

だが女帝の恐ろしさは、厩戸と会っても、それを外に見せないところにあった。

警備兵は二人死んだらしい。こういうことは口を封じても噂として流れる。

阿倍内臣鳥子《あべのうちのおみとりこ》が、警備兵を殺した曲者について色々と調べたことも伝わって来た。

斑鳩宮でも噂はあっという間に隅々まで広がった。宮の王である厩戸が、堅塩媛の欽明《きんめい》大王墓への合葬に好意を抱いていないことを、総《すべ》ての人々が知っていた。

厩戸の母・間人《はしひと》大后が合葬に反対なのだ。厩戸も当然、母に近い考えでいる、と官人達は思っていた。だからこそ厩戸は女帝と会い、諫《いさ》めたのである。

女帝が堅塩媛の石棺を石室の奥の正殿といって良い場所に置き、大王の石棺を前に引きずり出す計画を取り止めたのも、厩戸の忠告のせいだ、と斑鳩宮に仕える人々は思っている。そう思うことによって、厩戸の力が女帝を屈服させた、と胸を反らせることが出来るからである。

そんな時、警備の兵士が殺されたのだ。

厩戸の命令で子麻呂が墳墓の内部を調べた、とは誰も想像しない。

飛鳥の都にも、女帝に敵意を抱いている豪族が多く、そういう一派の仕業だ、と話し合うのは当然である。

なかには、ああいうことが出来るのは、穴穂部《あなほべ》王子や大王・崇峻《すしゆん》（泊瀬部《はつせべ》）を暗殺した馬子ではないか、と推測する者が現われる。

馬子に仕える東 漢《やまとのあや》氏には、剣の使い手が多い。

犯人は馬子に違いない、と最初に明言したのは、山背大兄王だった。山背大兄王には祖父である馬子が、斑鳩宮を敵視している女帝を抑えて貰《もら》いたい、という願望がある。その願望が馬子犯人説を生んだのであろう。

夕餉《ゆうげ》の席でそれを聴いた厩戸は、そういうことは余り口にするものではない、と諫めた。厩戸が強い口調でいわなかったのは、自分が事件の張本人だからである。成行き上、仕方なかったとはいえ、二人を殺している。

　厩戸は事件を口にしたくなかったのだ。


　年の瀬も押し詰まった雪の降る日、秦造河勝《はたのみやつこかわかつ》が馬を飛ばして来た。

例の事件に違いない、と思った厩戸は二人だけで河勝と会うことにした。こういう場合は仏殿が一番話し易《やす》い。河勝も熱心な仏教信者である。厩戸は仏殿の外に控える子麻呂に、

「山背大兄王が参っても、仏殿には通すな、後で話し合う」

と命じた。

　子麻呂は沈鬱な面持ちで叩頭《こうとう》した。相手は四人だった。篝火の傍だし、子麻呂の武術が幾ら超人的でも顔を見られず、殺さずに倒すのはまず不可能だ。だが子麻呂は、自分の武術が未熟なせいだったと恥じている。

　河勝は仏殿の釈迦《しやか》像を拝み、下座で厩戸と向い合った。仏殿の間は厩戸の修行の場であり、瞑想《めいそう》の間でもある。

　河勝などと密語を交すには最も都合が良かった。

　河勝は厩戸に、大王墓での事件の件で来たことを告げた。

河勝の報告によると、女帝は馬子に、犯人は必ず捕えるように命じた。馬子は東漢氏の間者を使い犯人を捕えるべく懸命の探索を行なっている。

女帝が大王の石棺と堅塩媛の石棺を並べる旨を告げたので、一時おさまっていた石棺の問題が、今度の事件で再び持ち上がった。

群臣の間にも疑惑が生じたのである。当然、誰が犯人であるか、と密かに語られていた。大夫《まえつきみ》の阿倍内臣鳥子は土師《はじ》氏内部に揉《も》め事はなかったのか、と調べたようだが、何も出なかったらしく、今は調査を打ち切っていた。

「太子様、少し気になることを耳にしましたので馳《は》せ参じた次第です」

「どういうことじゃ、遠慮なく申せ」

「はっ、斑鳩宮の内部で、大臣《おおおみ》犯人説が出ているようですが、大臣の耳に入ると不味《まず》うございます」

「そうか、河勝の耳に入ったか、別に大臣だけが噂になっているのではない、ただ曲者は大変な武術者らしい、武術者を多く抱えているのは大臣じゃ、そういうところから大臣の名も噂になっているのであろう、だが、大臣にしろ誰にしろ、推測で口にし、人を傷つけるのは良くない、明日にでも、山背大兄王を始め官人を集め、これから事件を口にする者は、吾《われ》が罰する、と申し渡す」

「安心致しました」

「飛鳥の方ではどうじゃ、大臣の名も出ているようだが？」

「はっ、それについては後で申し上げます、境部臣摩理勢《さかいべのおみまりせ》殿を始めやつかれまで、事件に関係しているかの如《ごと》く噂にのぼっている様子、ただ、噂にのぼる氏族名が余りにも多いので、気には致しませぬが」

河勝は苦笑したようにいった。

「そうか、この吾と親しい者達の仕業ではないか、と名前が出ているのだな、とんだ災難だのう」

「太子様、何といっても大臣は山背大兄王の祖父です、山背大兄王の将来にとって大臣は大事な人物でございます、太子様がわざわざ大臣の機嫌を取る必要はありますまいが、大臣を刺戟《しげき》するようなことは……」

「よく分っている、余り強く口を封じると、痛くない腹を探られるので、一応注意はしていたのだが、明日からは厳禁じゃ、この寒さの中、よく来てくれた」

「とんでもございませぬ、やつかれは今でも、主君は太子様だと思っています、ところで、犯人大臣説でございますが……」

「こちらにもそれが伝わったのだ、何故大臣の名がのぼった？」

「やつかれも不思議に思い、色々と探りました、どうやら火の元は大臣自身のようです」

河勝は溜息《ためいき》を吐いた。

「えっ、大臣自身だと」

と厩戸も驚きの声を禁じ得なかった。

「河勝、その理由は?」

「はっ、古くから大王家に仕えている群臣に、たとえ血縁者の大王であっても、大臣として、理不尽な行為は黙って放っておくわけにはゆかない、というところを群臣に意識させたいためでございましょう、女人であられる大王のいうままだということになると大臣の権威が失われます、やつかれはそう判断しました、勿論これはやつかれだけの考え、どうか胸にお秘め下さい」

「分った、それが真実であろう、大変な策謀家だのう、大臣も、ただ、それは当然大王の耳にも入っているだろうな」

「群臣の耳に入る以上それは自然のことでございます、やつかれは、ひょっとすると大臣は、そのことも計算に入れておられるのではないか、と勘繰《かんぐ》っています」

「大王が何をなされようと勝手だが、この大臣は総てを許しているわけではありませぬ、また眼を閉じているわけでもない、視るべきところは視ておりますぞ、と大王に伝えているというわけか」

聡明な厩戸は相手の胸中を読むのが早く深い。

河勝も聡明だし、その辺を心得て、余計なことはいわない。二人の会話は急流の水のように流れて行く。

「大臣の名が出た、ということは、犯人探しもこれで終りだ、ということだな」

「やつかれは、そう推測しております」

「大王も吾《われ》の叔父・泊瀬部大王を大臣が暗殺したことを思い出したわけだな、あれは大王の意を受けて大臣が動いた、二人は所詮《しょせん》、持ちつ持たれつということになる」

「そのようでございます、やつかれが洩れ聴くところによれば、新しい年の初め、豊御食《とよみけ》炊屋姫《かしきやひめ》と大臣は、歌を詠み合い、お互いの関係が不動のものであることを、諸王子、群臣に誇示するとのことです」

といって河勝は叩頭した。

秦造河勝は、真犯人は誰だと思う？　という厩戸の問に、大臣犯人説まで出た以上、誰が犯人であってもおかしくはございませぬ、と答えて帰った。

ひょっとすると河勝は厩戸に疑惑の念を抱いたのかもしれない。抱くとすれば、河勝と大臣ぐらいのものである。

山背大兄王など、斑鳩宮を訪れる飛鳥の群臣と会うと、犯人は誰じゃ、調査は進んでいるのか、と口角沫を飛ばさんばかりにして訊《き》いている。

親厩戸派の面々で、厩戸に疑いを抱く者がいるとすれば、河勝ぐらいだった。

厩戸は山背大兄王を呼び、大臣の名が出た以上、犯人の詮索は無用だ、これからは面白半分に口にするな、と厳命した。

山背大兄王は頭の回転は速く学識も年齢にしては深いが、激情家であった。それに物の視方が狭く、一つのことに固執し勝ちである。自然、周囲の状況を無視し、信念を押し通そうとする。純情といえば純情だが、どうも稚《おさな》い。この稚さを徹底的に改めなければ、政治家として大成しない。

味方も出来るが敵も出来る。げんに大臣の子・蝦夷《えみし》は、山背大兄王と旨《うま》くいっていなかった。

「山背大兄王よ、そちの欠点は狭量にある、それでは敵が増えるばかりじゃ、上宮王家が興隆するかどうかは、そちの肩にかかっているのだ、心の幅を広くせよ、腹が立った時でも忍耐するのだ、吾《われ》が憲法の第一条に、和をもって貴《とうと》しとなす、としたのは、そちのことが念頭にあったからじゃ」

「父上、汚れたものを見逃さねば、和は成り立ちませぬ」

「ああ、時には見逃すのじゃ、人間は矛盾に満ちている、釈尊《しゃくそん》は色の道も断たれた、だが吾には女人は断てない、だが吾は仏教の教えには惹《ひ》かれる、それは釈尊が凡夫には女人も必要だと許して下さると信じるからだ、また釈尊は、凡夫には持てない慈悲の心をお持ちじゃ、吾は労役の民を使い大きな工事を起こすのは好きではない、多少なりとも慈悲の心があるからであろう、だが宮や寺を建てるには大勢の労役の民を使わねばならぬ、釈尊の慈悲と相反する、ただ吾は、宮を建てる時は、良い政治を行ない、ほんの少しでも民、百姓の生活を利するようにしたい、と念じる、寺の建立《こんりゅう》も、いよいよ来年から始まるが、吾の父、橘豊日《たちばなのとよひ》大王の霊を慰めると共に、我等一族の繁栄を願うためじゃ、我等一族が繁栄すれば、世の中は今よりも少しは平穏になろう、山背大兄王、宮や寺を建てることは民、百姓を苦しめ、慈悲とは相反する、だが心の中で理想を念じることによって、相反する矛盾を乗り越えて行く、それには広い心が必要なのだ、和も同じじゃ、広い心で接する、だが汚れたことといっても、許されない罪は罰せねばならない、どういうことが許されないかは、そちにも分るであろう、だから上に立つ者は、広い心を持つと同時に、自分に厳しくあらねばならぬ、忍耐の必要性はそこから生まれる」

「はあ、吾はまだ到りませぬ」

厩戸を尊敬している山背大兄王は、何時《いつ》も懸命に厩戸の説教に耳を傾ける。だからこそ厩戸は山背大兄王を愛するのだ。私情である。だがそれは人間らしい自然の感情であり、仕方がない、と厩戸は思っていた。

いうまでもなく飛鳥時代の仏教が、どの程度の仏教思想を持っていたかははっきりしない。蘇我馬子《そがのうまこ》が建てた飛鳥寺の塔の心礎からは、馬子のものと思われる挂甲《けいこう》、馬具などが出土した。挂甲が馬子のものなら、蘇我・物部《もののべ》合戦に使われた可能性が強く、血で汚れたものとなる。

五世紀頃の古墳時代には、被葬者のものと思われる刀剣、馬具などが墳墓に副葬された。寺塔の心礎に武具を埋めたのは、寺に対する意識が、古墳時代とそんなに変っていないことを示している。

仏教が中国に伝わったのは一世紀とされているが、当時は後漢王朝の悪政で民が苦しんだ時代である。中国にはもともと不老長寿を求める神仙思想が古くからあり、現世の幸せを求める初期道教となって村を失い、流浪の民となった民衆の心を捉《とら》えた。黄巾《こうきん》の乱を始め五斗米道《ごとべいどう》など、後漢王朝への反乱は、初期道教である。

後漢が滅び、民衆の反乱が鎮圧されると同時に、仏教は中国に根を下ろした。だが中国の場合、道教は根絶されたのではなく、お互いが良き部分を摂取して膨らんだのである。

俗にいう道仏混合で、道教、仏教に同名の教典がその例だ。

そういう中国の仏教は、四世紀後半に高句麗《こうくり》・百済《くだら》に伝わり、五世紀初頭に新羅《しらぎ》に伝わった。

日本に伝わったのはその後ということになるが、公伝は五三八年である。この年、百済の聖明《せいめい》王は高句麗と新羅の圧迫に堪え兼ね、都を熊津《くまなり》から泗沘《しひ》（扶余《ふよ》）に遷《うつ》した。熊津は新羅の函山城《かんざんじょう》に近い。聖明王は新羅の攻撃を予想し、国の存亡を賭《か》けて遷都したのである。

その年、聖明王から日本に伝えられた仏教は、金銅の釈迦像や幡蓋《ばんがい》、また経論だった。

聖明王が日本に贈ったのは仏教文化であり、仏教の思想ではない。その辺りの事情を考えると、聖明王は贈り物の代償として日本に軍事援助を求めたものと推測される。

そういう意味において、日本に公伝された仏教は、信仰よりも仏教文化の要素が強かった。だからこそ、仏教公伝以来、数十年たった後、馬子が建てた飛鳥寺の塔の心礎に、甲《かっ》冑《ちゅう》などが埋められたのである。

その中において厩戸は、馬子などよりも道仏混合の仏教思想を比較的勉強した方だった。厩戸に慧慈《えじ》という優れた高句麗僧が師としてついたせいもあるが、厩戸自身、求道者的性格を持っていたからである。

厩戸が仏殿で瞑想し、思索にふけるのはその表われだった。

新しい年の一月七日推古《すいこ》女帝は、小墾田宮《おはりだのみや》の前殿に群臣を集め、新年を祝う宴《うたげ》をもよおした。

王子達は二日前に呼ばれており、七日の宴は、女帝と大臣、それに群臣の宴といえよう。こういうことは珍しい。新年の宴には大臣《おおおみ》や大夫《まえつきみ》と共に、王子達も加わることが多いからだ。

女帝は精一杯化粧し、身には重いのではないかと思われるぐらい金銀の飾りをつけていた。珍しく女帝は酒を飲んだ。

宴が始まるとすぐ馬子は大きな盃を奉って、新しい年と女帝を祝う言葉を述べた。

その後、馬子は年齢に似ず朗々とした声で歌を詠んだ。

やすみしし　我《わ》が大君《おほきみ》の　隠《かく》ります　天《あま》の八十《やそ》蔭《かげ》　出《い》で立たす　御空《みそら》を見れば万代《よろずよ》に
斯《か》くしもがも　千代《ちよ》にも　斯くしもがも　畏《かしこ》みて　仕へ奉《まつ》らむ　拝《おろが》みて　仕へまつらむ
歌献《うたず》きまつる

歌意は、大王が住まわれる宮を仰ぎ見れば、御威光に胸が一杯になる、どうか何時までもそうであっていただきたい、その宮に畏みて仕え、拝みてお仕えしましょう、といったのである。

それに対して女帝は、高い台座から下り、馬子に歌を返した。

真蘇我《まそが》よ　蘇我の子らは　馬ならば　日向《ひむか》の駒《こま》　太刀《たち》ならば　呉《くれ》の真刀《まさい》　諾《うべ》しかも　蘇我の子らを　大君の　使はすらしき

女帝の方は、馬子を始め蘇我一族を褒め称え、信頼感を表明した歌だが、最後に、だからこそ大王が使うのだし、それは尤《もっと》もなことだ、と述べている。

女帝の歌を聴いた群臣の中には、鼻白んだ者もいたろうし、今更のように女帝と馬子の緊密な関係を再認識し、馬子に畏怖《いふ》の念を抱いた者もいたに違いない。

勿論二人の歌は、前もって話し合って作ったものである。

この歌の応答により、墳墓の警備兵が斬られたことなど全く消し飛んでしまった。

多分、合葬問題により批判を浴びた女帝が、馬子との関係の強化を誇示することによって、損なわれた権威を取り戻そうとしたのであろう。

女帝から持ちかけた可能性が強いが、馬子にとっても女帝の歌は権力の強化となる。数え知れないほどいる古くからの豪族の中で、蘇我氏だけを特別扱いにしたのだから、馬子は臣下ではなく大王家の一族である、と宣言したのも同じだった。

飛鳥の都は騒然とした。

群臣の中には、女帝と馬子の歌の遣《や》り取りは、遣隋使《けんずいし》の頃、厩戸皇太子に奪われかけた権威、権力を自分達が取り戻した復権の歌である、と噂する者もいた。

となると老獪《ろうかい》な馬子の演出かもしれない。

当然、蘇我系以外の王子の中には、女帝に不快感を抱いた者もいたが、こうはっきり宣言されるとうかつに批判は出来ない。

ただ母が春日臣《かすがのおみ》の出である大派《おおまた》王子などは、前から馬子の専横に反感を抱いているのでその胸中の憤りは容易に推察出来る。

厩戸とて不愉快である。ただ厩戸の場合、たんに不愉快で済ますことは許されない。厩戸には上宮王家を守り、山背大兄王を大王位に即《つ》かせなければならないという責任感があった。

昨年の厩戸の叱責《しっせき》のせいか、山背大兄王も余り感情を口にしなかった。自分を抑え、官人達が批判を口にすると、口を慎め、と説教している。

厩戸が菩岐岐美郎女《ほききみのいらつめ》から、山背大兄王が春米女王《つきしね》に、

「自分より父上の方が憤っておられるのだ、だが抑えておられる、我々が不平不満を口にすることは、父上を苦しませることになる」

と説いたことを知らされたのは、十日ほどたってからだった。流石《さすが》に厩戸の胸は熱くなった。

春米女王は厩戸と菩岐岐美郎女との間に生まれた女王で、山背大兄王の正妃であった。

十七歳の春米女王は難波麻呂古王《なにわのまろこ》を産んだばかりだが、女人にしては自分の意見をはきはきと述べる方だった。

自分を抑えることに徹している母とは正反対の性格である。

厩戸は暫《しばら》くことの成り行きを観察することにした。

そんな時、堅塩媛《きたしひめ》を欽明《きんめい》大王の墳墓に合葬の葬礼の日が境部臣摩理勢《さかいべのおみまりせ》によって伝えられた。

旧暦二月の二十日で、石棺はそれまでに墳墓に運ばれるとのことである。

摩理勢は当然のことのように、女帝と馬子の歌は行き過ぎだ、といった。

馬子は支族の者に、女帝が歌で詠んだ蘇我の子、とは自分のことで支族は入らないから、

言動を慎むように、と嶋屋形《しまのやかた》の宴席で注意したらしい。

「吾《われ》もそんなことなどいわれなくても分っています、蘇我氏全体となると、蘇我氏以外の氏族が反撥《はんぱつ》するのも当然です、大王は合葬の件で、一時、常軌を逸せられた、御自分も反省され、大臣に頼ることによって権威を取り戻されたかったのでしょう、それにしても、あの歌が、将来に禍根を残さないか、と吾は心配しています、口には出さぬが、反撥している官人は多うございましょう、どうか、余り気になさらないように」

厩戸はそんな摩理勢に、斑鳩宮内において、あの歌への批判は禁物になっている、と告げた。

「それは分りますが……」

摩理勢は困惑した面持ちで鬚《ひげ》をしごいた。そこまで気になさる必要はありますまい、と周囲を見廻す。

大臣の間者《かんじゃ》など、いる筈《はず》はない、と信じ切っているようだ。

自分が厩戸を畏敬しているように、斑鳩宮の官人や女人も厩戸を畏敬している、と摩理勢は思い込んでいた。

そういう摩理勢だからこそ、山背大兄王と気が合うのだ。

厩戸は穏やかに微笑《ほほえ》んだ。厩戸も山背大兄王に似た摩理勢の一本気な性格が好きである。

「のう摩理勢、そちの気持はよく分るぞ、合葬の件以来、吾は少し気が立っているかも知れぬ、ただ斑鳩宮は広くても宮じゃ、飛鳥に較べると狭い、飛鳥では気の合った者同士が、山野で意見を交しても、鳥の声と共に散ってしまう、だが宮は宮、もし山背大兄王が大王や大臣を批判するとする、当然、舎人や官人達も批判するであろう、女人の口も騒々しい、となると斑鳩宮全体が批判の合唱を歌いあげるということになりかねない、そんなに悪意がなくても、悪意に満ち溢《あふ》れているように受け取られる、外部からはそう見える、ことに宮は飛鳥と離れており何かと猜疑《さいぎ》の眼で眺められているのだ、吾は臆《おく》しているのではない、慎重なだけじゃ」

「よく分りました、吾はまだ若うございます」

「そこがそちの魅力じゃ、山背大兄王と気が合うのも情熱の故、それにしてもそちの気持、嬉《うれ》しく思うぞ、今から山背大兄王と馬でも走らせ、おおいに論じ合えば良い、山野なら声も散ってしまう、多分山背大兄王は、何故早く顔を見せぬ、と部屋の中を歩き廻っているであろう」

「吾もお会いするのが愉《たの》しみです、太子の深い胸中、間違いなく山背大兄王にお伝えしましょう」

「おいおい、吾何も伝えろ、と申してはおらぬぞ」

厩戸は珍しくくだけた口調になると頬《ほお》を緩めた。

河勝を始め上宮王家に意を通じている者は多いが、摩理勢は何といっても、蘇我氏の支族である。山背大兄王の将来のためにも大事な人物だった。

旧暦二月に入ると暖かい日が続いた。

女帝が二月二十日を合葬の日に決めたのは、春の花のもとで華やかに葬礼を行ないたかったからに違いない。葬礼のための埴輪や器、それに墳墓を飾る喪衣など合せて何と一万五千にも達した。年が明けて以来、大和のみならず各地から様々な品が送られて来ていた。

女帝は墳墓の近くに無数の小屋を作り、運び込まれる葬礼の品々を貯《たくわ》えた。

噂では巨大な墳墓は、埴輪と華やかな衣服で覆われるという。葬礼というよりも女帝が我意を貫く盛大な祭りだった。

大体葬礼に、赤、黄、青などの衣服は不要なのだ。そういう噂を耳にする度に厩戸は眉《まゆ》を寄せ、常軌を逸した女帝の行動に不安感を覚えた。

まさに母のための葬礼で、父・欽明大王に対する鎮魂の礼など全くなかった。

誄《しのびこと》も諸王子を始め、大臣、中臣宮地連烏摩侶《なかとみのみやどころのむらじおまろ》、境部臣摩理勢、阿倍内臣鳥子《あべのうちのおみとりこ》などが行なうことになった。

阿倍内臣鳥子は大王の代理であり、烏摩侶は大臣の代理、摩理勢は蘇我氏を代表していた。

厩戸はこんな合葬に参列する気持は毛頭なかった。それに女帝は、合葬礼の日は知らせたが、堅塩媛のために誄をせよ、とはいって来ない。

厩戸は山背大兄王を自分の代理として参列させることにした。

摩理勢が斑鳩宮によく来ていることは女帝も馬子も知っている。馬子がそんな摩理勢に誄を命じたのは、女帝ほど上宮王家を冷たく視ていないからであろう。

何といっても馬子は山背大兄王の祖父なのだ。馬子が蝦夷を代理にせず摩理勢を指名したのは、厩戸に対する配慮かもしれない。

夕餉《ゆうげ》の席で山背大兄王は厩戸に、

「吾は黙って立っているだけで良いわけですね」

と念を押すようにいった。

「それで良いのだ、吾は堅塩媛様のことは余り存ぜぬ、褒めようがないではないか、まして代理のそちが何を申す、というのだ？　大王もその辺りのことは御存知じゃ、大臣と相談の結果、斑鳩宮には誄なしと決められたのであろう、不満なのか」

「とんでもありませぬ、気が楽です」

「摩理勢には、立派にするように励ますのだぞ、摩理勢の器を蘇我一族のみならず群臣にも認めさせたい」

「父上の胸中、よく分っております」

山背大兄王は微笑で答えた。

親の欲眼か、最近の山背大兄王は一段と成長したように思える。前のように厩戸に反撥しなくなったし、考え方も柔軟になった。

厩戸も人の子だ、子供に対する愛情には特別なものがあった。

合葬礼もあと数日に迫った日、厩戸の母・間人《はしひと》大后が何の予告もなく斑鳩宮に来た。輿《こし》から降りた際、足をすべらし腰を打ち菩岐岐《ほきき》美郎女《みのいらつめ》の部屋に横たわることになった。

厩戸は官人達に、建立を始めることになった斑鳩寺について説明していた。鞍作止利《くらつくりのとり》仏師の弟子や、高句麗僧慧慈《えじ》の弟子達も耳を傾けている。

厩戸は菩岐岐美郎女に仕える女人から容態を聴き、すぐ行くから手当に万全を尽せ、と命じた。

寺を建立するとなると大変である。寺工、造仏師、画師、それに労役の民なども動員せねばならない。勿論、厩戸の領地から動員することになるが、厩戸は飛鳥寺の数分の一ぐらいの寺を考えていた。

それも建立を急がず歳月をかけて建てる積りだ。歳月をかければ労役の民の動員も少なくて済むからである。

厩戸は会議を早急に打ち切り菩岐岐美郎女の屋形を訪れた。来る時は知らせるように、と前回強硬にいったが、母には通じないようだった。

母に会うにも拘《かかわ》らず厩戸の足は重かった。母が突然来たのは堅塩媛の合葬礼についての憤懣《ふんまん》を厩戸にぶつけるためである。

厩戸は仏ではない。仏教の心を少しでも理解しようとつとめているだけだ。感性が鋭いだけに喜怒哀楽は人並以上のものがある。ただ、反省する心も強いが、それは波立つ感情が通り過ぎた後でのことだった。

医術の心得のある僧が厩戸に叩頭した。

「母上、如何《いかが》ですか」

「まだ痛い」

絹綿の掛蒲団《かけぶとん》から出た母の顔は小さい。

「骨の方は？」

と厩戸は僧に訊《き》いた。

「お供の方にも色々と訊きましたが、輿が地に着く前にお立ちになり、転倒なされたようでございます、愚僧の診《み》ましたところでは、骨に異常はございませんが、打たれた場所がお痛みになるようです、痛みを取る薬草をお妃様《きさき》にお渡ししましたので、間もなく痛みは取れると思いますが……」

僧の言葉が曖昧《あいまい》になったのは母の年齢を思ったからだろう。

「薬草は私《わ》がお貼りしました」

と菩岐岐美郎女が不安そうにいった。

「大丈夫じゃ、心配する必要はない、医師が暫く横になっている方が良いというので、横になっているだけじゃ」

母は蒲団から身を乗り出そうとして、痛い、と呻《うめ》いた。そんな母に、何故突然来られたのか、などと詰問出来ない。

「暫くお休みになられた方がよろしゅうございます、吾《われ》にはまだ政務がございますので」

厩戸が立とうとすると、母は、

「厩戸、逃げてはならぬ」

　別人のような叫び声と共に上半身を起こした。厩戸は驚いて声を呑んだ。顔は相変らず痩せ皺《しわ》が深いが、眼には蛇の舌のような光が宿っている。

「母上、何も逃げたりはしませぬ」

「では、私が申すことを聴くのじゃ、噂によれば額田部《ぬかたべ》王女は、合葬に際し、万を超ゆる喪衣で墳墓を覆うという、しかもその喪衣は極彩色というではないか、これはもう狂気の沙汰《さた》としかいいようがない、厩戸、そなたは額田部王女から政治を委《まか》された、すぐにでもやめさせるのじゃ」

　額田部王女は、女帝の幼名である。母は激すると、女帝を幼名で呼ぶ。

寝衣の胸がはだけ、痩《や》せた胸の骨が見える。母は女帝より数歳下である。厩戸の胸は痛む。多分、女帝に対する怨念《おんねん》の炎が自分の肉を焼いてしまったのだろう。

「母上、それは噂です」

「火のないところに噂の煙は立たぬ、兎《と》に角《かく》至急やめさせるのじゃ」

　母の熱い息を厩戸は感じた。今も炎が母を焼いている、と厩戸は息を呑んだ。

　菩岐岐美郎女は困惑したように俯《うつむ》いていたが、眴《めくば》せで僧を立ち去らせた。

　こうなれば母の口は止められそうにない。厩戸は姿勢を正した。

「母上、合葬の件は大王家の祭祀《さいし》に関することでございます、政治の範囲外となります故、吾《われ》にはどうすることも出来ませぬ」

「何と……狂気がまかり通っても口出し出来ぬのか」

「出来ませぬ、それに母上、この斑鳩宮で大王への批判はお控え下さい」

厩戸は厳しい口調でいった。その厳しさには、現在の自分の立場への無念さも込められていた。菩岐岐美郎女が驚いたように厩戸を見たのは、厩戸が間人大后を叱咤《しった》したように思えたからだろう。自分の苛立《いらだ》ちも混じった厩戸の声は何時《いつ》もの彼らしくなかった。

母は眼を剝いた。

「私《わ》は帰る、私は子供にまで馬鹿にされ、見捨てられた、私が申したことに、間違いがあれば、幼児にでも分るように説明するのじゃ、私はそんなに耄碌《もうろく》してはいない、そうじゃ、山背大兄王を呼ぶのじゃ、王に聴いて貰《もら》おう、私が間違っておれば、私はすぐ戻る」

母は山背大兄王の名を呼んだ。

山背大兄王は、慧慈の弟子である高句麗僧に、今年から建立を始める斑鳩寺について意見を聴いていた。

厩戸は菩岐岐美郎女にいった。

「山背大兄王は来る必要がない、そなたが行って吾の意を伝えよ」

厩戸の言葉に菩岐岐美郎女は素直に立った。

途端に母は弱くなる。

「厩戸、何もそこまでしなくても良い、菩岐岐美郎女はこの場にいて欲しい、私はまだ腰が痛むのじゃ」

菩岐岐美郎女に去られると、母は多分、取り残された心細さを覚えるのだろう。厩戸は菩岐岐美郎女を坐らせ、屋外に立っていた調子麻呂《つきのねまろ》を呼んだ。

「子麻呂、そちが行け」

母はほっとしたように横になった。弱々しい眼を菩岐岐美郎女に移した。

胸に溜まっていたものを吐き出したので、空虚感に襲われたのかもしれない。

「そなたには何時も世話になるのう、それはそうと橘大郎女《たちばなのおおいらつめ》はどうした、私が輿から落ちたことを知っている筈なのに顔を見せぬ」

「山桜を始め、野の花々が美しい季節、花を愛《め》でに参りました」

と厩戸は微笑した。

「ほう、花見か、橘大郎女は結構な身分じゃ、皆、政務に熱中しているというのに、大郎女だけはのんびりと遊山とはのう、菩岐岐美郎女も、こうして看病してくれている」

「私も昨日、花を摘みに参りました、花々に彩られた山野を眺めていますと眠っている心身が甦《よみがえ》り、爽やかな気持で務めに励めます」

菩岐岐美郎女は厩戸の意を酌み、橘大郎女を弁護した。

一言もない筈だが母も負けてはいない。

「厩戸、橘大郎女は宮の外の屋形に住んでいた、何故、宮内に屋形を建てたのじゃ、何人もの妃が同じ宮に住むのは、倭《わ》国の習慣に反する」

流石《さすが》に厩戸は唖然《あぜん》とした。

母は、確かに狂気じみた女帝の行動に憤り、斑鳩宮に来たのだが、何となく厩戸に逃げられ、吐き出せない憤懣を橘大郎女にぶつけて来たのである。

倭国の場合、同じ宮内に妃達が住むことは珍しかった。勿論、時によって例外はあるが大体妃達の屋形は離れている。

橘大郎女も最初は宮の東方、現在の中宮寺の辺りに住んでいた。厩戸が大郎女を斑鳩宮に住まわしたのは、一族は同じ宮に住み、仲良く過すべきだ、という理想のせいである。

妃が産んだ子は乳母の実家で十歳ぐらいまで育てられるのが慣習である。厩戸は山背大兄王の時代になれば、三、四歳ぐらいまではそれでも良いが、後は同じ宮で住むようにした方が良い、と考えていた。

それでこそ家族といえるのではないか、と厩戸は思っている。厩戸はそういう自分の意を山背大兄王に伝えていた。

「母上、吾《われ》が妃達を何処に住まわせるかは吾の自由、その件に関しては口出しをしていただきたくない、倭国の慣習といわれたが、五世紀の大王の中には、宮に何人もの妃を住まわせた方もおられる、それに慣習といっても古い慣習、また益のない慣習は打破して行かねばなりませぬ、吾は、吾の生き方を他の人々に強制する積りは毛頭ありません、その代り、それが母上であろうと、とやかく批判されるのは真っ平でございます、暫くお休みになられたら龍田宮《たつたのみや》にお戻り下さい、今日は暖かく花摘みには最適の日じゃ、吾も山野を散策に参ります」

「腰を打った私に、宮を出よ、と申すのか、何時の間に、そんな冷たい男子《おのこ》になった！」

「腰が痛むのなら、治るまでお休み下さい、ただ、吾に対して指図めいたことは、口にしないでいただきたい、菩岐岐美郎女、煩わしいだろうが、今暫く母上のお相手を頼む」

厩戸は外に出た。

母に対し、こんなに厳しい口をきいたのは初めてだった。

厩戸は舎人《とねり》に馬の用意をさせた。

調子麻呂が来て、厩戸の意を山背大兄王に伝えたことを告げた。

厩戸は馬に乗ると宮を出た。子麻呂を始め数人の舎人が厩戸を追う。何時になく厩戸は馬を走らせていたのだ。春の花もこの暖かさでは総てが開くに違いない。

金銀の飾り物に眩《まぶ》しく映えた輿に乗り、年齢に似ず華やかな衣服を纏《まと》い、朕《わ》の意の通らぬことはない、と傲然《ごうぜん》と墳墓に向う女帝の姿が眼に見えるようだ。

人の口を閉じるのは不可能である。おそらくかなりの人々が、合葬の真相を知っているに違いなかった。だが飛鳥の都で、女帝に忠告する者は一人もいない。かりに真相を知っていても知らないふりをしているのだ。

馬上の厩戸は敗北感に襲われた。

母を厳しく叱責しただけに、敗北感は余計に暗く重い。

寝衣から出た母の小さな顔が憐《あわ》れに思えて来た。

結局は、自分が女帝に負けたのである。だから母は小さな顔になったのだ。このままではもう数年もすれば、梅の実を干したようにしなびるに違いなかった。

合葬礼を終えた女帝は、ますます上宮王家を無視するだろう。確実に母は老いて行く。その時は、厩戸に文句をいいに来る気力も失われている。母が斑鳩宮に乗り込んで来るのは、まだ厩戸に期待しているからではないか。そう思うと母の毒舌も憐れに思え許せる気にもなる。

「太子様、あちらに橘のお妃が……」

子麻呂が矢田《やた》丘陵の北方を差した。

山裾《やますそ》の高台に女人達の花が咲いていた。距離は三百歩というところか。

「邪魔をすることもあるまい、吾が行くと大勢の女人達が固くなる、川を渡るぞ」

厩戸は東方を睨《にら》み、馬の腹を蹴った。

第四章　眠

旧暦二月二十日、春の花はほぼ満開だった。欽明《きんめい》大王と堅塩媛《きたしひめ》が合葬された巨大な墳墓には、華やかな衣に覆われた数え切れない埴輪《はにわ》が林立し、現世のものとは思えない巨大な花を咲かせた。『日本書紀』も「明器《みけもの》・明衣《みけし》の類《たぐい》、万五千《よろずあまりいつちくさ》種なり」と記している。

女帝は流石《さすが》に白い喪服だが、その喪服は金銀の飾りに覆われていた。領巾《ひれ》とは別に、長く艶やかな絹布で顔を覆っている。素顔を民衆の前に晒《さら》さないのは、神祇《じんぎ》の最高司祭者たる大王の神秘性を強調するためだが、女帝の場合、老を隠そうとする意も込められていた。

この日のために造られた葬礼の宮は一段と高く、女帝は陽光に映える飾りを煌《きら》めかせながら階段を登り椅子に坐《すわ》った。諸王子・王女・王・女王達は宮の下で墳墓に向い合うように坐る。

蘇我《そが》氏の一族は諸王子の前に坐ったが、馬子《うまこ》だけは女帝を守るように宮の階段の下である。

群臣は左右に分れて向い合った。その数は数百名に達する。

女帝の権威と合葬の儀式を称《たた》えるように、空はよく晴れ、雲は少ない。山野のところどころは春霞《はるがすみ》に煙っているが、それが一段と風情を添えている。風も女帝の威光に恐れをなしたのか、微風に花の香りを伝える程度だった。

厩戸《うまやど》は風邪《かぜ》を理由に出席せず、山背大兄王《やましろのおおえ》を代理として出席させた。堅塩媛を知らない山背大兄王は誄《しのびごと》をしない。

最初に誄をしたのは、女帝の代理の阿倍内臣鳥子《あべのうちのおみとりこ》だった。

だが鳥子の動作は最初からおかしかった。

墳墓の前に設置された誄の場に歩きかけたが、足がもつれ転倒しかかった。顔が蒼白で汗に塗《まみ》れているのが分る。漸《ようや》く場に立ったが身体が慄《ふる》えており、声が出ない。まるで異様な鬼神に憑《つ》かれたようだった。参列者は息を呑み、小鳥も囀《さえず》りをやめた。

鳥子は何度も喘《あえ》ぎ、袖《そで》で顔の汗を拭いた。姿勢を正し誄を始めたが、人間とは思えない妙な声が出るだけだ。

参列者の眼が鳥子から女帝に向けられ、また鳥子に注がれる。

馬子が大声を発した。

「阿倍内臣鳥子、気分が悪いのか……」

鳥子が何かいおうとしたが、返事も出来ない。最初の誄、しかも女帝の代理である。もし妙なことでも喋《しゃべ》ったら、この合葬の大礼が目茶苦茶になってしまう。

「蝦夷《えみし》、鳥子は急病に罹《かか》ったようだ、すぐ連れ出し、医師に診《み》させよ、すぐだ」

六十を過ぎた年齢《とし》とは思えぬ大声だった。蝦夷が鳥子の傍《そば》に駈け寄ると同時に、阿倍氏の一族の者も何人か傍に行き、鳥子を抱えるようにして連れ出した。

山背大兄王も視線を上に向けたが、絹布が邪魔をして女帝の顔がよく見えない。

馬子が女帝に向っていった。

「阿倍内臣鳥子は急病の立ち暗みにより、誄が不可能になりました、臣《おみ》、馬子が鳥子の代りに、大王を祝う歌を献じ、誄とさせていただきます」

「よろしい」

女帝の声には少し詰まったものがあったが、馬子に負けない気迫がある。

馬子はその場から墳墓に向って、

「やすみしし、我が大君の……」

とこの正月女帝に献じた歌を詠んだ。

動揺していた参列者は馬子の声に呑《の》まれ、異様な阿倍内臣鳥子の醜態を半ば忘れてしまった。

馬子は詠み終ると、何でもないようにいった。

「次は尾張《おわり》王子の誄でございます」

尾張王子は、怪訝《けげん》な顔で馬子を見返した。王族の最初の誄は女帝の弟の椀子《まろこ》王子がする筈《はず》だった。尾張王子は間違いではないか、と確認したのだ。

「最初は尾張王子、次が椀子王子でございます」

馬子は確信を込めていった。椀子王子は最近老いていた。もし王族の代表者として誄をし、呂律《ろれつ》が廻らなかったり、言葉を忘れたりしたなら、阿倍内臣鳥子の後だけに取り返しがつかなくなる。馬子が頭脳明晰《めいせき》な尾張王子を一番にしたのは咄嗟《とっさ》の機転だった。尾張王子にも、馬子の意が伝わったようだ。女帝が寵愛《ちょうあい》した兄の竹田《たけだ》王子は病弱で早逝し、今の尾張王子は長子格である。

尾張王子はゆっくり立つと女帝に叩頭《こうとう》し、墳墓を拝むと落ち着いた声で誄を述べた。合葬された堅塩媛が大王の深い愛情を受けたのも、媛が天性の気品と美貌《びぼう》、それに女人らしい豊かな優しさを持っていたせいだ、と褒め称《たた》えた。

女帝が大王となり、倭《わ》国に平和をもたらしたのも、堅塩媛の徳のせいである、と持ち上げることも忘れなかった。

尾張王子の誄を聴いた女帝は、満足気に頷《うなず》き、母をしのんだのか眼頭《めがしら》を押えた。

阿倍内臣鳥子の醜態は、尾張王子の誄によって薄れた。続く椀子王子も尾張王子に釣られたように朗々とした口調で堅塩媛を褒めた。

王子や王の誄が終ると、中臣宮地連烏摩侶《なかとみのみやどころのむらじおまろ》が馬子に代って誄を述べた。終ると馬子は大勢の支族を従えて誄の場に立った。

境部臣摩理勢《さかいべのおみまりせ》が馬子の代理となり、蘇我一族と堅塩媛の関係を述べた。

夕刻近くに誄は終ったが、大勢の参列者の胸から悪の鬼神に憑《つ》かれたような阿倍内臣鳥子の硬直した姿が消え去ったわけではない。

参列者の中には、鳥子に憑いた鬼神は、小姉君《おあねのきみ》ではないか、と疑った者さえいた。

げんに山背大兄王は、女帝の弟妹に当る王子や王女達が、小姉君の名を囁《ささや》き合ったのを耳にした。

勿論《もちろん》、王子達は、近くに山背大兄王がいることに気づき、すぐ会話を変えたが、山背大兄王は囁かれた祖母の名が耳から入り脳裡に刻み込まれたような気がした。

山背大兄王が舎人《とねり》達と共に帰り仕度をしていると馬子の子の蝦夷がやって来た。

山背大兄王と視線を合わせたが、叩頭もせずに視線を逸《そ》らせた。

蝦夷は堅塩媛系の王子や王女達に、

「吾《われ》が大臣《おおおみ》の屋形に御案内致します」

といった。

その声は山背大兄王にもよく聞えた。そのために声を高めたようである。

山背大兄王の顔は憤りと無念さに歪《ゆが》む。山背大兄王は厩戸皇太子のように、自分を抑えることが出来ない。

昨日、山背大兄王は父から、

「合葬礼の後、大臣の宴《うたげ》に誘われたなら、断らずに受けよ、忍耐と我慢が将来の花を咲かせるのだ」

といわれていた。

山背大兄王は承諾して来たのだが、自分を無視した蝦夷の非礼な態度に、到底父の命令に従えそうになかった。

「子麻呂《ねまろ》、急いで戻るぞ」

と山背大兄王は調《つきの》子麻呂にいった。

子麻呂は、父の舎人の長《おさ》だが、父に命じられ、今日は山背大兄王の従者となっていた。

「はっ、用意は出来ております」

と子麻呂は舎人の一人が引いて来た馬の手綱《たづな》を取った。

山背大兄王は、蝦夷が堅塩媛系の王子や王女達に声をかけている間に馬に乗りたかった。

小姉君系の王子や王女は一人もいない。茨城《うまらき》王子は追放され摂津の茨木《うまらき》にいる。葛城《かつらぎ》王子は死亡し、穴穂部《あなほべ》・宅部《やかべ》・泊瀬部《はつせべ》の三人は女帝と組んだ馬子によって殺されていた。幾《いく》ら馬子に誘われても、堅塩媛系ばかりの集まりに参加したくない。

山背大兄王が愛馬に乗ろうとした時、それを見計らったように、数歩も離れた場所から蝦夷が名を呼んだ。

鐙《あぶみ》に足を掛け、乗ってしまえば良いのだが、一瞬の躊躇《ちゆうちよ》が決断を鈍らせた。

山背大兄王の躊躇は、王の気の弱さのせいかもしれない。だが山背大兄王は厩戸皇太子の代理として出席しているのである。王の脳裡《のうり》に女帝と馬子の顔が重なったのも自然だった。

「吾《われ》を呼んだか」

山背大兄王は愛馬の鞍《くら》に手を置いて答えた。

蝦夷は嗤《わら》いを含んだような陰湿な眼を山背大兄王に向けると、その日、初めて会ったように軽く叩頭した。

山背大兄王も仕方なく応じた。

蝦夷は馬子になった積りか、父と同じように眼を細めて近寄って来た。蝦夷は明らかに山背大兄王を呑んでいた。

いうまでもなく今日の合葬礼は、正月に行なわれた女帝と馬子の歌の交換に続くものである。両者の権威、権力の再確認であり、誇示でもあった。

蝦夷はそのことを充分承知した上で、山背大兄王に声をかけているのである。若いだけに露骨にそれが表われている。

「大臣が合葬礼の宴をもよおしたい、と申されています、山背王は皇太子の代理、山背王も宴に出席願いたいとのことです」

「大臣の意というわけか、しかし、今日は堅塩媛様の血を受けた王族の集まりであろう」

そういって山背大兄王は愕然《がくぜん》とした。

厩戸皇太子の父、用明《ようめい》大王は堅塩媛の子である。当然、父や自分にも媛の血が流れている。それを忘れてしまっているのは、矢張り祖母の怨念《おんねん》が沁《し》み込んでしまっているせいかもしれない。

父よりも、間人《はしひと》大后から、女帝と馬子に殺された王子や大王達の名を山背大兄王は聞かされて育ったといっても過言ではないだろう。

何時《いつ》の間にか山背大兄王は体内に流れている堅塩媛の血を忘れ、小姉君の血だけを意識するようになっていた。

案《あん》の定《じょう》、蝦夷は冷たい眼を向けた。

「ほう、山背王は御自分は堅塩媛様の血縁者ではない、といわれるのですか」

「いや、そうは申しておらぬ、父にも吾《われ》にも堅塩媛様の血が流れておる、だが大夫《まえつきみ》は、吾を無視し、最初に椀子王子達に声をかけた、声をかけるのなら、皇太子の代理であり、大兄王である吾が最初の筈《はず》だ」

山背大兄王は蝦夷を睨《にら》んだ。こうなれば憤りをぶつけることによって、失言を取り消さねばならない。

蝦夷は年齢に似合わない含み笑いを洩《も》らした。それは蝦夷の余裕である。

「ほう、吾が礼を失したというわけですかな、それで堅塩媛様の血を忘れられた……」

「忘れてはいない、ただ父は、礼を重んじておられる、吾は礼を失する者に対しては厳しい」

「それは申し訳ないことを致しました、ただ、あちらの王族は十名近い、だから散らないうちに声をかけたのです、そういえば山背王は大兄王であられたのう……」

蝦夷は皮肉な口調でいうと、わざとらしく叩頭した。

子麻呂が蹲《うずくま》った。

懐から粉にした薬草を取り出した。

「風邪薬を服《の》まれる時刻でございます」

子麻呂の眼は赧《あか》らんでいた。血が滲《にじ》んだのではないか、と山背大兄王が息を呑んだほど異様な光が宿っている。光は矢のように山背大兄王を射た。

山背大兄王は自分の意志を失ったように粉薬を受け取っていた。

厩戸は風邪で病床に伏している、という理由で、合葬礼を欠席したのだ。山背大兄王は子麻呂に術をかけられたように咳《せ》き込んだ。父の風邪が染《うつ》ったのか背筋が寒くなった。子麻呂は腰紐《こしひも》につけていた細い竹筒の栓《せん》を取り、山背大兄王に差し出した。

「そうだったのう」

山背大兄王は粉薬を口に含むと竹筒の水を飲んだ。

「ほう、風邪を引いておられるのか、それならそうと申していただきたい、病《やまい》のある者は宴には加わらない、というのが慣例でございますぞ」

蝦夷は一歩退《さ》がった。当時、風邪は染るものということが分っていた。いうまでもなく風邪をこじらすと生命に拘《かかわ》るので、古代人は風邪を恐れていた。

山背大兄王は薬を服み終ってから、自分を取り戻した。子麻呂の気持も理解出来た。宴を辞退する理由を子麻呂は作ったのだ。こういうことが起きるのではないか、と危惧《きぐ》の念を抱いた厩戸が、子麻呂に授けた策であった。山背大兄王は勿論知らない。

「たいした風邪ではない」

何の薬か喉《のど》と鼻が刺戟《しげき》され、くしゃみと鼻水が出て来た。

蝦夷は眉《まゆ》を寄せ、もう一歩退がった。

「たいした風邪ではない、と申されているが、その咳《せき》では唾《つば》が飛ぶ、当然染る危険性が強い、この度は遠慮なされるのが礼儀でございましょう、吾から大臣にも申し上げておきますぞ」

蝦夷は強い口調でいった。

子麻呂が、欠席を告げるべきです、と眼で合図した。

宴のことも知らされていなかったし、山背大兄王としては出席したくない。蝦夷の辞退の勧めに山背大兄王は息が楽になった。

「そうまで申すのなら今日の宴は辞退しよう、周囲に迷惑をかけてはならぬ、というのが、父上の生き方じゃ」

蝦夷は、心持ち顔を歪めた。

蝦夷が山背大兄王に好感を持てない原因の一つは、山背大兄王がすぐ厩戸の名を出すことだった。

厩戸の聡明《そうめい》さ、学識の深さは蝦夷も認めていた。だが山背大兄王に、厩戸の生き方、などといわれると不愉快だ。親は親、子は子だ、といいたい。

蝦夷は、生き方の問題ではない、常識だと反駁《はんばく》したくなった。

蝦夷がそれを抑えたのは、自分も馬子の名を出し、官人達に命令することが多いのに気づいたからだった。

山背大兄王の鼻水と咳が止まったのは、耳成山《みみなし》に近づいた頃である。

「何の薬じゃ？」

と山背大兄王は子麻呂に訊《き》いた。

「風邪に罹らぬために様々な薬草を混じえました」

子麻呂は澄ました声で答えた。

父の策ではないか、と山背大兄王が気づいたのは、子麻呂の口調からだった。

阿倍内臣鳥子《あべのうちのおみとりこ》は、女帝の代理になったのに誄《しのびごと》が出来なかったことで、女帝の憤りを受け、大夫の位を剝奪《はくだつ》された。それ以来鳥子は、殆《ほとん》ど喋らなくなり、寝たり起きたりの身になってしまった。

明らかに気が変になっていた。人々は墳墓に眠っていた大王の鬼神が、女帝の代りとなった鳥子に憑いたに違いない、と噂《うわさ》した。

だが女帝の耳に入ったなら大変なので、密語を交すのみである。

酒宴の席では、眼が眩《くら》むほど華やかだった合葬礼の光景のみが声高く喋られ、何時か鳥子のことは忘れられていった。

大王の石棺が動かされたかどうかを、自分の眼で確かめた官人はいない。石室内に入って労役の民を動かした者は土師《はじ》氏の中でも僅《わず》かで、合葬礼が済むと、各地に広い土地を与えられ、都から去った。

大勢の官人は、保身のために、堅塩媛の石棺が何処《どこ》に置かれたかなどを考えまいとした。

それに鳥子の代りに、阿倍臣からは若い摩侶《まろ》が大夫になった。摩侶は鳥子の甥《おい》で武術だけではなく学識もあった。なかなかの勉強家で、群臣も摩侶が大夫になったことに異論はなかった。

秋の初め飛鳥《あすか》の情勢を伝えるべく秦 造《はたのみやつこ》河勝《かわかつ》が斑鳩宮《いかるがのみや》を訪れた。

経典を読んでいた厩戸は、舎人に命じ山背大兄王の許《もと》に案内させた。

このところ山背大兄王は斑鳩寺の建立《こんりゅう》に熱心だった。すでに労役の民が整地を行ない造寺工の指図で、礎石や木材が宮の傍に運ばれていた。

慧慈《えじ》の弟子の高句麗《こうくり》僧や鞍作 止利《くらつくりのとり》の弟子達も、近くに工房を建て、新しい寺の金堂に安置する釈迦《しゃか》像を造り始めていた。

河勝が来たせいか、経典に精神が集中出来なくなった。

厩戸は溜息《ためいき》をつき、橘大郎女《たちばなのおおいらつめ》に薬湯を運ばせた。百舌鳥《もず》の声が鋭い。

「もう秋だのう、早いものだ、間もなく紅葉が見られる」

「はい、愉《たの》しみにしています、間人《はしひと》大后様も、龍田《たつた》の紅葉を観《み》に来るように、とおっしゃっていました」

厩戸の母が来たのは十日ほど前だった。

「母のことだ、棘《とげ》の刺さるようなことを申したに違いない、ただ、今の母は普通の状態ではない、大きな心で接して貰《もら》いたい、そなたには無理ばかり申すが……」

「いいえ、何でもおっしゃって下さい、私《わ》には、わが君の無理が嬉《うれ》しいのです」

厩戸を見た橘大郎女の眼に一瞬、虹色の光が走った。そのことに気づいたように大郎女は視線を伏せた。

厩戸の血が騒ぎ始める。薬湯を飲み終えた厩戸は大郎女の手を取った。大郎女は厩戸に引っ張られる恰好《かっこう》になり、顔を伏せながら膝《ひざ》を進めた。

「それはそうと、父上はお元気だろうか」

「はい、元気だと思います、もし病《やまい》の身になれば使いの者が知らせに参ります」

尾張王子の身体が弱っているのは間違いなかった。参朝の数が減り、自宅にいる日が多いらしい。

「父上には元気であって貰わねばならぬ、近々、日を選び父上に会いに行ってはどうか、父上も喜ばれるに違いない」

「有難うございます、父も喜びましょう」

厩戸は汗ばんだ大郎女の手を一層強く握った。

「よし、早急に日を決めよ、今宵《こよい》はそなたと寝具を共にしよう」

大郎女の胸の高鳴りが掌《たなごころ》から感じられた。

山背大兄王の使者が内殿の外に来たらしい。

厩戸は大郎女に、子麻呂《ねまろ》を呼ぶようにいった。

「子麻呂でございます」

と子麻呂は部屋の外からいった。

「山背大兄王に、河勝と共に前殿に参るように伝えよ」

「はっ、お伝えします」

子麻呂は風のように去った。

合葬礼が終ってから数日後、厩戸は子麻呂に、

「あの夜のことは忘れるのだ、そちは何も見なかった、だから何もなかった」

と命じた。

厩戸の命令通り、子麻呂は墳墓に入った夜のことを記憶から消した。子麻呂の武術は、自分の心を意志の力で操れる特技と一体だった。

真相を知っているのは、大和《やまと》では厩戸一人、ということになる。馬子でさえも、自分の眼では見ていないのだ。

厩戸も記憶から消さなければならない、と努力したが子麻呂のようにはいかなかった。母、間人大后の最近の窶《やつ》れようも影響している。女帝に対する母の憎悪は怨念となっていた。母と会うことを拒否出来ない以上、合葬礼が秘めている恐るべき真相を、厩戸が忘れられないのも無理はなかった。

厩戸が橘大郎女と別れ、前殿に行くと、山背大兄王と河勝はすでに来ていた。山背大兄王は昂奮《こうふん》していた。

「父上、誄が出来なかった阿倍内臣鳥子の狂気は本物らしゅうございます、河勝の話では訳の分らないことを口走り、突然、刀を抜いて振り廻すので、一族の者は、鳥子を新しい屋形に幽閉したそうです」

山背大兄王は鬼神に憑かれ、金縛《かなしば》りにあった鳥子の異様な姿を見ている。昂奮するのも無理はなかった。厩戸は山背大兄王の言葉を無視し、挨拶《あいさつ》した河勝に、まず一家の健康状態を訊《き》いた。何でもない世間話を半刻《とき》(一時間)ほどした後、河勝だけを連れて仏殿に入った。

山背大兄王は一寸《ちょっと》不服そうだったが、厩戸に、そちはまだ分らぬのか、と睨まれ、前殿を出たところで厩戸達と別れた。

厩戸の瞑想《めいそう》の場となっている仏殿には誰《だれ》も近づかない。

河勝は厩戸に、余計なことを山背大兄王に話した、と叱責《しっせき》される、と思ったらしく、下手で俯《うつむ》いた。

内部は連子《れんじ》窓と灯油の明りだけなので薄暗い。連子窓から入る明りは木洩《こも》れ陽に似て爽《さわ》やかで、灯油の明りは神秘にゆれている。

「山背大兄王が色々と問うのであろう、あの程度のことなら構わぬ、余り口を閉ざすと、吾から疎外されているとひがみ兼ねないからのう、ただ、激し易《やす》い性格はなかなか治らぬ、母の血を引いているのであろう」

厩戸は苦笑し、大王の様子を訊いた。豊御食炊屋姫《とよみけかしきやひめ》は最近、気が抜けたように無口になっている、という噂だった。

「はっ、合葬礼以来、気が抜けられたのでしょう、時々、宮内を散策されるだけで、政治については、殆ど大臣《おおおみ》にまかせられている御様子です、大臣も疲れられたのか、これまでのように、群臣を集め、会議を開いたりはしなくなりました、多分、太子様の方にも政治の使者は余り見えていないと思いますが」

「うむ、先月、摩理勢が参った時も、政治については余り話さなかったのう」

「太子様、大王は女人、勝気で誇り高い方でございます、それ故に血統意識もお強い、でも広い眼で国を治め、強く豊かな国をつくろうとなさる御意欲は薄うございます、それと気になるのは、大臣に元気がないことです、自然、大夫《まえつきみ》の蝦夷様が口をはさまれる、何といっても蝦夷様はまだ若く、広い心に欠けます、あの大規模な合葬礼以来の疲れが、群臣にも拡《ひろ》がっているのかもしれませんが、今の飛鳥の都には活気が薄れています」

最近になく河勝の声には熱が籠《こも》っていた。

どうやら河勝は厩戸に、飛鳥の都の疲れが染ったのですか？　と叱咤《しった》しているようだ。

厩戸は河勝の熱意を理解した。

「飛鳥が疲れて眠っている今こそ、太子様が政治に乗り出すべきです」

と河勝はいっているのだ。

だが厩戸は、斑鳩に移った時のように燃えなかった。あれから十余年、厩戸は四十歳になろうとしている。

人間関係の難しさを嫌というほど知った。もし、自分が今、政治に積極的に乗り出せば、疲れて眠っている女帝や馬子が眼を覚まし、斑鳩宮を抑え込もうとするだろう。厩戸は河勝の眼に灯油の明りが宿っているのを見て、そんな弱気な自分を腹立たしく感じた。

矢張り問題は女帝だった。

間人大后への嫌悪感は、厩戸にも向けられつつあった。女帝の性格を思うと、女帝を刺《し》戟《げき》するような真似《まね》は出来ない。

「河勝、よく分った、暫《しばら》く考えてみたい、それはそうと慧慈《えじ》師はお元気か？」

厩戸は今も慧慈を師と呼んでいた。慧慈は飛鳥寺で仏教の布教に力を尽しているが、祖国が隋《ずい》と戦っているので、気持は祖国に飛んでいた。ただ戦《いくさ》の様子は百済《くだら》から断片的に伝わるのみで詳細は分らない。居ても立っても居られない気持だろう。

隋の煬帝《ようだい》は昨年、高句麗征討を宣言し、煬帝自ら遼東《りょうとう》に出陣し、水陸百万で高句麗を攻めているとのことだった。

百済からの報によれば、前後数十里の水軍が高句麗の都平壌に迫りつつある、という。だが慧慈に帰国命令は出ていない。それに飛鳥は国を挙げての合葬礼の後、眠ったような状態なので、慧慈も、戦の準備をすべきだ、などといえなかった。ただ黙々と修行に励んでいるらしい。

慧慈としては、高句麗と倭国が親しい関係にあることを隋が知っただけでも良い、と自分を納得させせているのかもしれなかった。

倭国には隋と戦を交じえる国力はないし、今は新羅《しらぎ》と戦う意欲もない。

厩戸は山背大兄王に挨拶をした河勝を送りがてら斑鳩宮を出た。晴れていたので馬に乗った。立派な蓋《きぬがさ》のついた輿《こし》に乗るよりも馬の方が好きだった。

鞍にまたがると、騎馬太子といわれた頃の勇気が湧《わ》いて来るようである。

大和《やまと》川の水はこの夏の雨量が少なかったせいで例年よりも少ない。

厩戸は河勝と馬を並べた。

「のう河勝、かりに吾《われ》が再び飛鳥に通い、政治に乗り出したと知ると、吾を歓迎する者は十人のうち何人かな、吾はせいぜい一人か多くて二人だと思うが」

「太子様、そんなことはございませぬ、三人はいます」

河勝は不服そうに答えた。

河勝は上宮王家に意を通じている氏族名を厩戸に告げていた。

「十人のうち三人ではどうにもならぬ」

「眠っている者も三人はいます」

「眠っている者か、問題は眠るということだ、そういう人物を吾は信用しない」

「やつかれが起こします」

河勝はかなりむきになっていた。

厩戸は白い歯を見せた。

「河勝、そうむきになるな、眠っている者を起こすには時が必要じゃ、焦《あせ》ると起こされた者は反感を持つ、そちらしくないぞ」

「はあ、申し訳ありません」

「謝らなくても良い、暫く吾に時を与えよ、大事なのは山背大兄王じゃ、それを忘れてはならぬぞ」

厩戸は念を押した。

上宮王家に意を通じる氏族達は、女帝の後、大王位に即《つ》く者は厩戸皇太子だと望んでいる。

だが厩戸は違った。もし女帝が亡くなり、大王位問題を協議する会が開かれた場合、会の主導権を握るのは馬子だった。

馬子は厩戸よりも山背大兄王に親愛感を抱いていた。何といっても、娘達の中では最も可愛がっていた刀自古郎女《とじこのいらつめ》が産んだ王である。だからこそ、厩戸の意を入れ大兄王にしたのだ。

厩戸は、山背大兄王と蝦夷の仲が悪いのは、性格が似ており反撥《はんぱつ》し合うだけではなく、蝦夷の嫉妬《しっと》も加わっているかもしれない、と感じた。蝦夷には狭量なところがあった。男子《おのこ》なのに、馬子の愛情を気にするのだ。男子の嫉妬は醜いが、時によって女人の嫉妬より恐ろしい場合がある。権力欲が絡む場合がそうであった。

河勝が大和川を渡る舟に乗るのを見届け、厩戸は帰途についた。

初秋の空は澄んでおり、夏とは雲の形も異なっている。日中の陽はまだ暑かった。

飛鳥は今眠っている。静の状態である。一見、動き易いように思えるが、実際は動の方が対応し易い。相手の様子がよく分るからだ。

静の場合は摑《つか》み難いだけに、どのように動いて良いか判断し難かった。

ただいえるのは、馬子と親交を取り戻すことだった。

多分馬子も、女帝と同じように虚脱感に襲われているに違いない。そう考えると厩戸の出方次第では、馬子との関係を回復出来そうだった。

旧暦十一月、高句麗使が倭国を訪れた。

使者といっても少人数で、貢物も余りない。使者の中には武人も混じっており、隋との戦の状況を知らせるのが目的のようだった。女帝は使者に会わなかった。朝貢の儀式もなく、貢物は馬子に渡された。

使者がもたらした戦況は、馬子から斑鳩宮《いかるがのみや》にも伝えられた。

馬子は眠りから覚めたのだろうか。宮に伝えたのは馬子の使者だが、慧慈の伝言も入っていた。使者の中に僧も混じっていて、斑鳩宮にいる高句麗僧達に会いたがっているので、二、三日後に宮に行かせる、というものだった。

何《いず》れ知られるものなら、自分の口から伝えた方が良い、と馬子は思ったのかもしれない。厩戸は高句麗使の僧を丁重に迎えた。僧は慧慈の手紙も持参しており、厩戸に渡した。

慧慈は祖国の苦悩を伝えると共に、もし祖国が滅ぼされるようなことになれば、朝鮮半島全体が隋に制圧され、倭国も安泰ではおれなくなる、と書いていた。

何も書かれていないが、海の遥か彼方《かなた》の出来事として眠りこけている大臣《おおおみ》を始め、有力豪族への苛立《いらだ》ちが感じられた。

隋使の報告によると、水軍の大将軍・来護児《らいごじ》は、初夏に平壌を攻めた。高句麗側は策を弄《ろう》し、来護児の率いる数万を城郭の中に入れた。それまで統制が取れていた隋兵は掠奪《りゃくだつ》に走り、そのため隊伍《たいご》が乱れた。高句麗側は寺に伏せさせていた軍で乱れた敵を攻め、大敗させた。

来護児将軍は逃げのびたが、兵の殆どは、殺された。

皇帝煬帝は高句麗の遼東城を攻めていたが、なかなか落ちない。

煬帝は来護児の敗報を知ると激怒し、総司令官の宇文述《うぶんじゅつ》に、平壌城を攻めるように命じた。ただそのことを高句麗使はまだ知らなかった。

高句麗使が伝えたのは、水軍の将である来護児軍の大敗北だった。

高句麗使は、高句麗軍が如何《いか》に健闘しているかを告げ、倭国も戦の準備だけは怠らないように、と願った。

高句麗は倭国に援軍は望まなかった。倭国の状態から、望んでも無理だ、と分っていた。それまで高句麗と親しかった百済が、一歩距離を置いて、中立の立場を守るようになった。中立といっても、隋には、援助するなどといっているから隋寄りと考えられなくはない。本心は両者の戦に巻き込まれまいと必死なのである。

時の百済王は武王である。

百済のそういう政策は、これまで親しかった倭国に知らされていることを、高句麗はよく知っていた。高句麗としては、自国軍の強さを倭国に認識させ、間違っても隋に同調しないように、と釘《くぎ》を刺しに来たのである。

高句麗使の僧は、斑鳩宮の高句麗僧と手を取り合い、眼を赧くして励まし合った。

そんな僧達の姿を見ていると、厩戸は慧慈に会い、励ましたくなった。

厩戸は飛鳥に戻る高句麗使に、慧慈への手紙を預けた。内容は、久し振りに会いたく、斑鳩宮に来られたい、その際は迎えの者を遣わす、というものだった。

厩戸は、高句麗使の来倭を機会に、飛鳥を眠りから覚まさせる必要がある、と判断した。はっきりいって、自分の血の権威だけを誇示している女帝の存在は、倭国の発展の障害となる、と厩戸は考えるようになっていた。

今の馬子に往年の頭脳の回転や行動力はない。だがそれぐらいのことはすでに気づいている筈だった。

厩戸の意を受けた慧慈が、斑鳩宮に来たのは数日後だった。山々の紅葉もすでに終り、葉を落した木々が多い。宮の周辺には落葉が堆積《たいせき》した。掃いても掃いても何処からともなく落葉が舞い降りて来るので、奴《やつこ》達は周辺の掃除に汗をかいた。

慧慈達一行が来たのは昼下がりだった。

厩戸は山背大兄王を始め、二人の妃を伴い、宮門まで出向いて慧慈を迎えた。

慧慈は門の外で輿から降りると、厩戸を始め出迎えた一行に手を合わせた。慧慈が倭国に来て以来、すでに二十年近い歳月が流れている。慧慈は来倭すると同時に厩戸の師となった。馬子が勧めたのである。

当時の馬子は、女帝と組み、崇峻《すしゅん》大王を暗殺し、倭国の政治権力を掌握したばかりで、意気軒昂《けんこう》としていた。

馬子の政治観や性格に違和感を抱きながらも、厩戸は馬子を説き伏せ、馬子と共に新しい国をつくろうと理想に燃えていた。

何といっても馬子には、新しい大陸文化を受け入れる柔軟性があった。

仏教を受け入れた父・稲目《いなめ》の遺志を尊重し、厩戸の父・用明大王にも仏教を信仰させた。大王の地位にありながら、仏教を信仰することを宣言したのは、用明大王が初めてだった。それだけでも馬子は神祇にのみ固執していた大王家の性格を変えた、といって良い。

馬子は寵愛《ちょうあい》していた刀自古郎女《とじこのいらつめ》を厩戸の妃としたが、厩戸への期待が大きかったのである。だが厩戸はどちらかといえば理想家であり、馬子は現実家だった。

馬子も女帝がここまで大王位を厩戸に譲らず、次第に斑鳩宮の上宮王家に冷たい眼を向けるとは考えてもいなかったのだ。

馬子は刀自古郎女が産んだ山背大兄王に心を残しながらも、異常なほど母の血に固執し、その血を受けた大王の神聖さを強調する女帝に、味方せざるを得ない、と判断した。

馬子は二十年前に戻り、女帝とより一層深く組むことで、政治権力を保持する道を選んだのである。

その宣言こそ、女帝と詠み合った新年の歌の交換だった。

今の女帝は、厩戸が政治に容喙《ようかい》することを嫌っていた。政治は総《すべ》て皇太子の厩戸にまかせる、と詔《みことのり》したことなど、とっくに忘れている。

慧慈は、そういう馬子と厩戸の関係をよく理解していた。

お互いの健康を喜び合い、整地も終り来年から本格的に建立し始める斑鳩寺について話し合った後、厩戸は仏殿に移った。

山背大兄王をも伴ったのは、王も政治に加わった方が良い、と判断したからである。

厩戸も来年は四十歳だ。当時の人々にとって四十歳という年齢は、死の鬼神が何時迎えに来てもおかしくない年齢だった。

厩戸の眼から見ると、山背大兄王はまだまだ未熟だが、何時までも政治に対する口を封じておくわけにはゆかない。

厩戸は前もって山背大兄王に、口は災いのもとだが、政治に対しては、口がないと思われるぐらい慎重に発言すべきだ、と念を押していた。

慧慈がこの前、斑鳩宮に来たのは、隋使・裴世清《はいせいせい》を迎えた時だった。

あの当時は、仏殿はあったが、こんな立派な釈迦像はなかった。ことに厩戸は政務に多忙で、仏殿で瞑想にふける余裕はなかった。

慧慈は釈迦像を拝み、独りで頷いた。

厩戸の心境を理解したのかもしれない。

前殿で話し合った時、慧慈の眼は穏やかだったが、薄暗い仏殿では微光に映えて鋭く感じられた。慧慈もすでに五十代の半ばであった。

厩戸は高句麗使に対する馬子や有力氏族の反応を訊《き》いた。

「太子様の考えておられる通りです」

慧慈は流暢《りゅうちょう》な倭国語で答えた。

「ということは、矢張り、半分は眠っている、というわけか、だが大臣は少しは眼を覚ましたであろう、大臣の使者が高句麗使のことを伝えに参ったからのう」

「おっしゃる通り、隋が大勝した暁は海に囲まれているからといって油断は出来ぬ、と考えられた御様子です、西の物資を陸路、大和に運ぶための竹内道を大々的な道にする、と愚僧に伝えられました」

「確かに陸路の道は狭くて、軍需物資の輸送には役に立たぬ、龍田道は険阻《けんそ》だし、大和川も亀《かめ》の瀬戸に邪魔されて、小舟しか通れない、竹内道の大拡張は大事なことじゃ、道づくりは地味で何年もかかるが、危機感を眠っている大夫《まえつきみ》達に知らせるには役に立つ、大王はどうお考えかな」

「我国は戦の最中ですし、今度は貢物も少のうございます、大王が余り関心をお示しにならないのも、無理はございません」

山背大兄王が息を呑んだ。口をはさみたくなったが、自分で抑えたに違いない。

厩戸は微笑して頷いた。

「その通りじゃ、大王に代って吾《われ》が謝る、それはそうと、慧慈師は蝦夷をどう視《み》ている」

「難しい質問でございますのう、太子様」

「分っておる、慧慈師は大臣の意を受け、飛鳥寺で仏教の棟梁《とうりよう》として倭国に仏教を拡めている、だが師は高句麗王の命を受け、両国の親善を強めるためにも倭国に留《とど》まっている、そのためには倭国人の気質、勢力、また有力者達の性格も研究しておかねばならないであろう、当然、師の脳裡には、吾を始め、山背大兄王、大臣、蝦夷などの性格が刻み込まれている、師としては大臣の手前話し難いであろう、故《ゆえ》に批判は無用じゃ、気のついた点を褒めてはいただけまいか……」

「流石は愚僧が教えた太子様、分りました、褒めるのなら洩れても構いますまい」

「洩れることはない、山背大兄王も口は固い」

山背大兄王を一瞥《いちべつ》した慧慈の眼が一瞬光った。これから愚僧の申すことを、よく脳裡に刻み込まれるのですぞ、と慧慈は山背大兄王に念を押したようであった。

「蘇我の大夫は、大臣ほどの苦労は経験しておられぬ、幸せな立場で成長された、それだけに事を処するに当って、余り右顧左眄《うこさべん》はなさらぬ、決断力がある、と申して良いかもしれませぬ、人間関係においても純なところがおありです、大臣は自分の意に添わぬ者でも、利用価値があれば優遇される、大夫は計算せずに、嫌いは嫌いじゃ、とはっきりされる、本当に純なお方じゃ、勿論、三十歳代に入られたばかりだから、この先、政治の垢《あか》も身につけられると思いますが、今のところは、余り垢をつけておられぬ、学問に対しては、なかなか熱心で、よく勉強されている、大臣も勉強されたが、大臣の場合は、学識は学識として傍においておいて、持ち前の体験と勘によって行動される場合が多うございました、その点、大夫は動乱の時代は童子で、波乱の体験がござらぬ、故にこれからは学識を重視されるやもしれませぬ、これまでの倭国には余りなかった大臣が出現されるでしょう」

慧慈は一息ついた。

「慧慈師、倭国にとって有益なことを聴いた、大夫は将来大臣になる、これから各氏族もますます学問を重視するに違いない、さあ前殿に移り薬湯で身体を暖めていただきたい」

と厩戸はいった。

充分過ぎるほど聴くべきことは聴いた。

果して山背大兄王は何処まで理解したであろうか。厩戸にはそれが気になる。

慧慈は、蝦夷は苦労知らずだから慎重さに欠けており、周囲を顧慮せずに決断し、実行に移してしまう、と述べ、人間関係においても同じで、自分が好む者だけを優遇するという狭量なところがある、とその欠点を指摘した。勉強は熱心だが、体験が貧弱だから、得た知識に頼ってしまうところがある、ともいっている。

流石に慧慈はよく視ていた。厩戸は慧慈と並んで歩いた。

「慧慈師、人間は学問によって豊かになれるが、余り学識に頼ると、かえって人間的なものが消えて行く、師は吾《われ》に、仏教や学問を教える際、そう申された、吾は忘れてはおりませぬ」

「愚僧の学問に対する考えは今も変りません、その通りでございます」

「学問は学び方如何《いかん》によっては、人間を豊かにせず、正しい判断力を奪う危険性もある、それに大夫は苦労を知らない」

「愚僧もそれを痛感しております」

どうやら慧慈は、馬子ほど蝦夷を買っていなかった。

厩戸は六十二歳という馬子の年齢を考えた。もし女帝が亡くなれば、馬子は厩戸か山背大兄王を次期大王として推すであろう。厩戸は皇太子のままだし、上宮王家嫌いの女帝が存在しない以上、再び厩戸と組んでも不自然ではない。馬子はそういう柔軟性を持っている。ただ、五十九歳の女帝は、若鹿《わかじか》の角袋の薬を毎日服用しているせいか、非常に元気らしい。ことに健康に対しては敏感で、少し咳でも出れば暖を取り、寝具に横たわる。絶対無理をしないのだ。

橘大郎女の父・尾張《おわり》王子など、自分の方が母よりも先に亡くなるかもしれない、といっているようだ。女帝が七十歳、八十歳まで生きる可能性は充分あった。となると馬子が先に亡くなる場合も想定しておかねばならない。蝦夷が上宮王家に冷たい眼を向けているのは、厩戸も知っていた。

今のところ女帝の子で有力な王子といえば尾張王子だが、王子は厩戸に意を通じている。女帝が推せば、蝦夷も従わざるを得ないが、女帝が何処まで尾張王子を推すかは疑問だった。

それを思うと厩戸は苛立つ。

厩戸としては山背大兄王を大王にしたい。肉親の情愛もあるが、山背大兄王なら厩戸の意を引き継ぎ、仏教を積極的に拡めるだろう、と思うからだ。それに官司制をより強化し、河勝のように能力のある人物を、次々と登用したかった。冠位十二階制は施行されたが、その実態は厩戸の理想とはほど遠かった。

相変らず古くからの有力氏族の者が、その能力に関係なく高位についていた。

渡来系氏族、秦 造《はたのみやつこ》河勝《かわかつ》などを抜擢《ばってき》したのは厩戸だが、政治から疎外されるにつれ、厩戸が理想としたものは消えていった。

慧慈と腹を割って語り合い、厩戸は勇気が涌《わ》いて来るのを覚えた。

厩戸としては、このまま逼塞《ひっそく》してしまうわけにはゆかないのだ。

夕餉《ゆうげ》の席には宮に残っている弟子達の僧も招かれた。縁に莚《むしろ》を敷いた席で厩戸や慧慈と直接話せないが、離れてでも慧慈と夕餉を共に出来たのだ。弟子達は感激した。

慧慈は明日、弟子達に説法することになっている。

慧慈は酒を飲まない。厩戸や山背大兄王、それに同席の妃達は飲んだ。

厩戸は慧慈に、高句麗と隋との戦に触れ、故国のことが脳裡から離れないであろう、と慧慈の胸中を察した。

「一刻も離れませぬ、愚僧も故国に戻り、無法な侵略者と戦いとうございます、刀、槍《ほこ》は握れませんが、祈れます、故に、来倭した使者に愚僧の意を王に伝えてくれるように、と頼みました」

慧慈の声は熱く激しかった。

厩戸は圧倒された思いである。慧慈の声が伝わったのか、高句麗僧達は一斉に慧慈を凝《み》視《つめ》る。

「頼もしいぞ、師よ、釈尊《しゃくそん》の慈愛は高句麗に注がれるであろう」

「愚僧もそう信じております、使者の話によりますと、我軍は全軍が闘志で燃えていると のことです、その点隋兵は、無理に遠征させられた、と皇帝を恨んでいます、捕虜になった兵が口々に皇帝を恨んだ言葉を吐く以上、戦意はありますまい、大軍とて戦意がなければ、烏合《うごう》の衆に過ぎません、我国は必ず勝つと愚僧は信じ、祈っています」

「師よ、吾も祈ろう、無法者に国を蹂躙《じゅうりん》させてはならぬ」

慧慈の熱気を受け、厩戸も久し振りで昂揚《こうよう》した。

慧慈は斑鳩宮に三日滞在し飛鳥寺に戻った。

五十代の半ばになりながらも、慧慈は隋の大軍と戦っている祖国に戻りたがっている。

厩戸には高句麗が隋に勝つとは考えられなかった。上陸した水軍の兵には勝ったかもしれないが、その戦いの高句麗軍は数万である。だが、高句麗征討軍は総計で百万を越える、という。高句麗軍がどれだけの数か見当がつかないが、十万が限度ではないか。

今は鴨緑江《おうりよくこう》の北西、遼東方面で戦っているらしいが、じわじわと平壌に迫って来るに違いない。

多分、慧慈も戦の結果がどうなるかは、予想しているだろう。それにも拘らず祖国に戻りたい、というのは死を覚悟しているのだ。

慧慈はたんなる学問僧ではない。熱血が漲《みなぎ》っている。だからこそ厩戸《うまやど》は慧慈を尊敬するのだ。

厩戸は慧慈に眼を覚まされた思いだ。眠っていたのは大臣や大夫達だけではない。自分も眠っていたことに気づいた。

山背大兄王を気遣う余り萎縮《いしゆく》していた。これから今一度、勇気を奮い起こして生きねばならない、と決意したのだ。

第五章　綾

新しい年がやって来た。

四十歳になった厩戸《うまやど》は、元旦に斑鳩宮《いかるがのみや》に仕える官人達を集め、全国の領地の管理を一層厳格にする、と宣言した。

厳格にするといっても領民を搾取《さくしゅ》することではない。

領地に派遣している役人に、公正な管理を行なうよう求めたのだ。

飢饉《ききん》の年は税を減らし、場合によって免除する。その代り豊作の場合は厳格に取り立てる。そんな年は総《すべ》てを斑鳩宮に運ばなくても、現地の倉に蓄え、飢饉に備える。

勿論《もちろん》、厩戸が生存した七世紀前半には、律令《りつりょう》制などはない。

厩戸はそれぞれの領地を再調査させ、どのぐらい税を徴収するかを決めることにした。

同時に、斑鳩寺の建立《こんりゅう》のために労役の民を集めた場合は、労役に従事した一族の税は免除する。働き手がいなくなった一族には、管理者の方から適当な食糧を与える。

勿論、厩戸が宣言したことは大原則だが、実際に施行するとなると大変である。領民が有する田畑、また生産物をある程度把握しなければならない。在地の豪族の報告をそのまま受け入れるのは危険だ。そのためにこそ公正な管理を求めたのである。

これまでは在地の豪族が管理者になっている領地が多かった。彼等には既得権があり、自分や一族に有利な報告を行なう。厩戸は総ての領地に斑鳩宮の官人を派遣し、公正な調査を行なうことにしたのだ。

中央の役人の派遣は、七世紀半ばから行なわれ始め、後半には主要な国に、国宰《くにのみこともちのかみ》頭（後の国司）が在住して税の徴収、兵の動員を行なった。

それが天武《てんむ》朝の飛鳥浄御原令《きよみはらりょう》、文武《もんむ》朝の大宝律令《たいほうりつりょう》となり、日本は律令制による政治を行なうようになったのである。

そういう意味で厩戸は先駆者といえよう。

公正な管理者といっても、制度が出来ていないから、厩戸の命令だけではなかなか実行され難い。

厩戸は斑鳩宮の官人達に詔《みことのり》した憲法に更に規定を設け、官人の信賞必罰を一層徹底することにした。

もともと厩戸は正義感が強い。

私欲を貪《むさぼ》る腐敗した役人は大嫌いである。そういう人物は官位を剝奪《はくだつ》し追放することにした。

また優《すぐ》れた官人は位を昇進させ、収入も増やした。

ただ信賞必罰といっても、実際にどれだけの悪事を行なったのか、また優れたことを成したのかを調べるのも大変である。当然、厩戸一人で出来るものではないし、誠実な調査の役人が必要となる。

厩戸は調子麻呂《つきのねまろ》を調査役の長に任じた。

大王位に即《つ》く可能性が薄れた以上、せめて自分が把握している領地だけでも、公正な政治を行なおう、と厩戸は決意したのだ。

勿論、厩戸は自分の理想を実現することが容易であるとは思っていなかった。

斑鳩宮に仕える官人だけでも百人は超えている。それ等の官人達が、利害関係、また血縁、氏族関係、それに友情などで繫《つな》がっているのだ。なかには肌が合わない、というだけで仲の悪い者もいる。仲間を蹴落《けおと》して自分だけが昇進しよう、と企《たくら》む腹の黒い者もいた。

信賞必罰を徹底しようとすると、時には何処《どこ》までが真実なのか、判断し難い場合が多くなった。

子麻呂が調査した事件で次のようなものがあった。

厩戸の領地である河内の志紀《しき》の村（八尾《やお》市南部）に、秋の収穫状況を調べに行った難波《なにわの》吉士田魚《きしたうお》が、収穫を低目に報告するといって、村長《むらおさ》の娘を犯し、娘が自害した。

志紀の村は、物部守屋《もののべのもりや》の領地だったが、蘇我・物部合戦の結果、守屋の領地は殆《ほとん》ど没収され、厩戸皇太子を始め、馬子《うまこ》たちの領地となった。当時、村人の殆どは守屋の兵士となって戦い、大半が戦死したので、男子《おのこ》の働き手は少ない。田畑も減っている。

十四歳の厩戸は、蘇我・物部合戦に参加し、山の中腹で戦の模様を眺めていた。また数え切れない血塗《まみ》れの死傷者を見ている。

それだけに厩戸にとっては脳裡《のうり》に刻み込まれた土地だ。

龍田《たつた》道で河内に入ったなら、すぐ北方が志紀郡である。厩戸は斑鳩宮の王者となってから、志紀郡の収穫高を公正に調べさせ、木簡に記載していた。

難波吉士田魚が、村長の娘の死に関係がある、という噂《うわさ》が立ち、子麻呂の耳に達した。

子麻呂から報告を受けた厩戸は小首をかしげた。志紀郡の田畑に関しては、厩戸の眼が光っていることを斑鳩宮の官人は知っている。収穫に関して不正を報告したり、何かを画策したりすれば厩戸の耳に入るのは間違いなかった。

それに厩戸は、今年から収穫の調査に行った者に対し、伽《とぎ》の女人を差し出すことを禁じていた。

斑鳩宮の官人だけではなく、現地の長にも通達を出し、禁じている。

勿論、時には行った者が、村の娘と愛し合い、一夜を共にすることもあるかもしれない。それは仕方ないとしても、村長の娘ともなれば明らかに伽の女人だ。

厩戸は子麻呂に真相の調査を命じた。田魚は勿論、即座に否定した。何者かが自分を陥れようとして、嘘《うそ》の噂を流したに違いない、という。

田魚は三十代の半ばで、宮に仕えて十年以上たっている。

田魚は、厩戸の命令に反し、嫌がる女人に伽を命じるような人物ではなかった。

「何か裏があるかもしれぬぞ、志紀に参って調べろ」

と厩戸は子麻呂に命じた。このところ、これに似た事件が起こり勝ちだ。信賞必罰を絶えず口にしているが、罰の方が多い。

余りにも厳格過ぎるのだろうか、と厩戸も悩むことがあるが、政治の模範をつくろうと実施し始めたばかりだ。

一年もたたないうちに膝《ひざ》を折るわけにはゆかない。多分、馬子も、どうなるだろうか、と斑鳩宮の政治を注目している筈《はず》である。

子麻呂は村長の家を訪れ、その時の状況や、娘に恋人がいたかどうかなどを調べた。

娘は十五歳だが弓削《ゆげ》の村に恋人がいた。当時の女人は十五、六歳で婚姻し子供を産む。

調査に来たのは難波吉士田魚と、河内馬飼《かわちのうまかいの》首《おびと》大耳《おおみみ》である。田魚が長で大耳が副だった。

村長の話では、田魚がそれとなく伽の女人を要求したのは間違いなかった。

村長は厩戸の通達を理由にいったんは断ったが、将来のことも考え、村人の娘に夜の伽を頼んだ。

田魚は村長の家に一泊し翌日大耳と一緒に戻った。大耳は村長につぐ有力者の家に泊まった。

村長の娘が護身用の刀子《とうす》で喉《のど》を突いて自害したのは大耳達が帰った後であった。近くの雑木林の中である。

村長は娘は夜の伽には行っておらず、自ら生命を絶つ理由などない、と困惑している。勿論、田魚に犯された筈はない、と否定した。

大体当時は、儒教思想など一般に伝わっていない。犯されたからといって自ら生命を絶つ女人などいなかった。

子麻呂は弓削の村に行き、娘の恋人に会ったが、何で死亡したのか、分らない、と言葉を詰まらせながらいった。

村長の娘が死んで以来、彼は食事も余り喉に通らず、痩《や》せて元気がなくなっていた。子麻呂の調査は壁に突き当った。一つの不審は村長の娘が何故《なぜ》刀子を持っていたかである。それに十五歳の女人が、喉を突いて自害するなども不思議だった。

子麻呂が村長に刀子の件を問い詰めると、村長は蒼白《そうはく》になり、娘の母親は先妻で、風邪《かぜ》で亡くなったが物部軍の隊長の娘だった、と告白した。病《やまい》の床に伏して間もなく身から離さなかった刀子を娘に与えたのである。

「刀子の件はそれで分った、だが何故、犯されて自ら生命を絶った、などという噂が拡《ひろ》まったのか」

子麻呂の当然の問にも、村長は小首をかしげるだけだった。

子麻呂は調査結果を厩戸に報告した。

「確かに妙だな、幾ら武人の血が流れているからといって、犯されただけで死を選んだりするだろうか、自害ではなく、娘の刀子で殺された、ということも考えられるぞ」

厩戸はその場の光景を瞼《まぶた》に浮かべてみた。

娘は村でも評判の美貌《びぼう》だった。雑木林にいる娘を見かけた誰《だれ》かが襲う。衣服を剝《は》ぐと刀子が落ちた。犯した後、誰かに見られたと錯覚したか、娘に顔を見られ、後の罰を恐れた犯人が、その刀子で喉を刺し、娘の自害に見せかけようとした……。

厩戸はもし自分の想像が当っているなら、犯人は志紀の村人ではない、と感じた。

となると調査に行った二人が怪しくなる。

厩戸は夕餉《ゆうげ》の前、自分の部屋に山背大兄王《やましろのおおえ》を呼び、王の判断を訊《き》いた。

山背大兄王は、二人共、仕事熱心な男子《おのこ》で、そんな罪の嫌疑をかけるのは可哀想だ、といった。

「山背大兄王よ、人間には獣《けもの》の鬼神も棲《す》んでいる、吾《われ》は戦でそれを見た」

「父上、今は平和な時代です」

山背大兄王はむきになって反駁《はんばく》した。

「平和な時代でも、人の眼がないと獣の鬼神が牙を剝《む》く」

厩戸は自分に呟《つぶや》くようにいった。

厩戸は二人を別々に呼び、村を去る日のことを訊いた。田魚の傍には誰かがいたが、大耳には昼過ぎ、空白の時間があった。

大耳は今一度、収穫高を確かめるべく、検査に出掛けた、と答えた。

「村人も連れず、一人でか？」

「はい」

厩戸は大耳に顔を上げて自分の眼を見るように命じた。

睨《にら》むように厩戸の眼を見ていた大耳が、

「太子様、申し訳ありませぬ」

泣き叫びながら地に平伏したのは、四半刻《しはんとき》（三十分）ほど後だった。

河内馬飼首大耳は前の年、難波吉士田魚と共に志紀の村に行った際、まだ十四歳だった村長の娘の色白で新鮮な美しさに欲情を抱いた。

大耳は娘が雑木林で薪《たきぎ》用の木枝を伐《き》っているのを見ていい寄った。娘は逃げ去った。

厩戸は伽を禁じているが、村人の娘と情を交し、お互いが合意の上で媾合《まぐわ》うことは禁じていない。

大耳は今度、昨年のような機会があれば、娘を摑《つか》まえて犯そう、と獣の牙を剝いて河内に行った。犯してしまえば、娘が何といおうと、合意だったといい訳すれば済むと図々《ずうずう》しい考えを抱いた。

恋人の出来た娘は、昨年よりも色香が増し一段と華やかな美しさを備えていた。

花弁を僅《わず》かに見せていた蕾《つぼみ》が、春の香に誘われておずおず花を開いた、といった感じである。満開の花ではなく初々しさを残しているが故に、彼女が放つ女人の艶《つや》には淡紅色の光が宿っているようだった。

大耳は娘を襲う機会を窺《うかが》っていた。昼下がり、田魚が村長と話し合っている時、娘が雑木林に入った。

大耳は娘を襲った。彼女は予想外の抵抗を示した。そんな娘を失神させ衣服を剝いだ時、刀子が落ちた。大耳は失神した娘を草叢《くさむら》に横たえ犯したのである。その最中、娘は気がつき、叫びながら暴れた。

大耳は娘の口を押えて獣欲を吐き出したが、娘が喋《しゃべ》るのを恐れ、落ちていた刀子で喉を刺し、殺したのである。

告白した後大耳は、

「殺す積《つも》りはありませんでした、どうして殺してしまったのか、自分でも分りませぬ、太子様、お許し下さい」

と土に顔を埋めんばかりにすりつけ、泣きながら哀訴した。大耳の冠位は十一階の大智《だいち》である。最下位の一つ上だが、冠位を与えられている官人なのだ。

廐戸は激怒すると同時に、人間が持つ残酷さと醜さに眼を背《そむ》けたくなる思いだった。村長の娘を犯し殺しただけではなく、殺す積りはなかった、どうして殺してしまったのか分らない、とは何という卑劣な弁解であろうか。

山背大兄王は大耳の無実を信じていただけに憤りも激しく、絞首の死罪を主張したが、廐戸は官位を剝奪し、瀬戸内海の島に流す刑を宣告した。

廐戸自身、迷いがあったからである。規律を余りにも厳しくした結果、こういう事件が起きたのではないか、という内なる声を厩戸は聞いていた。

その迷いが死罪の宣告を控えさせたのだ。

事実、その後間もなく政治に係《かかわ》るような事件が起きた。

厩戸は自分の領地に斑鳩宮の官人を派遣し、管理者として在住させ、貢納物や苦役の民の動員を公正に行なうようにした。政治が公正に行なわれてこそ、国が豊かになり民も幸せになる、というのが厩戸の信念だった。

播磨《はりま》国の明石《あかし》の地に赴いた管理者は十二階制の八位で小信《しょうしん》・額田部連石人《ぬかたべのむらじいわひと》である。額田部連の本拠地は斑鳩の東方で、朝鮮半島との関係も深く先進文化を取り入れた氏族だった。推古《すいこ》女帝の幼名は額田部《ぬかたべ》王女だが、額田部連に養育されたからである。

その関係もあって額田部連の躍進は著しかった。

赴任して五カ月目の秋、石人は鯛《たい》釣りに海に出、舟から落ちて溺死《できし》した。その際舟も転覆している。潮流の速い場所で、石人はあっという間に海に呑《の》まれたらしい。

よくある事故だが、石人に仕えていた奴《やっこ》の土堀《つちほり》は、石人は在地の豪族に殺されたに違いない、と調子麻呂《つきのねまろ》に申し出た。

土堀の話によると、明石は海の幸、山の幸が豊富で豊かな地だが、在地の豪族が代々貢物を誤魔化《ごまか》しており、石人が厳重な調査をし、反感を買っていた、という。

石人は管理者の長で、副長は桑原村主勝犬《くわはらのすぐりかちいぬ》だった。勝犬は十二位の小智《しょうち》である。

　このところ廐戸の各地の領地から、管理者の調査が厳し過ぎるとか賄賂を取っているなどの訴えが多い。またかという思いだが、殺されたとなると真相を突き止めざるを得ない。

廐戸の領地になる前は、物部系の海部直《あまのあたい》の勢力圏だった。明石には物部神社がある。

　廐戸は子麻呂に調査を命じた。

　子麻呂は船で明石に行き勝犬からその時の様子を聴いた。

　石人は釣りが好きでよく海に出た。明石は潮流が速くどの魚も身が締まっているが、鯛はことに旨《うま》く、明石の鯛として有名だった。

　石人が乗った舟は、漕《こ》ぎ手の漁師と二人だけである。他の舟には地許《もと》の豪族や漁師が乗った。奴の土堀は石人に同行していない。

　勝犬は、確かに石人と土地の豪族とは貢納の件で揉《も》めていた、と話した。土地の豪族は豊富な海産物を生産物の中に入れたがらなかった。

　確かに海産物は、すぐ腐るので農作物や絹のようにはゆかない。せいぜい干魚として米などと交換されるだけである。そういう性質のものなので、魚はその地の生産物とするのは酷であった。

　ただ漁民の大半は、釣った鯛を舟に乗せた桶《おけ》に入れ、絶えず海水を交換し、生きたまま明石やその周辺の豪族に運ぶ。その代価として普通以上の米や絹を得る。

額田部連石人は、それに眼をつけたのである。魚釣りが好きなだけに、勝犬には考えられない調査であった。

土地の豪族は、鮑《あわび》などは獲《と》った後も二日ぐらいは死なないので、縮見屯倉《しじみのみやけ》や明石国《あかしのくにの》造家《みやつこ》に貢納されるが、鯛は貢納物に入っていない、といい張った。

「吾《われ》は石人様に、鯛も魚だし余り無理はしない方が良い、と申したのですが」

と勝犬は視線を伏せた。

だが石人は厩戸皇太子様の厳命だといい張り、漁民が獲る魚まで米に換算しようとしたのである。

「揉めた原因は分った、問題は石人が殺されたかどうかだ、奴の土堀は、舟を漕いでいた漁師が怪しい、と申し立てている、漁師はどうなった、行方不明とのことだが、その後消息はないか？」

「淡路《あわじ》で生存している、という噂でございますが……」

何処に住んでいるのか分らない、と勝犬は首を振った。

子麻呂は石人が乗った舟の漁師のことを調べた。その結果、意外なことが分った。石人が何時《いつ》も使っている漁師は、垂水《たるみ》に嫁いでいる娘が子を産みその日は明石にいなかった。

漁師の頭《かしら》が淡路から来たという漁師を紹介したのである。

子麻呂は漁師の頭が怪しいと睨み、厳重に取り調べた結果、驚いたことに明石の西方の加古《かこ》川の下流にある私部《きさいちべ》の長が掌握している海人《あまびと》の一人だった。

私部は皇后のための部である。かつて女帝が敏達《びだつ》大王の皇后となった時、作った部であった。

女帝の領地である。

驚いた子麻呂は急いで斑鳩宮に戻り、厩戸に報告した。

厩戸もことの重大さに一時、調査を打ち切った。

私部のある加古川下流は、かつて日向《ひむか》から播磨に移った諸県君《もろかたのきみ》の拠点であった。

五世紀の大王は、諸県君の娘を妃にしている。当然、その辺りには諸県君の子孫という伝承を持った者が多い。肥沃《ひよく》の地であり、海上交通も便利である。

私部の管理者は地許の豪族だが、諸県君の子孫を称していた。河口にあり海に面しているだけに附近の海人をも掌握している。

海人達は情報を伝え合い、それぞれ仲間意識があった。

明石の海人が、今度の管理者は海人にまで苛酷《かこく》な税を取り立てる、と私部の海人に告げたとする。その情報はすぐ拡まり播磨から吉備《きび》にかけての海人にも伝わるであろう。

彼等が、私部に属する自分達にも重税がかけられるかもしれない、という不安を抱いたとしてもおかしくはなかった。

厩戸は石人を水死させたのは、私部の海人に違いない、と感じた。問題は、私部の長がこの事件に関係しているかどうかであった。

もし関係しているとなると、これ以上の調査は馬子の耳に入り兼ねなかった。

確かに海人の税は農民より少ない。だがこれは古くからの慣習だ。

大和《やまと》の王権が地方に及んでいなかった頃は、在地の豪族が掌握下の民から貢納を受けていた。その頃から農民よりも海人の方が税は少ない。

これには色々な理由があった。在地の豪族にとって海人は、水軍である。それに海人は農民のように土地を持たないので、苛酷な税を取り立てると、他の地に移住してしまう。

それはその豪族の勢力の衰退を意味する。

ことに瀬戸内海に面した有力豪族にとって、海人の力は、内陸部の豪族とは比較にならないほど大きい。

そういう意味で、昔から海人は優遇されて来た。その代り海人は毎日、死と接して過しているのだ。

厩戸は調査の打ち切りを命じると共に、石人は過って落ち溺死したことにした。

厩戸は今更のように政治の難しさを知った。

河内馬飼首大耳《かわちのうまかいのおびとおおみみ》の事件は、人間の欲望が如何《いか》に醜く、かつ貪欲《どんよく》なことを示していた。厩戸は斑鳩宮で仏教を説いた。だが斑鳩宮の官人達が内に秘めている欲望に、一体どれだけの影響を与えたであろうか。

また、厩戸は理想の政治を行なうために斑鳩宮内における憲法を作り、様々な人間の道や政治への有り方をも説いた。

善を勧め悪を罰し、任務には忠実、職掌をまもり、権限の乱用を戒めた。と同時に人におもねることの罪を説き、自分の信念でことに当るように、と強調した。

多分、額田部連石人《ぬかたべのむらじいわひと》は、信念でもって行動したのだろう。石人は私腹を肥やすような人物ではない。漁師の貢物を多くすることが公正であると判断したに違いない。

だがそれは古代からの慣例を破ることになり、海人達の怒りを買ったのだ。

女帝の耳に入れば、厩戸皇太子は、慈悲などを説きながら、苛酷な税を取り立てている、と人間性を疑われる。

厩戸は今更のように、人間の行為を規則で律することの危険を知った。

人間の行為が曖昧《あいまい》なように、規則も曖昧なのである。曖昧なものを規則によって厳格に縛っても、公正な政治とはならない。

厩戸はまた憲法を作った際、貧乏な庶民の訴えも受け入れて公正に裁くようにと説いた。そのため庶民の訴えが激増し、訴えを受けた官吏の手に負えなくなった。水争いが激増し、役人の賄賂の習慣が連日のように暴露され、宮は混乱に陥った。厩戸は仕方なく、庶民の訴えの受けつけを、日に二件ないし三件と改めねばならなかった。

庶民の問題は繁雑だが、適当に処理すれば政治事件とはならない。だが今度だけは違った。

厩戸は悩みに悩んだ末、官人全員に憲法の規則は政治の根幹だが、柔軟に対処せよ、と命じざるを得ない。

ことに古代からの慣習と規則にぶつかるような場合は、上司に相談し、慎重に行なうようにと訓辞せざるを得なかった。

理想の規則を守ろうとすれば、政治や人間の矛盾と衝突する。これでは理想はなかなか達成されない。

厩戸が軽い厭世観《えんせいかん》を抱くようになったとしてもおかしくはない。

厩戸も悩める人間の一人だった。飛鳥《あすか》の朝廷からは疎外されかけている。斑鳩宮の理想も矛盾という壁にはばまれた。

慧慈《えじ》と会い勇気を取り戻したのだが、それも長続きはしなかった。

そんな時、厩戸を更に悩ませたのは、母・間人《はしひと》大后である。

余り斑鳩宮に行くと厩戸の機嫌が悪くなるので、母なりに自分を抑えたのだろう。

今年に入ってから会いに来たのは一度だけだった。

厩戸も母のことは気になるが、政務が多忙になり、母の屋形を訪れる暇がなかった。いや、暇がないといえば嘘になる。行こうと思えば行けるが、一寸《ちょっと》した暇が出来ると、橘《たちばなの》大郎女《おおいらつめ》や菩岐岐美郎女《ほききみのいらつめ》と話してしまう。また時々若い釆女《うねめ》とも夜を共にする。

系譜によれば、厩戸は刀自古郎女《とじこのいらつめ》に山背大兄王を始め四人、菩岐岐美郎女に舂米女王《つきしね》を含め八人、橘大郎女には二人の子を産ませている。

刀自古郎女の四人は納得出来るが、菩岐岐美郎女の八人を同一母とするのは不自然である。

これには釆女制度が関係して来る。当時の大王は大勢の妃を持つのが慣習であった。

厩戸が倭《わ》王として隋使《ずいし》・裴世清《はいせいせい》に会ったことはすでに述べたが、戻った裴世清の報告を採用した『隋書倭国伝』は、「後宮、女、六、七百人有り」と述べている。

この数字は中国流的な大げさなものと思われるが、最低、三、四十名の釆女が斑鳩宮にいたことは間違いない。

五世紀頃から各地の豪族は大王家への忠誠の証《あかし》として、一族の中から美貌の若い女人を差し出したが、彼女達は采女と呼ばれ、大王のみが媾合うことが出来た。

六世紀には采女制度は慣習となったが、厩戸も大王に準じる皇太子としてかなりの采女を持った。

ことに厩戸の場合、大王が女帝であり、豪族が差し出した采女を、女帝と分け合ったと考えられる。

厩戸は仏教信者で理想家だが、当時の采女制度に反撥《はんぱつ》はしなかった。

当然、厩戸も美貌の采女には惹《ひ》かれ、閨《ねや》を共にし、子をも産ませた。

先にも述べたようにそういう子の何人かは、上宮王家滅亡後の系譜において、菩岐岐美郎女の子として記されたと考えて良い。

厩戸信仰が深くなるにつれ、厩戸は神秘化され、聖人のように記述されたが、厩戸は普通の人間なのだ。ただ深く仏教を信仰し、学識に優れ、新しい思想や文化を吸収する能力が、当時の人々の水準を遥《はる》かに抜いていたことが、厩戸聖人化の一つの動機となった。

当然、法隆寺の僧達は、厩戸聖人化に一役買った。

間人大后から使者が来て、大后の病を知らせたのは夏であった。

厩戸は直《す》ぐ龍田宮に駆けつけた。

この冬、殆ど風邪を引かず、年齢にしては健康だった母は、油断したのかもしれない。

母はかなりの熱で病床に伏していた。

厩戸は連れて来た百済《くだら》人の医師に診させた。母は咳《せき》をし鼻水を出し、明らかに風邪の症状である。

医師はこの季節でも風邪を引くし、冬よりも長引くことが多い、と報告した。

医師は様々な薬草を調合し、二刻（四時間）おきに熱い湯に混ぜて服《の》ませるようにいった。

風邪がこじれると生命に拘《かかわ》る。医師は責任が及ぶのを恐れて、最初から大げさに報告する。ただ母の年齢を考えると、病を軽視するのは危険だった。

斑鳩宮から十名の僧が呼ばれた。僧達は病の鬼神が仏教の法力により退散するように念じる。

当時の仏教の役割の一つに病を治すことがあった。

有力者の場合は、大勢の僧が祈禱《きとう》し、信心深い者を僧にする。そうすることで釈尊《しゃくそん》が喜び、病の鬼神を追い払うと信じられていた。

厩戸の仏教への理解はそれよりも深かったが、病の回復に対する仏法の力まで否定したわけではない。

薬湯が効《き》いたのか、祈願のせいか母の病は数日で回復した。

その間、厩戸は一日おきに龍田宮に通った。

母は厩戸に会いたがり、なかなか治ったといわない。まだ熱があるとか、身体のあちこちが痛いなどと訴える。

政務に追われる厩戸は、母のいうままにはなれない。

「母上、吾《われ》が診ても身体は治っています、熱があると思うのも、身体が痛むのも気のせいです、赤子のようにむずかられるのなら、吾は見舞には参りませんぞ、吾よりも乳母《うば》の方が良い、まだ乳母の乳が飲みたいのですか」

母の心中が分るだけに厩戸の言葉はきつくなるのだ。

宿命的といって良い女帝との確執に半生を過した母は、それなりに心のあちこちが針のように鋭くなっている。

その針が口から出ると母の言葉は飛躍する。

「太子、そなたは何時から、小墾田《おはりだ》の姫のようになった？」

小墾田の姫とは豊御食炊屋姫《とよみけかしきやひめ》のことである。

厩戸は啞然《あぜん》とし、母が錯乱したのではないかと顔色を変えた。自分を睨む母の眼には憎しみが籠《こも》っていた。

「母上、どういう意味でしょう?」

「その眼は何ですか、私《わ》は正気です、そなたのような賢い男子《おのこ》が分らぬ筈《はず》はない、私はそなたが小墾田の姫のようになった、と申しているのじゃ」

姫といって母は顔を歪《ゆが》め、苦し気に咳《せ》き込む。部屋の隅にいた侍女が心配そうに近寄るのを厩戸は手で制した。

こうなった以上、母の口を封じることは不可能だった。侍女は母が信頼している者ばかりである。それに母はまだ病の床にあることになっていた。万が一洩《も》れても病人の戯言《たわごと》で済む。

「母上、申し訳ありませぬ、お許し下さい」

厩戸が謝ったのは、これ以上母を昂奮《こうふん》させてはならぬ、と判断したからだ。

「そうか、流石《さすが》は私の子じゃ、意味が分るのですね」

母は疲れたのか眼を閉じた。

多分母は、小墾田の姫のように自分を冷笑している、といいたかったに違いない。

だが厩戸の方は母の言葉に、女帝を感じていた。

「よく分ります、少しお休みになられては如何《いかが》ですか、吾《われ》はまた参ります」

母は眼を開けると縋《すが》るように見た。

「もう帰るのか、私を嫌な母だと眉《まゆ》を寄せたに違いない、どうか許して下さい」

「吾の母上ですぞ、母上の悩みは吾の悩みです」

厩戸は声に力を込めた。重苦しさが哀れみを伴ったやり切れなさに変る。弟達が次々と馬子と女帝に殺され、夫の大王に死なれて以来、母は傷だらけで生きて来た。

馬子が勧めるままに田目《ため》王子と婚姻した際、厩戸は母を恨み、母の内部の業《ごう》をうとましく眺めた。多分、その時の厩戸はまだ人間を視《み》る眼が浅かったのだろう。母を一人の女人として眺めることが出来なかった。厩戸は母の悩みや性《さが》から眼を逸《そ》らしていたのである。

三十を過ぎた母の化粧の濃さに、浅ましさと裏切りを感じた。

あの時、慧慈はいった。

「皇太子、人間は弱いのです、ことに大后様の傷は深うございます、その傷を癒《い》やされるために婚姻なさった、この愚僧も煩悩《ぼんのう》の炎に悶《もだ》え、何度髪を伸ばし還俗《げんぞく》しようと思ったかしれません」

「慧慈師も……」

「愚僧も人間です、釈尊は悩める人間の代りに色欲を断たれたとお考え下さい、人間はそういう釈尊に縋ることで、業火《ごうか》に灼《や》かれながらも生きて行けるのです」

厩戸は慧慈との会話を忘れていない。

慧慈は厩戸に、皇太子は女人に不自由のない身です、ともいった。

だが厩戸は、その時はまだ慧慈の言葉を全面的に受け入れられなかった。理屈では分るが納得出来ないのだ。

厩戸が母の気持を理解するようになったのは矢張り、堅塩《きたし》媛《ひめ》の合葬礼以来である。

厩戸は母の眼を振り切り斑鳩宮に戻ったが、それから母は病を理由に三度も厩戸を呼んだ。

途中から厩戸は、母の病は仮病《けびょう》もしくはそれに近いものだ、と見抜いた。母の使者の様子と病状の説明が曖昧だったからである。

だが厩戸は母の年齢を考え、万が一のこともないではない、と見舞った。母は寝具にくるまっていたが仮病だった。母には厩戸を騙《だま》し通すほどの演技力はない。ただ厩戸の不安そうな顔が見たいだけなのである。

厩戸は母を説得し戻ったが、十数日後、再び母の使者が来た。

宮の周辺を散策していて石につまずき倒れた、というのである。

使者は深々と叩頭《こうとう》して告げた。

「大后様は侍女に抱き抱えられて宮に戻られ、そのまま横になっておられます」

使者は母が倒れ、何処を打ったかも知らなかった。

もう風邪は通用しない、とわざと転んだに違いない、と厩戸は睨んだ。厩戸は山背大兄王を見舞に行かせた。

山背大兄王の報告によると、母の寝具の傍《そば》には水を満たした大きな器が二個も置かれていた。冷たい布で打った場所を冷やしているらしい。

母は、山背大兄王に顔を見せない厩戸をなじった、という。

五度目は二十日後の今日であった。

秋が深まり朝夕の冷え込みがきつくなっていた。

昨夜から発熱し、今日になっても熱が取れない様子だった。

厩戸も微熱があり咳が酷《ひど》い。

厩戸は菩岐岐美郎女を見舞に遣わした。どの程度かは分らないが、母が風邪を引いたのは間違いなかった。

厩戸は菩岐岐美郎女に、

「吾《われ》も風邪で宮から出られない、と伝えるのじゃ、それと念のために医師と僧を遣わそう、多分、そなたの顔を見れば、母上の風邪もおさまるに違いない」

菩岐岐美郎女が龍田宮に向った後、厩戸は重苦しい吐息をついた。

母はこれまでも何度か風邪を引いたが、これほど使者を寄越し、厩戸を呼び寄せようとしたことは余りなかった。

明らかに母は気が弱り、厩戸に甘えていた。おそらく母は、菩岐岐美郎女には厩戸への憤懣《ふんまん》や鬱屈《うっくつ》した心情を吐露《とろ》するに違いなかった。

菩岐岐美郎女が戻ったのは、厩戸と橘大郎女との夕餉《ゆうげ》が終る頃だった。

微熱と鼻水で気分が鬱陶《うっとう》しかった厩戸は、母の症状だけを聴いた。

「熱の方はそんなに酷くない、とおっしゃっておられました、ただ身体の芯《しん》が抜けたようにお身体が頼りなく、お起きになれない御様子です」

「熱が余り高くないのなら一安心じゃ、そなたを相手にぐちをこぼされたのだな……」

「お淋しいのです」

菩岐岐美郎女は視線を伏せた。

「それは分っている、何刻《とき》ぐらい話された？」

菩岐岐美郎女は、低い声で、

「一刻ぐらいです」

と答えた。

厩戸は一刻半（三時間）か二刻は話しているに違いない、と視た。それだけ話せるのは元気だからである。仮病ではないが、使者を斑鳩宮に遣わすほどの症状ではない。

「今夜は早く寝る、明日、ゆっくりと話を聴こう、心配するな、吾《われ》の風邪はすぐ治る」

と厩戸は微笑して見せた。

翌日、菩岐岐美郎女が話したところによると、母は厩戸が顔を見せなかったことを余り責めなかった。菩岐岐美郎女と会い、良い話し相手が見舞に来た、と喜んだからであろう。

「大后様は、せめて月に一度は太子様とお会いしたいと申されていました、今年に入ってから気が弱くなられたようです」

「気が弱くなっているのは分る、だが月に一度は無理じゃ、母上は、吾がのんびりと暮しているように思っておられる、吾が幾ら忙しいといっても、多分信じられないであろう、確かに吾は仏殿に入り瞑想《めいそう》にふけることがある、そなたは理解しているであろうが、あの時こそ何よりも大事な時なのだ、政務よりも大切である、母上にはそのことが到底お分りになれない、母上に対する不憫《ふびん》さや情も仏殿で生まれるのじゃ」

「はい、私にはよく分ります」

「そうじゃ、そなたは膳臣《かしわでのおみ》の女人、吾が政治的に孤立していることも知っている、この状態では皇太子のままで終ってしまう、吾も人の子、山背大兄王を大王にしたい、焦《あせ》ってはいないが、斑鳩宮の王では不安じゃ、吾が生きている間は良い、だが山背大兄王や孫の時代になると……いや、もう止そう、ぐちになる、それで母上は他に心の中を打ち明けられたか？」

「色々と話されましたが、大后様は、矢張り……」

菩岐岐美郎女は迷ったようだが、厩戸に、隠すことはないぞ、と諭《さと》され、

「大后様は、斑鳩宮《いかるがのみや》にお住みになりたいようです」

厩戸は呻《うめ》き声が出そうな気がした。

何時か、共に住みたい、と母がいい出すのではないか、と厩戸は予感していた。

厩戸は斑鳩宮の王になった当初は、これまでの慣習通り、女帝の娘・菟道貝鮹《うじのかいだこ》王女を除き、妃達の屋形を斑鳩宮の外に建てた。

当時の大王家では、通い婚が慣習となっていた。

だが慧慈の国では、王妃の屋形は王宮の内部にあり、王一家が王宮に住んでいた。厩戸は通い婚という倭国の慣習よりも、高句麗《こうくり》の方が人間らしい生き方ではないか、と考えるようになった。

ことに、和を貴《とうと》しとした厩戸は、妃達が嫉妬《しっと》を乗り超え、斑鳩宮の家族として生きるこ

とを望んだ。

厩戸は菟道貝鮹王女が亡くなった後、刀自古郎女、菩岐岐美郎女、また橘大郎女なども斑鳩宮内の屋形に住まわせたのである。

もともと橘大郎女は中宮（中宮寺か？）に宮を持っていたし、刀自古郎女は岡本宮《おかもとのみや》に住んでいた。

その頃、田目王子と別れた母は、厩戸を頼り、龍田に宮を持ったのである。

女帝との確執に疲れた母が、妃達と同じように、自分も斑鳩宮に住みたい、と望むようになったのも無理はない。

何時かそうなるだろう、と厩戸は予期していた。

だが母は、女帝の血が流れている、というだけで橘大郎女に冷たい眼を向けていた。母が斑鳩宮に住めば、旨く行っている妃達との関係にまで心を配らねばならない。今の厩戸にとって、それは大きな負担だった。

一つの揉め事が片づくと、待っていたように新しい事件が起きるのだ。

民の訴えは係の役人が処理するが、役人同士の争いもよく起こり、厩戸が裁決せねばならない訴訟も多い。

人間の我欲や煩悩は、こんなに浅ましいものであったのか、と厩戸は仏殿の釈迦《しやか》像に何度返答を求めたか分らない。

母よ、今暫《しばら》く、龍田宮にお住み下さい、と厩戸は眼を閉じて呟《つぶや》くのだった。


人間の悩みは、外見から窺える生活からでは分らないものがある。

厩戸皇太子もそうであった。

厩戸は次期大王位に即《つ》くべく皇太子になり、河内を始め、瀬戸内海沿岸の諸国に領地を有し、斑鳩宮の王者として、何不自由のない日々を過しているように見える。

だが現大王である女帝は、強靭《きょうじん》な生命力を有し、母の血に固執する現実家だった。

それも、母の堅塩媛が競争相手であった小姉君《おあねのきみ》に大王・欽明《きんめい》の愛を奪われたことが、原因のようである。

女帝は母の怨念《おんねん》を自分の性格により増幅させた。穴穂部《あなほべ》・宅部《やかべ》・泊瀬部《はつせべ》王子（崇峻《すしゅん》）を馬子《うまこ》と共に殺したことにより、普通なら怨念が消える筈だがまだ消えず、生き残っている間人王女を憎んでいる。

間人王女は、女帝の兄、大王・用明《ようめい》の皇后だから、親愛感を抱くべきだが、女帝の場合は反対で、間人王女が皇后になったことさえ気に入らないようである。まさに私情の女人だった。

女帝のそういう性格は、政治に、人生に理想を求める厩戸とは全く正反対である。

今の女帝は思い切り長生きし、厩戸に大王位を譲らぬ、とさえ決意しているように思える。

厩戸が女帝を思うと心が曇《くも》るのも無理はない。

次が政治に理想を求め過ぎたせいか、人間の我欲や悪心と衝突し、次々と悪事が暴かれ、斑鳩宮の官人達が動揺し始めたことだ。徳、礼、和、善を強調しているにも拘らず、官人達は反対に毎日を息苦しく感じるようになった。勿論、慧慈の弟子の僧を始め、官人達の中にも厩戸の理想に共鳴する者は多い。だが官人達も大半は凡人である。厩戸の理想は理解出来るが、自分達は釈迦ではない、と陰で不平を洩らす。なかには、こんな息の詰まりそうな生活は真《ま》っ平《ぴら》だ、それよりも昔ながらの飛鳥で暮したい、とそれとなく厩戸を批判する者もいた。

勿論、批判するといっても、密告が恐いので、よほど心を許した者か、媾合う女人にしかいわない。

それでも、そういう批判は何とはなく厩戸の耳に入るし、肌で感じる。

ただ、官人ではない奴《やっこ》や民は厩戸の善政の恩恵を受け、厩戸皇太子を、別世界の王者、また聖の王者としてその人柄を称《たた》えるようになった。

これは厩戸が宮を出、郊外を散策したりすると自分の肌で感じるのだから間違いない。

倭国には大昔から、庶民は貴人に出会うと、蹲《うずくま》ったり草叢に身を隠したりする風習があった。貴人は支配者で、神に近い存在であると庶民は考えていた。そう考えさせられるようになったのである。

神に較べると庶民は人間だから穢《けが》れている。身を隠すのは、穢れを隠すという意味があった。

当然、庶民は貴人を畏怖《いふ》する。

だが厩戸の場合、庶民は畏怖するというよりも喜びや感謝の念を抱いて蹲り、身を隠した。

草の間から拝むように自分を眺めている民の眼に、そのような光が宿っているのを、厩戸ははっきり感じた。

理想の政治を達成することが如何に難しいかを知り、人間の素顔に表われる醜さに絶望し、鬱々《うつうつ》となっている厩戸の心の慰めは、当時の為政者が余り気にかけない民の心だった。

厩戸にとって辛《つら》いのは、そういう心境を余り口に出来ないことであった。

蘇我《そが》氏の中で、最も厩戸に好意を抱いている境部臣摩理勢《さかいべのおみまりせ》にもいえない。民の心に慰められる、などといえば摩理勢は眼を剃き、皇太子は心の病に罹《かか》られたのではないか、と疑うに違いなかった。

厩戸が死を前にして吐露した「世間虚仮《こけ》」という厭世観めいた侘《わび》しさは、この頃から厩戸の内部に芽生え始めていたのである。

それは自分に愛情を注いでくれる二人の妃にも、山背大兄王を始め身内にもいえないことだった。

そんな或《あ》る日、また母が仮病を使って菩岐岐美郎女《ほききみのいらつめ》を呼び、斑鳩宮に住みたい旨《むね》、彼女を通じて厩戸に申し出た。

「返事は要らぬ、今はその時ではない、酷かもしれぬが、今は母上を受け入れる余裕はないのだ、そういう時が来たなら、吾《われ》の方から母上に伝える」

厩戸は菩岐岐美郎女を叱咤《しった》するようにいった。菩岐岐美郎女は、厩戸と母の間にはさまり、ただ、俯《うつむ》くのみである。

時がたつと、何の罪もないのにあんな口調で話さなくても良かった、と厩戸は菩岐岐美郎女が不憫になる。

だが、母のことで気が重くなる時、厩戸を慰めてくれるのは、橘大郎女《たちばなのおおいらつめ》だった。大郎女は何といっても若く、妃の中では最高の身分である。それに、母が大郎女を冷たい眼で眺めている故に、厩戸はかえって、母に対するぐちを洩らしたくなるのだ。

確かに菩岐岐美郎女との婚姻は、大郎女よりも古いし、厩戸や母にもよく仕えてくれる。だが彼女は有力氏族ではあるが王族の出ではない。自然、会話の範囲も豪族どまりである。王族の批判は出来ない。菩岐岐美郎女が口を閉じてしまうからだ。

その点、橘大郎女は女帝の孫であり、女帝に対する厩戸の批判に相槌《あいづち》を打てる。気を遣わないで王族の話が出来るのだ。

刀自古郎女《とじこのいらつめ》は、生存中、父の馬子を激しくののしった。斑鳩宮に対する理解が薄く、眼は女帝にばかり注がれている、と憤った。

だが橘大郎女も菩岐岐美郎女も、馬子をののしることは出来ない。

厩戸の妃となっても、女人達はそれぞれの身分に縛られていた。

民百姓も、自分達と同じ人間なのだという厩戸の思想も、理想としては間違いないが、現実では矛盾を生じる。

身分が違うと、生活や考え方も全く違って来る。げんに斑鳩寺の建立に際し、厩戸は自分の領地の苦役の民を動員しているが、厩戸を始め、支配者は動員されることもないし、風雨に晒《さら》されながら重い石材を運んだりはしないのだ。

そういう時の苦役の民は牛馬と同じだった。厩戸は極力、苦役の民を人間らしく扱え、と監督の役人達に命じているが、工事が遅れたりすると、そうはいかない場合も生じるのだ。

だからといって監督者を罰したり責めたりしていては、建立の工事は何時までたっても達成されないであろう。

身分によって住む世界が違う以上、それぞれの会話内容が異なって来るのは当然である。

厩戸は、橘大郎女には、女帝を始め王族達の民への関心のなさを嘆いた。

当然、橘大郎女も厩戸に同調する。

それと同じように、彼女にはこの頃の母が時には重荷であることさえも洩らせるのだ。

それは、母が彼女に冷たい眼を向けているからである。

勿論、橘大郎女は、そんな厩戸に、

「大后様は甘えておられるのです、大后様が負われた傷を癒《い》やせるのは、わが君だけです」

と厩戸を励ます。厩戸もそういう大郎女の返答を期待しているが故にぐちを洩らせるのだ。

その点、豪族出身の菩岐岐美郎女は、母に仕えていた。厩戸がぐちを洩らせば、母との板挟みになり返答が出来ない。厩戸のぐちは彼女を苦しめることになる。

その夜、厩戸は橘大郎女の屋形で夕餉を摂《と》った。

今年二十一歳になる橘大郎女は、この夏身籠《みごも》った。厩戸の妃になって四年目である。ひょっとしたら、子を産めない身体なのではないか、と心配していただけに、大郎女も厩戸も大喜びである。ことに大郎女の喜びは深い。

母のことが口から出そうになり、厩戸は言葉を呑んだ。

厩戸は母の身体のことが脳裡から離れなかった。今は仮病だが、もう五十代の半ばだ。苦労したのに長寿なのは気が勝っているからだろう。

何時か母は、憎い姫が死なないうちは死ねぬ、と厩戸に告げたことがあった。女帝の存在が母を支えているのかもしれない。

だが幾ら気持で生きているといっても、病に罹れば危険である。

来年あたり、斑鳩宮に母を移すようになるかもしれない、と厩戸は漠然と考えていた。

母の存在は気が重いが、矢張り斑鳩宮で死なせてやりたいとも思う。

ただ大郎女が来年子を産むとなると、母を宮に呼ぶのは再来年の方が良いかもしれない。

厩戸がそういうことで悩むとは、官人達は勿論、僧も知らない。何となく感じているのは二人の妃であった。

夕餉を終え、湯で身体を拭《ふ》き、閨を共にした後、厩戸はいった。

「大郎女よ、身籠って三カ月ぐらいであろう、これからは子供を産むまで閨を共に出来ぬ、淋《さび》しいが、丈夫な子を産んで欲しいのだ」

「はい、淋しゅうございますが……」

橘大郎女は、厩戸の胸におずおずと顔を埋ずめる。大郎女の身体は十代に較べると柔らかくなっていた。それに香料と違った甘酸《あまず》っぱい匂いがする。花を開いたばかりの女人である。

多分、もう閨を共に出来ないのですか、といいたいのであろう。

「そんなことはあるまいが、万が一ということがある、十六、七歳で身籠ったのなら、まだ大丈夫だ、だが、そなたはもう二十代に入っているのだ」

「はい、身籠れてこんなに嬉《うれ》しいことはございませぬ、淋しいなどというと、仏様に叱《しか》られます」

「その通りじゃ、それはそうと、身籠って五、六カ月になれば、中宮に移り、静かに暮した方が良いのう」

「ここも中宮も同じでございます、いいえ、矢張り斑鳩の宮内の方が安らかな気持でおれます」

「そなたの気持は嬉しいが……」

厩戸が言葉を詰まらせると、橘大郎女の身体が固くなり、吃驚《びっくり》したように胸から顔を離した。反対に自分の胸を厩戸に押しつける。

「飛鳥に戻れ、とおっしゃるのではないでしょうね、私《わ》は嫌です」

大郎女の胸の鼓動が高く速くなり、熱を帯びて厩戸に伝わった。

「飛鳥……何故そんなことを申すのだ、吾《われ》は中宮と申しているではないか」

「安心致しました、何か異変でも起こったのかと」

「思い過しだ、今は政変はない、吾が軍事訓練でも始めたならまた別だが……」

大王が亡くなられても異変だぞ、と厩戸は声に出さずに呟いた。

それにしても政変を気にし、飛鳥に戻されるのではないか、と気にしている大郎女が厩戸には不憫だった。

「わが君、女人は何時も何か異変が起きるのではないか、と気にするものです、きっと臆《おく》病《びょう》なのでしょう」

「当然だと思う、男子《おのこ》は権力欲のために政変を起こす、敗れれば死ぬのを知っていてもな、自分が招いたことだから、男子は死んでも憐《あわ》れではない、だが女人は違う、何の責任もないのに、その男子の妻であるというだけで死なねばならないのだ、女人が異変を気にするのも無理はない」

厩戸は大郎女の肩を撫《な》でた。大郎女は感じ易《やす》い体質なのか、指で肌を愛撫《あいぶ》すると、そこが汗ばんで来る。

厩戸は思っていることを口にしただけなのだが、大郎女の胸を衝《つ》いたようである。

当時の王族に、そういう心情を吐露する者はいない。何故なら女人が男子と運命を共にするのは当然で、世の慣い、と思っているからだ。

「わが君、大后様もお気の毒です」

厩戸には嬉しい言葉だった。

「そうだのう、母上の場合は男子達だけの犠牲者ではないが……ただ勝手なことばかり申されているようだが、運命の犠牲者といって良いかもしれぬのう、母上はかなり気が弱くなられた、この斑鳩宮に住みたい、と願っているようじゃ」

「わが君、私の望むところです、どうか大后様の願いをかなえてあげて下さい」

大郎女は顔を離し、厩戸を凝視《みつめ》た。すでに日は落ち、屋形の外は夕闇《ゆうやみ》である。部屋は薄暗く大郎女の白い顔もさだかではない。だが眼だけが活々《いきいき》としている。大郎女の心情が素直に瞳《ひとみ》に宿っていた。

「嬉しいことを申すのう、ただ母上は我儘《わがまま》じゃ、色々と難題を口にするに違いない、吾は忙しい、たんに政務を執っている時だけではない、吾がぼんやりしている時でも、吾の頭は休む間がないのじゃ、これは、そなたや菩岐岐美郎女にも分らぬと思う、もし吾が西の空に沈む夕陽《ゆうひ》を眺めていたなら、吾は赤い光を放つ陽に人生を思索しているに違いないのだ、政務の時以上に、吾は邪魔されたくない」

「分らぬことはありませぬ、そういう時のわが君は、厳しい顔をしておられます、私《わ》と二人で散策された時でさえ、わが君はそういう顔をなさる時があります、確かに、傍にいるわが君が遠く離れているようで少しは淋しゅうございますが、これは菩岐岐美郎女妃も同じでしょう」

「そなたは優しい女人だ、確かにそういう時、そなたは滅多に声をかけぬ、だが母上は違う、母上には吾の頭の中や胸中は理解出来ぬ、だから何時、どんな時でも声をかけて来られる、多分、吾は邪魔だけはしないでいただきたい、と嫌な顔をする、いや、お黙り下さいと本能的に母上を睨むかもしれぬ、これまでも、何度か冷たい眼を向けた、そう考えると憂鬱《ゆううつ》になるのだ、確かに吾は最後の孝行をしたい、だが吾の大事な時を邪魔されたくもない、大郎女よ、孝行と自分のための時というものはどうやら衝突するようじゃ、故に吾は悩む、これも吾が凡人だから悩むのかもしれない」

「いいえ、わが君のように真剣に悩まれる方は少のうございます、わが君は、どういうことに対してもおざなりになさらない、真剣に考えられます、だから矛盾が生じ悩まれるのでしょう、それだけわが君は純粋なのです」

「純粋か、稚《おさな》いのかもしれぬのう、中国に、清濁併《あわ》せ呑む、という諺《ことわざ》がある、度量の大きい人物を評していう、大臣《おおおみ》がそれじゃ、大臣は仏教を信仰しているが血腥《ちなまぐさ》いことも平気で行なう、釈尊の教えなど関係ないといった顔だ、あれは隋使が来倭する前であった、吾は大臣に、蘇我・物部合戦のことを思い出しながら、釈尊は戦《いくさ》の残虐さをどう考えておられるのだろうか、と問うてみた、大臣は顎鬚《あごひげ》を撫《な》でながら澄ました顔で、釈尊を信仰しておれば、釈尊はお許しになります、だから仏なのです、と答えた、微動だにしなかったのう、同じ仏教徒だが吾には大臣のような図太さはない、それにしても大臣のような人物には余り悩みはないであろう、吾もこの頃、大臣の生き方が羨《うらやま》しく思える時がある」

「でも、図太いわが君など、私には考えられませぬ」

「その通りじゃ、羨しくは思うが、吾には吾の生き方がある、吾は大臣のようには生きられぬ、損得でいえば損な性格かもしれぬのう、ただ、小さい矛盾は考えぬことじゃ、そんなことで悩み消耗していては大事な矛盾を解決出来ぬ、大郎女よ、吾は大臣のように図太くはないが、強く生きるぞ」

　厩戸は自分を励ますようにいうと、大郎女を力強く抱き締めるのだった。

　その年の厩戸は、政治や人間関係の矛盾をどう解決すべきか、と仏殿に入り瞑想にふけることが多くなっていた。

厩戸は斑鳩寺の建立と共に、宮域内の建物を増やした。まず自分の部屋のすぐ南側に三、四人で語り合える狭い屋形を建てた。渡り廊下はないが、雨の場合でも濡《ぬ》れないで行けるように屋根だけは作った。

また官人達の執務の屋形を増やし、采女達の部屋も増築した。

狭いが独立した屋形を新築したのは、密談のためである。前殿では広過ぎるし、人を遠ざけたとしても、誰に聴かれるかも分らない。その点、今度の屋形は、仕える女人さえ出入りしなければ、盗み聴きされる不安は全くなかった。散策しながらの密談は雨や冬の季節になると不便である。

官人達の屋形を増やしたのは、訴訟やその裁決が多くなり、これまでの屋形では足りなくなったからだ。

采女達の部屋を拡げたのは、楽に生活出来るようにと望んだからである。

生家を離れ、斑鳩宮で厩戸に仕える女人達にとって、住む場所が少しでも広くなったことは、大きな喜びだった。

官人達や女人達は増築を歓迎した。

勿論、増築工事には苦役の民を必要とするが、厩戸は仏に手を合わせ、慈愛に縋ることにした。

そんな或る日、菩岐岐美郎女の一族である膳臣鳥見《かしわでのおみとりみ》と秦造河勝《はたのみやつこかわかつ》が馬子の病の件で斑鳩宮に来た。

厩戸は新しい部屋で二人に会った。馬子は三日前、夕餉の後に厠《かわや》に行こうとして倒れたのだ。

打ちどころが悪かったせいか言語がもつれ、身体の動きが何となく意のままにならず、病床の人となった。

その報は河勝の使者から、馬子が倒れた翌日、厩戸に伝えられていた。

症状について二人は、医師の診断を伝えた。

言語がもつれ身体の動きが不自由なのは、頭を打ったせいだと考えられるが、もう数日様子を見なければ、はっきりしたことはいえない、という。

医師は百済人で、卒中の病を診ることに優れていた。

数日間様子を見なければならないというのは、今の病症がはっきりしないからであった。

頭を打った場合と卒中の症状はよく似ていた。

勿論、卒中といっても、何が原因でそうなるかなど、当時では全く分っていない。黄泉《よみ》の国に連れて行こうとする死の鬼神が取り憑《つ》いた、と考えられている。兎《と》に角《かく》、絶対安静と薬湯を飲ませるのが医師の治療だった。

現在、飛鳥寺から十人の高僧が呼ばれ、徹夜で病気回復の祈禱を行なっていた。

厩戸は流石に衝撃が隠せなかった。

もし馬子が亡くなれば、蝦夷《えみし》が大臣に任命される。

厩戸と馬子との関係は一時ほど親密ではないが、馬子は女帝の後の大王は、孫である山背大兄王《やましろのおおえ》と考えているようだ。

これは、時々馬子が洩らす言葉によっても推測される。

斑鳩宮を訪れる河勝や境部臣摩理勢《さかいべのおみまりせ》に、馬子はそれとなく山背大兄王の健康や執務能力などを訊《き》くからだ。

斑鳩宮と親しい摩理勢や河勝を馬子は牽制《けんせい》したことがなかった。また親斑鳩派に警戒心を抱いていない。そのことを摩理勢や河勝は肌で感じていた。

合葬礼以来、厩戸との関係が何となく疎遠になっているにも拘らず、親斑鳩派に対する態度が変らないのは、山背大兄王への愛情が変ってないせいだ、と飛鳥の官人達は視ていた。

だが蝦夷は馬子と違い、山背大兄王に好感を抱いていなかった。

山背大兄王が馬子の孫なら吾《われ》は子供だ、という意識が強い。ただそういう意識は、将来大王になり兼ねない山背大兄王への嫉妬ないし競争心が生んだものである。

山背大兄王の態度如何《いかん》では、蝦夷の感情も変るかもしれなかった。

厩戸は早速《さっそく》山背大兄王を見舞に行かせることにした。

山背大兄王を呼んだ厩戸は、何時になく強い口調で、蝦夷に対する態度について説諭した。

「そちも分っているように大臣は年齢《とし》じゃ、何時蝦夷が大臣になってもおかしくない、そうなると蝦夷は大王をあおり、斑鳩宮を一層疎外しようとするだろう、蝦夷が自分の気に入らないそちを大王位に即《つ》かせたくないのは当然じゃ」

「父上、お言葉を返すようですが……」

山背大兄王は息を呑み込んだ。膝の上の拳《こぶし》を握り締め訴えるように厩戸を見た。

「申したいことは分っている、そちは蝦夷に対し、嫌われるような態度は取っていない、それにも拘らず理由もなく嫌悪感を抱かれている、といいたいのであろう」

「その通りです、吾には理由が分りません」

「理由は余りない、骨肉の暗い嫉妬であろう、人間関係で最も厄介《やっかい》なものじゃ、蝦夷大《まえつ》夫《きみ》には、自分は大臣の子で、そちよりも年長者という意識がある、だが孫のそちは王族、しかも大王になるかもしれぬ、その辺りから嫉《ねた》み心が始まる、蝦夷大夫がもっと年長者か、同年輩ならまたそちへの気持も違うだろうが、十歳ほど年齢が上なだけに虚勢を張りたくなる、ことに蝦夷大夫は、大臣と異なり性格が狭量、どうしても感情に左右され易《やす》い、いいか、もし蝦夷大夫が大臣になれば、そちの立場は一層難しくなる」

「父上、吾《われ》にどうしろ、と申されるのですか、蝦夷大夫に媚《こ》びへつらえとおおせられるのか……」

山背大兄王は無念そうに唇を噛《か》んだ。握り締めている拳の関節が白くなっている。

「馬鹿者！」

と厩戸は一喝《いっかつ》した。紅潮していた山背大兄王の顔色が蒼《あお》くなった。

「申し訳ありません、愚かなことを口走りました」

「その通りじゃ、だがそれに気づけば良い、愚者は、自分の愚かな言動に気づかぬからのう、では申すぞ、そちは蝦夷大夫と会い、大夫の冷たい視線に会うとそれに反応している、抑えても吾に楯《たて》つくのか、という憤りが顔に出る、それでは何時までたっても二人の仲は旨く行かぬ、いいか、まず一歩距離を置くのだ、大王位有資格者としての余裕を持て、相手の態度に反応してはならぬ、その上で、大夫を年長者の大臣と思い、それなりの礼節をもって応対するのじゃ、大夫は最初はとまどう、だがそのうちそれなりの応対をするようになる、必ずなる」

「二人は親密になれる、というわけですか？」

「それは分らぬ、だが今、吾が申した態度でのぞめば、多分、大夫も私情を抑え、そちと距離を置くようになる、それで成功なのだ、それには今一度いうが、大夫を年長者の大臣と思え、それに血縁関係でいえば、そちにとって伯叔父《おじ》じゃ、そんなに難事ではない」

厩戸は山背大兄王の表情にとまどいを見た。まだ厩戸が説諭したことを的確に理解していないようである。

厩戸は嘆息したくなった。斑鳩宮の上宮王家の将来は、山背大兄王にかかっているといって良い。今少し賢明になって欲しいのだ。厩戸は自分が若かった頃と現在の山背大兄王を比較しそうになり、それはならぬ、と自分を抑えた。自分と比較すると、山背大兄王に無言の圧力を加えてしまう。

「父上、それだけなら難事ではありませぬ、だが父上は、大王位を継ぐ資格を持った王としての余裕を持て、といわれました、内なる権威を噛み締めなければ余裕は持てませぬ」

「かなり理解して来たようじゃ、権威は自分で噛み締めて外に出さぬようにせよ、外に表われると蝦夷大夫は反撥する、さあ、もう用意が出来ている、吾が一日も早い回復を毎日祈っている旨、伝えよ」

輿《こし》についた蓋《きぬがさ》は、金糸を縫い込んだ房を四方に垂らしている。

厩戸は、飛鳥に向う山背大兄王の一行を屋形の二階の縁に立って見送った。

旨くやるのじゃ、と厩戸は念じていた。

厩戸は、山背大兄王と蝦夷との関係を何とか改善したかった。それには矢張り山背大兄王が一歩退かねばならない。蝦夷の山背大兄王への反感を緩めるにはそれ以外なかった。

それと山背大兄王が王者としての誇りを自分の内で嚙み締めておれば、蝦夷に軽視されることはない。

人間関係の嫌悪感はなかなか消えるものではないが、薄めることは可能である。

厩戸が望んだのはそれであった。


山背大兄王の一行は馬子を見舞った後、厩戸がかつて女帝に勝鬘経《しょうまんぎょう》を講説した橘宮《たちばなのみや》に一泊し斑鳩宮に戻って来た。山背大兄王の報告によると馬子の症状は心配したほど重くはなかった。

身体の一部は痺《しび》れているが、女人の肩に縋り厠にも歩いて行けた。

医師は動かないで便をするように、と忠告しているが諾《き》かないらしい。如何にも馬子らしかった。

どうやら馬子の病は、老人がよく罹るもののようだった。身体の内部の線が切れ、手足が不自由になるのだ。重いと寝た切りである。その点、馬子は軽く、回復すれば日常生活にそんなに不便はない。

厩戸は安堵《あんど》の吐息をついた。

馬子は権力欲が強いから、大臣としての執政権を、そう簡単に蝦夷に渡すまい。

「大臣は喜んでおられた、どうも吾《われ》は母上に似ているらしく、女人の衣服を着、化粧をしたら母上と間違いそうじゃ、などと眼を細めて冗談をいわれました」

馬子の愛情を確認したらしく山背大兄王の表情は明るい。

「そうだのう、幼少時よりも今の方が似て来た、刀自古郎女《とじこのいらつめ》には、もっと長生きしていて欲しかった」

刀自古郎女は美貌で明るいというだけではなく、頭の回転が速かった。

あの馬子も、刀自古郎女に言葉を返されると眼を細め、喜んでいた。馬子が最も可愛がった娘である。

今生きていたなら、厩戸と馬子の間に立ち、斑鳩宮と蘇我本宗家の関係を深いものにしていただろう。

山背大兄王に対する蝦夷の眼も違っていた筈である。

「大臣もそういわれました」

「風邪をこじらせ亡くなった、あの時は吾も刀自古郎女の死が信じられなかった、もう十年になるが、華やかな声は今も耳に残っている、ぐちは申すまい、これも天命じゃ、それはそうと蝦夷大夫はどうであった？」

「はい、最初は何時もと同じでしたが、吾が一歩距離を置き、丁重な態度を取ったせいか、かなりとまどったようです、ただ屋形の前で吾を見送った時、叩頭の仕方が何時もより丁寧だったような気がします、父上、感情というものは不思議なものだと今更のように思いました、父上がいわれたように、蝦夷大夫を、年長者で大臣、それに伯叔父《おじ》だといい聞かせると、最初から不快さが薄れ、穏やかに応対出来ました、父上は昔から人の心の中まで見抜かれる、聖《ひじり》に近いと噂されていましたが、今回は、吾もはっきりそう感じた次第です」

山背大兄王は畏敬の念を浮かべた。

山背大兄王よ、そう簡単に感嘆されては困るのだ、と厩戸は胸の中で呟いた。

「王よ、そう思ったなら、そちも人の心の綾《あや》をもっと学ぶのじゃ」

と厩戸は力強くいった。

第六章　悩

この年、『日本書紀』は、厩戸《うまやど》の片岡遊行の挿話をかなりの字数で載せている。厩戸が道に倒れている飢えた旅人を憐《あわ》れに思い、食物を与え、着ていた衣服を脱ぎ、旅人を覆ったという有名な挿話である。これは『日本書紀』のみならず、『上宮聖徳太子伝補闕記《ほけつき》』、また厩戸を神秘化した『聖徳太子伝暦《でんりゃく》』などもかなり詳しく述べている。

まず『日本書紀』によると、厩戸は旅人に「安らかに寝ているように」と声をかけて歌を歌った。

しなてる　片岡山に　飯《いい》に飢《え》て　臥《こや》せる　その旅人《たびと》あはれ　親無しに　汝生《なれな》りけめや
さす竹の　君はや無き　飯に飢て　臥せる　その旅人あはれ

その翌日、厩戸は使者を遣わし、飢者《うえたるもの》がどうなっているか調べさせたところ旅人はすでに死んでいた。

厩戸の悲嘆は深く、その場所に旅人を葬り墳墓を造った。数日後厩戸は傍《そば》に仕える者を呼び、

「先日、道に倒れていた飢えた旅人は凡人ではない、きっと真人《ひじり》であろう」

といい、使者を遣わして調べさせた。戻って来た使者は、墳墓は動いた様子もないのに、遺体は消え、ただ衣服だけが棺《ひつぎ》の上にたたんで置かれていました、と報告した。

厩戸は再び使者を墳墓に行かせて衣服を持ち帰らせ、それを何でもないように纏《まと》った。

そこで時の人は、

「聖が聖を知るということは、本当なんだな」

と噂《うわさ》し、厩戸に深い畏敬《いけい》の念を抱いたというのである。

この挿話は推古二十一年（六一三）、旧暦十二月初旬の出来事としている。

現代の暦では一月中旬にあたるから、最も寒い季節である。

なお、死者が衣服だけを残して消えるのは道教の尸解《しかい》仙のことで、仙人となって昇天したことを意味する。厩戸は、真人であろう、といったというが、真人は天界の天皇大帝、また天皇に仕える高級仙人のことである。道教をよく理解していた天武《てんむ》天皇の和風諡号《しごう》は天渟中原瀛真人《あまのぬなはらおきのまひと》天皇とあり、八色《やくさ》の姓《かばね》でも、真人《まひと》を最上位に置いている。

『補闕記』は、『日本書紀』よりも政治的な色彩が濃い記述となっている。

それによると、旧暦十一月十五日厩戸は河内《かわち》の磯長《しなが》陵を巡り宮に戻る途中片岡を通った。飢えた人が道に横たわっていたが厩戸を乗せた馬が進まず、鞭《むち》を当てても動かない。厩戸は馬から降り調使麻呂《つきのおまろ》（本小説の子麻呂《ねまろ》）が差し出す杖《つえ》を握り、飢えた人に近づくと話しかけ、纏っていた紫の袍《ほう》を脱いで旅人に掛けた。その後、厩戸が悲しみの歌を詠《よ》み、飢えた人が歌を返している。

厩戸の歌は生者ではなく、死者を憐れんで詠んだもののようだ。

飢えた人は面長《おもなが》で頭が大きく耳も長かった。眼には金色の光が宿っていた。またその人からは強い香の匂いがした。

厩戸と飢えた人とはなお数十語話し合ったが、舎人《とねり》達にはその意味が理解出来なかった。話し終えると飢えた人は亡くなった。厩戸は深く悲しみ、部下に命じて高くて大きい墓を造らせた。

当然それは噂になり大臣《おおおみ》・馬子《うまこ》の耳に入る。王や大夫《まえつきみ》達も厩戸の行為に反撥《はんぱつ》し、

「皇太子は大いなる聖だが、してはならないことがある。王者たる者が、どうして馬から降りて下賤《げせん》の者と話し合ったり、歌を賜わったりしたのか、また死ぬに及んで何故《なぜ》、大いなる墳墓を造り厚く葬ったのか、こんなことでは群臣は納得しない」

といった。

それを知った厩戸は七人の大夫を呼んで命じた。

「そち達は、片岡山に行き、墓を開いて見よ」

七人が墓を開いて眺めると、遺体は残っていたが棺内は香の匂いが満ちていて、副葬した品々は棺の上に置かれていた。だが厩戸が与えた紫の袍だけが無くなっている。

七人の大夫は、大いなる聖だったのか、と驚き感嘆した、という。

この挿話には、尸解仙はないが、厩戸と馬子や大夫達の政治観の相違がよく表われている。

一方『伝暦』は、ほぼ同じだが「無有其屍」としており、尸解仙がなされたとし、仙人だったと記述している。

尸解仙も大事だが、より一層重要なのは、厩戸と馬子の政治観の相違であり、両者が対立していることであろう。

勿論《もちろん》、片岡の挿話は事実を脚色したものではないし、厩戸在世中に作られたものではないと思われる。

文中に、厚葬を批判する記述などから、大化の薄葬令以後の成立とする説は有力である。

ただ、厩戸の仏教に道教が混入していることはすでに述べた。

厩戸が作ったとされる湯岡《ゆおか》碑文にも、百姓は誰にでも与えられる温泉につかって勢いづく、とある。すでに強調しているように、この碑文が厩戸と慧慈《えじ》の共作にせよ、厩戸の眼が民・百姓にも向けられていたことは間違いない。

当時は冬の季節になると、あちこちで餓死者が見られたに違いなかった。そんな餓死者を見た感性の鋭い厩戸が、本人や餓死者の家族に思いを馳《は》せたとしても自然であろう。

『万葉集』にも厩戸が龍田《たつた》山の死人を悲しんで作った歌が載っている。

家にあらば　妹《いも》が手まかむ草枕　旅に臥《こや》せる　この旅人《たびと》あはれ　（四一五）

この場合、厩戸が遊行したのは河内の柏原で片岡ではないが、歌は同じようなものである。

片岡は奈良県北葛城《きたかつらぎ》郡香芝《かしば》町今泉とされており、孝霊《こうれい》・顕宗《けんぞう》・武烈《ぶれつ》などの大王陵が存在している。厩戸は磯長陵に葬られる前に片岡に埋葬されたのではないか、という説も魅力的である。

作者は、この挿話は矢張り厩戸の思想が産んだものと考えざるを得ない。

多分、厩戸はあちこちに散在する餓死者を見、政治の矛盾を痛感し、口にしたであろう。民・百姓の死に気を遣うような王者は当時は存在しない。

厩戸の嘆息は、舎人達の脳裡《のうり》に深く刻み込まれた。調子麻呂などもその一人だった。

だが厩戸が輿《こし》や馬から降りて、飢えた旅人や、死者に近づくことなど全く考えられない。

厩戸が幾ら慈悲心を持っていたとしても、当時の身分差別は激しく、それが王者の行為でないことぐらい、厩戸はよく認識していたと思われる。

厩戸の思想は山背大兄王《やましろのおおえ》にも受け継がれた。ただ山背大兄王は厩戸ほど性格が柔軟ではない。或《あ》る意味で激しく一徹なところもあった。

厩戸と馬子が亡くなった後、斑鳩宮《いかるがのみや》の上宮王家は、厩戸時代よりも一層蝦夷《えみし》・入鹿《いるか》と続く蘇我《そが》本宗家と対立するようになった。

それが後年『補闕記』が採っている「調使家記」に記された物語として形成されて行ったと考えられなくもない。

上宮王家が殲滅《せんめつ》された大きな要因の一つに、片岡遊行の挿話が告げる政治観の違いがあったことを我々は認識すべきである。

それは、人間は平等であるという普遍思想の萌芽《ほうが》であった。萌芽にしろ身分差別の慣習をいささかも疑わず、古くからの権威・権力に胡座《あぐら》をかいている大王家や有力豪族にとって、上宮王家の思想が危険で異様なものであると映ったのは当然である。

秋から冬にかけて馬子の病《やまい》は良くなったが、病の前のような健康体には戻れなかった。身体に痺《しび》れが残り、歩く際にも杖をつかねばならない。

新しい年を迎えた厩戸は、山背大兄王と共に橘宮《たちばなのみや》に泊まり、小墾田宮《おはりだのみや》に参り、新年の賀を述べた。

絹の帳《とばり》に囲まれているせいか、何となく女帝も疲れ老いているように見えた。最近の女帝は政治への関心が薄れていた。ただ生きることに執念の炎を燃やしているらしく、若鹿《わかじか》の角の薬を始め、少しでも長寿に効くといわれている薬を次々と服《の》んでいた。

厩戸の賀にも事務的に応答したが、厩戸が立とうとすると、思い出したように、

「噂によると間人《はしひと》王女は健康が優れないというが……」

と乾いた声で訊《き》いた。

それまで眠っていた女帝の眼が眼覚めたように光った。

母が仮病《けびょう》で厩戸を悩ましていることが、病に罹《かか》っているという噂になって女帝の耳に入ったのであろう。

女帝にとって厩戸の母は落魄《らくはく》の身といって良い。そんな母を女帝はまだ憎んでいるのであろうか。憎悪というよりも、敗者に対する勝者のいたぶりである。女帝は母の健康を思い遣っているのではない。残忍な笑みを口許《もと》に浮かべているようである。今の一瞬の眼光がそれを厩戸に告げていた。

「もともと、余り丈夫な方ではございませぬ、それに母も五十歳を過ぎています」

と厩戸はいって女帝を凝視《みつめ》た。厩戸の予想通り、女帝の眼がまた妖《あや》しく反応した。

「確か半ばだのう、朕《わ》よりも数歳下じゃ、朕は六十一歳になった、だがこのように元気じゃ、健康に年齢は余り関係あるまい」

「大王は特別です、誰《だれ》が見ても十歳は若く見えます」

「蝦夷大夫《まえつきみ》は、四十代の後半に見えると申していた、口の旨《うま》い大夫じゃ」

四十代の後半はお世辞が過ぎる。確かに年齢より若いが、どんなに若く見ても五十代の半ばといったところである。

厩戸はそんなお世辞がいえない。

「大王が御健康で何時《いつ》までも若さを保っておられるのは、国のためにも慶事でございます、吾《われ》も心からお喜び申し上げます」

「皇太子、朕は帳に囲まれている、顔はさだかではない、本当に若いかどうか、そなたの眼で確かめて欲しい」

「はあ……」

としか厩戸は答えられない。

女帝は年齢に似合わぬ甲高い声で、帳を上げるよう、控えている采女《うねめ》に命じた。

厩戸の下座の山背大兄王は息を呑《の》んだようだ。

厩戸は振り返ると、山背大兄王を睨《にら》み、落ち着くのだ、と、気合を入れた。

女帝は帳を上げた采女の一人に、明りを持って来るように命じる。冬の季節でもあり、明り取りの窓は狭い。自然、室内は薄暗い。

采女の一人は捲《まく》り上げた帳を捧げ持っている。

もう一人の采女が灯油を運んで来た。

女帝は高座《たかざ》から身体を乗り出し灯油の明りで自分の顔を照らさせた。

白粉《おしろい》は薄いが口紅が濃い。確かに往年の面影は残っているが、衰えてたるんだ肌は隠しようがない。薄暗いだけに肌のたるみが翳《かげ》りになって見えた。六十歳の老いを残酷なほど表わしているようである。

女帝は室内が薄暗いが故《ゆえ》に、老いを隠せると判断したのであろう。ことに明りに照らさせたのは逆効果となった。ただ様々な薬を服み、贅沢な食事を摂《と》っているせいか顎《あご》から首のあたりに贅肉《ぜいにく》が溜《た》まっている。

厩戸の母が痩《や》せているのと対照的だった。

「お若うございます」

と厩戸は微笑した。背けたい眼を女帝の顔に注いだまま動かさなかった。

女帝は我意を得たりといわんばかりに頷《うなず》き、山背大兄王に声をかけた。

「山背大兄王よ、王はどう思う？」

相変らず甲高い声だ。

山背大兄王は明りに照らされた女帝の顔を余り見ていない。それに女帝に訊《き》かれるとは想像していなかった。身体を固くして顔を上げ、そこだけ光る女帝の眼に射竦《いすく》められ叩頭《こうとう》した。

「お若うございます」

「何歳ぐらいに見える、と訊いているのじゃ」

と女帝は更に声を張り上げた。若く見えるのは当り前じゃ、余計なことは申すな、といっている。

「はっ、十歳以上はお若く見えます、五十歳といったところでございましょうか」

「ほう、皇太子の返答に似ているのう」

女帝の声が和《やわらか》くなったのは、十歳以上と王が答えたからである。

「吾《われ》の意見です、そのように感じました」

多分、冷や汗が滲《にじ》み出ているに違いない。山背大兄王の言葉は半ばもつれていた。

厩戸は、それで良いと声には出さずに呟《つぶや》いた。幾ら女帝の機嫌を取るためとはいえ、蝦夷がいった四十代後半は余りにもお世辞が過ぎる。

「十歳以上も若く見られて嬉《うれ》しいぞ、それはそうと、皇太子は慧慈僧も感嘆したぐらい賢明な男子《おのこ》、山背大兄王は多分、皇太子の教えを真似《まね》るのに必死なのであろう」

女帝の声が皮肉な口調に変る。

「真似ではございません、自分で学びます」

「そうか、それならそれで構わぬ、ただ父が賢明過ぎると、子は何かと苦労するのう、人は自然、父と子を較べてしまうからじゃ、努力以外はない」

女帝もしつこ過ぎると反省したのか、笑顔を見せた。

女帝は山背大兄王を通し厩戸にも眼に見えない針を突き刺していた。

「はい、懸命に努力しています」

山背大兄王は必死の面《おも》持ちである。

女帝は頷き、厩戸に視線を向けた。

「皇太子、朕《わ》が間人王女の健康を心配していることを王女に伝えて下さい」

「有難きお言葉をいただき母も喜ぶでしょう」

「朕よりも若いのじゃ、当然、朕よりも長生きしなければなりませぬ」

女帝は冷静にいった積《つも》りに違いなかった。だが厩戸は女帝の声に勝ち誇ったような響きを感じた。

女帝は今、朕は間人王女よりも長生きします、と厩戸に宣言したようだ。

厩戸が機会を見て、母を斑鳩宮に移そうと決心したのは、女帝の言葉に触発されたせいである。

厩戸ほどの人物でもこれには返答が出来ない。うっかり頷くと、朕の死を望んでいるのか、と取られかねない。

今日の女帝は異常である。

会話といえば、自分が若いと誇示し、厩戸の母の健康に関することだけだった。しかもその言葉とは裏腹に、女帝は明らかに母の死を望んでいた。

厩戸は腹の底まで息を吸い、静かにゆっくりと吐いた。古代の中国に生まれた道教による健康法である。気持も落ち着く。

「我国においては、大王は天を兄とし、日を弟となさる方です、天と日が消えるようなことがあれば、世の中は闇《やみ》になりましょう、吾《われ》は、大王の長寿を何時も祈っております」

「流石《さすが》は皇太子じゃ、ただ朕が何時までも健康なら、そなたは何時までも皇太子です」

と女帝は満足気にいった。

侍女の一人が難波《なにわ》王子と大派《おおまた》王子の参朝を伝えた。両王子の母は春日臣《かすがのおみ》の女人である。

女帝は自分が産んだ王子・王女とは昨日会っていた。そういう意味で女帝の血への意識は男子《おのこ》の大王に較べると異常に強い。

厩戸は山背大兄王を促し、席を立った。


橘宮に戻るまで、厩戸も山背大兄王も殆《ほとん》ど言葉を交さなかった。塵捨て場の澱《よど》んだ空気が固まり、胸の底を這《は》っているような不快感が消えない。

老いた顔を灯油の明りで照らさせ、若さを誇示するなど普通の感覚ではなかった。

橘宮に戻り、衣服を着換え、白湯《さゆ》を飲んでいると山背大兄王がやって来た。

「父上、大王は異常です、本当に若いと思っておられるのでしょうか」

「そう思われているからわざわざ明るくして、何歳に見えるか？　と訊かれたのじゃ」

「それにしても、あの生への執念は徒事《ただごと》ではございません、政治など余り念頭にはなく、ただ長寿だけをお考えになっているように思われます」

「その通りじゃ、それを支えている大きな理由は、どうやら吾に大王位を譲りたくないということと、吾の母より長生きしたい、という執念のようじゃ、大王から見ると吾の母は孤独な敗北者、それほど心にとめるような存在ではないのにのう、母も憐れじゃ、小姉《おあねの》君《きみ》の娘としてこの世に生まれたばかりに」

「何故、父上に大王位を譲りたくないのでしょう、倭《わ》王として隋使《ずいし》・裴世清《はいせいせい》と会われ、倭王の権威を持たれたことへの嫉妬でしょうか？」

山背大兄王は真剣だった。直情径行な性格通り厩戸の胸中に思いを馳せる余裕はない。女帝の言動から受けた疑問をぶつけて来る。

父子だけの会話だ。厩戸も時にはそんな山背大兄王に血を分けた子を感じる。

「それも一つの原因じゃ、女帝と大臣が吾に不安感を抱いたのは間違いない、ただあの合葬礼以来、吾に対する大王の眼は更に冷たくなった、吾はその理由を色々と考えてみた、その結果吾なりに納得出来た、要するに大王は、母を思う娘、子を愛する母親に戻ったのじゃ」

「と申しますと」

「合葬で、母親への最大の孝行をなされた、次は子供じゃ、大王は大勢の王子、王女を産んでいるが、何故か最も愛したのは竹田《たけだ》王子だった、何時だったか尾張《おわり》王子は吾に、同じ母親なのに兄の竹田王子への愛情と較べると、自分など異母弟のような気がし、何度もひがんだことがある、と苦笑していた、大臣の推薦で吾《われ》を皇太子にした時、多分、吾が大王位に即《つ》いた時は竹田王子を皇太子にするという密約が交されていたに違いない、だが、病弱な竹田王子は早逝《そうせい》してしまった、あの時の大王の取り乱し様は噂になった程じゃ、その後、気を取り直されたが、老いるに従い、竹田王子さえ生きておれば、と何時も思い出すようになった、当然、吾の存在がうとましくなる、大王が、自分が亡くなれば竹田王子の墓に葬れ、と口にされるようになったのも合葬以来じゃ、これは吾の想像だが、大王は早いうちに吾を大王にし、同時に竹田王子を皇太子にするお積りだったに違いない、だが大王の願望は果されなかった……」

「それで皇太子である父上が憎くなったというわけですか、少しは分るのですが、それは私情です」

「勿論私情じゃ、そちにも分るまいが、大王は女人として老い、竹田王子への思いだけが増幅されて来ている、今の大王にとっては、王子は皇太子なのかもしれない、竹田王子が生存中、大王は吾の機嫌さえ取られていた、吾に対する大王のお気持が冷たくなったのは、王子が亡くなってからじゃ、今では王子を思うと、吾がうとましくなる、吾さえいなければ王子を皇太子に出来たものを、と嘆く時もあるだろう、今の吾には大王の胸中が手に取るように理解出来る、吾を大王位に即けたくはない気持も分る、自然、吾へのうとましさが、大王が前から抱いていた吾の母への嫌悪感をも深くしている」

「父上、それは考え過ぎです」

「そちはそう思っていて良い、そちには余り関係のないことじゃ」

「しかし、吾は父の子です」

「ああ、だから大臣との信頼関係を復活させねばならぬ、吾がそちと共に病の見舞に飛鳥《あすか》に来たのも、そのためじゃ」

厩戸が最も危惧《きぐ》の念を抱いたのは、自分に対する女帝の気持が山背大兄王にも及ぶことだった。

そのためには斑鳩宮の王者として飛鳥から孤立するわけにはゆかないのだ。

「ただ父上は皇太子、吾のために大臣に気を遣うのは止《よ》していただきとうございます」

「そちだけのためではない、上宮王家のためだ、それに吾の推測が当っておれば、大臣に対する大王の気持も前とは違っている」

「何故ですか、病の故？」

「分らぬか、吾を皇太子に推したのは大臣だからじゃ、多分、今の様子では、大王はそのことに関し、大臣を恨み始めているに違いない筈《はず》じゃ」

厩戸は山背大兄王にも理解出来ぬ謎《なぞ》めいた笑みを浮かべた。


その夜、厩戸に呼ばれた慧慈《えじ》が橘宮《たちばなのみや》に来た。慧慈は祖国が隋を相手にどのように戦っているのか、日夜気にしていたが、余り情報が入らない。

たまに百済《くだら》からの情報が入るが、半年ぐらい前のものである。

ただ最近、隋内部に反乱が起こり、高句麗《こうくり》征討軍が引き揚げたという情報が入り、慧慈は活々《いきいき》としていた。

昨年、平壌に攻め入った隋軍は、高句麗軍の奇策と勇猛さに敗れ、秋には遼東《りょうとう》まで退却した。

三十余万の高句麗征討軍は、僅《わず》か数千名に減っていたというから、殲滅されたのも同じだった。

だが隋の煬帝《ようだい》は高句麗征討を諦《あきら》めなかった。蕃夷《ばんい》の小国が大国隋に牙を剥《む》くとは何事か、絶対許せない、と憤怒《ふんぬ》の炎を燃やした。

煬帝は力の過信者である。

昨年、再び高句麗征討軍を編制した煬帝は、昨年の敗者、来護児《らいごじ》などを再び征討将軍に任じた。来護児が名誉挽回《ばんかい》の好機と歓喜したのはいうまでもない。

今回は前の失敗には懲りているので、一気に平壌を襲うことをせず、要所要所を攻め落としながら進撃する作戦だった。

煬帝は何とか遼東城を陥《お》とそうと、百万余個の布袋を作り、土をつめ、城壁に積んで軍が城に突入出来る道を作った。道の幅は三十歩で高さは城壁と同じだったというから大変な作業といわねばならない。

煬帝はまた八輪の楼車を作ったが、城壁よりも高かったという。

流石の遼東城も危うくなった時、征討軍の後方にいた楊玄感《ようげんかん》なる者が反乱を起こした。

楊玄感一家は隋の皇帝に不快感を抱いており、隋軍が遼東で苦戦しているのを知り、好機到《いた》れりと挙兵したのである。

そのため高句麗征討軍は反乱軍を攻撃するため、引き揚げざるを得なくなったのだ。

ただ、反乱軍を制圧した後、煬帝が再び高句麗征討軍を起こす可能性は充分考えられる。

煬帝は、高句麗征討が中途半端で終ったなら、自分の力の権威に傷がつく、と思い込んでいた。

慧慈は厩戸に、祖国は一安心ついたというものの平和な状態となったとはいえない、と訴えた。

「慧慈師、使者が来る予定は？」

「そういう報は伝えられていません」

「それなら慧慈師が僧を祖国に遣わしてはどうじゃ、飛鳥寺の僧でも良いし、斑鳩宮にいる僧でも構わぬぞ」

「皇太子様の御配慮、感謝致します、だが皇太子様は斑鳩寺を建てられている最中、僧は必要でございましょう、それに愚僧のためにわざわざ使者を遣わすなど、愚僧としてはお受けするわけにはゆきませぬ、また皇太子たるべき方が一個人のためになさることではありません」

慧慈は感謝の手を合わせると毅然《きぜん》とした口調でいった。

斑鳩宮における厩戸の政治が理想に走り過ぎ、様々な矛盾が生じ、何かと批判の声が出ていることは、慧慈も知っていた。

「慧慈師、師のための使者ではない、隋に反乱が起こったとはいえ、一年有余にわたり隋の大軍と戦い、敗走させた高句麗軍の勇猛、祖国愛を我々も知らねばならない、百済も、隋との約束にも拘《かかわ》らず、遂に高句麗を攻撃しなかった、今こそ、高句麗の健闘を称《たた》える使者を送るべきじゃ、何も百済を気にする必要はない、それに吾《われ》は隋と外交の道を開いたが、隋の同盟国になったわけでもない、明日、大臣を見舞った際、吾の意見を述べる積りじゃ、大臣は病を得て何事にも億劫《おっくう》になっているかもしれぬ、それと慧慈師、これは斑鳩宮で師と会って以来考えていたことだが、隋の様子を探らせる意図をも兼ねて、隋に使者を遣わしても良いのではないか、隋には大勢の学生が留《とど》まり、勉学中だ、彼等の様子も気になる」

「愚僧も遣隋使の件は気にしておりました、高句麗への使者は兎《と》も角《かく》、色々な意味において、隋への使者は必要でございましょう、留学の学生達は、外交の使者では得られない知識を身につけています、たんに学問だけではなく政治上のことも……」

その夕厩戸は山背大兄王と共に、慧慈と夕餉《ゆうげ》を共にした。

厩戸は、政治を執る上で欠くことの出来ない法則を定めたが、実際に厳しく遵守《じゅんしゅ》させようとすると、人間の醜悪さばかりが噴き出て、時にはやり切れなくなる、と嘆いた。

飛鳥での批判じみた声も耳にしていることを話した。

それに対し慧慈は、倭国に来る際、厩戸のような人間味のある王者に会えるとは考えてもいなかった、と答えた。

王者には、王者の権威があり、どうしてもそれを誇示しようとするから、人間としての悩みは払拭《ふっしょく》せねばならなくなる、それが王者の宿命であり大抵の王者は、人間的な悩みとは無縁な世界で政治を執る。

そういう意味で、厩戸のような悩みを抱く王者は珍しい、というのであった。

「慧慈師がかつて吾《われ》に教えたように釈尊《しゃくそん》も悩みに悩まれたではないか？」

そういって厩戸は、愚問というものだと苦笑した。

釈尊は王者の地位や政治を捨てたのである。だが厩戸は釈尊ではないから、政治を捨てることは出来ない。

穏やかな顔の慧慈は、暖かい視線を厩戸に注いでいた。

「慧慈師、今のは愚問、取り消す、どうも吾は王者に向いていないのかもしれない、理想の政治を執ろうとした以上、人間の醜悪さに直面しても無視せねばならないのであろう、吾は弱い」

独り言に似た厩戸の言葉に慧慈は大きく頷いた。

「皇太子様、理想の政治を執ろうとなさること自体、弱者には不可能です、それに悩みも結構でございます、寧《むし》ろおおいに悩まれた方がよろしい、その代り悩みは遠慮なくみ仏に訴えるべきです、必ずみ仏は答えられるでしょう」

「み仏が答えられる、と申すのか、吾もこれまでよく仏殿に籠《こも》りみ仏に縋《すが》っているが、何時も自問自答に終ってしまう」

「自問自答の中にみ仏の教示が混入している筈です、皇太子様は凡人ではない、きっとみ仏の教示を判別されるでしょう、今の愚僧にはそれしかいえませぬ」

慧慈は緊張して聴き入っている山背大兄王に微笑した。

話題が馬子の病になると慧慈は心を曇《くも》らせた。馬子の医師には渡来系の人物が多い。また病や薬に通じている僧もいた。

慧慈は彼等から悲観的な情報を得ていたのだ。

どうも馬子は、身体を動かす力が弱ったらしい。こういう病は老人に起こり勝ちで、普通なら寝た切りになる。馬子は驚異的な生命力で半分回復したが、完治は難しい。それに今度再発すれば死の危険がある。死をまぬがれたとしても半身不随になり、言語も明瞭《めいりょう》ではなくなる、というのだった。

「不死身と思われた大臣も、年齢と病には勝てませぬ、ただ大臣は凡人にはない生命力と気力をお持ちなので、凡人の病症は当たらないかもしれません、愚僧はそれを願うのみでございます」

慧慈は馬子が山背大兄王に愛情を抱いているのを知っていた。眼に入れても痛くないといっていた娘が産んだ王である。それに山背大兄王は厩戸よりも刀自古郎女《とじこのいらつめ》に似ていた。

今の馬子は厩戸には距離を置いているが、山背大兄王に対する祖父としての愛情は変っていない。

蝦夷が山背大兄王を嫌うのも、その辺りに理由の一つがあった。嫉妬《しっと》である。

「斑鳩宮のためにも、大臣《おおおみ》には長生きしていただかなければなりませぬ」

慧慈の短い言葉に、上宮王家の立場が端的に表われていた。

馬子が亡くなれば、蝦夷が大臣になる。蝦夷は馬子ほど人望がなく、群臣には斑鳩宮に期待する者も多い。だが大臣になった以上、権力は蝦夷が握ることになる。

時の権力に右顧左眄《うこさべん》し勝ちな群臣は、次第に蝦夷について行くに違いない。

女帝が厩戸と山背大兄王に好意を寄せていれば別だが、上宮王家に対する女帝の眼は冷たい。女帝は、大王と堅塩媛《きたしひめ》の合葬に厩戸が嫌悪感を抱いていることを知っている。

それは厩戸が想像している以上に、女帝の心を冷たくしていた。

慧慈はそういう人間の心を鋭く観察していた。

もし馬子よりも先に女帝が亡くなれば、馬子は蝦夷がどう反対しようと、山背大兄王を大王に推すだろう。馬子に異議を唱える群臣は少ない。

大王を誰にするかを決めるのは、大臣と大夫《まえつきみ》であった。これが倭国の慣習だ。大王といえども、それを阻止するのは困難であった。

女帝の死を誰も口には出来ない。それだけは禁句だった。

「大臣は、皇太子様と、山背大兄王様のお見舞を口にされています、楽しみなのでしょう」

と慧慈はいい、眼を細めて微笑した。この頃《ころ》の慧慈には、高僧らしい叡知《えいち》と慈悲が顔に滲み出ている。

厩戸はそんな慧慈を見ると、自分は到底師には及ばぬ、と思う。

幾ら仏殿に籠っても、厩戸は斑鳩宮の王者であると同時に政治家であったからだ。


橘宮から馬子の嶋屋形《しまのやかた》まで僅かな距離である。輿に乗った一行は飛鳥寺に参り、止利《とり》仏師作の仏像に馬子の長寿を祈願してから屋形に行った。

杖をついた馬子は屋形の門で厩戸達を出迎えた。蝦夷も傍に立っている。

庭の池には小さな島を浮かべていた。慧慈が高句麗の平壌に、島のある池が造られていると話し、それを真似たのである。

平壌の池は何倍もあるようだが、嶋屋形の池も雅趣に富んでいた。

馬子は自分の生命力を誇示した。

「皇太子、医師や僧の申すところでは、普通の人物ならまだまだ病床のようじゃ、吾《われ》の生命力には鬼神も驚いているようですぞ、もう一カ月もすれば杖など不必要でござる、どうか御安心下さい」

馬子は力を込めて自分の胸や膝《ひざ》を叩《たた》いた。だが馬子が顔を赧《あか》く気張った割には力がない。膝を打った音は低かった。

「父上、何をなさる」

蝦夷がとがめた。声は真剣で言葉に余裕がない。馬子は誇示する一方、戯れているのである。それに対しては、忠告にしろ戯れの言葉が必要だ。蝦夷にはそれがない。

狭隘《きょうあい》な人物だな、と厩戸は危惧の念を抱いた。

「元気になった、と申しているのだ」

「しかし、無理はお身体に障ります」

「無理ではない」

馬子は面子《メンツ》を潰《つぶ》されたような顔になった。厩戸は如何《いか》にも面白そうな笑い声を立てた。何がおかしい、といった風に馬子と蝦夷が厩戸を見た。

厩戸は自分の掌《たなごころ》で膝を軽く打った。小首をかしげながら首を横に振る。

「大臣、さっきは微妙な音がした、何の音であろうか、魚が撥《は》ねたような、鳥が飛び立ったような音じゃ、低いが威勢が良い、大臣の病は益々《ますます》良くなる」

厩戸が頷くと、馬子は釣られたように頷き欠けた歯を剝《む》き出して笑った。

「皇太子は口が旨うござる」

「お世辞ではない、大臣の容態如何《いかん》では吾と二人で国の大事を始めようと思って参ったが、まだ部屋に籠るには早いようじゃ」

「国の大事、部屋に籠る、一体何事でございますかな」

馬子の顔が引き締まった。山背大兄王も蝦夷も眼を瞠《みは》った。二人も何事か、と息を呑んだ。

「いや、これは前々から考えていたことだが、高句麗を始め朝鮮半島三国には、国の歴史書が出来ている、慧慈師が申すには、国がどうして出来たか、とか、大王がどういう方法で荒ぶる国神を滅ぼし国を統一したか、今の大王までの系譜など整っているとのことじゃ、我国では百年前に簡単な国記が纏《まと》められている、大王家の始祖王は西から来て大和《やまと》に入り、大和の賊を征服し、畿内《きない》、そして東国、それに従わぬ西国の賊も従わせた、だがそれでは余りにも簡単過ぎる、もっと威厳のある大王記、国記が必要じゃ、国の威厳もそういうところから光を放つ」

「おう、皇太子、よくぞ申された、吾も時々、考えぬではなかったが、国の歴史を編纂《へんさん》するのは大変なことですぞ、群臣はそれぞれ、家に伝わる古事記を有している、それを何処《どこ》かで統一せねばなりませぬからのう」

「その通り、だから群臣の家記も纏めさせ、提出させる、大臣のいったように大変な事業じゃ、だがこれも内なる政治の大事な根幹だと思う」

「その通りですぞ、皇太子、それは吾《われ》と共同で是非始めよう、一応、倭国は安定期に入った、東の果てにはまだ従わぬ毛人がいるが、中央を攻める力はない、今こそ、国記・大王記を編纂する時期です、いや、好い話をお聴きした、吾は勿論動き廻れるが、部屋に籠り、国史を編纂する時も必要じゃ、皇太子、是非、原案を纏めていただきたい、考えれば難事は幾らでもある、例えば、始祖王だが、西の九州から大和に入ったという伝承をどうするのか、群臣はこの伝承を信じ込んでいる、これは曲げられますまい」

馬子は昂奮《こうふん》していた。

眼が若者のように活々として来た。厩戸も馬子がこんなに乗って来るとは考えていなかっただけに身体が熱くなる。

厩戸自身、大王記・国記の編纂の必要性は意識していたが、何時着手するかまでは思っていなかったのだ。

厩戸はゆっくり深呼吸をした。

漠然と考えていたことが、急に眼の前に引き出された思いで厩戸も昂奮した。

始祖王の問題は大事である。これまでに厩戸は何度か自問自答したことがあった。

「伝承では、西から大和に入ったのは、神倭磐余彦火火出見尊《かむやまといわれびこほほでみのみこと》とされている、これは変えるわけにはゆかぬ、だが、始祖王の宮も墳墓も何処にあるか、はっきりしていない、その辺りが伝承上の王ということになる」

「磐余彦なら、墳墓は磐余《いわれ》にあってもおかしくはないがのう、磐余には墳墓に関して伝承もござらぬ」

馬子は唾を呑み、鬚《ひげ》をしごいた。

厩戸も鬚を撫《な》でた。厩戸の眼が馬子から池に移った。島に山鳥が止まっていた。

「大臣、慧慈師の話では高句麗の始祖王である東盟《とうめい》王は、今の高句麗よりもずっと北方の王者であった、宮も墳墓も北方にあったということじゃ、だが高句麗は、今から二百年ぐらい前に、都を朝鮮半島の平壌に遷《うつ》したらしい、遷してから間もなく東盟王の墳墓も平壌に遷した、傍に陵を守る寺も建立《こんりゅう》した、我国の伝承では、当時の大王の都は河内にあったらしい、神倭磐余彦とは別系統の大王だったという伝承もある、勿論、今度作る大王記では、そういう伝承は無視して系譜を整えねばならない、そこで始祖王の墳墓や宮だが、当然、蘇我本宗家の勢力圏に定めるべきだと考えている」

と厩戸はいって自分に頷いた。馬子の顔に血が映《は》えた。

「と申すと高市《たけち》郡ということになりますな」

「畝傍《うねび》山の近辺は、倭国の始祖王の宮や墳墓を定めるには適した場所じゃ」

「皇太子、今こそ、倭国の大王記や国記を作るべき時じゃ、早速《さっそく》始めましょう、系譜となるとそれぞれの氏族の伝承も無視は出来まい、げんに大王家から分れたという家伝を持つ氏族は多い、色々と大変だが皇太子と吾《われ》が力を合わせたなら、そういう氏族も納得するでしょう」

「高句麗の始祖王は天神の血を引いている、我国の始祖王もそういうことになる、各氏族もその伝承に従い、神の子孫、また大王家から分れたとすれば良い、こういう系譜作りには多少の不満は残るものじゃ、故に、各氏族を納得させるためにも、吾と大臣の意見は何時も一致しておらねばならぬ」

「皇太子、勿論でございますぞ」

馬子は蝦夷に、酒じゃ、と叫んだが、馬子の病に酒は禁物である。

「父上、医師の忠告をお忘れですか、酒は出せませせぬ」

蝦夷が蒼白《そうはく》になったのは、酒だけのせいではない。馬子がこれまでの溝を忘れたように厩戸に同調したからである。

蝦夷は、用心深い父が童子のように本心をさらけ出したのを感じた。

「大臣、蝦夷大夫《まえつきみ》の申す通りじゃ、酒はもう少し日が経《た》ってからの方が良い、吾が傍にいて医師の忠告を破らせたとなると面目が立たぬ」

厩戸と蝦夷に止められ、馬子も酒は諦《あきら》めたようだ。だが、馬子の昂奮はなかなか醒《さ》めない。

厩戸も、馬子がこんなに乗って来るとは想像していなかった。二人を隔てていた溝もこれで埋められ、新しい関係が生まれるかもしれない。

多分、馬子の昂奮は年齢が生んだ老いの情熱なのだろう。

朝鮮三国に負けない大王記・国記を作るとなると、どうしても慧慈を編纂の責任者にしなければならない。

厩戸が、今後のことだが、といってその件を口にすると馬子は待っていたように賛成した。

「ところで大臣、吾は昨夜慧慈師と会ったが、祖国がどうなるか、余り口にはしないが気にしていた、慧慈師としては当然のことじゃ、そこで吾は色々考えたのだが、隋がどういう状態なのか、使者を派遣して確かめる必要があるように思えた、それに裴世清《はいせいせい》と共に隋に渡った大勢の学問僧、学生達の様子も知りたい」

と厩戸は淡々といった。

馬子の表情が変った。酔いから醒めたように少し首を竦《すく》めると頬《ほお》を撫でた。

「この時期に遣隋使と申されるのか……」

「今だからこそ必要、吾は出したいと考えている、使者が到着する頃には、ひょっとすると高句麗は滅びているかも分らぬ、その場合は、隋の勝利を祝っておく必要がある、それも政治じゃ」

「様子を探る使者が祝いの使者に変るわけか、皇太子のいわれるように、確かにそれも政治の一つ、多分、百済も隋の勝利を祝うであろう、ただ、大夫達の意見も訊《き》いておく必要がありますのう」

「父上、吾は反対です」

と蝦夷が身体を乗り出した。

「蝦夷、控えるのじゃ、何も今、そちの意見を訊いてはおらぬ」

といって馬子は唇を突き出し顎《あご》を引いた。この出しゃばり奴《め》、と不快感を抱いたようである。

「大臣、まあ元気な姿を見て何よりじゃ、これで戻ることにする」

厩戸は微笑を浮かべると席を立った。

遣隋使の件で粘るのはまずい、と厩戸は判断したのだ。

馬子は門まで厩戸と山背大兄王を送って来た。

「皇太子、大王記と国記の件は早急に……これは国家には欠かせないものです、今迄、伝承と簡単なものしかなかったのが、おかしい」

と馬子はいって腰をかがめた。

「まあ考えておこう」

と厩戸は輿《こし》の上で淡々と答えた。

厩戸が加わらなければ大王記・国記の編纂は困難である。そのことを厩戸はよく知っていた。何も慌《あわ》てることはないのだ、と厩戸は自分に呟く。

おそらく馬子は、遣隋使の件で同調するに違いない、と厩戸は睨んだ。神倭磐余彦《かむやまといわれびこ》の宮と墳墓を、馬子の石川の屋形の傍だったことにする。このことが国記に記載されるのだ。

臣下として最大の権力を得た馬子にとって、厩戸が口にした案は、眩《まぶ》しいほど魅力的だったに違いない。馬子はすでに六十四歳、財力や女人よりも後に残る権威に惹《ひ》かれる年齢になっていた。

厩戸は久し振りで明るい気持になった。何といっても馬子との関係だけは維持する必要があった。

もし馬子との関係が決裂すれば、斑鳩宮の上宮王家は完全に孤立してしまう。それは厩戸に意を通じている諸豪族にも影響を与える。尋常な手段では、上宮王家の復権は絶望的といって良い。

ただ一つ残された方法は、軍事力の行使だった。厩戸に意を通じている諸豪族を動員し、馬子を殺し、女帝を監禁してしまう。その上で、厩戸自身か、山背大兄王が大王位に即《つ》く。馬子は部下の東漢直駒《やまとのあやのあたいこま》に命じ、厩戸の叔父《おじ》に当る崇峻《すしゅん》大王を殺している。厩戸の母の間人《はしひと》大后は今でも馬子と、影で糸を引いた女帝を恨んでいた。

厩戸には馬子を殺害し、女帝を監禁する動機があった。

だが厩戸は上宮王家がどうなろうと武力に訴える気持はなかった。騎馬太子といわれた若い時ならまた別だが、今の厩戸は仏教に傾斜し過ぎていた。自分自身を滅ぼしても、上宮王家により理想の政治が行なわれるなら死は恐《こわ》くない、という思いが、不意に込み上げて来ることがある。

そんな時厩戸は流石に愕然《がくぜん》とし、何時の間に吾《われ》はそんな敗北主義者になったのか、と自分を奮い立たせ、厭世《えんせい》的な思いを追い払う。

ただ年齢と共にそういう厭世観が強くなるのではないか、という漠とした不安感は拭《ぬぐ》えなかった。

厩戸はまだ気づいていないが、厩戸が持つ豊潤な感性は政治には向いていないのかもしれない。政治にどんなに理想を求めても、大勢の官人と民がいる限り、政治はこの世の矛盾の渦から逃れることは出来ないのだ。

斑鳩宮に戻ってから数日間、厩戸は誰を遣隋使に任命するかを考えた。

使者を秦造河勝《はたのみやつこかわかつ》に遣わし、馬子の様子を探らすと、馬子も遣隋使の必要性について境部臣摩理勢《さかいべのおみまりせ》に訊いたりしていた。

摩理勢は厩戸の意向を知っているので、時期的にも必要な旨《むね》、返答した。

摩理勢は親厩戸派である。馬子も厩戸に同調する積りで摩理勢の意見を求めたに違いなかった。

ただ斑鳩宮に戻って以来、山背大兄王の態度がおかしくなった。寺の建立に懸命になっているが、厩戸と言葉を交すのを避けていた。

厩戸が二度、夕餉に誘ったが、山背大兄王は身体の不調を訴えて来なかった。

どうも厩戸に憤懣《ふんまん》があるらしい。厩戸は色々と考えてみたが、憤懣の理由が分らなかった。

山背大兄王の態度が変ったのは馬子を見舞ってからである。遣隋使の件だろうか、と厩戸は推測したりしたが、もう一つはっきりしない。遣隋使の必要性については、厩戸もすでに口にしており、山背大兄王も知っている筈だ。

その日厩戸は菩岐岐美郎女《ほききみのいらつめ》を通じ、山背大兄王と妃の舂米女王《つきしね》を夕餉に呼んだ。菩岐岐美郎女も舂米女王も厩戸の気持を知っていたに違いない。二人に説得されたらしく山背大兄王も顔を見せた。

馬子との関係が改善されそうなので、厩戸としては張り切りたいところである。もう一度政治と対決したい、と闘志も燃やしていた。山背大兄王の態度は、そんな厩戸の足をすくうのと同じだった。

斑鳩宮では上宮王家の結束が必要となる。それも厩戸の理想であり、何時も説いていることだった。

だが山背大兄王の顔は暗い。厩戸が話しかけてもおざなりな返事をするだけで父子の対話に入って来ない。

厩戸と視線を合わせるのを避けていた。

厩戸は何度か怒鳴りそうになったが、菩岐岐美郎女などの手前、自分を抑えた。

山背大兄王は明らかに厩戸に不満を抱いている。だがそれを口にせず卑屈な態度で逃げていた。

「和をもって貴《とうと》しとし、さからうことなきよう心掛けよ」

厩戸が斑鳩宮の官人達に詔《みことのり》した憲法の第一条が和である。勿論厩戸は自分の一族にも和を説いた。ことに一族には、穢《きたな》い心を腹中に隠しておけばおくほど心は腐り、和は崩れる、と隠し事を悪とした。

勿論それは理想である。誰だって話したくないことは話さない。腹の中のことを何でも口にしておれば、口論ばかりで人は憎み合い、人間関係は成り立たない。

厩戸もこの頃は、意気込んで詔した憲法条文の空しさを悟るようになっていた。だから憲法を説く時は、常識の範囲内でとか、解釈には柔軟性が必要、と口にしている。ただ理想や建前は、ないよりもあった方が良い、という考えは変っていない。

厩戸は苦々しい思いで、和をもって貴しとなすか、と胸の中で呟く。和が父子の間で守れないのである。これでは官人達に和を説けなかった。

自分の思いを女人にしてははっきり口にする舂米女王も、言葉が少ない。菩岐岐美郎女は、最近の不順な天候や来年の稲作などを話題にしたが、すぐ会話が切れてしまった。

沈黙が長く続くと、汁を吸う音も耳に響く。

無意味な夕餉を終えた厩戸は、菩岐岐美郎女に、山背大兄王の不満が何なのか、舂米女王に訊いておくように告げた。

山背大兄王と二人切りで話し合っても、王が殻に籠ってしまいそうな気がしたからだ。

翌日、菩岐岐美郎女は厩戸に報告した。

山背大兄王は舂米女王に、偉大な父がいる限り何をしても馬鹿《ばか》にされるし、父は自分を軽蔑《けいべつ》している、と洩《も》らしたらしかった。

「またか、くだらぬひがみじゃ」

厩戸は思わず菩岐岐美郎女に荒い言葉を吐いた。

山背大兄王が、その聡明《そうめい》さで余りにも有名な厩戸に劣等感を抱き、厩戸を避けたことは前にもあった。山背大兄王はまだ十七、八歳だった。

厩戸は山背大兄王と仏殿で何度も話し合った。山背大兄王は、自分が何をしても厩戸の名声に押し潰されそうな気がする、と告白した。

他人はどうしても厩戸と山背大兄王を比較してしまう。山背大兄王が他の王族と同じようなことをしても凡庸《ぼんよう》な王と見られてしまう。そういう噂は山背大兄王の耳にも入る。

山背大兄王はそれで悩んだのだ。

厩戸は思いもかけない王の告白に驚いたが、山背大兄王を励ます以外なかった。こういう場合、普通の説教は通じない。

ただ思い当るのは、山背大兄王の器におさまり切れない期待を王に求めていたということだった。勉学一つをとってもそうだ。

例えば、余りにも経典が読めないので、厩戸は歯痒《はがゆ》くなり、

「山背大兄王、吾《われ》はこの程度の経典は、十二、三歳頃暗記していたぞ、不熱心なのだ、もっと身を入れて学べ」

と叱咤《しった》したものだ。

そんな時山背大兄王は俯《うつむ》き、

「吾は父上ではありません、駄目《だめ》な王なのです」

と口中で喋《しゃべ》る。

厩戸が顔を上げて話せ、と怒ると、上眼遣いに厩戸を見る。鈍い眼で酒に酔っているようだった。

厩戸はその眼に愕然とし、このままでは山背大兄王は全く駄目な王になる、と反省した。

厩戸が山背大兄王の教育方法を一変したのはそれからだった。

余り教えたり忠告せず、山背大兄王の自由にさせたのだ。

確かに山背大兄王は何かにつけ積極的になった。ただその反面、時々、感情の抑えが利かなくなるという欠点が生じた。

斑鳩宮内部なら或る程度それも許される。厩戸が繕《つくろ》うことが出来る。だが外部にはそれが通じない。

王者は政治という重荷を背負っている。それで精一杯なのに子で悩むなど王者らしくない。王者が大勢の妃を持ち、大勢の子を産ませるのは、後継ぎの問題だけではなく、子等のことで悩まないためではないか、と厩戸は慨嘆したほどだった。

子が大勢いると、一人一人に厩戸ほどの愛情や期待を抱かなくて済む。優秀な二、三人の子を競わせておれば良い。

厩戸は山背大兄王以外にも同母弟の財《たから》王を始め、菩岐岐美郎女に泊瀬《はつせ》王、三枝《さきくさ》王、麻《ま》呂古《ろこ》王などを産ませていた。

橘大郎女《たちばなのおおいらつめ》は現在身籠っているが出産は今年の初夏頃だった。

ただ財王は山背大兄王より数歳下である。

菩岐岐美郎女が産んだ王達は、蘇我本宗家の手前王位に即《つ》けることは不可能だった。そういう意味で、山背王は大兄王となったので、山背大兄王以外に大王位を継ぐ資格の有る王はいないのだ。それに山背大兄王は、厩戸の長子だけに、厩戸の愛情は深い。

山背大兄王が厩戸に反抗したからといって、他の王を大兄王とするわけにはゆかなかった。

厩戸は暫《しば》く静観することにした。説教したり対話を試みるより、放っておく方が良いかもしれない、と判断した。

山背大兄王が反抗し始めたのは、多分、女帝の言葉からであろう。考え方によれば、女帝は、幾ら頑張っても山背大兄王は厩戸の足許《もと》に及ばない、と嘲笑《ちょうしょう》したのと同じだ。

親子の間を引き裂くための言葉とも受け取れないことはない。

そんな腹の黒い策には乗らないぞ、と厩戸は反撥した。

山背大兄王も二十歳を超えている。何時までも厩戸から逃げてはおれない。

幸い山背大兄王は斑鳩寺の建立に熱中していた。もし山背大兄王が大王位を望むのなら、必ず厩戸との対話を王の方から求めて来るだろう。

間もなく境部臣摩理勢が、遣隋使に関する馬子の意向を伝えた。

大夫達と相談したが、遣隋使は必要だ、というのであった。

厩戸の予想通り、山背大兄王は寺の建立を始めその他の問題で厩戸の意見を求めて来た。

王が僧にでもなり斑鳩宮から出ない限り厩戸から逃げてはおれなかった。

春の一日、厩戸は山背大兄王と財王、それに菩岐岐美郎女、舂米女王を連れて岡本宮《おかもとのみや》を訪れた。

岡本宮は刀自古郎女《とじこのいらつめ》が住んでいた屋形である。後に法起寺《ほっき》となったが当時は主のいない宮である。

母をしのび山背大兄王は財王と時々訪れていた。厩戸の一行を守る舎人《とねり》は子麻呂《ねまろ》を始め十数人だった。

女人達が屋形周辺で春の花を摘んでいる間、厩戸は馬に乗り山背大兄王と富雄川《とみお》の支流である芦川《あし》に行った。財王は屋形に置いてきた。

この辺りは池や沼が多い。

厩戸は子麻呂に命じて舟を調達させた。

矢田《やた》丘陵から流れ出る水を集めた芦川は、その名の通り川岸は葦《あし》に埋まっていた。

厩戸は山背大兄王と舟に乗った。子麻呂は艫《とも》に立ち竹竿《たけざお》で舟を進めた。進めるというより葦の群れに入らないように進路を正す。舟は流れに乗って自然に進む。

水は澄み、陽《ひ》の光を川底まで吸い込んでいた。小魚の群れが陽に映えて光の粒のように煌《きら》めく。

微風はまだ冷たいが甘い花の香りを鼻孔に伝えた。

厩戸は眼を細めて西方の山々を眺めた。久し振りに穏やかな気持である。馬子の健康状態も良い。時には童子のように駄々をこね、杖をつかずに散策しているようだ。厩戸が提案した大王記・国記に取り憑《つ》かれ、どの辺りに神倭磐余彦《かむやまといわれびこ》の宮や墳墓を定めようか、と畝傍山の周辺に好《よ》き地を求めていた。

これで今女帝が亡くなれば、と思い厩戸は苦笑した。煩悩《ぼんのう》の虜《とりこ》じゃ、見苦しいぞ、と釈尊に叱咤されそうな気がした。

「父上、如何《いかが》なされましたか？」

と山背大兄王が不思議そうに訊《き》いた。

「吾《われ》はまだ最も浅ましい凡人じゃ、それに気づいたが故に苦笑してしまった、山背大兄王よ、そちは長い間吾に反抗していたが、大王に皮肉をいわれたせいか……」

厩戸の言葉に山背大兄王は顔を赧《あか》らめた。

「はあ、それもありますが……」

「もう過ぎたことじゃ、遠慮せずに申せ、親子の間ではないか」

「では申し上げます、吾は父上には到底及びません、幾ら学んでも学び切れないものを父上はお持ちです、吾が父上に不満を抱いたのは、大王記と国記の件でございます、父上は大臣に熱心に語られ、大臣も珍しく顔を紅潮させて聴き入り、父上に同調しました、ただ吾は、一人取り残されたような気がしたのです、あんな大事なことを、吾は父上から聴かされていません、多分、吾に話しても仕方がない、と考えられたからでしょう、父上にとって、吾はそれほど頼り甲斐《がい》のない男子《おのこ》かと思うと……」

話しているうちに無念さが込み上げて来たらしく、山背大兄王は声を詰まらせた。

「分った、そちの心を読めなかったのは、吾が愚かだからだ」

「いいえ、父上が愚かだなど、思ってはおりませぬ」

「いや、吾は愚かであった、ただのう、大王記や国記のことは、慧慈師に教えられて以来ずっと頭に刻み込まれていた、ただ大臣との関係が疎遠になり、何となく口にしなかっただけじゃ、あの日も、大臣と会うまでは、ああいう話になるとは思ってもいなかった、だからそちにも話さなかったのだ、何もそちを無視したわけではない」

と厩戸は穏やかな口調でいった。

「では、思いつかれて……」

「思いついたわけでもない、ずっと頭にあったからのう、多分、何かが吾の口を開かせたのであろう、世の大事には、そういうことが多い、話しているうちに大きな事が生まれる、これが真実じゃ」

厩戸は手を伸ばし指先を川水につけた。春の水は指を凍らせる。だが暫くつけているうちに冷たさが消え、水の抵抗が爽快《そうかい》に思えるのだった。

厩戸は山背大兄王に、大事なことを口にする時について分り易《やす》く述べたのである。前から、何時、どういう時に喋ろうかと考えていて口にしたからといって、良い結果は生まれない。それよりもその場の雰囲気に応じ、心に浮かんだことを口にする方が有効な場合がある、と説明したのだ。

ただ、大事なことが心に浮かぶには、それについて考えたり悩んだりした結果であって、これまで無関心であったことが、突然心に浮かんだりはしない、と念を押した。

「空を向いて口を開けていたからといって、大事なことは言葉にはならないのだ」

「それは分ります、その場に臨み、大事を口にして成功させるためには、その大事について、長い間、胸中で暖めておかねばならない、ということですね」

「おう、その通りじゃ」

分ってくれたか山背大兄王、と厩戸は王の手を取りたかった。厩戸には、親子間の亀裂《きれつ》が埋められたことよりも、自分の説得を理解した王の成長が嬉しかった。

山背大兄王を突き放したことが、王の成長に役立ったのかもしれない。

第七章　励

斑鳩宮《いかるがのみや》に再び平和が戻った。

厩戸《うまやど》は官人達への罰をゆるめた。厩戸が詔《みことのり》した憲法も建前であって、余り厳格に実施すると憲法自体の矛盾が目立ち、全く意味がなくなることを厩戸も悟ったのだ。

人間は一人一人異なり、その欲望にも差がある。誠実さが優れている人間もいれば、その反対の者もいるのだ。

同じ憲法で、性格の異なる人物を同一に縛ること自体が間違っているのである。だからといって憲法を撤回するわけにはゆかない。厩戸が詔した憲法は理想であるが、可能な限り理想に近づいて貰《もら》いたかった。その人物に応じて一歩でも良いのである。

官人達に対する厩戸の説教には、これまでよりも一層人間味が加わった。

「確かに吾《われ》が詔した憲法は人間の理想とするものだ、場合によっては現実と離れているかもしれない、だが憲法を理想として胸に刻み込んでおけば、悪心が起きた場合、人はとまどい、また反省もするだろう、悪事を犯した後、悩むかもしれない、とまどい、反省して悩む、それだけでも吾が詔した理想は存在価値があるのだ」

大多数の官人は厩戸の説教に納得した。勿論《もちろん》一部には、甘いことをいっている、と内心舌を出す者もいた。だがそれはそれで仕方がない。大事なのは大多数の官人が納得することだった。

厩戸が規律をゆるめたせいもあり、訴訟事もかなり減り始めた。

遣隋使《けんずいし》も犬上君御田鍬《いぬかみのきみみたすき》、矢田部《やたべ》　造《のみやつこ》などが決まった。

身籠っていた橘《たちばなの》　大郎女《おおいらつめ》は、厩戸の命令で斑鳩宮から中宮に移り、予定通り初夏に子を産んだ。

乳母は白髪部《しらかみべ》出身の女人で、子は白髪部王と名づけられた。橘大郎女は、厩戸の妃の中では一番若く王族である。しかも女帝の孫なのだ。橘大郎女の出産は、厩戸のみならず斑鳩宮にとっても喜ばしいことだった。

大郎女の父の尾張《おわり》王子も久し振りに斑鳩宮に来た。

王子は厩戸と共に中宮を訪れ、産後の大郎女と会い、孫と対面した。

王子はすでに四十代の半ばだった。娘の大郎女が厩戸の妃となった時は、厩戸が大王になるものと思い込んでいた。

女帝がここまで長生きし、しかも大王位に執着するとは想像していなかった。王子だけではない。馬子を始め群臣も同じである。

女帝が、自分の眼の黒いうちは大王位を誰《だれ》にも譲るまいと決意したのは、矢張り堅塩媛《きたしひめ》を欽明《きんめい》大王の墳墓に合葬して以来だった。

泣いている孫を武骨な腕であやしながらも、尾張王子の胸中には、痼《しこり》となって残っていた。

中宮から斑鳩宮に戻り、厩戸と夕餉《ゆうげ》を共にしながら、尾張王子は、母は中継ぎの大王だった筈《はず》だが、と苦笑と共に呟《つぶや》いた。

普通なら今頃は、厩戸皇太子が大王になっている筈じゃ、といいたいのであろう。だがそれは禁句である。

厩戸は酒に陶然とした顔を尾張王子に向けた。

「それについては自然の流れにまかせています、吾《われ》は大和《やまと》川から難波《なにわ》の海に流れる木片のようなものじゃ、舟ではございませぬ、舟ならば人が乗り、葦《あし》の群れに突っ込めば戻し、河内《かわち》湖の岸に乗り上げれば、また湖に戻さねばならない、だが木片にはその必要がございません、葦の群れに迷い込んで出られなくなるかもしれないし、大雨で水嵩《かさ》が増せば、水と共に田畑に流れ出て、そのまま土に埋まるかもしれませせぬ、それが自然の流れなら、それも仕方ありますまい、ただ流れが木片に利し、あっという間に海に運ぶことも考えられます、それならそれで幸運というもの……何《いず》れにせよ、自然にまかせるのが一番、そうでなくても、生きるには色々と悩みが多過ぎます」

「流石《さすが》は皇太子殿、釈尊《しゃくそん》の心境に近づかれたか……」

尾張王子は感嘆した。

「とんでもない、釈尊の足許《もと》にも及びませぬ、ただ、自然にまかせたなら余り悩まずに済むし得なので、そう考えている次第です」

実際、大王位のことばかり考えていたなら、厩戸でさえ滅入ってしまうのは明らかだ。

尾張王子はそれでも、厩戸皇太子の心境を真似《まね》たい、どうすれば真似られるか、などと冗談ではなく訊《き》いたりした。

尾張王子も年齢的に人生の秋を味わい、何を目的に生きれば良いのか、と漠とした虚無感を抱いているようだ。

女帝が産んだ男子は竹田《たけだ》王子と尾張王子だったが、長男の竹田王子に対する愛情は異常なほどだった。そういう点で、尾張王子は物心がついて以来、母の愛情に飢えていた。

竹田王子が早逝した後、女帝の王子に対する愛情は益々《ますます》深まった。

尾張王子はよく酒に酔うと、

「母上は吾《われ》を見る時、そちが竹田であったなら、といった眼になる、母上は、吾が兄上を早逝させたように恨んでおられるのではないか、いや、これはひがみではない」

とぐちった。

王族達の酒席の場だったが、皆、酔いが醒《さ》めたような顔になったものだ。

春日臣《かすがのおみ》の女人を母に持つ難波《なにわ》王子など、

「尾張王子殿、それは思い過しじゃ、もう少し甘えられては如何《いかが》であろうか」

と忠告したが、厩戸は何をいっても無意味だと思っていた。確かに女帝の竹田王子に対する愛情は、普《なみ》の母親のものではなかった。弟の尾張王子は童子時代からそれを肌で感じて生きて来たのだ。

そういう孤独感には、慰めや忠告など不必要である。

竹田王子は色白で、男子《おのこ》にしては肌が透き通るようだった。竹田王子は尾張王子に較べると病弱だった。それが母性愛を増幅させたのかもしれない。

竹田王子が亡くなった時、女帝は三日ほど食事が喉《のど》を通らなかった。涙の跡が一時痣《あざ》になった程である。

何故《なぜ》、女帝は竹田王子を人が異常と感じるほど溺愛《できあい》したのか。

長男は母の愛情を弟よりも多く受けるものだが、女帝の場合は度を超しており当てはまらない。

厩戸も一時、何故だろうと、色々考えたことがあった。母の間人《はしひと》大后との間にもその話が出た。

「竹田王子と堅塩媛は眼が似ている、あの粘りつくような光がのう」

と母は眉《まゆ》を寄せていった。

「母上、それは考え過ぎでしょう」

と厩戸は答えた。

また母の私情が出たと聞き流したが、女帝が堅塩媛を欽明大王陵に合葬して以来、母の言葉が一番真実を突いているのではないか、と考えるようになった。

勿論、厩戸はそのことは誰にも話していない。

翌日、尾張王子を見送った厩戸は、老《おい》の翳《かげ》りが漂うその背に、母の愛情を兄に吸い取られてしまった王子の運命の酷薄さを強く感じた。

多分、尾張王子の屈折した心境は、厩戸の想像以上のものかもしれない。

尾張王子が、何時《いつ》も政争の圏外に身を置いている気持も分るような気がするのだ。

旧暦六月、犬上君御田鍬、矢田部造らは十数名の随員と共に難波の港を発《た》ち隋に向った。

一方、高句麗《こうくり》と隋との戦《いくさ》は、新しい局面を迎えつつあった。

昨年反乱を起こした楊玄感《ようげんかん》は東都（洛陽《らくよう》）を攻めたが守りが固く、国都長安《ちょうあん》攻めに日を取り過ぎ、反乱を知り引き返して来た高句麗遠征軍に敗れてしまった。だが隋には直《す》ぐに高句麗を攻める力はすでにない。煬帝《ようだい》は、厩戸が遣隋使を派遣した頃、国内が騒然とし乱れているにも拘《かかわ》らず、懲りずに高句麗征討軍を編制しつつあった。国益のためというよりも煬帝の意地といって良いであろう。

だが高句麗も、隋の大軍を相手に戦い、国は疲《ひ》弊《へい》し切っていた。

まだ倭《わ》国に知らされてはいないが、高句麗の嬰陽《えいよう》王は、隋への降服を検討し始めていた。慧《え》慈《じ》や高句麗僧達は、そういう状況は知らずに祖国の勝利を毎日仏に祈願していたのである。

ただ慧慈は遣隋使の犬上君御田鍬らが隋から戻る頃には、隋は高句麗征討を諦《あきら》め、煬帝は暗殺されているだろう、と予言していた。煬帝が殺されたのは四年後の六一八年だが、慧慈の予言はそんなに荒唐無《こうとうむ》稽《けい》なものではない。

厩戸は間人大后のために斑鳩宮の傍《そば》に屋形を建てた。場所は大后の希望通り穴穂《あなほ》部《べ》王子と泊瀬《はつせ》部《べ》大王を葬った墳墓の南だった。大后は余生を同母弟である二人の冥福《めいふく》を祈って過したい、と厩戸に訴えたのである。

厩戸の母が鬼前大后と呼ばれるようになったのは、母が屋形に移り住んでからである。鬼とは人間の霊であり、鬼前大后とは霊のすぐ傍に住んでいる大后といった意味と考えて良い。

厩戸にとっては最後の孝行となった。

遣隋使の派遣も実現出来たし、厩戸は馬子との絆《きずな》を更に強めるため、天神と大王家の始祖王との関係を深める物語の記述を始めた。

始祖王の祖先は天から降りた神である、という伝承はすでに存在していた。そういう思想は中国の道教のものである。世が乱れた際、天神に仕える真人《ひじり》が降臨し民に平和をもたらす、という考え方だ。

厩戸はそれを物語として膨らませることにした。

高句麗、百済《くだら》、それに伽耶《かや》国などの国記には天神や天と始祖王との関係が述べられている。

例えば慧慈が話した高句麗の始祖王伝承では、高句麗が今よりも北方にあった遠い昔、子のない王が、金色に輝く蛙《かえる》のような形の男子を拾い太子にしたことから始まっている。太子は金蛙《きんあ》王となるが、或《あ》る日、天帝の子に犯されたという娘を拾う。彼女は陽《ひ》の光に射られて妊娠し卵を産む。その卵から生まれたのが高句麗の始祖王東盟王《とうめい》である。

そういう点で東盟王は天神、つまり天帝の子であった。

だがより古い高句麗王は人間であり、天神ではない。だから金蛙を養子にし、その金蛙は天帝の子を産んだ朱蒙《ジュモン》をも養子にするのである。

天を祀《まつ》っている高句麗では、天神と人間の間には一線があった。

たとえ王であろうと天神の子がすぐ王になったりはしない。天神はまず人間である女人の腹を借りて子を宿す。王は生まれた子を養子にすることによって王家との関係を結ぶ。養子から王となった天神の子は、女人の妃に子を産ませ、次第に人間となって行く。

その点、倭国は違った。

倭王が正式に日を祀るようになったのは六世紀後半の敏達《びだつ》大王の時からである。それまでは天や日の兄弟として天の下を治めていたのだ。

或る意味で倭王は、天神の同族なのである。厩戸が第一次の遣隋使で、「倭王は天をもって兄とし、日をもって弟とす」と国書に記したのは、まさに倭王は天神と兄弟であると意識されていたからだ。

これは煬帝ではなくても、中国皇帝なら、無礼者、と憤るに違いない。

中国の皇帝は天の子として、天に仕え天を祀っているからである。

厩戸は、大王記や国記を作る以上、堂々たるものにしなければならない、と考えた。その際、基本となるものは、始祖王は天から降臨した神か、神の子孫で、平和な国を作るために降臨するということだった。

天の神々も多くした方が良い、と厩戸は思った。

神話の世界に対する厩戸の夢は限りなく膨らむのだ。

それは或る意味で創作への夢だった。

だが厩戸の夢はその年の秋打ち砕かれた。

馬子《うまこ》の病が再発したのである。

馬子は庭を散策中に倒れ、意識不明のまま病床の身となった。

前回倒れた時、回復してもこの病は再発する恐れがある、と医師達は危惧《きぐ》していた。

しかも再発すれば生命は危ないし、かりに一命を取り止めても寝た切りの状態になる。

殆《ほとん》どがそうだ。

全身動かず、涎《よだれ》を垂らしながら眠っている馬子を見た者は、大臣《おおおみ》もこれで終りだ、と感じた。すでに馬子は六十代の半ばである。当時にしては長寿だ。死を迎えても天寿を全うしたということになる。

飛鳥寺の長官である善徳《ぜんとこ》を始め、蝦夷《えみし》も父の死を感じた。

二人は慧慈と相談し、大勢の僧に馬子の回復を祈願させると共に、千人を超す男女を出家させた。千人もの人間が僧や尼になれば仏も喜び、病の回復に力を貸してくれるだろうというわけである。

女帝も馬子の死を感じたらしく尾張王子を見舞に行かせた。

大王記・国記どころではない。意識不明で横たわっているのだから存在しないのと一緒だ。大臣の地位は世襲制で冠位十二階を超越したものだ。

女帝は蝦夷を馬子が回復するまで大臣の代理に任命した。

蝦夷は三十代であり、馬子ほどの人望がないことを女帝はよく知っていた。同じ蘇我《そが》氏でも境部臣摩理勢《さかいべのおみまりせ》は蝦夷と仲が良くない。蘇我臣倉麻呂《そがのおみくらまろ》なども激情家の蝦夷とは距離を置いている。倉麻呂は後、中大兄《なかのおおえ》王子と共に入鹿《いるか》を殺し蘇我本宗家を斃《たお》した蘇我倉山田石川《そがのくらやまだのいしかわ》麻呂《まろ》の父である。

だが馬子が亡くなれば、人望に欠けるところがあっても蝦夷は大臣に任命される。

蝦夷も自分に父ほどの器がないことは充分自覚していた。蝦夷としては、欠けている器を財力によって補おうとする。

蝦夷が大臣になる以上余り反抗しても損だと考える群臣が出て来る。また保身に﨟《ろう》たけた連中や、利に聡《さと》い人物は蝦夷に意を通じる。これは自然の成り行きだった。

その反面、馬子の手前抑えていた蝦夷への反感を、はっきり表に出す者も現われる。

どんな時代でも、保身に汲々《きゅうきゅう》とするのを潔しとしない人物はいるものだ。

境部臣摩理勢以外にも、巨勢臣大麻呂《こせのおみおおまろ》、紀臣塩手《きのおみしおて》、佐伯連東人《さえきのむらじあずまひと》などがそうであった。

彼等はもともと親厩戸派だが、馬子が病に倒れ、その旗幟《きし》を鮮明にしたといって良い。

厩戸は秦造河勝《はたのみやつこかわかつ》からそれ等の情報を入手し、河勝を通じ、余り蝦夷と対立しないように忠告した。

厩戸派が蝦夷と対立したなら、蝦夷はむきになり、斑鳩宮に対する敵意を顕《あらわ》にする。それは当然、次の大王位問題にも関係して来る。

しかも厩戸は紛争の矢面《やおもて》に立たされることになる。それは厩戸の好むところではなかった。

厩戸は斑鳩宮を訪れる摩理勢や河勝に、

「吾《われ》に好意を抱いてくれるのは嬉《うれ》しい、ただ蝦夷大夫《まえつきみ》は大臣のような大きな眼を持っていない、そち達の吾に対する好意を裏から眺めようとする、当然、蝦夷大夫は、そち達を蘇我本宗家に刃向う存在と考え敵視する、何といっても大臣に万が一のことがあれば蝦夷大夫が大臣じゃ、今、対立するのは良くない、結束を固くするのは良いが、飽く迄《まで》内密じゃ」

厩戸は口を酸《す》っぱくしていった。

厩戸派の氏族達には新しい文化を吸収し、仏教を信奉している者が多い。それも仏教文化だけではなく、仏教の教えを比較的理解している。教えといっても初歩的なものだが、当時はまだまだ仏教文化の豪華さだけに憧《あこが》れている者が多かった。

そういう意味では、厩戸派には知識階級が多い。

厩戸派が厩戸の忠告を理解し、厩戸の意に添うような行動を取ることが出来たのは、彼等の聡明《そうめい》さによる。勿論、厩戸が彼等の心を掌握していたからでもある。

馬子は信じられないほどの生命力を発揮した。

新しい年、推古《すいこ》二十三年（六一五）の初夏には、室内を這《は》って歩けるようになった。言葉もまだ明瞭《めいりよう》ではないが、何とか話せる。無理をしないように、という女帝の見舞に対しても、

「もうすぐ政治に復帰出来ます」

と答えるようになった。

厩戸は馬子の生命力に驚嘆しながら、山背大兄《やましろのおおえ》王、財《たから》王、それに日置《へき》王や片岡《かたおか》女王な

どを見舞に遣わした。この四人は刀自古郎女《とじこのいらつめ》の子であるから馬子の孫になる。

孫達が見舞に来ると馬子は喜び、惜し気もなく金銀の飾り物を与えた。

ただ政治への復帰は、願望通りには行かない。

這うのがやっとで、杖《つえ》をついても立てない。苛立《いらだ》った馬子は仕える女人達に抱えられるようにして庭を歩いた。歩くというよりも足が土についている、といった方が良いだろう。女人達が疲れて力をゆるめると、馬子は膝《ひざ》が折れたような恰好《かっこう》で地に崩れてしまう。

そんな時、馬子は言葉にならない声で怒鳴った。庭の散歩になると女人達は汗塗《まみ》れになるが馬子もそうであった。

杖をつき、何とか歩けるようになるまでは、宮にも参れないし、宮の庭で大夫《まえつきみ》達に訓示も出来ない。

蝦夷は大臣の代理として大夫達の上に立ったものの、馬子の回復と共にその言動は当然制約される。

飛鳥《あすか》の都は、家を這い、庭で転げる馬子の凄《すさ》まじい生への執念に圧倒され、氏族達は身を縮めて馬子を見守った。

政治につきものの争いも、鳴りを鎮《しず》めざるを得なかった。

ただ馬子は、健康の回復に全力を注いでおり、厩戸と共に大王記・国記の編纂《へんさん》を行なう余裕はなかった。

その年の秋、犬上君《いぬかみのきみ》御田鍬《みたすき》、矢田部《やたべ》造《のみやつこ》らの遣隋使が無事戻って来た。御田鍬は小墾田宮《おはりだのみや》で帰朝の報告を済ますと斑鳩宮に来た。帰朝の報告といっても女帝に会うわけではない。

宮の南庭に造られた政治の場で、蝦夷を長《おさ》とする大夫達に報告するわけだ。大夫達はそれを女帝に奏上する。

御田鍬の報告では、隋に渡った僧や学生達は、熱心に勉強しており、中国の役人もその真面目《まじめ》な勉強ぶりに感心していた。

御田鍬達は役人や留学生から隋の情報を集めた。それによると役人も民衆も高句麗遠征には反対で、各地で民衆の反乱が起こっている、ということだった。

「皇帝に対する民衆の憤りには容易ならぬものがあります、中国は倭国とは較べものにならないほど広く、皇帝の命令は総《すべ》ての民衆に行き亘《わた》りません、中国は倭国とは異なり律と令《りよう》によって政治が行なわれています、皇帝の人望が厚く、国の威勢が良い時は律令政治は真価を発揮し、皇帝の詔が隅々まで行き亘ります、だが国が弱り、皇帝の人望が薄れると、皇帝の詔もなかなか隅々に行き亘りません、民は反乱を起こし、隠れていた英雄豪傑が現われ反乱軍の長となり、皇帝を苦しめます」

御田鍬はまだ、高句麗王が隋に降伏し、煬帝《ようだい》がそれを受け入れたことを知らなかった。

高句麗征討は、皇帝の面子《メンツ》のために長引いたのである。高句麗王が降伏した以上、戦をやめても皇帝の面子は損なわれない。

高句麗征討に手を焼いていた煬帝は、内心ほっとして降伏を受け入れたのである。

厩戸は、皇帝を恨む民が各地で反乱を起こしている、という報告を重く聴いた。厩戸は、冠位十二階制を定めた時から、高句麗のように、何れ倭国も律と令による政治体制を作らねばならないと考えていた。

律と令による政治は新しい時代の流れであり、旧来の有力豪族による連合政治を打破することになる。

だが御田鍬の報告にもあるように、律と令の政治成果も、皇帝の徳にかかっているのである。幾ら政治制度だけを整えても、皇帝に徳がなければ民衆はついて来ない。

王者たる者は徳を身に備えなければならない、と厩戸は今更のように深く感じた。

厩戸はそのことを山背大兄王に話をし、隋は何れ滅びるであろう、と予言した。

倭国の場合、王朝がはっきり交替したのは、百年ほど前の継体《けいたい》大王の時だった。より遠い昔、大和の王朝に替り、河内に王朝が樹立されたという伝承はあるが、余りにも古い時代なのではっきりしない。それが王朝の交替だとしても、中国などに較べると倭国の王朝交替は少ない。

「山背大兄王よ、倭国もいよいよ激動の時代を迎える、隋は滅びても新しく出来た中国の王朝は、朝鮮半島に対する野望は諦めはしないであろう、海の中に住むからといって安泰ではない、中国は十万を超える大軍を派遣する水軍を有しているのじゃ、これからの王者は、自分を磨き、民の人望を集める必要がある、国を守るのも、国を繁栄させるのも民なのだ、だがこれまでは、王者や有力豪族が国の総てだと考えられていた、それは違う、民じゃ」

こういう場合の厩戸の言葉には熱気が籠《こも》る。

山背大兄王は何かいいかけて言葉を呑《の》んだ。

「そちがいおうとすることは分っておる、遠慮せずに申してみよ」

「はあ、古い意識の豪族達が納得するでしょうか、まだ、民・百姓を牛馬と同じように考えている者が多うございます」

「その通りじゃ、今の吾《われ》の思いを飛鳥で申さば、吾は仏教に狂い、気がおかしくなった、と反撥《はんぱつ》される、吾に意を通じている者も吾から離れて行くに違いない、斑鳩宮は完全に孤立する、それでは無意味だ、故に、そちは口にせず、胸中で暖めるのじゃ、それで良い、吾が申したようなことが実現されるとしたならそれは千年先であろう、この世の神仙境、寿国がその時に現われる」

「千年も先でございますか？」

「そうじゃ、それも代々の王がずっと吾の言葉を暖めた上でのことじゃ、一人でも暖めるのを忘れたなら、数百年は延びる」

「それでは実現不可能ということになります」

「不可能ではないぞ、可能性は微々たるものだが存在しておる、民・百姓が国の根幹といっても、仏教や学問を教え、指導するのは王者だ、王者の権威とか権力はそのためにある、王者のためにあるのではないということだ、今は王者が民・百姓に声をかけることさえ禁《きん》忌《き》となっておる、声をかければ王者の権威は損なわれる、と思われて来た、これにはそれなりの根拠があった、慧慈《えじ》師の話では、秦の始皇帝《しんしこうてい》は、神仙思想の神は、人間の眼から姿を隠さなければならないと思い、わざと姿をくらましたという、吾は、始皇帝は皇帝の権威を保つためというより、不老長寿を得たかったのだと考えている、人間は死ぬ、だが神や仙人は死なない、だから始皇帝は姿を隠したりした、これは大昔のことだが、倭国の初めの王であった女王も、宮に籠り民の前には姿を現わさなかった、自らを民と隔絶した、始皇帝のように不老長寿を願ったのか、王者の神性を保つためなのか、それは分らぬ、両者かもしれぬ」

厩戸は自分の語調をほぐすように微笑した。

「今の大王も、どちらかといえば民と隔絶しています、民の前には姿を見せまいとなさっている」

「王者の神性を強調しているからだ、その余り民に触れると身が穢《けが》れると考える、馬鹿気《ばかげ》たことじゃ、王者も人間なのだ、新嘗《にいなめ》祭では豊作を念じ、神と共に新穀を食べるが、何時の間にか神の代理になっている、だが違う、民・百姓、つまり人間の代表なのだ、その辺りをこれからの王者はもっと認識せねばならない」

「でも父上……」

「何でも申せ」

「父上は確か大王記や国記を作る際、倭国の始祖王は神の子孫にしたい、と申されています、父上の今のお話と矛盾します」

「山背大兄王よ、誤解してはならぬぞ、大王記や国記は飾り物なのだ、隋や朝鮮三国に対する飾り物といって良い、また今の大王は喜ばれるし大臣も同じじゃ、吾《われ》はそちを次の大王と考えておる、だから声を強めて申す、飾り物を見る眼と、実際に民・百姓を見る眼とは異ならねばならぬ、分るか」

「はっ、分ります」

と山背大兄王は答えたが肩が竦《すく》んだようだった。

厩戸の耳許に自分の熱した声が響く。

何だか自分の声だけが空廻りをしているような気がし、次第に厩戸は空《むな》しさを覚えた。声に力を込め、飾り物といったが、神の子孫になりたいという気持が、厩戸自身に全くないとはいえない。

ただ人間である以上、修業を積んだ人物にも、その種の欲は潜んでいるものである。問題は、飾り物に溺《おぼ》れるか、冷静に眺めるかの違いであろう。

この違いが大きいのだ。そう思うことで厩戸は納得する。所詮《しょせん》、釈尊にはなれない人間なのである。悩み苦しみながら一生を終えるであろう。


旧暦十一月、百済・高句麗の使者が飛鳥の都に来た。高句麗の方は隋に屈服したので使者の数は少ない。

百済の使者に同行した、といった程度である。

高句麗の使者は、慧慈に国王の意を伝えた。長年の役目を果した労を労《ねぎら》い、祖国に戻るように、と伝えた。

祖国はまだまだ緊張状態から解放されていない。

高句麗は隋に降服したにも拘らず、隋は戦勝国としての賠償を高句麗に要求しなかった。それだけ隋は疲弊しているのである。

当然、高句麗も疲弊していた。慧慈の能力は、こういう時こそ、祖国において必要である、と王は判断したのだ。

慧慈は推古三年（五九五）に倭国に来た。約二十年間倭国にいたことになる。壮年だった慧慈も今は六十歳に近い。

厩戸が磐余《いわれ》の上宮から斑鳩宮に移るまで厩戸の師として、仏教を始め中国の学問を教えた。当然、慧慈の人生観が根底になっている。

厩戸が二十二歳から二十八歳までの間である。青年から壮年にかけての時期ということになる。厩戸が慧慈から受けたものは大きい。厩戸にとって慧慈は、師であると同時に友であった。

慧慈は皇太子の厩戸に対し遠慮せずにものをいった。厩戸も自分を飾ることなく疑問点を質問し、時には国家、政治、そして王としての生き方を論じ合った。

慧慈の希望で道後の湯に行った時は、慧慈と二人湯につかり、湯にのぼせると岩に腰を下ろし、時を忘れて話し合った。

だからこそ、「日月は上に照りて私《し》せず、神井《しんせい》は下より出でて給《たま》えざるなし、この所以《ゆえ》に万機は妙応し、百姓《たみ》はこの所以に潜扇《せんせん》す」などという詩が出来たのである。何という若さと理想に溢《あふ》れた革命的といって良い詩であろうか。

潜扇す、とは民・百姓を奮い立たせあおる、という意味である。

だが斑鳩宮の王者になってみると、理想を実現するのが如何《いか》に困難であるかを知った。

理想と現実は異なるのだ。

厩戸が絶対的な王者であったなら、様々な矛盾を或る程度打破し、理想の何分の一かを実現出来たかもしれない。

だが、斑鳩宮の王者となったが、厩戸の権威と権力は、最初から女帝と馬子によって制約されていたのだ。

そんな厩戸に、矛盾に満ちた現実を打破し、理想の政治を求めるのは無理である。

厩戸はそれでも精一杯やって来た。冠位十二階制を実現し、斑鳩宮内だが憲法十七条を作った。更に大国隋に朝貢することなく堂々と使者を送り、隋の使者を倭国に迎えることも出来た。

時にはくじけ、何もかも投げ出して剃髪《ていはつ》し僧になりたい、と思うこともあった。

厩戸がここまでやって来れたのは、慧慈の励ましがあったからである。

馬子でさえも慧慈に一目置いていた。

余り会うことはないが、慧慈の励ましは、厩戸をどんなに奮い立たせたであろうか。

その慧慈が祖国に戻るのである。

慧慈の年齢から考えて、もう二度と会うことはないであろう。

厩戸が虚脱感に襲われたのも無理はない。

厩戸は使者を飛鳥寺に遣わし、別離の宴《うたげ》を設けたいので、日を知らせるように、と告げた。

慧慈は八日に来ることになった。

厩戸は飽波宮《あくなみのみや》で宴を張り、慧慈を泊めることにした。宮は富雄《とみお》川のすぐ傍である。

慧慈はまず厩戸に挨拶《あいさつ》してから、斑鳩宮にいる高句麗僧達に別れを告げ、仏教興隆と同時に、釈尊の慈愛を地道に一人一人に伝えるように話した。

宴は厩戸の妃を始め、山背大兄王や諸王が加わった。

慧慈は政治については全く話さなかった。

慧慈が王に話したのは、若き日の厩戸との交流であった。

これまで誰にも語らなかったような逸話が慧慈の口から出た。

「愚僧が皇太子様にお教えするようになってから二年ほどたった或《あ》る日、愚僧は皇太子様と一緒に上宮の南の丘陵地帯を散策したことがあります、晩秋で紅葉が鮮やかな日でした、その頃、愚僧は仏教の経典の中から釈尊の挿話を皇太子様にお教えしていた……」

慧慈は微笑を浮かべ上座の厩戸を眺めた。妃や山背大兄王達は一段下がった床に左右に並び、向い合って坐《すわ》っていた。

慧慈は厩戸と向い合っている。左右は妃や王達である。

皆、慧慈が何をいい出すのか、好奇の眼を慧慈に注いでいた。

厩戸は一寸《ちよつと》小首をかしげたが、思い出したらしく笑った。

「今宵《こよい》の宴の方々は皇太子様から聞かれていると思いますが、釈尊はこの世に生まれる前、摩訶羅陀《まからだ》国の王子であられた、或る日、兄王子と共に竹林に入ったところ母子の虎《とら》が飢え死にしかけているのに出会った、釈尊はその虎を憫《あわ》れみ、御自分の身を捨てて虎の飢餓を救おうと崖《がけ》から飛び降りて身を与え、虎の飢えを救った、というものです、これは万物総てに対する釈尊の慈愛を表わした大事な挿話ですが、皇太子様は妙な顔をされて、そういうことをすれば国の新しい政治が執れず、古い政治が続き、民が苦しむことになる、と反論されました、いや、これは当然の質問です」

慧慈が顎《あご》を撫《な》でると、皆、忍び笑いを洩らした。

「そこで愚僧は、これは仏教の本質でもあり、理想中の理想で、現実のものではない旨《むね》を説明したわけです、皇太子様が反論されたように人間が飢えた獣の餌食《えじき》になっていたなら、国の政治が執れないどころか、人間がいなくなり国は滅びてしまいます、それにも拘らず、身を捨てて飢えた獣を救うという釈尊の慈愛が説かれているのは、人間は不幸な人間を憐れむ心を持たねばならぬ、それは尊いことだという思想を拡《ひろ》めるためです」

慧慈は咳《せき》払いをすると膳《ぜん》に置かれた薬湯を飲んだ。酒を飲まない慧慈は宴席でも薬草を煎《せん》じた湯を飲む。

「また山途《みち》を歩きながら、二人で理想と現実の違いを話し合っていました、突然、舎人《とねり》達が騒ぎ、あっと思った時、鹿《しか》が走り去ったのです、それよりも驚いたのは眼が爛々《らんらん》と光る巨大な山犬が皇太子様の前に現われたことでした、山犬は飢えており、鹿を追いかけていたのですが、皇太子様と愚僧に邪魔され、怒りの余り唸《うな》りました、皇太子様は刀に手をかけておられたのですが抜く間がありません、山犬は今にも跳びかかりそうでした、二人共身動きが出来ないのです、舎人達もそうです、身動きをした途端、山犬は跳びかかって来ます、皇太子様と山犬の睨《にら》み合いは二十呼吸ぐらい続いていたでしょう、突然山犬は身を翻して逃げました」

慧慈が一座を見廻すと一同は吐息をついた。慧慈の話し方は淡々としているが、その風《ふう》貌《ぼう》と同じく何処《どこ》かに渋みがあり、聴き手の胸に喰い入る。

妃も王達も、山犬が厩戸に襲いかかったのではないか、と緊張していたのである。逃げたと知り、ほっとすると同時に一体どんな結末が待っているのだろう、と新しい好奇心が湧《わ》いたようだ。

慧慈は続けた。

「愚僧は皇太子様に申しました、飢えた山犬とどういうお気持で対決なさっておられたのか？　と……すると皇太子様は斬《き》る積りだった、吾《われ》には山犬に身を与えるほどの慈悲心は毛頭ないと答えられました、その後、吾には仏教を学ぶ資格はないのだろうか、と真剣に訊《き》かれました」

慧慈の話を嬉しそうに聴いていた厩戸が、覚えているぞ、といった表情で頷《うなず》いた。

「愚僧はお答えしました、今の場合、人間であれば誰でも助かりたい、と願うでしょう、助かるためには斬らねばなりませぬ、愚僧もあの山犬に憐れみなど覚えませぬ、それに皇太子様は鹿の生命を救われた、それだけでも仏教の慈愛に添っております、と申し上げました」

「そうだったのう、吾も若かったのじゃ、釈尊の説かれたことは、人間の手には届かない仏教の真髄なのじゃ、理想中の理想だ、だが人間の手に届かないからといって捨ててはならぬ、手に届かないからこそ価値があるのかもしれぬ」

と厩戸は語調を強めた。

慧慈が大きく頷いた。

「こういう昔話を口にしましたのは、単に昔を思い出したからではございませぬ、あの当時は愚僧も若く修行も未熟だったということをはっきりさせておきたかったからです、今の愚僧なら襲いかかろうとしている山犬と向い合っておられた皇太子様の胸中を訊いたりはしません、あの質問は愚問というものです、それに皇太子様は、自分には仏教を学ぶ資格はないのだろうか、と訊かれた、その質問こそ、最も大切なのです、価値があるのです、釈尊は、そういう質問をする人間にまず慈愛の手を差し延べられるでしょう、何故なら自分の内部に対し、資格を問う人は悩みを持つ人だからです」

慧慈は口を閉じると厩戸に叩頭《こうとう》した。若き日の気負いを詫《わ》びているようでもあり、また厩戸の胸中を理解している、と告げているようでもあった。

厩戸にはそんな慧慈が嬉しかった。

今の自分を一番理解してくれているのは、飛鳥にいて余り会わない慧慈のような気がする。そういう意味では自分に最も近い人物だった。

今の倭国には慧慈のような人物はいないのだ。

厩戸は慧慈を引き止めたかった。慧慈を今一度師として迎え、俗事をも含めた悩みを打ち明けることが出来たなら、どんなに気持が晴れるだろうか。

厩戸がよく瞑想《めいそう》にふけり、釈迦《しゃか》像を前にして自問自答する仏殿の間に慧慈がいてくれたなら、厩戸は童子のように慧慈の衣に縋《すが》れるかもしれない。

そういえば厩戸には、縋れる人物は誰もいないのだ。

厩戸は慧慈に、帰国した後、もし事情が許せば、倭国に戻り、今一度師になっていただけないだろうか、といいたかった。

だが厩戸は慧慈を必要とする高句麗の政治状況を知っていた。それに祖国に戻りたいという慧慈の胸中も痛いほど分るのだ。

「慧慈師よ、帰国を前にして無理はいえぬが、もし出来得れば今宵一夜だけではなく明日も泊まっていただきたい」

厩戸にいえるのはそれぐらいだった。慧慈は二泊することを承諾した。

翌日厩戸は一日中、慧慈と話し合った。

思い出話だけでも尽きることはなかった。厩戸が正妃にしたのは女帝の娘・菟道貝鮹王《うじのかいだこ》女である。菟道貝鮹王女は何処か冷たさを漂わす女人だったが、刀自古郎女は明るく情愛のある女人であった。厩戸の愛情はどうしても刀自古郎女の方に注がれる。

それを戒《いさ》めたのが慧慈だった。

「王者になられる方は、愛情に私情を混じえてはなりませぬ、それが王者が背負うべき運命なのです」

想像もしていなかった慧慈の忠告である。厩戸は妃に対する愛情の度合など話したことがなかった。それに慧慈は女人を近づけない。厩戸は、何故、慧慈に見抜かれたのだろう、と不思議だった。

慧慈にそれを告げると、慧慈は経典を説くような表情と口調でいった。

「愚僧がもし、皇太子様だったなら、矢張り同じになります」

これには厩戸も唖然《あぜん》とし、大笑したが慧慈はにこりともしなかった。

厩戸がその時のことを話すと慧慈は眼を細めた。

「あのような説教はしたことがないので、多分、顔が硬直して石のようになっていたのだと思います、しかし姫が早く亡くなられたのは残念です、これも命運、総ては釈尊の掌《たなごころ》にあります」

「そうだのう、命運としかいえない」

菟道貝鮹王女は、厩戸の子を身籠らないうちに風邪《かぜ》をこじらせ亡くなった。

「皇太子様、人間は悩み、考え、そして努力すべきでしょう、ただその結果がどうかということは釈尊のみが御存知です、人間が幾ら知恵を絞っても、日月の運行を変えることは出来ますまい、四季も変りません、それで良いのです」
「慧慈師よ、それでも努力すべきなのだな」
「そうです、ことに王者たる者は……」
「その結果が分らぬというのは頼りないのう、吾《われ》が幾ら釈尊を崇《あが》めても、釈尊は教えて下さらない」
「それは当然でしょう、人間が結果を知るようになったなら、人間は努力しません、ただ都合の良い時だけ適当にことをなし、悪い結果が出る時は、寝転んでおれば良いということになります、それでは努力など無意味でしょう、未知への不安があればこそ、人間は悩み、努力するのです、そこに人間の価値があります」
「慧慈師は釈尊に近づいている、悩み事を超越し、総てを釈尊にゆだねているように思われるが……」
「とんでもございません、愚僧は弱い人間です、隋の大軍が都を攻めたことを後で知った時も、愚僧は毎晩、国が無事でありますように、と祈りました、海の中の倭国にいる愚僧には祈ることしか出来ません、都を隋の大軍に蹂躙《じゅうりん》されていたなら、愚僧の祈りなど何の役にも立ちません、だが愚僧は祈らずにはおれない、それが人間の努力です、皇太子様、愚僧がどんなにあがいても釈尊には近づけませぬ、何故なら愚僧は人間だからです、もし都を攻めた隋兵が飢えたとします、釈尊は多分、そういう隋兵を憫れむでしょう、だが愚僧にはそこまでの慈愛はありません、貪欲《どんよく》に他国を攻めた報いだ、と冷たく嘲《あざけ》るでしょう、愚僧は何処まで行っても釈尊には近づけません」

「そうか、それを聴いて少し安心したぞ、吾《われ》は慧慈師との距離が、余りにも離れ過ぎ、師は吾の及ばない所に行ってしまったのではないかと、取り残された感じを抱いていたところじゃ」

と厩戸は慧慈の手を取りたい思いでいった。

厩戸は慧慈とのこのような会話が好きである。こんな会話を交わせるのは慧慈以外にはいない。

慧慈ほどの高僧でも敵には憤る。自分は人間だから何処まで行っても釈尊には近づけないという。

厩戸はそんな慧慈の告白に安心するのだ。

夕餉の後、厩戸は慧慈と二人きりになった。

厩戸は慧慈と庭に出た。

陽《ひ》は二上山《ふたかみ》の少し南に落ちたところである。二上山の稜線が茜《あかね》に燃えていた。巨大な蛇に似た雲のせいか、山の背後から炎がのたうち廻り天に昇っているように見える。

二人の眼は自然に怪しい雲に注がれた。

二人が無言なのは、それぞれの思いを嚙《か》み締めているせいかもしれない。

見ている間に炎の形が崩れ横に拡がる。

「慧慈師よ、あの雲が告げている、先のことは分らぬと、おう、炎の色が褪《あ》せて来た、陽は落ちるように沈んでいる」

と厩戸は唸るような口調でいった。

「皇太子様、この辺りの夕闇《ゆうやみ》が濃くなって来ました、あでやかな紅葉も、黄ばんでいる名もない葉も、夕闇の中では同じです、そして夜になると薄《すすき》の葉との区別もつきません」

慧慈の声は、厩戸とは対照的に落ち着いていた。

厩戸は夢から覚めたように庭の樹立《こだち》を眺めた。すでに紅葉は消えかけていた。小石を敷きつめ庭に造った小川の水が僅《わず》かに夕焼けに映えている。

「そうだのう、一日の半分は暗いのじゃ」

「人は皆、明るい時だけを意識し勝ちです、だが一日は間違いなく昼と夜とで成り立っています、昼見た姿だけが真実だとはいえますまい」

「師のいわれる通りじゃ、吾《われ》も昼見た姿だけを思い勝ちじゃ、我等が考えている世間も或る意味では昼だけのものかもしれぬのう」

「その通りでございます、世間は仮りの姿ともいえましょう、だが、政治を執る王者には不必要なものかもしれません、どうか余りお考えにならぬよう」

「いや、吾も一日中王者でいる訳ではない、時には一人の人間として思索する時もあるのだ、案ずることはないぞ」

と厩戸は力を込めていった。

翌日、慧慈は厩戸と共に、間人《はしひと》大后に挨拶して斑鳩の地を去った。

間人大后は、厩戸が母のために建てた新しい宮に住むようになってから余りぐちを洩らさなくなった。ただ口数が少なくなったのは良いが、ぼんやりしている時が多い。

厩戸と会っても、反応が少ない。

十年ぶりに会う慧慈に対しても、記憶の糸をさぐるように、小首をかしげたり、顔を突き出したりしたが、慧慈の挨拶にただ頷くだけで殆ど喋《しゃべ》らなかった。

「少し物忘れが酷《ひど》くなったようじゃ、龍田宮《たつたのみや》にいた時は、吾の顔を見ると何かとぐちを洩《も》らしたが、あの時の方が母らしいという思いもしないではない」

と困惑した顔で告げる厩戸に、慧慈は首を横に振った。

「皇太子様らしくないぐちです、大后様はお顔も穏やかになられました、多分、様々な煩《ぼん》悩《のう》から解《げ》脱《だつ》されたのでしょう、新しい宮に住まわれ、大后様は安心なさったのです、結構なことではありませんか」

「吾のぐちか、確かにぐちだのう」

と厩戸は苦笑した。

慧慈は旧暦十一月十五日難波の港から発った。厩戸は十二日、斑鳩の高台から大和川を進む慧慈の舟を見送った。

馬子は杖をつき庭を散策中に石につまずいて倒れ腰を打った。骨に罅《ひび》が入ったのか、起き上がろうとすると痛む。馬子は再び病床に横たわる身となった。

馬子にとって最大の関心事は、何時歩けるか、ということだった。

当然政治は二の次になる。

蝦夷《えみし》が道路の拡張工事や外交問題について相談に来ても、適当になせ、というのが精一杯である。

年が新しくなり春も終ろうとする頃、馬子はやっと這えるようになった。

驚異的な生命力といって良い。

蝦夷は一度、大臣《おおおみ》の位を自分に譲って欲しい、と申し入れたが、馬子は眼を剥《む》いて怒り、拒否した。

馬子は大臣という地位が、どんなに強い権力を持っているかをよく認識している。

もし蝦夷を大臣にしたなら、蝦夷が自分の命令を諾《き》かなくなることも知っていた。大臣の地位を強化したのは馬子だった。そのために軍事氏族の長《おさ》であった大連《おおむらじ》の物部守屋《もののべのもりや》を斃したのである。

それまでは大臣と大連が並んで政治を執っていた。守屋を斃し大連の地位を抹殺したことによって、大臣一人が群臣の上に立つようになったのだ。

生命の危険に曝《さら》されながら馬子はそれをなしたのである。

女帝と組み、穴穂部・宅部《やかべ》の両王子、それに泊瀬部大王さえも殺した。血で血を洗う修《しゅ》羅場《らば》をくぐり抜けて来た馬子には、何の苦労もなく育ち、大夫《まえつきみ》になった蝦夷が頼りなく思えてならない。

そんな蝦夷に、大臣の位を譲っていただきたい、などといわれたのである。馬子が怒ったのも無理はない。

医師には、余り昂奮《こうふん》しないように、といわれているが、馬子は自分を抑えられなかった。馬子は蝦夷を坐らせ、これまで何度も話している物部守屋との確執や、王子を始め、守屋を斃すまでの闘いを延々と話した。

流石に途中で声がもつれ、疲れ果てて眠ったが、馬子の蝦夷に対する眼は厳しかった。そちに大臣の資格があるのか、といいたくなるのだ。その厳しさは、子に対する父性愛の裏返しである。

勿論、馬子はそのことをよく知っていた。

だが戦や暗殺の経験のない蝦夷には、父の昔話から出る説教が鬱陶《うっとう》しかった。自分だってそういう時代に生まれていたなら、刀を抜いて戦っていた、といいたい。蝦夷が物心のついた時、すでに馬子は守屋を斃し不動の座にいたのだ。

父はよく苦労せずに育った、というが、蝦夷にいわすとそれは自分の責任ではない。平和な時代にもそれなりの人間の葛藤《かっとう》がある。争いの時代には氏族は団結し、味方と敵の区別がはっきりしている。だが平和な時代ではその区別は曖昧《あいまい》になる。自然、取るに足らないことで反目し合い、罅が生じる。

そういう中で、政界の長として人望を集めるのは、馬子が考えているよりも大変であった。

また蘇我氏内部も同じである。争いの時代では団結しているが、外圧のない平和な時代になると勝手なことをいい出す。蘇我氏自体も、氏族が拡がり過ぎて、一枚岩ではなくなっている。

蘇我本宗家は兎《と》も角《かく》、蘇我倉臣《そがくらのおみ》、境部臣《さかいべのおみ》、なども自己主張が強い。それでも馬子の命令なら諾《き》くが、若い蝦夷に対して何かと反撥する。

その筆頭が、上宮王家に心を寄せている境部臣摩理勢だ。

大臣になれば、その権威にものをいわせることも出来るが、大夫のままでは氏族を纏《まと》めることさえも蝦夷には困難だった。

父はそういう様々な事情を理解していない、と蝦夷は腹立たしい。

ことに身体が不自由になってからは、一層偏狭になったようだ。柔軟な思考力がなくなりかつて人々が信頼を寄せた智謀《ちぼう》の大臣の面影は薄れている。

見舞の群臣は病《やまい》だから仕方がない、健康を回復すれば昔の大臣に戻る、と蝦夷を慰める。だが見舞客は突っ込んだ話を交さないから父のどの部分が大きく欠落したかが分らないのだ。

それだけかつての父は偉大であり、今も群臣はその幻影に惑わされているのである。

蝦夷には彼なりのいい分があった。

馬子が大臣の位を譲らない以上、蝦夷は群臣の長として積極的な政治は行なえない。行なおうとすると反撥する者も現われ、衆議は紛糾して纏まらなくなる恐れがあった。

推古二十四年（六一六）から二十六年の春にかけて、倭国は平穏だった。ただこの平穏は政治が沈滞しているところから生じたものである。

女帝は大王位を厩戸皇太子に譲ろうとしない。女帝は大王位に固執していた。

一方、馬子も、女人の手を借り、何とか屋形内を散策出来るまで回復したが、言葉が明瞭ではなく群臣の上に立ち、政治を執ることなど到底不可能だった。そのくせ馬子は大臣の位を蝦夷に譲ろうとはしなかった。

斑鳩宮の皇太子は、自分の領地内の政治に専念し、国の政治には余り口をはさまない。厩戸は自分が口をはさめば女帝が警戒し、蝦夷がそれをあおり兼ねないのを見抜いていた。沈滞した政治の中で飛鳥の群臣は、政治の流動化に備え、自己保身に懸命だった。

何れ政治は動き始める。それは女帝、厩戸、馬子の三人の何れかが亡くなった時である。とくに女帝と馬子の死は、政治に大きな変化をもたらす。年齢からいっても、この両者の死が一番近いように思われた。

推古二十六年の春、女帝は六十五歳、馬子は六十八歳になっていた。

厩戸はまだ四十五歳である。

群臣が、両者のうち誰が早く亡くなるだろうかと想像したのも無理はない。もし女帝が最初なら、女帝の意向如何《いかん》に拘らず、厩戸皇太子が大王になる可能性は強かった。

厩戸は皇太子であり、馬子の孫の山背大兄王の父である。厩戸が大王になれば、山背大兄王は、その次の大王ということになる。馬子は孫が大王になることを望んでいた。

斑鳩宮に来る群臣の数が再び増え始めたのも、その頃からだった。

女帝が堅塩媛《きたしひめ》を欽明大王陵に合葬し、女帝と馬子がお互いを褒める歌を詠《よ》み合った頃から、厩戸派の群臣は減っていたのだ。

人間は権力や保身のために右顧左眄《うこさべん》する。そういう浅ましさを、厩戸は自分の眼で見、また体験もして来た。かつての厩戸なら苦々しいという思いだけで眺めた。だが今の厩戸は違った。それも人間の弱さであると頷くだけの器が出来ていた。

その日、馬子は嶋屋形《しまのやかた》の二階の縁に坐り池を眺めていた。池の中の小島には様々な鳥が絶えず飛んで来た。池の小魚を狙っている鳥もいる。他の場所よりも鳥が多いのはそのせいに違いなかった。

それ等の鳥達は馬子の眼を愉《たの》しませてくれた。病に倒れる前の馬子は鳥などに全く関心がなかったのだ。

馬子の傍には若い二人の女人が坐っている。だが今の馬子は、女人から漂う香料や髪の匂いなどに欲情することはなかった。

若さに溢れた女人の身体を想像すると、圧迫感さえ覚え、気持が萎縮《いしゆく》するのだ。

老いるということは、女人を不必要とすることだな、と馬子は思う。

それにも拘らず、男子《おのこ》に介抱されるよりも女人の方が良い。男子は武骨で、よろけた場合など支える腕が荒々しい。妙なものだな、と馬子は胸中で呟き、鳥から傍の女人に眼を移した。

「大臣様、何か……」

と女人は馬子が倒れるのを防ぐように両手を構えた。

「何だ、その手は……」

と馬子はむっとしていった。

「いいえ、何でもありません」

女人は慌《あわ》てたように両手を膝の上に置きなおした。表情が強張《こわば》っている。

「そちは確か毛野《けぬ》国の出であったな」

と馬子は畿内《きない》の女人には余りない彫りの深い顔を今更のように眺めた。眉が濃い。

「はい」

と女人は眼を伏せた。

古代の毛野国は広い。馬子時代には上毛野《かみつけぬ》、下毛野《しもつけぬ》と分れたが、六世紀に大和の王権に服従するまでは東国の王者であった。

馬子の子の蝦夷という名も、その武勇にあやかってつけられたのだ。

馬子が病に倒れる前、厩戸皇太子は、各氏族の系譜、また国造本記も作る必要がある、といっていた。

当然のことである。ただそういう場合、上毛野君の祖先の出自が問題になる。たんに毛野国の神ではおさまらない。大王家の祖先が高天原《たかまのはら》の日の神なら、上毛野君の祖先神は日の神に仕える神ということになるだろう。それとも大王家から分れた氏族とすべきだろうか。

各氏族は、厩戸と馬子が、大王記・国記の編纂を始めると知って以来、これまであった系譜を再検討し始めたようだ。

どの氏族も、祖先を立派なものにしたい、と願うのは当然である。

馬子は白くなった鬚《ひげ》を撫でた。そういえば病以来、鬚をしごいたりしなくなった。

馬子は再び大王記・国記の編纂意欲を覚えた。勿論、自分一人では無理で厩戸皇太子の協力が必要となる。

　これは大事な国策である、と馬子は呟いた。

　各氏族が満足するような祖先を作るのは、考えてみれば大変な難事だった。

　冠位十二階制を定め、各氏族の有力者に位を与えた時も大変だったが、氏族の祖先作りはそれに匹敵《ひってき》する。

「うむ、これは吾《われ》に残された最後の大事じゃ、ただ各氏族に編纂のきまりが洩れると、色々とうるさい、暫《しばら》くは隠密に事を運ばねばならぬぞ、皇太子も同じ意見に違いない」

　と馬子は胸の中で呟いた。

第八章　業

大王記・国記、各氏族や国造《くにのみやつこ》の本記に対する編纂《へんさん》意欲を馬子《うまこ》が取り戻し、国家の事業としてなそうと厩戸《うまやど》に伝えたのは、推古《すいこ》二十八年（六二〇）に入ってからだった。

人間離れの生命力と病気回復に対する執念の結果、馬子は女人の肩に縋《すが》らず杖《つえ》だけで歩けるようになったのだ。

乗馬は勿論《もちろん》、歩くといっても庭を散策する程度で外出は無理である。

人手を借りれば輿《こし》にも乗れるし遠出も可能だが、その場合は輿の上で横にならねばならない。

誇りの高い馬子は、そんな無様《ぶざま》な姿を群臣に晒《さら》したくなかった。

重大な用件で小墾田宮《おはりだのみや》に参朝する以外は殆ど外出しない。

馬子は嶋屋形《しまのやかた》に群臣に会う広い屋形を建て増し、部屋には背もたれのついた特別の椅子を作らせた。

群臣と会うのは、大体、五日に一度ぐらいだが、その場合は三刻《とき》（六時間）ぐらい時を費やす。

人々は馬子のことを、嶋大臣《しまのおおおみ》とも呼んでいるが、酒席で酔うと仙人大臣などといったりした。

馬子は女帝と組み、権力が斑鳩宮《いかるがのみや》に集中するのを防ぎ、上宮王家を孤立させた。厩戸に、自分を無視してはなりませぬぞ、と暗に忠告したわけだ。だが娘の刀自古郎女《とじこのいらつめ》が産んだ山背大兄王《やましろのおおえ》は可愛い。完全に孤立させると山背大兄王の存在が稀薄《きはく》になり次の大王位問題の際不利になる。

それに女帝は明らかに、間人《はしひと》大后を母に持つ厩戸皇太子に好意を抱いていない。策略家の馬子にとって、厩戸と共に大王記・国記を編纂するのは、上宮王家、とりわけ山背大兄王への援護でもあった。それに厩戸の協力が得られなければ、この国家的事業は成り立たないのだ。

馬子が再び厩戸と手を結んだことによって、当然、群臣の眼は斑鳩宮に注がれる。群臣も、厩戸と馬子を通し山背大兄王を再認識し始めたのである。

こういう状況の中で苛立《いらだ》ったのは、次の大臣《おおおみ》を自負する蝦夷《えみし》だった。

蝦夷は馬子が病《やまい》に倒れた時、表面は心配しながら内心は、権力を手中にする好機だと手を拍《う》った。

大夫《まえつきみ》になって約十年、年齢《とし》も四十歳近くになっているが、馬子の陰に隠れて頭角を現わせない。幾ら新しい意見を口にしても空廻りしてしまう。蝦夷にとってその理由は明らかだった。自分が何をいっても、何時《いつ》の間にか群臣の眼は、蝦夷の意見をどう判断するだろうか、と馬子の口許《もと》に向けられるのである。

馬子が頷《うなず》くと拍手をするが、馬子が首を横に振ると、無駄でしたか、といわんばかりに首を竦《すく》める。そういう場合、蝦夷に同情はするが、敢然と蝦夷側に立ち馬子に反駁《はんばく》する者は殆《ほとん》どいない。

馬子という巨大な存在を抜きにしては蝦夷の存在はないに等しい。

蝦夷が父の病に手を拍ったのも無理はないかもしれない。

蝦夷が大臣の位を譲り受けたいと申し出て以来、馬子は蝦夷にも警戒し、自分の眼の黒いうちは大臣の位は誰《だれ》にも渡さない、と口にしたりした。

蝦夷は馬子が、山背大兄王を次の大王位に即《つ》けたがっていることを知っていた。

だが蝦夷は山背大兄王と肌が合わない。

山背大兄王が大王になると思うと気持が暗くなるのだ。

蝦夷は密《ひそ》かに山背大兄王に代る王子を探し始めた。

女帝が産んだ竹田《たけだ》王子は早逝し、尾張《おわり》王子もすでに亡くなった。敏達《びだつ》大王が様々な女人に産ませた王子は多かったが殆どが亡くなり、春日臣《かすがのおみ》系の春日王子と大派《おおまた》王子ぐらいであった。

だが両王子共すでに五十代で、新しい大王になるには年齢を取り過ぎていた。それに誇り高い女帝が、春日臣の女人が産んだ王子を大王にする筈《はず》はない。

若い王族の中で、学識があり聡明《そうめい》さで群臣が敬っているのは三十代半ばの田村《たむら》王子だった。

田村王子の祖父は敏達大王、祖母は息長真手《おきながのまて》王の娘・広姫《ひろひめ》である。父は両者の子・押坂《おしさかの》彦人大兄《ひこひとのおおえ》王子だった。田村王子は敏達大王の孫ということになる。孫といえば山背大兄王も用明《ようめい》大王の孫であった。

女帝が余り長寿なので、次の大王は、孫の王からも探さねばならなくなって来ていた。

勿論、今女帝が亡くなれば、次の大王は厩戸皇太子ということになるが、女帝には馬子よりも早く亡くなりそうな気配がなかった。

蝦夷の眼では、将来の山背大兄王に匹敵《ひってき》する王子といえば田村王子ということになる。

ただ田村王子には蘇我《そが》氏の血が流れていない。馬子は絶対反対するに決まっている。

だが馬子も年齢である。馬子が亡くなり、蝦夷が正式に大臣になれば、蝦夷の権力は強化される。大夫達の過半数を自分につけ、新大王には田村王子、という線も全く芽がないわけではない。

次期大王を誰にするかを決めるのは、大夫と大臣である。

ただそうはいっても、現時点で田村王子が大王位に即く可能性は極めて少なかった。

それにも拘《かかわ》らず、蝦夷が田村王子に近づき始めたのは、余りにも巨大な父への反撥《はんぱつ》からだった。

馬子はそんな蝦夷に気づいていない。馬子から見ると蝦夷は親の力で権力をふるっていた。群臣が蝦夷に従うのも親の威光のせいである。当然、蝦夷はそれを充分自覚しており親を有難く思っているだろう、と信じ込んでいた。

その辺りに馬子の盲点があった。

古代では偉大な親に反抗しても、現代のようにあからさまには出さない。自然陰に籠《こも》り長年に亘《わた》ってくすぶり続ける。

後年、女帝が亡くなった際の、山背大兄王と田村王子との大王位争い、また蘇我本宗家と支族との争いは或《あ》る意味で鬱積《うっせき》していた蝦夷の反抗心が一因でもあった。

旧暦八月の初め紀伊半島南部に上陸した台風は大和《やまと》を直撃した。

倒壊した民家は数え切れない。

小墾田宮も柵《さく》の一部が破損した。

女帝の母・堅塩媛《きたしひめ》を合葬した檜隈大陵《ひのくまのおおみささぎ》の一部が崩れ、無数の埴輪《はにわ》が砕け、葺石《ふきいし》が飛んだ。

役人は陵を管理している土師《はじ》氏に報告した。土師氏は女帝に奏上し、馬子に告げた。

馬子にとって墳墓の工事はそんなに緊急のこととは思えなかった。

馬子は蝦夷に、破損の状況を調査し、土師氏と相談して、労役の民の動員を行なえ、と命じた。

「農民達も家や田畑に大損害を受けている、その辺りを考慮するのだぞ」

命を受けた蝦夷は檜隈大陵に行き被害状況を見た。埴輪の半分が倒れて崩れ、まさに瓦礫《がれき》と化している。合葬の際に盛り上げた土も崩れて、見るも無残だった。

土師連菟《はじのむらじうさぎ》の見積りでは、百人の民の動員では一カ月、二百人でも半月はかかるという。

大変な工事といわねばならない。

女帝は被害の状況を見ていないが、顔色を変えて復旧工事を命令するに違いなかった。

蝦夷は馬子に、

「被害状況を大王にお知らせすべきです」

といって砕けた埴輪が三百を超える旨《むね》、伝えた。

馬子は舌打ちしただけで眉《まゆ》を寄せた。

被害は確かに大変のようだが、慌《あわ》てて女帝に知らせることもないような気がした。この辺りが、実際に現場を見た蝦夷と、屋形内で寝転んでいた馬子との違いだった。

身体は不自由だが頭だけは確かだ、と馬子は自負しているが、自慢の頭の冴《さ》えもかなり鈍化していたのである。

「復旧計画を練って行け、余り大仰に申し上げるな、今、大工事を命じられては大変だからのう」

「分りました」

と一応叩頭《こうとう》はしたものの、蝦夷には女帝の憤りが不安だった。

すでに土師氏から被害の状況は伝えられているのだ。もう三日たっている。

蝦夷は単独で女帝に奏上することにした。

初めて蝦夷は父への反抗を行動によって表わしたのである。

女帝は前殿《まえどの》で蝦夷と会った。何時ものように高座《たかざ》に坐《すわ》り帳《とばり》で囲まれているので顔ははっきりしない。

蝦夷が顔を上げると女帝が詰問した。

「大臣はどうした、何故《なぜ》すぐ参らぬ、動けぬほど病が重いのか？」

予想以上の憤りであった。

「申し訳ありませぬ、嵐《あらし》以来、身体が痺《しび》れ横になっております、吾《われ》は昨日檜隈大陵に参り、被害状況を調べました、土師連菟の意見も聴き、昨夜は徹夜で復旧計画を練って参りました、埴輪三百本と崩れた部分の土盛り、葺石を新しくすることなど考えますと、労役の民は二百人、一カ月の工事が必要かと存じます」

二百人なら半月で済むが、女帝の気持を鎮めるには大工事にした方が良い、と蝦夷は判断したのだ。

「蝦夷大夫、朕《わ》は最初、報告を聴いた時、この宮が崩れたような衝撃を受けた、本来なら大臣が飛んで来て復旧計画を告げるべきじゃ、いや、病の身であることは知っておる、だが、斑鳩宮の皇太子とは絶えず連絡を取り合い、系譜作りに熱を上げているではないか、まあ、系譜作りは余り身体を動かさずに済むからのう」

「申し訳ございませぬ」

「謝らなくても構わぬ、しかし大事な時に動かねば大臣だと胸は張れぬのう、これからは蝦夷大夫が大臣の代りに動き廻るのじゃ、御苦労だった、それと明日の朝、総《すべ》ての大夫を宮に集めよ、朕が重大な詔《みことのり》を発す、系譜作りも国家的な作業かもしれぬが、朕の詔も同じじゃ、そのことを頭に入れて参れ、大臣にも伝えよ、ただ身体の調子が悪ければ無理に来なくても良いぞ」

「大臣には伝えます」

蝦夷は深々と叩頭したが、内心はいよいよ吾《われ》の時代が来た、と胸を叩《たた》きたい思いだった。

蝦夷は馬子に女帝が明日、詔を発することを伝えた。

馬子は怪訝《けげん》な面持ちで蝦夷を見た。

「何の詔じゃ？」

「分りませぬ、おっしゃりませんでした」

「たわけたことを申すな、そちは檜隈大陵の被害を報告に参ったのであろう、姫は被害の大きさに驚かれた、被害については土師連が報告しておる、姫は、何故もっと早く奏上しないかと不満を洩《も》らした、いや憤ったかもしれぬ、その間の遣《や》り取りがあったにも拘らず、詔の内容が分らぬとは、一体どういうことだ？」

「はっ、申し訳ありません、明日、大事な詔を出すので全大夫を集めよ、と命じられ、奥に入られました、詔の内容を伺う暇がなかったのでございます」

「まだ若いのう、そちは吾の後を継いで大臣になるのだぞ、姫の胸中を探るのも大臣の任務じゃ、それぐらいが出来ないで、大臣の任は全う出来ぬ」

勿論、馬子の言葉は途切れ途切れである。口の端には唾《つば》が溜《たま》り、喋《しゃべ》るのが苦しそうだった。

蝦夷は不快だった。馬子が参朝出来ぬから自分が代りに行ったのである。何もこんなに叱責《しっせき》される理由はない、といいたい。げんに女帝は余り動けぬ馬子を非難した。

大臣の代りに動き廻れ、ともいった。

女帝は、実質的な大臣はもう馬子ではなくそちじゃ、と蝦夷に伝えたのも同じである。その思いが蝦夷の不快感を抑えた。

蝦夷は、政治の最高権力者は吾だと信じ込んでいる父が憐《あわ》れにさえ思え始めた。

「どうした、そちは不貞腐《ふてくさ》れているのか？」

「いいえ、そんなことはございませぬ」

「ふーむ」

馬子は疑い深そうに蝦夷を眺めていたが、

「姫は吾について何かいわれたのか？」

「はっ、父上の病について御下問がありました」

「その後、何故吾が参らぬ、と訊《き》かれたのだな」

馬子の嗅覚《きゅうかく》の鋭さは衰えていなかった。蝦夷はぎょっとし、叩頭することによって肯定した。

「そうか、蝦夷、ここではっきりしておきたいことがある、吾は病人ではないぞ、病の後の傷によって身が不自由になった、それと大臣は吾だ、そちは吾の代理だぞ」

「よく分っております」

「姫は詔を出される、となると前もって、大臣はその内容を知らねばならぬ、それが慣例じゃ、そちは何も知らずに行き、大夫達の前で恥を晒《さら》す積りだったのか、詔の内容は大体分る、檜隈大陵の復旧作業についてだ、姫はとんでもないことをいい出されそうじゃ、よし、吾はこれから一眠りし、夕刻までに小墾田宮に参る、輿《こし》の用意をしておけ、吾が参ることも姫に伝えるのだ」

「父上……お身体に障ります」

「これは大臣の命令だ、姫の詔を変えるのは吾以外にはない」

馬子は侍女に寝具の用意をさせると、一刻《とき》（二時間）ほど横たわった。

蝦夷との会話で流石《さすが》に神経が昂《たか》ぶり眠れなかったが、輿に横たわった馬子の眼は、三十余年前、物部守屋《もののべのもりや》を斃《たお》すために出陣した時のように爛々《らんらん》と輝いていた。

蝦夷は馬子の気迫に圧倒され黙々と従った。馬子が生きている限り蝦夷は、父の威光から解放されそうにはなかった。

馬子が蝦夷に抱えられるようにして宮に来たのを知り、女帝も会わざるを得ない。

何といっても女帝は馬子と組み、穴穂部《あなほべ》王子・宅部《やかべ》王子・泊瀬部《はつせべ》大王（崇峻《すしゅん》）を殺したのである。馬子の力がなかったなら、物部守屋と組んだ穴穂部王子が大王になり、女帝の存在は霞《かす》んでいたのは間違いない。蝦夷に対しては大きな口をきけるが、馬子にはどうしても遠慮してしまう。

それでも女帝は、檜隈大陵の被害の大きさを口にすると、感情が激し、蝦夷に支えられて坐っている馬子に、大陵を新しく造築する、などと口走った。

馬子は、気が済むまで女帝に話させた。

馬子はもつれた声で話し、蝦夷がそれを分り易《やす》く女帝に伝えた。

馬子は、最初に、大臣がその内容を知悉《ちしつ》しない詔というのは慣例に反するし、政界は動揺し混乱する、と述べた。

「これは蘇我氏の威信の低下に繫《つな》がるだけではなく、大王家の威光にも関係して来ます、大臣が忠誠を誓い、姫がそれに応える歌を詠《よ》み合ってから十年はたっていません、姫は御存知ありませんが、群臣の中には蘇我を憎んでいる氏族もいるのです、姫と大臣との厚い絆《きずな》に罅《ひび》が入ったと知ると、何時、誰が我等に牙《きば》を剝《む》くかもしれませぬぞ、お分りですか」

馬子に理をもって諄《じゅん》々《じゅん》と説かれると女帝も余り反駁出来ない。

それに大臣や大夫に知らせずに詔を出すのは、慣例に反することを女帝はよく知っていた。

「分っている、ただ被害の報告があったにも拘らず大臣から何の連絡もないので、朕《わ》も少し苛立った」

「蝦夷大夫に調べさせ、必要な労役の民の数などを計算していたのです、政治というものは、そういうものなのです、吾《われ》は明日、大夫達を屋形に集め、大陵の復旧計画を練ります」

「大臣、大々的に復旧するのじゃ、これは父母に対する朕の最後の孝養じゃ、嵐で崩れるような墳墓に父母を葬っておくわけにはゆかぬ、朕は全面的に築きなおそうと思っていたが、これまでの大臣の忠誠もあるし、一応は意見を聴いて最終的に決めよう、その代り明日の詔は取りやめます」

「姫が納得なさるような復旧工事を行ないましょう」

「大臣、部分的な復旧だけでは駄目じゃ、どんな嵐にも被害を受けぬような壁を築け、これが朕の願いじゃ」

「壁でございますな……」

馬子は念を押すようにいったが、想像していた以上に凄《すさ》まじい女帝の胸中を知り、後の言葉が続かなかった。

大陵の後円部・前方部を合せると長さだけで百丈余（三一〇米《メートル》）もある。全体を土壁で囲むのはまさに大工事だった。

だが女帝の決意には並々ならぬものがある。石室のある後円部だけでも囲まねばならない、と馬子は決意した。その辺りの判断力はまだ衰えていない。

「大臣、工事を早く進めるよう大夫達と計画を練るのじゃ、それと斑鳩宮の皇太子には朕と大臣との約束を告げるだけで構わぬ、何も相談する必要はないぞ、朕が母のためにだけ、大工事を起こすとひがむに違いない、あの大陵には大王も眠られている、だが皇太子はそうは思うまい、母と大王との合葬礼の際も、風邪《かぜ》を理由に式には顔を見せなかった、朕にも皇太子の胸中ぐらいは分ります」

「姫のお気持の通り計らいましょう」

宮を出た馬子は疲れ果て、輿の上に横たわると眠ってしまった。

屋形に戻っても、何もする気が起こらず横になった。

馬子は蝦夷に、被害状況を絵で描き、三日後に大夫《まえつきみ》達を集めるように命じた。

渡来系の画師達が描いた被害現場の絵を見た馬子は、蝦夷の口から語られたよりも被害が大きいのを知った。

三日後に病人以外の大夫が集まった。

蘇我の支族である境部臣摩理勢《さかいべのおみまりせ》、蘇我臣倉麻呂《そがのおみくらまろ》を始め、阿倍臣摩侶《あべのおみまろ》、巨勢臣大麻呂《こせのおみおおまろ》、紀臣塩手《きのおみしおて》、大伴連鯨《おおとものむらじくじら》、中臣連弥気《なかとみのむらじみけ》、高向臣宇摩《たかむくのおみうま》、佐伯連東人《さえきのむらじあずまひと》、難波吉士身刺《なにわのきしむざし》、秦造《はたのみやつこ》河勝《かわかつ》、采女臣摩礼志《うねめのおみまれし》である。

馬子は大夫達に被害の絵を見せ、女帝の意向は、大陵を新しく築き直すことにある、と伝えた。

大夫達は馬子の言葉に息を呑《の》み、返事をする者がいない。今、あれだけの墳墓を新しく築くのは大変な大工事になる。檜隈大陵を最後に、巨大墳墓を造る風潮はなくなっている。大王といえども円墳もしくは方墳だった。

畿内《きない》の労役の民を千人動員しても四、五年は必要となる。民・百姓は労役に泣き怨嗟《えんさ》の声を放つ。

また厩戸皇太子が黙っている筈がない。

沈黙が部屋を覆ったのも無理はなかった。

馬子が女帝の意向を、数倍にも膨らませて告げたのは作戦だった。

後円部を囲う土壁築造の話を持ち出す前に、大夫達に衝撃を与え、ことの重大さを知らせておく必要があったからである。

馬子は何時ものように脚を投げ出し、絹布を掛け、背もたれにもたれている。大夫達は冠位の順に左右に分れて坐っていた。

蝦夷は境部臣摩理勢と同じ大徳《だいとく》だが、次の大臣だけに馬子と向き合っている。

「大臣は了承されたのですか？」

最初に訊いたのは、支族の長《おさ》、摩理勢だった。

摩理勢の性格には、竹を割ったようなところがあった。厩戸にも、それでは政界を泳ぎ切れないぞ、と注意されているぐらいだ。

摩理勢が若い蝦夷と衝突するのもその辺りにある。

摩理勢は詰問口調だった。蝦夷が無礼だぞ、といわんばかりに睨《にら》む。何時も寡黙で腹の中が分らない倉麻呂は、上目遣いに馬子の表情を探る。

「何も了承していない」

と馬子はゆっくりいった。

女帝の場合と違って、大夫達は眼の前にいる。蝦夷に通訳させるようなことはしない。

「どう考えておられるのですか？」

と摩理勢は上半身を乗り出した。

「今、あれだけの大陵を造るのは、新羅《しらぎ》との戦《いくさ》の準備をするようなものじゃ、世が乱れる」

「その通りでございます」

「吾《われ》はそれは無理だと率直に申し上げた、姫のお考えは、嵐から墳墓を守ることにある、吾の意見を聴き、土壁で囲うことで了承された、それなら実行出来ないことではない」

「あの大陵を土壁で……大工事でございます」

「姫は、最後の孝養と申された、堅塩《きたし》媛《ひめ》様だけが眠っているのではない、大王も共に眠られている」

「しかし……」

といって摩理勢は一同を見廻した。だが摩理勢に同調する者はいない。皆、困惑したように吐息をついたり、眼を伏せる。

馬子はそれを見て、後円部だけを土壁で囲むのなら、群臣も何とか納得するだろう、と判断した。

「大臣、この件について皇太子はどう考えておられるのですか？」

と摩理勢は食い下がった。

「これは堅塩媛様の合葬と同じく大王家の問題じゃ、政治ではない、神祇《じんぎ》に関することでもある、神祇となると姫の御意向が最も優先される、故に皇太子には、報告するが許可は必要でない、この問題について皇太子が反対するとなると、姫は憤られ、両者の間に亀裂《きれつ》が生じる、吾の好むところではない」

摩理勢よ、おぬしは亀裂を望むのか、と馬子は摩理勢を睨むように見た。

摩理勢は反駁を抑えて唇を嚙《か》んだ。そんな摩理勢を見て、大夫達は安心したように頷く。ただ、厄介なことになったという重苦しさに出席者は沈鬱な面持ちである。

「吾もこれから姫と話し合い、工事を出来るだけ小規模なものに押える積りじゃ、ただ石室のある墳墓の周りだけは囲まねばならぬ、そうでなければ姫は納得されないであろう、分るのう」

「大臣、大工事にならぬよう、大王を説得して下さい」

と摩理勢は叩頭した。

馬子は翌日、蝦夷を小墾田宮《おはりだのみや》に遣《つか》わし、石室のある墳墓の部分だけ土壁で囲う、という案を奏上した。自分と大夫との一致した意見である旨を伝えた。

数日後、女帝は使者を馬子の屋形に遣わし、土盛りした部分に、各氏族が柱を立てるように、と要求した。

天神に、檜隈大陵を守り給《たま》え、と祈願を込めた柱である。

当時の柱は天神と人間を結ぶためのものだった。

かつて敏達《びだつ》大王が、蘇我馬子が建立《こんりゅう》した仏塔に激怒し、物部守屋に破壊させたのも、神聖な神祇の柱を蕃神《ばんしん》（仏教）の柱で穢《けが》そうとした、と考えたからである。

女帝の要求に馬子は、三十余年前の出来事をまざまざと思い出した。

もしあの時、皇后であった女帝が大王の憤りを抑えなかったなら、馬子は守屋によって殺されていたに違いなかった。

それに柱を立てるとなると、馬子が大夫に述べたように、土壁を築く大工事も、神祇ということになる。

馬子は女帝の要求を受け入れることにした。

土壁といっても巨大な土盛りであり、山といって良い。

『日本書紀』は次のように記述している。

「砂礫《さざれし》を以《も》て檜隈陵《ひのくまのみささぎ》の上に葺《し》く。則《すなわ》ち域外《めぐり》に土を積みて山を成す。仍《よ》りて氏毎《うじごと》に科《おお》せて、大柱を土の山の上に建てしむ。時に倭漢坂上直《やまとのあやのさかのうえのあたい》が樹《た》てたる柱、勝《すぐ》れて太《はなは》だ高し。故《かれ》、時の人号《なづ》けて、大柱直《おおはしらのあたい》と曰《い》ふ」

墳墓を守る工事としてはまさに前代未聞の大工事である。

檜隈大陵に対する異常といって良い女帝の執念が窺《うかが》われる。

工事が約三カ月で終ったのは、各氏族が競って労役の民を出したからである。


厩戸は苦々しい思いで狂気の沙汰《さた》としか思えない工事を眺めた。

馬子が境部臣摩理勢や秦造河勝を通して、経過を報告したように、柱を立てるのは神祇の行事だった。

厩戸が口をはさむ余地はない。女帝は最後の執念を燃やしているのである。

大王記・国記の編纂も中断の形になった。

各氏族は労役の民の動員や、柱作りを競い合い、家記を整え、提出する作業が疎《おろそ》かになった。

斑鳩宮でも大王記・国記の編纂は行なわれている。新しい年になれば、群臣も気持を新たにし、家記を提出するだろう。朝鮮各国の始祖王説話を超えた神話もかなり纏《まと》まっていた。

神々が住む天界を高天原《たかまのはら》と名づけ、古代中国の最高神である天皇大帝の子孫が降臨する筋書きも出来ていた。

天皇大帝は日の神とした方が良いという厩戸の意見に馬子も賛成している。ただ、当時には天照大神《あまてらすおおみかみ》という神名はまだない。日の神にその名前がつけられたのは、天武《てんむ》朝と考えられる。

降臨の場所は九州でなければならない。倭《わ》国の最も古い王は女王で、九州にいたという伝承がある。各氏族もそれを知っており、大和を倭国発祥の地とするわけにはゆかない。

それに蘇我氏の祖も百済《くだら》から倭に来たという伝承があった。そのことは旨《うま》く隠すとしても、九州勢力が大和に遷《うつ》ったという伝承は記さねばならない。

厩戸は始祖王の東征説話として纏める積りだった。

常軌を逸した女帝によって、大王記・国記などの編纂が中断されたことは凄《すご》く腹立たしいが、明日への夢を捨ててはならぬ、と厩戸は自分に鞭《むち》打ち、励ましていた。

そんな時、厩戸を悩ましたのは、母の様子が再びおかしくなったことだった。

それまでは新しい屋形に住み、女帝に対する怨念《おんねん》も鎮まっていたのだが、檜隈大陵の大工事を聞くと、再び眠りから覚めたように女帝を憎み始めた。

憎むというよりも、我身の不幸をぐちるのである。

厩戸も人の子であり感性が鋭い。ことに身内への愛情は深かった。それが民、百姓への思い遣りにも繋《つな》がるのだが、顔を合わせた途端、我身の不幸をぐちられると、母と会いたくなくなる。

女帝への憤りを抑えている時だけに、埋火《うずみび》を母によって掻《か》き廻される思いがする。

母上、お止《や》め下さい、と叫びたくなる。

母はそんな厩戸への面当てのように、馬子と女帝によって殺された弟達の墳墓に参り始めた。

異常な墓参りは一年余り続いた。

旧暦十二月で厳寒のさなかだった。

昨夕から降り続けた雪は夜も降り続け、朝になると一尺（三〇糎《センチ》）以上も積っていた。

枯木も雪の花を咲かせている。冬も緑の葉を保っている樹々の葉は、真白い絹綿に包まれているようである。雪は小雪に変っているがまだ止みそうにない。

空は厚い雪雲に覆われ、見上げても灰色の霧の中から雪が降り続けるだけである。

その割に庭が明るいのは、積った雪が眼に見えない光を放っているせいかもしれなかった。

厩戸は夜を共にした橘大郎女《たちばなのおおいらつめ》が住む中宮の縁に立った。大郎女は白髪部王《しらかみべ》に続き、昨年手嶋《てしま》女王を産んだばかりである。

もうすぐ四十八歳になる厩戸にとって、二十代後半の大郎女は若かった。

膳菩岐岐《かしわでのほきき》美郎女《みのいらつめ》はすでに四十歳になろうとしている。

厩戸の子を産んだ妃の中で、生きているのはこの二人だけだ。

厩戸は白い息を吐いた。身体の芯《しん》まで凍りつくような冷たさである。大郎女が厩戸の肩に毛皮をかけた。冬用の絹綿の入った厚い防寒用の衣服を纏ってはいるが、それだけでは足りない。何時もは戯れて囀《さえず》る小鳥の声も聞えなかった。夫婦の鳥は巣の中に身を寄せ合って縮こまっているのだろう。

「雪は珍しくないが、この寒さは何年ぶりだろうか、風邪を引くなよ」

と厩戸はいった。

「わが君《きみ》も御用心下さい、ここは寒うございます」

「風がないから大丈夫だ、大郎女、あそこを見よ、まるで板塀が宙に浮いているように見えるぞ」

雪のいたずらだろう。積った雪で塀が浮いて見える。そういえば塀の周辺の樹々《きぎ》も浮いていた。別世界にいるような幻覚に捉われるのだ。

「本当に奇妙でございます」

と大郎女は相槌《あいづち》を打った。

「我々は、自分が何時も見ている風景が間違いのないものだと思い込んでいる、だがそれが錯覚なのだ、何時どう変るかもしれぬ、風景でさえ仮りの姿じゃ、まして人間の心など、明日にでも変るかもしれぬ」

「この世はそんなに不確かなものなのでしょうか、恐ろしいというより、淋《さび》しゅうございます」

「そう思うのは人間の欲じゃ、いや、こういうことをいったのも、吾《われ》が老いたせいかも分らぬ、余り気にするな」

「いいえ、わが君は老いてはおりませぬ、仏教の教えではございませんか……」

「それに似た教えはある、だが仏教思想は奥が深い、時には頭が混乱し、本当の教えが分らなくなる場合もある、絶対狭い眼で解釈してはならぬ」

厩戸の口調は自分にいい聞かせているようだった。

雪を蹴散《けち》らし馬が走って来た。

異変を感じ、厩戸は急いで部屋に入った。

騎馬の人物と応対していた調子麻呂《つきのねまろ》が、部屋の外から厩戸に、間人《はしひと》大后の屋形からの急使である旨を告げた。

「母上からの急使、急病か……」

と厩戸は声を張り上げた。

この寒さである。風邪を引き、高熱を発したのかもしれない。

「警護の長《おさ》の話では、大后様は墳墓に酒を供えるとおっしゃられ、侍女達が止めるのを振り切って出掛けられたとのことです」

「何だと、この雪の中を、そんな場合は、母上がどんなに怒られようと、大勢で止めるようにと申しているではないか！」

と厩戸は叫ぶようにいった。

厩戸は雪の中に蹲《うずくま》っている警護の長に会った。

「申し訳ありません、侍女達は止めたのですが、大后様は刀子《とうす》を抜き、邪魔はさせぬ、と睨まれました、やつかれも刀子を持たれた大后様をお止め出来ませんでした、もし過って大后様の身に傷でもつけば、大変でございましたので、本当に申し訳ありません」

「何だと、刀子を抜かれたのか……」

厩戸は呆然《ぼうぜん》とし言葉が出ない。狂気の行動としかいえなかった。これでは警護の長を責められない。

「分った、侍女達はついて行ったのだな」

「はい、それと警護兵三名が従いました」

「よし、そちは引き返し、残る侍女達に輿の用意をさせ、墓に行け、吾もすぐ参る」

警護の長は、馬に鞭を当てた。鞭の音は空気を裂き、まるで鋭い矢のように飛び、厩戸の胸に突き刺さった。

厩戸の胸中を察し、子麻呂は叩頭したまま動かない。

厩戸はその場に崩れそうになった。

新しい宮に移ってから、母は漸《ようや》く平常心を取り戻した。

だが檜隈大陵《ひのくまのおおみささぎ》に葬られた堅塩媛に対する女帝の、異常としかいいようのない執念じみた思いを再び見せつけられ、母は衝撃を受けた。

女帝と馬子によって殺された弟王子達への不憫《ふびん》さが甦《よみがえ》り、我身の不幸の埋火に怨念の炎《ほむら》を燃やしたのだ。

それが墓参りとなったのである。

間人大后は、自分の行動がどんな重荷を厩戸に背負わせることになるか気づいていない。いや意識していなかった。

六十歳代の半ばになった大后の心は、暗い炎に水を浴びせる余裕がない。

大后は心を焼かれ、平常心を失った。

厩戸はそんな母を見て、侍女や警護の長に、異常な行動に出たなら、母がどんなに怒ろうと、止めるようにと命じていたのである。

だが厩戸も、母が刀子を抜くとは思ってもいなかった。

厩戸は不安そうな大郎女にいった。

「人間はどう変るか分らぬ、心配するな、吾には余裕がある」

だがそれは、厩戸が自分を落ち着けるためにいい聞かせた言葉だった。

墳墓の傍で母は雪の中に坐っていた。流石に侍女達が敷いた布の上だが、積った雪は軽い母の重みに大きく窪《くぼ》んでいた。

刀子は母の膝《ひざ》の傍《そば》に置かれている。

絹布で覆った母の頭から上半身はすでに粉雪を浴びている。

酒の入った壺《つぼ》は横に倒れ、酒杯も傾いていた。

壺からこぼれた酒のせいで、小さな窪みが出来ている。母は背を丸めて手を合わせていた。

厩戸は口に手を当て、侍女達に声を立てるな、と命じた。

得体の知れない鬼神に憑《つ》かれたのか、母は両手の拳《こぶし》で交互に膝を叩いていた。まさに鬼気迫る光景だった。膝を叩く度に素肌を打つような音がして母の身体が揺れる。

母は厩戸が来たことに気づかず口の中で何か呟《つぶや》いていた。

厩戸は母に近づいた。歩くと履《くつ》が雪に埋まり進み難いが、幸い音が立たない。

厩戸は母の背後から腕を伸ばし、刀子を握った。

母が気づいたのは、厩戸が刀子を布で巻き懐に収めてからだった。

振り向いた母の顔は憎悪《ぞうお》に歪《ゆが》み、皺《しわ》の一つ一つが、生物のように蠢《うごめ》いて見えた。厩戸は息を呑んだ。こんな母の顔は見たことがない。もし見たとすれば夢の中である。

「厩戸、返せ」

母は厩戸を睨みながら手を出した。厩戸は我に返り、その手を握ると引っ張り上げようとした。だが軽い筈の母の身体は根が生えたように動かない。

「母上、眼を覚まされよ、しっかりするのです」

「厩戸は母を捨て、堅塩媛とその娘に味方するのか」

母の嗄《しわが》れた声は現実のものとは思えない。いや、これは夢ではない、現実なのだ、と厩戸は母の手を引っ張りながら何度も呟く。幾ら引いても動かないので、手を離した厩戸は母の傍に坐った。厩戸の腰は五寸（一五糎）も雪に埋まった。

「母上、風邪を引きますぞ、眼を覚まして下さい」

厩戸は母の肩に両手をかけて揺さぶった。母の身体は石になったように動かない。鬼神に憑かれたに違いなかった。

雪の冷たさが脚から腰を凍らすようである。母の身体もこの寒気に堪えられる筈はない。厩戸は本能的に母を抱き抱えた。自分の体温によって母を守ろうとしたのである。自分の腕の中の母が、動いたような気がした時、厩戸は無意識に気合を発していた。母は厩戸の腕に抱えられた。

厩戸は母を抱いたまま立った。

すでに輿が来ていた。

厩戸の腕の中でぐったりしている母を輿に乗せ、大急ぎで宮に運ぶように命じた。防寒用の部屋は板床の一部が切られ、囲炉裏《いろり》になっている。火は音を立てて燃え、部屋は幾らか暖かいが、現代とは大違いである。熱が逃げる隙間《すきま》が多過ぎるのだ。

厚い絹綿の寝具に横たわってから、母は寒い、と慄《ふる》え始めた。

母の身体は火が燃えているように熱く、意識が朦朧《もうろう》とした。

そんな状態が数日続いた。渡来系の医師も様々な薬湯を飲ませたが、一向に熱は下がらない。

厩戸は毎日、母を見舞に通った。斑鳩宮にいた僧達も、母の宮に来て病の回復を仏に祈願した。

ただ厩戸は、人々を出家させるようなことはしなかった。僧や尼になることを望んでいない人々を出家させても、釈尊《しゃくそん》は喜ばない、と考えたからである。

五日目、母の熱は幾分下がり、母は意識を取り戻した。

厩戸の妃を始め王達も、母を見舞っていた。

その日も母の傍には厩戸を始め、山背大兄王や数人の王、それに橘大郎女と菩岐岐美郎女がいた。

母は病に罹《かか》った日のことをよく覚えていなかった。記憶にあるのは、弟王子の墓に酒壺を持って参ったということだけである。

大雪だったことも、厩戸に抱き抱えられたことも記憶になかった。

意識を取り戻した母は、見舞の言葉を告げる一人一人に頷き、御苦労と答えた。

その後母は、厩戸と二人だけで話したい、と告げた。

皆が立ち去ると、母は厩戸を傍に呼んだ。瘦《や》せた手を出して厩戸の手を求める。瘦せて青筋が甲に浮いているが、その手は驚くほど小さかった。

母と女帝は異母姉妹だが、容姿は全く異なる。母は華奢《きゃしゃ》で思い切り抱き締めると骨が折れそうだった。多分、小姉君《おあねのきみ》もそうだったに違いない。その点女帝は華やかさを感じさせる美貌《びぼう》だったが、大柄である。六十歳を過ぎたにも拘らず女帝が健康なのは、身体の大きさにもよるかもしれない。厩戸のみならず群臣はそう感じている。六十代になってから流石に肌はたるみ、老いの翳《かげ》りは隠しようがないが、五十代はまだ精の力が漲《みなぎ》っていた。多分堅塩媛譲りなのだろう。

ただ女人らしいという点では、女帝よりも母である。女帝は堂々としており、母は何時も俯《うつむ》いているようなところがあった。

欽明《きんめい》大王が新しく妃になった小姉君を寵愛《ちょうあい》したのも、その辺りが原因だったのではないか。

大抵の男子《おのこ》は、胸を張る女人よりも、瞳《ひとみ》を伏せる女人に惹《ひ》かれるものである。

「皇太子、私《わ》はこのまま死にたくない、母や弟達の墓も、もっと立派なものにし、柱を立てたい」

「母上、何をおっしゃるのですか、大勢の僧も母上の病が回復するように、と懸命に祈願していま す、薬湯にも、隋《ずい》の使者が持参した秘薬をたくさん入れているのです、無理をされたので風邪をこじらせましたが、必ず治ります」

「では、私が回復したなら墓の周りに柱を立ててくれるか？」

約束だぞ、といわんばかりに母の手に力が入った。

「母上、檜隈大陵は余り大き過ぎて先の嵐で崩れたのです、その点、小姉君様や吾《われ》の叔父《おじ》上の墓は崩れておりません、墓は大きいから良いというものではないのです、墓を大きくするため労役の民を動員するのは反対です、あちらには勝手なことをさせておけば良いではありませんか」

「そなたには私の苦しみが分るまい」

「ちゃんと分っております、その上で申しているのです、吾は斑鳩寺を建立していますが、大臣が建てた飛鳥《あすか》寺よりもずっと小さい、信仰心さえ厚ければ寺の大小など問題ではありません」

「皇太子は口が旨い、だが私に説教は通用せぬぞ、私は無念じゃ、おう身体が焼けるようじゃ」

母は咳《せ》き込んだ。だが痰《たん》が喉《のど》に詰まり苦しそうである。厩戸は慌てて、冷たい水を口に流し込んだ。母は何度も激しくむせ、そのせいでやっと痰が出た。

母は荒い息をついていたが、意識を失った。

このまま母に死なれたら、と思うと厩戸はやり切れなかった。母は怨念に悶《もだ》えながら死んで行くことになる。

死ぬ前は誰でも幸せな顔は出来ない。ただせめて怨念を捨てて死んで欲しい、と厩戸は思うのだ。

その日も厩戸は仏殿にいた。母が高熱を発して以来、厩戸は何も手につかなかった。母の女帝に対する怨念は、どう説いても消すことが出来ない。厩戸の祖母時代からのものだけに厩戸は人間が持つ業《ごう》を母に感じた。堅塩媛に対する女帝の異常としかいいようのない思いも同じだった。愛情というよりも業火《ごうか》であった。

厩戸は業火と業火の間に立っているのと同じである。

厩戸は薄暗い仏殿に跏趺《かふ》し、釈迦《しゃか》像を拝み瞑想《めいそう》にふけるが、母の顔を消すことは不可能だった。

仏殿は火気が全くないので、冷え切っている。長く坐っていると凍りついてしまいそうであった。その冷気だけが厩戸の悩みを凍らせることによって薄くする。

今日の厩戸は釈迦仏との対話も出来ない。仏よ、釈尊よ、あなたは何故、何もお答えにならないのか？　と厩戸は訴える。釈迦像の顔は謎《なぞ》めいた笑みを湛《たた》えたまま変らない。

自分に助けを求めても無駄じゃ、と告げているような気がする。

そなたの悩みはそなた自身でしか解決は出来ぬ、と非情に突き放しているようでもある。

何時もの厩戸なら、何とか自分に納得出来る解答を、自問自答のうちに得られる。

だがその日は無駄だった。

厩戸は自分でも何度目か分らない視線を釈迦像に向けた。

仏の表情は益々《ますます》冷たかった。

何かが厩戸の脳裡に閃《ひらめ》いた。その閃きに厩戸は愕然《がくぜん》として仏像を見直す。

「まさか、慈愛の仏が……」

「慈愛とは何か、私情と慈愛とは異なる、私情だから恨み、悩む、見苦しい糸を引く」

「吾《われ》の母です」

「知らぬ」

「実の母を突き放せといわれるのですか？」

「勝手に解釈せよ」

「母への情を断ち切れば吾は楽です」

「皇太子よ、吾は総ての情を捨てた、だからこそ、真の慈愛を知ったのじゃ」

「吾は釈尊には遠く及びません、煩悩《ぼんのう》の人間です」

「それなら悩み続ければ良い、煩悩の虜《とりこ》の人間が吾に悩みを解決して欲しいなど、甘え過ぎじゃ」

「そうおっしゃられると返す言葉もございません、ただ吾は、せめて一歩でも釈尊に近づきたいと何時も吾を励まし続けて来ました、また釈尊の万民に対する慈愛を拡《ひろ》めようと願っているのです」

「功を売り、吾の慈愛を引き出す積りか」

厩戸は頭を叩かれた気がした。反駁が出来ない。内から湧《わ》いて出たような釈尊の声も消えた。

厩戸は肉に沁《し》みるような寒さを覚えた。僅《わず》かな問答に厩戸は汗をかいていた。その汗が凍ったのだ。

釈尊が伝えようとしたのは、母への情を捨てよ、ということだった。それは私情であるが故に慈愛とは関係がない。もし今の悩みを消し去りたいのなら、それ以外方法はあるまい、と告げたのである。

釈尊の説法は冷酷だが、理があることを厩戸も認めざるを得ない。人々は私情により、醜い行動に走る。

そういえば、堅塩媛に対する女帝の異常な思いも私情である。私情の赴くまま狂気に近い大工事を行なったのだ。

確かに厩戸の母への情は私情だが、厩戸は他人に迷惑をかけるようなことはしていない。女帝の私情と大違いだ。

釈尊よ、それでもあなたは私情を捨てろ、といわれるのか、と厩戸は今一度仏像を見直した。

冷たい顔に謎めいた微笑が浮かんでいる。少しは分って来たな、とも告げているようだった。

だが釈尊は返答しようとはしなかった。


既戸は自分の部屋に戻ると暖められた蒲団《ふとん》に横たわった。気のせいか身体がだるい。蒲団の中で身を縮めていると雪解けのように凍っていた身体が溶けていく。

一眠りした時、既戸は母の病状が変化したことを知らされた。

菩岐岐美郎女《ほききみのいらつめ》と橘大郎女《たちばなのおおいらつめ》が蒼白《そうはく》な顔を向けた。

母は眼を開け、大きな鼾《いびき》をかいて眠っていた。驚いたことに母は瞬《まばたき》もしなかった。眼は見開かれたままで瞳は何処《どこ》を凝視《みつめ》ているのか分らない。

「母上！」

と既戸は叫んだ。

異常な状態であることは明らかである。死の鬼神に取り憑かれたのかもしれない、と既戸は本能的に母の身体を揺さぶった。顔も揺れるが、相変らず開かれた眼は微動だにしない。

「一体どうしたのじゃ？」

厩戸は菩岐岐美郎女に訊《き》いた。

母は妃の中では菩岐岐美郎女を一番可愛がっていた。自然、彼女が主に看病に当ってい
る。

「はい、痰が詰まり、一時、息をなさらなくなったのです」

といって菩岐岐美郎女はその時の症状を説明した。

痰が詰まった時、母は苦し気に喘《あえ》いだ。菩岐岐美郎女は水を飲ませようとしたが、母は吐き出してしまった。突然、母の身体が痙攣《けいれん》し、母は息をしなくなった。

菩岐岐美郎女が母の異常を厩戸に知らせたのはその時だった。

「大后様はお亡くなりになったと思いました。すると大后様は再び息をなさり、痰を吐き出されました、水も飲まれました、だがその後、大后様は再び息を止められたのです、太子様が来られた時、待っておられたように勢い良く息をなされたのです」

「では、今のように鼾をかいたわけだな？」

「はい……」

「しかし妙だ、反応が全くない、何故だろう」

厩戸は母の耳に口を寄せ、母上、と叫んだが何の反応もなかった。身体は火のように熱く、胸が割れるのではないか、と不安を覚えるほど心の臓の鼓動は高く速かった。

厩戸は三尺（九〇糎）ほど顔を離して母を見た。苦悩に満ちている筈なのに、朝方見舞った時と異なり、苦悩が薄れているような気がする。錯覚ではないか、と厩戸は瞼《まぶた》をこすった。慧慈《えじ》が口にしたことのある心眼を思い出し、腹部で呼吸を整えてから見直した。

錯覚ではなかった。ただ苦悩は薄れているが、顔全体が見えない幕に覆われているような気がする。眼もそうである。開かれているにも拘らず瞳の焦点が定まっていない。

母の顔であることは間違いないのだが、見知らぬ他人のような気もする。寒気が厩戸の背筋を走った。

厩戸は指先で母の瞼を引っ張って見た。小皺の寄った瞼は、肌の一部ではなく肌についた柔らかい布片のような感じだ。厩戸の意のままに伸びて眼を覆った。そのままで戻らない。

瞼は死んでいる、と厩戸は感じた。だが、相変らず大きな鼾をかき、心の臓は高く鳴っている。

厩戸には理解が出来ない症状である。

「死の鬼神が取り憑いている、母上は戦っておられるのだ」

厩戸はそうとしかいえない。

この間人大后の症状は現代医学では脳死ということになる。二度目に呼吸が止まった時、血液が脳に届かず脳が死んだのだ。回復することは絶対ない。

勿論、当時の人々には分らないし、厩戸の解釈が自然である。

厩戸は斑鳩宮やその周辺に住む王や王女を集めた。まだ幼く、地方の豪族に育てられている王などを除き十余名が集まった。

厩戸は慧慈と共に来倭《らいわ》し、斑鳩宮に住んでいる高句麗《こうくり》の医師、智開《ちかい》に母の症状を訊いた。

智開は厩戸の許可を得て、母を触診した。智開は吐息をついた。

「大后様は雪の中で激しい風邪を引かれました、お年齢《とし》で身体が弱っておられ、高熱を発せられたのでしょう、余り熱が高いので、身体の大事な部分が眠られたのでございましょう、臣《やつこ》にもそれ以上のことは分りません」

「それでは雪や氷で冷やし、熱を消してはどうだろうか？」

「はい、雪で冷やされると、確かに表面の熱は下がりますが、心の臓を始め大事な臓腑《ぞうふ》は、雪や氷の冷気で一層風邪を引かれる危険性があります、でも、何もせぬより、太子様のいわれるようにお身体を冷やされた方が、意識を取り戻される度合が多いとも考えられます」

智開は困惑し切っていた。自信がないようだった。

厩戸は智開に、このような症状をかつて診《み》たことはないのか？　と訊いた。

智開は、高句麗にいた時、一度だけ師の医師と共に診たことがある、と答えた。

患者は四十歳になる官人だったが、山城を巡視中、崖《がけ》から落ち重傷を負った。傷はどうやら治ったが身体が全く動かず反応がなくなった。

「食事も固いものは喉に入らず駄目でございます、粥《かゆ》の汁の部分だけを、看病する者がゆっくり飲ませねばなりません、臣が倭国に参ったのはそれから半年後でございますが、その官人はまだ生存しておりました」

「意識はどうなのだ、身体の反応は？」

「全くございませんでした、寝た切りです」

智開は叩頭した。

厩戸は絶望感に襲われた。母の場合は怪我《けが》ではないが症状は一緒である。母は生き続けたとしてもそういう状態になるのではないか。それでは生ける屍《しかばね》である。

「よく話した、一応雪で冷やしてみよう」

厩戸は侍女達に雪を集めて来るように命じた。

母の身体は、雪を包んだ布によって覆われた。

こうして三日たったが、母の症状は変らなかった。熱のせいで雪はすぐ溶けてしまう。厩戸は氷室《ひむろ》の氷を運ばせた。氷室は冬の氷を貯蔵させるために掘った洞穴である。穴は板と土で塞《ふさ》ぎ、氷が溶けないように工夫されている。

だが夏まで残る氷は僅かである。それだけに氷は大変な貴重品だった。ただ今は厳寒の季節だけに氷に不自由しない。

その日も厩戸は、妃や王達と共に母の傍にいた。

僧達の読経の声が重く響いて来る。

気のせいか、母の鼾は幾分弱くなり、熱も少し下がっているようだった。だが相変らず母の反応はなく、表情も見えない幕に包まれていた。

皺の一つ一つが硬直しているように思えるのは、気のせいだろうか。

母の鼾が止まったのは、そろそろ夕餉《ゆうげ》の時刻が始まろうとする時だった。

気がついたのだ、と厩戸は身体を乗り出した。

「母上」

と厩戸は縋《すが》りつくようにいった。だが母の返事はなかった。厩戸は自分の耳を疑いながら何度も呼んだ。

厩戸は心が凍る思いで母の顔を凝視《みつめ》た。鼾をかく際、微《かす》かに動いていた鼻孔が動かず、しなびた感じがした。

そんな筈はない、と厩戸は母の胸に手を置いた。心の臓も止まっている。厩戸は童子がするように母の胸を叩いた。意識がなくても良い、生き返って欲しかった。厩戸が母の死を現実のものとして確認したのは、閉じていた母の瞼を指で開いた時だった。動かない瞳に光がなかった。やや黄ばんだ白眼の中に黝《くろ》ずんだ小石が埋もれているようである。

厩戸は頷きながら母の瞼を閉じると、

「亡くなられた」

と呟くようにいった。

その場にいた妃や王、王女達が泣き伏した。それは侍女達にも伝わり屋形は哀しみの声に包まれた。

厩戸も泣こうとした。泣くのが自然である。だが涙が出ないのだ。自分でも意外なほど平静だった。というよりも、長い間の痼《しこり》が消え去りほっとしたといった感じである。

母の怨念も苦悩もこれで消えたのだ、故に母は安らかになった、と厩戸は声に出さずに呟いた。いやそれだけではない、已《おの》れを偽《いつわ》るな、と厩戸は自分にいった。

生ける屍となった母と顔を合わさねばならない苦しみから救われたのである。

この安堵《あんど》感は、母も吾《われ》も安らかになったためのものである、と厩戸《うまやど》は自分に頷いたのだった。

だがそれは母の苦悩からの逃避かもしれない。内なる囁《ささや》きを耳にした時、厩戸は漸く眼が熱くなるのを覚えた。

皆のように号泣《ごうきゅう》の中には入って行けないが、厩戸は唇を嚙み、眼を閉じた。厩戸の頰を伝わった一筋の涙には、他の者にはない複雑な思いが籠っていたのだ。

第九章　夢

『上宮聖徳法王帝説』は、間人《はしひと》大后を「鬼前大后」と記している。

前にも述べたが、鬼前は霊の前の意であり、大后が墳墓と密接な関係があったことを示している。

殯宮《もがりのみや》は間人大后が住んでいた宮の南に造られた。

母が生ける屍《しかばね》となった時から厩戸《うまやど》は、斑鳩《いかるが》寺を建てている寺工に、何時《いつ》でも殯宮を造れるように準備させていた。宮といっても正式に葬るまで、遺体を安置するだけの小屋である。柵《さく》で殯宮を囲い、悪の鬼神を追い払うために柱は建てるが、建材は揃《そろ》っているので、二日もかからなかった。

飛鳥《あすか》からは王族を始め諸豪族が続々と顔を見せた。

女帝は田村《たむら》王子を厩戸に遣わし、哀悼の意を伝えた。馬子《うまこ》は蝦夷《えみし》を寄越した。

田村王子は、哀悼の意を伝えた後、間人大后が錯乱気味だったという噂《うわさ》が拡《ひろ》がっていることについて、女帝が懸念されている旨《むね》を伝えた。

確かに母は、女帝が行なった空前絶後といって良い大規模な檜隈大陵《ひのくまのおおみささぎ》の復旧工事以来異常だった。とくに病《やまい》に罹《かか》った雪の日の墓参は狂気に近い行動である。

だがその原因を作ったのは女帝だった。

「噂など気になさらぬようお伝え願いたい」

と厩戸は冷たくいった。

田村王子は、押坂彦人大兄《おしさかのひこひとのおおえ》王子の晩年の子で、もう三十代の後半だった。馬子の身が不自由になってから、蝦夷が王子に近づいていることを厩戸は耳にしていた。

田村王子は厩戸の胸中を察したように視線を伏せた。もともと温厚な性格で出しゃばらない。女帝に気に入られている理由でもあった。

勝気な女帝は年齢《とし》を取ると共に意固地になり、王族や群臣に対しても好悪の感情が激しくなっていた。

女帝の行動を憂え、真剣に忠告する者は、たとえ、自分が産んだ子供であろうと遠ざける。尾《お》張《わり》王子が良い例だった。王子は合葬の際の石棺問題でも忠告した。それ以来女帝は、朕《わ》の子とは思えぬ、顔も見たくない、と嫌い、王子は孤独のうちに死亡した。

その点、田村王子は女帝にさからうような態度は取らない。王子の父・押坂彦人大兄王子は、馬子と物部守屋《もののべのもりや》が対立した際、政争の渦に巻き込まれるのを恐れ、水派宮《みまたのみや》に籠《こも》り中立を守った。田村王子はそういう父の血を引いていた。父よりも大人しい。田村王子は、女人のように何時までも視線を伏せている。

「他に何か……」

と厩戸は王子の発言をうながした。

「皇太子、大王は噂を気にしておられます、殯が余り長引くと、噂に尾鰭《おひれ》がつき、益々《ますます》妙な風に拡がり兼ねない、と案じられているわけです」

「ほう、大王は、殯の期間を短くせよ、と申されているのか」

流石《さすが》に憤りが抑えられず厩戸は語調を強めた。

「今年も、残すところは数日、新しい年にまで殯を持ち込むよりも、今年のうちに終えられた方が、噂を防ぐためにも良いのではないか、とお考えのようです、勿論《もちろん》これは大王の御意《ぎょい》でございます」

と田村王子はいって眼を伏せた。

これだけ喋《しゃべ》るのがやっとだ、といった感じで、肩さえ落している。田村王子は厩戸に同情し、辛《つら》いことを伝えねばならない自分の立場を分って欲しい、と暗に告げているようだった。

「間人大后は錯乱したわけではない……これだけは田村王子から大王に伝えていただきたい、大后の弟王子の墳墓に参り、風邪《かぜ》を引き高熱を発した、何故《なぜ》錯乱などという噂が拡ったのか吾《われ》には分らぬ、それならあの大陵を土壁で囲み、天にも届くような柱を立てさせた大王の行為も異常といわねばならぬ、しかも柱の数は百本を超える、どういう噂が拡まったか、田村王子も知っている筈《はず》じゃ」

「はあ……」

と田村王子は呟《つぶや》くように答え、吐息をついた。困ったものだ、と王子の吐息はいっている。

厩戸は、これでは柳に風だな、と舌打ちした。だが、こういう人柄が女帝に安心感を与えるのかもしれない。

そういえば、病弱だった竹田《たけだ》王子も何処《どこ》か田村王子に似ている。優柔不断というのか女性的だった。そんな王子を女帝はよく叱責《しっせき》していた。その後女帝は苛立《いらだ》つが、それが溺愛《できあい》を生むのである。

田村王子が何かいいたそうなので、厩戸はいった。

「遠慮せずに申されるが良い」

「では吾の意を申します、公の殯の儀式は年内一杯にされ、後は私的な儀式ということになされたら如何《いかが》でしょうか、それなら大王も納得なさると思いますが……」

田村王子は初めて厩戸と視線を合わせた。その眼は、どうか了承していただきたい、と告げている。

厩戸は田村王子の頭の回転が、思っていた以上に優れているのを感じた。

「田村王子、それは王子の判断だな」

「はい……」

「なかなか良い案じゃ、ただ私的な儀式といっても、別に隠れて行なったりはしないぞ」

「勿論です、何といっても大王は女人、感情が先に立たれます」

「ということは、形式的な返事で良い、というわけだな、自己満足が必要ということか」

「おまかせいただければ……」

「おう、まかせる」

「安堵《あんど》致しました」

といって田村王子は眼を伏せた。

田村王子が帰った後、厩戸は隅に置けぬ王子じゃ、と呟いた。山背大兄王《やましろのおおえ》に較べると十歳近く年齢が上である。ただ年齢の功だけではない。早く両親を失ったことも田村王子の人柄に影響を与えている。接する人間に悪感情を抱かせないのだ。最近はやや治ったとはいえ感情を表に出す山背大兄王とは大変な違いだった。

厩戸はその日、夕餉《ゆうげ》の後、山背大兄王と殯宮《もがりのみや》に行った。篝火《かがりび》が燃え、警護の兵士が数人、殯宮を守っている。

残雪が篝火に妖《あや》しく光っていた。薄闇《うすやみ》に覆われた巨大な獣の眼のようでもある。殯宮の前の柱の上には、木彫りの鳥が置かれていた。母の霊を天界に運ぶ鳥である。光の加減で鳥は生きており、今にも飛び立ちそうに見えた。

母の遺体は棺《ひつぎ》におさまっている。塩漬けになっているし、厳寒の季節なのでまだ腐臭は微《かす》かである。香料と混じった淡い異臭は、熟れた果実に似た匂《にお》いを漂わせていた。

厩戸と山背大兄王は木製の長椅子《ながいす》に坐《すわ》り、宮を拝んだ。この椅子に腰を下ろせるのは王族のみである。

厩戸は山背大兄王に女帝の意を伝えた。

「父上、殯の日までに口をはさむなど酷《ひど》うございます、大王は哀悼の意を父上に告げられたのだと思っていました」

「勿論、哀悼の意は伝えられた、だがその方は余り聴きたくはない、余りにも空々しいからのう、それよりも田村王子じゃ、余り目立たぬようだが、なかなかの人物、ひょっとすると周囲を窺《うかが》い、自分を目立たぬ場所に置いていたのかもしれぬ」

「蝦夷大夫《まえつきみ》が取り入っているようでございます、油断出来ぬ王子です」

山背大兄王は、厩戸が田村王子を褒めたので不快そうであった。こういうところに王の若さと性格が出ている。

「山背大兄王よ、敵視する必要はない、冷静に王子を眺めておれば良いのだ、宮から出よう」

二人は今一度宮を拝むと馬に乗り、斑鳩宮に向った。

殯宮から斑鳩宮まで数百歩というところである。話し合って戻るには手頃な距離だった。松明《たいまつ》を持った舎人《とねり》が十数歩先を進んだ。

すでに夕闇が濃く、獣の眼に見えた残雪も闇に溶けて弱々しい。

「妙な気持だ、こういうことはそちにしかいえないが、母上が亡くなられて以来、何か張り詰めていた糸が切れたような虚脱感に襲われる、母上が病床の身となり、反応がなくなられて以来、このままで何年も生きられては大変だ、と罰が当たるような思いに捉《とら》われたりもした、はっきり申すと、怨念が凍りついたままの母上の姿を見るに堪えられなかったのだ、それなのに母上が亡くなられると、胸に大きな穴が開いたような空《むな》しさに襲われる、その穴に冷たい風が吹き抜けて行く、吾《われ》は何のために仏殿に籠ったのか、これでは釈尊《しゃくそん》の像に合わす顔がない」

「父上、分ります、吾《われ》も母上が亡くなられた時は山も野も、空や川でさえも灰色に見えました」

山背大兄王の母・刀自古郎女《とじこのいらつめ》が亡くなって十年以上の歳月がたった。

「そうだった、そちは数日間、食事もろくに摂《と》らなかった」

「父上、勇気をお出し下さい」

「分っている、こういう吾の姿は誰にも見せたくはない」

厩戸は、こんな時、慧慈《えじ》がいてくれたなら、と思った。

山背大兄王は十代の初めに母を亡くした。最も傷つき易《やす》い年齢である。当然、受けた衝撃は厩戸よりも酷い。

厩戸は母の死で衝撃を受けたのではなかった。やり切れない空しさに捉われたのである。多分、母の中に燃えている怨念《おんねん》の炎を見続けて来たせいかもしれない。それが厩戸を仏殿に籠らせる一因ともなっていた。

厩戸は、母の怨念と闘っていたに違いなかった。人間の業《ごう》と闘うには釈尊が必要となる。釈尊は業を断ち切った強靭《きょうじん》な精神力の持ち主なのだ。

「吾は釈尊の足の指にも及ばぬ、何のために長年仏教を尊んだのか」

「父上は昔から、人間は釈尊にはなれぬ、それで良いのだとおっしゃっていました」

そんなことは分っている、と厩戸はいいたかった。分っていても口から出てしまう場合があるのだ。山背大兄王には穴が開いたような厩戸の胸中が理解出来ないようである。

山背大兄王は、厩戸の弱い面を的確に把握していなかった。

どんな苦悩でも、仏殿で瞑想《めいそう》にふけることによって解決してしまう、と山背大兄王は父を畏敬《いけい》していた。

山背大兄王は腹の底を絞るような声でいった。

「父上、大王には父上の偉大さが分らないのです」

「大王の話などしていない」

「大王は異常です、御自分は大勢の民を動員し、檜隈大陵《ひのくまのおおみささぎ》の工事をなさっておきながら、我等の大后の殯を年内に終えよというのは余りにも身勝手過ぎます」

「身勝手なお方なのだ」

「吾には大王の胸中が理解出来ませぬ」

「吾にも分らぬのだ、年齢のせいもあるだろう、もう良い」

「いいえ、今日はいわせて下さい、そうなのです、御自分の年齢を考えられたなら、大王位を父上に譲られるべきです、このままでは父上は大王になれませせぬ」

「そんな話は聴きたくない、母上が亡くなられたばかりではないか、そちはまだまだ人間が出来ておらぬぞ、吾《われ》は疲れた、少し寒気がする」

厩戸は、申し訳ありません、と平伏した山背大兄王を置いて奥の部屋に入った。


厩戸が発熱し、病床の身になったのは、年が新しくなってからだった。推古《すいこ》三十年（六二二）の旧暦一月上旬である。新年の賀を厩戸は悪寒《おかん》を堪えて受けたが、終ると共に倒れた。

斑鳩寺は建立《こんりゅう》中で塔も建っていない。

宮にいては建立工事の音が身に響くので、厩戸は輿《こし》に横たわり飽波宮《あくなみのみや》に移った。宮は富《と》雄《お》川の西岸にあり静寂だった。

母の死以来の心身の疲労が、病を呼んだに違いなかった。

熱はそんなに高くはなかったが、鼻水が止まらず、喋るのが億劫《おっくう》なほど全身が気だるかった。

不思議なほどよく眠る。だが眠りは浅く絶えず夢を見た。

よく見る夢は蘇我《そが》・物部《もののべ》合戦の残酷な光景である。血塗《ちまみ》れの兵が、厩戸を始め、諸王子、馬子を斃《たお》そうと這《は》いながら山を登って来る。物部軍は寡兵《かへい》だが死を恐れぬ勇士ばかりだった。警護の兵達が夢中になって矢を射、槍《ほこ》で突き刺す。

厩戸はまだ十四歳だった。敵の襲撃があると王子達は、馬子の命令で山の上に逃げる。その日も厩戸は何人かの王子と共に岩場に逃げた。巨大な岩の後ろに入ろうとすると、年長の竹田王子が厩戸を引き倒した。竹田王子は厩戸が入るのを許さなかった。蒼白《そうはく》な顔に青筋を浮かせて、追い出そうとする。何時の間にか他の王子の姿は消えていた。

「厩戸王子の入る場はないのだ、厩戸は大臣《おおおみ》の後ろに隠れておれば良い」

と竹田王子は甲高い声で叫ぶ。

「何故じゃ」

「大臣は厩戸を大王にする積りでいる、だから吾には厩戸が邪魔なんだ、厩戸は死ねば良い」

「吾は大王になどなりたくはない、お願いだ、入れてくれ」

「駄目じゃ、厩戸が死ねば吾が大王になる、母上はそれを望んでおられる」

「何だと、皇太后が……」

「そうじゃ、吾の母上は恐いぞ」

背後で、絶叫と共に人が倒れる音がした。

「来た」

と叫び竹田王子は頭を抱え縮みあがった。厩戸は本能的に振り返った。顔が半分潰《つぶ》れ、片眼が口の辺りまで垂れ下がっている大男が刀を振り上げた。開けた口からは鋭い牙《きば》が見える。残った眼も血を吹いている。

「許せ、吾は戦っていない」

「その声は厩戸か、眼が霞《かす》んでよく見えぬ、安心せよ、吾が殺したいのは厩戸ではなく竹田じゃ、竹田は何処におる？」

「知らぬ」

「知らぬわけはあるまい、今声がしたぞ、臆病《おくびょう》な王子が隠れる場所といえば、この岩の後ろだな、おういたぞ」

血塗れの大男は蹲《うずくま》った厩戸の頭をまたぐと、竹田王子の首を刎《は》ねた。竹田の首は悲鳴と共に転がり落ちた。

厩戸を見て哄笑《こうしょう》した大男は、驚いたことに煙となって消えた。

「竹田王子」

厩戸は恐る恐る岩の後ろを覗《のぞ》いた。意外にも竹田王子の遺体はなく、王子の母の豊御食《とよみけ》炊屋姫《かしきやひめ》が号泣《ごうきゅう》していた。

「皇太后、竹田王子は？」

「厩戸、そなたが殺したのじゃ、朕《わ》が最も寵愛《ちょうあい》していた竹田を朕から奪った」

「違います、消えた大男が殺したのです」

「嘘《うそ》をつくな、大臣が厩戸をどんなに可愛がろうと朕は許さぬぞ、厩戸、朕はそなたを大王にはせぬ、皇太子のままじゃ」

「殺したのは吾ではありません、吾は大王になどなりたくない」

「厩戸は賢明という評判だが嘘つきじゃ、分りました、嘘つきだから賢明になれる、皆、たぶらかされているわけじゃ」

豊御食炊屋姫は大口を開けて笑った。笑ううち口が裂け牙が剥《む》き出て来た。

厩戸は頭を両手で覆い、許しを乞《こ》うた。

「許さぬ、朕は竹田王子を殺した厩戸を咬《か》み殺すのじゃ」

大口から伸びた舌が蛇となり厩戸の頭に巻きついた。

厩戸が悲鳴をあげた時、豊御食炊屋姫が凄《すさ》まじい唸り声を発した。

「何者じゃ、朕に刀を向けたな」

厩戸の頭に巻きついていた蛇が消え、背後の闖入者《ちんにゅうしゃ》に襲いかかった。

闖入者は悲鳴をあげた。刀は岩に叩きつけられ二つに割れた。

厩戸は恐る恐る眼を開けた。

豊御食炊屋姫の口から出た蛇は大蛇となり、闖入者に巻きついている。厩戸の叔父の泊《はっ》瀬部《せべ》王子だった。胸と胴を締めつけられ、苦し気に呻《うめ》いていた。

「泊瀬部王子」

と厩戸は叫んだ。

泊瀬部王子は蛙《かえる》のように口を開いたが声が出ない。

「朕の罠《わな》にかかったな、朕はそちの兄の穴穂部《あなほべ》王子・宅部《やかべ》王子を殺した時、そちも殺そうと思っていた、そち達三人は朕の恋人、三輪君逆《みわのきみさこう》を殺したのじゃ、この恨みは晴らさずにはおかぬ」

「吾《われ》は殺してはおらぬ、大臣に説得されて思い止《とど》まった、御存知の筈じゃ」

「確かに思い止まった、だが本心は殺したかったのじゃ、だから許せぬ」

「それは無茶苦茶じゃ」

「無茶ではない、血の宿縁じゃ、そちの母の小姉君《おあねのきみ》のために、朕の母・堅塩媛《きたしひめ》はどんなに辛い思いをなさったか、そちは母が怨《うら》んだ小姉君の子、だから許せぬのじゃ」

「酷い、母と吾とは関係がない」

「卑怯《ひきよう》なことを申す王子じゃ、諦《あきら》めよ」

泊瀬部王子を巻いていた大蛇の亀《かめ》に似た頭が反り返った。舌が炎になる。

泊瀬部王子の肋骨《ろっこつ》が折れ内臓が潰される音がした。口から血と共に内臓が噴き出す。王子は眼を剝き、両腕を振りながら悶死《もんし》した。

遺体は無造作に岩場に投げ捨てられた。豊御食炊屋姫は、湯が煮え滾《たぎ》っている時のような笑い声をあげ、ゆっくり首を廻して厩戸を見た。

姫の口は血塗れで、泊瀬部王子の腸《はらわた》が食《は》み出ていた。

厩戸は絶叫と共に眼を覚ました。

全身汗塗れだった。

菩岐岐美郎女《ほききみのいらつめ》が不安そうに厩戸を眺めていた。布で厩戸の汗を拭《ぬぐ》った。これまでも悪夢を見たが、これほど恐ろしい夢は初めてだった。

「吾は悲鳴をあげていたか？」

と厩戸は弱々しく訊《き》いた。

「低い声は出されていましたが、悲鳴ではありません」

「そうか、夢の中で吾は悲鳴をあげ続けていた」

「悪い夢を見られたのですか？」

「ああ、悪い夢だった、寝衣が汗塗れじゃ、新しいのを頼む」

「はい」

何時もなら侍女である采女《うねめ》が着替えさせるのだが、病の床について以来、菩岐岐美郎女が自分で厩戸の世話をした。橘大郎女《たちばなのおおいらつめ》も看病に当たるが、どうしても年齢の差が出てしまう。看病という点においては、菩岐岐美郎女の方が優れていた。

自然、大郎女が看病に当たるのは、菩岐岐美郎女が仮眠を取った時ということになる。

新しい寝衣に着換えた厩戸は、体力が消耗しているにも拘《かかわ》らずなかなか眠れなかった。

泊瀬部大王（崇峻《すしゅん》）は東漢直駒《やまとのあやのあたいこま》に殺されたが、馬子の命令であることははっきりしていた。

駒は馬子の娘で、泊瀬部大王の妃であった河上娘《かわかみのいらつめ》と通じ、その罪で馬子に殺されるが、大王を殺したのは、馬子の命令だったことを自白している。

だが、馬子は独断で行なったのではなく、皇太后であった豊御食炊屋姫《とよみけかしきやひめ》の許可を得たというのが、群臣の暗黙の了解だった。

馬子は穴穂部・宅部両王子を殺す時も、女帝の許可を得ていた。

そういう暗黙の了解があったが故に、群臣も騒がなかったのである。

女帝と馬子は車の両輪であった。厩戸の母・間人《はしひと》大后は、弟王子を殺したのは、豊御食炊屋姫に違いない、といっていた。

「大臣《おおおみ》に許可を与えたのは間違いないでしょう、でも許可を与えたのと、命令を下したのでは大きな違いがあります、母上はまるで大王が命令を下した、とおっしゃっているようです、そんな風に考えられていては、憎み合いが深くなるだけです」

「厩戸よ、そなたは甘い」

泊瀬部大王を殺すように命令したのは、女帝に違いない、と母は死ぬまで思い続けていた。

それが、雪の日の墓参になったのだが、ひょっとすると、母の方が当っていたのかもしれない。

堅塩媛の合葬の際のやり方や、狂気に近い檜隈大陵の復旧作業などから推測すると、厩戸が見た夢のように、女帝の血に対する怨念には、想像を絶するものがあった。

釈尊は慈愛を説いたが、血の怨念の行手には、慈愛の片鱗《へんりん》もなかった。

泊瀬部大王が殺された翌年、馬子は厩戸を大王位に即《つ》ける積りだったが、年齢が若い、という理由で女帝が大王になった。厩戸はその年二十歳だから、確かに若いが、大王になれない年齢ではない。

女帝が大王位に即いたのは、泊瀬部大王殺しを正当化しようとする意図があったのであろう。

女帝の命令で事に当った馬子は、そういう女帝に従わざるを得なかったのだ。厩戸を皇太子にすることで、女帝と馬子は一致したのである。

また、あの時厩戸が大王になれば、間人大后は大王の母という威厳を持つ。女帝にはそれが堪えられなかった。ひょっとすると、女帝が自ら大王になった真意は、後者にあったのかもしれない。

病の身となり、長年、眼を背けていた疑惑が厩戸の胸中に大きく膨らんだ。


一月下旬、厩戸の病は小康を得た。身体は気だるく熱も完全に引いたわけではないが、母の墳墓の問題を始め政務は山のように溜《た》まっていた。若い山背大兄王には解決出来ない問題も幾つかあった。

母は錯乱気味だったので、病に罹ってからは墳墓の問題は口にしたことはない。多分、自分が死ぬなど考えていなかったに違いなかった。

そんな母が三年ほど前、最初の夫であった用明《ようめい》大王の墳墓がある河内《かわち》の磯長《しなが》に葬られたい、と洩《も》らしたことがあった。

母は大王が亡くなった後、田目《ため》王子と婚姻し、佐富《さほ》女王を産んだ。田目王子は大王が蘇《そ》我稲目《がのいなめ》の娘・石寸名《いしきな》に産ませた王子だった。

再婚した時、母はすでに三十代の半ば近くになっていた。馬子の勧めで婚姻したのだが、拒否する積りなら幾らでも出来る。

厩戸は母の婚姻を知り、一時期母をうとましく思った。どうにもやり切れない女人の性《さが》を感じたのである。

厩戸は斑鳩宮に移ってから、長い間母と会わなかった。田目王子と別れ、母が厩戸を頼って来た時、斑鳩の地に母の宮を建てなかったのも、母と顔を合わせたくなかったからである。

慧慈《えじ》は、そんな厩戸に対し、官人達に釈尊の慈愛を説くなら、まず母上に慈愛の眼を向けるべきだ、と説いた。

広い心を持ち、母上を許されよ、というのである。た易《やす》いようでいて、厩戸にとっては、かなりの難事だった。

厩戸が母に対し、心を開くようになったのは、堅塩媛に対する女帝の異常なまでの愛情、執着を知ってからである。

それでも、父の墳墓の傍《そば》などといわれると、母上にはその資格はない、といいたくなる。当然、母もそれを感じ、滅多に口にはしなかった。

ただ母の胸に、用明大王との日々を懐しむ気持が、次第に深まったのは間違いない。

結局、厩戸は母の墳墓を河内の磯長に造る決定を下した。誰にも相談出来ない決定だった。

厩戸は境部臣摩理勢《さかいべのおみまりせ》を呼び、自分の決定を馬子に伝えさせた。

「摩理勢よ、これは吾《われ》が決めたことなのだ、誰《だれ》がどう申そうと吾の意は変らぬ」

と厩戸は、芯熱《しんねつ》の消えない身体に鞭《むち》打つような口調でいった。

「よく分りました、大臣に伝えます」

と摩理勢は緊張した面持ちで答えた。

厩戸は、女帝が反対しようと、自分の意は変らぬ、と明言したのだ。

女帝が反対する可能性はあった。母が再婚したからである。

「再婚した女人を、大王の墳墓の傍になど葬れぬ」

と女帝が眉《まゆ》を吊《つ》り上げそうな気がしたからだ。

厩戸の身体はまだ治っていない。精神的な緊張感は疲労を呼ぶ。その疲労が厩戸を病床に引き戻した。旧暦二月の初めだった。

二人の妃が再び看病に当ったが、菩岐岐美郎女が高熱を発して倒れた。

厩戸の病が染《うつ》ったのか、心身を酷使し過ぎたせいなのか。昏睡《こんすい》に近い状態なので、橘大郎女は、侍女達が控える隣りの部屋に寝かせた。

周囲が騒然としている気配に、高熱に喘《あえ》いでいた厩戸は意識を取り戻した。

橘大郎女が厩戸の汗を拭《ふ》いていた。

「何かあったのか！」

「はい、菩岐岐美郎女が、気分が悪いと……」

「熱は？」

「かなりございます」

厩戸の意志の力が高熱を追い払った。

「大郎女、真実を述べよ、意識ははっきりしておるのか」

「朦朧《もうろう》としています」

「では、熱も火のようだな」

「火に近いようです」

「今は何処じゃ？」

「隣りの部屋に寝具を敷きました」

「おうそれで良い、ここで休ませよ、菩岐岐美郎女が何といおうと動かすな」

「分りました、そう致します」

「水を……」

厩戸は水を飲むと上半身を起こした。

大郎女は不安そうに眼を瞠《みは》った。

「菩岐岐美郎女を励ましたい、看病で疲れたのじゃ、吾《われ》のせいだ」

「わが君《きみ》、お身体にさわります」

「構わぬ、吾を立たせよ」

大郎女は厩戸の背後に膝《ひざ》で立ち、両腕を脇《わき》の下に入れて立たそうとした。

厩戸は大郎女の肩に縋《すが》り懸命に立った。

侍女達は息を呑み、呆然《ぼうぜん》と眺めている。

厩戸は侍女を呼ぼうとした。

「大丈夫です、私《わ》が支えます」

華奢《きやしゃ》な大郎女の顔から汗が吹き出ていた。顔は紅潮している。

たとえ侍女であろうと、厩戸を他の女人に触れさせたくない、と大郎女は決意しているようだった。

厩戸は折れそうになる脚に力を込めながら、大郎女の肩に縋り、懸命に歩いた。

寝具に横たわっている菩岐岐美郎女の寝顔を見た途端、厩戸の身体から力が抜けた。

大郎女は厩戸を支えようとしたが支え切れず、二人はもつれ合うようにして倒れた。

侍女達が悲鳴をあげた。

「大丈夫じゃ、慌《あわ》てることはありませぬ」

大郎女は毅然《きぜん》とした声で侍女達を制し、坐りなおすと、厩戸の頭を膝に乗せた。

「わが君」

と大郎女は呼びかけた。

大郎女の声は、厩戸と二人だけでいる時のように艶《つや》があった。


厩戸と菩岐岐美郎女が重態である、という報が、馬子によって女帝に伝えられたのは旧暦二月の上旬だった。病に罹ったという噂は女帝の耳に入っていたが、こんなに早く重態になるとは、女帝も想像していなかった。

厩戸は女帝よりも二十歳も若い。また馬子よりも二十三歳も若かった。厩戸は四十九歳だから、当時の平均寿命よりも長生きである。

だが女帝は、自分が元気なものだから、つい厩戸を若く、死とは縁の遠い年齢だ、と思っていた。

それに馬子は、二度も死の淵《ふち》から這い上がり、現在、身体は不自由だが気力はまだまだ衰えていなかった。実際この頃の馬子は、杖《つえ》をつけば何とか歩けるようになっていた。

「本当に重態なのか？」

と女帝は下座の背もたれ椅子に坐っている馬子にいった。

「はっ、膳臣《かしわでのおみ》の者が斑鳩宮に参っております、その者からの報故、間違いはありません、吾《われ》は明日にでも飛鳥寺の長《おさ》・善徳《ぜんとこ》を見舞に遣わします、その結果はすぐお伝えしましょう」

「必ず知らせて欲しい、菩岐岐美郎女も共に病床にあるとなると、何となく気味が悪いのう、疫病ではないだろうか……」

「疫病という噂はございません、それならもっと大勢の者が病に罹っています」

「しかし、間人《はしひと》大后が亡くなったのは昨年末じゃ、間人大后にはもっと生きていて貰いたかった、この頃そう思う、朕《わ》は張り合いがなくなったのじゃ」

「はっ、何と仰せられました？」

「いや、もっと生きていて貰いたかった、と申したのじゃ……」

流石に女帝は、それ以上は口にしなかった。だが思わず洩らした、張り合いがなくなった、という女帝の言葉は本心だった。

朕は間人大后よりも長生きし、間人が落魄《らくはく》の身をかこちながら死んで行くのを確認するのじゃ、と女帝は自分にいい聞かせて来た。或《あ》る意味で、それは女帝の生甲斐《いきがい》の一つにもなっていた。

だが実際にその通りになると、女帝は胸の中を隙間《すきま》風が吹くような侘《わび》しさを覚えるのだった。

女帝もすでに六十九歳である。金銀や玉で身を飾り、頬《ほお》に紅を塗っても、何の意味も持たない。生まれつき肌の肌理《きめ》が細かく、皺《しわ》は少ない方だが、頬から顎《あご》にかけての肌はたるみ、太った首の方に垂れている。

女帝は大夫達《まえつきみ》の奏上を聴く際も囲む帳《とばり》を厚くし、顔は見せない。

最近、女帝が素顔を見せるのは、数人の侍女達にだけだった。

そんな女帝に、新しく生甲斐を求める気力はない。

女帝が、何のために生きているのであろう、と吐息をつくようになったのも、無理はないかもしれない。考え方によれば、間人大后に怨念の炎を無理に燃やすことで、女帝は生きる支えにしていたのかもしれなかった。

女帝が譲位を考え始めたのは、新しい年になってからだった。ただ厩戸に、小姉君《おあねのきみ》・間人大后の血が入っていると思うと、譲位など、まだまだ先のことで良い、と打ち消してしまう。そんな時の厩戸重態の報である。女帝は何時になく狼狽《ろうばい》し、昂奮《こうふん》した。

今、亡くなられては困る、と女帝は自分に呟いたのだ。

翌日、善徳は飛鳥寺の僧を連れて見舞に行った。

厩戸は熱が高く余り話せなかった。

厩戸に代り山背大兄王と橘大郎女が応対した。

飛鳥に戻った善徳は、厩戸が重態であると報告した。

女帝は蝦夷《えみし》を呼び相談した結果、田村王子を使者に決めた。いうまでもなく田村王子は次の大王・舒明《じょめい》である。


その日も厩戸は夢を見ていた。それもうなされるような夢が多い。

その日の夢は、斑鳩宮の官人達が争っている夢だった。民の訴えをどう取り扱うべきかを論じ合っているうちに争いになったのだ。

冠から小義《しょうぎ》・大智《だいち》の者達であることが分る。十二階中、十位、十一位で下級官人だ。

二人は摑《つか》みかからんばかりの形相である。

「こんな争いをしていては罰せられるぞ、皇太子様は、和をもって貴《とうと》しといわれたではないか」

と小義がいった。身体は大智の方が倍近くあるから力では問題にならない。

「何を申すか、和ばかり尊んでいては政務は進まぬ、人には人それぞれの考えがある、げんに十七条では論ぜよ、といわれている、勝手に決めてはならぬということじゃ、論じるうちに争いも起こるわい」

「頭が悪い者と論じ合っても意味がない、何時までも平行線じゃ、結論は出ぬ」

「何だと、吾のことを頭が悪い、と申すのか」

「何だその態度は、おぬしより吾の方が位が上だ、一位でも上は上、おぬしのような態度を礼がない、と申す」

「おぬしが上だと、冗談じゃない、憲法の一条には、上《かみ》は和《やわら》ぎとある、おぬしは何時も難癖ばかりつけておる、和ぎとは無縁じゃ、そんなおぬしを上と思えるか」

「要するに憲法は現実とは関係がない、無縁なのだ、余りこだわる必要もあるまい」

「その通りだ、皇太子様は、下の者のことはお知りにならないからなあ、勝手な理想ばかりおしつけられても、我々下級官人は迷惑だ、勝手なことを申されるなら、一日でも我々と一緒に仕事をなさるが良い、その後で憲法を詔《みことのり》されるべきだった、それなら我々も納得する」

「おぬしの申す通りだ、それにしても百姓共の訴えには参るのう、勝手な理屈ばかり申し立てる、こんなことが続くと、この国は百姓共に乗っ取られるぞ」

「吾《われ》も不安じゃ、官人達は内心、皆、そう思っているのではないかな、知らぬは皇太子様だけというわけか」

二人は大口を開けて笑った。

「許さぬ、顔を向けよ、首を刎《は》ねる」

厩戸は刀の柄《つか》に手をかけた。

二人は厩戸を見た。のっぺらぼうで眼も鼻も口もない。その癖、顔は笑いに蠢《うごめ》いている。髪が立つほどの不気味さに厩戸は悲鳴をあげた。

大郎女が布で汗を拭いた。

「寝衣をお換えしましょう」

「うなされていたか？」

「はっ、少しでございます、悪い夢を……」

「人間達は、浅ましい、信頼している斑鳩宮の官人達の心にも悪が棲《す》んでいる、政治、人間、世間は空しいものじゃ、吾の理想も現実の前では嘲笑《ちょうしょう》されている、真実なのは釈尊のみか……」

厩戸は荒い息を吐きながら呟いた。病の身になってから、厩戸はこのような言葉を何度か呟くようになった。

人間が蠢く世間と厩戸が理想としたものの間に横たわる深い谷間に絶望し、厩戸が洩らした詠嘆であった。

『上宮聖徳法王帝説』によれば、橘大郎女《たちばなのおおいらつめ》は厩戸が逝《い》った後、推古女帝に天寿国繡帳《てんじゅこくしゅうちょう》の作成を願ったが、その際、厩戸が「世間は虚仮《こけ》、仏のみ真」と申していた、と述べている。


田村王子が女帝の代理として厩戸を見舞ったのは、厩戸が寝衣を着換え、薬湯で喉を潤《うるお》した時だった。

大抵の見舞客は、厩戸の代りに山背大兄王が会う。

だが、女帝の代理である以上会わないわけにはゆかない。

厩戸は寝具を囲っている帳《とばり》の一方を開いた。

流石に起き上がる気にはなれない。

女帝の見舞は、病状を問い、何か願い事ありや、という形式的なものだった。

厩戸も事務的に応じた。

見舞をいただいた礼を述べ、仏教の興隆を願った。厩戸の本心は、山背大兄王を皇太子にすることだったが、それは口に出来ない。田村王子は女帝に気に入られており、山背大兄王にとっては強力な競争相手である。女帝が田村王子を自分の代理としたところにも女帝の気持が表われていた。

『大安寺伽藍縁起《だいあんじがらんえんぎ》 并 流記資財帳《ならびにりゅうきしざいちょう》』には、厩戸が熊凝《くまごり》道場を大寺にすることを願い、大王・舒明となった田村王子が厩戸の願いを実現したと述べているが、これは、太子信仰による創作であろう。

厩戸の発願《ほつがん》によるとされる寺は余りにも多過ぎるのだ。

数年後、推古が重態になった際の、山背大兄王と田村王子の激烈な大王位争いを見ても、上宮王家と田村王子の間は、この時点においてすでにわだかまりがあったことが窺われる。

田村王子の見舞に厩戸は疲れた。ただうとうとと眠るのみで誰にも会わなかった。境部臣摩理勢や秦 造 河勝《はたのみやつこかわかつ》とも会わない。

女帝が田村王子を斑鳩宮に遣わしてから、見舞の人々は倍増した。

山背大兄王だけでは応対出来ず、十二階中五位の大礼以下は山背大兄王の弟・財《たから》王、菩岐岐美郎女《ほききみのいらつめ》の長男・泊瀬《はつせ》王などが見舞を受けた。

厩戸はすでに食欲も失い、重湯のような粥《かゆ》を木の匙《さじ》に二、三杯、飲み込むぐらいである。厩戸を悩ました悪夢からも解放された。紫雲に乗り唐の香料に包まれながら空を漂って行く。

厩戸はそんな自分が釈尊の許《もと》に運ばれて行くような気がした。多分釈尊は慈愛に満ちた顔で迎えてくれるだろう。

吾《われ》は仏教の良き信仰者ではなかった、と厩戸は思う。だが理想を実現すべく、出来るだけ闘ったことは釈尊も認めて下さるであろう。

厩戸を含め、人間の業《ごう》はどろどろしており、釈尊が説く世界とはほど遠い。煩悩《ぼんのう》の身には仏教世界は鉄壁の彼方《かなた》にあるように思える。王者はとくにそうだ。

厩戸はこれまでの王者の慣習を破り、労役の民に直《じか》に声をかけた。それは王者が備えている神聖さを穢《けが》す行為と思われていた。だが、そういうことによって守られる王者の神聖さとは何であろうか。

王者が自分の権威を守り、民と異なった高い場での生活を享受するための我欲が生んだものではないか。

上質の絹の衣服であろうと破れた麻布であろうと裸になれば王者も民も変らない。だから王者も民も同じように病に罹り、死んで行くのである。

釈尊の眼からは王者も民も同じ人間だった。同じような慈愛を降り注ぐ。労役の民に励ましの言葉をかけたことによって吾《われ》は、少しだけだが、釈尊に近づいたかもしれぬ、と厩戸は思う。

やつれ果てた厩戸の寝顔に微笑が浮かんだ。

だが厩戸にとって、病床での安らぎは一瞬の間だった。

厩戸は再び発熱に苦しんだ。たんに身体が焼けるだけではない。身体の節々が痛み、心の臓が締めつけられるような思いがするのだ。厩戸は身体を縮め高熱と激痛に堪えた。隣りの部屋が騒がしくなったのは、厩戸の意識が遠くなった時だった。厩戸は愕然《がくぜん》と我に返った。菩岐岐美郎女の容態が急変したのかもしれない。菩岐岐美郎女は看病に疲れ、厩戸の病が染って倒れたのだ。

厩戸は嗄《しゃが》れた声で大郎女を呼んだ。

「わが君」

「菩岐岐美郎女は変りないか……」

「息が出来ず、苦しんでおられます、医師が参りました」

「吾を菩岐岐美郎女の傍に運べ、寝具と一緒に運ぶのだ」

「はい」

大郎女は怯《おび》えた顔で救いを求めるように周囲を見た。

「何をしているのだ、菩岐岐美郎女は苦しんでいるのだぞ、そなた一人では無理だから、侍女と一緒に寝具を引っ張れば良い」

「帳も……」

「帳など要らぬ、早く、吾を怒らせるな」

「はい、ただ今」

大郎女は縁に控えていた侍女を呼び、厩戸が臥《ふ》している寝具を引っ張った。菩岐岐美郎女の名を呼んでいた侍女達が驚いて叩頭《こうとう》する。

「吾の寝具を菩岐岐美郎女の傍に並べよ」

昏睡状態で薬湯も受けつけなかった菩岐岐美郎女が眉を寄せながら眼を開けた。

「太子様」

と菩岐岐美郎女はいった。

侍女達は安堵の吐息をついた。厩戸が傍に横たわるまで、菩岐岐美郎女は意識を失っていたのである。

厩戸は顔を声の方に向けた。眼窩《がんか》が窪《くぼ》み黝《くろ》ずんでいるその顔は、すでにこの世のものではなかった。

菩岐岐美郎女が差し出した枯木に似た手を厩戸は握った。痩《や》せているにも拘らず熱い。

「気を確かに持て、吾が参った、もう大丈夫じゃ」

「嬉《うれ》しゅうございます、でも残念ですが私《わ》は先に逝かねばなりません、その前にお願いがございます」

「申せ」

「二人切りになりとうございます、侍女達も要りませぬ」

「分ったぞ」

厩戸は橘大郎女に侍女を去らせるように命じた。部屋の中は突然静かになった。

「これで良いか……」

菩岐岐美郎女はそれには答えず、厩戸の部屋の方に視線を向けた。厩戸は振り返った。大郎女が隣りの部屋との境に坐っていた。

菩岐岐美郎女の眼は、まだ二人切りではありませぬ、と告げていた。

厩戸は大郎女に、退《さ》がっているように、と命じた。大郎女は叩頭したが気持を抑えるように唇を嚙《か》んでいた。

菩岐岐美郎女が、橘大郎女の前で、これだけはっきりと自分の意志を表明したのは初めてだった。

死を前にして菩岐岐美郎女は、厩戸を独占しようとしたのである。

それにしても、昏睡状態にあった菩岐岐美郎女が、厩戸が傍に横たわった途端、意識を取り戻したのは、愛情というより執念であった。

「酷い熱じゃ、それにしてもよく吾《われ》が参ったのが分ったのう？」

「私は燃えるような雲の上に横たわっていました、空は青く美しく、笛や鐘の音が聞え、天衣を纏《まと》った仙女が来て手招いたのです、雲の炎に焼かれないうちに飛び出しなさいと申しました、私が雲の寝具に立ち、仙女に手を伸ばしかけた時、止《や》めよ、その手を取ってはならぬ、という太子様の声が聞こえて参ったのです、私が手を引くと太子様は早く雲の寝具に横たわるのじゃ、と申されました、私が熱うございます、と首を振ると、太子様が、今すぐ私の傍に参る、とおっしゃられたのです、私は手招く仙女を無視して雲の寝具に横たわりました、余りの熱さに悲鳴をあげ、眼を開けると太子様がおられたのです」

「仙女は死の鬼神の使いじゃ、だがそなたは吾よりも先に黄泉《よみ》の世界に逝ってはならぬぞ、吾よりも長生きせよ、吾はまだまだそなたに看病して貰《もら》わねばならぬからのう」

「嬉しゅうございます、私も太子様をもっと看病したい、でも、こんなに痩せ、肉は落ち、身体から力がなくなりました」

「気を強く持て、肉は落ちても心の力がある、心の力は時には肉の力よりも強くなる、そなたはまだまだ若いのだ」

厩戸の手を握る菩岐岐美郎女の掌《たなごころ》に力が籠った。懸命に厩戸の手を引こうとしている。

「どうしたのだ？」

「お傍に行きとうございます」

「おう、吾の傍に参れ、吾が引っ張る」

二人はお互いの身体を近づけようと引き合った。だが心の力は二人が期待したほど強くなかった。

「太子様、変です」

「どうしたのだ？」

「私の身体が浮こうとしています、残念です、太子様のお傍に行けません」

「そんなことはない、吾がそなたの傍に行こう、吾にはまだ力があるぞ、すぐ行くぞ」

厩戸は菩岐岐美郎女の手を離し、転がって近づこうとした。

だが菩岐岐美郎女は首を振った。木枕《きまくら》から頭が落ちた。菩岐岐美郎女の手が離れた。

「待つのじゃ」

厩戸は渾身《こんしん》の力を込めて転がった。

長く伸ばした菩岐岐美郎女の腕に厩戸の顔が旨《うま》く乗った。

菩岐岐美郎女は動かないが眼は微笑《ほほえ》んでいた。それは、やっと太子が傍に来たのを知り、二人切りになれたことを確認した喜びの微笑みだったのかもしれない。

それを待っていたように菩岐岐美郎女は亡くなった。


厩戸は菩岐岐美郎女が息を引き取ったことに暫《しばら》く気づかなかった。微笑んだ眼を見、安心して眼を閉じようとした時、菩岐岐美郎女が何か話しかけたような気がした。

「どうしたのじゃ、何故話さぬ？」

と訊《き》いているうちに菩岐岐美郎女の眼が動かないのを知った。厩戸は愕然として名を呼んだが答えない。

厩戸は大声で橘大郎女を呼んだ。

「医師じゃ」

と厩戸は喘ぎながらいった。

控えの間にいた医師が這いながら現われ、菩岐岐美郎女の顔を覗き込んだ。医師の顔色が変った。

医師は新しい絹布を菩岐岐美郎女の手首にかけた。眼を閉じ絹布越しに脈を取った。

厩戸は医師が床に額をすりつけたのを見た。

「太子様、妃様は黄泉の国に参られました」

「そうか」

と厩戸はいった。

その時の厩戸は、自分がすでにそれを知っていたのを感じた。そのまま厩戸は昏睡状態に陥った。

厩戸が再び意識を取り戻したのは翌日の昼過ぎだった。山背大兄王を始め諸王や孫王達が厩戸を取り巻いていた。橘大郎女の顔も見える。厩戸は自分が何処にいるのか分らなかった。

「菩岐岐美郎女は？」

と厩戸はいった。

大勢の顔がその瞬間、石のように強張《こわば》ったのが分った。厩戸は懸命に何が起きたのだろうか、と思い出そうとした。

すでに厩戸は生死の境をさ迷っていたのである。

「何処じゃ？」

と厩戸は弱々しく呟いた。大きな声を出すだけの力はすでになかった。

蒼白な山背大兄王の顔が前に伸びた。

「父上、み仏の国に行かれたのです」

山背大兄王の眼が何時になく異様なほど大きく見えた。これまで山背大兄王はこんな大きな眼をしたことがない、と厩戸は思った。そういえば憤っている時も何処か怯えていたような気がする。山背大兄王は多分、厩戸に劣等感を抱いていたのであろう。

厩戸に反撥《はんぱつ》している群臣でも、厩戸の聡明《そうめい》さと学識が万人の及ばぬものであることは認めざるを得なかったのだ。

山背大兄王は何かが起ると厩戸と比較される。

「皇太子に較べると矢張り……」

そんな陰口を山背大兄王は、斑鳩宮の官人達からも浴びていた。勿論耳にしたわけではないが、声にならないそういう声を感じるのだ。

父に対抗しようとして胸を反らせても、厩戸の視線を浴びると、意識下では怯えてしまう。

今、厩戸が死を前にしているのを見て、山背大兄王は初めて、何の怯えもなく父を眺められたのかもしれなかった。

厩戸が大きく眼を見開いていると感じた所以《ゆえん》であった。

厩戸は菩岐岐美郎女が死んだのを思い出した。朦朧としていた頭に刃物のような光が走った。

心の臓が痙攣《けいれん》し痛む。

厩戸は呻いた。

「父上」

と山背大兄王が叫んだ。諸王が息を呑《の》んだ。

厩戸は呻きの息ではずみをつけるように眼を剝いた。

「山背大兄王よ、その眼じゃ、その眼を忘れるな」

厩戸は叫んだ積りだが殆《ほとん》ど声にならない。

厩戸は暗い闇が眼の前に拡がるのを感じた。せめてもの救いは、闇の中から光が放たれていたことだった。

光の階段には菩岐岐美郎女が微笑しながら立っている。その後ろに光に照らされながら大きな顔が現われた。厩戸がよく瞑想にふけった仏殿の釈迦《しゃか》像だった。

「来るのじゃ、もう悩みは要らぬぞ」

「吾《われ》は闘いました、これで精一杯です」

「知っておる、後の世の人々は、そちを聖《ひじり》の王と仰ぐであろう」

「釈尊であられますね」

「そうじゃ、この吾も苦しみに苦しんだのだ、故に解脱《げだつ》に達した、さあ参れ」

「参ります」

厩戸の声は臨終の呻きにしか聞えなかったが、息の途切れた厩戸の表情は、苦しみから解き放たれたように穏やかだった。死に臨み、釈迦に会ったせいである。

時に厩戸は四十九歳だった。

厩戸の死と菩岐岐美郎女の死は一日しか違わない。

飛鳥も騒然とした。厩戸が看病していた妃の死で生きる力を失ったとか、自ら生命を絶ったなど様々な噂が、まことしやかに流れた。

なかには二人は共に死んだのだが、わざと一日違いにした、と真面目《まじめ》な顔で説く者もいた。

『伝暦《でんりゃく》』など厩戸の死を神秘化している描写は多いが『日本書紀』は次のように述べている。「是《こ》の時に、諸王《もろもろのおおきみ》・諸臣《もろもろのおみ》、及《およ》び天下《あめのした》の百姓《おおみたから》、悉《ことごとく》に長老《おきな》は愛《めぐ》き児《こ》を失へるが如《ごと》くして、塩酢《しおす》の味《あじわい》、口に在《あ》れども嘗《な》めず。少幼《わかき》は慈《うつくしび》の父母《かぞいろは》を亡《うしな》へるが如くして、哭《な》き泣《いさ》つる声、行路《みち》に満てり。乃《すなわ》ち耕す夫《たがえもの》は耜《すき》を止《や》み、舂《いねつ》く女《め》は杵《きねおと》せず。（後略）」

この表現にもかなり創作はあるが、少なくとも労役の民も含め、斑鳩宮周辺の民・百姓が衝撃を受け、心から涙を流したのはほぼ間違いない。

何故ならこれまでの王者で、民・百姓も自分と同じ人間であることを認識し、言葉を交し、その生活を思い遣《や》ったのは、厩戸《うまやど》が初めてだったと考えられるからである。


厩戸の生前の意志により殯《もがり》の期間は短かった。

厩戸は堅塩媛《きたしひめ》の合葬礼の際の、余りにも仰々しく空疎な誄《しのびこと》を知り、殯の儀式に疑いを抱くようになっていた。それは神祇《じんぎ》よりも仏教に傾斜した厩戸の新しい葬礼観でもあったのだ。

山背大兄王《やましろのおおえ》は厩戸と菩岐岐美郎女が手を携《たずさ》えて死んだと考え、二人を河内の磯長《しなが》に葬った。

厩戸の父、大王・用明が葬られている地でもあり、厩戸が永眠することを望んでいた場所でもあった。

第十章　争

厩戸《うまやど》の死は女帝よりも馬子《うまこ》に衝撃を与えた。女帝は間人《はしひと》大后が亡くなった時点で上宮王家に対する張り合いを失っていたからである。

馬子は人間とは思えぬ強靭《きようじん》な意志力で、歩行に杖《つえ》をつくこと以外は、ほぼ日常生活に支障を来《きた》さない程度まで健康を回復していた。

馬子は厩戸の病が癒《い》えたなら、また共に大王記・国記を始め、各氏族の家記を整えようと意気込んでいたからである。厩戸以外に話し合える人物がいないことを、馬子は厩戸が亡くなってから強く認識したのだ。

厩戸が生存中にもっと上宮王家を援護すべきだった、と馬子は悔いた。

馬子はすでに七十二歳だった。

衝撃から立ち直った馬子が望んだのは、自分の孫である山背大兄《やましろのおおえ》王を皇太子にすることであった。

馬子が娘達の中で最も愛したのは矢張り厩戸の妃となった刀自古郎女《とじこのいらつめ》である。愛していたが故に将来を託した若き厩戸の妃にしたのだが、厩戸が斑鳩宮《いかるがのみや》に移ると間もなく亡くなった。刀自古郎女はまだ三十歳になっていない。

当時でも早逝である。

馬子は、理想に燃えた厩戸の対隋《ずい》外交に、危惧《きぐ》の念を抱きながら同意し、古い意識の豪族達の反撥《はんぱつ》を押えながら厩戸の意に従い、冠位十二階制を施行した。

だが斑鳩宮の隆盛に女帝が嫉妬《しっと》し、「朕《わ》の存在は何じゃ?」と憤り始めたので、厩戸を押えにかかった。自分の権力を保持するためには、女帝との間に亀裂《きれつ》を生じさせてはならない。また労役の民などに言葉をかける厩戸の言動に、王者の権威から逸脱した過激な思想を感じた。女帝や古い意識の群臣は眉《まゆ》をひそめている。仏教徒である馬子にも、厩戸の思想は危険だった。

馬子が女帝と組み、斑鳩宮との間に一線を画したのもそのせいである。

その間にも、馬子は山背大兄王の存在を忘れなかった。自分の血の流れた縁戚者《えんせきしゃ》の中で大王位に即《つ》け得る人物といえば山背大兄王しかいないのである。

厩戸が死亡した今、馬子が王を皇太子に推そうと考えたのは当然だった。

ただそれには幾つかの障害があった。

山背大兄王が厩戸の思想を受け継ぎ、民・百姓への慈愛を強調していることである。

次に女帝と蝦夷《えみし》が山背大兄王に冷たく、田村《たむら》王子を皇太子に、と考えていることだった。蝦夷はその思想面から山背大兄王を嫌っているが、明らかに嫉妬も混じっていた。女帝の方は上宮王家に大王位を譲りたくないのだ。それは女人の生理的な好悪感が主である。

群臣は斑鳩派と田村派の二派に分れていた。厩戸に恩を受けた者や進歩派は山背大兄王を推した。保守派は田村王子を擁した。

山背大兄王を皇太子にするには、大夫《まえつきみ》達の意見を統一せねばならない。ところが、皇太子問題を議題にすると、馬子の意向がはっきりしているにも拘《かかわ》らず議論が纏《まと》まらないのである。

まず蝦夷が馬子に従わなかった。反対派の大夫は蝦夷を頼りにしていた。馬子が病《やまい》に罹《かか》って以来、次の大臣《おおおみ》として蝦夷は徐々に力を蓄えていたのである。その力は馬子の予想を上廻っていた。

これでは、馬子が女帝と二人切りで話し合っても無意味だ。

女帝は、田村王子を推したいという蝦夷の気持を熟知していたし、女帝自身、田村王子派といって良い。

馬子は今更のように年齢《とし》を感じた。

何時《いつ》の間にか馬子の政治権力は老木の幹の内部に空洞が出来るように衰えていたのだ。

馬子が蝦夷と真向から対立できないのは、何といっても蝦夷が自分の子だからである。蝦夷に対しては父親としての愛情もあった。また蝦夷を政界から排除すれば、蘇我《そが》本宗家の将来が不安である。政界で力を得ている馬子の子は、蝦夷以外にはいない。

推古三十二年（六二四）の春、馬子は嶋屋形《しまのやかた》で皇太子問題について、蝦夷と話し合った。

馬子は七十四歳になっていた。

馬子は日常生活に不自由はないが、言葉は明瞭《めいりよう》ではない。頭の回転は衰えていない積りだが、かつてのように意思を的確に伝えられなかった。もどかしく大事な内容になると声のもつれが頭を混乱させる。

それに反して蝦夷は、かつての馬子のように弁が立った。激情家だが最近はかなりおさまり理路整然と喋《しゃべ》る。

蝦夷は、蘇我本宗家は大臣であり、大王を決める場合、他の大夫よりも力を持っていることを強調した。だからこそ推した大王に恩を着せ、政治面において大王よりも優位に立てるのである。

その結果、蘇我本宗家の支配者としての地位は、揺るぎなきものになる。

「父上、それが祖父以来の念願でございましょう、確かに今の大王は女人ですし、大王が欲する神祇《じんぎ》や葬礼にこちらが口をはさまなければ、政治に対して容喙《ようかい》はされません、合葬礼や檜隈大陵《ひのくまのおおみささぎ》の復旧工事にはとまどいましたが、あれは孤独な女人の気持の問題です、もう我々を困らすようなことは口にされないでしょう、だが問題は次の大王です、父上がおっしゃられる点は百も承知しています、田村王子には蘇我氏の血は流れていない、その点、山背大兄王は女系では父上の孫に当たるし、蘇我氏の血を最も濃く受け継いでいる太子の子です、血を重んじられる父上が皇太子は山背大兄王、と考えられるのは当然でしょう、前から申しているように父上の御心情はよく分ります、ただ、吾《われ》が繰り返し申しているのは、蘇我本宗家の繁栄を保つためには、情に溺《おぼ》れてはなりません、父上もお年齢です」

「ナ、何だと……」

医師に余り憤られないように、と忠告されているにも拘らず、馬子は血が頭に昇る思いで顔が赧《あか》くなった。

蝦夷は、そんな馬子を冷静な眼で眺めている。父上は、御隠退された方が良いのです、と蝦夷の眼は告げているようだった。

「ワ、吾はまだそちには負けぬぞ、ヤ、山背大兄王は吾を慕っておる、吾の意に従う、ソ、蘇我本宗家は繁栄する、上宮王家と手を組むのじゃ」

馬子は舌がもつれた。鼻孔が膨らみ、息が荒くなった。蝦夷は小憎らしいほど落ち着いていた。かつての蝦夷は馬子が一喝《いっかつ》すれば慄《ふる》え上がった、それが全く動じない。そこに馬子は自分にとって代ろうとする蝦夷の野心と力を感じるのだった。蝦夷が今のように大きく感じられるのは、矢張り厩戸皇太子が亡くなったからである。

馬子が次の言葉を探している間に、蝦夷は話し始めた。

「父上だけではありません、大王も今年は七十一歳、幾らお元気そうに見えても、先がそんなに長いとは思われません、今、皇太子を内定するのは、大王に、先が短いと面と向って申すようなものです、大王も年齢については何時も気になされている、吾《われ》は大王が病に罹られてから決めても遅くはないと思います、それはそうとして、何故《なぜ》吾が山背大兄王に反対するのか、理を尽して申し上げたいと思います、父上もどうか理でお聴き下さい」

といって蝦夷は軽く叩頭《こうとう》した。

「おう、リ、理は吾の信念じゃ」

と馬子は答えて咳《せ》き込んだ。腕を組もうとしたが力が出ない。

「では申し上げます、確かに吾はもともと山背大兄王とは合いません、ただ、厩戸皇太子が大王になられたなら、蘇我本宗家の繁栄のためにも上宮王家と力を合わすべく努力する積りでいたのです、合わないというのは感情、家のために合わすというのが理でございます」

　蝦夷の弁が立つのに馬子は何時の間にこれほど成長したのか、と舌を巻く思いだった。

「まあな」

「皇太子が亡くなられ、次の大王位問題が白紙になってから、吾は山背大兄王を冷静に眺めました、山背大兄王は器が狭いにも拘らず、皇太子の教えを引き継ごうと懸命です、吾の得た情報では山背大兄王の政治には官人達の不満が多うございます、皇太子の教えを引き写して、正義とか公平を官人達に押しつけているからです、このままでは官人達は萎縮《いしゆく》するでしょう、また民・百姓に対する考え方も皇太子の引き写し、いやそれ以上でまさに異端の王者と申して良い、父上、これは冷静な分析です」

　蝦夷の視線を受け、馬子は吐息をついた。

「皇太子にも、そういうところが少しあったのう、釈尊《しやくそん》に憧《あこが》れ過ぎたせいじゃ」

「吾もそう思います、だが皇太子は器が大きく柔軟性がありました、ところが山背大兄王にはそれがない、引き写した思想ですから硬直していて柔らかくなりません、吾がいいたいのはそこです、そのような山背大兄王が大王になれば我国の政治はどうなるでしょうか、民・百姓は身分を忘れて勢いづき、少し不作になれば税の米を隠し、取ろうとすれば騒ぐでしょう、折角《せつかく》中央集権が確立しようとしている我国にとって、これは大きな打撃です、父上、山背大兄王が大王になれば、国の将来が乱れることは火を見るよりも明らか、破滅です」

「暴論じゃ、大臣や大夫が政治を執るのじゃ、大王の一存ではことは運ばぬ」

「父上、一番大事な問題はそこです、硬直化している山背大兄王は、厩戸皇太子の名声をしのごうと背伸びをし、我々の意見を受けつけないでしょう、だから吾は山背大兄王を大王に推すのは反対なのです、山背大兄王が大王になれば、祖父と父上が営々と築かれて来た蘇我本宗家の繁栄は終りですぞ」

馬子は蝦夷に睨《にら》まれたような気がした。真剣勝負といって良い対話に馬子はかなり疲れた。

「ヤ、山背大兄王を支持する者もいる……」

「理想家が多い、斑鳩宮の真の姿を知らない、甘うございます」

「吾は甘くないぞ」

「山背大兄王は父上の孫です、何処《どこ》かで甘い、今日、吾が父上に申し上げているのは、山背大兄王が大王になれば独走する危険があるということです、となると矢張り大王、不執政の原則を守り、吾の意見を尊重する王子を大王に推さねばなりません、温厚な田村王子が最適でしょう、父上、蘇我本宗家の繁栄のため、どうか吾の意をお酌み取り下さい」

蝦夷は深々と叩頭し、両手を床に突いた。

馬子は冷や汗が滲《にじ》み出て来るのを覚えた。対決に負けたとは思わないが押され気味である。

だが馬子は弱音を吐かなかった。まだまだじゃ、これからだ、と自分にいい聞かせる。

これまで馬子は、どんな場合でも、そういい聞かせながら生きて来たのだった。

蝦夷が豊浦《とゆら》の屋形に戻った後、馬子は斑鳩宮に意を通じている面々の顔を思い浮かべた。厩戸の死後、斑鳩宮派が減ったのは間違いない。それは中立派が増えたのを見ても明らかだ。

蘇我氏の支族では境部臣摩理勢《さかいべのおみまりせ》が斑鳩宮派で倉麻呂《くらまろ》は中立派である。

群臣中の大豪族では、阿倍臣摩侶《あべのおみまろ》、中臣　連弥気《なかとみのむらじみけ》などが蝦夷と親しく田村派だった。それに対し巨勢臣大麻呂《こせのおみおおまろ》、紀臣塩手《きのおみしおて》などは斑鳩宮派である。

馬子も情報網を使い、大勢《たいせい》は摑《つか》んでいた。馬子が見るところでは、山背大兄王派と田村王子派は四分六分だった。やや田村王子派が多い。

中立派もかなりいた。中立派はいうまでもなく大勢に従う連中だった。中立派の中には馬子の動きに注目している者もかなりいる筈《はず》だ。

田村王子を推すべく積極的に動き廻っているのは蝦夷で、馬子は沈黙を守っていた。それが中立派を多くしている。

日常生活に不自由はないが、馬子にはかつてのように大夫達を集め、政策を立案し、女帝に奏上する力はすでにない。

また対外問題で緊急に決定せねばならないようなことはないので、大抵は蝦夷にまかせていた。そういう馬子の態度が中立派を増やしている。

山背大兄王を大王位に即ける積りなら、余り慎重なのは得策ではない、と馬子は判断した。

かなり億劫《おっくう》だが、今は自分が動かざるを得ないと馬子は思った。

馬子が動けば、大臣はまだ健在だと、中立派は馬子の意に従うだろう。

それには、女帝の意を確かめ、親山背大兄王派が、どう考えているかを知る必要があった。

蝦夷は、山背大兄王が大王位に即けば、蘇我本宗家の繁栄はない、といった。蝦夷らしい意見だが、矢張り気になる。それに田村王子は蘇我氏の血を引いていない。

馬子は久し振りで女帝と会った。

女帝はこの頃、宮内に引き籠《こも》り勝ちで、庭の散策も殆《ほとん》どしていないらしい。

女帝は馬子の奏上を気分が優れぬと引き延ばし、結局一月先に会うことになった。

どうやら女帝も、人と会うのが億劫になって来ているようである。とくに馬子のように煙たい人物とは会いたくないのかもしれない。

何といっても、穴穂部《あなほべ》・宅部《やかべ》両王子と、泊瀬部《はつせべ》大王の殺害は、女帝と馬子が組んで決行したのだ。

女帝は馬子に負い目があった。人は老いて来ると負い目が重く感じられる。蝦夷となら気軽く会えるかもしれないが、馬子となるとそうはゆかない。

そういう女帝の気持は馬子にもよく分った。

厚い帳《とばり》に囲まれているせいか、女帝の顔はよく見えない。

馬子は女帝の健勝を祝い、女帝は馬子の健康を訊《き》く。

挨拶《あいさつ》が終ると、馬子は女帝に、そろそろ皇太子を決めておいても良いのではないか、と奏上した。

女帝は沈黙して答えない。

「大夫達の間でも、皇太子問題を放っておくわけにはゆかない、という意見が聞かれます」

「朕《わ》が耳にしたところでは、蝦夷大夫は田村王子を推している、大臣は孫の山背大兄王であったな」

「色々な点から考えて、山背大兄王が適しているようです」

「大臣、山背大兄王は余りにも仏教に溺れ、我国の祭祀《さいし》である神祇をなおざりにしているようじゃ、朕は仏教を嫌っているわけではないが、祭祀の根幹は神祇である、と信じている」

女帝は、夫であった大王・敏達《びだつ》の遺志を尊重したい、といった。

敏達大王は、古来から国に伝わる神を信じ仏教を排斥した。そのため物部守屋《もののべのもりや》と組み、馬子が大野丘《おおののおか》に建立《こんりゅう》した仏塔を壊し焼き、仏像を川に流したのである。

女帝が皇后だったおかげで、何とか救われたが、あの事件は馬子にとって存亡の危機だった。

確かに女帝は排仏派ではないが、仏教よりも神祇を重んじていた。

厩戸皇太子は、女帝に勝鬘経《しょうまんぎょう》などを講じたが、女帝は好奇心と教養を高める程度で聴いたのである。

「山背大兄王は、神祇を無視しているわけではありません」

と馬子は山背大兄王を弁護したが、声に力はなかった。女帝は蝦夷と口裏を合わせているような気さえした。

結局女帝との話し合いは、結論を得ないままに終った。

女帝は、自分はまだまだ健康で、皇太子問題には余り関心がない、と匂《にお》わしたのだ。それに女帝は馬子の権力が病に罹る前よりも低下しているのを知っていた。

女帝が皇太子問題に気乗りでない以上、馬子としては退《ひ》き下がらざるを得なかった。

馬子は今更のように現在の自分の力を思い知らされた。

馬子は境部臣摩理勢や秦造《はたのみやつこ》河勝《かわかつ》などを呼び、山背大兄王に対する人望の度合を訊《き》いた。

山背大兄王への評価は、蝦夷と異なっていたが、同じものもあった。それは、厩戸皇太子の思想を強く受け継いでいる、という点にある。

父が新しい思想を持ちそれを実行し名声を得た場合、受け継ぐ子もいれば、反撥する子もいる。

山背大兄王の場合は前者だった。ただ山背大兄王は父ほどの器も人望もないことをよく知っている。そのため、何とか威厳を保とうとして、何をするにも父の遺志である、と強調する。蝦夷が批判した厩戸の引き写しはその辺りにあった。

ただ山背大兄王は蝦夷が述べたほど背伸びはしていなかった。

一見、虚勢を張っているように見えるが、自分に父ほどの能力がないことをよく知っていた。摩理勢や紀臣塩手、また河勝など厩戸と親しくしていた人々には弱い面を示し、時には偉大過ぎた人物を父に持った子の辛《つら》さを洩《も》らすのだ。

厩戸と意を通じていた人々には、山背大兄王の胸中やその立場がよく理解出来ていた。

「大臣、はっきりいって、今、田村王子を次期大王、と考えている者は、上宮王家とは余り親しくなかったが故に山背大兄王を誤解しているのです、山背大兄王は大王になったからといって、群臣の意見を無視したりはしません、そんなに強い性格でないことは、我々が承知しています、寧《むし》ろ大王になれば自信を取り戻し、柔軟性が生まれるものと期待しています」

摩理勢達の意見は右のようなものだった。

馬子は蝦夷や摩理勢達の意見を考え合せ、自分なりの結論を得た。

誇張された面はあるが、蝦夷にも摩理勢達の意見にも、それぞれ真実があるということである。

と同時に、山背大兄王派と田村王子派は相譲らないであろう、と馬子は感じた。

馬子流の思考によれば、両派には情と共に利害が絡んでいるからである。

山背大兄王が大王になれば、厩戸皇太子に意を通じていた者達はどうしても優遇される。

親子ぐるみの関係だから当然である。その反面、斑鳩宮と距離を置いた連中は、山背大兄王からうとまれることを恐れ、懸命に田村王子を推す。その筆頭は蝦夷だ。

新大王に蘇我氏の血が流れていないことなど、蝦夷にとっては問題ではなかった。それに氏族が同族のために団結した時代は過ぎていた。

田村王子の正妃は女帝の娘である田眼《ため》王女だが子供がない。最近、押坂彦人大兄《おしさかのひこひとのおおえ》王子の孫娘・宝《たから》王女を妃にしたがまだ子供を産んでいない。一番古い妃は馬子の娘・法提郎媛《ほてのいらつめ》で、古人《ふるひと》王子を産んでいた。

蝦夷は、この王子を大王位に即《つ》ければ、蘇我本宗家の血統は絶えない、と馬子に匂わしていた。現実家の馬子は、将来のことをあまり口にするのは好きではなかった。ただ、何といっても蝦夷は子であるし、自分の後、蘇我本宗家を担う人物である。

山背大兄王も可愛いが、蝦夷や蘇我本宗家を犠牲にしてまで山背大兄王を推すわけにはゆかない。馬子がもう二十年も若ければ、山背大兄王を大王位に即け、群臣を掌握し、政治の主導権を握るべく画策するだろう。

だが七十四歳の馬子には、その自信も力もなかった。

結局馬子は、皇太子問題は、自然の流れにまかせるより仕方がない、と虚脱感に襲われたのである。

馬子が政治に興味を失ったのはその頃からだった。

その夏、静養を兼ねて馬子は一カ月ばかり葛城《かつらぎ》の高宮の屋形《やかた》で過した。高宮の屋形は一言主《ひとことぬし》神社の近くにあり、高台なので嶋屋形《しまのやかた》よりも涼しい。屋形から東方を眺めると丘が連なり嫋々《じょうじょう》としていて優雅だった。

蘇我氏の祖先は、河内《かわち》の石川から高宮近辺に移った。その後、葛城氏が大王・雄略《ゆうりやく》によって本宗家が滅びた後、勢力を東に拡《ひろ》げたのである。

そういう意味では蘇我氏の故郷といって良い。

馬子は父・稲目《いなめ》以来の蘇我氏の興隆を思い、よくここまでやって来れた、と感無量だった。

一抹《いちまつ》の不安は、蝦夷が自分ほどの苦労を知らないことである。

馬子は輿《こし》に乗り、更に高い場所まで上って、大和《やまと》三山を眺めた。何といっても先《ま》ず畝傍《うねび》山や、その東方に続く飛鳥《あすか》の山々が眼に入る。馬子は眼を細め、飽くことなくそれらの山々を眺めた。

雨の日以外は日課といって良かった。その殆どが蘇我氏の領土である。勿論《もちろん》正式の土地ではないが、その地域に勢力を張っているのだから蘇我氏のものといえる。高宮の屋形のあるこの辺りも蘇我氏が押えていた。ただ葛城県《かつらぎのあがた》は大王家の直轄地であった。

馬子は毎日のように眺めているうち、この周辺の地を正式に蘇我本宗家のものにしたい、と望み始めた。

それには大王から授けられた地とせねばならない。馬子の望みは次第に膨らみ始めた。

それは権力欲や財欲とは少し異なっている。自己の功績と蘇我氏の権力が生んだ自己陶酔的な我欲だった。

また大政治家だった馬子が政治から離れた結果の産物といって良いかもしれない。

葛城から嶋屋形に戻った馬子は、そのことだけに執念を燃やし始めた。

痴呆《ちほう》の人の始まりといって良いかもしれない。

流石《さすが》に蝦夷は驚き、懸命になって馬子を諫《いさ》めた。

「父上、この件だけは考え直して下さい、大王と父上は組んで大事を成しとげられました、だがそれは激動期のことです、また昔の出来事です、それに大王は何といっても女人、御自分のものを手放したりはなさいません、父上が大王家の県を要求されたりしたら、吃驚《びっくり》されるだけでは済みません、父上を警戒されます」

蝦夷は、女帝の警戒心が自分の身に及ぶのを恐れ懸命に馬子を戒めた。

馬子は眼を釣り上げた。

「ム、昔のこととは何だ、吾《われ》が大王のために何をしたのか知っているのか、穴穂部王子や泊瀬部大王を殺したのだぞ、大王に忘れたとはいわさないぞ」

馬子は口を川面《かわも》の魚のように開いたが声は掠《かす》れ明瞭ではない。

蝦夷は一瞬、馬子がこのまま倒れ、病床に伏すことさえ願った。

結局馬子は小墾田宮《おはりだのみや》に使者を派遣することにした。蝦夷は、馬子に何をいっても無駄なのを知り、使者の一人に最も親しい阿倍臣摩侶《あべのおみまろ》を加えた。

蝦夷は摩侶に、御返答はゆっくり考えられてからにしていただきたい、という自分の意を伝えるように、と策を授けた。

蝦夷は馬子の要求が、自分の意ではないことを女帝に知らせたかったのだ。

『日本書紀』は、馬子の奏上内容を記述している。

「葛城県は、元臣《もとやつかれ》が本居《うぶすな》なり。故《かれ》、其《そ》の県に因《よ》りて姓名《かばねな》を為《な》せり。是《これ》を以《もっ》て、冀《ねが》はくは、常《ときわ》に其の県を得《たまわ》りて、臣が封県《よさせるあがた》とせむと欲《ねが》ふ」

馬子がいっているのは、葛城県は自分の本居地である、故に葛城の地名を姓名にした、願わくば、そこを賜わり自分の封地にしたい、というのである。

それに対し、女帝は詔《みことのり》を発して拒否している。

「今朕《わ》は蘇何《そが》より出《い》でたり。大臣《おおおみ》は亦《また》朕《わ》が舅《おじ》たり。故《かれ》、大臣の言《こと》をば、夜《よい》に言《もう》さば夜《よ》も明《あか》さず、日《あした》に言さば日も晩《くら》さず、何《いずれ》の辞《こと》をか用《もち》ゐざらむ。然《しか》るに今朕が世にして、頓《ひたふる》に是の県を失ひてば、後の君《きみ》の曰《のたま》はまく、『愚《おろか》に癡《かたくな》しき婦人《めのこ》、天下《あめのした》に臨《きみとしのぞ》みて頓に其の県を亡《ほろぼ》せり』とのたまはむ。豈独《あにひと》り朕不賢《われおさなき》のみならむや。大臣も不忠《つたな》くなりなむ。是《これ》後の葉《よ》の悪《あ》しき名ならむ」

詔の内容はまさに理路整然としていて一分の隙《すき》もない。しかも馬子の要請を峻烈《しゅんれつ》に批判している。

まさに馬子は大恥をかいたわけだ。

それ以来、馬子は政治の舞台から完全に遠ざかった。

だが馬子自身には、厩戸のような悩みはなかった。呆《ぼ》けが激しくなり、自分が何者であるかを認識出来ない時が多かったからである。

ただ馬子は涎《よだれ》を垂らしながらも、部屋を這《は》い廻った。侍女達は気味悪がったが、馬子は這うことによって健康になろうとしていたのかもしれない。

馬子は這っている最中に息を引き取った。

推古《すいこ》三十四年（六二六）旧暦五月で享年七十六歳であった。

蝦夷は大臣《おおおみ》となり嶋屋形の傍《そば》にある桃原《ももはら》に馬子の墳墓を造り始めた。

蘇我氏は本宗家を中心に全支族が労役の民を出した。

馬子の墓は石舞台古墳とされているが、まず間違いがない。
現在は墳丘上部を失い、巨大な横穴式石室だけが露出している。墳丘部は二段の方墳か、上円下方墳とされている。

墳丘の一辺の長さは約五十米《メートル》だが、石室の巨大さは余りにも有名である。

全長は約十九米余、玄室の長さは約七・五米強で、天井は二個の巨石が使用されている。巨石のうちの最大のものは、七十五トンという想像を絶したものだ。おそらく修羅《しゅら》を使い、丸太を並べて転がしたものと思われるが、大変な日数を要したのはいうまでもない。

『日本書紀』によると、二年後、推古女帝が死去した際も築造中だったから、四、五年はかかったのではないか。

巨大な墳墓を造ることによって、蝦夷は蘇我本宗家の威厳と権力を群臣に示したのである。

女帝が風邪《かぜ》をこじらせ病床の身となったのは、推古三十六年（六二八）の旧暦一月だった。すでに女帝も七十五歳だった。

自分が産んだ子のうち王子は総《すべ》て亡くなっている。厩戸の妃となった橘《たちばなの》大郎女《おおいらつめ》の父・尾張《おわり》王子もかなり前に死亡した。残っているのは田村王子の妃となった田眼《ため》王女だけだが子供がない。

何度も述べるように、当時の平均寿命は四十歳代である。

七十歳代といえば現代の九十歳代と考えて良い。女帝も一昨年死亡した馬子も大変な長寿だった。ただ、病床の身とはなったが、女帝は馬子のように呆けることはなかった。その代り女帝は病の苦しみと孤独感に苛《さいな》まれねばならない。

折角《せっかく》、大王となって長生きしたのに、後を継がせる王子がいない。皆早逝した。長生きし過ぎたが故の孤独である。厩戸皇太子の正妃となった菟道貝鮹《うじのかいだこ》王女も子を産まずに亡くなった。

押坂彦人大兄王子の妃となった桜井弓張《さくらいのゆみはり》王女は山代《やましろ》王を産んだが、王女も王も亡くなっている。

自分の血を分けた子や孫に、大王位を譲る王子や王がいないことは、死を前にした女帝にとってやり切れない淋《さび》しさである。

女人の身で大王になり、誰もが羨《うらや》む生活を享受して来たが、晩年の女帝の胸には何時も冷たい隙間風が吹いていた。

女帝が厩戸皇太子に譲位しなかった原因の一つは、譲位の前例がないせいもあるが、厩戸皇太子に親愛の情を持てなかったからであった。厩戸には、女帝の母・堅塩《きたし》媛《ひめ》が憎悪した小姉君《おあねのきみ》の血が入っている。そう意識したくはないが、それが最大の理由である。勿論、厩戸が神祇を忘れ、仏教に傾斜していることにも抵抗感はあった。

ただ、もし菟道貝鮹王女が皇太子の子を産み、立派に成長していたなら、その子を大王位に即けるという条件のもとに、厩戸に大王位を譲っていたかもしれない。

女帝は熱の苦しみが薄らぐと、過ぎ去りし日々をよく思い起こした。

敏《び》達《だつ》大王の皇后だった息長《おきなが》系の広姫《ひろひめ》が亡くなった時の喜びは、今も忘れられない。皇后の死を悲しんで見せ、涙を滲ませながらも、次は自分が皇后になれる、と歓喜に胸をはずませていた。女帝はあの時、喜びに踊り出しそうになりながら、人は悲しみの顔で涙を浮かべることが出来ることを知った。その時、自分は恐ろしい女人だと思ったが、今では、人間はそういうものだ、と認識するようになった。

女帝の思い出は、矢張り敏達大王の皇后になってからの日々だが、最後に行き着くのは、三《み》輪君《わのきみ》逆《さこう》との燃えるような恋愛だった。

その恋は短く、しかも逆が自分のために殺されたが故に、遠い昔の事なのに思い出は切なく悲しかった。

病床の女帝は凜々《りり》しい逆の顔を思い、また若々しい肌の感触が甦《よみがえ》り眼を潤《うる》ませた。

逆を殺したのは穴穂部《あなほべ》王子と物部守屋《もののべのもりや》だが、王子に同調したのは、宅部《やかべ》・泊瀬部《はつせべ》両王子だった。しかも三王子は、母が憎んだ小姉君の子なのである。女帝は馬子と組み三人を殺した。

泊瀬部大王の場合、甘言を弄《ろう》し、大王を山間の地である倉梯宮《くらはしのみや》に住まわせた。

「皇太后・豊御食炊屋姫《とよみけかしきやひめ》様が反対しているのです、だが吾《われ》は姫様をなだめ大王位に即《つ》かせたのです、暫《しば》くここで我慢して下さい、そのうち正式に好い場所に宮を造ります」

と馬子は説いた。

女帝は馬子に、大王であっても許せぬ、殺して欲しい、と頼み続けた。

馬子は流石に困惑していたが、策を弄し、泊瀬部大王が武力に頼らざるを得ないように仕向けた。

その後、新羅《しらぎ》征討の名目のもとに、古くからの有力豪族を筑紫《つくし》に行かせた。

泊瀬部大王が、物部氏の残党を集め、女帝を軟禁し、馬子を殺そうとした、という理由で大王を殺したのである。

その際、女帝は馬子を通して筑紫に集まっている豪族達に詔を発した。

「内の乱れにより、外への備えを怠ってはならぬ」という内容だった。

大王が殺されたにも拘らず豪族達が動揺しなかったのは、女帝の詔があったからである。豪族達は、大王が馬子の傀儡《かいらい》であることを承知していたのだ。

朕《わ》は仇《あだ》を討ったのじゃ、と女帝は呟《つぶや》き笑う。

顎《あご》から首にかけての贅肉《ぜいにく》は、敷蒲団《しきぶとん》の方に垂れる。病《や》んで以来、脂肪は少なくなった。脂肪を含んでいた肌はたるみ袋状になっている。

女帝が過去を思い出して笑うと、袋状になった肌が誘われたように蠢《うごめ》く。中に無数の虫が詰まり這い廻っているように見える。眼窩《がんか》の辺りは肉が削《そ》げて窪《くぼ》んでいるので、眼が飛び出し、異様な形相だった。

女帝は看病している采女《うねめ》達がいる時は笑わないが、一人になると笑うのだ。時たま采女達は、笑っている女帝と顔を合わすことがあった。

采女達は背筋が寒くなり恐怖の余り動けなくなったりした。

女帝が病床に伏したのを知り、早速《さっそく》蝦夷は次期大王を決めるべく活動を開始した。

馬子が亡くなって以来蝦夷は、大臣となり大夫の上に立っていた。

だが蝦夷の人望は馬子に及ばなかった。馬子に逝《い》かれ、如何《いか》に馬子が偉大であったかを蝦夷は絶えず感じた。

それは厩戸を失った山背大兄王も同じだった。

人望や人間の器においてそれぞれの父に劣る二人は、大王位を巡り、真正面から衝突することになったのである。

病に罹って間もなく、痛みの激しい一日、女帝は田村王子と山背大兄王を呼んだ。

女帝が二人に伝えた内容は一見曖昧《あいまい》だが、女帝の意は明らかに田村王子にあった。

まず最初に田村王子を呼び、自分の意を伝えている。

『日本書紀』は、「天位《たかみくら》に昇りて鴻基《あまつひつぎ》を経《おさ》め綸《ととの》へ、万機《よろずのまつりごと》を馭《しら》して黎元《おおみたから》を亭育《やしな》ふことは、本《もと》より輙《たやす》く言ふものに非《あら》ず。恒《つね》に重みする所なり。故《かれ》、汝《いまし》慎《つつし》みて察《あきらか》にせよ。軽《かるがる》しく言ふべからず」と田村王子に語った、と記している。

大意は、大王となり国家の基本をととのえ、総ての政治を執り民を養いはぐくむことはいうまでもなく安易に話すべきものではない。朕《わ》は常にそなたを重く考えている。故にそなたは身を慎み、総てを洞察せよ。軽々しく口にしてはならぬ、というものである。

田村王子に対する女帝の言葉で、とくに大事なのは、最初に「天位に昇りて」といっていることだ。これは女帝が、田村王子が大王に即《つ》くという前提で喋っていることを意味する。総てを洞察せよというのは、自分の胸中を察せよ、といっているのだ。たんに事の経過を察せよ、という意味ではない。

次に山背大兄王と会っているが、山背大兄王の場合は病室に入れたが傍に近づけず、身を起こして語った。

この時、女帝の傍には大勢の采女と共に田村王子がいたことが、蝦夷の使者に対する山背大兄王の反駁《はんばく》の中で語られている。どうやら女帝は、田村王子は自分の傍に寄せたが、山背大兄王は寄せなかった。

これだけでも女帝の胸中が推察出来よう。

女帝は「汝《いまし》は肝稚《きもわか》し。若《も》し心に望むと雖《いうと》も、誼《とよ》き言ふこと勿《まな》。必ず群《まえつきみたち》の言《ことば》を待ちて従ふべし」と山背大兄王にいったと『日本書紀』は記す。

意味はいうまでもない。そなたは未熟者である。心に望んでいることがあっても、感情にまかせていってはならない。必ず群臣達の意見に従いなさい、と女帝は諭しているのである。

げんに女帝が忠告する前に、「教へて曰《のたま》はく」と『日本書紀』は記述する。田村王子の場合の「謂《かた》りて曰はく」と大違いである。

どうやら女帝は、大王になる前の心構えを田村王子に語るために呼んだ。

山背大兄王を呼んだのは、大王になりたいなどと口走るな、群臣が出す結論に従え、と諭し諫《いさ》めるためだった。

女帝も群臣が田村派と山背大兄王派に分れ、衝突しかねないほど険悪な雲行きであることは察していた。

ただ群臣を導くのは大臣《おおおみ》・蝦夷である。

蝦夷は女帝に田村王子を大王位に即ける旨《むね》全力を尽すので御安心下さい、と伝えると同時に、女帝の意が田村王子にあることを、それとなく群臣に知らせていただきたい、と要請したと思われる。

山背大兄王を擁立する一派は数こそ少ないが強硬だった。蘇我氏の支族である境部臣摩《さかいべのおみま》理勢《りせ》が味方だからである。


女帝が亡くなったのは旧暦三月七日で、小墾田宮《おはりだのみや》の南庭に殯宮《もがりのみや》が造られた。

だが四月になり八月となっても、田村王子派、山背大兄王派は激論を繰り返すのみで、一向に新大王は決まらない。

蝦夷が大臣としての実力を存分に発揮出来なかったのは、何かあると馬子と比較されるからである。陰口を叩《たた》くだけではなく山背大兄王派はあからさまに口にする。

それが他氏族ならまだ対応の仕方があるが、批判の筆頭が身内となると、蝦夷も思い切った手を打てない。

蝦夷を真向から批判するのは、いうまでもなく境部臣摩理勢だった。

こういう時こそ蘇我氏は一体となるべきだが、摩理勢には彼なりのいい分があった。

何故、蘇我氏とは縁のない息長《おきなが》系の田村王子を大王に即けねばならないのか、という大義名分めいた主張だった。

有力氏族の蘇我倉麻呂《そがのくらまろ》が大王位問題に関して中立的な立場を取っているのも、摩理勢が山背大兄王派だからであった。

蝦夷の胸中には、摩理勢さえ排除すれば蘇我氏は纏まるのだが、という歯軋《はぎし》りする思いが煮え滾《たぎ》っていた。

大臣なのに氏族さえ纏められない、となると、良くいえば中立派、俗にいう日和見《ひよりみ》派が多くなるのも当然である。

摩理勢は蘇我氏の中では武人的な性格だった。総てにおいて筋を通す方で、相手が間違っていると思えば、馬子に対しても遠慮しなかった。

女帝の母・堅塩媛《きたしひめ》を欽明《きんめい》大王の墳墓に合葬する前、馬子は堅塩媛を出した蘇我氏の血統を誄《しのびこと》するように摩理勢に頼んだ。

女帝の暴挙に対し批判的な摩理勢は、

「蘇我氏について誄をするなら、当然、堅塩媛様だけではなく、間人《はしひと》大后を産まれた小姉《おあねの》君《きみ》様についても語るべきでしょう、まして、大后の子には厩戸皇太子がおられます、堅塩媛様だけを持ち上げるわけにゆきますまい、群臣も小首をかしげましょう」

と馬子の要請を拒否した。

馬子は、今回は、

「堅塩媛様と大王の合葬じゃ」

と説いたが摩理勢は応じなかった。

摩理勢にしてみれば、大王の石棺を前に引きずり出しておいて、合葬といえるか、というところである。結局摩理勢は蘇我氏が大王家と血縁関係を持つに到《いた》った過程を詳しく話す誄を述べたのである。堂々とした誄だった。

「摩理勢が吾《われ》の子供であったなら……」

と馬子は残念がったほどだ。

女帝の代理人には阿倍内臣鳥子《あべのうちのおみとりこ》がなり、誄を行なったが、身体が慄《ふる》え声が出なかったことはすでに述べた。

境部臣摩理勢は気骨の人であった。それだけに蝦夷は手を焼いたのだ。

群臣がことの成行きを見守り態度を曖昧にしているのも当然だった。

その日、蝦夷が住んでいる豊浦《とゆら》の屋形に集まったのは、蝦夷と最も親しい阿倍臣摩侶《あべのおみまろ》と大伴連鯨《おおとものむらじくじら》であった。

二人は古代からの名門氏族の出であり大夫《まえつきみ》としても格が上である。

「大王が、もう少しはっきりと意を表明されたならこれほどこじれることもなかったのになあ」

と阿倍臣摩侶がいって舌打ちした。

「いや、大王は田村王子に対して、天位に即いたなら、と最初にいわれている、あれで充分じゃ、大体これまでの慣習として、大臣が大夫達の意見を取り纏め、大王に奏上することになっているではないか、大王があそこまでいわれたのは、田村王子が次の大王、と宣言されたのと同じじゃ、それなのに斑鳩派は、自分達に都合の良いように解釈し、理屈をこね、我々に反駁している、大臣、そろそろ決を取るべきだと思いますぞ、五分五分なら大臣が決断を下す、これも慣例じゃ、これで文句をいう者は政治を乱す者じゃ、無視をすれば良い、それに大王が亡くなられて半年、来月あたりは葬礼を行ない、新大王を決めねばならぬ、これ以上延ばすと朝鮮三国は、我国が乱れていると警戒する、大臣、決を取るべきです」

と大伴連鯨が膝《ひざ》を叩いた。まだ酒が入っていないのに顔が赧《あか》くなっている。

蝦夷は馬子を真似《まね》て腕を組んでいた。

こういう場合馬子は大夫達に喋らすだけ喋らせておいて自分の意見を述べる。大夫達の意見を嚙《か》み砕き分析し、受け入れる点は受け入れる。

だが蝦夷はその表情や態度と異なり苛立《いらだ》っていた。彼は二人の意見を殆ど聴いていなかった。

蝦夷の頭にあるのは、一族に反旗を翻し、本宗家の長《おさ》である自分を無視してかかる境部臣摩理勢の岩のような顔だけだった。

色が黒く頑丈そうな顎が張っている。味のある顔だと評する者もいるが、蝦夷には融通の利かない岩としか見えなかった。

あの岩さえ打ち砕いたならことはそんなに難しくない。中立派は殆ど田村王子派となる。

山背大兄王を推す摩理勢の存在が、中立派を増やしているのである。

摩理勢奴《め》、と蝦夷は唾《つば》を吐きたい思いだった。

身内なので摩理勢の悪口を余り口に出来ない。それが苛立ちをつのらせる。

今、摩侶や鯨のいっていることは、大夫達の常識であり、田村王子派は何度となく口にしているのだ。

摩侶が吐息をついた。上眼遣いに蝦夷の顔を窺《うかが》った。馬子の真似はしているが若いだけに内なる気持は隠せない。その辺りが馬子と異なる。前の大臣は偉大だったと摩侶は思い、一体この場で何を考えているのだと自分を叱《しか》った。

「大臣、摩理勢殿も頑固ですなあ、大臣の説得を受けつけないとは不思議な方です」

蝦夷の胸中を察し、摩侶の声は低い。

「石頭というやつだ」

と蝦夷は吐き出すようにいった。

「確かに石頭、大臣も何かと動き難い、だが誰が説得しても摩理勢殿を動かすことは無理でしょう」

と鯨は肩を竦《すく》めた。

「摩理勢とは何《いず》れ対決せねばならない、氏族の問題もある、まあ酒にでもするか、二人共、出来るだけ田村派を増やしていただきたい」

二人は勢いよく頷《うなず》いた。

酒宴が終り二人が戻った後、こんな場合、馬子ならどうするだろうか、と蝦夷は考えた。

摩理勢は馬子の弟であり、蝦夷にとっては叔父《おじ》ということになる。蝦夷が扱い難いのも当然である。

旧暦八月初旬は、まだまだ残暑が厳しい。ただ虫の声は秋の到来を告げていた。

こういう時、蝦夷には頼れる者、相談する者がいなかった。

馬子が病に罹った頃から蝦夷は父の政治生命が長くないのを感じた。これまで馬子の陰に隠れて力を発揮し切れなかった蝦夷は、大臣として群臣の上に立つべく彼なりに努力した。

時には馬子に相談せずにことを運んだ。

阿倍臣摩侶や大伴連鯨など、同年配で、これからの政界を背負って立つ連中を味方につけた。

確かに蝦夷の周りには有力氏族の若手が集まった。

ただ実力のある年配者は、蝦夷は到底馬子には及ばぬ、と視《み》た。馬子と共に政界で活躍した連中は、すぐ馬子を持ち出す。

蝦夷が有力な年配者と一線を置いたのは、自分の力を誇示したいためだが、彼の立場では無理もなかったかもしれない。

その夜蝦夷は、馬子が歩んで来た波瀾《はらん》の人生を思い出した。

馬子はよく蝦夷に過去を話した。若かった蝦夷は、自慢話はうんざりだ、と思いながら聴いたが、一つ一つ思い出してみると、含蓄のある話が多いようである。

あれは馬子が最初の病に罹る前だった。豊浦の屋形の蝦夷を自宅に呼び夕餉《ゆうげ》を共にした。

馬子としては虫の知らせというやつかもしれない。何時になく感慨深げに話した。

馬子の思い出話といえば大抵、穴穂部《あなほべ》王子・泊瀬部《はつせべ》大王の殺害、それに物部守屋《もののべのもりや》との戦《いくさ》だった。

ただその日の馬子の話し方は何時もと違っていた。蝦夷を見ているが、その眼は遠くを眺めているようだった。蝦夷というよりも自分にいい聞かせているようでもあった。

「勝者になるにはまず時の流れに逆らっては駄目だ、流れが向いている方の道を歩む、だからといってぼんやり歩いていても駄目じゃ、当然、敵を斃《たお》さねばならないが、一度に総ての敵を斃そうと欲張ってはならぬ、まず一番邪魔になる敵を斃す、そのためには色々と罠《わな》を仕掛けねばならぬ、相手の性格を見極め、かかり易《やす》い罠を作る、相手をその奥に追い込むのだ、これが最も大事じゃ、相手が罠にかかったなら容赦なく殺す、憐情《れんじょう》は捨てねばならぬ、自分の身を滅ぼすことになるからのう」

そこまで話すと馬子は白くなった顎鬚《あごひげ》を撫《な》でた。慈しむような撫で方だった。自分がここまで長生き出来たのは、その非情さのおかげだ、といい聞かせているようでもあった。当時の蝦夷には、殺してしまいたいほど邪魔な相手はいなかった。また父の自慢話か、という程度で聞いていたのだ。

今、蝦夷が馬子の勝者論といってもよい説教じみた話を思い出したのは、摩理勢が自分の前に立ちはだかっていたからである。まさに一番邪魔な敵だった。

摩理勢さえいなければ田村王子派は一挙に増え、女帝と蝦夷の念願通り王子が新大王になるのだ。

まさに馬子の言葉は生きていた。

馬子は罠をかけるといった。

蝦夷の思考はそこで停止する。あの摩理勢にどんな罠が有効だろうか。

蝦夷はこれまで馬子が口にしたことを懸命に思い出そうとした。

翌日蝦夷は十代の半ばになっている子の入鹿《いるか》を連れ、馬子の嶋屋形《しまのやかた》を訪れた。

馬子の遺体は棺《ひつぎ》に入り屋形の南に造られた殯の屋形に置かれていた。

馬子の桃原の墳墓は、蘇我氏一族が奴《やっこ》まで動員して造っているが余りにも巨大なのでまだ完成していない。やっと天井石を運び石室を造ったところだった。

馬子が死亡して二年、石棺の中の遺体は骨になっている。殯の屋形に入ってもすでに腐臭はない。

蝦夷は石棺に叩頭した。

「のう入鹿よ、父上は偉大であった、父上ほど賢く、器の大きい方はいないぞ、入鹿よ、そちは祖父を誇りに思わねばならぬ」

「はい、誇りに思っています」

入鹿は胸を反らせた。

入鹿は蝦夷の長子だった。河内の鞍作《くらつくり》で育ったので大郎鞍作《たいろうくらつくり》とも呼ばれる。聡明《そうめい》で学を好み、しかも武術も優れている。蝦夷は入鹿を誇りに思い寵愛《ちょうあい》していた。

殯の屋形から馬子の墳墓までは近い。

蝦夷は入鹿と共に造営中の墳墓を眺められる高台に登った。墳墓は飛鳥川の支流、冬野川沿いに造られていた。伐り出した石材や運んだ葺石《ふきいし》が到る所に置かれ大勢の民が蠢《うごめ》いていた。

重労働に従事しているのは、蘇我氏の奴達である。支族はそれぞれ小屋を建て自分達に属する奴達の指揮を執っている。

蝦夷は墳墓の計画を立てた時、余りにも巨大過ぎると反対した摩理勢と激論を交したことを思い出した。

厩戸皇太子の影響を受けている摩理勢は、余りにも大き過ぎ労役の民が多過ぎる、と反対したのだ。

大臣は仏教を信仰されており、ここまで巨大な墳墓を造ることは望んでいなかった筈だ、と説いた。

蝦夷は、父・馬子は女帝の血縁者であり蘇我氏の象徴である、幾ら墳墓が巨大であっても過ぎるということはない、と反駁した。

二人の激論は屋形の外まで聞えた。

「摩理勢殿は蘇我の栄光と権威を世に示すことに反対なのか、それでも蘇我氏の人物といえるだろうか、吾《われ》は蘇我本宗家の長であり、大臣の子じゃ、父の墳墓に関しては意を通す」

と蝦夷は決意を示した。

まだ摩理勢が反対するなら、

「叔父上は、墳墓の造営に加わらなくても結構じゃ」

といい切る積りだった。

摩理勢は渋々従ったが、墳墓に関しても蝦夷への反感は消えていない。

その上、次期大王位問題で真向から対立した。

もう二人の亀裂《きれつ》は修復不可能である。

このままでは蘇我氏は二つに割れる。場合によっては蝦夷自身の地位もおびやかされることになりそうだ。

「のう入鹿、そちは若いが武勇の男子《おのこ》じゃ、今大蛇が現われ、襲いかかって来たらどうする？」

蝦夷の問いが終らぬうちに入鹿は刀の柄《つか》を握っていた。

「即座に斬《き》り捨てます」

その返答には何の逡巡《しゅんじゅん》もない。

「だが突然襲って来たなら、斬り捨てる暇がないかもしれぬぞ」

「突然であろうと何であろうと斬ります、そのために武術の訓練に励んで参りました」

若さというのは入鹿のようでなければならないかもしれぬ、と蝦夷は感じた。

蝦夷としては、逃げる方法も考える必要があるぞ、といいたかった。

だが自信に溢《あふ》れ、意気軒昂《けんこう》としている入鹿には不必要な忠告かもしれない。

今の吾《われ》には若さが少し足りぬのかもしれぬ、と蝦夷は呟いた。

この時、蝦夷の脳裡《のうり》に閃《ひらめ》いたのは、摩理勢と今一度対決することだった。

だが今度は真正面切っての対決ではない。摩理勢が蝦夷の悪意を感じ、激怒するような方法を取らねばならない。

摩理勢が墳墓の造営作業から引き揚げるような無理を押しつけるのだ。それは対決というより策謀である。

馬子がかつていった罠ということになる。

「入鹿よ、これから色々と学ばねばならないことが多いが、今の返答は気に入ったぞ」

と蝦夷は久し振りに顔を崩し、入鹿の肩を叩いた。


その頃《ころ》、山背大兄王《やましろのおおえ》は斑鳩宮で苛立ちながら田村王子派の大夫《まえつきみ》達を罵倒《ばとう》していた。

このところ山背大兄王は神経が立ち睡眠不足で頬《ほお》が落ちている。眼が充血し異様に光っていた。

山背大兄王は何が何でも大王位に即《つ》きたかった。普通なら父が大王になるところである。

山背大兄王は、自分が大王位に即くのは父の遺志だと思い込むようになっていた。

山背大兄王と蝦夷に共通点があるとすれば、二人共父親の器の偉大さの陰になり、何かあると父親と比較された、ということであろう。

蝦夷が馬子の意に反し、田村王子を新大王にしようと懸命になっているのは、父に押えつけられていたことへの反撥心の表れでもあった。

馬子は孫の山背大兄王を大王にしたがっていた。その件で馬子と論争したこともある。父が亡くなった今、蝦夷は、田村王子を新大王にすることで、父がいなくても充分大臣の資格があることを示したかった。

山背大兄王の大王位に対する執着も厩戸皇太子の存在を抜きにしては考えられない。山背大兄王の場合、厩戸皇太子の名声が余りにも偉大であったので、王の存在は何かにつけて無視された。

ただ山背大兄王は蝦夷のように父に反撥はしなかった。自分は生まれながらに父よりも劣っており、どう背伸びしても父を超えることは出来ない、という諦めに近い劣等感を抱いていた。

それ故に、父が理想としたものは、何とか実現したい、という思いが強かった。

山背大兄王は父の名声の中で、それなりに群臣に認めて貰いたかったのである。

山背大兄王が大王になることは父の望みでもあった。父は余りその件について口にはしなかったが、亡くなる一年ほど前、厩戸皇太子はしみじみとした口調で話したことがある。

「大王も、御自分がこんなに長生きされるとは思わず、吾《われ》を皇太子になさったのであろう、譲位を口にする者もあるが、ここ百年ほど譲位は行なわれていない、だから吾は大王位については考えていないのだ、斑鳩宮の政治でさえ手一杯じゃ、それを思うと国の政治は大変だと思う、ただそちの時代に、大王位問題が起こるかもしれぬ、そちは大兄王であり有資格者だ、そういう時が来れば大王になってもおかしくはない、主張すべきことは主張すべきであろう、ただ無理をしてはならぬ、策は弄すな、自然の流れに従い傍観せよ、来るべき時は来るし、そうでない時は来ない、よく覚えておくのじゃ」

山背大兄王はその言葉を忘れていなかった。

とくに、主張すべきことは主張すべきだ、という言葉が脳裡に刻み込まれている。

それに父の徳は偉大で、父が亡くなったにも拘らず、上宮王家に意を通じる豪族は多い。それ等の大半は、新大王には山背大兄王がなるべきだ、と推してくれている。山背大兄王は大王になることで父の望みを達成したかった。

山背大兄王は女帝が死亡して間もなく、蝦夷に対し使者を遣わした。

境部臣摩理勢などから、蝦夷が田村王子を推し、田村派を増やすべく画策している、と知ったからである。

使者になったのは三国王《みくに》と桜井臣和慈古《さくらいのおみわじこ》だった。

それに対し蝦夷《えみし》は、阿倍臣摩侶《あべのおみまろ》、中臣連弥気《なかとみのむらじみけ》、紀臣塩手《きのおみしおて》、河辺臣禰受《かわべのおみねず》、高向臣宇摩《たかむくのおみうま》、采女臣摩礼志《うねめのおみまれし》、大伴連鯨《おおとものむらじくじら》、巨勢臣大麻呂《こせのおみおおまろ》の八人の大夫を斑鳩宮に遣わした。

この中には巨勢臣大麻呂、紀臣塩手などの山背大兄王派も含まれている。

蝦夷は田村派だけではなく、中立派や山背大兄王派も加えることで使者団が公正であることを、山背大兄王のみならず内外に知らせたのであった。

この辺りに蝦夷の成長ぶりが窺われる。ことに蝦夷は、使者団に対し、女帝の遺詔を伝え、公平な眼で判断すると、女帝の意は田村王子にあるということを伝えよ、と告げた。

蝦夷は女帝の意に従って動いているので、私情ははさんでいない、と山背大兄王に知らそうとしたのだった。

山背大兄王は愕然《がくぜん》とした。

山背大兄王は女帝が田村王子に告げた内容を詳しくは知らない。噂《うわさ》によれば、大王位に即いた場合について色々と諭し、軽々しく口にするな、といったという。

山背大兄王の脳裡からは、自分が行った時の室内の光景が離れない。

女帝の寝具の近くには、采女達に混じり田村王子がいたのだ。だが山背大兄王は女帝の傍に近寄れなかった。

女帝の命を受けた采女が、山背大兄王を部屋の出入口に坐《すわ》らせた。女帝は采女に支えられて上半身を起こした。

女帝は明らかに山背大兄王よりも田村王子を好遇していた。だから王子だけを傍に寄せたのである。

女帝は何かいったが、山背大兄王は頭に血が昇り、はっきり聞えなかった。

山背大兄王が断片的に耳にした発言の内容は、自分と上宮王家は縁戚関係にあるし、山背大兄王には親愛の情を抱いている、ただ大王位というのは国の大事であり永久に続くものである、故に絶え間ない修業が必要だ、山背大兄王はまだ未熟である、故にこの件に関しては軽々しく口にしてはならない、群臣の意に従え、というようなことだった。

この女帝の発言だけを考えると、山背大兄王が大王位に即くことに対して、肯定的な面と否定的な面があった。

ことに後半は否定的である。

秦造《はたのみやつこ》河勝《かわかつ》は山背大兄王が小《お》墾田宮《はりだのみや》から戻った時、

「やつかれは、田村王子様への御発言の内容をこの耳で聴いていません、重要なのは、大王が田村王子様にどういわれたか、でございましょう」

と沈鬱《ちんうつ》な面持ちで述べた。

その後、噂などで田村王子の勅の内容を知った。明らかに王子の方に分があった。大王位に即いた場合の心構えを説いているからだ。

ただ境部臣摩理勢は、真実を知っているのは、傍にいた王女や釆女で、蝦夷や大夫も自分で聴いていない、と山背大兄王の弱気を叱咤《しった》した。

田村王子は、自分に都合の良いようにいっており、大臣はそれに乗っている、というのだった。

山背大兄王は三国王らを通じて使者達に、女帝に呼ばれ病室に入った際の女帝の発言内容を伝えさせた。

当然、前半部の肯定的な部分に比重がかかる。

山背大兄王は、女帝が上宮王家とは縁戚関係にあり、自分に親愛の情を抱いていることを口にされた、と強調した。

「確かにまだ未熟だが、大王位に即くべく修業するようにと伝えられた、田村王子にどういわれたかは膨らんだ噂でしか耳にしていないが、故大王の意は吾にある、これは大臣にはっきり伝えて欲しい」

山背大兄王は、貫禄《かんろく》をつけるために、使者である大夫達に直接会わずに、三国王らを通じて伝えたのだった。

これは使者達に余り良い印象を与えなかった。使者の中には、山背大兄王はもう大王になった積りでいる、と陰口を叩く者もいた。

勿論山背大兄王は、異母弟の泊瀬《はつせ》王に命じ、使者達の労を犒《ねぎら》ったり、山背大兄王派の巨勢臣大麻呂などに、頑張って貫いたい、そち達が頼みだという自分の意を伝えさせた。ただ山背大兄王自身が動かなかったのは熱意が足りない、と思われても仕方がない。

泊瀬王は、菩岐岐美郎女《ほききみのいらつめ》の長子で摩理勢とはとくに仲が良かったのだ。

使者達は、斑鳩宮に一泊して飛鳥に戻った。

その際、桜井臣なども蝦夷の返答を聴くべく同行した。

蝦夷は初めから山背大兄王の返答を無視する積りでいた。

蝦夷は、小墾田宮にいる王女や采女達から、女帝が両王子に述べた勅の内容を詳しく聴いていた。その内容を山背大兄王に伝えたのである。

「吾は大王の遺志に従って動いているのです、私情はない、そのことを山背大兄王に伝えていただきたい」

と蝦夷は桜井臣にいい切った。

女人達も口を揃《そろ》えて、女帝の気持は、田村王子にあったと喋り続ける。

こういう場合の王女を含めた女人達の力は大きい。中立派は次第に崩れ田村王子派が増えていった。

状況は明らかに山背大兄王に不利であった。それにも拘らず山背大兄王は諦《あきら》めずに自分の正当性を主張し続けた。

山背大兄王の執念は、山背大兄王派や斑鳩宮の官人達が驚いたほど強かった。その執念は、主にこの機会を逃しては、父の名声に隠されている自分の力は一生発揮できないという鬱積《うっせき》した思いから生まれた。

またその執念を支えたのは、摩理勢《まりせ》の態度が不動だったからである。

摩理勢は山背大兄王に会う度に王を励まし続けた。

「何時も申し上げる通り、大王の勅を聴いたのは、女人と田村王子だけですぞ、大臣《おおおみ》を始め、官人は誰《だれ》一人として聴いていない、大臣がその気になれば勅は都合の良いように作り変えられます、それに次期大王は、大夫の協議の上に決定されるべきでしょう、大王も、群臣の意見に従うようにと王におっしゃった、当然、田村王子にもいわれている、当てにならない大王の勅よりも、大事なのは群臣の意です、山背大兄王を推す大夫はまだまだ多い、大臣の策に弱気になってはなりませんぞ」

摩理勢は、自分が群臣の意を纏《まと》めてみせます、といわんばかりだった。

摩理勢の声を聞くと、山背大兄王は勇気が湧《わ》いて来るのを覚えた。

第十一章　罠

山背大兄王《やましろのおおえ》と大臣《おおおみ》・蘇我蝦夷《そがのえみし》との間に何度か応酬があった。

山背大兄王は、蝦夷が驚いたほど大王位に執着し、簡単に諦《あきら》めそうになかった。

二人共、ここで負ければ将来が危ないことを知っていた。ことに蝦夷には危機感が強かった。山背大兄王は表面では蝦夷に縋《すが》り、蝦夷を伯叔父《おじ》などと使者にいわせているが、内心は憎み切っているに違いなかった。もし山背大兄王を新大王にすれば、山背大兄王は蝦夷を大臣の地位から外し、境部臣摩理勢《さかいべのおみまりせ》を大臣に任じるであろう。そうなれば蝦夷は勿論《もちろん》、蘇我本宗家は潰滅的《かいめつてき》な打撃を受ける。

蝦夷は、山背大兄王の要求を絶対呑《の》むことは出来なかった。

山背大兄王との応酬において、父・馬子《うまこ》譲りの粘着力を発揮した。

蝦夷は山背大兄王の使者に、繰り返し女帝の遺詔を伝えた。

「このことだけは、山背大兄王にお伝え願いたい、吾《われ》は決して私情で新大王を決めようとしているのではありませぬ、また、勝手に意見を述べているのでもない、吾《われ》は亡くなられた豊御食炊屋姫《とよみけかしきやひめ》大王の詔《みことのり》をもとに、大王の意が田村《たむら》王子にあったことを申し上げているのですぞ、何度も申し上げているように、故大王の意は田村王子にあられた、大勢の采女《うねめ》が傍《そば》にいて聴いている、これを曲げるわけにはゆきませぬ、何故《なぜ》、山背大兄王が、厳然たる事実に耳を塞《ふさ》ぎ、故大王の意が自分にあったようにおっしゃられるのか、吾には分りませぬ」

蝦夷の言葉に、山背大兄王の使者達は、

「大臣、それは違いますぞ、山背大兄王が聴かれたのは……」

と山背大兄王の意を伝えたが、蝦夷の方に分があった。

あっという間に旧暦十一月になった。

新大王を決めないまま新年を迎えるわけにはゆかない。ただ蝦夷としては山背大兄王が諦めない以上、田村王子を新大王にするのは不可能である。

山背大兄王は厩戸《うまやど》皇太子の長子で、大兄《おおえ》の呼称がついている。田村王子にはそれがない。当時は泊瀬部《はつせべ》大王（崇峻《すしゅん》）のような例外を除き、大兄王子の中から新大王を選ぶのが慣例だった。

このままでは、両者が対立したまま新年がやって来る。

蝦夷としては、山背大兄王やその一派が最も頼りにしている境部臣摩理勢を殺害し、勢いに乗じて一挙に田村王子を新大王にする以外方法はなかった。

殺害するといっても、摩理勢は蘇我の支族の中でも有力であり、簡単にことは運べない。

その日、蝦夷は有力群臣の中でも最も胸襟を開くことの出来る阿倍臣摩侶《あべのおみまろ》を豊浦《とゆら》の屋形に呼んだ。

阿倍氏はいうまでもなく、古代からの名族である。大夫《まえつきみ》の中でも筆頭格だった。

蝦夷はここまで来た以上、摩理勢を除く以外手はないと述べ、その際の群臣の動向を訊《き》いた。

「大丈夫です、吾も大臣の決意をお待ちしていました、大伴連鯨《おおとものむらじくじら》も何が起ころうと全面的に大臣を支持すると誓っております、大臣がことを実行された時は、兵を集め、斑鳩宮《いかるがのみや》に圧力を加えると同時に、大臣に刃向う者は鎮圧致します、吾も同じです」

「うむ、阿倍、大伴が兵を集めれば、巨勢《こせ》も動けまい、吾も警護兵を増やそう」

「巨勢臣大麻呂《こせのおみおおまろ》はこの頃動揺しています、何といっても故大王の遺詔は、はっきり田村王子を大王に、と告げている、大麻呂も厩戸皇太子とは親しくしていたが、山背大兄王とは縁が薄うございます、皇太子への義理から山背大兄王派になっているに過ぎない、摩理勢殿さえ除外されれば、大臣に従いましょう、問題は、渡来系の連中じゃ、秦造河勝《はたのみやつこかわかつ》など小徳《しょうとく》の冠位を与えられ、斑鳩宮には足を向けられない立場、彼等がどう動くか……」

「うむ、河勝を始め渡来系の連中は確かに簡単に斑鳩宮を見捨てられまい、だからといって挙兵の力はない、田村王子が大王になっても、何も山背大兄王を消したりはせぬ、我等に敵対行為さえ取らなければ、斑鳩宮で好き勝手なことをなさっておれば良いのじゃ、つまりだな、斑鳩宮は残すという条件を示してやれば、我等に歯は剝《む》かぬ」

蝦夷は自信あり気にいった。

事実蝦夷は、先日、秦造河勝らを屋形に呼び、田村王子が新大王になっても、山背大兄王は、大兄のままで平和に過せる、と伝えていた。

河勝は、明確な返答は避けたが、蝦夷の意は充分了承した筈《はず》だった。

蝦夷にとって一番の問題は、摩理勢を殺害した場合の蘇我氏の動揺だった。

例えば、支族の蘇我倉麻呂《そがのくらまろ》など年齢《とし》も摩理勢に近いせいもあり、摩理勢に好意を抱いている。

また葛城《かつらぎ》を名乗る蘇我の支族にも摩理勢派はいる。

確かに一氏族が団結するのは不可能の時代にはなった。蝦夷の祖父・稲目《いなめ》などの時代よりも行政が複雑化し、一氏族も巨大になれば、分担分野が異なる。従って利害関係も異なって来る。

同族と手を結ぶよりも、他氏族を味方にする方が有利になるという事態も起こる。

ただ、利害は異なっても、同族は同族である。有事の際は纏《まと》まるのが一番だ。それが不可能な場合でも、氏族内部が睨《にら》み合うような事態は好ましくない。

だからこそ、蘇我氏が一丸となって馬子の墓を造っているのだ。

そんな最中に、本宗家の長《おさ》が有力支族の長と睨み合うようになった。この睨み合いは、話し合いでは解決出来ない。

蝦夷は摩理勢の殺害を考えたが、矢張り後の亀裂《きれつ》が大変である。となると、最初に計画したように罠《わな》を作り、摩理勢を除外するのが妥当だった。

摩理勢の性格から判断すると、憤れば墓造りをやめて屋形に戻るかもしれない。

そうなると、摩理勢は馬子の墓造りを邪魔し、蘇我氏全体を裏切ったということになる。

「もし墓造りをやめたなら、殺害の理由になる」

寝所の蝦夷は暗い闇《やみ》を睨みながら自分に呟《つぶや》いた。そんな時の蝦夷は、かつての馬子によく似ている。

馬子も暗闇の中で謀り事を練っていた。

墓造りが行なわれている桃原《ももはら》で始まった蝦夷と摩理勢の口喧嘩《くちげんか》は次第に険悪化した。

もともと摩理勢は、馬子の墳墓の石室は余りにも巨大過ぎると反対だった。

蝦夷は、馬子の威を内外に示すため、二丈半（七・五米《メートル》）強の長さの玄室を二枚の天井石で覆うことにした。

当然、想像を絶する巨石が必要となる。巨石の一つは二万貫（七五トン）の重さである。修羅《しゅら》を用い、並べた丸太の上を引っ張り、やっと墳墓の傍まで運んだ。

余りにも重く大きいので、事故も起こったし、予定日も遅れた。ことに雨の日が続くと、土がぬかるみ、到底動かせない。

蝦夷は、雨が降りやむとすぐ、玄室の上に乗せるように摩理勢に命じた。

摩理勢は顔を真赫《まっか》にして反撥《はんぱつ》した。

「大臣、土はぬかるんでいるし、今は無理じゃ、これではまた怪我《けが》人が出る、死傷を合わせてもう十数人にもなる」

摩理勢は厩戸《うまやど》皇太子と親しかっただけに、厩戸の影響を受けている。労役の民も人間だという意識があった。そういう面で労役の民に人望があった。

その点蝦夷は、労役の民など牛馬と余り異ならない、という旧来の権力者の考え方だった。

二人の対立はその辺りにもあった。

「摩理勢殿、この作業は吾《われ》の父、蘇我の長、大臣の墓を造っているのじゃ、仏像を造っているのではない、故に早く完成させねばならないと申しておる、労役の民の怪我など気にしてはおれぬ」

「大臣、それでは仏教を信奉した馬子大臣が地下で泣かれるぞ、仏教の根幹は慈愛じゃ」

「摩理勢殿は勘違いしている、慈愛は知っているが時と場合による、例えば、戦《いくさ》で慈愛は通用しない、こういう作業は戦と同じじゃ、どうも摩理勢殿は厩戸皇太子にかぶれている、山背大兄王もそうだが、そんなことで政治は執れぬ」

「大臣とはいえ、口にして良いことと悪いことがある、何もこの場で山背大兄王の批判をする必要はない、吾は政治を話しているのではない、危険な作業は少し待った方が良い、と申しているのだ、雲が切れて来ている、間もなく陽《ひ》が差す、夕方には少しは土も固まるであろう、その方が安全じゃ」

「摩理勢殿も分らぬ人だのう、この場は戦場と同じと申しているのだ、戦には雨も晴天もない、摩理勢殿は、吾の父の墓造りが気に喰《く》わぬのではないか、ひょっとすると馬子大臣のことよりも、厩戸皇太子をしのんでいるのではないかな」

「何をいう、馬子大臣は吾の兄だぞ」

「それならもっと熱心になられたら良い、摩理勢殿のせいで作業が進まぬ、これでは困る」

「吾《われ》が邪魔だと申すのか？」

「父上よりも、斑鳩宮のことばかり考えているお方は邪魔になる」

「無礼な、大臣とて許さぬ」

摩理勢は蝦夷に詰め寄った。摩理勢の子の毛津《けつ》が走って来た。迎え討つように入鹿《いるか》も駈《か》けて来る。

中立派の倉麻呂はその場を動かず冷静に眺めていた。朝廷の財務を担当している倉麻呂は何事に対しても緻密に計算する。

倉麻呂の子は、大化の改新に際し、中大兄王子《なかのおおえ》に味方した蘇我倉山田石川麻呂《そがのくらやまだのいしかわまろ》である。

「大臣は長《おさ》ぞ！」

大声で喚《わめ》いたのは入鹿だった。

入鹿は蝦夷の若い時代よりも短気である。まだ十七歳だが、身長は五尺七寸（一七〇糎《センチ》）はあり、力持ちだ。武術を好み毎日のように木刀で木を叩《たた》いていた。また馬が好きで疾走させる。

暇さえあれば飛鳥《あすか》の周辺で馬を乗り廻し、矢を射ていた。その辺りには大きな獲物はいないが、鳩《はと》ぐらいの山鳥や、兎《うさぎ》など結構獲《と》れるのだ。

そういう性格だけに、年輩者に遠慮しない。毛津が、その口のきき方は無礼であろう、と喰ってかかった。毛津は二十歳代の前半である。入鹿ほどではないが気性は激しい。

二人が摑《つか》み合いの喧嘩になりそうなので、摩理勢は二人を制した。

蝦夷には二人の喧嘩を止める意志はなさそうだった。

「摩理勢殿、吾は大臣として、吾の父の墳墓を造っている、吾の命令に不服なら、引き揚げていただいて結構じゃ」

取り澄ましたような蝦夷の態度は、摩理勢の憤りの火に油を注いだ。

摩理勢には、これが蝦夷の罠であることを見抜く余裕がなかった。

「おう、引き揚げよう、これは政治の場ではない、蘇我氏だけの場じゃ、若いのに大臣風を吹かしてはならぬぞ、毛津、戻るぞ」

摩理勢は、身内や郎党、配下の奴《やつこ》達も呼び集めた。

こうなると騎虎《きこ》の勢いである。まずいなという思いが脳裡《のうり》を掠《かす》めるが止まらなかった。

中立派の倉麻呂がやって来て、

「摩理勢殿、蘇我氏が分裂するとなると、何かと厄介な問題が起る、思い直された方が良いのではないか」

と忠告したが、摩理勢は聴く耳を持たなかった。

「吾《われ》のことは心配なさらぬ方が良い、吾が山背大兄王を推しているのが気に入らぬのだ、これは墳墓造りの問題ではない、根は誰が大王位に即《つ》くかにある」

「分っている、だが馬子大臣の墓を一族が造っている現場であることは間違いない」

倉麻呂は、今立ち去れば、氏族を裏切ったという烙印《らくいん》を押される、といいたかった。倉麻呂は、何にでも大臣の地位を口にする蝦夷に苦々しい眼を向けていた。

「それは分っておる、大王位問題はよろしく」

摩理勢は悲愴感《ひそうかん》を漂わせた眼を向けた。山背大兄王を擁立し、一挙に事を成そうと摩理勢は胸の中で叫んでいた。

工事現場を離れた時、工事場で働く奴達の掛け声や、監督者が叱咤《しった》する声が摩理勢の耳を射た。

摩理勢はその声を打ち消すように大声でいった。

「毛津、我等の小屋を叩き壊すように命じよ、二度とは戻らぬ」

「父上、それでは余り……」

若くて激情家の毛津は、昂奮《こうふん》がおさまり、得体の知れない恐怖心に襲われていた。

「構わぬ、吾の意を知らせるのだ」

摩理勢の声は、蝦夷といい合っていた時よりも落ち着いていた。

それだけの覚悟のもとに摩理勢は、自分達が寝泊まりしていた小屋を壊したのである。

一族郎党と共に自宅に戻った摩理勢は、蝦夷との対決の姿勢を強めたことを斑鳩宮に報告した。

山背大兄王や摩理勢と親しい泊瀬《はつせ》王は大喜びだった。

山背大兄王は摩理勢の肩を叩かんばかりである。

「これで大臣も自分の力が蘇我氏全体に及んでいないのを知り、少しは懲りたであろう、当然、蘇我氏内部は動揺し、また中立派の群臣も、斑鳩宮に眼を向けるに違いない、我等も奮起しようではないか、我等の勢いを盛り返す好機じゃ」

泊瀬王も拳《こぶし》で膝《ひざ》を叩《たた》いた。

「摩理勢、立派だぞ、それにしても今後が大事じゃ、大臣はどんな手段を取っても、そちを押え込もうとするに違いない、故に、大臣の勢力を撥《は》ね返すべく、一族の者に屋形を守らせ、万が一に備えよ、もし大臣が兵を繰り出すような気配を示せば、斑鳩宮に入れ、大臣も、ここまでは手を出すことは出来ぬ、大臣は、我等に気骨がないと初めから見縊《みくび》っているが、そうではないことを知らせよう、我等の決意を示せば、兄王がいわれるように味方をする者が増える」

泊瀬王は山背大兄王よりも武闘派だった。蝦夷にはまだ大臣の資格がないとののしり、場合によれば一戦も辞さず、と肩を聳《そび》やかした。

摩理勢は勇んで屋形に戻った。屋形は高市郡《たけち》でも、高田寄りにあった。

摩理勢は部下を集め屋形を固めた。

その噂《うわさ》を聞き、不安を感じたのは秦造河勝である。

河勝は山背大兄王の性格をよく知っていた。生まれながらの御曹子で苦労を知らない。

厩戸皇太子の場合は、穴穂部《あなほべ》・宅部《やかべ》両王子の死、また泊瀬部《はつせべ》大王の死を見て来た。ことに女帝の意により、馬子が泊瀬部大王を殺した時は、母が大王の実母姉だけに悩みに悩んだ。

結局、自分が動いてもどうにもならないと判断し、忍耐した。実際、厩戸が斑鳩に宮を建てるまでは、血で血を洗う時代だった。

それ以後も飛鳥の女帝と馬子に気を遣いながら政治を執った。

だが山背大兄王にはそういう苦労がなかった。

厩戸の庇護《ひご》のもとにいて、女帝への悪口や、馬子への不満を口にしておれば良いのだ。

事実、馬子が死ぬまでそうだった。

　山背大兄王を始め斑鳩宮の王達は甘かった。だからこそ、蝦夷と袂《たもと》を分った摩理勢に拍手を送ったのである。

　河勝が斑鳩宮を訪れたのは、摩理勢の宮入りを止めるためだった。

　機嫌よく河勝と会った山背大兄王は、何だその顔は、といわんばかりに眉《まゆ》を寄せた。河勝はそれほど沈鬱《ちんうつ》な表情である。

　河勝は、摩理勢が斑鳩宮に顔を見せた際、王達が摩理勢を庇《かば》うといったという噂が飛鳥に伝わっているが、真実でしょうか？　と訊《き》いた。

「当り前だ、境部臣摩理勢は蘇我氏の有力な支族の長じゃ、吾《われ》を大王に即《つ》けるべく懸命になっている、我等は摩理勢を宮に入れることによって、大臣とその一派に不退転の決意を示す、我等に武力がないと思い、斑鳩宮を舐《な》め切っている蝦夷等も考え直すかもしれぬ」

　河勝は返答に詰まった。甘い、といいかけ声を抑えた。

「摩理勢殿は有力な味方でございます、だからこそ宮の外にあって活躍していただきたいのです、摩理勢殿が宮に入られれば、活躍を封じられたのと同じです、中立派の群臣の眼は大臣の方に注がれます」

「何を申す、亡き父上の寵愛《ちょうあい》に眼が眩《くら》み、少しのぼせ上がっているのではないか、我等の決意を示すのだ」

山背大兄王の声が甲高くなった。

河勝は厩戸と山背大兄王との器の違いを今更のように感じた。

宮に入る、というのは、宮が匿《かくま》うという意味である。それだけ摩理勢が孤立していることを世に知らせることになる。そんな簡単なことが山背大兄王には分らないのだろうか。

泊瀬王も同じだ。

その簡単な理が分らないのは、山背大兄王を始め王達が昂奮し、冷静な判断力を失っているからである。

蘇我氏の長老ともいわれている摩理勢らしくない行動も河勝には分らなかった。

多分、それだけ蝦夷の力が強くなって来ているに違いない。

河勝は、直情径行な摩理勢が好きだった。だが柔軟性に欠けるところがあるのが少し不安だ。

「山背大兄王様、摩理勢殿が入られたなら、大臣は、蘇我氏一族の問題なので、摩理勢殿を宮から出すように、と圧力をかけて来ましょう」

「圧力には屈しないぞ、断固守る、いや、共に大臣派と闘う、河勝、そちの意見など、それ以上聴きたくはない、もう退《さが》れ、斑鳩宮の王は吾じゃ」

河勝が斑鳩宮を出、大和《やまと》川まで戻った時、騎馬の武人が駈けて来た。厩戸皇太子の側近として信頼されていた調子麻呂《つきのねまろ》である。

「おう、子麻呂」

「河勝様」

子麻呂が馬から跳び降りた。

叩頭《こうとう》しながら眼で合図をした。

馬から降りた河勝は従者を待たせ、子麻呂と共に大和川の堤防を歩いた。

「この頃余り見ぬが、どうした？」

「はあ、余り任務がございませぬ」

「そうか、山背大兄王様には、皇太子様が信頼した人物は煙たいのかもしれぬ、それはそうと摩理勢殿のことは聞いたか」

「はい、宮にはお入りにならないように、摩理勢様を説得して下さい」

「おぬしもそう思うか、山背大兄王様は意気軒昂《けんこう》だったが……宮は団結していないのか？」

「王族達と高級官人は一見団結しているように見えますが、下級官人は駄目です、かつては奴《やつこ》、奴婢《ぬひ》も団結していました、大事なのは下々の者の闘志です」

「その通りじゃ、下々さえ団結しておれば、強力な兵力となる、いや、別に戦を想定したわけではないが」

「河勝様、それでございます、大事なのは戦の決意です、それさえあれば大臣が摩理勢様を戻すよう申し入れても撥《は》ね除《の》けられましょう、だがそれがない以上、摩理勢様を手放さざるを得ません、手放せば、斑鳩宮は軽蔑《けいべつ》され、山背大兄王様の大王位問題など、消えてしまいます、斑鳩宮が日の光を浴びるのは、二度とないでしょう」

子麻呂は唇を嚙《か》み、河勝は嘆息した。

「子麻呂、おぬしの眼は冷徹じゃ、だが正鵠《せいこく》を射ている、今の斑鳩宮は何名の兵で敗れる？」

「百名足らずの兵で……」

「そうか、摩理勢殿に会ってみよう、宮に入ることは止めねばならぬ、子麻呂、もう時代は変りつつある、無駄死にはするな」

「はい、しかし戦があれば幸せです」

子麻呂は河勝の眼を覗《のぞ》き込むように見た。

河勝は頷《うなず》き二人は別れた。

子麻呂の言葉は河勝の胸を貫いた。子麻呂は斑鳩宮が戦を覚悟して大臣派と闘うなら、敗れても満足です、といっているのだ。その覚悟が斑鳩宮派にないことを子麻呂は知っていた。

飛鳥に戻った河勝はなかなか摩理勢と会えなかった。

蝦夷は連日使者を出し、摩理勢に豊浦《とゆら》の屋形に出頭するように命じていた。

蝦夷は、摩理勢が墳墓を造るため寝泊まりしていた小屋を壊したことを重視した。感情にかられての引き揚げなら、まだ許せる。だが小屋を壊したのは大臣に対してというより、蘇我氏への裏切りであり、宣戦布告と同じだ、というのであった。

蝦夷の解釈には筋が通っており、真向から反論する者はなかった。

入鹿など、摩理勢の行動は死に価する、と叫んでいた。入鹿の口を止めなかったのは、裏切りの罪の重さを一族に知らせたいからである。

そういう声は摩理勢の耳にも届く。

げんに連日のようにやって来る使者は、このまま自宅に籠《こも》っていては、益々《ますます》摩理勢の立場が悪くなる、と諭した。

十日目には倉麻呂がやって来た。

「摩理勢殿、事態は悪くなった、蘇我氏内部にも死罪の声が高まっておる、吾《われ》は大臣に会い、ここで死を命じても摩理勢殿は応じまい、冠位を下げ、領地の半分を没収することで、手を打った方が良い、と説得した、どうやらこの線でおさまりそうだから、屋形を出、大臣の面目を立てられたい」

摩理勢にとって、冠位を下げられるのは最大の侮辱だった。

摩理勢の冠位は大徳《だいとく》で、大臣以外の臣下では最高である。

「倉麻呂殿、おぬしは中立派だが、中立というのは身の安全ばかりを考えているからそうなるのだ、冠位を下げられるぐらいなら死の方が増しじゃ、境部臣摩理勢は、そういう男《おのこ》子《こ》だ」

連日の使者責めにあい、すでに摩理勢は、事態を冷静に眺める余裕を失っていた。

墳墓造りの小屋を壊して以来、摩理勢は一族郎党を集めていた。蝦夷が兵士を寄越したなら一戦に及ぼうという決意はすでに固めてあった。

だが予想外の使者責めである。

それに斑鳩派から様々な情報が入って来た。摩理勢につぐ有力者である巨勢臣大麻呂《こせのおみおおまろ》が蝦夷と豊浦の屋形で会ったという情報は摩理勢を動揺させた。

このままの状態で自分が屋形に籠っておれば、斑鳩派は次々と蝦夷に寝返りかねなかった。

摩理勢が斑鳩宮に入る以外方法はないと決めた時、河勝が人眼をしのぶように現われた。

すでに夕闇が濃い。

摩理勢は夕餉《ゆうげ》を終えた時だった。

河勝は、それとなく、

「摩理勢殿が斑鳩宮に入る、という噂が立っていますが……」

と確かめるように訊いた。

「それ以外方法はないであろう、吾は大臣の使者責めにあい身動きが出来ない、このままでは斑鳩宮派は分断され、殆《ほとん》どが大臣に籠絡《ろうらく》される」

摩理勢は昂然《こうぜん》と肩を聳やかした。

「摩理勢殿のお気持はよく分ります、だがそれは大臣を一層刺戟《しげき》する、今は忍耐なさるべき時ではないでしょうか……」

「河勝殿、おぬしは厩戸皇太子に御恩がある、それを忘れたわけではあるまいな」

「勿論です」

といったものの河勝は、斑鳩宮派の弱点はそこにある、といいたかった。殆どは厩戸皇太子の子であるが故に山背大兄王を推していた。それは厩戸に対する思慕の念の表われではあるが、山背大兄王自身に対するものではない。

すでに述べたように山背大兄王に対する評価はそんなに高くはなかった。

「おぬしは、斑鳩宮派が切り崩されて行くのを黙って見ておれ、と申すのか」

「いや、そうではありません、摩理勢殿が斑鳩宮に入られると、柱を失った家のように反大臣派は崩れます」

河勝としてはそういうのが精一杯だった。斑鳩宮が蝦夷の圧力に屈し、宮に入った摩理勢を追い出すようなことになれば、山背大兄王は軽蔑され、威光は地に落ちる。

摩理勢にはそれが分らないのだろうか、と河勝は歯軋《はぎし》りする思いだった。

だがそれは今の摩理勢にはいえない。

「河勝、吾《われ》はおぬしと見解が異なる、吾が斑鳩宮に入ることにより、大王位に対する我等の不動の決意を示す、と同時に宮の王達を飛鳥に派遣し、同志の結集を謀る、おぬしにも活躍して貰《もら》わねばならぬ」

内密の会話なのに、摩理勢の声は大きくなった。屋形の外にも聞えそうである。

説得は無理だ、と河勝は判断した。

摩理勢の屋形を出た河勝は、自分の屋形に入る前に地に伏し、黄泉《よみ》の国に眠る厩戸に対し、自分の非力を詫《わ》びた。

蝦夷の側近の身《む》狭君勝牛《さのきみかつし》と錦織首赤猪《にしこりのおびとあかい》が、摩理勢の屋形を訪れたのはその翌日だった。

二人は、自分達が最後の使者になるという蝦夷の決意を伝えた。

蝦夷は摩理勢に告げた。

「摩理勢よ、吾がおぬしに兵を差し向けないのは、二人が縁戚関係にあるからだ、吾は忍耐するだけ忍耐した、だがもう忍耐も限度に来た、蘇我一族の者は皆、おぬしの行動が氏族に対する裏切りである、と申している、吾は、おぬしが正しければ他の誰《だれ》が何をいおうと責めぬ、だが今回はおぬしが間違っている、故に屋形を出、吾の許《もと》に参り謝るのだ、吾は軽い罰で済ませる積りでいる、もしおぬしが強情を張り、これ以上屋形に籠れば朝廷に対する反逆とみなし兵を差し向けるであろう、そうなれば蘇我氏は後世までもの嗤《わら》いの種となる、これ以上ことを大きくするな」

使者から蝦夷の伝言を受けた摩理勢は、両拳で太腿《ふともも》を叩きながら二人を睨みつけた。

「朝廷に対する反逆とは何事か、朝廷が斑鳩宮か飛鳥かはまだ決まっておらぬ、大臣が吾を反逆者と決めつけるのなら、吾は大臣こそ反逆者と申したい、吾は馬子大臣を裏切ったのではないぞ、裏切り者は蝦夷大臣だ、何故なら蘇我の血が流れる山背大兄王を見捨て、他氏族の田村王子を推すこと自体、蘇我氏に対する裏切りではないか、吾は大臣に向って、裏切り者、と大声で叫んでも構わぬぞ、そち達は早々に戻り、吾の叫びを蝦夷に伝えよ」

昂奮した摩理勢は今にも傍の刀に手をかけそうだった。

二人の使者は蒼白《そうはく》になり、這《は》うようにして屋形を出た。

摩理勢は傍に控えていた毛津に命じた。

「そちはただちに斑鳩宮に参り、明日、吾が宮に入ると泊瀬王に伝えよ、先日、吾がお会いした際、何時《いつ》でも参れと申されていた、大臣のことじゃ、明日にでも兵を寄越すやもしれぬ、吾は今死ねぬのだ」

「父上、馬を飛ばします」

毛津は二人の従者と共に斑鳩宮に向った。


毛津を迎えた泊瀬王は昂奮し山背大兄王に伝えた。

摩理勢を斑鳩宮に擁して、大臣・蝦夷と対決するよう主張していたのは泊瀬王である。

山背大兄王は泊瀬王の熱意に釣られる形で承諾した。

毛津は、再び飛鳥に馬を飛ばし、斑鳩宮が了承したことを伝えた。

山背大兄王は表面上、威勢良く摩理勢を受け入れる決意を述べたが、内心一抹《いちまつ》の不安がないでもなかった。

蝦夷がどう出るかが分らないからである。余り蝦夷を刺戟するのは藪蛇《やぶへび》になる恐れがあった。

ただ、現在までのところ、蝦夷は田村王子を推してやまない。中立派も蝦夷の決意を知り、徐々に田村王子に傾きつつあった。

その傾向は、摩理勢が蝦夷と決裂してから顕著になった。だが何といっても、摩理勢は斑鳩派の大黒柱である。摩理勢が脱け出ると斑鳩派の勢力は弱くなる。

摩理勢だけが頼みの綱といった状態だ。矢張り摩理勢の頼みは断れなかった。

山背大兄王が泊瀬王に同調したのは、熱意というよりも情勢を分析した結果である。

だが山背大兄王は父・厩戸皇太子と異なり、激情家だが、その反面脆《もろ》いところがあった。決断しても持続力がないのである。

今でいう、御曹子《おんぞうし》、お坊っちゃんの弱さだ。

摩理勢はそこまで考えていなかった。斑鳩宮と摩理勢の悲劇はその辺りにあった。

斑鳩宮が摩理勢と一族を受け入れたのを知った飛鳥は騒然となった。

斑鳩派の一部はそれで勢いづいたが、情勢を見抜く力を持った秦造《はたのみやつこ》河勝《かわかつ》らは、これで斑鳩宮も終りだ、と慨嘆《がいたん》した。

ことに河勝は蝦夷がどんな手を使い、斑鳩宮に圧力をかけるかを予測出来た。

この段階で斑鳩宮を武力で攻めるなどは考えられない。それこそ諸豪族のみならず蝦夷に擁せられている田村王子まで反対するだろう。

となると餌《えさ》をつけて山背大兄王を説得するに違いない。その餌は田村王子の次に、山背大兄王を大王位に即《つ》けるという餌であった。

政治的な圧力を加えておいて、この餌を差し出せば、山背大兄王の性格から判断して王は間違いなくぐらつく。

多分、蝦夷の攻勢に、一カ月も持たないであろう。

境部臣摩理勢は結局斑鳩宮を出ざるを得なくなる。その途端、蝦夷は摩理勢を殺すか島流しにする。

摩理勢を見殺しした斑鳩宮の権威は失墜し、厩戸皇太子の恩を受け、山背大兄王を推していた豪族も悉《ことごと》く斑鳩宮に背を向けるのは間違いなかった。そういう事態になれば、河勝も斑鳩宮から離れるであろう。

といって河勝は、斑鳩宮を放っておいて新大王に仕える気はなかった。

多分吾《われ》は本貫地である山背《やましろ》の葛野《かどの》に戻ることになる、と河勝は深い吐息をついた。

河勝は厩戸皇太子に寵愛され、渡来系の氏族でありながら小徳の冠位を授けられた。

小徳は冠位十二階制の第二位だが、大徳は境部臣摩理勢を始め僅《わず》かで、小徳も中臣《なかとみ》、平群《へぐり》、大伴《おおとも》、巨勢《こせ》など有力豪族に授けられ、普通なら河勝が得られない冠位であった。河勝の能力が優れていたせいもあるが、厩戸皇太子のおかげだった。

それを思うと、斑鳩宮を見捨てるのは河勝にとって断腸の思いである。

河勝が去るようでは、斑鳩宮は完全に孤立するに違いなかった。

ただ見通しは悲観的だが、河勝は摩理勢が宮にいる間、斑鳩派の団結を一層強固なものにすべく連日走り廻《まわ》ったのである。

蝦夷は河勝の予想通り、一族の者だけではなく阿倍《あべ》、中臣などの有力豪族を斑鳩宮に遣わして摩理勢を引き渡すように要求した。

宮から出すのではなく、引き渡せというところが蝦夷の作戦である。

「摩理勢の今回の行動は、新大王位問題とは何等関係ありませぬ、摩理勢は亡き大臣の墳墓造りを投げ出しただけではなく、寝泊まりする小屋を壊したのです、これは亡き大臣の鬼神を穢《けが》す行為だけではなく、蘇我氏に対する裏切りです、また摩理勢は自分が蘇我氏であることを放棄したのです、大臣・蝦夷は蘇我本宗家の長《おさ》として、摩理勢を取り調べねばなりませぬ、これは感情問題ではなく罪に対する訊問《じんもん》です、山背大兄王には蘇我氏の血が流れています、山背大兄王も蘇我氏の一人として摩理勢の行動を判断していただきたい、斑鳩宮が摩理勢を匿う理は何もございませぬ、今後のことを冷静に考えられ一刻も早く引き渡されるよう要求する次第です」

蝦夷は連日のように使者を遣わし、私情ではなく理によって要求している旨《むね》を伝えた。

そんな使者に対し、山背大兄王は泊瀬王を通じ、

「境部臣摩理勢は、自分の意志で墳墓造りを放棄したのではない、大臣が田村王子を大王にすべく、反対派の摩理勢に嫌がらせを行ない、追い出したのである、非難されるべきは私情をもって摩理勢を追い出した蝦夷大臣にある、山背大兄王を始め斑鳩宮の王達は全員が摩理勢を支持している、蝦夷大臣の一方的ないい分だけを伝えに来る大夫《まえつきみ》達もどうかしているぞ」

と斑鳩宮は強硬に突っ撥ねた。

だが蝦夷の使者に対する返答には泊瀬王の意向がかなり入っており、王達の中には、摩理勢が墳墓造りの小屋を壊した点を、批判する者もいた。

蝦夷大臣に摩理勢に罪を被《かぶ》せる口実を与えたようなもので、年長者の行動とは思えぬ、と山背大兄王に忠告する王もいた。

確かに批判者の意見にも一理はある。

山背大兄王が悩み始めた時、河勝が予想した通り蝦夷は、次の大王位問題が起きた時は必ず山背大兄王を推す故に、摩理勢を引き渡すようにいって来た。

使者となったのは、蘇我の一族だった。

「蝦夷大臣は、摩理勢大夫を引き渡していただけるなら、そのことを総《すべ》ての大夫の前で約

束される、と申していますす、たんなる口約束ではありませぬ」

と蝦夷の誠意を強調した。

十日過ぎた頃から山背大兄王の動揺は激しくなった。

一番の原因は、飛鳥における斑鳩派の団結が、河勝らの懸命の努力にも拘《かかわ》らず緩み勝ちなことだった。

摩理勢が斑鳩宮に入り号令をかけたなら、蘇我臣倉麻呂《そがのおみくらまろ》を始め中立派は斑鳩宮につくと予想していたにも拘らず、中立派は一向に動かない。寧《むし》ろ倉麻呂を始め蘇我支族の中立派は蝦夷に意を寄せ始めていた。

斑鳩宮を訪れる大夫は減り、明らかに宮は孤立の徴候を示している。

それは山背大兄王にとっては大きな誤算だった。

山背大兄王は苛《いら》立《だ》ち、飛鳥はどうなっているのか？　と河勝を呼んだ。

斑鳩宮を訪れた河勝はやつれていた。

河勝は学識者というだけではなく武人としても知られている。

河勝は山背大兄王に飛鳥の情勢を説明した。河勝の報告は山背大兄王が予想していたよりも悪化していた。

今では倉麻呂は蝦夷寄りになっているし、有力豪族である巨勢臣大麻呂《こせのおみおおまろ》も、時々蝦夷と会っている、という。

「大麻呂大夫はやつかれには、蝦夷大臣と密会などしていない、と申していますが、これは偽りでございます、大麻呂大夫が蝦夷大臣と夜陰に乗じて会ったのは間違いございませぬ」

「うむ、大麻呂までがか、父上に深い恩を受けたにも拘らず裏切ったか、河勝、そちの意見はどうだ？」

血の気を失っている山背大兄王を見て河勝の胸は痛んだ。

厩戸皇太子は、山背大兄王が生まれると、秦氏《はた》から乳母を出すように命じた。山背大兄王は秦氏の乳母に育てられ、山背で育ったのである。山背王と名づけられた所以《ゆえん》である。何度か共に馬を走らせ乗馬も教えた。だが山背大兄王は、厩戸皇太子が亡くなると、背伸びをし、自分の実力を示すべく勝手にことを運んだ。

厩戸の名声に押えられていたが、吾《われ》にも父や群臣が知らない力があるのだ、と胸を張った。

厩戸が病《やまい》に罹《かか》った頃《ころ》から河勝の意見なども諾《き》かなくなった。

大王位について蝦夷に執拗《しつよう》に訴え、かえって蝦夷の反撥を買ったのも、山背大兄王の独断だった。

「河勝、黙っていても分らぬぞ、そちの意見を求めているのじゃ」

山背大兄王は声を荒らげたが、河勝には答えようがなかった。

摩理勢を宮から出せば、摩理勢を見捨てたことになる。世間の非難を浴びて厩戸皇太子の名にも傷がつく。

何時までも匿い通せば、斑鳩派の群臣は徐々に脱落し、蝦夷は斑鳩宮を放っておいて田村王子を大王にするだろう。何といっても女帝の遺詔がものをいう。

斑鳩宮は摩理勢を擁したまま孤立してしまう。

もし打開する方法があるとすれば、山背大兄王が摩理勢に詔を下し、蝦夷討伐の兵を挙げることである。だがそれは賭《か》けとなる。しかも厩戸皇太子が斑鳩宮で花を咲かせようとした理念とは異なる賭けであった。

口が裂けても河勝にはいえない。

「申し訳ありませぬ」

と河勝は謝る以外なかった。

蝦夷を斃《たお》せないか、と考えたのは泊瀬《はつせ》王だった。

泊瀬王は摩理勢に、宮に来るようにと誘った張本人だけに情が厚い。それに斑鳩宮内部では武勇の王であった。

摩理勢が蝦夷と対決し、小屋を壊した行為にも拍手した。

泊瀬王にとっては、山背大兄王の態度は優柔不断に思えてならない。ことに田村王子の後の大王位を約束するという蝦夷の甘言に釣られ動揺している山背大兄王が歯痒《はがゆ》かった。

もし摩理勢を宮から出せば、世の非難を浴び、権威は完全に失墜し、宮は孤立してしまうという見方では、河勝と同じだった。

泊瀬王は、斑鳩宮内の屋形に閉じ籠り勝ちな摩理勢を絶えず激励した。

「吾《われ》は蝦夷大臣に頭を下げたりはせぬぞ、色々な雑音が入っていようが、気にすることはない、安心されたし」

「かたじけのうございます」

最近の摩理勢は無口だった。年齢甲斐《としがい》もなく血気に逸《はや》った自分の行動が、斑鳩宮にとって負担になりつつある実状を悟ったのだ。

大体、斑鳩宮の王達は平和主義者だった。口では蝦夷を専横だと非難するが、闘う行動力を伴わない。まさに口先だけである。

山背大兄王の実母弟である財《たから》王や日置《へき》王がそうだ。比較的闘志を燃やしているのは、泊瀬王以外では、山背大兄王の妃になり難波麻呂古《なにわまろこ》王や弓削《ゆげ》王を産んでいる舂米《つきしね》女王ぐらいである。女王は泊瀬王の実母姉で性格が王とよく似ていた。

二人はよく王達の優柔不断さを批判し合った。山背大兄王が摩理勢を宮に迎え入れる決断を下した裏には舂米女王の意向も影響していた。

その日の蝦夷の使者の中には、斑鳩宮派だった巨勢臣大麻呂も加わっていた。大麻呂を遣わすことにより蝦夷は、斑鳩宮が孤立していることを示したのである。

使者達には、泊瀬王と財王が会った。財王が加わり出したのは最近である。

大麻呂は大きな身体を縮めるようにして蝦夷の意向を告げた。

「吾が使者に加わったのは、蝦夷大臣の真意を伝えるためです、大臣は吾にも、田村王子の次は山背大兄王を大王になさると約束しました、吾は大臣の誠意を知り、今回は亡き大王の意向通り田村王子を新大王にと判断した次第です、ただ大臣は摩理勢殿を斑鳩宮から出すように、と要求しています、今は蘇我氏の殆どが摩理勢殿の行動を批判し、宮から出るべきだという意見です、このことはまだ山背大兄王に伝えられていないのではないか、と大臣は斑鳩宮のために危惧《きぐ》の念を抱いている次第です」

「口約束など信じられない、巨勢臣大麻呂、そちほどの人物が大臣の甘言に釣られたのか、無念じゃ」

泊瀬王が顔に血を昇らせると、財王が鬚《ひげ》を撫《な》でながら制した。

「泊瀬王、声を荒らげていても仕方あるまい、折角《せっかく》、大麻呂が来たのじゃ、大麻呂は仲介役、そうだな」

「その通りでございます」

大麻呂はほっとしたように叩頭した。

財王は、蝦夷の意を伝えた内容に、これまでにない変化があるのに気づいていた。

「大麻呂に訊くが、大臣はこれまで摩理勢を引き渡せといっていた、だが今回はこの宮を出れば良いといっている、これは大変な違いじゃ、詳しく説明するように」

財王の質問を待っていたように大麻呂は一膝乗り出した。

「そこなのでございます」

大麻呂が一息入れたのは、泊瀬王の顔色が変ったからである。

財王は、続けるようにと大麻呂をうながした。

「大臣が申しているには、このままでは摩理勢殿は蘇我氏全体に憎まれてしまう、何といっても大臣の叔父上でもあるし、余りことを荒だてたくない、そこで摩理勢殿が宮を出、謝罪すれば道が開けるのではないか、と考え方を改めたのです、吾を使者にしたのも、大臣の真意が歪《ゆが》められずに山背大兄王に伝わるように、との配慮からです」

「では大臣は、摩理勢を捕えたり、罰したりはしないわけだな」

「そういう意向です、勿論それには摩理勢殿が自ら謝罪するという条件がついています、蘇我氏以外の者も、どんな事情があるにせよ寝泊まりしている小屋を壊したというのは行き過ぎで、その件に関しては何らかの謝罪が必要ではないか、と感じているようです」

「うむ」

財王が頷きながら鬚をしごくのを待っていたように、

「大麻呂、それは罠じゃ」

と泊瀬王が声を張り上げた。

「大体、摩理勢は小屋を壊さざるを得ないように追い詰められたのだ、奸知《かんち》にたけた大臣の罠じゃ、吾は蝦夷大臣は信用しておらぬ、口では何とでもいえる、捕えない、罰しないとは摩理勢を宮から出すための策じゃ、いったん出れば何かと口実をつけ、摩理勢を捕えるに違いない、兄王、大臣は策謀家じゃ、信用は出来ぬ」

泊瀬王にとって財王は異母兄だが、財王の母は刀自古郎女《とじこのいらつめ》である。その点で泊瀬王はこれまで一歩身を引いていた。

だが摩理勢の件だけは譲れなかった。

財王は激昂《げきこう》気味の泊瀬王を不快そうに見た。

「泊瀬王、頭から信用出来ぬ、と決めつけるのもどうかな、大麻呂が熱心に申しているのだ」

「大麻呂は大臣に籠絡されている、げんに田村王子を推している、兄王、騙《だま》されてはなりませぬぞ」

大麻呂は腹立たし気に唇を嚙んだ。

「吾《われ》は籠絡されてはおりませぬ」

と吐き出すようにいった。

「大麻呂、泊瀬王が激昂する気持も分らぬではない、吾は大臣の言葉を完全に信用したわけではないが、そちが使者として述べたことは兄王に洩《も》れなくお伝えする、御苦労であった」

財王は取り成すようにいった。

財王から大麻呂を通じての蝦夷の申し出を聴いた山背大兄王の動揺は更に大きくなった。

山背大兄王は諸王を集め意見を聴いた。

財王の同母弟・日置《へき》王は宮から出すべきだと述べ、泊瀬王の実母弟・三枝《さきくさ》王は反対意見である。泊瀬王には麻呂古《まろこ》王、伊止志古《いとしこ》王などの同母弟がいたが、二王はまだ十五歳になっておらず、意見を述べる立場ではない。

結局、王達の意見は、二つに割れて纏まらない。こうなれば山背大兄王が決断する以外なかった。

摩理勢は斑鳩宮内の雰囲気から、宮を出なければならない、と覚悟した。

捕まえないという蝦夷の言葉を信じたわけではない。ただこのまま自分が斑鳩宮に居座れば、宮が孤立し、山背大兄王に迷惑がかかると感じたのである。

それにしても人の心は分らない。最初は田村王子派と山背大兄王派の勢力はほぼ拮抗《きっこう》していた。だが蝦夷の切り崩しにより中立派が田村王子に傾くと、山背大兄王派は歯が欠けて行くように一人、二人と去って行った。

摩理勢が暴挙とそしられる行動に出たのも、このままでは田村王子派が大勢を占めると判断したからだった。

火中の栗《くり》を拾わなければ、大勢を覆せない情勢だったのである。

泊瀬王もそれを理解し、摩理勢を斑鳩宮に入れたのだ。

だが矢張り無理だった。

その夜、摩理勢は宮を出たいと泊瀬王に告げた。泊瀬王は摩理勢を自分の屋形に呼んだ。王は首を横に振った。王は摩理勢が想像していた以上に骨のある男子《おのこ》だった。

「冗談ではない、そちと吾は同じ運命にある、吾は摩理勢一人を窮地に落す積りは毛頭ないぞ、それに兄王の決断が決まったわけではない、どうだ、かりに宮を出たとして、奇襲攻撃で蝦夷奴《め》を斃せぬか」

宮は寝静まっているがまだ起きている侍女がいた。

壁に耳ありである。二人は身体を寄せ合うようにして話し合った。

摩理勢の身体が熱くなった。身体だけではない。瞼《まぶた》も感激で濡《ぬ》れた。

「王はそこまで……」

「勿論じゃ、いざという時はみ仏の教えも役にはたたぬ、剣のみだ」

それを早く知っておれば、と摩理勢は歯軋りした。

中立派だった蘇我倉麻呂は馬子・蝦夷に好意を抱いていなかった。倉麻呂を抱き込み、策を練って蝦夷を罠にかけ、殺す方法もないではなかった。

だが倉麻呂も大勢に抗し切れず蝦夷についてしまった。しかも部下の情報では、蝦夷は警戒を厳重にし、何時も三十名の警護兵に囲まれている、という。

大勢が蝦夷を支持している以上、摩理勢が挙兵しようとしても、兵が集まらない。摩理勢の力になるのは一族郎党を合わせても二、三十名に過ぎなかった。

それに対し、蝦夷が号令をかければ、数百名の兵が集まる。奇襲作戦でも蝦夷を斃すのは無理だった。

考えられるのは、謝りに行き、隙を窺《うかが》って蝦夷を刺し殺す方法である。ただ用心深い蝦夷のことだから、会う際は摩理勢の刀を取りあげるだろう。その場合はどうすることも出来ない。

桃原の墳墓造りの場で蝦夷と口論した際、すぐにも抜刀出来る態勢の入鹿や蝦夷の部下が摩理勢を取り巻くように立った。

警護というよりも殺意が感じられた。

多分蝦夷は、田村王子を大王にするためには、摩理勢を除かなければならないと決意していたのであろう。

吾は遅れを取った、と摩理勢は自分の老いた頭を叩き割りたい思いだった。

山背大兄王は結局、蝦夷の甘言に縋りついた。使者に田村王子の後は山背大兄王ですぞ、と告げさせた以上それは公約といって良い。

幾ら蝦夷が策謀家でも、公約を破棄することはない、と山背大兄王は自分を納得させたのだ。

それを知った泊瀬王は最後の忠告をした。忠告というよりも談判といって良いかもしれない。

口約束というものが如何《いか》に頼りないかを説き、もし摩理勢を宮から出せば、斑鳩宮は嗤《わら》い物になる故、思い留《とど》まっていただきたい、と迫った。

だがいったん甘言に縋りついた以上、人間は自分の都合の良いように判断してしまう。理をもって説かれても頭に入らない。

山背大兄王には泊瀬王の忠告が煩わしかった。

「泊瀬王、境部臣摩理勢を宮に入れても、大勢は一向に変らない、いや吾《われ》にとっては不利になるばかりじゃ、となると将来のことに眼を向けねばならない、大臣は今回は無理だが次の大王は吾にする、と公約している、今、変に大臣に逆らうと、折角《せっかく》の公約が消える恐れがある、残念だが大勢に従い摩理勢を出すことにする、吾は昨夜、父王が籠っていた仏殿に入り、釈尊《しゃくそん》を前にして、父王の意をおうかがいした、蝦夷と争うな、と父王はおおせられた、父王は何時も、時の流れをよく見極め、流れに逆らうなといわれていた、おぬしもそれを知っている筈だ、無念だが時の流れは田村王子と大臣に向いている、それはおぬしも承知しているであろう」

山背大兄王は顔を引き締めて眼を閉じた。何か大事なことを決断する時、厩戸皇太子は眼を閉じた。

今の山背大兄王は父王を真似《まね》ていた。父王の権威で泊瀬王の口を封じようとしている。泊瀬王としては、もっと自分の意見を出して貰いたかった。卑怯《ひきよう》だ、と憤慨した。

だが時の流れに従え、逆らうな、争うな、というのは間違いなく父王の政治観だった。

「分った、吾は摩理勢と宮を出ます、摩理勢のみを危地に追いやることは、吾には出来ない」

「何を申すのだ、おぬしが宮を出ることは許さぬぞ、それに大臣は摩理勢の謝罪を要求している、謝罪が大臣の胸を打てばきつい罰を与えたりはしまい」

泊瀬王は唖然《あぜん》として山背大兄王を見た。

余りにも希望的観測が過ぎる。斑鳩宮に対して不利な件には眼を閉じ見ないようにしているのだ。

山背大兄王に宮をまかせたなら、近い将来、宮は滅びるのではないか、と泊瀬王は暗澹《あんたん》とした思いだった。

「兄王に最後のお願いがござる、摩理勢が宮を出ることは了承しました、その代り摩理勢には手を出さないようにと大臣に申し入れていただきたい、摩理勢の斑鳩宮入りを積極的に主張し実行したのは吾じゃ、摩理勢の身に万一のことがあれば、総て吾の責任となる、これだけは大臣の承諾を取っていただきたい、それが不可能な場合は、吾は宮を出、摩理勢を守らねばなりませぬ」

山背大兄王は泊瀬王の不動の決意を感じた。

「分った、その代り謝罪するよう、摩理勢にいい聞かせるのだ」

と山背大兄王は頷いた。

斑鳩宮が遣わした泊瀬王らの使者に対し、蝦夷は渋面を作りながら承諾した。だが内心は吾勝てりと快哉《かいさい》を叫んでいる。喜びを顔に出さないためにも、顔を歪めねばならない。摩理勢が斑鳩宮から出さえすれば、勝利は自分のものだった。

摩理勢が謝罪して来たなら、斑鳩宮に籠った全員を土佐《とさ》あたりに流せば良い。それで摩理勢派の勢力は一掃される。

もし謝らなければ殺せる。泊瀬王が何と喚こうと田村王子が大王になるという大勢に影響はなかった。

斑鳩宮の使者が戻ると蝦夷は豊浦《とゆら》の屋形に入鹿を呼んだ。

「入鹿、摩理勢は遂《つい》に斑鳩宮を出る、勝ったのじゃ、泊瀬王は摩理勢の罪は問うてはならぬという条件をつけたが、宮を出た以上こちらの勝じゃ、大体、蘇我氏内部の問題に条件をつけるのがおかしい、あの時がそうだった……」

蝦夷は薄嗤いを浮かべた。眼を細め遠くを見ているようだが、視線は外よりも自分の内部に向けられているようである。

あの時というのは、馬子の命令で泊瀬部大王（崇峻）が東漢直駒《やまとのあやのあたいこま》に殺された時だった。

皇太后・豊御食炊屋姫《とよみけかしきやひめ》の意により、馬子は大王を殺害したのだ。その時、畿内《きない》豪族の大半は新羅《しらぎ》征討の名目で筑紫《つくし》にいた。

馬子が遣わした使者は、

「これは蘇我氏内部の問題だ、それよりも大事なのは新羅への備えだ、動揺することはないぞ」

という馬子の意を伝えた。

群臣は動揺せず寧ろ肩を竦《すく》めた。馬子がいう通り、皇太后も泊瀬部大王も蘇我氏の人間といって良いからである。

なかには、勝手にせよ、我等は知らぬと捨て台詞《ぜりふ》を吐いた豪族もいた。

蝦夷がいったあの時とは、大王殺害のことである。蝦夷は馬子のやり方を熟知していた。

大王が殺されても動揺がなかったのである。蝦夷が摩理勢を殺しても群臣は傍観する。

蝦夷は群臣の心を読み切っていたのだ。

境部臣摩理勢は自宅に戻ると、謝罪したいという意の使者を遣わした。

「自宅で謹慎しているのじゃ」

それが蝦夷の返事だった。

摩理勢は自分の死を知った。今更のように激情にかられての行動を悔いた。もっと自分を抑え、水面下で行動すべきであったのである。真正面からぶつかり過ぎてしまった。

蝦夷は摩理勢を殺すまで十日以上待った。それだけが斑鳩宮への配慮だった。摩理勢の屋形を探らすと一族郎党を合わせても二十名足らずである。それに摩理勢は戦の準備をしていなかった。

蝦夷が摩理勢殺害の兵、数十名を差し向けたのは十五日目だった。

蝦夷の兵が来るのを知った摩理勢は妻達を殺し、次男達と共に床几《しょうぎ》に腰を下ろして待った。

長男の毛津《けつ》は、むざむざ殺されることはない、と摩理勢の命令を無視して逃亡した。

軍の隊長は来目物部伊区比《くめのもののべのいくひ》である。

伊区比の命令で兵達は摩理勢と屋形を取り巻いた。

摩理勢は床几に坐ったまま大声で叫んだ。

「伊区比、そちも物部の血を受けた男子《おのこ》だ、よく大臣の命で操り人形のように動くのう、黄泉《よみ》の国で守屋《もりや》が泣いているぞ」

叫び終った摩理勢は刀子《とうす》（小刀）を抜くと一気に自分の頸《くび》を刺し貫いた。

子弟も次々と自害した。

『日本書紀』は、摩理勢が宮を出て十日余りたった時、泊瀬王が急病で亡くなり、摩理勢は、「これから誰を頼って生きておれば良いのか」と嘆いたと記す。

蝦夷が摩理勢を殺したのも、泊瀬王が亡くなったからだといいたいようである。

だがこれは出来過ぎている。

泊瀬王が亡くなったのは事実だろうが、その原因は摩理勢が蝦夷に殺されたからであろう。そのために泊瀬王は自分の面子と立場を失った。

となると泊瀬王の死は、摩理勢の死よりも後で、自害ということになる。

『日本書紀』によると長男の毛津は、蝦夷の追手を逃れ尼寺に入り、二人の尼を犯した。一人の尼がそれを妬《ねた》み、毛津が隠れていることを密告した。だがこれは犯したというよりも毛津と関係のあった尼の住む寺に逃げ込み、日夜、愛欲に溺《おぼ》れた日を過したというのが真相であろう。だから他の尼に妬まれたのである。

毛津は畝傍《うねび》山に隠れたが結局発見され自害した。時の人は歌を詠《よ》んだ。

畝傍山　木立《こたち》薄《うす》けど　頼みかも　毛津の若子《わくご》の　籠《こも》らせりけむ

木立が薄いというのは、武力また勢力がないという意味である。力のない斑鳩宮に頼って裏切られた境部臣摩理勢とその子の毛津の憐《あわ》れな命運を憐れみ、また揶揄《やゆ》して詠まれた歌である。

斑鳩宮の権威は完全に失墜し、その力のなさ、また薄情さに人々が眉を寄せたのはいうまでもない。

河勝は山背に戻り、調子麻呂《つきのねまろ》も宮を去った。山背大兄王を長とする斑鳩宮に意を寄せる人は殆どいなくなった。

田村王子は何の障害もなく大王位に即《つ》いた。息長足日広額《おきながたらしひひろぬか》大王、漢風諡号《しごう》の大王・舒明《じよめい》はこうして新大王となったのである。

第十二章　孤

境部臣摩理勢《さかいべのおみまりせ》を見殺しにしたことによって、山背大兄王《やましろのおおえ》は世の批判を浴びた。厩戸《うまやど》皇太子に恩を感じ、斑鳩宮《いかるがのみや》に好意を寄せていた人々も斑鳩宮から離れた。

上宮王家といわれている斑鳩宮は孤立色を深めた。蝦夷《えみし》は次の大王位は必ず山背大兄王に与えると約束し、境部臣摩理勢を斑鳩宮から引き出したのだが、口約束にしか過ぎない。山背大兄王は蝦夷の甘言に踊らされたのである。

それは反斑鳩宮派の人々の嘲笑《ちようしよう》の種になった。

「本当に甘い王じゃ、すぐ感情を顔に表わし、吾《われ》は厩戸皇太子の長子だと胸を反らされるが、大臣《おおおみ》が餌《えさ》を見せると相好《そうごう》を崩して飛びついて来られた、天寿国におられるという厩戸皇太子は、どんなに胸を痛めておられるであろう」

「まあな、何といっても厩戸皇太子の名声に頼って大きくなられた、だがもともと凡庸な器の王じゃ、幾ら背伸びをされても、皇太子の肩までも届かぬ、ただ噂《うわさ》によると大臣の約束を信じ、次回は大王になれると思い込んでおられるらしい」

「そこが甘いんだのう、蝦夷大臣は、馬子《うまこ》大臣ほどの器ではないが、それでも父親譲りの血を活《い》かし、上手《うま》く立ち廻《まわ》っている、馬子大臣は巨大な石室の中で、これなら大丈夫とのんびり眠られているであろう」

「しかし、あれだなあ、もし山背大兄王が、大臣との口約束を信じられているとすると、今回の紛争の火種は残ったままじゃな」

「いや、それは余り気にする必要はないぞ、山背大兄王が、前の約束はどうなった？　と詰問されても、もう大臣はびくともしない、斑鳩宮に味方する有力者は一人もいないからだ」

「うむ、少々強引ではあったがのう、まあ大臣の完勝だな、本当に斑鳩宮に味方した境部臣摩理勢は気の毒であった、もう少し頼り甲斐《がい》があると信じたのも無理はないが」

「吾《われ》は摩理勢に同情はせぬぞ、吾にいわすと厩戸皇太子が亡くなられた時点で、宮の中枢がなくなったのじゃ、摩理勢はあると錯覚した、これから大事なのは頭だよ、勇猛さではない、政治の力が何処《どこ》にあるかを見抜く眼だぞ」

「うむ、その通り、お互い気をつけよう」

飛鳥《あすか》ではそのような会話が到《いた》るところで交された。

斑鳩宮をそしり揶揄《やゆ》する歌も作られ、酒宴の席などで歌われたりした。

山背大兄王の耳にもそんな噂は入る。

山背大兄王はこれまで、すぐ父・厩戸皇太子と比較された。その度に感情を昂《たか》ぶらせ、反抗したり萎縮《いしゅく》した。

山背大兄王にとって最も腹立たしいのは、「矢張り甘い」といわれることだった。器が及ばぬ、といわれても我慢出来る。山背大兄王自身、よく自覚しているからだ。

だが、甘いという陰口は胸を刺す。

山背大兄王は自分なりに、新大王になろうと出来る限りのことをした。

境部臣摩理勢を、匿《かくま》うように積極的に主張したのは異母弟の泊瀬《はつせ》王だった。

摩理勢を匿うことに山背大兄王は不安感があった。

摩理勢は蘇我《そが》の有力支族の長《おさ》である。斑鳩宮に逃げ込むまでに、堂々と蝦夷と闘えなかったのか。

摩理勢は蝦夷の叔父《おじ》であり、蝦夷よりも年長者である。それに勇猛さで知られていた。蝦夷を抑えねばならない立場にいる。

そんな摩理勢が斑鳩宮に救いを求めたのは、蝦夷の力の方が強くなり、結局、蝦夷に追い詰められたのである。

それぐらいのことは、山背大兄王にも分っていた。だからこそ、山背大兄王は、泊瀬王に対し、危惧《きぐ》の念を表した。

だが泊瀬王はまだ摩理勢の力に期待していた。

泊瀬王は山背大兄王に反論した。

「兄王よ、蘇我氏内における我等の真の味方は摩理勢だけです、摩理勢を断固として守り、蘇我を攪乱《かくらん》しましょう、蝦夷を孤立させるのです、摩理勢が父上の恩を思い、山背大兄王に味方し続けて来たことは万人が知っています、今、摩理勢を突き放せば、万人は斑鳩宮を軽蔑《けいべつ》するでしょう、斑鳩宮に意を寄せる者達も落胆し離れるのは間違いありません」

山背大兄王は泊瀬王の気迫に押された。それは或《あ》る意味で正論だった。

山背大兄王が同調したのは、万人の非難を強調した正論を論破できなかったからである。

だが、それが甘いものであることを、山背大兄王はよく知っていた。

吾《われ》は泊瀬王ほど甘くないぞ、吾は甘くない、と山背大兄王は噂に対して反駁《はんぱく》したかった。

蝦夷との約束も無条件で受けたのではない。大兄王の呼称が、有力な大王位継承者であることを確約させた。

使者となった三国《みくに》王は山背大兄王の命に従い、数人の大夫達《まえつきみ》の前で約束させたのである。

確かに木簡に記すように要求したが、蝦夷は、「そういうことを記すのは、大臣の権限を逸脱するものです、大臣とは大夫達の意を纏《まと》めて奏上するに過ぎません」と旨《うま》く逃げた。だが大夫達の前ということは、彼等が承諾したことではないか。たんなる口約束とはいわせぬぞ、吾はそんなに甘くはない、と山背大兄王は世の噂に叫びたかった。

だが山背大兄王には、飛鳥の蔑視がよく分った。

今にみよ、と山背大兄王は自分に呟《つぶや》く。その呟きが如何《いか》に空《むな》しいものであるかも、山背大兄王は知っていた。

山背大兄王は時々、厩戸皇太子が籠《こも》っていた仏殿に入り、父を真似《まね》て瞑想《めいそう》にふけったりした。だが、雑念が纏いつき、無心の境地には入れない。

そんな時、山背大兄王は亡き父に話しかけるのだ。

「父上は余りにも偉大でした、吾はどうしても父上には及ばず悩んでいます、ただ一つでも構いません、父上がやり残されたことを果しとうございます、お教え下さい」

だが亡き厩戸皇太子は何も語らない。結局、大兄王は苛立《いらだ》ち仏殿を出ることになる。

そんな山背大兄王が父の遺志をはっきり感じたのは仏殿ではなく、正妃の舂米女王《つきしね》と夕《ゆう》餉《げ》を摂《と》っている時だった。

飛鳥朝廷から孤立し、世の非難を浴びている山背大兄王は憔悴《しょうすい》し、吐息をつくことが多い。

そんな山背大兄王を強く励まし、勇気づけるのは気丈夫な春米女王である。

「大兄王様、斑鳩宮に無関係な者が何をいおうと気になさることはありますまい、厩戸皇太子様は何時《いつ》もおっしゃっていました、無知な人達の言動にまどわされていては、理想への道は一歩も進めぬと、私達は一族が団結し、皇太子様の教えを守り、力一杯生きましょう」

「いうのは易《やさ》しい、だが行動するのは難しい、たとえば、吾《われ》は父上から数多くの領地を引き継いだ、だが吾が大王になれなかったので、領地の者達も吾を軽視するようになった、斑鳩宮の王者としての吾の権威さえ揺らいでいるのだ、理想への道どころか現実さえ守れない、だから吐息も出るのだ」

春米女王は、山背大兄王の前では弱さを見せなかった。女王が山背大兄王の慨嘆に同調すれば、山背大兄王は益々《ますます》悲観的になり、気がおかしくなる恐れがあった。

幸い春米女王は山背大兄王の異母妹である。血縁者として遠慮せずに強い言葉で励ますことが出来た。山背大兄王もそれを期待していることを女王は知っていた。

「大兄王様の悩みは、痛いほど理解出来ます、でも斑鳩宮の一族は、皇太子様の血と教えを受けられた大兄王様を尊敬しているのです、大兄王様は飛鳥の群臣には理解出来ない理想や思想をお持ちでございます、どうかその一端でも実行して下さい、宮の諸王や子供達は皆大兄王様の意に従いましょう」

「そうだな、まず一族が団結することが第一かも知れぬのう、そういえば父上は家族が共に住むのは自然の理だとよくいわれていた、だが倭《わ》国では、王族の場合、遠く離れて住む場合が多い、女人に子を産ますと、女人は実家に戻り子を育てたり、遠くの乳母が育てたりする、何故《なぜ》、自分の子を遠くの地にやるのか、国がまだ纏まっていない古い時代では、遠くの勢力との婚姻関係で勢力を拡張したり保ったりする、妻も子もそういうことに利用された、だが倭国が纏まっている今では、そういう慣習は不必要なのだ、だが王族や豪族は今でも慣習にとらわれ、子が出来ると遠くで育てる、昔ほどの遠さではないが成長するまで別れて住む」

「そうです、皇太子様はくだらぬ慣習だ、と批判されていました」

「だが吾も南山背《やましろ》の乳母の地で成長した、父上も、くだらぬ慣習だと批判されながら、その慣習を打破出来なかった」

「いいえ、打破されようとなさいました、斑鳩宮に一族を集められたのもそのためです」

「そうだ、父上は確かに努力はされた、だが打破とまではゆかなかった、吾はこれから幼い子もこの宮に住まわせることにする、それこそ父上が理想とされた上宮王家だ」

山背大兄王は眼を輝かせていった。

勿論《もちろん》、断言はしたものの何処まで実行出来るかは山背大兄王にも分らなかった。

ただ、大王位争いに敗れ、飛鳥から疎外されたことが、一族団結への情熱となったことだけは間違いない。

ここに、飛鳥の群臣が奇異の眼を向けた家族集団の宮が誕生することになったのである。

ただそれは大臣・蝦夷を始め飛鳥の群臣にとって、何処か不気味な存在として映った。

少なくとも蝦夷は、次の大王位は山背大兄王にする、と約束した。その時が来れば昔の話で事情は変った、と力で山背大兄王の口を封じることは出来る。

だが蝦夷らにとっては、山背大兄王が存在するだけで鬱陶《うっとう》しくなったのは間違いない。

上宮王家が滅亡した原因の一端はそのあたりにもあった。


蝦夷の子・入鹿《いるか》が軽王《かる》（後の孝徳大王《こうとく》）らと共謀し、斑鳩宮を攻めた際、自害した上宮王家の一族の数を『上宮聖徳法王帝説』は「山代《やましろ》大兄及び其昆弟《そのこんてい》ら合わせて十五王子等」とし、『上宮聖徳太子伝補闕《ほけつ》記』は「太子子孫男女二十三王」とし、その名を記している。

勿論、何処までが史実かは疑わしいが、少なくとも、斑鳩宮に山背大兄王を始め厩戸皇太子の子や孫のかなりが共に住んでおり、殆《ほとん》どが死亡したのはほぼ間違いないと考えて良い。

四年の歳月が流れた。

その間、山背大兄王は孤立していたが、飛鳥の朝廷と無縁であったわけではない。官人達が何といおうと、大王位を継ぐ有資格者の一人である。

それに大王・舒明《じょめい》は争い事を好まない大人しい性格だった。その辺りが上宮王家嫌いの推古《すいこ》女帝に好まれ、蝦夷に担がれた理由の一つでもある。舒明は山背大兄王を追い落す結果になったことに罪の意識を感じていた。

重要な儀式の場合は大兄王を招いた。

斑鳩宮にいて政治の情勢にうとい山背大兄王は、強硬に迫ったなら、舒明大王は蝦夷との約束を重視して、自分を次の大王位に即《つ》ける可能性は強い、と勝手に判断した。

舒明四年（六三二）に唐《とう》使・高表仁《こうひょうじん》が来倭した際、山背大兄王が唐使を斑鳩宮に迎え入れるのが当然だ、と舒明大王に要請したのも、自分の存在を誇示するためだった。

山背大兄王が前の大王位争いの時のように執拗《しつよう》に実現を迫ったのは、かつて父・厩戸皇太子が、裴世清《はいせいせい》を斑鳩宮で謁見した頃《ころ》の威勢を再現したかったからである。

色褪《あ》せた過去の栄光を現実のものとするのは最早《もはや》無理だが、山背大兄王はまだ夢に酔っている部分が残っていた。

四十代前半なのに、何処か足が地に着いていないのである。

勿論、蝦夷は猛反対だ。困った大王は皇后・宝《たから》王女にも相談したりした。

宝王女の父は息長《おきなが》氏系の茅渟《ちぬ》王で、母は蘇我氏の血の入った吉備姫王《きびつひめ》である。推古女帝ほどではないが、勝気な性格で大人しい大王に苛立ち、何かと政治に口をはさんだ。

すでに葛城《かつらぎ》王子（後の中大兄《なかのおおえ》王子）と大海人《おおしあま》王子を産んでいた。

「山背大兄王様の要求は理不尽というものです、そんなことをすれば大王の権威が失墜しましょう、毅然《きぜん》としてお断りなさいませ」

大臣のみならず皇后まで反対する以上、山背大兄王の要求を断る以外なかった。

山背大兄王は斑鳩宮に招く件は諦《あきら》め、岡本宮《おかもとのみや》で大王が行う高表仁との謁見の儀式に参列した。

山背大兄王の胸中には、何時爆発してもおかしくないほどの憤懣《ふんまん》が煮え滾《たぎ》っていた。

高表仁は唐の皇帝の国書を読み上げる際、山背大兄王を始め諸王子は次の間に控えるように要求した。

「これは大王にのみ伝えるべき大唐皇帝の詔書でございます」

高表仁はかつての裴世清と異なり、威張っていた。唐は世界一の大国であり、倭国は蕃《ばん》夷《い》の国である、という意識が表われていた。

山背大兄王の憤懣が爆発したのはその時である。

「待たれよ、先に使者として来た裴世清は、吾《われ》の父王に皇帝の詔書を読む際、そういう無礼なことはいわなかった、吾は大兄王、次の大王位を継承する資格のある王じゃ、この席からは立ち去らぬぞ」

山背大兄王は顔を真赫《まつか》にして叫んだ。

大王を始め列席者は息を呑《の》んだ。

「どういうことかな」

高表仁は通訳に訊《き》く。

通訳が山背大兄王の言葉を伝えると、高表仁の顔も真赫になった。

「無礼な王じゃ、詔書を読み上げるのは、皇帝が声をおかけになるのと同じですぞ、これは大王のみが聴くことが出来る、まさに蕃夷の王族、無礼なり」

山背大兄王は蒼白《そうはく》になり、

「どちらが無礼か！」

といい返し、二人は論争の末、高表仁は詔書を読むことなく席を蹴《け》って岡本宮を出た。高表仁は、倭国を軽視する余り、使者としての役目を放棄したわけだが、山背大兄王はこの件で皇后の憎しみを買い、官人達の非難の的となった。

四十代前半といえば、現代では六十歳代というところであろう。

山背大兄王には、その年齢《とし》になっても、自分の激情を抑えられない一本気なところがあった。若さといっても良いかもしれない。


『日本書紀』はこの件に触れていないが、『旧唐書倭国伝』は次のように述べている。

「表仁、綏遠《すいえん》の才なく、王子と礼を争い、朝命を閲《けみ》することなくして退《さが》る」

この王子が、山背大兄王であることは、ほぼ間違いない。

当時、唐使と礼を争うような地位にいる王族は、山背大兄王以外にいない。

舒明大王が妃の一人、法提郎媛《ほてのいらつめ》に産ませた古人《ふるひと》王子（皇極《こうぎょく》朝に大兄王子）は性格が温和で、唐使と礼を争うような人物ではない。大化の改新の血祭りに蘇我入鹿《そがのいるか》が中大兄王子らに殺された際、古人王子は驚愕《きょうがく》して自宅に戻り、その後、剃髪《ていはつ》して吉野《よしの》離宮に籠ったが、何ら成すところもなく中大兄王子に殺されている。

一方、葛城王子と名乗っていた中大兄王子は当時まだ七歳である。

田村王子と大王位を争い、蝦夷がうんざりするほど執拗に自分の意の正当性を訴え続けた山背大兄王ならではの行為とみて良い。

偉大な人物を父親に持った山背大兄王は、これまで述べて来たように劣等感に噴《さいな》まれているが故に、神経が昂ぶると激情にかられ自己主張が極端に強くなるのである。

何《いず》れにせよ、境部臣摩理勢を見殺しにした斑鳩宮は、この事件により完全に孤立したといって良い。

山背大兄王は孤立感によって、柔順になるような人物ではなかった。外圧に対して柔軟に対処することが出来ないのだ。

孤立感を刺戟《しげき》する事が起きると悲愴《ひそうかん》感に酔ってしまうのである。

舒明大王は十一年（六三九）、伊予《いよ》の温泉（道後）に行った。何となく身体がすぐれず健康を取り戻すためであった。

温泉療養も余り効なく、十二年の旧暦四月、戻ると厩坂宮《うまさかのみや》（橿原《かしはら》市）で寝たり起きたりの日々を過すようになった。

この宮は身に合わないと百済宮《くだらのみや》（奈良県北葛城郡広陵町）に遷《うつ》ったが、健康は回復しなかった。

当然、大臣蝦夷を始め大夫《まえつきみ》達は、次期大王を模索する。十三年（六四一）の夏、大王の容態が悪化すると後継者選びは本格化した。

山背大兄王は、約束通り自分を後継者にせよと要求した。

舒明朝の大兄王子は確かに山背大兄王一人だし、地位も年齢も大王になっておかしくない。

古人王子は先述した通り、まだ大兄王子になっていなかった。それに皇后・宝王女は法提郎媛が産んだ王子を大王にすることに難色を示した。

皇后の意は自分の子である葛城王子にあった。だがまだ十六歳なので年齢的に無理だが、三十歳になるまで自分が中継ぎの大王になっても良い、という。

それに皇后は山背大兄王を嫌っていた。

皇后、大臣を始め大夫達は、初めから大王位の有資格者である山背大兄王が大王になることに不賛成なのである。

これでは山背大兄王が幾ら大兄王の資格を強調しても、新大王になるのは無理だった。

だが山背大兄王は引き下がらなかった。

自分の主張は理にかなっており、正しいという意識が強かった。

山背大兄王は諸王達にいった。

「いいか、父上は何時もいわれていた、自分が正しいと信じたことは、断固として主張せよと」

「その通りです、私《わ》も父上から聞きました」

勝気な舂米女王《つきしね》が同調する。

諸王の中には状況判断を軽視し、理の正当性だけを強調する山背大兄王に危惧の念を抱く王もいたが、何かに憑《つ》かれたような大兄王には忠告も出来ない。

山背大兄王の母・刀自古郎女《とじこのいらつめ》はすでに亡く、橘大郎女《たちばなのおおいらつめ》は飛鳥に戻っている。

斑鳩宮には、山背大兄王の意を翻すことの出来る人物は一人もいなかった。

山背大兄王は何度も諸王を飛鳥に遣わし、蝦夷に約束を実行するよう要求した。

蝦夷は柳に風と受け流していたが、大王が危篤状態になるのを待って皇后に奏上した。

「どうか皇后のお口から、斑鳩宮の使者を御叱責《しっせき》下さい、まだ大王が亡くなられていないのに、次の大王位を要求されるなど不届きでございます、皇后が御叱責下されれば、斑鳩宮の山背大兄王も反省なさるでしょう」

「不届きです、私は斑鳩宮の王を大王にしたくはありません、大臣を始め大夫達は、私の意を酌んで対処して下さい」

皇后は看病疲れに憔悴した顔を歪《ゆが》めた。

大王危篤の報に百済宮に参上した山背大兄王の実母弟・財《たから》王は皇后から、

「山背大兄王の態度は不愉快です、以後慎むように王に申し上げなさい、唐使と礼を争い、倭国の面目を失したにも拘《かかわ》らず全く反省されていません、今は次の大王を論ずる時ではないでしょう、現大王の御病《おんやまい》が回復されるように懸命に念じる時です」

と叱責された。

皇后の叱責は山背大兄王にとっては衝撃だった。

山背大兄王は皇后を自分より下に見ていた。自分の代理である弟王が、その皇后から叱責されたのである。

山背大兄王は皇后の背後に、蝦夷《えみし》の狡猾《こうかつ》な顔を思い浮かべた。

斑鳩宮全体が茫然《ぼうぜん》としているうちに大王は亡くなり、新大王には皇后がなった。皇極《こうぎょく》女帝である。

女帝の登場はまさに斑鳩宮外しが主だった。勿論その裏には、権力者達の思惑が秘められていた。

皇后が皇極女帝になると葛城王子は中大兄王子となる。王子はすでに十七歳だった。父王の殯《もがり》の儀式では誄《しのびこと》を見事に述べ、官人達にその能力を示した。

皇后の意は中大兄王子にある。

大臣《おおおみ》・蝦夷と入鹿《いるか》は、古人王子を次の大王にすることをもくろみ、古人王子も大兄王子とした。

ただ蝦夷と入鹿では、まだ表面化はしていないが考え方は違った。

蝦夷は蘇我氏の血の入った古人大兄王子を大王にし、蘇我本宗家の権力を一層強固なものにしようというのである。

だが武勇の入鹿は蝦夷の考えを古いと見た。

入鹿は古人大兄王子を次期大王にし、大王位を自分に譲り受けよう、という大望を抱いたのだ。

それは時代の流れが馬子時代と異なり、東アジアの情勢と共に激流化しているからである。

推古朝に唐に渡った僧旻《みん》、高向漢人玄理《たかむくのあやひとげんり》、南淵請安《みなぶちのしょうあん》らの学問僧や学生が、二十年、三十年も留学し、舒明朝に帰国した。

新知識を得た彼等は、中国の学問を教えただけではなく政治の仕組みや王朝交替の実体を説いた。

中国は律令《りつりょう》制度のもと、皇帝の詔《みことのり》が広い中国の隅々まで行き亘《わた》り、政治は定められた律と令によって行なわれる。

しかも中国では、王朝交替は必然であり、殆どが新勢力により実力で奪取される。

だが皇位を奪取した実力者は、奪取の事実を嫌い、禅譲《ぜんじょう》によって皇位を譲り受けるということにする。

禅譲とは、有徳の人物こそ皇帝にふさわしく、そういう人物が現われたなら、血統に関係なくその人物に皇位を譲り渡すという皇帝観で、中国では古い時代からその考えが受け継がれている。

倭国にはない皇帝観なので、戻って来た学問僧、留学生は堂々と講義こそしないが、声をひそめて語る。

当然、官人達は興味津々の面持ちで語り合う。時には論争になる。

時の流れを敏感に感じ取る若い官人は、律令制度は新しい政治形態かもしれないと思い、倭国の大王と中国の皇帝の立場を比較する。

神祇《じんぎ》によって守られてはいるが、倭国の政治実権は蘇我本宗家が握り、大王の政治権力は弱い。

中央集権を確立し、大王の権力を強め、律令制度を施行するためには、蘇我本宗家の力を弱めねばならない。

理想に燃えた官人達は、それが時の流れだと説いた。その筆頭が中臣鎌足《なかとみのかまたり》だった。

勉学心が強く野心家でもある鎌足は、殯宮《もがりのみや》で一躍注目された聡明《そうめい》な中大兄王子に近づいた。


蘇我本宗家に対する敵意を敏感に感じ取ったのは、蝦夷よりも若い入鹿だった。

蝦夷にはまだ入鹿ほどの危機感はなかった。六十歳に達した蝦夷は、賢い積りでも、時の流れを完全に読み取れない。

「入鹿よ、大臣の位は不動だ、悠々としておれば良い、その方が人望を得られるし、官人達も信頼するのだ」

入鹿は外出する際、武装した警護兵を二十数名も率いて歩いた。蘇我本宗家の権力には武力もあるぞ、という示威である。

蝦夷には、そんな入鹿が神経質になっているように思えるのだ。

「父上、のんきなことをいっておれませんぞ、どうやら蘇我本宗家を斃《たお》す計画が練られているようです」

「何のために斃すのだ、そんなことをしても利がないではないか、豪族達は利によって動く、吾《われ》は豪族達に利を与えて来た」

「大王の権力を強化し、豪族政治から、中国を真似た律令政治を実現させるためです」

「そんなものが利になるか、馬鹿《ばか》馬鹿しい」

「はっきりした利にはならないかもしれませんが、律令政治は、倭国の隅々にまで中央の意向が伝わります、まず中央は、これまで以上の利を各地から得るでしょう、異変が起こると国が一体となって動く、それも利です」

「今でも、吾が詔を得て命令すれば、一体となって動くぞ、中央がこれまで以上の利を得るというが、それはどうしてだ？」

「父上、明白です、地方の豪族は勝手に私民を有し、私腹を肥やしています、律令により中央集権が確立されれば、そういう勝手な豪族の存在は許しません、思い切り税をかけ、利を収奪出来ます」

「それは酷じゃ、今でも吾は贅沢《ぜいたく》をしておる、地方の豪族にも、少しぐらい贅沢をさせてやれ、絞り取ることばかり考えるな」

入鹿は内心舌打ちした。

新しい政治制度がそれを要求しているのである。入鹿が幾ら説得しても蝦夷は完全に理解できなかった。

入鹿は時代の牙《きば》が、蘇我本宗家に向っているのを認識していた。

これに対処するには本宗家の権力を一層増さねばならない。そのためには古人大兄王子を新大王に擁立し、時を見て禅譲により大王位を譲り受ける、それ以外に方法はない、と決意した。

相手が攻撃をかけて来る前に、こちらが巨大になり、敵を斃すのだ、と入鹿は決意した。

入鹿は自分が大王になる野望は内に秘めたまま、蘇我本宗家の権威が大王に近いことを示す必要がある、と蝦夷を説き、蘇我本宗家の祖廟《そびょう》を葛城《かつらぎ》の高宮に建てた。中国では天子のみに許されている八佾《やつら》の舞を行なった。

更に二つ並んだ墳墓を造り、大きい方を蝦夷のものとし大陵《おおみささぎ》と呼び、小さい方は小陵《こみささぎ》と呼んだ。

禅譲の際、中国では、新しい勢力の長は、前皇帝から位を譲り受けるにふさわしい体裁を整える。

八佾の舞や大陵・小陵はそのためだった。

入鹿はまた女帝に接近し、その寵愛《ちょうあい》を受けるべく努力した。

女帝の弟・軽《かる》王とも親しくしたのは、そのためだった。

そんな時、斑鳩宮から蝦夷・入鹿を批判する声が次々と発せられた。

大王位を掌中におさめることが、ほぼ不可能となった今、山背大兄王は、自分を騙《だま》し続けた蘇我本宗家への憎悪を剝《む》き出しにしたのだ。

春米女王も同じだった。女王は蘇我本宗家が双墳を造るに際し、上宮王家の領地の民を徴発したのを憤り、飛鳥に来て小墾田宮《おはりだのみや》に参り、蘇我本宗家を糾弾する文書を女帝に渡そうとした。

女帝が会わなかったので、弟の軽王に渡し、

「必ず大王にお渡し下さい」

と頼んだ。

その文書には、「天に二つの日がないのと同じように、国に二人の大王はいない、どういう理由で、意のままに上宮王家の民を総動員したのか」と厳しく詰問していた。

更に春米女王は飛鳥に住む王族達の屋形を訪問し、蝦夷・入鹿を糾弾して歩いた。

蘇我本宗家の存立に危機感を抱いていた入鹿にとって、斑鳩宮は鬱陶しいだけではなく眼の上の瘤《こぶ》となった。

今度だけではない。古人大兄王子を新大王にする際も、必ず文句をつける。いや、この調子では、自分が禅譲により大王になるといえば、狂ったように反対するに違いない、と入鹿は睨《にら》んだ。

入鹿が上宮王家を斃さねばならないと次第に考えるようになったのは、上宮王家がしつこく蘇我本宗家を批判したからである。

斑鳩宮の山背大兄王は、豪族連合政治の頂点に立つ蘇我本宗家を批判することが、上宮王家にとって如何に危険であるかを余り認識していなかった。

推古朝とは時代の流れが違うのだ。

隋《ずい》・唐に二十年、三十年と留学し帰国した学問僧達は、中国の学問を教える一方、中国の政治体制を説いていた。

それは皇帝の命令が、広い中国の隅々まで行き届く律令の政治である。

皇帝を頂点とする中央集権が完璧《かんぺき》なのだ。

それに較べると倭国の政治は遅れていた。

官人達の中に中国の政治体制こそ新しい国家の政治だ、と考える者が現われても不自然ではない。

しかも、そう考える官人は、頭脳が優れ理想に燃える若者達である。

有力豪族の子弟に多い。老いた官人はすでに時代の流れを吸収する能力を失っていた。

行動力に富むのも若い者達だ。

入鹿にとって最も危険なのは、理想のためには剣を抜きかねない若者達である。

上宮王家は、嵐《あらし》の前の静けさといって良い緊迫した時代の流れを飛鳥の官人ほど理解していなかった。

もし山背大兄王が父・厩戸皇太子のように賢明だったなら、理想に燃える官人達と手を結び、隠密にことを謀ったであろう。

時代を見抜く力がなかったが故に、雀が囀《さえず》るように蘇我本宗家を批判したのだ。その批判は、入鹿が危険視している学問僧の講義や、理想に燃える官人達を煽《あお》ることになった。

ひょっとすると中臣鎌子《かまこ》（鎌足）もその一人だったかもしれない。

妃の舂米《つきしね》女王の錐《きり》で突き刺すような蘇我本宗家に対する批判は、飛鳥中に拡《ひろ》がり、厩戸皇太子を懐かしむ者達は、行動力もないくせに斑鳩宮《いかるがのみや》に拍手を送った。

それは当然、山背大兄王の耳にも達する。山背大兄王は久し振りに顔をほころばせ、

「舂米女王よ、蝦夷も入鹿も相当こたえたらしいぞ、ことに蝦夷は、やり過ぎだ、と入鹿を叱咤《しった》し病の床についたらしい、吾《われ》は溜飲《りゅういん》を下げた思いじゃ」

「嬉《うれ》しゅうございます、専横な行ないがあれば、これからも糾弾し続けましょう、官人の

中にも気骨のある者が必ずいる筈《はず》です」

「そうだのう、我等が一致団結して専横を糾弾し続けたなら、蘇我本宗家も頭を下げて来るかも分らぬのう」

泡に似た実体のない噂に、山背大兄王は殆ど望みのない大王位が、急に近づいて来るような気がした。

勿論、斑鳩宮に伝えられた噂の中には、山背大兄王が激怒するようなものもあった。

自分達に対する上宮王家の批判を逆恨みした入鹿が、斑鳩宮を攻めるべく謀っているというのだ。

飛鳥に残っていた秦《はた》氏の一族が伝えたのである。旧暦十月の末だった。

耳にした山背大兄王は、くだらぬ噂は伝えるな、と側近を叱咤した。

斑鳩宮の王達の中には、馬子が穴穂部《あなほべ》・宅部《やかべ》両王子と泊瀬部《はつせべ》大王を殺した事実を持ち出し、

「蘇我本宗家には無道の血が流れています、一応、用心された方が良いでしょう」

と忠告する者もいた。

だが山背大兄王は諾《き》き入れなかった。

「あれは昔のことじゃ、それにのう、吾は父王から真相を聴いている、確かに大王や王子

の殺害に手を下したのは大臣・馬子だが、殺害せよとの命令が豊御食炊屋姫大王《とよみけかしきやひめ》から出ているのだ、大王は小姉君《おあねのきみ》の子を憎んでいた、ことに穴穂部王子には恋人の三輪君逆《みわのきみさこう》を殺されている、あの事件の黒幕は大王なのだ、群臣はそれを知っていたから、泊瀬部大王が殺された時も騒がなかったのじゃ、今の女帝に我等を殺そうとする理由があると思うか、全くない、となると入鹿大夫《まえつきみ》が独断で兵を集め、この斑鳩宮を攻めねばならない、幾ら専横を極めているとはいえ、大王に匹敵する厩戸皇太子の子であり、蘇我氏の血が流れている上宮王家に兵を向ける筈はない、入鹿は唐から戻った僧旻《みん》などの講堂に通い、中国の学問を学んでいるという、あれで結構頭が良い、そこまで狂わぬ、我等を攻めれば、蘇我本宗家は非難の的になる、蝦夷大臣もそれは許さぬ」

山背大兄王は王達の不安を一掃すべく熱弁をふるった。

説いているうちに、入鹿がそんな狂気に走らない様々な理由が次々と浮かび、山背大兄王は時を忘れて一つ一つを説いた。

昂奮《こうふん》しているので分らないが、山背大兄王は無意識のうちに数多い理由を探し出し、口にすることで見えない不安感を抑えていたのかもしれない。

時を忘れての熱弁は、諸王よりも自分のためのものであった。

それに気づいた時、山背大兄王は冷たい隙間風《すきま》が背を這《は》って行くような気がした。

「馬鹿気た噂を吾に伝えるな、そんな噂はためになされるものだ、その理由は今吾が述べた倍もある」

と山背大兄王は叫んだ。

山背大兄王に取り憑いた不安感はなかなか去らない。入鹿が自分を攻め殺しに来るなど、どう考えても有り得なかった。

問題は、有り得ないのに噂が生じることである。理由がないが故に、山背大兄王の不安は胸に入り込んだまま消えようとしないのだ。

もし強いて理由らしいものをあげれば、高句麗《こうくり》の泉蓋蘇文《せんがいそぶん》が、昨年旧暦十月に栄留王《えいりゅう》と貴族百数十名を殺したことだった。

泉蓋蘇文は、倭国でいえば大臣級の実力者だ。

この夏に訪れた高句麗の使者が伝えたところによれば、泉蓋蘇文は宮に乗り込んで王を殺害したという。

泉蓋蘇文はその後、王の弟の子を王位につけた。宝蔵王《ほうぞう》である。勿論、泉蓋蘇文の傀儡《かいらい》に過ぎない。

朝鮮半島でも北方の国の出来事だが、推古朝以来、倭国と高句麗は比較的親しかった。高句麗の使者は飛鳥に来て大事件を報告したが、次のように述べて泉蓋蘇文を弁護した。

「王を始め貴族達は唐に狙われているにも拘らず国政を軽んじ、奢侈《しゃし》に流れ、ただ享楽を追っていました、そのために民からは税を搾《しぼ》り取り、民の中には飢える者が数多く出、田畑は荒れ、民は唐より入ってきた五斗米道《ごとべいどう》という新興宗教に溺《おぼ》れ、ただただ神に救いを求めるのが精一杯だったのです、我等の泉蓋蘇文は、国を憂え、民を救うべく何度も時の王に訴え、貴族達を叱咤したのですが、享楽に溺れている王は一向に反省しません、泉蓋蘇文は身を犠牲にし、悪逆無道の者なる烙印《らくいん》を押されるのを覚悟して蹶起《けっき》したのでございます、権力のためではございません、どうかこの点を御理解の上、高句麗との友好関係を維持していただきとうございます」

遠い国の異変だが、大臣が宮に乗り込み、王を殺害したということで、飛鳥の官人達の間で一時話題になった。

もし高句麗の事件がこの春にでも伝えられていたなら、山背大兄王は舂米女王が何といおうと、蘇我本宗家に対する強硬な批判を緩めていたに違いない。

事実、泉蓋蘇文の悪逆無道な行動を耳にした時、山背大兄王は一瞬にしろ、入鹿と重ね合わせ眉《まゆ》を寄せたのだ。

ただ、宮に乗り込んで王を殺し、自分の屋形に招いた貴族を皆殺しにするなど、倭国では絶対考えられないことだった。

山背大兄王はすぐ、高句麗の異変を忘れた。

だが入鹿が斑鳩宮を狙《ねら》っているという噂を耳にしてから、山背大兄王は次第に高句麗の出来事を身近なことのように思い始めた。

馬鹿げている、倭国と高句麗は異なるのだ、それに民は飢えていないし、海の中の国は敵国に攻められることもなく安心だ。

入鹿が狂気の行動に走るような理由はない、と山背大兄王は自分にいい聞かせる以外、不安感を抑える方法はなかった。

旧暦十一月の半ばに初雪が降った。

斑鳩宮の政治は、実質的には山背大兄王の実母弟である財《たから》王、日置《へき》王、それに舂米女王の弟・三枝《さきくさ》王、麻呂古《まろこ》王などが執っており、山背大兄王は奏上を承諾すれば良い、という立場にいた。

山背大兄王が父から受け継いだ領地は広く、各地から運ばれて来る米、絹布、在地の特産物は時を選ばない。

訴訟も多く、実務は結構忙しい。

それに山背大兄王は、もともと政治には不向きな性格である。権謀術策が不得手だった。それでは飛鳥の官人達も近寄らない。

山背大兄王には初雪を愛《め》でる余裕はなかった。雪が斑鳩宮を覆い、外との交通も途絶してしまうような不安感に襲われた。

厚い絹綿の上衣を重ねた山背大兄王は、屋形の縁に立ち暫《しばら》く雪を眺めていた。足が縁に凍りついたようで身体が動かない。

五十代に入ったばかりだが、山背大兄王の髪には、白いものが混じっていた。

昨夜、寝所を共にした若い采女《うねめ》が、無表情な顔で寄り添っている。采女は十七歳、東国から斑鳩宮に来たばかりである。采女にとって雪は珍しくなかった。慣れているので寒くもない。それなのに身体が固くなっているのは、昨夜の執拗な山背大兄王の愛撫《あいぶ》のせいだった。

東国の采女が男子《おのこ》と肌を接したのは昨夜が初めてである。縮めていた身体は朝になっても戻らない。

「そちの国では雪が深く、歩けなくなることも多いのであろう」

「はい」

「どのぐらい積る？」

「三尺から四尺は積ります」

「そんなに積るか、降るなら降れば良い、斑鳩宮も飛鳥も雪に埋もれてしまえば良いのだ」

采女は返答が出来なかった。

采女は山背大兄王の立場も胸中も理解出来ない。斑鳩宮の王者も、この采女にとっては初老の男子に過ぎなかった。

山背大兄王の言動には精気がない。それが山背大兄王を年齢よりも老けさせていた。

「そなたは雪が好きか？」

「はい」

と答えて采女は故郷の雪景色を思い浮かべた。故郷が懐かしく、逃げることが出来るのなら今でも戻りたかった。

采女の眼が赧《あか》くなった。

「そうか雪が好きか、吾《われ》は嫌いじゃ、寒いからのう」

叱《しか》られたと思い采女は視線を伏せた。

侍女が縁に現われ、朝餉《あさげ》の用意が整ったことを告げた。

「朝餉じゃ、熱い粥《かゆ》で暖まるぞ」

「はい」

山背大兄王が部屋に入った。熱い粥を見、采女の腹が鳴った。

若く健康な身体は、采女の気持を無視して空腹を訴えていた。采女は唾《つば》を飲み込みながら山背大兄王に従った。

朝餉の席には春米女王《つきしね》が待っていた。すでに五十歳に近い春米女王は山背大兄王の寝所とは無縁である。

その代り春米女王は、山背大兄王にどういう采女を宛《あ》てがうかについて采配《さいはい》をふるった。斑鳩宮が各地に持っている領地からは、貢物と同じように采女となるべき若い女人が送られて来る。

それは在地の豪族にとっては上宮王家に対する忠誠の証《あかし》だった。

『隋書倭国伝』は「後宮、女六、七百人有り」と記している。十分の一と考えても、六、七十人の采女が厩戸王子以来、斑鳩宮に住んでいたわけだ。

最近の山背大兄王は、得体の知れない不安感を抑えるべく、若い采女を次々と伽《とぎ》の女人とした。

朝餉の席で、春米女王は微笑を浮かべながら素早く二人を観察する。

若い采女に対する春米女王の眼は、彼女の上衣と裳《も》を剝《は》ぎ取り、身体の隅々まで眺めていた。

だが顔の微笑は穏やかである。

「大兄王様、初雪が降っただけに冷え込みがきつうございます、さあ早く熱いうちに」

春米女王の声は年齢を感じさせないほど若かった。

「うむ、寒いのう」

山背大兄王が木の匙《さじ》で粥をすくい口に運ぶのを待って、春米女王は若い采女に、

「さあ、そなたも食べるが良い」

と優しい声をかけた。

朝餉が終ると春米女王は采女を後宮に戻した。

「大兄王様、なかなか肌の美しい采女でございましたでしょう」

「うむ、好い采女であった」

「十日ほど前に伊予から参りました采女は、浅黒い肌ですが艶《つや》で光っています、次回の夜の伽にと思っていますが……」

「何歳じゃ？」

「十五歳になったばかりでございます」

「おう、まだ熟していない実も良いのだ、次回はその采女にしよう、それはそうと何か情

報が入っていぬか？」

「私《わ》の縁戚者に入鹿大夫《まえつきみ》の日常を調べさせていますが、入鹿大夫は何かに怯《おび》えているようです、外出の際の警護兵の数を三十人に増やしたとのことです」

「ほう、三十人とは多過ぎる、大臣《おおおみ》でも警護兵は二十人足らずだ、何故そんなに増やしたのであろう」

「専横に対する大兄王様や私の批判が眠っていた官人達を眼覚めさせたからでございましょう」

春米女王は活々《いきいき》とした表情で胸を張った。

女王には、山背大兄王の感じた漠とした不安など全くなかった。少しでも入鹿を怯えさせたと意気軒昂《けんこう》としていた。

「眠っていた官人達の入鹿に対する批判が強くなったということか……」

「当然でございます、これは噂ですが入鹿に剣を突き付ける者が現われるかも分らぬ、という声も出ているようです」

「入鹿に剣を……」

山背大兄王は眉を寄せた。

「はい、それで入鹿は疑心暗鬼に陥っているのでしょう、私としては手を拍《う》ちたい気持です」

「しかし、そんなに勇気のある官人がいるとは思えぬがのう、ただ入鹿が警護兵を三十人に増やしたというのは、気が立っているからだ、この夏にも申したように、当分は静視せよ、我等がこれ以上入鹿を刺戟すると、逆恨みするかもしれぬ、入鹿は大臣よりも気性が荒い、油断は出来ぬぞ」

「大兄王様は、秦氏《はた》が伝えた噂を気になさっているのですか、あの時は王達を集め、有り得ない噂だ、と一喝されました、私は、よくおっしゃられたと内心手を拍っていたのでございます、大兄王様がいわれたように、入鹿が兵を集め、この斑鳩宮を襲えば、蘇我本宗家は破滅です、それぐらいのことは入鹿も承知しています、警護兵を増やしたのは、怯えたからに違いありません、勇猛な男子《おのこ》と噂されていますが、外見だけで気は小さいのです、でも、大兄王様の御命令故、夏以降、入鹿への批判はやめています、本当は批判したいのですが……」

「まだ何かあるのか？」

「飛鳥を一望の許《もと》に見下ろす甘樫丘《うまかしのおか》の上に屋形を建てる計画があるようです、年が明ければ工事が始まりましょう、入鹿は宮を建てる、とうそぶいているようです」

「甘樫丘の上に宮を建てると申しているのか、何時耳にした？」

「はい、昨夜でございます」

山背大兄王は身体が慄《ふる》えるのを覚えた。

昨年、蝦夷と入鹿が葛城に中国風の祖廟を建て八佾《やつら》の舞を行ない、二つの墳墓を造り大陵・小陵と呼ばせた時、春米女王は飛鳥に行き、宮に参り蘇我本宗家の専横を奏上した。

それ以来、この夏まで、入鹿に対する斑鳩宮の批判は激しかった。

春米女王がいうように入鹿は見えない敵に怯え始めた、と山背大兄王は快哉《かいさい》を叫んだ。

だが入鹿は本当に怯えたのだろうか。屋形を宮と呼べるのは王族の場合だけである。

それを無視し、宮と呼ばせる屋形を建てようとしているのだ。入鹿が怯えていたなら、そこまで出来ない。

入鹿は怯えていないのではないか。

いや、怯えを抹殺する狂気に取り憑《つ》かれているのだろうか。

それにしては、蝦夷が何故止めないのであろう。

蝦夷は六十代に入っている。老いて気力もなくなり、入鹿の狂気に引きずられているのか。

山背大兄王は次第に顔から血が引いて行くのが分った。

「春米女王よ、吾《われ》は久し振りに仏殿に入る、入鹿は狂気に捉《とら》われている、そういう男子《おのこ》には何をいっても無駄だ、批判は絶対ならぬぞ、吾は仏殿に籠り、釈尊《しゃくそん》に祈ろう、今すぐじゃ」

「仏殿に火はございません、風邪《かぜ》を引かれては大変です、どうか今少し暖かい日に」

「構わぬ、釈尊に祈り、入鹿の狂気を祓《はら》っていただく、吾も父上の遺志を継ぎ、斑鳩寺を完成させ、釈尊を拝んで来た、吾の祈りは釈尊にも届くであろう」

山背大兄王は久し振りに仏殿に籠った。

厩戸皇太子ほどの学識も力も山背大兄王にはなかった。

仏教は信仰したが、父ほど熱心ではなかったし、研究もおろそかだった。

仏教を学ぶには大変な学識がいるし、情熱が必要なのである。

どの点を取ってみても、山背大兄王は厩戸皇太子が築いた厚い壁を越えられなかった。

仏殿に籠ってみても、瞑想の境地に入れない。身体中が凍るような寒さに縮んでいるだけである。

「父上、吾は不安なのです、吾は斑鳩宮の王者、皆の前では見せられませんが、不穏な雲行きに怯えています、父上ならどうされるでしょうか、お教え下さい」

山背大兄王にはそう叫ぶのが精一杯だった。

厩戸皇太子の答えはない。

金銅《こんどう》の釈迦《しやか》像の顔も、気のせいか冷やかだった。

「父上、父上の名は余りにも偉大過ぎました、だから吾《われ》が何をしようと、吾の存在は霞《かす》むのです」

声が仏殿に響き、山背大兄王は自分が声を発したのに気づき愕然《がくぜん》とした。

声が消えた後は空虚感に襲われた。これ以上坐《すわ》っていると自分の身体が消えて行きそうな気がした。

山背大兄王は居たたまれなくなった。

だがこのまま仏殿を出れば何時もの自分である。恰好だけは父と同じように仏殿で瞑想《めいそう》にふけっているのだが、実体は何の成果もない。打ちひしがれて出るだけだ。

山背大兄王は大きく息を吸い込むと、顔を上げて釈迦像を睨むように見上げた。

山背大兄王にとって釈迦像は父であった。実際に厩戸皇太子の顔と重なるのである。

「父上、吾には何をいっても無駄だとお考えなのですか、だから語っていただけないのでしょうか、それならそうとはっきりおっしゃって下さい」

凝視《みつめ》ていると釈迦像の口許が微かに動いたような気がした。

こんなことは初めてだった。

ひょっとすると山背大兄王が初めて示した挑戦的な心情に、釈迦像が反応を示したのかもしれない。

「おう、何をおっしゃりたいのですか、どうか口をお開き下さい、吾はどんな叱咤でも受けます、父上の叱責には慣れています」

釈迦像の顔がはっきり厩戸皇太子に変った。

「父上！」

「山背大兄王よ、吾を見よ」

「見ております、そのお声は間違いなく父上」

「そうじゃ」

「おっしゃって下さい、今、吾は何をなすべきか、どうも今の時代は父上の時代とは異なるのです、入鹿大夫は蝦夷大臣よりも専横を極め、蘇我本宗家はまるで大王のようにふるまっています、強い嵐が吹き荒れようとしているのを吾は感じるのです、上宮王家は孤立しています、しかも嵐に巻き込まれそうな気配です」

「それが時の流れだ」

「父上、時の流れなどとのんびりしたことをいわれては困ります、我等は何をなすべきかをお教え下さい、飛鳥から斑鳩宮に遷られたのは父上ではありませんか」

珍しく山背大兄王は多弁だった。

この時の山背大兄王は何時ものように厩戸皇太子の偉大さに圧《お》されていなかった。寧《むし》ろ抵抗しようとしていた。

「吾《われ》じゃ、そのために飛鳥から孤立してしまったのう、吾が大王位に即《つ》いていたならこの辺りが都になっている筈だが、そちに罪はない、総《すべ》ては釈尊の掌中にある」

「何をいわれているのですか、吾は確かに父上には及びません、そういう面では罪はありますが、今おうかがいしているのは、嵐を避ける方法です、それをお教え下さいと申し上げているのです」

父が眼を閉じた。

悩んでいる時の父の顔を山背大兄王は見た。父は黙して語らない。

「父上、策をお授け下さい、斑鳩宮には吾の弟、妃、子、孫、それに大勢の官人、奴婢《ぬひ》がいます、吾一人のためではありません、父上が何時もいわれていたように奴婢も人間なのです、嵐から受ける損害を少しでも軽くしとうございます、父上」

山背大兄王は焦った。

初めて亡き父と対話が出来たのだ。しかも大事な策を聴こうとしている。ここで対話が切れることを山背大兄王は恐れたのだ。

父の顔が次第に朦朧《もうろう》となる。酷《ひど》く悲し気だった。

「父上、お待ち下さい、何故去られるのですか、何故そのようなお顔を……」

山背大兄王は声を呑んだ。

閉じた父の瞼《まぶた》から一粒、二粒と涙がこぼれ落ちた。

父が泣いているのだ。

これまで山背大兄王は、父のそんな顔を見たことがなかった。悩むと厩戸皇太子は何時も仏殿に入った。

山背大兄王は自分の眼を疑った。何度も瞬《またたき》をしているうちに父の顔は消え、内に慈愛と強靭《きょうじん》さを宿した釈迦像の顔に戻った。勿論像は泣いていない。

その日の山背大兄王は放心したような顔だった。王達が政務について山背大兄王の意見を求めて来たが、

「今日は仏道について考えたい」

と返答しなかった。

実際、政治のことは考えられない。山背大兄王の脳裡《のうり》には父の涙が刻み込まれていた。

父は何故泣いたのか、と山背大兄王は自問自答するだけである。

そんな日が何日か続いた。

心配した春米女王《つきしね》は夕餉の席に、何人かの若い采女《うねめ》をはべらせた。

先夜、閨《ねや》を共にした東国の采女もいたし、新しく斑鳩宮に来た伊予の采女もいた。十五歳のその采女は何処から見てもまだ童女といって良かった。

采女の中には何度も媾合《まぐわ》った女人もいる。そういう女人は今宵の伽に指名されることを望んで媚《こ》びた視線を送って来た。だが先夜の采女も、新しく来た采女も眼を伏せ、山背大兄王と視線が合うのを避けていた。

夜の伽に選ばれたくないのだ。

それが何時になく山背大兄王の神経を逆撫《さかな》でした。

当時は、五十歳代の男子《おのこ》は老人だった。十代半ばの采女が、媾合《まぐわい》を嫌悪するのも無理はない。

山背大兄王は春米女王にいった。

「新しい顔の采女を吾《われ》の傍《そば》に」

若い采女の顔が蒼白になり身体が固くなったのがはっきり分った。

十五歳の采女は春米女王にうながされても立たなかった。

采女の意志とは関係なく身体の方が動かないのかもしれない。

「大兄王様がお呼びです、お傍に行きなさい、お酒をお注《つ》ぎするのです」

春米女王の声には底力があった。

采女は立とうとして横に倒れた。足が痺《しび》れたのかもしれない。

起き上がった采女の顔は恐怖で引き攣《つ》っていた。

山背大兄王は、斑鳩宮の王者としての権威を傷つけられたような気がした。

春米女王が怒鳴ろうとしたのを春米女王が眼で制した。

春米女王は素早く采女の傍に寄り耳許で何か囁《ささや》く。采女が頷《うなず》いた。

「大兄王様、緊張の余り足が痺れたのです、漸《ようや》く十五歳になったばかりです、初めて御尊顔を拝し、緊張し過ぎたようでございます、どうかお許し下さいますよう、私《わ》からもお願い申し上げます」

春米女王は朗々とした声でいった。

どうやら山背大兄王は、春米女王によって面目を保つことが出来たようだ。

「十五歳か、緊張するのも無理はない、気を楽にしてここに参れ」

采女は叩頭《こうとう》し膝《ひざ》で進んだ。

采女は傍に来たがまだ血の気がなく怯えていた。

「実家は伊予であったな」

「はい」

「父上は若き日、伊予の湯に行かれた、素晴らしい湯だと聞いている、そちは湯につかったことがあるか」

「はい、ございます」

「そうか、肌は陽《ひ》に灼《や》けたような色だが、艶があるのは湯につかったせいかもしれぬのう、名は？」

「ミズメと申します」

「水の女人か、伊予なら湯の女人、ユメとすれば良い、そうじゃ、ユメと改めよ」

「ユメ、好い名でございます、皇太子様は伊予の湯を神の井戸といわれました、健康で長寿の名前です」

春米女王が間を置かずに褒《ほ》めた。

「ユメじゃ、申してみよ」

山背大兄王は機嫌をなおした。

「ユメでございます」

「うむ、なかなか可愛いぞ、明日にでも使者を遣わし、ユメという名を与えられたことを両親に告げさせよう」

「使者を遣わされるとのことでございますか？」

ユメは驚いたように口を開けた。

「そうじゃ、伊予は吾の領地じゃ、吾は王なのだ、何を驚いておる？」

「遣わされる使者は、父上や母上に会われるのでございましょうか？」

「当然じゃ、吾の使者だ、そちの父は伊予の豪族、そちは一家の期待を一身に受け、斑鳩宮に参った、そちは吾に選ばれ、名を与えられた、一家の名誉だぞ、そちの両親はおおいに喜ぶであろう」

「はい」

遠い故郷を思い浮かべたのか、ユメの眼が赧《あか》くなった。

ユメはこの時、両親のために苦痛の一夜を我慢せねばならない、と自分にいい聞かせたのだった。

その夜、ユメは山背大兄王と寝具を共にした。覚悟はしていたが、媾合は想像していた以上の苦しみだった。

ユメは一睡も出来なかった。

夜明けを告げる鶏が鳴いた。

ユメは遠くの方で騒々しい音がするのを聞いた。山背大兄王は鼾《いびき》をかいている。

あちこちで犬が吠《ほ》え始めた。

その声が寒さを呼んだようにユメは慄《ふる》えた。

故郷は大和《やまと》ほど寒くはない。ユメは帰りたいと思った。胸が締めつけられる。望郷の念に堪え切れずユメは涙を流した。自然に嗚咽《おえつ》が洩れる。

山背大兄王の鼾がやんだ。

広い原野に父・厩戸皇太子が坐っていた。

宮も農家もない野であった。遠い距離なのに父の顔がはっきり見えた。その口と鼻孔が膨らんでいた。瞼も垂れている。

それは亡くなる前の父の顔によく似ていた。

「父上、どうなさったのですか」

父は返事をする代りに嗚咽を洩《も》らした。

父は悲しみに打ちひしがれているような感じだった。

嗚咽を洩らしながら父は去って行く。

山背大兄王は手を伸ばし、父に取り縋《すが》ろうとした。父の名を呼んだ。

だが山背大兄王の絶叫は無駄だった。

突然雷光が閃《ひらめ》き雷《いかずち》が鳴った。

原野に潜んでいたらしい大勢の人が立ち上がった。手に槍《ほこ》や刀を持って山背大兄王に向って来る。

「何だ、そち達は何者だ、吾は斑鳩宮の王者、山背大兄王なるぞ」

山背大兄王の声は喚声に消された。

恐怖の叫びをあげ、大兄王は眼を覚ました。

山背大兄王は夢でなく兵達の喚声を聞いた。

「大兄王様、敵が攻めて参りました、敵でございます」

その声は舎人《とねり》の長・三輪君文屋《みわのきみふみや》だった。

第十三章　空

山背大兄王《やましろのおおえ》を攻めたのは蘇我入鹿《そがのいるか》、巨勢臣徳太《こせのおみとこだ》、大伴連馬飼《おおとものむらじうまかい》、中臣塩屋連枚夫《なかとみのしおやのむらじまきふ》、土師連沙婆《はじのむらじさば》らの有力豪族以外と軽王《かる》（後の孝徳《こうとく》大王）らであった。

いうまでもなく軽王は、時の皇極《こうぎょく》女帝の同母弟である。

軽王が加わったことによって、上宮王家の存在が、入鹿だけではなく、飛鳥《あすか》朝廷の一群にとって如何《いか》に邪魔な存在であったかが窺《うかが》われる。

勿論《もちろん》それは、女帝の次の大王位問題に絡んでのことだが、悲劇は山背大兄王を始め上宮王家の王族達が、その点に余り留意しなかったことにある。

嫌われていることは分っていたが、その相手は蘇我本宗家だけであり、軽王まで加わって攻めて来るとは想像もしていなかった。

女帝が軽王の行動を知っていたかどうかは疑問だが、親しい入鹿と弟王の言動から薄々気づいていたとしてもおかしくはない。となると黙認ということになり、上宮王家が飛鳥朝廷から見放され、如何に孤立していたかが窺われよう。

この後、皇極四年（六四五）、蘇我入鹿は板蓋宮《いたぶきのみや》で殺されるが、中大兄王子《なかのおおえ》らは、隠密に事を運び、数人で入鹿を斃《たお》した。

それに対し入鹿や軽王らは、堂々と挙兵し斑鳩宮《いかるがのみや》を攻めている。この違いが持つ意味は大きい。

入鹿が上宮王家を滅ぼしたと知った蝦夷《えみし》は、入鹿の愚かさを責め、入鹿の生命も危うくなると嘆いた、と『日本書紀』は記述するが、これは明らかに大化の改新後の創作である。

軽王らが加わっていることを知った蝦夷は、最終的には許可した可能性が強い。

当時の斑鳩宮の兵力といえば、山背大兄王の舎人《とねり》、王族の舎人、また奴《やっこ》達も含め百名足らずであろう。

それに対し、山背大兄王の必殺を決意した入鹿や軽王らは数倍の兵を集めたに違いなかった。『日本書紀』は、「奴三成《やっこみなり》、数十《とおあまり》の舎人と出でて拒《ふせ》き戦ふ」と記述し、土師連沙婆が三成の矢に射られ死亡したと記し「一人当千《ひとりひとちなみ》といふは、三成を謂《い》ふか」と感嘆している。

奴軍の奮闘が窺われる。

斑鳩宮で下級官人にもなっていなかった奴軍の奮闘は、厩戸《うまやど》皇太子の遺徳のせいであろう。

山背大兄王も亡き父王の意を受けつぎ、奴達を優遇していたに違いなかった。故に奴達は奮戦したのである。

全くの奇襲であり、山背大兄王は妃や王族達と共に逃げるのが精一杯だった。女人達は泣き叫び、山背大兄王に縋《すが》るようにして宮を脱出した。寒い季節である。無我夢中で平群《へぐり》谷を通り生駒《いこま》山中に逃げ込んだが、夜になると寒気が肌を突き刺し、骨の髄まで凍りつくようであった。

数日前に降った雪が到《いた》る所に残り、堆積した落葉も凍りついていた。舎人達や妃が持ち運んだ食糧も僅《わず》かで、二日がせいぜいである。斑鳩宮には火が放たれ、炎々と燃えていたが、夕方までには燃えつき今は残り火もなくただ闇《やみ》だった。

火を焚《た》いて暖を取りたいが、捜索しているに違いない敵兵に居場所を知られる。それに狼狽《ろうばい》した脱出だったので火打石も持参しなかった。

一日目は昂奮《こうふん》と寒気で眠れない。二日目に山背大兄王の舎人が山を出、あちこちの農家から麻布や焼米などを運んで来た。

農民の話によると、山背大兄王を始め王族が脱出したものと判断した襲撃軍は、平群谷の農家を一軒一軒当っているという。

農民の口から、生駒山に逃げたのを知った敵兵は山々も捜索し始めるだろう。共に山に隠れた王族や妃の中には、風邪《かぜ》をひき、発熱している者もかなりいた。舎人も数は少なく三輪君文屋《みわのきみふみや》を含め数人だった。

山背大兄王と共に生駒山に逃げた王族は約半数である。逃げ遅れて殺された者もいるだろうし、斑鳩寺に籠《こも》った王もいるかもしれない。攻撃軍は宮は焼いたが、流石《さすが》に斑鳩寺には火を放っていなかった。

蘇我本宗家は、最初に仏教を受け入れ、馬子《うまこ》の代には巨大な飛鳥寺を建て、仏教を拡《ひろ》めた。幾ら入鹿が専横を極めた男子《おのこ》でも、寺は焼いたりはしないだろう。

このままでは凍え死んでしまうのは明らかだ。

農家から調達した麻布をはおり蹲《うずくま》っていると、皮履《かわぐつ》を通して冷気が足を刺す。

山背大兄王は身体を左右に揺すって暖を取ろうとした。

若い女人の抑えた嗚咽《おえつ》がすすり泣きに変った。

山背大兄王には、泣くな、と怒鳴る気力もなかった。見るともなく見ると山背大兄王から数歩ほど離れた場所で、二人の女人が一枚の麻布にくるまり、抱き合うようにして蹲っていた。

東国と伊予《いよ》から来た若い釆女《うねめ》である。

春米女王《つきしね》が舌打ちし、

「声を立ててはなりません、敵兵に聞えれば殺されるのですよ、落ち着きなさい」

と叱咤《しった》した。

春米女王は、勝気なだけに釆女に恐れられていた。二人は声を殺したが、陰気な嗚咽は抑えることが出来ない。

「大兄王様、ここに留《とど》まっていても意味がありません、山を越えて河内《かわち》に出るか、北に進み山背《やましろ》に向うか、何《いず》れにせよ動かねばなりません」

平群谷の様子を窺っていた三輪君文屋が若い舎人と共に戻って来た。

山中の隠れ場所と村とを往復している文屋は疲れ果て、荒い息を吐いていた。

「文屋、暖を取るには獣の皮が一番です、麻布ではなく皮を徴発しなさい」

春米女王は厳しい口調でいった。女王は、こういう状態に置かれているにも拘《かかわ》らず、まだ斑鳩宮にいる積りだった。

「はあ、それが……」

文屋は困惑したように山背大兄王を見た。

「農民が出さないのであろう」

と山背大兄王は呟《つぶや》くようにいった。

「その通りでございます」

文屋は女王に叩頭《こうとう》した。

「不届きです、この辺りの農民は父王の聖恩に感謝している筈《はず》でしょう、この冬の季節に山中に留まっていることが、どんなに堪え難いことか、分らないのでしょうか、獣の皮ぐらいどの家にもあります、一休みして山を下りた時は、もっと厳しく命令するのじゃ」

女王が口にした聖恩という言葉が、山背大兄王には空《むな》しく響いた。今の山背大兄王には何の意味も持たない。山背大兄王がそうなのだから、一日を生きることに必死の農民にも意味を持たないのは当然である。

文屋は黙って俯《うつむ》く。返答の仕様がないのだ。

「春米女王、文屋を責めるな、厳しくはいえないのじゃ」

山背大兄王は文屋を庇《かば》った。何といっても自分に仕えてくれている舎人の長《おさ》である。それが可能なら、毛皮の一枚や二枚は持って来ている筈だ。

「大兄王様、何故《なぜ》でしょう」

女王が刺すような眼を向けて来た。こんな刺《とげ》を含んだ眼を見たのは初めてである。女王も、後宮の支配者の権威に縋りついているだけで、判断力は喪《うしな》っていた。

「それはだな、多分……」

山背大兄王は周囲を見廻し、耳を貸せ、と命じた。泣かずに蹲っている采女達も、会話の内容を知ろうと懸命だった。少しでも希望の持てる情報が欲しいからである。

まだ混乱と寒気で脳裡《のうり》に霧が籠っているような状態の山背大兄王にも、一枚の毛皮も調達出来ないでいる状況判断ぐらいは出来た。

「何でございましょう」

女王は不機嫌な顔を寄せて来た。

「皆が聴いている、声に出すな」

「はい、でも」

「でも何もない、我々は敵に追われているのだ、敵は入鹿だけではなさそうだ、軽王や巨勢臣徳太、大伴連馬飼も兵を出しているらしい、敵兵は我等の生命を求めて、平群の谷から信貴山麓《しぎさんろく》あたりまで来ておる、分るか」

「はい」

不機嫌な舂米女王の顔にも怯《おび》えの色が走った。

「それなら文屋を責めるな、文屋も敵兵がいなければ厳しく調達する、だが今は駄目じゃ、厳しく調達すれば、我等に反感を抱いた農民は、敵兵に我等が生駒山に隠れていると告げるであろう、文屋を始め舎人は、何度か往復しておる、農民といっても、山の実を採り、獣を狩る猟師の方も兼ねているのだ、そういう農民は我等の居場所をほぼ知っているに違いない、敵兵に告げられたなら我等は発見され、捕まえられる」

山背大兄王は自分に向って呟いていた。呟き終った山背大兄王は絶望的になった。

「酷《ひど》うございます、それは酷うございます」

春米女王の顔が引き攣《つ》った。大きく見開かれた眼は空《うつ》ろだった。

その眼から涙が溢《あふ》れ出、鼻孔から出た鼻水と一緒になる。

突然、春米女王は両手で落葉を掻《か》き分け始めた。落葉の下から黒い土が現われ出た。

春米女王は黒土に顔を伏せると、落葉を頭にかけた。

異常な行動だが山背大兄王には問い質《ただ》す気力はなかった。ぼんやりと、女王は泣く積りだなと眺めていると、身体を慄《ふる》わせて泣き始めた。落葉に顔を埋めているので、泣き声は聞えないと勝手に思っているようだが、女王の声は大きい。くぐもってはいるが、異様な響きである。

抱き合って嗚咽を洩《も》らしていた二人の若い釆女は、恐ろしいものでも見たように息を呑《の》んだ。二人の眼は凍りついている。女王は両手で落葉を摑《つか》んでいた。どんな力が加わっているのか、虫が潰《つぶ》されるような音がした。

けたたましく赤ん坊が泣き始めた。生後六カ月で若い乳母が抱いている。

赤ん坊の泣き声は誰《だれ》も止められない。乳母は懸命にあやすが、駄目である。

山背大兄王は、赤ん坊の母の顔を思い浮かべた。色が抜けるように白く一重の切れ長の眼が何処《どこ》か刀子《とうす》を思わせた。白眼の部分が微《わず》かに青い。鋭い眼ではないのだが、神秘な感じがした。

北国から来た采女である。采女は産後に熱を発し、間もなく亡くなった。

山背大兄王は薄幸だった采女の名前を思い出せなかった。

変に名前が気になる。寝具を共にしている時、いとおしくてよく名前を呼んだものだ。確か両親は長寿を念じてつけた名前だった。何故思い出せないのか、と山背大兄王は頭を叩《たた》きたくなる。

ふと父王の正妃で子供を産まずに若死にした菟道貝鮹《うじのかいだこ》王女の名が浮かんだ。似ている名だった。もう少しだと拳《こぶし》で頭を叩いた時、思い出した。貝長郎女《かいながのいらつめ》である。

名前など長寿とは関係ないのだと山背大兄王は肩を竦《すく》めた。寒気が一段と酷い。赤ん坊の泣き声はやまず山背大兄王を苛々《いらいら》させる。

「敵に知られるぞ、何とかせよ」

山背大兄王に叱咤され、乳母はおろおろし胸を拡げて乳を飲ませようとした。赤ん坊は嫌がったが乳房の感触に泣き声が少し低くなった。

落葉に顔を埋めていた舂米女王が汚れた顔を上げた。落葉と土がつき見られた顔ではない。

「大兄王様、私《わ》は父王の声を聞きました、父王は釈尊《しゃくそん》の力を借りて大兄王様や私を救ってくれます、間違いございません」

舂米女王は、昂然《こうぜん》と顔を上げ、放心し慄《ふる》えている采女達に同じことを告げた。

そういう女王の声には後宮の支配者の威厳があった。だが女王の眼は明らかに異常だった。

下の方で物音がした。

「敵か？」

山背大兄王は刀の柄《つか》に手をかけた。そんなに怯えなかったのは、心まで寒気で麻痺《まひ》していたせいであろう。

「探って参ります」

文屋が若い舎人と物音の方に向った。

敵に違いないと山背大兄王は感じた。恐ろしさを余り感じないのは捕まった方が楽かもしれぬ、という虚脱感が生命力を腐蝕していたからである。

寒気と飢えと睡眠不足に生への気力が半ば喪失していた。

雪山で遭難し、死を前にした登山家の心境と似ている。

まだ幻覚は見ていないが、山背大兄王の一行はそれに近い状態にあったのだ。

山背大兄王達に較《くら》べると舎人達の生命力はまさに超人的である。

間もなく文屋が戻って来た。

「大兄王様、財《たから》王様が三名の舎人と共に参られました」

その言葉に山背大兄王は意識を取り戻した。

「そうか、ここに来るように申せ、ここは深い樹木と窪《くぼ》みで人眼にはつかぬ場所だ」

「はあ、舎人が御案内して参ります」

「私《わ》が告げた通りです、父王と釈尊が救いを遣わされました、これから続々と救いが参ります」

春米女王は采女達に、

「助かるのじゃ、気を引き締めなさい」

と胸を張るが、相変らず泥だらけの顔で、采女達は息を呑む。

財王は山背大兄王の同母弟だ。三人の舎人に守られているだけでは、山背大兄王の力にはなれない。逃げて来たのである。

ただ、山背大兄王と行動を共にした王族は、男王よりも女王が多く、財王の合流は少しだが山背大兄王を勇気づけた。食糧や衣類も持っているかもしれない。

だが財王は山背大兄王と同じように殆《ほとん》ど何も持っていなかった。

寧《むし》ろ山背大兄王の食糧を当てにしていた。

「兄上、食糧もなく山を越えられるお積りか、吾《われ》は兄上が持参していると思い、農民に兄上が居られるであろう尾根を聴き、心を奮い立たせて来たのです」

財王は力が尽きたように坐《すわ》り込んでしまった。大きな吐息をつき肩で息をする。

山背大兄王が他の諸王の様子を訊《き》いても、項垂《うなだ》れたまま返答がない。山背大兄王と会い食糧がないのを知り気力が尽きたのかもしれない。

春米女王は首を振り、財王の舎人に、

「食糧を持った救助の兵が来るのですね」

と上ずった声でいった。舎人達は叩頭するだけで答えない。

山背大兄王はここにいない王達はどうしているだろうか、と舎人に訊いた。

三輪君文屋が舎人に代って報告した。

「大兄王様、弓削《ゆげ》王様を始め何人かは舎人と共に斑鳩寺に籠っておられるようです、賊共も、流石に寺の攻撃は控え、弓削王様達に寺から出られるよう叫んでいるとのことです」

「そうか、弓削王達は斑鳩寺か、まあ無事で何よりだ、寺には食糧もある」

山背大兄王の食糧という言葉に、大勢の眼が注がれた。感覚も身体も殆ど麻痺しかけてはいるが、空腹感だけは消えていない。

山背大兄王は、どうするか決断しなければならないのを感じた。

このままでは餓死してしまう。

山背大兄王は財王に意見を求めた。

「兄上、何とか食糧にありつかねばならぬ、河内に出、四天王寺《してんのうじ》に行けば良い」

「四天王寺か、一日あれば行けるのう、だが果してそこまで行けるだろうか、女人達は殆ど歩けない」

「大兄王様、やつかれが申し上げてもよろしゅうございましょうか？」

と文屋がいった。

「こういう場合じゃ、遠慮は無用じゃ」

文屋は生駒山系を北進し、山背南部に出、深草屯倉《ふかくさのみやけ》に行くことを具申した。

深草屯倉は上宮王家のもので、屯倉を管掌しているのは秦氏《はた》であった。

秦氏はまだ厩戸皇太子の恩を忘れていない。積極的に上宮王家を庇護《ひご》するほどの熱意はもう消えているが、山背大兄王の一行を匿《かくま》うぐらいの気持は持っている筈だった。

「深草屯倉か、遠いのう、無事行けるだろうか……」

今の山背大兄王には、深草屯倉が限りなく遠い地に思えた。

「秦氏は何時《いつ》までも匿わぬぞ、それからどうする？」

四天王寺行きに反対された財王が不機嫌な口調でいった。舎人の身分で生意気だ、といいたいのであろう。

だが四天王寺で食糧を得たとしても、その後の保証はない。

「大兄王様、東国に参りましょう、美濃《みの》には皇太子様の領地がございます、食糧を得、武器さえ手に入れば美濃に参るのは可能です」

文屋は懸命だった。

山背大兄王が気力を喪い、悲観的になっていることを文屋は知っていた。

文屋も深草屯倉に辿《たど》りつけるかどうか自信はなかった。だがもう一夜をこの山中で過したなら間違いなく凍死する者が出る。

「空腹じゃ、深草屯倉まで歩けぬ」

と山背大兄王は呟いた。

「大兄王様、ここから脱出するためなら、農民に強要し、食糧や暖を取る衣類を調達しましょう、農民が賊に告げたとしても、すでに大兄王様は北方に去られています、ここに留まっている限り、食糧も暖衣も調達出来ません」

文屋は両手を落葉に乗せ、山背大兄王を見上げた。殆ど眠っていない文屋の眼は赧《あか》く、頰《ほお》は窪み、幽鬼のようである。

蹲っていた舂米女王《つきしね》が這《は》うようにして傍《そば》に来た。まだ顔は汚れたままだ。山背大兄王の片腕となり蘇我本宗家の悪口を吠《ほ》えるように放っていた勝気な女王も、今は見る影もない。

「大兄王様、文屋の申すことに一理あります、深草屯倉に行くかどうかは、後のことです、皆、飢えているのです、山麓まで下り、食糧を調達しましょう、農民は怯えていますが、父王の聖恩を忘れてはいません、兎《と》に角夕餉《かくゆうげ》を取り、その後考えましょう」

驚いたことに女王は山背大兄王の膝《ひざ》に縋りついた。

「大兄王様、私《わ》は寒いのです、心の臓まで凍りつきそうです」

女王の身体は痙攣《けいれん》でもしているように慄えていた。女王の爪《つめ》が山背大兄王の脛《すね》に突き刺さって来る。

「しっかりするのだ」

女王の手を取った山背大兄王は、女王の身体が火のように熱いのを知った。大変な高熱である。

「文屋、舂米女王は、身体が焼けるほどの熱じゃ、これでは深草屯倉には行けぬ、女王が申すように、食糧と暖衣が必要じゃ、我等は山を下り集落近くに潜もう、山麓の樹林の中でも良い、夕餉にしよう」

夕餉の言葉に一行の首が動く。嗚咽を洩らしていた女人達も声を止めた。

「分りました、出来るだけ集めましょう、ただ賊に見つかれば総《すべ》ては終りです、どうかそのお覚悟だけは……」

文屋は眼を閉じ口を結んだ。

文屋は上宮王家の滅亡を、この時感じたに違いなかった。

樹林の中で夕餉を終えた。

舎人達が強奪に近い感じで集めた夕餉だった。空腹だけは何とかおさまったものの、半数以上が発熱していた。舂米女王など自力で歩けない者も三人ほどいる。

山背大兄王達が隠れている樹林から集落まで約三百歩ほどの距離である。

場所的に見て信貴山麓の北部あたりであった。斑鳩までは約一里だ。

女人達の殆どは夕餉が終ると動けなくなった。小用のために草叢《くさむら》に隠れるにも這うようにして行く。

山背大兄王も空腹を満たした途端、身体が凄《すご》く重くなり動くのが億劫《おっくう》であった。

「あれから三日目だな」

と山背大兄王は独り言のようにいった。

「四日目でございます」

と文屋が答えた。

「そんなことはないであろう、山中で二夜を過した」

「信貴の山で一夜、それから北の山へ移動して二夜、計三夜を山中で過しました」

「そうか、そういわれれば……」

そんな気がする、と山背大兄王は声を出さずに頷《うなず》いた。三日目か四日目かが分らぬようでは、行動を共にしている王族達の信用を喪う。

その一方で、どうにでもなれという投げ遣《や》りな気持も頭を持ち上げている。

眠りたくても眠れないので思考力が殆どなかった。

「今宵を過すと五日目か、これで雪にでも降られたなら」

どうしようもないな、と山背大兄王は呟いた。

夕餉で身体が少し暖まったせいか、寒気が身にこたえるのだ。

雲が割れて山の彼方《かなた》に落ちかけている西陽《にしび》が樹林を照らした。木洩《こも》れ陽は刀や槍《ほこ》のように鋭い。おびただしいほどの数だった。山背大兄王の眼は光に吸い寄せられた。山背大兄王は軽い目眩《めまい》を覚えた。

光の刀や槍がぶつかり合い眼に痛いほど煌《きら》めく。

それは木洩れ陽ではなく本物の刀槍であった。大軍である。喚声をあげながら押し寄せて来た。

「敵だ、逃げろ、殺されるぞ」

山背大兄王は大声を発しながら逃げようとしたが、脚がもつれて引っ繰り返った。

文屋が跳んで来た。

「大兄王様、如何《いかが》なされました、お気を確かに」

片膝をついた文屋《ふみや》が山背大兄王の腕を取った。

「うむ、賊は？」

樹林を眺めたが、雲がかかったせいか木洩れ陽は消えていた。その代り薄暗い。

「幸い賊は大兄王様を発見しておりません」

「そうか……」

呟いた途端、山背大兄王は何もかもが萎《な》えた無力感に支配された。

生命への未練もなければ、入鹿への憎悪や恐怖心も消えていた。

このまま身体が溶ければ良い、と思った。

「文屋、吾《われ》は斑鳩寺に戻る、寺を完成させたのは吾だ、寺には弓削《ゆげ》王がいる、王に会いたい」

弓削王は二十代前半だった。舂米女王が産んだ第三子だが、子の中では最も武術に優れ学識に富んでいる。山背大兄王は弓削王の将来に期待していたのだ。

「私《わ》も会いとうございます、弓削王がいるなら麻呂古《まろこ》王もいるに違いありません」

横たわっていた女王が譫言《うわごと》のようにいった。女王は弓削王と共に麻呂古王を愛していた。そういえば、女王が連れ出した子供達は幼い尾治《おわり》王を除き女人だった。

「女王もああいっている、文屋、戻ろう」

力のない声だが、それだけに山背大兄王は深草屯倉に逃げる意がないことを示していた。

「分りました、ただ斑鳩寺は賊共に取り囲まれておりましょう、夜陰に紛れて入らねばなりません」

斑鳩寺に戻るという山背大兄王の意は、病《やまい》に罹《かか》ったり、睡眠不足と寒気でただぼんやりしている一行に伝えられた。

一行が鉛のようになっている身体を動かしたのは、山の中で凍え死ぬことの恐怖心からである。その点斑鳩寺は仏の世界だ。死を目前にした一行にとって、仏の世界が安らぎのある場所に見えたのも当然であろう。一行の殆どは、生とか死を考えるだけの気力もなかったのである。

山背大兄王達は、重い鎖を引きずるようにして歩いた。

月と星明りに頼った歩行だが、龍田《たつた》川周辺は散策で知り尽した地域である。

若い舎人が気息奄々《えんえん》の女王を背負って川沿いの道を南下した。幸い斑鳩寺の近くまでは敵兵に遭《あ》わなかった。

南門近辺には篝火《かがりび》が燃え、槍《ほこ》を持った兵士達が警備している。数人だが近くにはかなりの兵がいる筈だ。

山背大兄王はその場に崩れ落ちそうになった。

「三輪君文屋、これでは入れぬ、入るまでに捕まる」

「大兄王様、東の空の闇が微《かす》かに溶け始めた頃《ころ》に入りましょう、警護の兵達が最も気を抜く時でございます、寺内に入れば兵達も追いかけては来ますまい、もし、兵達が大兄王様を襲うような気配を見せれば、やつかれ達が、生命を賭《か》けて防ぎましょう、ここにいる舎人達は、皆、死を覚悟し、お仕えしている者ばかりでございます、御安心下さい」

流石の文屋も、長く話すと言葉がもつれる。文屋の体力も限界に来ていた。

「うむ、まかす」

一行は横になった。文屋達は枯れ草を切り、一行を覆った。山中では枯れ草は少ないが、草原には多い。枯れ草に埋められた感じだが、防寒には役立つ。

寺が近いという安心感のせいか、消耗《しょうもう》し果てた一行は失神したように眠った。ただ発熱している者は、眠っていても呻《うめ》き声を絶やさない。

舎人《とねり》達も交替で眠った。逃亡している四日間、雪が降らなかったことだけが天が一行に注いだ憐《あわ》れみだった。もし雪が降っていたなら、何人かが凍死していたに違いないのだ。

眠ったか眠らないうちに起こされた。確かに東の空が心なしか青みを帯びていた。

朝餉《あさげ》は夕餉の食べ残しを口に入れた。小川の水を飲み一行は斑鳩寺に向った。舎人に背負われている女人が多かった。泣かれては困るので赤ん坊の口は布で塞《ふさ》がれていた。

山背大兄王も発熱していた。頭が朦朧《もうろう》とし思考力がない。ただ喘《あえ》ぎながら進んだ。速度が遅いので斑鳩寺の南門に辿《たど》り着くまでに夜は明けそうだった。

山背大兄王の眼は斑鳩寺に注がれている。影のように見えていた五重の塔が次第に輪郭を現わす。地上に建っているとは思えない。闇に浮いているようである。父が亡くなった時は、まだ塔は建っていなかった。

あの五重の塔を完成したのは吾《われ》なのだ、と無意識に呟いた。少なくとも塔に関しては父が完成させなかったものを吾が完成させたのだ、と思う。

この点では父よりも勝った。

女人の一人が石にでもつまずいたのか倒れた。起き上がる気力もないらしい。

「放っておくのだ」

山背大兄王は周囲にいる弟王や妃達の存在も余り意識になかった。

睡眠不足と寒さで判断力も薄れていた。

「さあ寺じゃ、吾が完成した斑鳩寺だぞ、行くぞ」

突然山背大兄王は狂ったように走り出した。南門にいた警護兵が驚いて槍《ほこ》を構えた。

流石に舎人達の意識は確かである。三輪君文屋を始め三人の舎人が刀を抜いて前に進み出た。

「山背大兄王様が寺に入られる、無礼者、蹲れ」

舎人達の気迫に押され、警護兵は退《さ》がった。山背大兄王は、普通なら傍にも近寄れない高貴な人物である。

警護兵は蹲りはしなかったが道を開けた。

山背大兄王は自然に胸を反らせていた。

「安心せよ、吾には慈悲の心がある、そうじゃ、吾は飢えた虎《とら》のような蘇我大郎入鹿《そがのたいろういるか》にこの身を与えに参ったのだ、そち達は早速《さっそく》大郎入鹿に伝えよ、父上は吾《われ》によく話された、釈尊は飢えた虎に自分の身を与えて虎の生命を救ったと、仏教の真髄はここにあるぞ、それこそ本当の慈悲なのだ、だが父上は説かれたが実行はされなかった、吾は実行するぞ、父上さえもなされなかったことを吾は成す、皆の者よく聴け、吾は遂《つい》に父上を超えたぞ、父上の偉大な徳の前に吾は霞《かす》んでいるように思われていたが、そうではないことを吾は示す、吾は釈尊になった、父上に勝ったぞ、皆に伝えよ、虎にも伝えよ、参れとな」

山背大兄王は昂奮《こうふん》した。その眼は何かに憑《つ》かれているように異様に輝いている。まさに狂気と正常の間にいた。

山背大兄王と王の一族が寺内で自害したのはそれから間もなくだった。

女人の中には泣き叫びながら逃げようとして殺された者もいた、という。

入鹿は飛鳥にいて斑鳩寺には行かなかったが、入鹿の評判が落ちたのだけは間違いない。入鹿が中大兄王子らに殺されたのは、翌々年、西暦六四五年だった。

〔参考資料〕

「蘇我氏と聖徳太子」門脇禎二・黒岩重吾（『東アジアの古代文化』31号）
「聖徳太子をめぐって」大和岩雄・黒岩重吾（『東アジアの古代文化』54号）
「聖徳太子の不幸な晩年」森浩一・和田萃・黒岩重吾（『週刊朝日』一九九二年三月六日号）
「古代日本の女性たち」大和岩雄・黒岩重吾（『東アジアの古代文化』78号）
「聖徳太子伝」直木孝次郎（『歴史と人物』昭和54年12月号）
「斑鳩宮推定地」小澤・松田（橿原考古学研究所『調査概報』）
『蘇我蝦夷・入鹿』門脇禎二（吉川弘文館）
『斑鳩の白い道のうえに』上原和（朝日新聞社）
『上宮聖徳法王帝説の研究』家永三郎（三省堂）
『上宮聖徳太子伝補闕記の研究』新川登亀男（吉川弘文館）
『聖徳太子』田村圓澄（中央公論社）
『古寺解体』浅野清（学生社）
『道教と日本文化』福永光司（人文書院）
『道教と仏教』福井文雅（平河出版社）
『上宮聖徳太子伝補闕記』（古典刊行会）
『聖徳太子伝暦』（古典刊行会）
『日本書紀』日本古典文學大系（岩波書店）

あとがき

奈良県橿原《かしはら》市にある全長三一〇米《メートル》、六世紀最大の前方後円墳・丸山古墳の石室内が写真に撮られ一般に公表されたのは平成四年だった。同古墳が『日本書紀』に記述されている大王・欽明《きんめい》を葬った檜隈《ひのくま》大陵であることは森浩一氏らがかねてより述べていた。写真の結果それが証明された。

推古《すいこ》女帝は檜隈大陵に母・堅塩媛《きたしひめ》を合葬したが、同古墳にも石棺が二つあった。だがその合葬はたんに大掛りというだけではなく、常識では考えられない異常なものだった。大王の石棺が石室の奥の間から前に出され、堅塩媛の石棺が奥の間におさまっていたことが判明したのである。

この事実から、父王の石棺を前に引きずり出したのは推古女帝であったことが推測される。推古女帝にとっては、父王よりも母・堅塩媛が大事だったのである。

問題は聖徳太子を始め大臣・蘇我馬子《そがのうまこ》や群臣が、暴挙といっても良い女帝の行動を何故制止出来なかったかという点である。

聖徳太子がこの合葬礼に参加していないのは『日本書紀』の記述から窺《うかが》えるし、女帝の代理として誄《しのびこと》を奉る筈《はず》だった阿倍内臣鳥子《あべのうちのおみとりこ》は、口がきけずに喋《しゃべ》れなかった。

この辺りにも女帝の暴挙に対する聖徳太子の反撥《はんぱつ》や群臣の畏怖感《いふかん》が表れている。となると、制止出来なかったのは、当時の推古女帝の権威と権力が、太子や馬子を上廻《うわまわ》っていたからということになる。

我々は推古朝の政治は太子と馬子が執っていたと思い込み勝ちだが、二人の上に君臨していたのは間違いなく推古女帝だった。

学界は余り問題にしていないようだが、合葬礼の真相が判明した以上、従来の推古朝観は根底から見直さなければならない。

この合葬は推古二十年（六一二）に行なわれた。太子の対隋《ずい》外交の僅《わず》か四年後である。このことからも、太子と女帝との間にはすでに溝が出来ていたことが窺えよう。本小説が書けたのは、まさに石室内の写真のおかげである。

平成七年初夏

黒岩重吾

蘇我氏系図

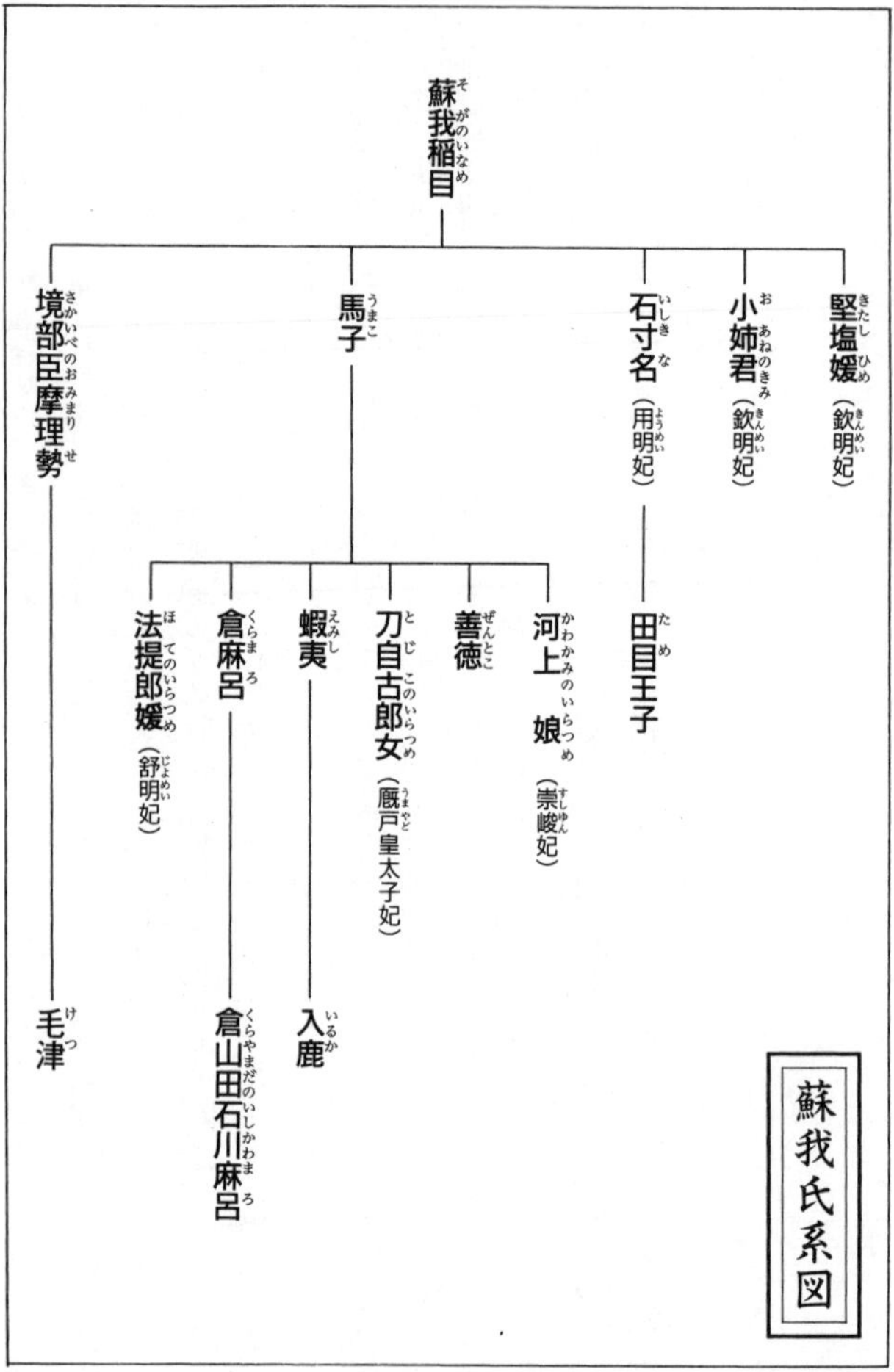
蘇我稲目《そがのいなめ》
堅塩媛《きたしひめ》（欽明《きんめい》妃）
小姉君《おあねのきみ》（欽明《きんめい》妃）
石寸名《いしきな》（用明《ようめい》妃）
馬子《うまこ》
境部臣摩理勢《さかいべのおみまりせ》
田目《ため》王子
河上娘《かわかみのいらつめ》（崇峻《すしゅん》妃）
善徳《ぜんとこ》
刀自古郎女《とじこのいらつめ》（厩戸《うまやど》皇太子妃）
蝦夷《えみし》
倉麻呂《くらまろ》
法提郎媛《ほてのいらつめ》（舒明《じょめい》妃）
入鹿《いるか》
倉山田石川麻呂《くらやまだのいしかわまろ》
毛津《けつ》

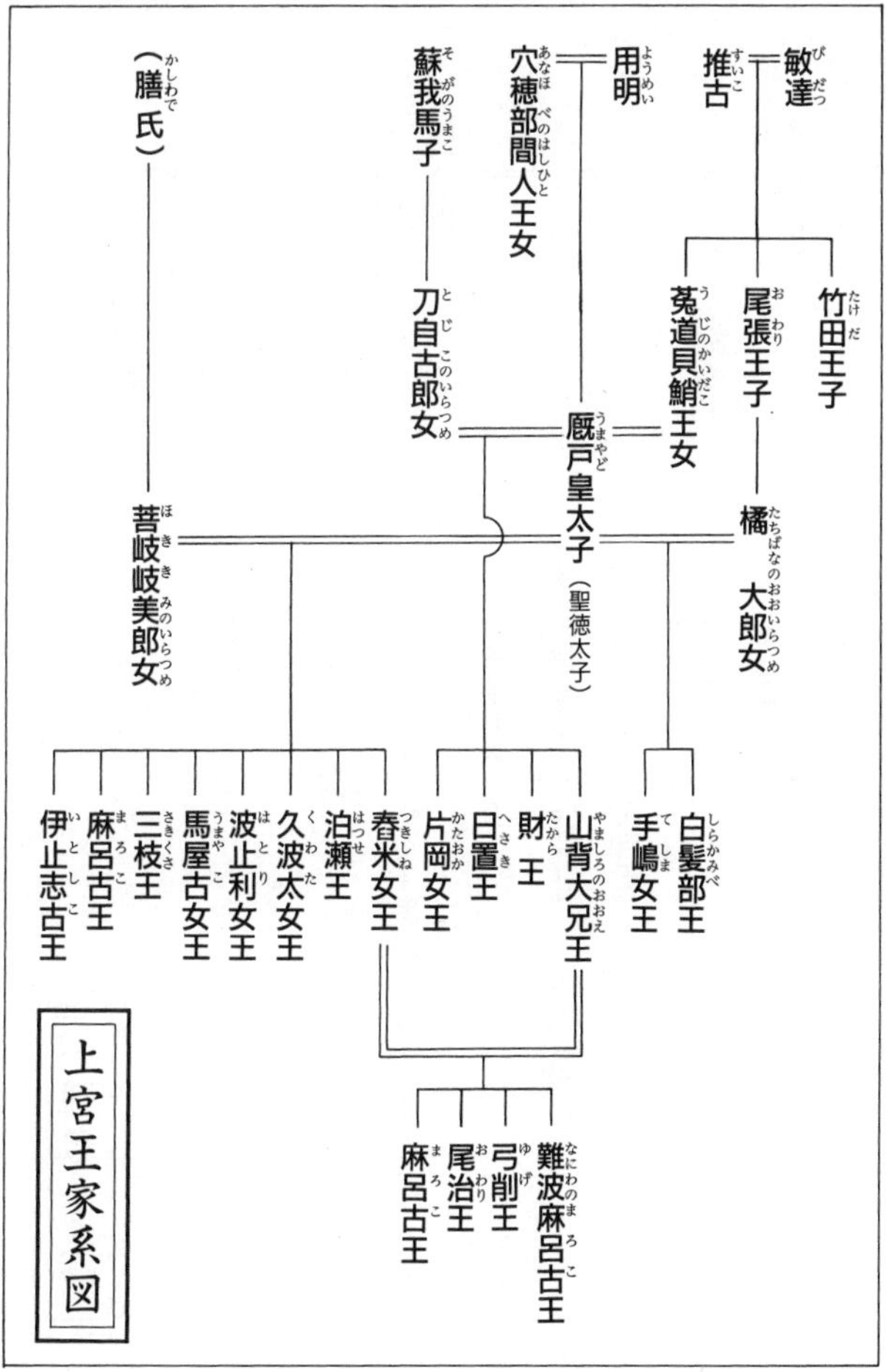

敏達《びだつ》
推古《すいこ》
用明《ようめい》
穴穂部間人王女《あなほべのはしひと》
蘇我馬子《そがのうまこ》
（膳氏《かしわで》）
竹田王子《たけだ》
尾張王子《おわり》
菟道貝鮹王女《うじのかいだこ》
刀自古郎女《とじこのいらつめ》
厩戸皇太子《うまやど》
（聖徳太子）
橘大郎女《たちばなのおおいらつめ》
菩岐岐美郎女《ほききみのいらつめ》
白髪部王《しらかみべ》
手嶋女王《てしま》
山背大兄王《やましろのおおえ》
財《たから》王
日置《へき》王
片岡《かたおか》女王
舂米《つきしね》女王
泊瀬《はつせ》王
久波太《くわた》女王
波止利《はとり》女王
馬屋古《うまやこ》女王
三枝《さきくさ》王
麻呂古《まろこ》王
伊止志古《いとしこ》王
難波麻呂古《なにわのまろこ》王
弓削《ゆげ》王
尾治《おわり》王
麻呂古《まろこ》王
上宮王家系図

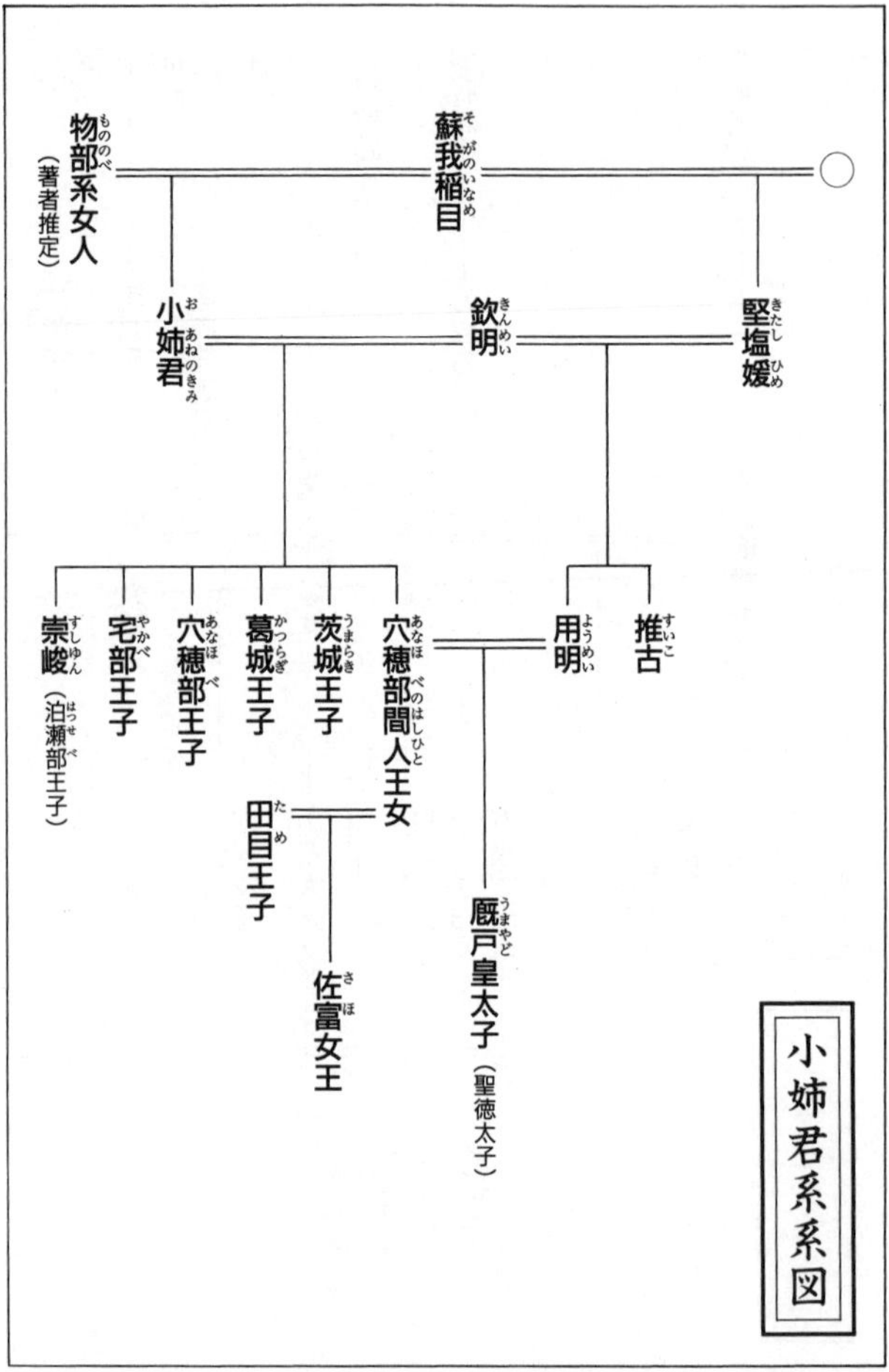
物部《もののべ》系女人
（著者推定）
蘇我稲目《そがのいなめ》
堅塩《きたし》媛《ひめ》
小姉君《おあねのきみ》
欽明《きんめい》
崇峻《すしゅん》
（泊瀬部《はっせべ》王子）
宅部《やかべ》王子
穴穂部《あなほべ》王子
葛城《かつらぎ》王子
茨城《うまらき》王子
穴穂部間人《あなほべのはしひと》王女
用明《ようめい》
推古《すいこ》
田目《ため》王子
佐富《さほ》女王
厩戸《うまやど》皇太子
（聖徳太子）
小姉君系系図

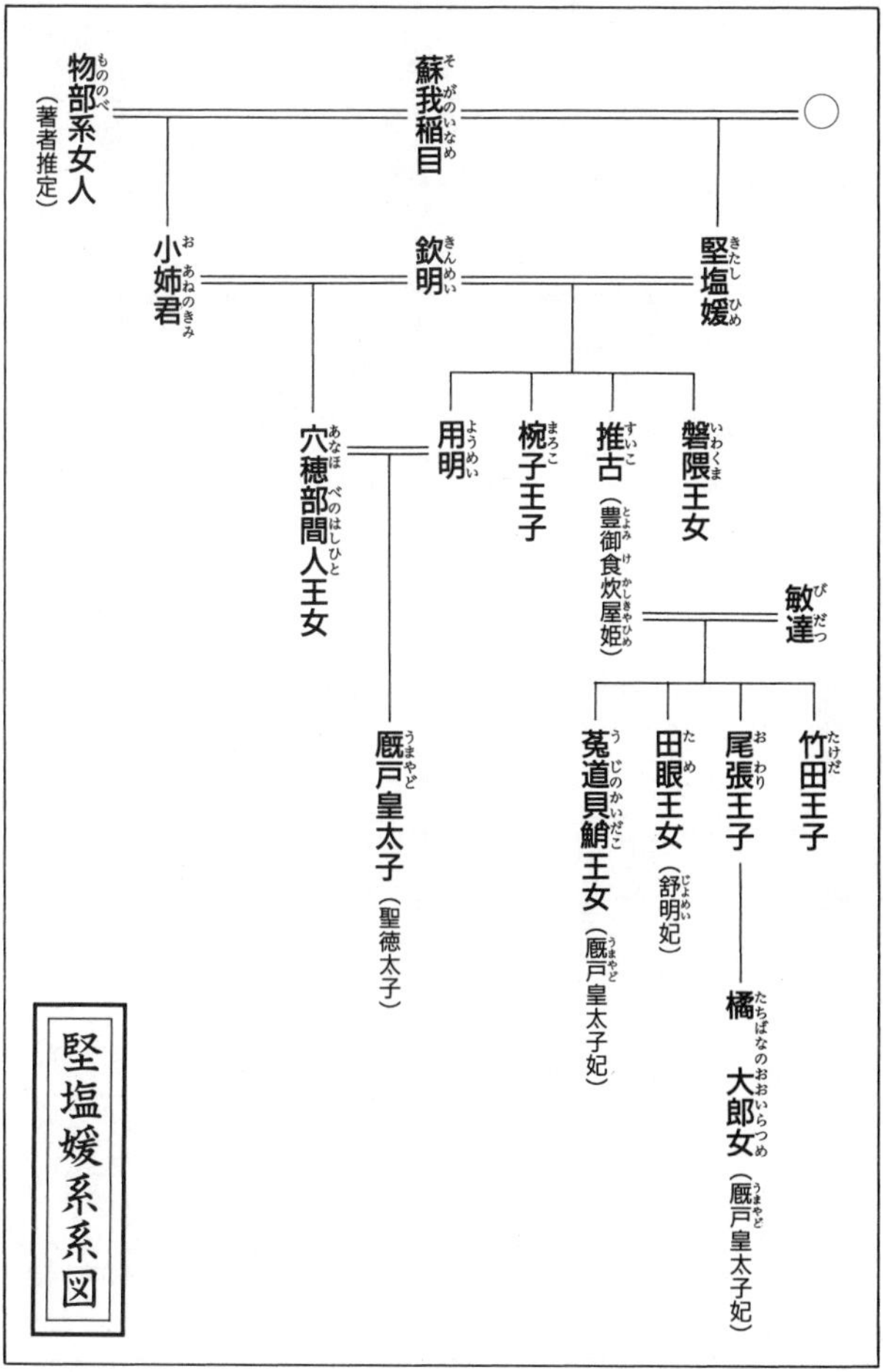
堅塩媛系系図
物部《もののべ》系女人
（著者推定）
蘇我稲目《そがのいなめ》
堅塩媛《きたしひめ》
小姉君《おあねのきみ》
欽明《きんめい》
穴穂部間人《あなほべのはしひと》王女
用明《ようめい》
椀子《まろこ》王子
推古《すいこ》
（豊御食炊屋姫《とよみけかしきやひめ》）
磐隈《いわくま》王女
敏達《びだつ》
厩戸《うまやど》皇太子
（聖徳太子）
菟道貝鮹《うじのかいだこ》王女
（厩戸《うまやど》皇太子妃）
田眼《ため》王女
（舒明《じょめい》妃）
尾張《おわり》王子
竹田《たけだ》王子
橘大郎女《たちばなのおおいらつめ》
（厩戸《うまやど》皇太子妃）

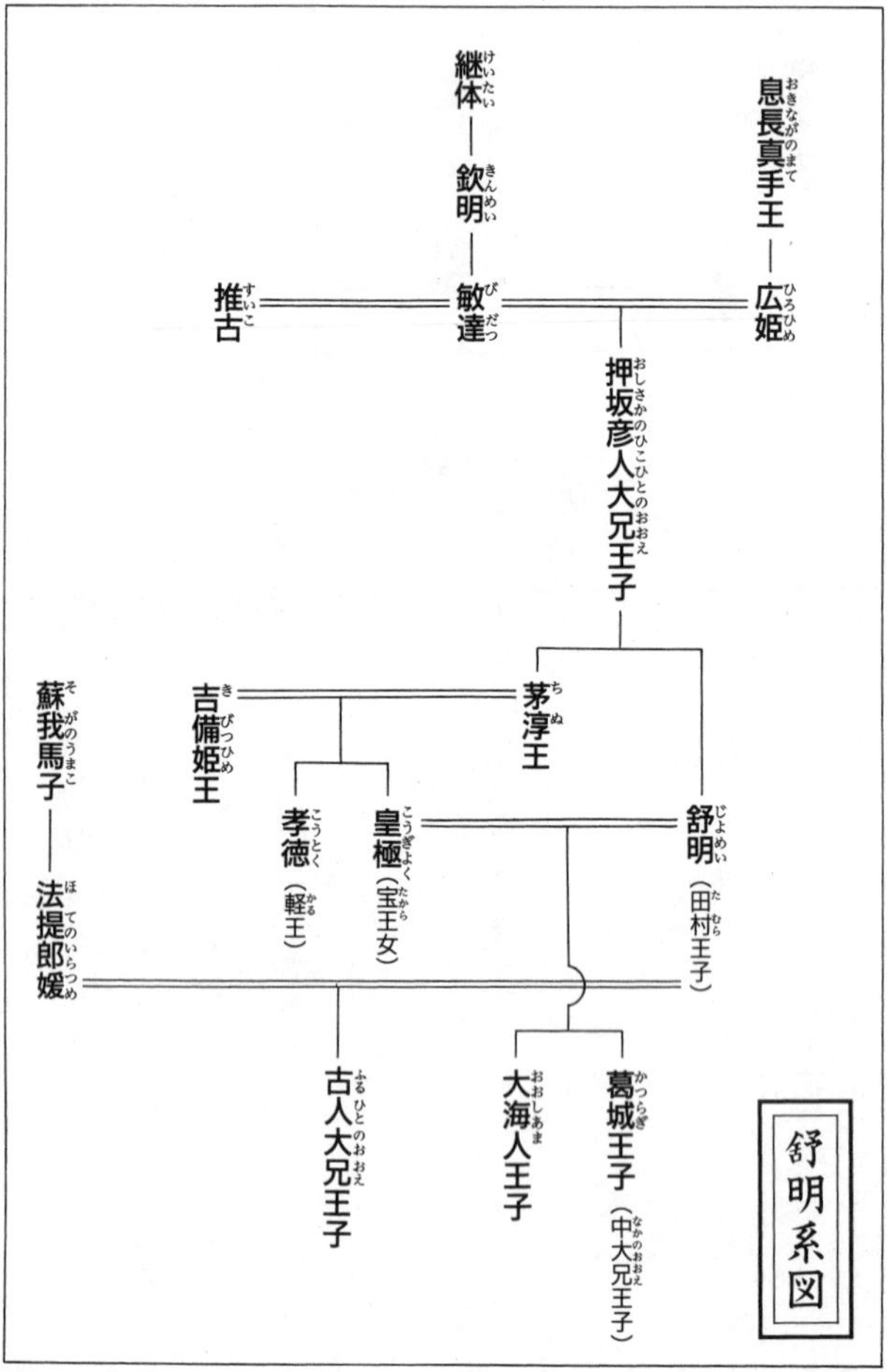
舒明系図
息長真手《おきながのまて》王
広姫《ひろひめ》
継体《けいたい》
欽明《きんめい》
敏達《びだつ》
推古《すいこ》
押坂彦人大兄《おしさかのひこひとのおおえ》王子
茅渟《ちぬ》王
吉備姫《きびつひめ》王
舒明《じょめい》（田村《たむら》王子）
皇極《こうぎょく》（宝《たから》王女）
孝徳《こうとく》（軽《かる》王）
蘇我馬子《そがのうまこ》
法提郎媛《ほてのいらつめ》
葛城《かつらぎ》王子（中大兄《なかのおおえ》王子）
大海人《おおしあま》王子
古人大兄《ふるひとのおおえ》王子

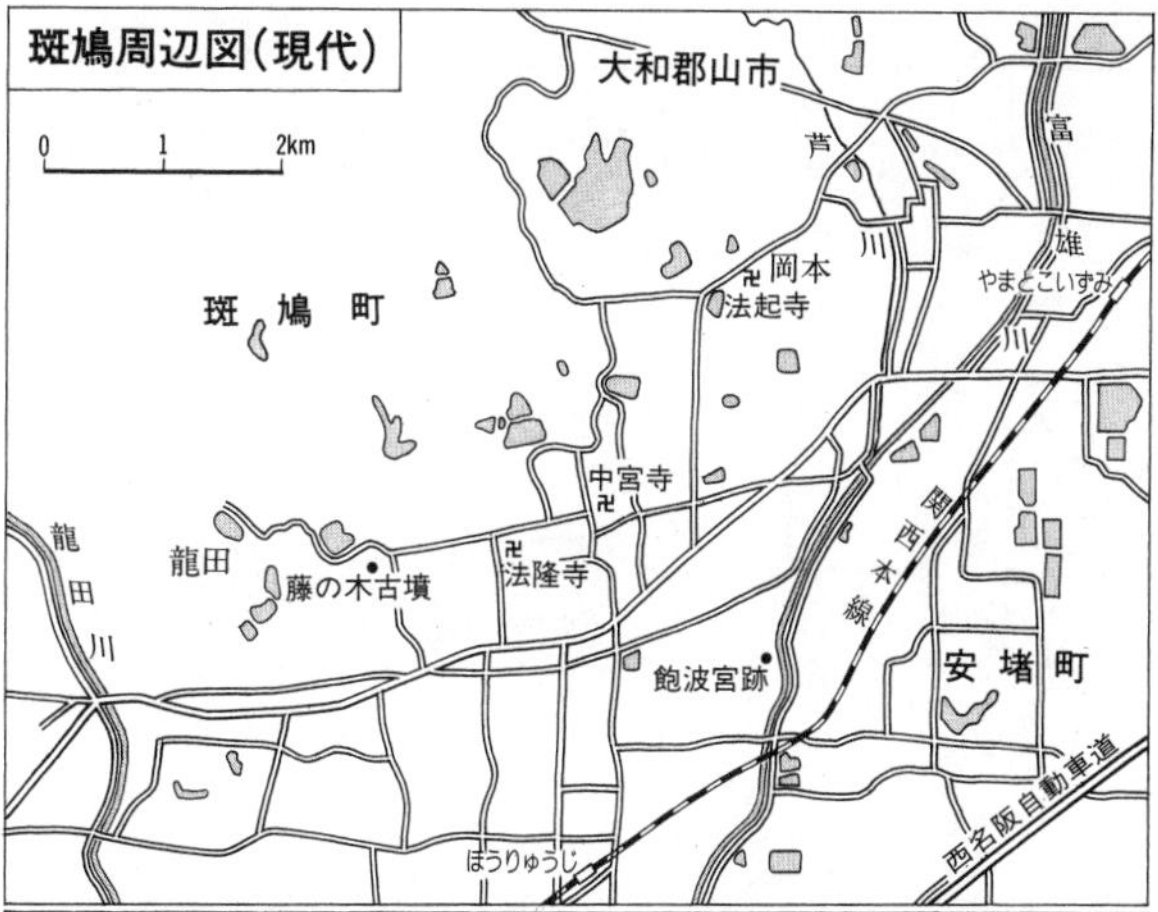

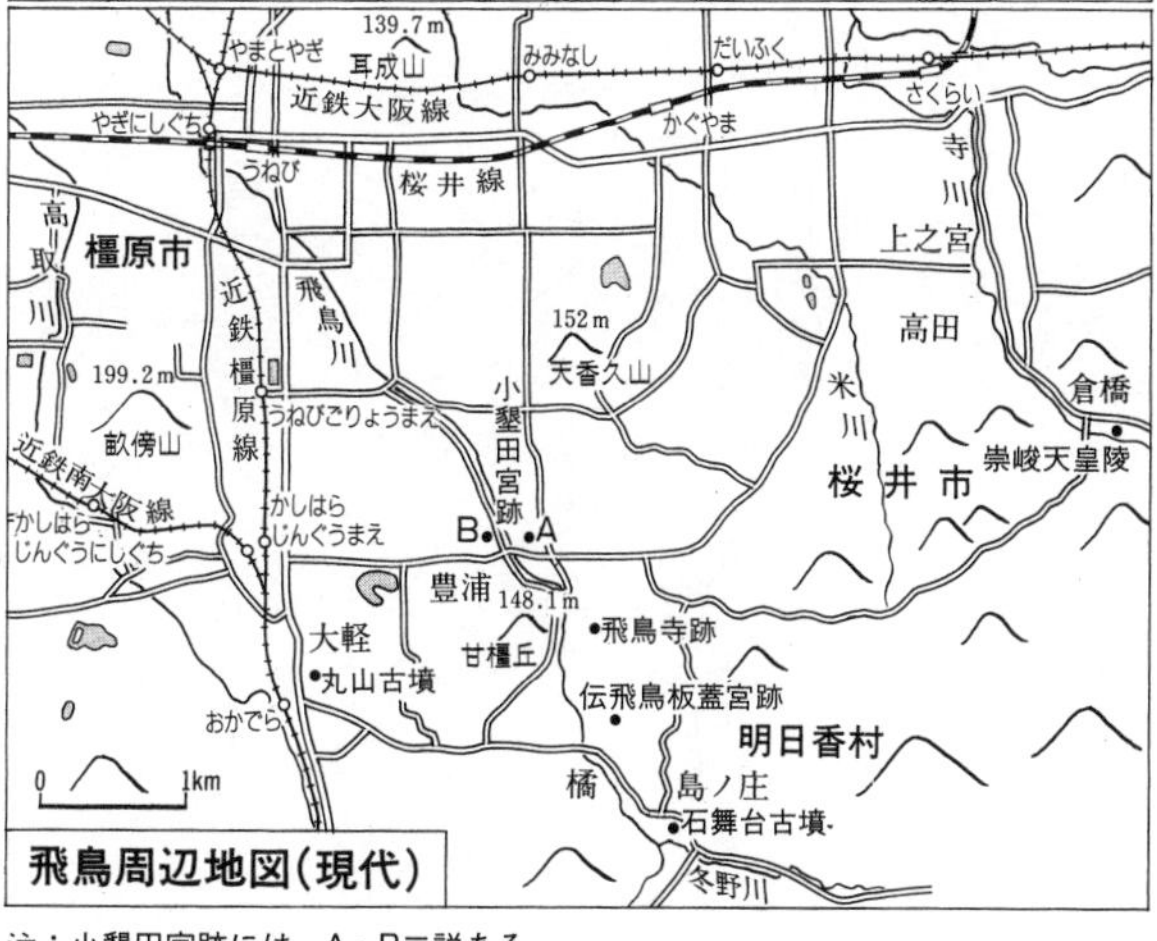

注：小墾田宮跡には、A・B二説ある

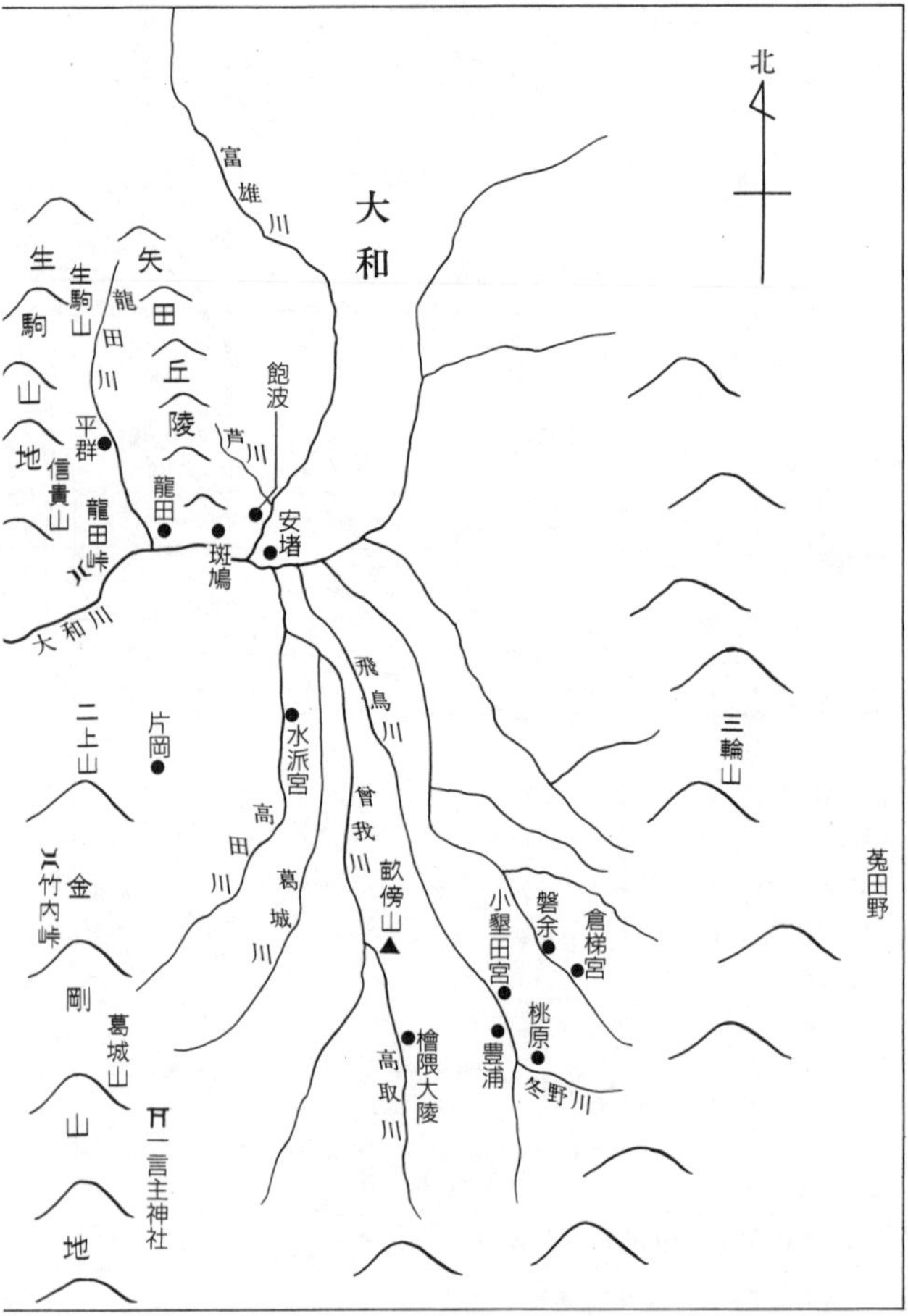
北
大和
富雄川
生駒山地
生駒山
矢田丘陵
龍田川
平群
信貴山
龍田
龍田峠
芦川
飽波
安堵
斑鳩
大和川
二上山
片岡
水派宮
高田川
飛鳥川
曾我川
葛城川
畝傍山
金剛山地
竹内峠
葛城山
一言主神社
檜隈大陵
高取川
小墾田宮
豊浦
磐余
倉梯宮
桃原
冬野川
三輪山
菟田野

「斑鳩王の慟哭」関連概念地図（七世紀）

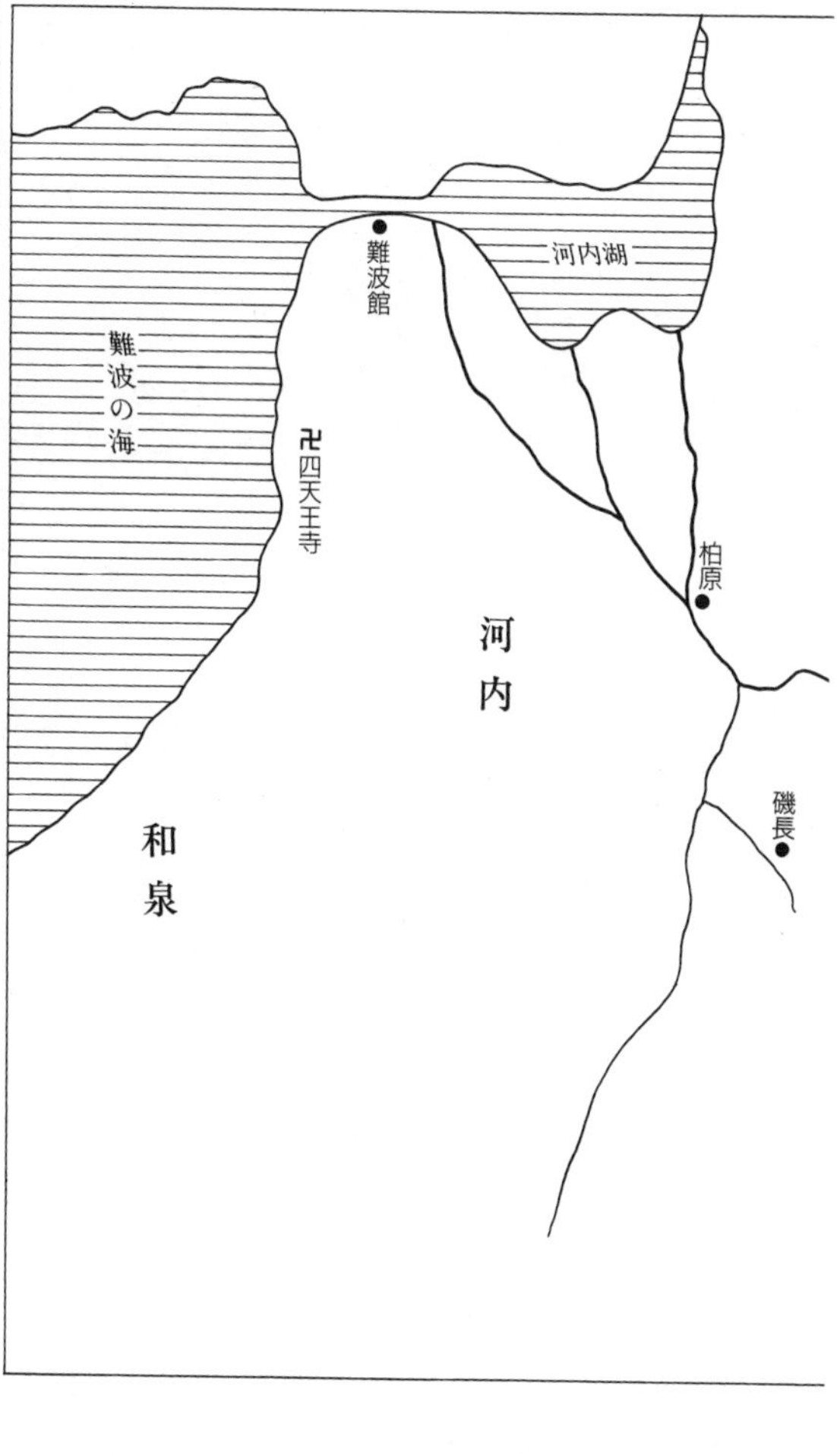

本文中に、今日の人権意識に照らして不適切な語句や表現が見られますが、著者が故人であること、執筆当時の社会的・時代的背景と作品の文化的価値に鑑みて、そのままとしました。

解　説

清原康正

本書『斑鳩王《いかるがおう》の慟哭《どうこく》』は、「小説中公」の一九九三年一月号から一九九五年一月号にかけて連載され、一九九五年六月に中央公論社より刊行された。題名の斑鳩王とは、飛鳥《あすか》の地から離れた斑鳩宮に住んだ厩戸《うまやど》皇太子、すなわち聖徳太子のことである。太子の晩年と死、そして太子の長男・山背大兄《やましろのおおえ》王ら太子一族である上宮王家のその後の滅亡の真相に迫り、推古《すいこ》女帝や蘇我《そが》氏らとの大王位をめぐる血の宿命とそれゆえの怨念とを描き出した長篇で、黒岩古代史小説の長篇刊行作品としては第十二作目にあたる。

黒岩古代史小説が初めて読者の目に触れたのは、一九七六年一月からの『天の川の太陽』の連載であった。そして、第二作として、同年の十一月から『紅蓮《ぐれん》の女王　小説推古女帝』の連載がスタートし、連載時期の関係でこちらが先に刊行された。

この連載順と刊行順の違いについては、当文庫既刊の『天翔《あまかけ》る白日《はくじつ》　小説大津皇子』や『謎の古代女性たち』の解説でも少し触れたことがある。また、黒岩重吾が、なぜ、古代史小説を書くようになったか、古代史への傾倒、つまり黒岩重吾と古代史とを結ぶ三つの回路についても、『天翔る白日』の解説をご参照いただきたい。黒岩古代史小説のバックボーンがご理解いただけることと思うからである。

『天の川の太陽』刊行翌年の一九八〇年三月に第十四回吉川英治文学賞を受賞。この刊行第二作目で早くも古代史小説の第一人者としての地歩を築いた黒岩重吾は、その後も次々と壮大な歴史ロマンを書き継いでいき、一九九二年十月には第四十回菊池寛賞を受賞した。

さて、本書『斑鳩王の慟哭』は、菊池寛賞受賞の翌年から連載がスタートした。さらに、本書の展開は、一九八七年六月に上・下二巻で刊行された『聖徳太子　日と影の王子』（文藝春秋）の「終章」部で簡単に触れられていた部分を受けてのものである。この「終章」は「あとがき」に相当する章でもあり、聖徳太子の晩年とその死に関する記述には作者の洞察と史観が打ち出されていて、他の章の物語展開とは異質のものがあった。それだけにこの前作執筆の頃から本書の構想がすでにあったことが推測されるのである。

前作では、五八七年の蘇我馬子《そがのうまこ》と物部守屋《もののべのもりや》の戦い（物部合戦）から筆が起こされ、人間平等思想の理想を政治に反映させようと苦心する厩戸の青年らしい覇気と挫折のさまが描き出されていた。六世紀末から七世紀初頭にかけての国内情勢に加えて、高句麗《こうくり》・新羅《しらぎ》・百済《くだら》の朝鮮三国や中国の隋《ずい》といった当時の国際情勢にも触れるなど、グローバルな歴史認識を示して、作者の古代史研究の奥行きの深さをうかがわせた。

この特色は、本書でも随所に見受けられるものなのだが、ここに登場してくる厩戸は、馬子の政治観や性格に違和感を抱きつつも新しい国をつくろうと理想に燃えていた頃の厩戸とは違う。現実社会の諸矛盾という壁にはばまれ、理想を実現させることがいかに困難であるかを知った厩戸の中に、厭世観めいた侘しい心情が芽生えるさまがたどられていく。物語は、六一一年の夏、数え年齢《どし》五十八歳になった推古女帝が大々的な薬猟《くすりがり》を行う場面から始まる。この薬猟に参加しなかった厩戸は三十八歳。その絶頂期は「隋に使者を送った頃だった」と、物語の冒頭部で早くも厩戸の微妙な立場が示されている。

　こうした勢力争いに加えて、女帝の血の怨念から生まれた厩戸に対する複雑な感情と血の相剋、母・堅塩《きたし》媛《ひめ》への異常な愛と合葬問題がからんで、厩戸は血族関係に悩む。一つ一つの展開については、後に紹介する著者インタビューをご参照いただきたい。

　理想を貫こうとすればするほど、現実の政治や人間の矛盾と衝突し、現実主義者の女帝や馬子に疎外されていく。そして、六二二年、発熱で病床につき、一か月後に四十九歳で逝った。厩戸の看病に疲れて倒れた妃・菩岐岐《ほきき》美郎女《みのいらつめ》が亡くなった翌日のことである。

　厩戸、馬子、女帝の三人の死後、大王位をめぐる確執は、次代の山背大兄王と蝦夷《えみし》に引き継がれていく。この確執の中から、蝦夷の子・入鹿《いるか》、中大兄王子《なかのおおえのおうじ》、中臣鎌足《なかとみのかまたり》らが台頭してきて、六四三年に山背大兄王は入鹿らに攻められ、斑鳩寺で一族と共に自害して果てる。上宮王家の滅亡から二年後、入鹿は中大兄王子と中臣鎌足らによって殺される。

　最近の考古学の新発見による成果も踏まえて、従来の推古朝観の見直しが強調されている。その旺盛な研究心とそれを物語に紡ぎ出していく作家魂は見事というほかなく、全篇にみなぎる作者の気迫を受けとめつつ読み進んでいくことに快感すら湧き起こってくる。
本書の初版刊行の折に、著者インタビューをしたことがある。執筆の意図や前作との相違などのありようを作者自身の言葉で知っていただくために、ここに再録しておこう。

――本書は前作『聖徳太子　日と影の王子』の終章部の展開を受けた形になってますね。

黒岩　その通りです。ただし、この作品は、奈良県橿原《かしはら》市にある丸山古墳の石室内の写真が一九九二年に一般に公表されたおかげで書くことができた。丸山古墳が欽明《きんめい》大王を葬った檜隈大陵《ひのくまのおおみささぎ》であることは以前から指摘されていたのですが、推古女帝が欽明大王の墳墓に母・堅塩《きたし》媛《ひめ》を合葬した際に、父の石棺を前に出して、母の石棺を石室の奥の間に安置したことが判明した。女帝のこの暴挙を、聖徳太子や大臣《おおおみ》・蘇我馬子らが制止できずに許してしまったことの意味を考えると、女帝の権威と権力がいかに大きなものであったかが分かる。この写真がなかったら、太子と女帝との関係などをもっと違ったものに描いたろうと思いますね。
それと前作で分からなかったことは、太子の母・間人《はしひと》大后への女帝の憎悪のありようです。女帝は母のライバルだった小姉君《おあねのきみ》の子供である穴穂部《あなほべ》王子、宅部《やかべ》王子、泊瀬部《はつせべ》王子（崇峻《すしゅん》大王）を次々と殺しています。その憎悪は、父が堅塩媛の子・用明、母が小姉君の子・穴穂部間人王女である太子にも向けられていた。そこには血みどろの闘争と血の怨念があった。憎み合っている血縁同士から生まれた太子は、人間の業を背負っていたわけです。前作では書けなかった血の怨念と権力闘争を書くのが、今回の狙いの一つでした。

――そうした血の怨念とともに、太子の子・山背大兄王にライバル意識を燃やす馬子の子・蝦夷を配して、太子と馬子それぞれの父性愛といったものもとらえてますね。

黒岩　山背大兄王は何もしてない。斑鳩寺を完成させたぐらいです。だから、父の評価へのコンプレックスとプレッシャーは、相当に強いものがあった、と思う。それが上宮王家を滅亡に導いた一因であったのではないか。

　太子と山背大兄王の関係は、現代の親子関係にもつながるものだと思う。太子と山背大兄王の父子二代にわたる物語で、親子の葛藤《かっとう》を描いてみた。現代の親子関係にも通じるものを、僕自身が感じてました。『霧の鎖』や『現代家族』など現代の家族問題を描いた僕の作品の集積でもある。これはこれまでの古代史小説にはなかった要素です。

――今回は結末を先に明示したり、会話や夢の場面で太子の思想を表現したりと、小説の作りが前作とは変化していますね。

黒岩　前作では暗中模索の面がかなりありましたからね。今回は太子のことを研究してきたので、その分、余裕が出たんでしょう。

――法隆寺の釈迦三尊像の台座から発見された墨書などで、聖徳太子の十七条の憲法に関するこれまでの黒岩説が証明されたことについては？

黒岩　エッセイなどで述べてきたことが確かめられたという点では、やはりうれしいですね。でも、作家は学者とは違う。いたずらに説を追うのではなく、人間を描くところに小説の原点がある。そこに還《かえ》らないといけないと、ここ数年は思うようになってきているので、小説の面に力を入れるようになった。それが小説を書く上でも変わってきた点です。

――間人大后の死の場面は、黒岩さんご自身の母の死をとらえた短篇作『或る戦士』『脳死の残映』を思わせるものがありますね。

黒岩　やはり自分の体験が出ているということですね。完全に僕自身が出ている。これまで僕が歩いてきた人生の集積をぶっつけてみたので、連載中は苦労というより楽しみが多かった。

　不変なんていうことは間違いだという意識が強くなってきて、死の意識を刻み込んでいるところがある。だからこそ、太子の厭世観がすごく理解できる。太子は最後になって、人間の業《ごう》も分かったんじゃないかな。

　一九八七年以降から僕の人生観がかなり変わってきた。青年の覇気というものがなくなってきました（笑）。その分、ものの見方に深みが出てきたように思う。人間の嘘の中には真実もあるということが分かってきた。

――前作の終章部では、菩岐岐《ほきき》美郎女《みのいらつめ》に太子が末期《まつご》の水を飲ませなかったことが記されてましたが、本書にその場面がなかったのは？

黒岩　末期の水については、実はまだ迷っているところです。飲ませたかどうかは五分五分で、分からない。古代史小説では、今書いているものが次には古くなるという恐れがある。自分なりに納得できたら、末期の水のことは是非とも書きたい。太子のことはもうかなり書いたつもりだけど、この末期の水の件と対隋《ずい》外交のこと、国書紛失問題のことなどはまだ十分に書いてない部分です（「小説現代」一九九五年八月号）。

丸山古墳の石室内の写真に関しては、初版の「あとがき」の冒頭部にも記されているのだが、森浩一同志社大学教授に和田萃《あつむ》京都教育大学教授との古代史鼎談「見瀬丸山古墳新写真で古代史のナゾに迫る!!　ロマンチスト聖徳太子の『不幸な晩年』」（「週刊朝日」一九九二年三月六日号）がなされている。連載中に晩秋の斑鳩の里を訪れた時の印象を記したエッセイ「斑鳩の雨」（「日本経済新聞」一九九三年十二月五日）の中でも、推古朝観見直しのことが述べられていた。また、本書について語ったエッセイ「聖徳太子も悩んだ親子の相剋」（「婦人公論」一九九五年九月号）では、次のように触れていた。

「これにより従来の推古女帝観は根底から再考察しなければならなくなったと私は考えている。この新発見に対する学界のその後の反応はもの足りないが、これは学者と作家の人間観に対するウエイトの置き方の違いかもしれない。

私は歴史において最も重要なのは、文献と文献の空白にある人間の行動やその動機であり、文献はそれらをフォローするものであるという考えを抱いている」

この最後の件《くだり》に、黒岩古代史小説の基本姿勢を読み取ることができる。

作者は自らの古代史研究にのっとって、上宮王家滅亡の真相に迫った。一つには、推古女帝や馬子ら飛鳥の朝廷の危険視であり、いま一つは、父に対する山背大兄王のコンプレックスとプレッシャーであった。前に紹介した「聖徳太子も悩んだ親子の相剋」には、

「太子は母に悩み、子にも悩んだ。その結果の仏教である。それなればこそ、太子は死に際し、『世間は虚仮《こけ》。仏のみ真』といったのである。太子が虚仮と述べた世間とは、推古女帝、間人王女、山背大兄王、それに蘇我馬子などを含む人間関係のことである」

といった一文も見受けられる。こうした人間関係を文献の空白の中にとらえていく黒岩重吾の人間凝視の鋭さは、本書からもたっぷり堪能することができる。

最後に、本書に関連する黒岩古代史小説の長篇を挙げておこう。『紅蓮の女王』『天の川の太陽』『天翔る白日』『聖徳太子』のほかに、『落日の王子　蘇我入鹿』『磐舟の光芒』『茜《あかね》に燃ゆ　小説　額田王《ぬかたのおう》』『天風の彩王　藤原不比等《ふじわらのふひと》』がある。さらにいえば、太子の祖父である欽明大王の父・継体大王を扱った『北風に起《た》つ　継体戦争と蘇我稲目』もある。

つまり、本書を中心として、時代を少し上下することで、聖徳太子をめぐるさまざまな人間関係とそれを凝視する黒岩重吾の鋭い洞察や史観を楽しむことができるのである。こうした連環していく楽しさも、黒岩古代史小説の大きな魅力として存在する。

付録1
聖徳太子も悩んだ親子の相剋

黒岩重吾

聖徳太子（厩戸皇太子）といえば熱心な仏教信者で仏教を拡め、対隋外交で活躍した若き皇太子というのが一般の通念である。

だが私は太子を血の宿命の中で悩みに悩んだ感性豊かな人物でもあったと考えている。近著『斑鳩《いかるが》王の慟哭』では、太子を取り巻く血の宿命に焦点を当てたが、何故《なぜ》太子が、血族関係で悩まざるを得なかったかを簡単に述べてみたい。それはまた太子の長子・山《やま》背《しろのおおえ》大兄王とその一族の滅亡にもつながる宿命でもあった。

推古女帝の怨念

平成四年、太子の祖父・欽明《きんめい》大王を葬った橿原《かしはら》市の丸山古墳の石室内の写真が公表され学界に衝撃を与えた。

その写真は太子の伯母・推古《すいこ》女帝の異常な性格を証明すると同時に、女帝の権威と権力が太子や時の大臣《おおおみ》・蘇我馬子《そがのうまこ》を上廻るものであることを我々に示した。

これにより従来の推古女帝観は根底から再考察しなければならなくなったと私は考えている。この新発見に対する学界のその後の反応はもの足りないが、これは学者と作家の人間観に対するウェイトの置き方の違いかもしれない。

私は歴史において最も重要なのは、文献と文献の空白にある人間の行動やその動機であり、文献はそれらをフォローするものであるという考えを抱いている。

推古女帝は推古二十年（六一二）、欽明大王の墳墓檜隈大陵《ひのくまのおおみささぎ》（丸山古墳）に、自分の母で大王の妃の一人だった堅塩媛《きたしひめ》を合葬した。

この合葬について『日本書紀』は詳しく述べているが、最も重大なことが抜けていた。写真の結果、推古女帝は石室の奥の正殿に置かれていた父・欽明大王の石棺を前に引きずり出し、母の遺体の入った石棺を正殿に置いたことが判明したのである。

この行為は女帝が、自分にとって一番大事なのは母であり、母こそ大王であると王族や臣下に宣言したのと同じでまさに暴挙である。

『日本書紀』がこの暴挙を隠したのも無理はない。

問題は女帝が何故そういうことをしたのか、ということである。文献に記されていないから私の推測ということになるが、女帝の母に対する異常な愛情の裏には、母に対する同情の念があったと思われる。

当時は一夫多妻が慣習だから、大王には堅塩媛以外に大勢の妃がいた。この妃の中で堅塩媛が最もライバル視したのは同母妹とされている小姉《おあねのきみ》君だった。果して同母妹であったかどうかは疑わしいが、二人の父が蘇我稲目《そがのいなめ》であることは間違いない。

この辺りにも血の相剋が考えられるが、欽明大王の堅塩媛に対する愛情が新しく妃にした若い小姉君に移ったことは容易に理解出来よう。

堅塩媛は嫉妬した。そういう母の胸中を女帝は思春期には知ったに違いない。後に女帝は堅塩媛の弟・馬子と組み小姉君の王子達を次々と抹殺して行く。その過程に権力闘争があったにせよ、女帝に憎悪がなければ、小姉君系だけを殺したりはしないであろう。私は殺された小姉君の王子達は、主に女帝の憎悪の犠牲者だったと考えている。

母と女帝の間で揺れた青年時代

次の系譜を見ていただきたい（五七八ページ）。日本の歴史の中で、一人の妃の王子が、これほど次々と殺された例はまずない。五人中四人である。葛城王子は名前だけなので、どうなったかは分らない。

推古女帝の小姉君の王子に対する怨念が如何《いか》に凄まじいかが理解出来よう。

問題は、聖徳太子に対する女帝の気持である。太子の父は女帝の実母兄・用明大王で母は小姉君の娘・間人王女である。

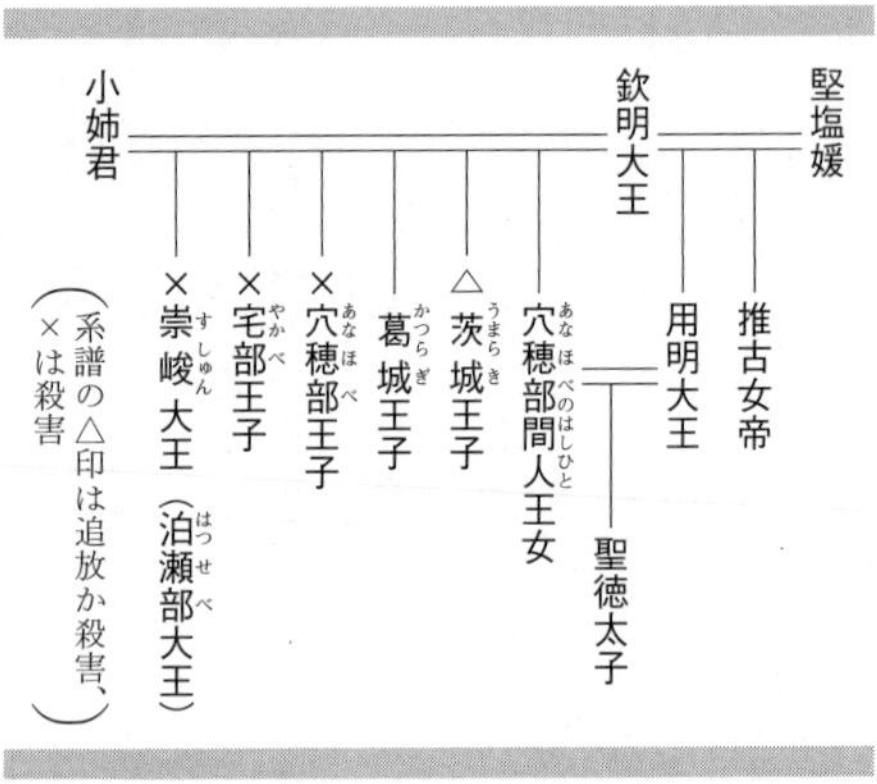

血の面からだけでいえば太子には、女帝が親愛感を抱く兄の血と、憎むべき間人王女の血が流れている。用明大王が生きている間は、太子に対する愛情の方が強かった。用明大王は太子の才能を愛した。

問題は間人王女に対する女帝の気持である。この方も王女が大王の正妃である間は憎悪を抑えることが出来たと推測される。だが大王が亡くなると同時に抑制力は薄れた。ことに間人王女が田目《ため》王子と再婚するに及び、憎悪に嫉妬が加わった。女帝は王女が兄・大王を忘れ無視した、と自分の憎悪をあおったに違いない。

太子の母・間人王女にしても、自分の弟達を次々と殺して行った女帝を嫌悪したのは当然である。両者がぶつかり合い火花を散らしたという記事はないが、二人は顔を合わせるのも嫌だったと思われる。

用明大王が亡くなった後、間人王女が丹後に逃げたという伝承があるが、推古女帝の手が伸びるのを恐れ、大和から離れたという可能性はないでもない。

ただ間人王女が女性だし、皇太子の母なので、危害を加えることはしなかったが、両者は険悪な間柄にあった。

太子が斑鳩宮に移ると間人王女も太子の傍に住んだのではないか。間人王女が斑鳩の西方龍田《たつた》に住んだという伝承も無視出来ないものがある。

太子は母から推古女帝の悪口を絶えず聴かされたであろう。

だが推古女帝はすでに大王位に即《つ》き、最高の権力者となった。勝敗はついている。間人王女の女帝への悪口はぐちということになる。

感性豊かな太子にとって、それは辛いことだった。母に同調してはおれない。仕方なく相槌を打つ程度だったのではないか。

太子が十三歳の時、母の弟・穴穂部王子と宅部王子が殺された。末弟の泊瀬部大王が馬子に殺された年、太子は十九歳だった。多感な年齢である。太子は母の胸中を思い、悩み抜いたであろう。馬子の背後には女帝がいた。馬子ほどの権力者でも女帝の意向がなくては、大王を殺せない。太子にはよく分っていた。

冠位十二階制を定め、十七条の憲法を発布したとされる太子も、その内面には悩みが満ちていたのである。

悩みあっての仏教帰依

太子の対隋外交は拙著にも述べたように慧慈《えじ》の思惑が加わっているが、実質的には失敗だった。

遣隋使小野妹子《おののいもこ》は隋の皇帝の国書を紛失している。だがこれは太子の国書の内容を憤った皇帝の怒りが溢れた内容だったので、妹子は盗まれたと嘘をつき、太子か女帝に見せたのであろう。これにより女帝は太子の政治力を疑った。

太子が政治面で失墜したのは遣隋使以降だった。

太子の母・間人王女にとって、太子の失墜は最大の打撃だった。何といっても太子は皇太子である。推古女帝が亡くならなくても大病にでも陥れば太子が大王になる可能性があった。間人王女の望みは絶たれた。それは自分を憎み敵視した女帝に復讐する機会が遠のいたことを意味する。

間人王女の太子に対するぐちは会う度に口数を増した。聡明な太子もこれだけは旨く対処出来なかった。相手は母であり説教も出来ない。また説教で母が納得するような問題ではない。憎み合う血の葛藤に理の説教は無縁である。

太子が仏教に傾斜するようになったのは、たんなる理想からではなく、凡人としての悩みを癒したかったからではないか。

こう考えると太子に人間的な親しみが湧いて来る。

太子の悩みはまた長子・山背大兄王にもあった。大兄王は凡庸な人物であり、偉大な父のプレッシャーに押しひしがれていたようだ。何かあれば父王と比較される。当然大兄王はそれに反撥する。

太子は晩年、自分が大王位に即くことは諦めたが大兄王に期待した。母には説教をしなかったが、子には何かと教え諭したに違いない。大兄王にしてはそれが鬱陶しい。いい争いはなかったかもしれないが、太子が生きている間、大兄王は鬱屈した日々を過ごしたような気がする。

太子の仏教信仰を山背王が受け継ぎ、二人は一体となって仏教を拡めたなどという説を私は取らない。

太子は母に悩み、子にも悩んだ。その結果の仏教である。それなればこそ、太子は死に際し、「世間は虚仮《こけ》、仏のみ真」といったのである。太子が虚仮と述べた世間とは、推古女帝、間人王女、山背大兄王、それに蘇我馬子などを含む人間関係のことである。

太子が亡くなると大兄王は太子の教え諭しを無視し、飛鳥の朝廷や蘇我本宗家に対抗しようとした。これも父・聖徳太子への劣等感の裏返しである。その結果上宮王家は滅亡した。


（初出『婦人公論』一九九五年九月号）

付録2
聖徳太子《しょうとくたいし》の世紀と東アジア

〈対談〉梅原　猛／黒岩重吾

古代との出会い

梅原　黒岩さんは宇陀《うだ》のお生まれだそうですね。

黒岩　生まれは大阪ですが、宇陀の中学校を出たわけです。私、大阪の中学校を受けて滑りまして、一年浪人して、また滑った。私立へ行きたいといったんですけど、おやじが私立はだめだといって探してきたのが、奈良県立宇陀中学校でして、そこでずっと旧制中学の生活を送ったわけです。

それで、私がいちばんびっくりしたのは、朝礼のときに、「ここは大和《やまと》朝廷発祥の地だ。神武《じんむ》が熊野《くまの》から八咫烏《やたがらす》に案内され、ここで兄猾《えうかし》・弟猾《おとうかし》を従え、兵を養ったところで、実際、女寄峠《めよりとうげ》や鳥見山《とりみやま》などいろいろ名前がある」とか、さかんにいわれたことです。

そのうちに昭和十五年（一九四〇）が皇紀紀元二六〇〇年、書紀紀元二六〇〇年ということで、国威発揚のために橿原《かしはら》神宮の大拡張をやらされたわけですが、私の中学校は勤労奉仕が県下随一でして、週二回ぐらい橿原神宮へ勤労奉仕に行くわけです。ここの祭神が神武なんですよ。そのころの私は、なんで神武のためにこんなに苦労せにゃいかんのやろと……。

梅原　（笑）。

黒岩　まあ、これが敷地十五万坪の現在の橿原神宮でして、梅原さんなんかもおそらく同じ時期だと思うんですけれども、われわれ旧制中学校のときには、絶えず神武、神武に明

梅原　猛（うめはら　たけし）

哲学者。大正14年（1925）、仙台市に生まれる。昭和23年、京都大学文学部哲学科卒業。立命館大学教授、京都市立芸術大学教授・学長を経て、昭和62年、国立国際日本文化研究センター初代所長に就任。その後、ものつくり大学総長（初代）、日本ペンクラブ会長を歴任。平成11年文化勲章受章。平成31年（2019）死去。主な著書に『隠された十字架――法隆寺論』（毎日出版文化賞）、『水底の歌――柿本人麿論』（大佛次郎賞）のほか、哲学から文学、宗教、歴史と広範多岐にわたる作品は『梅原猛著作集』にまとめられている。

け暮れていたわけですね。

梅原　何年ですかね、お生まれは。

黒岩　大正十三年（一九二四）です。

梅原　ああ、だいたい同じですね。私は大正十四年生まれ。

黒岩　作家としてずっと現代小説を書いてきたわけですが、そのうちに、ちょっと疲れが出てきた。昭和四十年ごろでしたか、ふっと神武のことを思い出しまして、飛鳥《あすか》へ足を運ぶようになりました。やはり昔、飛鳥や桜井《さくらい》にも勤労奉仕に行ってましたので。あのあたりを散策するようになったころから、古代史をひそかに勉強し始めたわけですね。

梅原　なるほど。そうすると私、黒岩さんとは運命に近いものを感じるんです。

私が育ったのは名古屋でして、名古屋の中学を出たんですよ。本当は数学好きの少年でしたが、中学三年ぐらいのときに突如として文学が好きになった。まあ堕落したわけです（笑）。当時は、文学なんてやるのは、不良になったのとおんなじ意味でしたからね。

だけど、私はおじさんに育てられましたからね、あんまり、おじさんを悲しませるわけにゃいかんから、本当は大学も文学部へ行くつもりだったけど、「大学は法学部へ行くから、高等学校は文科へ行く」とうそを言って（笑）、とにかく名古屋の旧制高校の文科へ行ったんですよ。

黒岩　そうでしたか。

梅原　ええ。そのころの高等学校には哲学的な空気がありましてね。黒岩さんと同じ戦時中でして、軍隊へ行かなくちゃいけないというときに、当時流行の『万葉集』などを読んでいました。そのころ私の友人にちょうど宇陀中出身の男がいまして、その友達のところへ泊って、あの辺を散策したんですよ。

黒岩　ほほう。

梅原　だけど、ぼくには文学をやる才能がない、それより論理的なものが得意だ、そう思って京都大学哲学科へ入ったんですけど、ともかく、私にとって最初の古代への志向の場所も宇陀なんですね。だから、いまの黒岩さんの話を聞くと、その辺でかみ合ってるようですねえ。（笑）

黒岩　そうですね。私の場合には、中学校のすぐそばに柿本《かきのもとの》人麿《ひとまろ》の「東《ひむがし》の野に炎《かぎろひ》の立つ見えてかへり見すれば月傾《かたぶ》きぬ」という歌碑が立ってるんです。

梅原　このあいだ行ってきましたよ。

黒岩　だから、少年時代の原点にそういうものがあるというか、自然にそれが身にしみてますね。

梅原　ええ。ですから私も、古典を捨てて西洋哲学に入ったはずなのが、やっぱり昭和四十五年ぐらいに回帰しましてね、また古典に帰ってきた。

黒岩　すると、だいたい時期は同じですね。

梅原　ええ。〈日本〉への回帰が昭和三十五年ぐらいで、それは仏教中心でしたけど、再び少年の日の夢が帰ってきて古代学をやり始めたんですよ。だから、そのお気持は、よくわかりますねえ。（笑）

東アジアに目を向ける意味

編集部　六世紀の大和政権は、東アジア諸国との関《かか》わりの中で捉《とら》えなければいけないといわれますが。

梅原　日本という国が鎖国し、独自な動きをするのは、むしろ後のことで、弥生《やよい》時代から奈良時代ぐらいまでは大陸、とくに朝鮮半島との関わりが深かったわけですから、それを抜きには、この時代の歴史は理解できないんじゃないかと思うんですよ。つまり平安時代以後、外国との関係がやや疎遠になり、さらに徳川の時代にうんと疎遠になったわけですが、いままでの日本の歴史の見方が鎖国的な歴史観だったんですね。本当は、あの時代には『日本書紀』の記事でもわかると思いますが、大陸との、とくに朝鮮半島との関係が非常に深かった。そういうことじゃないかと私、思いますけどね。

その辺、黒岩さんはどうお考えですか。

黒岩　今度、『古代史の迷路を歩く』にも書きましたけど、ぼくは、そもそも大王家の祖は南朝鮮から来たと思ってるわけです。たとえば、倭《わ》の五王の時代から続々と渡来人がやってきますし、とくに『日本書紀』の「雄略《ゆうりやく》紀」などを見ると、雄略はとくに身《む》狭村主《さのすぐり》青《あお》と檜隈民使博徳《ひのくまのたみのつかいはかとこ》を寵愛《ちょうあい》した、と特記しているけれども、この両者も渡来人です。

また、雄略の五世紀後半というのは画期的な時代だと思うんですけども、あの時代に渡来系の力で倭国に初めて、文化というか国家体制らしきものができた。これはやっぱり、渡来系の人たちの力を抜きにしては考えられないと思ってます。

梅原　そこは賛成ですね。蘇我《そが》氏の権力の背後に東漢《やまとのあや》氏がいるし、これははっきり渡来系ですからね。ただ、蘇我氏自体が渡来系かどうかには、ぼくはなお一つの疑問を持っているんですよ。

その根拠の一つは、たとえば名前ですね。入鹿《いるか》とか蝦夷《えみし》というように、朝鮮半島のものじゃなくて、土着の、いわゆるアイヌの呪術《じゅじゅつ》とつながる名前が多いんですな、蘇我には。それから墓にしても、巨大なものを造る。

どうも蘇我氏には、朝鮮半島を向いたところと、土着的なところとの両面があるような気がするんですよ。だから渡来系、とくに東漢氏との関係抜きに蘇我氏は考えられないという点は黒岩さんに賛成なんですけど、蘇我氏自体が渡来系であるかどうかは、まだペンディングにしてるんですね。

黒岩　なるほど。私は、もう完全に蘇我氏は百済《くだら》からの渡来系だと思ってます。あれは昭和五十三年でしたか、『歴史と人物』に、蘇我氏の祖は百済王族だという説を発表したんです。

昆支《こんき》王《おう》という百済王の弟が、河内《かわち》飛鳥戸《あすかべ》神社に間違いなく来てるんです。そして百済の武寧王陵《ぶねいおうりよう》が発掘され、昆支王の子供が武寧王であること、つまり、ぼくもあやしいと思っていた『日本書紀』に書いてある「百済新撰《くだらしんせん》」がなんと本当だということがわかったわけですね。しかも「雄略紀」を読みますと、雄略と昆支王の子供たちとは非常に親しいし、昆支王の子供の一人、末多《また》王《おう》を朝鮮にやったのが東城王《とうせいおう》であるという。『三国史記』でも、昆支王がいつ来たか、また武寧王の生年は書いてませんが、『日本書紀』の「百済新撰」でちゃんと当たっていたという驚くべきことが、百済の武寧王陵墓誌からはっきりしたわけですね。

門脇禎二《かどわきていじ》さんは、蘇我氏の祖は百済の高官、つまり「履中《りちゆう》紀」に出ている木満致《もくまんち》で、その時期は四七〇年代という説ですけども、私は昆支王の子供たちが、葛城《かつらぎ》の王朝の滅びた後、葛城に移って蘇我と名乗ったと思う。そうでなければ、東漢氏が蘇我氏を「君主」「君」と仰いでいることが説明できないんですね。

たとえば、崇峻《すしゆん》を殺した東漢直駒《やまとのあやあたいこま》は『扶桑略記《ふそうりやくき》』によりますと、「天皇の尊きを知らず、われ大臣《おおおみ》あるを知るのみ」、つまり、われわれの主君は蘇我氏であって大王ではない、と言ってます。また、東漢氏一族の高向国押《たかむくのくにおし》が甘樫岡《あまかしのおか》で、「われらきみ、大郎《たいろう》に依《よ》りて殺されん」と、「きみ」という言葉を使っていますが、これは「王《きみ》」であった可能性が非常に強い。このように、渡来系の東漢氏が君主として仰いだのが蘇我氏なんですね。事細かに傍証を挙げている暇《いとま》はありませんが、蘇我氏は百済系だと私は考えているんです。

梅原　それはともかくとして、大陸、とくに朝鮮半島の情勢を抜きにしては、あの時代の歴史は捉えられない、これは間違いないことですね。まあ、黒岩さんは蘇我氏は百済直系だという説であり、私は多少、直系ではないんじゃないかという説ですけれど、いずれも百済と関係が深いという点では同じですよね。

そうしますと、聖徳太子《しょうとくたいし》が生まれる前後には、朝鮮半島では新羅《しらぎ》が勃興《ぼっこう》しています。また、それよりちょっと後、太子の活躍が始まる頃は、南朝の陳《ちん》が北朝の隋《ずい》に滅ぼされて統一されるわけです。この二つのことを考えないと、太子の事績は理解できない。私はそう思いますね。

黒岩　ええ。六世紀の朝鮮三国、とくに新羅の勃興、そして高句麗《こうくり》と百済との同盟的な関係、この点は無視できない。中でも百済の動きはちょっとおもしろくて……。

梅原　おもしろいですね。

黒岩　ええ。時には隋に味方したりもするんですけど、やはり同盟の主体は高句麗で、新羅よりは高句麗と親密だったと思いますね。その点は梅原さんと同じで、その影響が倭国に絶対あるというのは当然の話ですね。

推古女帝と太子の位置

黒岩　ただ、聖徳太子を考える場合には、やはり蘇我馬子《そがのうまこ》の存在を抜きにすることはできないし、さまざまな通説でいわれている対隋外交にしても、私は馬子の許可を得て太子が行なったものだと考えてる次第です。

梅原　やはり、推古九年（六〇一）以降と以前とでは大きなずれがありまして、それ以前の太子が馬子の庇護《ひご》のもとにあったのは、まちがいないと思います。ただ聖徳太子には、馬子とちがって、理想の、言わば純粋培養の人間であるということが一つあると思うんですよ。

つまり、欽明《きんめい》天皇のときに仏教が入ってきたけども、一代目はまだ仏教を十分理解できない。二代目も、青年時代になってから仏教を受け入れるわけだから、これまた、あまり仏教、または中国的な教養についていけない。それに比べて、三代目は、完全に子供のときから仏教的教養の中で育つわけです。お父さんも天皇（用明《ようめい》）で、お母さんも欽明天皇の皇女（穴穂部間人《あなほべのはしひと》皇女）でして、持って生まれた、つくられた教養人という面が聖徳太子はたいへん強い。

黒岩　その点は、おっしゃるとおりですよね。馬子にとっての仏教は、かなり権力欲に根差したものであったけれども、聖徳太子の場合は道教も加わり、精神的なものが非常に強かった。

梅原　そうです。

黒岩　それが後に、斑鳩宮《いかるがのみや》における一族の滅亡につながると思うんですけれどもね。

梅原　はい。つまり馬子というのは、いまの日本の国を治めるのに、あるいは蘇我氏の興隆には仏教がいちばんよいという立場ですよね。ところが太子は、そういう面もありますけど、それ以外に仏教という理想が心の中にしみ通ってしまっていて、自分の一族のことなんか考えずに理想の中へのめり込んでいく面がある。ここが馬子と聖徳太子の仏教のちがいですね。

黒岩　ええ、そこで根本的にちがいますよね。たとえば、飛鳥寺《あすかでら》の心礎からは、挂甲《けいこう》・馬鈴《ば　れい》・冠《かんむり》とかが出てきていますが、法隆寺《ほうりゅうじ》の若草伽藍《わかくさが　らん》からはそういう権威を象徴するものが出てきていない。

それを考えると、馬子が総力を挙げて蘇我本宗家のために飛鳥寺を建てたのは、もちろん仏教をどの程度理解してたかは別にして、仏教の影響もあったでしょうけれど、かなり権力欲によるものだという面が強い。しかし聖徳太子になると、高句麗の慧慈《えじ》だとか百済の慧聡《えそう》といった憎についており、仏教と道教を精神的・学問的なものと受けとめるようになってきた。ここが馬子との大きなちがいだと思いますよ。

梅原　それは賛成ですねえ。やっぱり、蘇我氏と物部《もののべ》氏の戦いというのは、天下分け目の戦いで、それはイデオロギーの戦いが同時に権力の戦いであるという、日本の歴史では非常に珍しい戦いだと思うんですよ。蘇我氏は仏教に賭《か》け、物部氏はむしろ古い神道に賭けた。それで蘇我氏が勝って、その戦勝記念という形で飛鳥寺が建てられるわけですね。だから、あそこで出てきた鎧《よろい》などは、私はおそらくねえ、馬子が使った、すごいもんじゃないかと思うんですね。

黒岩　私もそう思ってるんです。（笑）

梅原　歴史家はそう言いませんけどね（笑）。そこに納められてるものは、古墳に埋められてるのと同じもんですよね。だから、古墳で権力を示したのと同じように、お寺、とくに高々とそびえる塔で自分の権力を示した。その点では、馬子はまだどこかで古墳時代を背負ってる。

黒岩　そうですね。

梅原　そこで次は、推古《すいこ》天皇についてですが、なぜ推古が天皇に選ばれ、そこでの聖徳太子の役割はどんなもんだったんでしょうね。実はこれ、なかなか難しい問題なんですが、どうですか。

黒岩　ここらあたりから、いよいよ梅原さんとちょっとちがってくるわけですけどね（笑）。まあ、私も数年前までは、推古というのは大王になってたと思っていたわけです。しかし、どうも「隋書倭国伝《ずいしょわこくでん》」を初めから終わりまで読みますと、当時の大王は男であると考えざるを得ない。

梅原　『隋書』を読む限りはそうですわね。

黒岩　ええ。それで、よく言われてるのは、「阿毎《あま》、字《あざな》は多利思比孤《たりしひこ》、阿輩鶏弥《おほきみ》と号《がう》す」、「王の妻は鶏弥と号す。後宮に女六、七百人あり。太子を名《な》づけて、利《わ》（和）歌弥多弗利《かみたふり》となす」ですが、私はその一節だけでなく、『隋書』をずうっと通して読んでそう思うんですね。

　また、『隋書』以前の『後漢書《ごかんじょ》』『魏志《ぎし》』『晋書《しんじょ》』『南斉書《なんせいしょ》』『梁書《りょうしょ》』『北史』などは、卑《ひ》弥呼《みこ》のことを書いてるわけです。前史を模写したから当然だという解釈が多いですが、「南斉書倭国伝」は、わずか六十五字しかない。それなのに女王を立てた、と記載しています。やはり中国にとっては、女王は奇異に感じられたにちがいない。

　ですから六〇八年に小野妹子《おののいもこ》と一緒に隋の裴世清《はいせいせい》が来て、倭王に会ったと『隋書』に書いていますから、もし推古が大王であったなら、当然そこに「女帝」と書くべきであると私は思うわけです。ところが、女帝とは書いていない。中国では、女帝は則天武后《そくてんぶこう》（唐《とう》の高宗《こうそう》の皇后）が出るまでは軽蔑《けいべつ》されていましたから、推古女帝なら、「倭の女王」とか、女王であることを書くはずです。

　それから、とくにおもしろいのは、そのときの倭王が裴世清との対談で、こう言ってることなんですよ。「われ聞く、海西に大隋礼儀の国あり。故に朝貢させた」。そして「わたしは海の隅の僻地《へきち》にいるので礼儀を知らない。だから、すぐに会わずに、道を掃除し、飾り物をした。（中略）ねがわくば大国の維新の化を聞かん」。そう言ってますよね。

梅原　そうですね。

黒岩　これは、裴世清が隋に帰って報告したときの文書で、まあ、『日本書紀』を信ずるか『隋書』を信ずるかによりますけど、私はこの倭王の思想は、まさしく聖徳太子のものである、このごろ、そう考えざるを得ないわけです。

梅原　なるほど。それは説として大変おもしろいと思うんですけど、私はこう考えてるんですね。

つまり、女帝といったら、中国ではものすごく軽蔑されるでしょう。だから新羅が後に女帝の善徳《ぜんとく》・真徳《しんとく》になったときにも、おまえのとこは女帝だから、といって軽蔑された。そういう話があるわけで、女帝が軽蔑されるという点では、黒岩さんと同じなんですね。

だけど、事実、あのとき推古が女帝であったという『日本書紀』の記述は否定できない。それを否定したら、古代のほとんどの書物が否定される。ですから、中国側の女帝観を考慮して日本の方では偽ってそう言ったんじゃないかと思いますね。

黒岩　ぼくも決して推古を否定してるわけじゃないんです。たしかにあのとき豊御食炊屋《とよみけかしきや》姫《ひめ》という名前の通り、最高司祭者として神に仕え、大后として君臨していたとは思うんです。

ただ非常にひっかかるのは、これは門脇さんの説ですけれども、用明帝の皇女に酢香手《すかて》姫《ひめ》というのがいまして、これが三十七年間、伊勢《いせ》の斎《いつきのみこ》王をしていたことなんです。当時、女帝のときには斎王は出ないんですが、酢香手姫が斎王をしていた三十七年間というのは、用明元年（五八六）から計算しますと、なんと聖徳太子が死んだときまでに当たる。聖徳太子が死んだ日に、酢香手姫は伊勢神宮から戻ってきてる。これはやはり偶然とは考えられない。

ただ、聖徳太子が大王だといいましても、私の大王観はちょっと梅原さんとは違いまして、あくまでも実権は大臣が握っていたと考えるわけです。でも、聖徳太子が亡くなったときに酢香手姫が帰ってきたことや、さっきの「隋書倭国伝」のこととかを総合しますと、聖徳太子は大王であったと認めざるを得ません。ただ大王といっても、天智《てんじ》・天武《てんむ》のような権力はなかった。大王格というところでしょうか。

梅原　つまり、摂政をどう考えるかですよね。摂政というのは中国の名前ですから、それを日本という現状でどう考えるか。問題はそこだと思うんですよ。

黒岩　ただ、摂政というのは、あの時代にはあり得ない。

梅原　ええ。後の言葉を用いたわけですが、その摂政という言葉で意味したものが、あの当時では何であったか、その辺の解釈だと思うんですよ。その場合、一応、国家の代表者は推古で、そことの権力分担が馬子の一つのねらいであった。つまり、推古の即位は太子とのセットで認めたわけで、それが自分の権力を発揮できる適当な政体である、と馬子は考えた。

というのは、馬子はその前に崇峻で失敗してるわけですからね。崇峻は馬子が担いだんだけど、自分の意思で動き始めたので、馬子は崇峻を殺してしまった。そこで、わが意のままに動く政権ということで、馬子は、女帝という発想をした。いったいどこから発想したのか、おそらく卑弥呼からの発想じゃないかと思うんですけどね。しかし、それだけではちょっと無理なので、太子をセットにした。そういうことじゃないかと思うんですけどね。

黒岩　実は私、数年前に推古を主人公として『紅蓮《ぐれん》の女王』を書いたとき、いま梅原さんが言われたとおりのことを考えてたんですよ。つまり、馬子は完全に崇峻を利用したけども、独自に動き出したので、崇峻を殺して推古を女帝にすると同時に、厩戸皇子《うまやどのみこ》を太子にした。そう書いたんです。

しかし、その後、自分自身で勉強してるうちに、学者の方なら「突然なんや、変節か」と言われるかもしれないけど、変わったんですよ。これは認めざるを得ない。ですから、いまの段階では、聖徳太子というのは、馬子側によって立てられた大王であると考えてます。

梅原　だけど、推古も馬子側に立てられたとお考えなんでしょ。

黒岩　ええ。しかしその場合、推古は大王ではなく、あくまでも大后、最高司祭者として立てられてる。神祇《じんぎ》の面でのね。一方、聖徳太子は、仏教と道教の混合した思想の持ち主ですから、それで自分の一つの世界をつくろうとした。

梅原　ちょっと私の説とどこがちがうのか、よくわからんのですよ。つまり、推古も馬子が立てたんですねえ。主として神祇をつかさどる、一種の国の代表として。そう考えられてるんでしょう？

黒岩　聖徳太子が亡くなるまでは、国の代表ではなく、神祇面の代表です。

梅原　一方、太子も馬子の立てた、もう一つの、仏教を中心とした政治をつかさどる人、そう考えられてるわけではないのですか。

黒岩　私はね、さっき梅原さんが言われたように、聖徳太子は生まれながらの仏教徒だと思うんです。後に道教が加わりましたがね。それはともかく、太子は神祇の最高司祭者にはならなかった。それは豊御食炊屋姫にまかせ、馬子に推されて大王になった。馬子としては、自分は仏教徒の先輩であるから、かなり言うことを聞くと考えていた。そういう大政治家としての盲点を馬子は持っていたと思うんです。

　ところが、聖徳太子は自分自身で内面的に勉強していて、馬子のようにただ単に外見的なものを引っ張ってきたんじゃないんですから、当然そこにはロマンが生まれる。そのために馬子と合わなくなった。人間のロマンと権力とは当然相容《あいい》れないものですからね。それで馬子があわてた。

梅原　ええ、そこは私と同じなんですよ。推古元年の段階では、推古も祭祀《さいし》を中心とする国家のシンボルであり、そのうしろに、これも馬子のコントロールですけど、もう少し政治をする青年、太子をつけて、政権を出発させた。そういうことでしょ。

しかし、馬子は太子をちょっと見くびってたと思うんだな。

黒岩　賛成ですね。

梅原　この青年は大したことできんだろうと思ってたところ、どんどん実力を蓄えて、推古九年ぐらいから独自の動きをし出した。

黒岩　確かにそうです。ただ、梅原さんは太子とおっしゃるけれども、私は、聖徳太子は形式的には馬子の傀儡《かいらい》大王であったと思う。このちがいですよね。そして、形式的には傀儡大王だったけど、厩戸皇子自身は、名実ともに大王としての道を歩み始めた。

梅原　まあ、名称はどうであっても、彼は事実上、馬子に立てられた日本国家の支配者であり、自分こそは日本国家を支配するものだという自意識は、はっきり持ってたと思うんですね。だから、隋などの使いが来ても、天子と名乗るだけの力を持っていたし、推古九年代から、馬子の見くびっていた太子が、独自の動きをし出したんだと思いますねえ。

なぜ斑鳩に移ったのか

黒岩　そうすると、斑鳩宮には太子独自の判断で行ったと考えておられるわけですね。

梅原　そうです。実は私は、もし飛鳥に都があったとすると、わざわざなぜ遠いところを選んだのかが、長い間よくわからなかったのですよ。ところが、これは私の一つの新説ですけど、太子の小墾田宮《おはりだのみや》を従来は飛鳥、あるいは豊浦《とゆら》に求めていたけれども、そうじゃないんだということにすれば、よく説明がつくんですよ。

　つまり最初、本居宣長《もとおりのりなが》が飛鳥といい出したけれども、『日本書紀』の記事では、宮が飛鳥にある場合には「飛鳥岡本宮《あすかのおかもとのみや》」とか「飛鳥浄《あすかのきよみ》御原宮《はらのみや》」というが、小墾田宮は飛鳥小墾田宮とはいわない。だから、小墾田と飛鳥とは明らかに別のところと考えられてる。

　そして飛鳥の範囲を、岸俊男《きしとしお》さんや上田《うえだ》正昭《まさあき》さんの言うように、だいたい飛鳥川の東で、香具《かぐ》山《やま》の南の線とすると、もう、小墾田は飛鳥の外へ出てしまう。しかし、非常に飛鳥というイメージが強いし、豊浦という記事もいろんな説に出てくるので、小墾田宮は豊浦にあるとも考えられていた。

　ところが、実は、もう一つの伝承が『聖徳太子《しょうとくたいし》伝暦《でんりゃく》』の解釈書である法隆寺に伝わる『太子《たいし》伝玉林抄《でんぎょくりんしょう》』にございまして、法隆寺ではその方が有力なんですが、それによりますと、小墾田は現在の大福《だいふく》の地にあることになっているんですね。

黒岩　ああ、縄文時代からの複合遺跡のあるところですね。
梅原　ええ。あそこに三十八柱《みそやはしら》神社がありますね。そこの石井繁男《いしいしげお》という宮司さんが、自分のところに棟札があって、そこに、「小墾田宮跡」と出ているし、それを調べていくと、いまの『玉林抄』までさかのぼっていく。だから、小墾田とは、どうも大福じゃないかと論文を書いているんですよ。
　私もその論文にぶつかりまして、いろいろ調べてみましたが、いまはその石井さんの説が正しいんじゃないかと思っているんです。その理由はいろいろありますけどね、一つは、小墾田を豊浦とすれば、推古十一年の遷都の意味がまったくゼロになるということです。つまり、豊浦から豊浦へ遷《うつ》ったということになってしまいますからね。
　ところが私は、聖徳太子の政治革新というのは、律令《りつりょうせい》制を日本に本気で施行しようとしたもので……。
黒岩　律令制をですか？　そのときにですか？　ちょっと考えられませんね。
梅原　しかし、「十七条の憲法」や「冠位十二階」というのは、律令制社会の建設と考えないわけにはいきませんよ。だから、推古九年の改革というものは大変なものであったと考えるわけです。
　それから、小墾田宮を見てみると、これは岸さんなんかが言うけど、本格的な都城の色彩を持ってる。南門とか大門もあるわけで、したがって、藤原京《ふじわらきょう》や平城京《へいじょうきょう》の先駆をなすものと考えられる。となると、都城を造営するだけの広大な敷地がなくてはいけないわけですね。しかし、豊浦の地を発掘しても、都城の跡は出てこない。豊浦の地というのは、ご存じのように、南に山があって、巨大な平城京や藤原京の先駆をなすような宮があったとは、とうてい考えられない。

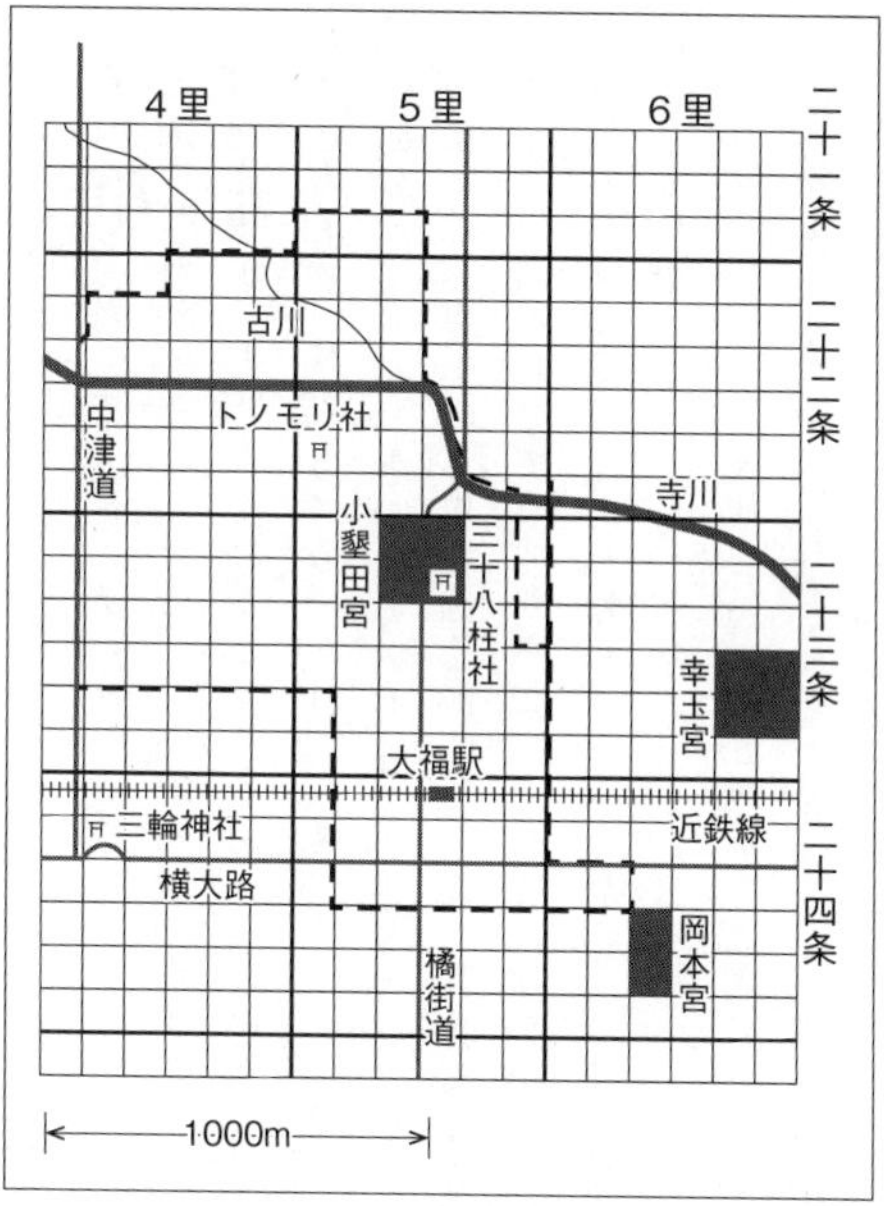

大福周辺図

そういう点から見て、やはり小墾田宮というのは、大福の地にあったんじゃないかと思うんですよ。そのほかにも、たくさん理由はありますけどね。そうすると、聖徳太子の斑鳩移転の意味がよくわかるし、隋の使いが桜井の……。

黒岩　海石榴市《つばいち》ですね。

梅原　ええ。そこでおりてる。それから、新羅の使いは阿斗《あと》、つまり田原本《たわらもと》の近くでおりてるわけですね。そうすると、小墾田宮はどうしても飛鳥および飛鳥周辺には求められない。むしろ大福にあるんじゃないか。そう考えると、都を蘇我氏の根拠地から離れて国中《くんなか》へ持ってきて、そこにいちばん近い竜田《たった》越えの要衝に斑鳩宮を建てた聖徳太子の政治的意味が、大変よくわかってくるんじゃないか。ぼくはそう考えるんですけどね。

黒岩　私自身、大福がかなりの土地であるということは知ってましたけど、いまの梅原さんの説には、ちょっとびっくりしました（笑）。しかし、ぼくは、太子が斑鳩宮を建てたところまでは、馬子の意思が強く働いていたと考えてるわけです。なぜかというと、とにかく馬子は崇峻を殺してますからね。そして『扶桑略記』などを見ると、聖徳太子と崇峻とはかなり交流がありましたから、馬子の恐ろしさを聖徳太子は骨の髄にしみて知っていたと思うからなんです。

　そうすると、なぜ斑鳩へ行ったかということになりますが、これはやはり河内との間の竜田道を押さえる要衝の地であったからです。同時に聖徳太子は膳部傾子《かしわでのかたぶこ》のような開明派の人と親しかったので、自分の方から「斑鳩に宮を移してはどうか。ここは要衝の地である」と馬子を説得した。そして、菩岐岐《ほきき》美郎女《みのいらつめ》の本貫地に一つの安全地帯をつくったと私は考えてるわけです。

　梅原さんの大福というお説は、非常に興味深くお聞きしました。とくに、裴世清を海石榴市でもてなしているということですね。あそこは、そばに敏達《びだつ》帝の訳語《おさ》田幸玉宮《たのさきたまのみや》、南方には用明帝の池辺双槻宮《いけのべのなみつきのみや》があるという点からも、説得力がありますね。

梅原　そうですすか（笑）。つまり、斑鳩宮への移転は、小墾田を大福の地と考えると、豊浦から大福への移転と同時の計画であったと私は見るんですよ。

要するに、都を蘇我氏の本拠地から移して、本格的な都城を造ろうとした。ちょうどそこは、横大路《よこおおじ》と中津道《なかつみち》の接点なんです。そして、藤原宮と斜めに相対するわけですわ、はすかいにね。だから、そこへ行かないと、とても大きな都城はできないと考えた。

しかもそこは、先ほど言われたように、敏達の宮もあるし、推古天皇にとって思い出の土地でもある。それから、用明天皇の宮の近くでもあり、仏教伝来の地でもある。ですから、そこへ都を移して、自分の根拠は、竜田越えを押さえる、つまり都と難波《なにわ》を結ぶ地点に置いた。

黒岩　非常におもしろいお説ですね。ただ本格的な都城というのは賛成できません。それと大福説も、あくまでも馬子の許可があったとしたら、という前提を欠くことはできませんね。当時の馬子というのは、恐るべき権力を握ってますから、馬子の意思を無視したら大変なことになるわけでして、一応、馬子を説き伏せてということであれば、いまのお説は非常に納得できますねえ。

梅原　ええ。私は説き伏せたと思うんです。客観的に見て、いまの日本の情勢から見ると、飛鳥ではとても都城はつくれない。そういう理由で馬子を説き伏せながら、太子は馬子への対応策を考えた。

それから、もう一つの傍証は、ちょうどそのとき、推古天皇が耳成《みみなし》にいたことなんですよ。

黒岩　そう。耳成に行宮《かりみや》をつくっていた。

梅原　ええ。私はその行宮は、新都の造宮のためだったと解釈するんです。

黒岩　なるほどね。

梅原　それが例の辛酉《かのととり》の年（六〇一）になりまして、それから一二六〇年さかのぼったのが神武即位の統一となるわけで、それは太子にとって、ものすごい革命であったと思うんですよ。そういうことをして、その三年後、甲子《きのえね》の年を記念して「憲法十七条」を制定した。

まあ、上原和《うえはらかず》さんは、ぼくの聖徳太子論の中で、ここがいちばんの白眉《はくび》だと言ってたんですけどね。（笑）

黒岩　いや、本当にそうですね。ぼくもいま、びっくりしましたよ。（笑）

新羅征討をどう考えるか

梅原　その辺、推古九年以後の太子と馬子の関係は、虚々実々ですねえ。

黒岩　そうですね。そこで、ぼくが一つ問題を出してみたいと思うんですけれど、まず新羅征討ですね。

梅原　推古八年。

黒岩　ええ。太子が斑鳩宮へ行くまでに、境部臣摩理勢《さかいべのおみまりせ》が新羅へ行ったということになっているけど、そんなことは考えられないと思うんです。それから、次に六〇二年、つまり推古十年に来目皇子《くめのみこ》（太子の同母弟）が行ってますが、これは筑紫《つくし》で病死してますね。その翌年には当摩皇子《たぎまのみこ》、これは異母弟ですが、それが将軍となって行く。ところがまた、妻の舎人姫王《とねりのひめみこ》が明石《あかし》で死んだので帰ってくる。

　実際、来目皇子も当摩皇子も、恐らく太子の意を十分解してたと思うんですが、来目皇子も舎人姫王も死んでしまう。当摩皇子などは、大将軍なのにさっさと任務を捨てて帰る。これは情勢が変わったなどという通説では解釈できませんよ。ぼくはここに大きな謎《なぞ》があるような気がするんですよ。つまり、あの新羅征討というのは聖徳太子の意思ではなく、馬子の意思であったのではないかと私は考えておるんですが、いかがですか。

梅原　私もね、そこはよくわからなかったところだったんですよ。ところが、隋と高句麗との関係を考えますと、とにかく隋が崇峻二年（五八九）に中国を統一して、まず使いを送ったのが高句麗ですよね。脅しにかかったわけですね、崇峻三年に。

黒岩　はい。脅迫的な国書を送ってね。

梅原　ええ。そのころから、日本と高句麗との関係が急激に展開してくるわけですから、これは日本の意思であるよりも、むしろ高句麗の意思であったと思う。つまり高句麗は、南に新羅、西に隋を控えているから、両方を敵にまわしたらとてもたまらない。そこで日本によしみを通じて、しかるべき新羅の脅威になってくれということですね。

だから、最初の崇峻時代に、筑紫へ二万の兵を送ったのは、明らかに高句麗の外交的要請に応《こた》えたものであった。それが日本の「ギブ」で、「テイク」は文化的・経済的援助であった。中心になるものが、法興寺《ほうこうじ》の建設であったと思うんですよ。

黒岩　はい。崇峻殺害も含めて、その可能性は十分ありますね。

梅原　その後、一応、隋の脅威がちょっと去って兵を引き揚げた。

そして再び推古八年に、高句麗が突厥《とっけつ》に使いを出したことが隋の煬帝《ようだい》に見つかって、「おまえのとこへ攻めていくぞ」と脅されるわけですね。そういう外交状況の中で高句麗から日本に、もう一度筑紫へ兵を出してくれないかという要請があり、それに応えて兵を出した。私はそう思うんですがね。

黒岩　それは納得できますね。というのは、突然変異のように、高句麗から続々と、僧が来るわけですからね。あれほど親しかった百済以上に。しかも高句麗は黄金三百両を寄付してますよね。その当時、どれだけの大金であったか、ちょっと想像がつかないほど大変なものだったと思いますよ。

だから、なぜ高句麗がそこまでしなければならないかというと、やはり、新羅を牽制《けんせい》してくれという高句麗の「テイク」に対する「ギブ」なんですね。

梅原　向こうまで攻めていってくれりゃ、いちばんいいんですけど、せめて筑紫まで派兵してくれれば、新羅への牽制になります。ただ、その主体が馬子であるか、太子であるか、多少ぼくもペンディングしているところがあるんですよ。崇峻時代の第一回は馬子に決まっとるんですが……。

黒岩　そうですね。

梅原　同じことをやるんだから、第二回目もやっぱり馬子の意思が非常に強いことはわかっている。ただ、来目皇子というのは、太子の弟でしょう。

それから、当摩皇子というのはちょっと研究に値します。これは当麻寺《たいまでら》を建ててるでしょう。で、丹後《たんご》一帯に、当摩皇子がその辺で反乱軍を平らげたという伝説がずーっと残ってるんです。

黒岩　ほほう。

梅原　麻呂子皇子《まろこのみこ》という名前でね。それから、例の伊勢神宮の元をなすという元伊勢神社にも麻呂子皇子の伝説がある。だから、聖徳太子は仏教信者であると同時に、国家主義者であるという一面があって……。

黒岩　当然ですね。

梅原　うん。そして、それは伊勢神宮の設立ともどこか結びついていて、そこに麻呂子皇子が関係しているような気がします。ですからあの派兵の動きは、馬子プラス太子と私は考えとるんですけどねえ。

黒岩　なるほど。私が馬子が主体だと思ったのは、こういうわけなんです。つまり、高句麗が黄金を贈ってきたとき、もし聖徳太子が主体であったら当然、若草伽藍の方に行くんじゃないか。ところが飛鳥寺に行ってますでしょう。しかも当摩皇子などは、自分の女房が死んだからといって帰ってきてしまう。これはどうも、聖徳太子が派兵にあまり賛成してなかったからではないか。

とくに、彼の人間性から見て、そんなに戦争が好きな男ではありません。「隋書倭国伝」に、ご存じのように、「兵あれど征戦なし」と書いてありますね。これは聖徳太子の思想じゃないかと思うんです。

梅原　それはよくわかりますね。私もだいたい同じ考え方です。ただ、馬子も最初から新羅まで兵を出す気はなかったんじゃないか。

黒岩　ないです。

梅原　馬子はものすごく計算家です。ただ動機は太子と少し違うかもしれない。片方は仏教精神でやってるかもしれないが、馬子はもっとマキャベリズムでやってるでしょうね。

黒岩　政治家ですからね。

梅原　ええ。けれど、兵を出して引き揚げるまでは、二人は同じ意見じゃなかったかと思います。

黒岩　なるほどね。ただ、なぜ大将軍の地位をあんなに簡単に捨てて帰ったのか。同じ意見なら、その点が納得できませんね。

梅原　だけど、まあ何とか口実をこしらえて帰ったんでしょう。引き揚げることに対して、馬子が反対したとは思えません。やっぱり馬子も納得ずくだった。ただ、太子の意思の方が強く働いたかもしれんと思うんです。

そこを推古天皇はどう考えたのか。私は、推古天皇がいちばん好戦的じゃなかったかという気がするんです。

黒岩　はあ。ぼくは、推古というのはもう政治にタッチせずに、やっぱり豊御食炊屋姫で、神祇の方だけをやっていたと考えているんですけどね。

梅原　推古天皇にとってお父さんの欽明天皇は、とにかく任那《みまな》を回復してくれというわけでしょ。で、旦那《だんな》の敏達天皇がまたそれを悲願として死んでいった。私はひょっとしたら、あのときに本気で新羅へ行くことを考えてたのは推古だけで、馬子も太子もそうは考えてなかったんじゃないかという気がちょっとするんだけどね。

黒岩　いや、ぼくは任那日本府というのを認めてないんです。

最近、南《みなみ》伽倻《かや》、つまり釜山《ふざん》の福泉洞《ふくせんどう》古墳から出てきた五世紀前後の馬冑《ばちゅう》というのは、まだ日本では出土してないものなんですね。日本があそこを植民地などにできないだけの優れた武具が出てきているわけです。それから、倭国には数えきれないほど散在している前方後円墳が向こうにはない。とくに福泉洞古墳はマウンドではない、と森浩一《もりこういち》さんは言っています。よく学者の方は山崩れしたとか何とか言いますけど、もし、あそこに日本府があったなら、三つや四つは遺《のこ》っていてもいいと思うんです。

梅原　ぼくも任那日本府を百パーセント認めているわけじゃありません。ただ、黒岩さんが言われたような深い関係が日本と百済との間にあったとすれば、よけい朝鮮半島の南部に日本の権力がかなり及んでるんじゃないかと考えざるを得ない。そうしないと、あれほど新羅が日本を敵にして、何とか朝鮮半島から追っ払い、同時に唐の権力も及ばないようにしたということが理解できない。

黒岩　ぼくも百済との関係から、六世紀以前、倭が南朝鮮に行ったということは決して否定してないんです。ただ、任那は日本の植民地としてではなく、場所的に見て貿易地帯、まあ一つの中立地帯みたいなものとしてあったんじゃないか。ですから、任那を回復しようという植民地的意識があったというのは納得できないんです。

梅原　そうですか。まあ、実態は日本の権力が十分に及ぶようなものじゃなかったのでしょうが、大和朝廷は当時、植民地という強い意識を持っていたと思うんです。そうしないと、欽明や敏達のあれほど強い任那回復の情熱は理解できないし、逆に、武烈王《ぶれつおう》の怒りも、日本を追い払い三韓を統一したという新羅の誇りも、理解できないでしょう。結局、植民地というものをどう考えるかの問題ですけどね。

黒岩　ぼくも六世紀以前には南朝鮮への派兵は絶えずあったと思うんです。そうでなければ、百済との道は通じないですから。ただ、『日本書紀』の欽明・敏達の任那関係の記事は信用できません。だから完全に支配していたというのと、一つの中立国と考えてそこでの権益を守っていたというのとでは、かなりちがうんじゃないでしょうか。

梅原　当時の朝鮮半島は小国乱立の状態にあったわけで、その中で生きていくためには、あっちこっちによしみを通じないとだめですわね。だから、片一方では倭の機嫌をとり、片一方では新羅の機嫌をとり、片一方では高句麗の機嫌をとって生きてきたという状況じゃないかと思うんですよ。しかし、倭の国が「やっぱりおれが支配している」という意識を持ったことは間違いありません。

黒岩　倭国の人々が常住していたとお考えですか。

梅原　常住じゃなくて、日本の外交代表みたいなのがいて、それが適当にコントロールしていたと考えますけどね。外交顧問みたいなのがあちこちにいた。

黒岩　ぼくは、大王家の祖先は南朝鮮から来て、それが神武東征説話の原伝承であったと考えていますのでね。「魏志東夷《とうい》伝《でん》」に「弁辰の瀆盧《とくろ》国が倭と境を接す」という言葉が出てきます。瀆盧国の隣りというのは釜山周辺ですから、任那のあたりだと考えていいと思うんです。つまり、任那は倭にとってふるさと的な土地であって、百済と結んで自分の権益を守るために、ここを、新羅に侵されれば、派兵せざるを得ない。しかし、決して支配していたわけではない。

梅原　確かに、あそこから出てきたという意識は相当強かったと思います。だから、絶えずあそこに関心があったし、ときどき兵を出して戦って、自分の言うことを聞かせるという時期があった。任那日本府はそういう日本の力の象徴であって、雄略帝ぐらいを最後にして、それはだんだん弱くなってきたのではないか。任那は継体帝《けいたい》とか欽明帝の御代《みよ》は、やはり怖いから、形だけ日本に従っていたけれども、新羅の勢いが強くなり、日本の国力が弱まると、新羅の権力の下に屈した。私は任那が完全な植民地であったとは思ってません。

黒岩　あ、そうですか。

梅原　はい。一時期には、あそこに大変な力が及んだが、だんだん弱くなってしまったと見ているんです。

黒岩　それは考えられないこともないですね。

梅原　しかし、朝鮮半島に日本の野蛮な武力の思い出がなかったら、新羅の日本に対する恐れとか恨みみたいなものは、なかなか理解できないと思うんですけどね。

黒岩　いや、朝鮮側の史料を見ても、新羅は三世紀の終わりから「倭人に攻撃さる」、「倭兵が城を攻める」と絶えず書き続けている。しかも百済は、攻撃されたとはまったく書いてない。だから、『三国史記』というのは、非常に正直な史書だと思ってます。
梅原　そうですね。
黒岩　倭と新羅は、三世紀ごろから五世紀後半まで絶えず敵対関係にあり、その意味で南朝鮮の伽倻諸国が倭国にとって重大な場所であったということは認めざるを得ません。
梅原　さて、国際政治という点で考えると、隋が成立して巨大な圧力が朝鮮半島に及んだ。それをいちばん感じた高句麗は、国際外交の常ですが、遠くと交わって近くと敵対する政策をとった。つまり、日本とか突厥に使いを送って、隋と新羅の侵攻を防ごうとした。
　聖徳太子はそれを利用したわけですが、慧慈という憎は高句麗でも第一級のインテリという気がしますね。それをわざわざ日本に派遣したということは、大変な外交政策じゃなかったかと私は思います。彼らは文化的使節ばかりではなくて、外交使節でもあった。
黒岩　政治的な絡みが非常にありますね。黄金三百両を貢がれて、これをただ受け取ったら大まちがいですね。
梅原　そうです。
黒岩　だから、これに対するお返しをやったと思います。
梅原　それで、太子が慧慈と慧聡の二人についたでしょう。あるいは覚哿《かくか》ね。慧聡と覚哿は百済の人です。だから高句麗一辺倒にならないわけです。百済を牽制させて、両方から情報を得て外交バランスをとっている。これは、太子と馬子がどう関わってるかということは別問題として、大変上手な外交と言えますね。

黒岩　聖徳太子は、彼ら第一級のインテリ僧に対して敏感に反応した。そこから太子の精神主義が出てきて、だんだん馬子と離れていったと私は考えているんです。

梅原　それは賛成ですね。それと同時に、やっぱり蘇我馬子は氏族制度というものから最後まで離れなかった。ところが太子はもうちょっとあとの律令制を先取りしていた。そこのところの国家理想が、だいぶ違ってくるという気がしますね。

黒岩　うーむ。律令制まではいかないでしょう。

梅原　私も前はそう考えてたんですけどね。やっぱり「冠位十二階」といい、「十七条憲法」といい、まさに法でもって国を運営する精神が、決定的に太子から始まる。

思想家としての太子

編集部　それでは太子が目指したもの、彼の政権構想とはどういうものだったのか。はたしてそれは、どの程度実現できたのか、ということに話を進めていただけますか。

梅原　「冠位十二階」の前は姓《かばね》の制度がありました。これは中国にも朝鮮にもない大へん厳しい身分制度で、日本国家成立のあり方と深く関係していると思いますが、こういう氏姓の社会に対して個人の価値を認め、徳があればどんどん出世できる制度を太子はこしらえた。これは非常に大きな政治革命で、律令制の端緒です。

たとえば、秦河勝《はたのかわかつ》は造《みやつこ》で小徳《しょうとく》という二番目の位に昇っている。これは、後の八色姓《やくさのかばね》が制定された時の官位昇進と比べても、大変な抜擢《ばってき》じゃないかと思うんです。そこに仏教の平等思想が生きている。それに対して、馬子はやはり姓制の中でずっと物事を考えていた。

黒岩　「冠位十二階」制度というのは「隋書倭国伝」にはっきり出ていますので、否定できません。あの冠位思想は、慧慈か慧聡のどちらかから、あるいは両方から得たものですけれども、そこには、姓制・身分制の中で差別されている者を解き放ちたいという気持があったんじゃないかと思うんです。

ぼくは、太子は革命的平等主義者だと言っているんですけれども、馬子としてみれば、姓制にしがみついてはいても、聖徳太子に説き伏せられて、「そうか。おれが冠位を与える側になるのか」と思って納得する。

梅原　太子にうまく乗せられた。

黒岩　ええ。ですから、ぼくは律令制というより、何か人間平等主義みたいなものを感じるんですけどね。

梅原　太子の中に、二つの思想があったんじゃないでしょうか。律令制度の、天皇中心の国家体制を作っていこうとする方向と、仏教的な平等の社会を作ろうとする方向です。それが一時は調和していたけど、分裂することによって太子の大きな矛盾になってきた。

黒岩　ぼくは太子を大王格と見てますから、当然、政治的見地の能率主義はあると思います。だから結局、これは能率主義と平等主義とのミックスしたものですね。

梅原　それを私は律令主義と呼んでるんだけど……。まあ、律令主義というと、能率主義の方が重視されますね。

黒岩　能率主義だけになる。

梅原　ええ。太子の場合、そこにプラス理想主義があると見ているんです。

黒岩　それならわかりました。私は理想主義の方を重視しますが。

梅原　『隋書』だと「仁・義・礼・智《ち》・信」になるのに、「仁・礼・信・義・智」となっている。そこの違いをどう考えますか。

黒岩　ぼくは四、五年前から、聖徳太子は道教思想を取り入れていると言ってたんですけど、昨年、福永光司《ふくながみつじ》さんが出された『道教と日本文化』を読んで、非常に納得できたんです。道教思想は、人間は生きている間に生を享受しなければならない、ということから発したものです。で、まず「冠位十二階」制の最上位の徳というのは中国の五常思想にはありませんが、福永さんも書かれたように、六朝《りくちょう》時代の道教の経典に、徳を最上位に置く「徳仁礼信義智」があります。これは道教的なものです。

梅原　『老子《ろうし》』の中にあります。

黒岩　しかも「冠位十二階」制で、そのときは紫冠というのは何色だったかわかりませんけれども、蝦夷が入鹿にひそかに紫色の冠を与えたということから、まず紫色に違いありません。

梅原　そう思いますね。

黒岩　紫色は、儒教では朱を奪う憎むべき色であるとされています。それをいちばん上へ持っていってる。

それから、伊予《いよ》の道後《どうご》の碑文を見ると、「日月は上《かみ》に照りて私せず。神の井《ゐ》は下《しも》に出でて給《あた》へざるなし……。偏私《かたよ》ることなきは、何ぞ寿国《じゆこく》、華台《くわだい》に随《したが》ひて、開合《かいごう》するに異ならんや」として「寿国」という言葉が出てきます。道教の国です。また、「詎《なに》ぞ花池《くわち》に落ちて、弱《よわき》を化《くわ》するに舛《ことな》らんや」と「花池」というのが出てきます。これらは明らかに道教思想でしょう。

ですから、この碑文は太子自身がつくったものか、慧慈の言葉からヒントを得て書いたものかはわかりませんが、太子の中には、仏教と道教がかなり混合していたと私は考えているんです。後に道教は仏教の中に埋没してしまいますけれどもね。

梅原　私は福永さんに聞きまして、初めてあの碑文の意味がわかったんですよ。いままではええかげんに読んでるんですわ。ところが「花池」というのは『無量寿経《むりようじゆきよう》』に出てくる。「五百の蓋《きぬがさ》」というのは『法華経《ほけきよう》』に出てくる。だから、あれは仏教と道教とを二つ合わせた思想なんです。

黒岩　混合ですね。
梅原　ええ。あの碑文は、つやつやした文章ですが、太子がちょうど二十三歳のときのものでしょう。空海《くうかい》が二十代で書いた『三教指帰《さんごうしいき》』もつやつやした文章です。
黒岩　生き生きしてますね。
梅原　だから、碑文が二十代の文章で「十七条の憲法」が三十代の文章、『三経義疏《さんぎょうぎしょ》』が四十代の文章と、非常に年齢と文体が合う。その意味で、三つとも聖徳太子自身の文章だと私は考えているんです。
黒岩　否定する学者は多いんですが、あの碑文は自分のロマンが爆発したんですね。
梅原　そうです、そうです。温泉につかって、これは阿弥陀《あみだ》浄土《じょうど》の池だとか道教の池だとか、そう思ってるんですよ。
黒岩　そんな感じですね。（笑）
梅原　それは二十三歳の青年に大変合った感情だという気がする。「十七条の憲法」になると非常に道徳的になるんですわ。『三経義疏』になると、また違ってくる。
　そこで、さっきの「冠位十二階」の順序ですが、『隋書』で三番目の「礼」が二番目に、最後の「信」が三番目に入っている。あれは「漢書天文志」にある説をそのまま持ってきたんだというのが、福永さんの新しい指摘なんですよ。だけど、それはそれで正しいとしても、やっぱりそこに人間と人間との信頼感を大変重視するという太子の思想があったと思うんです。

黒岩　そうですね。「隋書倭国伝」の裴世清との問答の中で「海西に大隋礼儀の国有りと聞く」といっていますね。

梅原　礼と信を重視した。

黒岩　私も、あれは太子の思想だと思いますよ。ただ、「十七条の憲法」はちょっと疑問がありましてね。

　あれは斑鳩宮において自分の思想を一族に伝えた詔であって、決して公詔でないと私は考えています。それは、あまりにもさまざまな思想が入り混じっており、後の表現がある。仏教と道教と法家思想と儒教が入った原詔はあったと思うんですが、「国司・国造、百姓に斂《おさめと》ることなかれ」なんていうのは、明らかに七世紀後半の文章です。ですから、後に加えられたものがあると思います。

梅原　いえ、私も長い間そう考えてたんですよ。しかし〝読書百遍、意おのずから通ず〟で、あの十七条は初めの三条が仁、次の五条が礼、その後が三条ずつ信・義・智に当てはまることがわかったんですよ。しかも、一つ一つの徳を分析すると、儒教と法家と仏教の三つずつから成っている。

黒岩　しかし、第一条の「和」の中には道教思想がありますね。それから第十条の「かれ是とすれば、われは非とす。われ是とすれば、かれは非とす」というのは、明らかに道家の考え方ですね。

梅原　それは仏教にもあります。やっぱり無我の思想ですから。仏教と道教とを一体にして考えると、それが一本、それから儒教が一本、法家が一本。つまり、一つ一つの徳で儒教を中心にして、片一方で仏教・道教の理想を説き、片一方で法家的な現実の政策を説いている。一見無秩序に見えても、実は非常にきちんとした秩序があって、「冠位十二階」に対応している。これは、決して後からつけ加えたものではなく、太子の作である、というのが私の説ですけどね。

国司・国造についても、『大宝律令《たいほうりつりょう》』以後の国司ほどではないにしても、やはり国造が勝手なことをするので、それを監督する中央政府の官僚がすでに派遣されていたんだという説が最近強くなっています。

国司・国造が勝手に税をとっていたのを禁じ、統一国家の基礎を固めようとするのが太子の意思じゃなかったか。むしろ大化改新《たいかのかいしん》以後、ああいう条文が考えられるかどうか、私は大変疑問ですね。

黒岩　ただ、七世紀後半の壬申《じんしん》の乱《らん》（六七二）などを見ますと、私兵が活発に動いていますね。そうすると、天智が中央の国家集中権力をつくる前の七世紀初頭に、ああいうものができたのか。大化改新（六四五）では、国司のことをクニノミコトモチ、郡司のことをコオリノカミといっていますが、国司・国造が民を収奪するなかれというのは、どうも後代の言葉であるような感じがして仕方ないですね。

梅原　いや、逆に後だったらあり得ないと私は思ってるんです。あのころは、地方、とくに東国の権力はまだ定まっておらず、国造が勝手に私有していたわけですね。しかも、中央政府が派遣した官僚も同じように収奪している。つまり、国司と国造とを並べたところに、あの時代の政治的情勢が表れている。これは津田左右吉《つだそうきち》の解釈とは反対なんです。彼は並べてるから偽作だという。しかし、歴史の過渡期というのは、そういう二重権力、三重権力になっているんですよ。

黒岩　うーむ。そうすると、あの当時、中央集権制度がかなりでき上がっているということになりませんか。

梅原　うん、それを太子がつくろうとした。その理想に基づいて、大化改新以後、ぐーっと中央集権化が進められたわけです。

黒岩　それじゃ、なぜ『隋書』に書いてないんでしょう。

梅原　憲法のことまではねえ……。

黒岩　しかし、風俗も何も全部書いてますからねえ。庶民は裸足で、貴人は金の飾りをしているとか。

梅原　ただ、あれを見ると、中央集権制度ができかかっていたという印象を受けますね。

黒岩　できかかっていたことは事実です。ぼくは馬子時代に、東国で強大を誇った毛《け》の国《くに》も屈服したと思ってますから。

梅原　隋の使者に「十七条憲法」を示したかどうかわかりませんし、あるいは示したのに隋の方で無視したのかもしれません。ぼくはだんだん津田説の懐疑の方が安物だったという考え方になってきたんですよ。

『三経義疏』にしても、初めはうそやと思ってたけど、だんだん太子の撰《せん》ではないかという気がしてきたんです。

黒岩　ほほう。

梅原　いま読んでるんですけど、宮内庁にある『法華経義疏』の原文は誤字がものすごく多いんです。「小乗《しょうじょう》」を「少乗」と書いたり、「舎利《しゃり》弗《ほつ》」を「舎利仏」と書いてある。完全にミスですね。いまの大学院の学生が犯すような、初歩的な間違いがある。それから、教義の解釈の間違いもところどころにあります。ですから、太子にも、そういう基本的な教養については、わからないところがあるんです。にもかかわらず、自分の立場で非常に大胆な解釈をパッと述べていて、それがぴたっと当たっているところもあります。こういうことから、どうも太子の作らしい。職業学者がこんな初歩的な誤りをするはずがないし、そんなに大胆で、しかも的確な説を述べるはずがない。

たとえば『勝鬘経《しょうまんぎょう》』解釈の中心は一乗《いちじょう》思想と如来蔵《にょらいぞう》思想にあるんです。いままでの仏教は単なる大乗仏教である。それよりずっと新しい、全仏教を包括する仏教が律令制国家には必要である。それが一乗仏教であるということを彼は言っているんです。
それから、もう一つは如来蔵思想です。つまり、煩悩の中に仏がある。人間の悟りは煩悩の中に隠れている。これを『勝鬘経義疏』はものすごく強調してるんです。
そういうことを考えると、これは、悟りすまして、どこか山の中にでも住んでいる職業坊主のものではなくて、この俗の中に住んでる人間が書いたものだと思うんですよ。
黒岩　まあ、敦煌《とんこう》書が入ってきて、太子の取り巻きの師匠連中の作ではないことははっきりしてきましたね。
梅原　敦煌書は『勝鬘経義疏』だけなんです。『法華経義疏』は光宅寺《こうたくじ》法雲《ほううん》の註《ちゆう》を、『維摩《ゆいま》経《きよう》義疏《ぎしよ》』は僧肇《そうじよう》の註をもとにしていることはわかってたんですが、『勝鬘経義疏』の方は原典になった注釈書がどういうものであるかわからなかったんです。それが藤枝晃《ふじえだあきら》さんの研究によって敦煌本だということがわかったんです。ところが、よく比べてみると、段落の分け方なんかまったく違うんです。
黒岩　ほほう。
梅原　それから、太子が一所懸命に言ってるところは、まったく敦煌本にない。
黒岩　うーむ。確かに田村圓澄《たむらえんちよう》さんは、あの『三経義疏』は僧を相手にしたものじゃなくて在家の俗人のためのものだ、ということを書いておられますけれどもね。
梅原　ええ。そこは問題ですし、もっと精密な研究をしないといかんですけど、私が卒読した限り、いままで太子の撰ではないと疑っていたのを、再考しなくちゃならないという感じがするんです。

黒岩　すると、聖徳太子というのは大変な人物であるということになりますね。

梅原　はい。それから『三経義疏』は三つで、セットになっているんですわ。また、あれを書いた人は読書量が大変少ないんです。一つの経典について、一つの注釈しか読んどらん。そういうところも太子らしい、と私は思ってるんですけどね。で、『三経義疏』を認めると、「十七条の憲法」も認めざるを得なくなる。いちばん弱いと思われたものですから。

黒岩　「十七条の憲法」は、倭国の制度を詳しく書いている『隋書』にもないし、後の文章も入っている。私としてはやはり、公詔とは認められません。仏教の方は詳しくないですが。『三経義疏』も、太子の周囲の学僧の手になった、と今のところ考えています。ただとにかく、太子が当時としては革命的な思想家であったことは確かですね。

理想主義者の孤独

梅原　それから『三経義疏』は、推古十七年から二十三年という時期、つまり太子が政治的な第一線から退いて、馬子が復権してきた時期に書かれているという伝承ですね。そういう時代の太子の作として『三経義疏』を読んでゆくと、納得するところが多い。こうして、著作に専念することによって太子はますます孤立していく。

黒岩　つまり、推古十八年に新羅と任那の使いが来たとき、蝦夷や阿倍鳥子臣《あべのとりこのおみ》ら大夫《まえつきみ》がひれ伏したのに対し、大臣（馬子）が悠然と起《た》って使いの話を聞いたということと符合するわけですね。『三経義疏』は別として、そのころに馬子の方に再び政治権力が戻ったことは間違いない。

梅原　ええ。馬子が百済寄りとすると、遣隋使の派遣は、やはり太子の意思だと考えられませんか。

朝鮮半島の緊張を利用して、新羅や高句麗と仲良うする。その文化を輸入するまでは、馬子は太子のやり方に賛成だったと思うんです。ところが、ある意味では高句麗を裏切って遣隋使を派遣する。これは、馬子より太子の判断ではないかと思うんです。太子は、もう高句麗から文化を輸入してても知れてるから、ひと思いに隋と国交を結んだ方がよいと考えたのではないでしょうか。

黒岩　ただ、馬子というのは最後まで政治権力に固執した男なので、遣隋使派遣が太子の意思であっても、そこには馬子の了解というか、コントロールがあったと思いますね。百済と馬子は親しかった。ところで百済は、隋が陳を滅ぼすと、隋の漂船を送り返し、隋の統一を祝っている。当然、馬子もそれを知り、遣隋使に賛成したと考えられます。太子も政治家ではあったけれども、人間的な政治家であって、決してプロの政治家ではなかったと思うんですよ。

梅原　そうすると、推古二十年の馬子と推古のエール交換だな。あのころから再び馬子が権力を握っていく。推古の六十の賀ですけどね。推古が「蘇我の子らは馬ならば……」と言うでしょう。

黒岩　ええ。「真蘇我《まそが》よ　蘇我《そが》の子《こ》らは　馬《うま》ならば　日向《ひむか》の駒《こま》　太刀《たち》ならば　呉《くれ》の真刀《まさひ》　諾《うべ》しかも　蘇我《そが》の子《こ》らを　大君《おほきみ》の　使《つか》はすらしき」。

梅原　あれは何べん読んでも、意味の深いおもしろい歌だなと思いますね。ですから推古六十の賀は、馬子が「おれが政治を執るんだ」という復権の宣言をした大きな事件じゃないでしょうか。

黒岩　そうでしょうね。さっき申しましたように、太子は裴世清と会ったころから、名実ともに大王への道を突き進み出した。一方、馬子は太子と裴世清の応答を傍《そば》で見ていて、〝何を生意気な、おれが大王にしてやったのに〟と不快感を覚え、このままだと危険だと、本格的に太子から政治権力を奪取しようとした。

　私は、太子と馬子との確執はすでに推古十年、新羅征討軍の筑紫への派兵から徐々に始まった、と考えています。さっき述べましたが、推古十八年、馬子は新羅・任那の使者を大王のように謁見しています。だから、この段階で復権は成っていた。まあ、あの歌などまさに復権の旗印ですね。

梅原　そう思います。太子はあまりにも理想主義に走っている。「十七条の憲法」を見ると、それがよくわかります。あれではとても群臣はついてこないだろうと思うんです。しかも『三経義疏』の著作にふけって学者になってしまった。そういうことで孤立したことが、太子の晩年の悲劇に結びついているんじゃないでしょうかねえ。

黒岩　太子には初めから学者的な要素がベースにあって、大王になってからも、年齢を重ねるにしたがって「世間虚仮《せけんこけ》」、つまり政治なんてめんどくさいという気持になっていった。

梅原　賛成です。やるだけやったら、もう隠遁《いんとん》したい。そんな気持が太子にあったんじゃないか。自分の本来の仕事は書物と向き合って瞑想《めいそう》することだと考えたんでしょう。そして、そういう好きなことをやり出せばやり出すほど、自らは孤独になっていった。

黒岩　そのとおりですね。

梅原　それから「天皇記」「国記」というのも、私はだんだん太子の作だと信ずるようになってきたんです。

黒岩　馬子との共作ですね。あれが残っていたら、『日本書紀』も大きく変わっとったと思いますね。

梅原　やっぱり存在したと思いますか。

黒岩　はい。

梅原　「天皇記」を訓読みすると、スメラミコトノフミなんですよ。
黒岩　いや、「大王記」でしょう。ぼくは当時、スメラミコトという言葉があったとは思ってませんからね。
梅原　私は黒岩さんとちがって、「天皇」という名称も「日本」という国号も太子がつくった、と見てるんだけど……。
黒岩　いや、それはちょっと考えられないですね。
梅原　私はいままでは「天皇」という言葉は、恐らく藤原不比等《ふじわらのふひと》の時代にこしらえたんだろうと思ってたんですけど、だんだん太子を研究していくうちに、そういう結論になってきたんですよ。「日出《い》づる処《ところ》の天子、書を日没する処の天子に致す」。向こうが「皇帝」というのに、こちらが「王」では、それだけで家来になってしまう。それで「天皇」という名前をこしらえた。また「倭」というのは困るんで、「日本」という名前を用いた。
黒岩　聖徳太子がですか？　いろいろな文献から、それは考えられない。当時は「天子」で、「大王」から「天皇」に変わる中間期でしょう。おそらく「大王」を「天子」と呼称したのは太子が初めてではないか。
梅原　ここは見解のちがうところですが、私は亡くなった和歌森太郎《わかもりたろう》さんのいうように、やはり「天皇」という名称は、「日本」という国号とセットで太子の時代に作られたと思います。まあ、たとえ「天皇記」が「大王記」であるとしてもね。それがあったと考えないと、なぜ『日本書紀』の紀年法が、太子にとって決定的な推古九年という時期を原点にしたのかが理解できないと思うんです。

黒岩　蘇我氏がはじめて出した大王が聖徳太子という意味で、「大王記」は絶対ありましたよ。

梅原　それはよく説明しないと、おわかりにならないと思いますが、「天皇」という称号はどうしても中国に対するものです。隋の「皇帝」に対して、倭が「王」ではこまる。それで、これは高橋富雄《たかはしとみお》さんの説ですが、本来、蝦夷《えぞ》の国号であった「日本」という国号を倭の国号に替え、〃日没する処〃の「皇帝」に対して〃日出づる処〃の「天皇」という名称を用いたのだと思います。

また『日本書紀』や、法隆寺の薬師像の光背銘など、推古時代の文章に「天皇」という名称がたくさん出てきます。それらを全部、後代の書きかえと見るのは無理で、また、そういう対隋的な国際的意識を強くもっていたのは、太子以外に考えられません。私も数年前までは、この二つの称号は大化改新以後にできたと考えていましたが、今は二つとも聖徳太子の作であると考えています。

だから『日本書紀』の、太子が馬子とともに推古二十八年（六二〇）、「天皇記」「国記」「本記」を作ったという記事も素直に信じているんです。そして、古くからの『日本書紀』読みでは、「天皇記」のことをスメラミコトノフミと読んでいます。さらに『古事記』序文の「帝紀」もスメラミコトノフミと読みます。したがって『古事記』や『日本書紀』が「天皇記」「国記」をもとにして作られたのは当然です。

『日本書紀』ができたのは養老《ようろう》四年（七二〇）ですが、「天皇記」「国記」が作られたという推古二十八年の百年後にあたります。これは偶然の符合とは考えられません。ちょうど、仏教が輸入されたといわれる欽明十三年（五五二）の二百年後、天平勝宝《てんぴょうしょうほう》四年（七五二）に大仏開眼が行なわれたように、ですね。

なぜ、太子が最後にそういう歴史書をつくったかというと、自分はインターナショナリズムの仏教思想でやってきたけれど、結局、隋は滅びた（六一八年）。そこで、日本の国というのがどうなるかわからん、という不安感があり、日本の国家についての省察を必要としたのではないかと思うんです。

黒岩　ぼくは、蘇我氏という氏族の系譜をどうしてもつくっておかなければならないというのが、まずあったと思います。ぼくは梅原さんと違って、聖徳太子は大王であったという認識があります。ですから、朝鮮三国や隋・唐に負けない大王家の家譜をどうしてもつくらなければならないという意識はあっただろうし、初めて蘇我氏から大王格が出た（聖徳太子）ということもあって、国史をつくったんだと思っているんです。

梅原　そうですね。蘇我氏の意図は、武内宿禰《たけしうちのすくね》なんかの話にどうしても入ってきてると思います。

黒岩　武内宿禰は、岸俊男さんの説のように、やっぱり天武朝に創作された人物だと思いますがね。

梅原　いや、ぼくはそこから持ち越されたと思う。天武朝だったら、なぜそういう藤原氏と関係ない血筋を持ち上げんならんかという疑問が出てくる。あれは蘇我氏の血族と称しているわけですからね。

黒岩　しかし、官位を与える側の蘇我氏が、与えられる側の葛城《かつらぎ》・波多《はた》・許勢《こせ》氏などと同族だとは、ちょっと信じられないんです。

梅原　いや、やっぱり、そういう名門から出たことにしておかないと、とっても……。

黒岩　ぼくはもっと名門で、大王家に直属していたと思ってるんですよ。

梅原　それはともかく、太子は隋に賭けたわけですよ。馬子の方は賭けたかどうかわからない。最後まで百済寄りだったわけだから、この外交の責任を太子は問われたと思うんです。

黒岩　隋の滅亡を知った馬子が太子に対し完全な勝利を確認したのは間違いないけど、復権は推古十八年には成っていましたね。私の考えでは、馬子は百済六分、隋四分です。

梅原　理想主義という孤独の条件の上に、隋の滅亡というのが加わる。ですから太子は晩年、個人の内面からいっても、政治的にも、非常に孤立した、憂鬱《ゆううつ》な状態にあったと思いますね。

黒岩　だんだん哲学的になっていったと思います。
梅原　彼の自己矛盾を示したのが片岡山《かたおかやま》事件ですね。
黒岩　そうそう。道教的な説話も加わっていますがね。
梅原　ああいうことは、天皇がやっちゃいかんのですよ。乞食《こじき》に食べ物をやったら、全部の乞食がくれっていいますわ。（笑）
ですから太子の死も、自然死かどうか、多少怪しいものがあります。自殺したのか、蘇我氏に殺されたのか、そういう疑問の余地はあると思います。
黒岩　私もそう思います。
梅原　徳川時代の説ですけど、八尾《やお》の勝軍寺《しょうぐんじ》には、太子は蘇我氏に殺されたんだという伝承があるともいわれていますけどね。
編集部　どうもありがとうございました。

（初出　『歴史読本』一九八三年三月号）

＊『梅原猛全対話第二巻　古代日本を考える』（一九八四年七月、集英社刊）を底本としました。

『斑鳩王の慟哭』
単行本　一九九五年六月　中央公論社刊
文庫　　一九九八年九月　中公文庫

新装版刊行に際して、付録1「聖徳太子も悩んだ親子の相剋」、付録2「聖徳太子の世紀と東アジア」を新たに収録しました。

中公文庫

斑鳩王《いかるがおう》の慟哭《どうこく》
――新装版《しんそうばん》

2021年4月25日　初版発行

著　者　黒《くろ》岩《いわ》重《じゅう》吾《ご》

発行者　松田陽三

発行所　中央公論新社
〒100-8152　東京都千代田区大手町1-7-1
電話　販売 03-5299-1730　編集 03-5299-1890
URL http://www.chuko.co.jp/

ＤＴＰ　嵐下英治
印　刷　大日本印刷
製　本　大日本印刷

Published by CHUOKORON-SHINSHA, INC.
Printed in Japan　ISBN978-4-12-207059-2 C1193

定価はカバーに表示してあります。落丁本・乱丁本はお手数ですが小社販売部宛お送り下さい。送料小社負担にてお取り替えいたします。

中公文庫既刊より

各書目の下段の数字はISBNコードです。978－4－12が省略してあります。

く-7-19
天の川の太陽（上）
黒岩重吾
大化の改新後、政権を保持する兄天智天皇の都で次第に疎外される皇太弟大海人皇子。古代日本を震撼させた未曾有の大乱を雄渾な筆致で活写する小説壬申の乱。
202577-6

く-7-20
天の川の太陽（下）
黒岩重吾
大海人皇子はついに立った。東国から怒濤のような大軍が近江の都に迫り、各地で朝廷軍との戦いが始まる……。吉川英治文学賞受賞作。〈解説〉尾崎秀樹
202578-3

う-16-3
日本人の「あの世」観
梅原猛
アイヌと沖縄の文化の中に日本の精神文化の原形を探り、人類の文明の在り方を根本的に問い直す、知的刺激に満ちた日本文化論集。〈解説〉久野昭
201973-7

う-16-4
地獄の思想　日本精神の一系譜
梅原猛
生の暗さを凝視する地獄の思想が、人間への深い洞察と生命への真摯な態度を教え、日本人の魂の深みを形成した。日本文学分析の名著。〈解説〉小潟昭夫
204861-4

き-17-2
悪党の裔《すえ》（上）
北方謙三
目指すは京。悪党の誇りを胸に、倒幕を掲げた播磨の義軍は攻め上る！　寡兵を率いて敗北を知らず、建武擾乱の行方を決した赤松円心則村の鮮烈な生涯。
202486-1

き-17-3
悪党の裔（下）
北方謙三
おのが手で天下を決したい――倒幕後の新政に倦み播磨に帰った円心に再び時が来た。尊氏を追う新田の大軍を食い止めるのだ！　渾身の北方「太平記」。
202487-8

き-17-4
道誉なり（上）
北方謙三
「毀すこと、それがばさら」。後醍醐帝との暗闘、実弟直義との対立で苦悩する将軍足利尊氏を常に支え南北朝動乱を勝ち抜いたばさら大名佐々木道誉とは。
203346-7

き-17-5
道誉なり（下）
北方謙三
足利尊氏・高師直派と尊氏の実弟直義派との抗争は一触即発の情勢に。熾烈極まる骨肉の争いに道誉は……。「ばさら太平記」堂々の完結！〈解説〉縄田一男
203347-4

き-17-6
楠木正成（上）
北方謙三
乱世到来の兆しの中、大志を胸に雌伏を続けた悪党・楠木正成は、倒幕の機熟するに及び寡兵を率いて強大な六波羅軍に戦いを挑む。北方「南北朝」の集大成。
204217-9

き-17-7
楠木正成（下）
北方謙三
正成は巧みな用兵により幕府の大軍を翻弄。ついに京を奪還し倒幕は成る。しかし……。悪党・楠木正成の峻烈な生き様を迫力の筆致で描く、渾身の歴史巨篇。
204218-6

き-17-8
絶海にあらず（上）
北方謙三
京都・勧学院別曹の主、純友。赴任した伊予の地で、「藤原一族のはぐれ者」は己の生きる場所を海と定め、律令の世に牙を剝いた！　渾身の歴史長篇。
205034-1

き-17-9
絶海にあらず（下）
北方謙三
海の上では、俺は負けん——承平・天慶の乱で将門とともにその名を知られる瀬戸内の「海賊」純友。夢を追い、心のままに生きた男の生涯を、大海原を舞台に描く！
205035-8

き-17-10
魂の沃野（上）
北方謙三
加賀の地に燃え拡がる一向一揆の炎。蓮如や守護・富樫政親との奇縁から、闘いに身を投じることになった地侍・小十郎の青春を描く血潮たぎる歴史巨篇開幕！
206781-3

き-17-11
魂の沃野（下）
北方謙三
蓮如の吉崎退去、小十郎の恋、そして守護・政親の強権。加賀の雪が、血に染まる時が近づいていた。一向一揆を生きた男たちそれぞれの明日。〈解説〉清水克行
206782-0

し-6-22
古代日本と朝鮮　座談会
司馬遼太郎
上田正昭
金達寿　編
日本列島に渡来した古来・今来の朝鮮の人々は在来文化に新しい文化と技術を混入していった。東アジアの大流動時代の日本と朝鮮の交流の密度を探る。
200934-9

各書目の下段の数字はISBNコードです。978－4－12が省略してあります。

し-6-23
日本の渡来文化　座談会
司馬遼太郎
上田正昭　編
金達寿
文化の伝播には人間の交渉がある。朝鮮半島からいくたびも渡来してきた人々の実存を確かめ、そのいぶきにふれることにより渡来文化の重みを考える。
200960-8

し-6-54
日本の朝鮮文化　座談会
司馬遼太郎
上田正昭　編
金達寿
日本文化の源泉を考えるとき、長くのびる朝鮮半島の役割と文化的影響は極めて大きい。白熱の討論によって古代日本人と朝鮮人の交流を浮彫りにする。
203131-9

し-6-32
空海の風景（上）
司馬遼太郎
平安の巨人空海の思想と生涯、その時代風景を照射し、日本が生んだ人類普遍の天才の実像に迫る。構想十余年、司馬文学の記念碑的大作。芸術院恩賜賞受賞。
202076-4

し-6-33
空海の風景（下）
司馬遼太郎
大陸文明と日本文明の結びつきを達成した空海は哲学宗教文学教育、医療施薬、土木灌漑建築と八面六臂の活躍を続ける。その死の秘密もふくめ描く完結篇。
202077-1

は-61-3
比《なら》ぶ者なき
馳星周
彼の名は藤原不比等。自らの野望のために一三〇〇年の間、日本人を欺き続けた男——。ノワール小説の旗手が放つ、衝撃の古代歴史巨編。
206857-5

ま-12-6
突風
松本清張
貞淑な人妻の胸を吹き抜けた突風。日常性の中にひそむ陥穽——。小説技巧と人間洞察の深さが生む著者の思い出深い初期短篇傑作集。〈解説〉三好行雄
200079-7

ま-12-11
ミステリーの系譜
松本清張
一夜のうちに大量殺人を犯す「闇に駆ける猟銃」、継子の娘を殺し連れ子と「肉鍋を食う女」など、人間の異常に挑む、恐怖の物語集。〈解説〉権田萬治
200162-6

ま-12-24
実感的人生論
松本清張
不断の向上心、強靭な精神力で自らを動かし、つねに新たな分野へと向かって行った清張の生き方の根底にあったものは何か。自身の人生を振り返るエッセイ集。
204449-4

ま-12-25
黒い手帖
松本清張
戦後最大の大衆作家が、馴染み深い作品を例に取りながら「推理小説の発想」を語り、創作ノートを公開する。推理小説の舞台裏を明かす「推理随筆集」！〈解説〉権田萬治
204517-0

ま-12-29
古代史疑 増補新版
松本清張
邪馬台国をめぐる論争点を詳述し、独創的推理によって大胆な仮説を提示した清張古代史の記念碑的著作。当時随一の研究者との貴重なシンポジウムを初収録。
206364-8

み-10-20
沢庵
水上勉
江戸初期臨済宗の傑僧、沢庵。『東海和尚紀年録』などの資料を克明にたどりつつ、権力と仏法のはざまで生きた七十三年を描く。〈解説〉祖田浩一
202793-0

み-10-21
一休
水上勉
権力に抗し、教団を捨て、地獄の地平で痛憤の詩をうたい、盲目の森女との愛に惑溺した伝説の人一休の生涯を追跡する。谷崎賞受賞。〈解説〉中野孝次
202853-1

み-10-22
良寛
水上勉
寺僧の堕落を痛罵し破庵に独り乞食の生涯を果てた大愚良寛。真の宗教家の実像をすさまじい気魄で描き尽くした、水上文学の真髄。〈解説〉篠田一士
202890-6

み-10-23
禅とは何か それは達磨から始まった
水上勉
栄西、道元、大燈、関山、一休、正三、沢庵、桃水、白隠、盤珪、良寛の生涯と思想。達磨に始まり日本で独自に発展した歴史を総覧できる名著を初文庫化。
206675-5

み-10-24
文壇放浪
水上勉
編集者として出版社を渡り歩き直木賞作家に。波乱に富んだ六十年を振り返り、様々な作家を回想、戦中・戦後の出版界が生き生きと描かれる。〈解説〉大木志門
206816-2

み-10-25
「般若心経」を読む
水上勉
幼少時代の誦読と棚経を回顧、一休和尚や正眼国師（盤珪禅師）の訳や解釈を学び直し、原点から人間の性を見つめ直す水上版「色即是空」。〈解説〉高橋孝次
206886-5

各書目の下段の数字はISBNコードです。978－4－12が省略してあります。

み-22-11
雍《よう》正《せい》帝《てい》 中国の独裁君主
宮崎市定
康熙帝の治政を承け中国の独裁政治の完成者となった雍正帝。その生き方から問う、東洋的専制君主とは？「雍正硃批諭旨解題」併録。〈解説〉礪波　護
202602-5

み-22-18
科　挙 中国の試験地獄
宮崎市定
二万人を収容する南京の貢院に各地の秀才が集ってくる。老人も少なくない。完備しきった制度の裏の悲しみと喜びを描き凄惨な試験地獄の本質を衝く。
204170-7

み-22-19
隋の煬帝《ようだい》
宮崎市定
父文帝を殺して即位した隋第二代皇帝煬帝。中国史上最も悪名高い皇帝の矛盾にみちた生涯を検証しつつ、混迷の南北朝を統一した意義を詳察した名著。
204185-1

み-22-21
中国史の名君と宰相
宮崎市定
礪波　護編
始皇帝、雍正帝、李斯……激動の歴史の中で光彩を放った君臣の魅力・功罪・時代背景等を東洋史研究の泰斗が独自の視点で描き出す。〈解説〉礪波　護
205570-4

み-22-22
水　滸　伝 虚構のなかの史実
宮崎市定
史書に散見する宋江と三十六人の仲間たちの反乱は、いかにして一〇八人の豪傑が活躍する痛快無比な伝奇小説『水滸伝』となったのか？〈解説〉礪波　護
206389-1

み-22-23
アジア史概説
宮崎市定
漢文明、イスラム・ペルシア文明、サンスクリット文明、日本文明等が競い合い、補いながら発展してきたアジアの歴史を活写した名著。〈解説〉礪波　護
206603-8

み-22-24
大唐帝国 中国の中世
宮崎市定
統一国家として東アジア諸民族の政治と文化の根幹を築いた唐王朝。史上稀にみる中国の中世、大唐帝国を中心にした興亡史七百年を詳述する。〈解説〉礪波　護
206632-8

や-62-1
天皇陵の謎を追う
矢澤高太郎
古代史解明の謎を秘めた巨大な空間――天皇陵。そこに眠っているのは、本当は誰なのか。その謎を追いかけてきたジャーナリストが被葬者を推理する。
206249-8